ハヤカワ・ミステリ

NEV MARCH

ボンベイのシャーロック

MURDER IN OLD BOMBAY

ネヴ・マーチ

高山真由美訳

TOKYO
HAYAKAWA
BOOKS

A HAYAKAWA

POCKET MYSTERY BOOK

日本語版翻訳権独占
早　川　書　房

MURDER IN OLD BOMBAY
by
NEV MARCH

Translated by
MAYUMI TAKAYAMA
First published 2022 in Japan by
HAYAKAWA PUBLISHING, INC.
This book is published in Japan by
arrangement with
ST. MARTIN'S PUBLISHING GROUP
through THE ENGLISH AGENCY (JAPAN) LTD.

装幀／水戸部 功

わたしの両親、クルシード＆シルー・パラクに

近衛兵の嘆き

二百人の反逆者に、我らは集まれと呼びかけた。
兄弟たちがやってきて、まっすぐに並んだ。
その日の武器庫には、ライフルはあれど彼らの弾丸《たま》はなかった。
命令が下され、我らはふり向いて撃った。
やわらかい蠟《ろう》のごとく彼らはくずおれた、隊列を組んだまま。
我らは大砲を頼みに、残りの彼らをずたずたに引き裂いた。

グジャラート語の詩より
ベジャン・フェルドン・ジャーンシーワラ
（一八五八年、インド、ジャーンシー）

ボンベイのシャーロック

登場人物

ジェイムズ（ジム）・
アグニホトリ大尉……私立探偵
アディ・フラムジー……ジムの雇用主。弁護士見習い
ダイアナ……アディの一番目の妹
バチャ……事件の被害者。アディの妻
ピルー・カムディン……事件の被害者。アディの二番目の妹
バルジョール……アディの父
テムール（トム）・バイラム……クロニクル紙の社主・主筆。バルジョールの友人
グルング……フラムジー家の使用人。元グルカ兵
チュトゥキ……ラホールで出会った少女
マネック・フィッター……事件の容疑者
サーピル・ベーグ
セト・アクバル……事件の容疑者。イスラム教徒
フランシス・エンティ……事件の目撃者。ロイズ銀行の事務員
ヌール・スレイマン……ランジプート藩王国の王子
ウィリアム・グリア大将……シムラー駐屯地の司令官
ロバート・マッキンタイア警視……ボンベイ警察署長
ブライアン・サットン大佐……ジムの元上官。マドラス連隊の司令官
スティーヴン・スミス少佐……ジムの戦友
パトリック・ジェイムスン……医師。検死官

1

わたしは病院で三十歳になった。消毒薬として使われる石炭酸のにおいのする静かな病室で、新聞以外にはほとんど読むものもなかった。負傷からの回復という、時間のかかる、飽き飽きするような仕事をこなすうち、最近のある記事が頭から離れなくなった——二人の若い女性が昼日中《ひるひなか》に大学の時計塔から転落死するという、インド中に衝撃を与えた事件だ。

新聞を読めば読むほど謎が深まった。裕福な若い女性が二人、ボンベイのどまんなかで墜落死だって？ 英国の法と秩序のもとにあると喧伝《けんでん》された、活気ある大都会で？ 自殺だという者もいたが、もっとなにかわけがありそうだった。たいていの自殺者は一人で死ぬ。この女性たちはちがった。完全に一人ではなかった。彼女たちを殺害した罪で、三人の男が裁判にかけられていた。いったいなにがあったんだ？ とわたしは思った。

スティーヴン・スミス少佐——第十四軽騎兵連隊所属——がぶらぶらと、馬の背に乗り慣れた者の足取りで、わたし以外誰もいない病室に入ってきた。白い防暑帽《ピスヘルメット》を脱ぎ、額をぬぐう。プーナでは、今年の二月は暑かった。

わたしは声をかけた。「やあ、スティーヴン」

スミスは動きを止め、明るい顔になって、紐《ひも》で縛られた包みを渡してきた。「誕生日おめでとう、ジム。気分はどうだい？」

わたしがいままでに受けとってきたプレゼントの数など、片手で数えられる。手振りでベッド脇の椅子を勧め、茶色い包装紙を剝《は》がした。出てきた本を見て、わたしはにっこり笑った。スミスは、わたしのヒーローの話をさんざん聞かされてきたのだ。

「『四つの署名』――シャーロック・ホームズだ！」

スミスはベッドのまわりに積みあがった新聞を見てうなずいた。「あの事件に興味が？」

「うむ。これを見たか？」わたしはここ何時間か熟読していたクロニクル・オブ・インディア紙をトントンとたたいた。「世紀の裁判、と書いてあった。悪党どもは無罪放免」

戸外では、ヤシの木々が熱帯の風にあおられてシュッ、シュッと音をたてていた。スミスは腰をおろし、指でブロンドの口ひげを撫《な》でつけた。水漆喰《みずしっくい》塗りの病室の白い壁を背景に、カーキ色の制服がくっきり浮きあがった。「もう何週間もニュースになっているね。法廷の判断は自殺だった」

わたしは鼻で笑った。「自殺だって？　ナンセンス！」

スミスは顔をしかめた。「ふむ？　なぜいけない？」

「こまかいところで辻褄《つじつま》が合わない。二人は時計塔から同時に落ちたわけじゃなく、数分の間隔があった。もしも二人で死のうとしていたなら、一緒に時計塔から飛び降りるんじゃないか？　それに、ここを見て――被害者の夫が編集部宛に書いたものだ」

わたしはその手紙が見えるように新聞を折りたたんで渡した。こう書いてあった――

> 貴君が昨日の論説で提示した内容は、現実ではありえません。妻のバチャにも、妹のピルーにも、自殺をする理由など一つもありませんでした。二人には、生きる理由しかありませんでした。
>
> バチャに会ったことがあるなら、生きる喜び

に溢れる妻の様子は見まちがえようもなかったでしょう。バチャは出会った人すべてに、その人が会うまえに持っていたよりも多くのものを残しました。いいえ、妻はあなたがおっしゃるような鬱《うつ》傾向のある女ではなく、きわめて義務に忠実で、人生の楽しみを愛する、美しい人間でした。会う人すべてに気遣いを示し、広い心で年配者の世話をし、たくさんの友人から慕われた女でした。

お願いですから、私の愛する妻と妹の思い出を馬鹿げた噂で汚さないでください。二人が亡くなったことで私たち一家は活気を、人生の喜びを奪われました。私たちをそっとしておいてください。二人を失っても、私は生きつづけるのですから。

心をこめて

アディ・フラムジー（一八九二年二月十日）

スミスが読み終えるころ、わたしは脚をベッド脇から振りおろして立ちあがった。いや、立ちあがろうとして失敗した、部屋がぐるぐる回ったから。よろめいて、悪態をつき、ベッドにつかまろうとしてつかみ損ねた。

スミスが大声で呼ばわった。「雑用係《オーダリー》！」そして慌《あわ》てて駆け寄ってきた。

二人でわたしをベッドに戻してくれたが、かなりの骨折り仕事だった。わたしは小柄なほうではない。

「急ぐことはないんだよ、ジム」スミスは妙な顔つきでそういった。まるで彼が目を離した隙にわたしが角《つの》でも生やしたかのように。

「大丈夫、大丈夫だよ」わたしはオーダリーに向かって小声でいった。がっちりした体格のシク教徒で、灰色のターバンを巻いて病院の制服を着ているこの男は、なんにでも大騒ぎしすぎるきらいがあった。

「旦那《サヒブ》はもう何ヵ月も具合がよくないんですから」オーダリーは断言した。

ありえない。何ヵ月もだって？　ほんの数週間じゃないのか？　わたしは寒さで痺《しび》れたようになったのを思いだし、混乱の靄《もや》に襲われ、見知らぬ顔がいくつも行ったり来たり……

「くそっ、ジム」スミスが顔をしかめていった。「辺境のことを話しあう必要がある。カラチにいる、アフガンの民兵たちのことだ」

「そうなのか？」頭のなかでドラムが鳴りはじめた。わたしは仰向けに横たわり、ズキズキと痛む耳の上あたりを掌底《しょうてい》で押さえた。

その後何日かは、担当の医師がちょくちょくやってきては、衛生兵がいいそうな注意事項を山ほどいい置いていった。わたしの回復を喜んでいるようでもあり、疑っているようでもあった。わたしはもう若者というわけでもなかったので、ベッドに横たわって将来のことを考えると希望が持てなかった。家族はおらず、キリスト教系の孤児院に、育ての親の年老いたトマス神父がいるだけだった。軍の友人たちはカラチの赤い砂《すな》埃に埋《ぼこり》まっていた。昔なじみのなかで残ったのは、スミスとサットン大佐とわたしだけだった。

こんなことをくよくよ考えていてもあまりいいことはなかった。だから代わりに、女性たちの死の謎について何度も何度も思いをめぐらした。あの陽光溢れる十月の日の恐ろしい出来事について、全貌を知ることはできるだろうか？　関連記事は一面から消えはじめ、インド亜大陸を横断する新しい鉄道路線の話題に場所を譲っていた。それでも、心からの言葉が綴《つづ》られたあの手紙が頭から離れなかった。〝二人を失っても、私は生きつづけるのですから〟若い寡夫はそう書いていた。その言葉には——鋭い火傷《やけど》の痛みさながらの深い悲しみには――身を切られる思いがした。彼の痛みの幾分かは、わたしにも覚えがあった。戦友たちを失っても、わたしは生きつづけていた。

一週間後に退院した。陸軍で稼いだ金はあらかた治療に消えてしまい、自分名義の金は四十ルピーだけだった。仕事が必要だ。

まあ、新聞になにか書いてもいい。そういう文章の断片を考えつつ、例の手紙の切り抜きを札入れに押しこんで、わたしはクロニクル・オブ・インディア紙の編集部を訪ねることに決めた。

2

陸軍病院で若きミスター・アディ・フラムジーの手紙に頭の靄を溶かされてから、四週間が経っていた。クロニクルの主筆にわたしが真剣であることを納得させ、タンガと呼ばれる軽量の二輪馬車でホウオウボクの並木のあいだを大邸宅へ向かった。引きこもりがちなミスター・フラムジーに、事件のことを書かせてもらえるよう頼みこむためだった。マラバー・ヒルの荘厳な白い邸宅の入口で、名刺――ジェイムズ・アグニホトリ大尉、クロニクル・オブ・インディア、ボンベイ――を渡したターバン姿の門衛は、凝った装飾のドアの向こうに消えた。

フラムジー家の大邸宅の外で、こうして階段のてっぺんに立っているいま、頭から離れないあの言葉を書いた男に会えることを心底望んでいた。二人を失っても、私は生きつづけるのですから。

不安でいっぱいになりながら、爽《さわ》やかな朝の空気を吸いこんだ。縦溝彫りの支柱の横でブーゲンビリアがそよ風に踊り、なめらかな大理石にピンクの花びらを散らした。花の儚《はかな》い美しさが、数カ月まえの悲劇的な喪失の反響のように、痛烈な音として胸に響く。アディ・フラムジーの妻と妹は大学の時計塔から転落死した。自殺だったのだろうか、それとも殺されたのだろうか？　裁判では、証拠不十分により自殺との判断になったらしい。若きミスター・フラムジーは報道関係者と話をしようとしなかったので、取材がかなえばわたしは新しいキャリアのスタートを切れるはずだった。帽子を手に、わたしは待った。

法科の学生であり、ペルシア系ゾロアスター教徒であるパールシーの地主の息子であり、いまや家族を亡くしたばかりの寡夫でもあるミスター・フラムジーからは、〝外出中です〟と拒絶されるか、あるいは先週申しこんだ訪問を受けいれてもらえるか、どちらの可能性もあった。手紙に返事はもらえなかった。返事を待ってもよかったのだが、わたしは早く記者として一本立ちしたかった。

帽子の縁を指でいじっていると、門衛が戻ってきていった。「アディ様がお目にかかります」

大理石の玄関ホールに入り、門衛のうしろについて客間へ向かった。部屋には木漏《こも》れ日が差しこんでいた。

「こんにちは。ぼくがアディです」

青白い顔をした痩身《そうしん》の男が大きな机の横に立っていた。一方の手をダークウッドの天板の上で広げている。病人などでないことは見て取れた。自信に満ちた足取りで近づいてくる。真っ白なシャツの糊のきいた襟《えり》が、ほっそりした顔を縁どっていた。広く秀でた額の下は細く通った鼻筋、そして顎《あご》はきれいに剃《そ》ってあった。

細い銀縁の眼鏡を通してこちらをじっと見る目は、鋭くはあったが、意地が悪そうには見えなかった。

彼の目に映るのは、ボクサーのような肩と腕をした長身の男だ。髪は耳につかないくらい短く刈りこんである。誰ともわからぬ父親から受けついだ英国人らしく青白い顔は、辺境にいた年月のあいだに日に焼けていた。軍人風の口ひげと、飾りのない質素な服装にはちらりと目を向けられただけだったが、それでも、なんともいいがたいやり方で評価されているような気がした。

「ジムです、サー」わたしはまえに踏みだして握手をした。「お悔《く》やみを申しあげます」

「ありがとう。軍隊ですか？」しっかりとした握手だ。彼の手のひらは乾いていて、なめらかだった。

「第十四軽騎兵連隊にいました、最近まで。ビルマと、北西の辺境に駐留しました」

「騎兵だった。そしていまは記者ですか」

わたしは笑みを浮かべようとして失敗した。「二週間まえにクロニクルの一員になりました」

なぜ記者として経験がないことを説明したい衝動に駆られたのだろう？　わたしたちは出会ったばかりだったが、彼の青白い、蠟《ろう》のように真っ白といってもいい顔色に注意を引かれた。過酷な裁判と新聞での大騒ぎのあと、彼には報道記者を――軽蔑《けいべつ》するとはいわないまでも――嫌う理由が充分にあった。それでも彼はわたしを部屋に通した。なぜだ？

身振りでわたしに長椅子を勧め、彼はその横の椅子に座った。背後ではどっしりとした本棚が壁を埋めていた――分厚い学術書のような黒っぽい背が並んでいる。飾りではなく、読まれているようだった。法律関係の本に見えた。

わたしはふつうの世間話から入るものと思っていた。天気のことやら、ボンベイにどれくらいいるかなどを話してから、取材の本題を切りだせるものと考えていた。

　ところがそうはならず、若きミスター・フラムジーはこう尋ねた。「なぜ除隊したんですか、大尉？」

　彼の様子は用心しているように、いや、鎧戸《よろいど》をおろしているかのように見えた。客間の静けさに非難されているように感じた。相手としては当然、こちらの経歴を確認したいところだろう。結構。

「十二年も務めれば充分だからです」十五年だ、馬の世話係として将校たちに仕えた年月を数に入れるならば。

「それなら、なぜクロニクルに入ったのですか？」

　これはわたしが自分の目的を披露《ひろう》するための合図になった。「いくつか書いたものがあったので、主筆のミスター・バイラムのところへ仕事をもらいに行ったのです。先週、取材を依頼するわたしの手紙があなたのもとへ届きましたね？」

　彼は〝ちょっと待って〟といわんばかりに一方の手をあげ、尋ねた。「アグニホトリ大尉、あなたはどういう人なんですか？」

「軍人です、サー」強烈に注意を向けられていることに気づき、わたしはいった。「調査したいと思っているのです、この……事件について」

　どうしたらわたしのこの興味、いや、取り憑《つ》かれた状態を、相手を不愉快にさせず、無神経に聞こえないように伝えることができるだろう？　ここのところ、この事件のことばかり考えてきたのだ、カラチのことで思い悩むのを避けるためもあって。

　マイワンドの戦いで死を見てきた。死にゆく友人たちや、死んだアフガン人たちを。カンダハール……それにカラチへ向かう道中でも。状況は毎回異なったが、わたしにとって、痛みはおなじだった。友の目に懇願が浮かび、その懇願が理解に変わるときに身の内に感じる、ねじれるような苦痛。すでに解放され、引き剝がされつつある魂《たましい》を繋《つな》ぎとめようと体が戦うときの最後の痙攣《けいれん》を目にする苦痛。

軍人というのは死を扱う商人だ。与えて、受けとる。そして痛みを感じる。だが、人生の冒険がはじまったばかりの若い女性二人はどうだろうか？　筋が通らなかった。若きミスター・フラムジーの手紙にも書いてあった。〝貴君が昨日の論説で提示した内容は、現実ではありえません。妻のバチャにも、妹のピルーにも、自殺をする理由など一つもありませんでした。二人には、生きる理由しかありませんでした〟

彼はわたしを見ていた。額の平らなところが朝の光を捉《とら》えていた。そのまなざしの激しさといったら！

わたしはいった。「事件について読みました。いくつかの詳細に……当惑しました」

「つづけてください」

相手の気分を害することなく説明しようと苦心しながら、わたしはいった。「コナン・ドイルの『四つの署名』を読んだことはありますか？　わたしはあの手法に興味を引かれました。推論と観察の用い方に」

眼鏡に反射した光で、若きミスター・フラムジーの目が隠れた。

「一つの犯罪の一風変《いっぷう》わった、ふつうとちがう特徴が……解明の助けになるのです。今回のような事件でもそれが役に立つかもしれません」わたしはいった。

「妻の死について調査したいと？　ならばなぜクロニクルに入ったのですか？」彼が身動きすると、冷静な声とは裏腹の刺すような視線がわたしにも見えた。

わたしは説明した。「サー、クロニクルは個々の人々に焦点をあわせました――女性たちと、被告人たちに。わたしは新しいアプローチを提案したのです。詳細をつなぎあわせてもっと完全な絵を描くという。編集次長はもう記事になるような話は残っていないといっていましたが、わたしは同意しかねます。この事件にはもっとなにかある」

アディ・フラムジーは口を開かなかった。わたしは息もできなかった。もはやわたしを放りだすつもりだろう。貴族的な顔が硬化して、礼儀だけを貼りつけたマスクになるだろう。短い、結論の出ない裁判のあいだも、ボンベイの高等裁判所で、記者たちがつくりだした混沌《こんとん》に彼はそうやって対処したのだ。

「そう、ぼくはクロニクルに手紙を書いた」彼がようやく口を開いた。

わたしはいった。「自殺ではありえないと、あなたは書いた。おそらく、なにがあったか発見できると思います」

思ったより自信のありそうな響きになってしまった。そんなふうにいうべきではなかったのに。まだ証拠を一つも見ていないのだから。

彼の目が揺らいだ。「どうやって?」

「証拠を入念に観察し、全体像を組み立てます。なにが見つかるかはわかりませんが、やって損はないでしょう」

「つまり……シャーロック・ホームズのように」アディはいった。

ということは、彼もコナン・ドイルの作品を知っているのだ。それも意外ではなかった。

「ホームズの手法を使うのです」わたしは慌てて説明した。「警察が……見逃したかもしれない物事を、調査します」

アディは顔をしかめた。「もう軍隊はたくさんだと思ったんですか? 裁判について読み、ぼくの手紙を見たあとで?」

「そのまえからたくさんだと思っていました。あなたの手紙はたまたまわたしの注意を捉えたのです」

「ふむ。あなたはイギリス人とインド人の血を引いているのですか?」

「はい」わたしの生まれは肌の色と体格を見れば明らかだった。たいていのインド人はもう少し小柄だ。

「アグニホトリはインド人の姓ですね。父上がインド人なのですか？」

そう、これはわたしの足もとにつきまとって離れない事実だった。「ちがいます、サー。アグニホトリは母の姓です。わたしは父親を知りません」

母は一人でわたしを産んだ。英国人の父親は、わたしに自分の姓を与えるほど長くは留まらなかった。

「なるほど」アディの顔に批判めいた色はなかった。これは珍しいことだった。

わたしは〝軍隊育ち〟で、早くから軍人の使い走りをしていた。身長が充分に高くなると入隊し、まっすぐ北の辺境に送られた。こんな話は聞かせなくてもいいだろう。代わりに、わたしがマドラスで調査した事件の話をした。一人の将校と洗濯屋の死が絡《から》んだ事件だった。

「何日かかけて、サイズの合わない服を着ていた中隊長を観察しました。その男の兵舎が調べられ、証拠が見つかりました。報告書を書いたら、司令官が少しばかり感心してくれて。それで、新聞に記事を書くことを考えたのです」

少々しゃべり過ぎてしまったので、あとは待った。

アディの視線は揺らがなかったし、わたしの話をつまらないと思っているようでもなかった。いくつか質問をしてきて、その後結論に達したようだった。「バチャとピルーになにがあったか知りたい。なんとしても。時間はどれくらいかかると思いますか？」

わたしは考えてから答えた。「六カ月？　それで真相がわからなかったら、驚きますね」

アディはまばたきをした。「クロニクルはあなたにいくら払っているんですか、アグニホトリ大尉？」

わたしは驚いて相手を見た。詳しい説明はなかったが、アディは穏やかな顔をしていた。

「三十ルピーです、サー。週給で」顔が熱くなった。大した額ではなかった。だが、質素な暮らしの独身者には充分だった。わたしは顔を正面に向け、肩をぐっと引いて、　"休め"のときのようにまっすぐな姿勢を保った。

「ぼくのために働いてもらいたい」彼はいった。「週給四十ルピーで」

「あなたのために?」

アディはうなずいた。

「なにを……すればいいのですか?」

そのとき笑みを浮かべたアディを見て、なぜ自分が彼をお堅いとか貴族的だなどと思ったのかわからなくなった。アディはわたしより十歳ほど若い。起こったことすべてに傷つき、まだショックを受けており、この謎を終結させる手段が現れるのを待っていた。そしてここにチャンスが現れた——わたしだ。

「すること? あなたがするつもりだったことをやってくれればいい。ぼくの妻の……死について、調査すること」押し殺した感情のせいで声が揺れた。「あれは自殺じゃなかった。なにが、なぜ起こったのか解明してもらいたい。だが、新聞に書かれるのはお断りです。妻はもう充分騒がれましたから。かわいそうに。もう休ませてやってほしい」

こうしてわたしは私立探偵になった。

3

アディ・フラムジーとおなじ部屋に座っているあいだは、興奮を抑えた。わたしは新しい道に一歩を踏みだしたのだ。結構、結構。探偵の役割を果たし、妻を亡くしたばかりのこの男に――青白い顔をして、運命からの攻撃を断固たる落ち着きで受けとめているこの若い男性に――協力するとしよう。

わたしはノートを引っぱりだした。「では、サー、事実の確認からはじめましょうか」

依頼人は姿勢を正した。そしてわたしの目のまえで三回深呼吸をした。あとになって、これは司法研修で身につけた習慣だとわかった。アディはブラウン&バトリワラ弁護士事務所で見習いとして働いており、仕事で証言録取をすることもあった。思慮深さと用心は、すでに彼の人生に染みついていた。

アディはいった。「バチャとぼくは一八九〇年、妻が十八歳でぼくが二十歳だったときに結婚した。ぼくは法律の勉強をしていた英国の大学から戻ったばかりだった。ぼくたちは幸せだった」

ほんの二年まえなのに、アディの声の調子と態度からは大昔のことのように感じられた。

「ピルーとダイアナは妹で、ほかにも十歳より下のきょうだいが三人いる。つまり、ぼくは六人きょうだいの長子なんですよ。いや、いまは五人か、ピルーが亡くなったから」

五人きょうだいとは！　羨《うらや》ましかった。わたしはすばやく書き留めた。「この家では誰が暮らしているのですか？」

「ぼくの両親と、ダイアナを除いたきょうだい全員――ダイアナももうすぐ英国から戻るはず……それから使用人が八人。グルカ出身の警備員が二人、馬の世話をしたり、馬車を動かしたりしている。ジジさん《バーイー》は、息子と娘と一緒に食事をつくる。この三人が母と妹たちの世話もするので、メイドはいない。あとは従者が三人、ぼくたちに付き添ったり、使い走りをしたりする」

合同家族《ジョイント・ファミリー》と呼ばれたりもする、インドの大家族だった。アディと花嫁もここで一緒に暮らしていたのだ。

「夫人の……死に先立つ何日か、彼女が沈んでいる様子はありませんでしたか？」

アディは首を横に振った。「そうは見えなかった。もしかしたら、何週間か、口数は少なかったかもしれない」

「それから妹さん、ミス・ピルーの様子はどうでしたか？」

アディは肘《ひじ》をつき、手を見ながらいった。「ピルーは昔からおとなしくて、食事のときもあまりしゃべらなかった」アディはため息をついた。「六カ月まえ、十五で結婚したばかりで、十八になったら夫のもとへ行くはずだった。不満はなかったと思う。しかし最近、とくにあの事件のまえは……内にこもっているように見えた。まあ、二人がいなくなったあとだから、そんなふうに思えるだけかもしれない。バチャとピルーは仲がよかった、わかってもらえると思うけれど」

悲しみで皺《しわ》の寄ったアディの額に、髪が一房落ちかかった。

これが、被害者のご婦人方——わたしは二人をそう思うようになっていた——に関する最初の情報だった。亡くなったとき、バチャは十九歳で、結婚して一年、ピルーは十六歳で結婚したばかり、新しい義姉に入れあげていた。

「サー、パールシーの人々のあいだではふつうのことなのですか？　十五で結婚して、もう少しあとになるまで実家にとどまるというのは？」

アディの眉があがった。「妥協の結果といったらいいかな。伝統の命じるところでは、少女たちは若くして結婚するべきなのだけれど、シムラーにいるぼくたちの友人、ベラムジ・マラバリのような改革派の人々は、それにはっきり反対の声をあげている。ダイアナは結婚を拒否して教育を受けたがったから、父はダイアナをロンドン近郊の教養学校《フィニッシング・スクール》に入れた。ピルーはもっと家庭志向だった」

では、妹のうち一人は英国にいて、もう一人は結婚していたわけか。わたしはパールシーについては、中世にペルシアから亡命してきた人々の子孫であることくらいしか知らなかった。

「事件当日のことを教えてもらえますか？」

依頼人は三回深呼吸をして、両手の指を握りあわせた。「十月二十五日、バチャとピルーはチャーチゲートにいる母方のおばを訪ねるといっていた。その日の午後三時ごろに家を出て……結局おばのところにはたどり着かなかった。代わりに、二人は大学の塔のバルコニーに上った」

これはわたしも知っていた。大学図書館やその閲覧室は、友人と待ちあわせたり、新聞を読んだりするのによく使われる場所で、一日の大半は学生や弁護士の助手で混みあっていた。「図書館のそばのラジャバイ時計塔ですね。二人はそこに行くといっていましたか？」

「家の者にはいわなかった」

ご婦人方は塔へ行く計画を隠したのだろうか、それとも、単に途中で気が変わったのだろうか？　ここにわたしの不利な点があった。軍隊生活では女性や、女性の行動の動機についてはほとんど教わらなかった。なぜ二人は自分たちの行き先について嘘をついたのだ？

「そこで二人を見たのは誰ですか？」

「時計塔の警備員《ハヴィルダール》が、二人に付き添って階段を上った。あとは近所に住むきょうだい二人が――ほんの子供だが――バルコニーに上る妻と妹を見た、と」

「名前はわかりますか？」

アディは眉を寄せた。「警備員はビムサと呼ばれていた。子供たちは、タンベィ家の子だと思う」

「そのあとは？」

「四時まえに、バチャが……転落死した。その少しあとに、ピルーもバルコニーから落ちた。ピルーは少しのあいだ息があったと聞いている」

二人の死に時間差があるところが不可解だった。

「ほかに目撃者は？」

「二人が落ちたあと？　もちろん、いる。図書館司書――アプテという名前の男だ。それからフランシス・エンティ、事務員で、証言をした。あとはパールシーのマネック。二人のイスラム教徒と一緒に告訴された」

わたしはこうした情報をリストに加えた。大学へ出向いてほかの目撃者を探してもいいが、現場にいた可能性のある学生を選びだせるかといえば、かなり望み薄だった。

「警察はどれくらいで到着したのですか？」

「すぐに着いたようだった。ボンベイ高等裁判所も近い。マッキンタイア警視が、自分は四時十分に現場に到着して一帯に非常線を張ったと証言している」

「マネックはなぜ逮捕されたのですか？」

アディは息を継いでいった。「服装が乱れ、息を切らしていたのに、マネックはその理由を説明できなかった。マッキンタイアの報告書にそう書いてあった」

「では、イスラム教徒の二人は？　なぜ逮捕されたのです？」

「ああ、シーア派の、コージャの二人ね……妻と妹の死に先立って、塔のなかで激しくいい争うのを見かけたと事務員のエンティがいっている。口論をしていたた」

のはマネックと、イスラム教徒の二人――セト・アクバルとサーピル・ベーグだったと。マネックは、この二人のことは知らないと主張した。二人にはべつの場所にいたというアリバイがあった」

それなら警察は、コージャの二人とマネックが嘘をついていると判断し、エンティの話を信用したわけだ。なぜだ？「ベーグは裁判にかけられたが、アクバルは見つからなかった？」

「そう」アディはため息をついた。「有名な姓だ――アクバルというのは、昔のムガル帝国の皇帝の姓だからね。彼のファーストネームが知らされず、セトという称号だけが伝えられてきたのも奇妙な話で……きっと影響力のある人物なんだろう。見つからなかった」

それはほんとうに妙だった。「マッキンタイア警視にも訊いてみましょう」

4

翌朝、時計塔の鐘が八時を告げると、その余韻を聞きながらわたしはクロニクルのオフィスに入った。しかし誰もいなかった。記者たちにとっては早すぎる時間だ。朝刊は五時に出たところだったし、夕刊のスタッフはまだ出社していなかったから。さっそく調査をはじめたくて、わたしは自分の机から所持品を掻《か》き集め、編集次長に伝言を残し、すぐに見てくださいと書き置いた。こうして、わたしは記者の道をしばらく棚上げにした。もちろん、直接会って説明するつもりだったが、当面はこれで事足りるだろう。

鎧戸のおりたバザールの通りには、日除けの下に人もおらず、カートやタンガがひっくり返して置いてあった。牛が一頭、草を食《は》んだり、尻尾でハエを払ったりしていたが、こちらには目もくれなかった。誰にも知られずにするりと出入りできるこの感覚が好きだった。もしも絵に描いたら、わざわざ近寄って見ようとは誰も思わないような風景だった。

三月になったばかりなのに、熱い風が吹きつけてきた。通りかかった無蓋の小型馬車《ヴィクトリア》を止めて乗りこみ、マラバー・ヒルまで海岸沿いの道を走った。ティーン・バティ地区のまんなかを抜けて〈ハンギング・ガーデン〉までの坂道を上った。ハンギング・ガーデンは上流社会の人々が夕方の散歩をするような公園だった。

フラムジー家の邸宅に着くと、門衛が手を振ってわたしを通した。客間ではアディに会釈《えしゃく》で迎えられた。アディはわたしの擦《す》り切れたカーキ色のズボンと、袖を肘までまくりあげて着ている唯一の白いシャツと、新聞記者がよく着るようなベストにちらりと目を向けた。

「お茶は？」アディはそう勧めてきた。

わたしがその勧めを受けいれると、アディは呼び鈴の紐をぐいと引き、わたしにはわからない地元の言葉で――たぶんグジャラート語だ――制服姿の従者に話しかけた。

それからふり返っていった。「大尉、ぼくたちの取り決めのことを知らせるのは二人だけだ。父と、クロニクルのトム・バイラム。彼はぼくの両親と仲がいい」

では、クロニクルの社主兼主筆のトム・バイラムを、アディは知っていたのだ。バイラムは見出しで、〝**無能にして混乱の極み！**〟と塔の転落死に関する警察の捜査を批判した。検察は〝**ドジで信頼に値しない**〟連中だと。ほかの新聞では狭量《きょうりょう》な意見も見られたが、彼はご婦人方の評判を守ろうと擁護《ようご》した。ミスター・バイラムはわたしの雇用主でもあった。

「それで、調査が済んだら、わたしはクロニクルに戻っていいんですか？」

アディは考えてからいった。「休職ということにしてはどうかな？　六カ月でいいんでしょう？　わが家では記者として受けいれることはできない」

「それで大丈夫でしょう」わたしは同意した。「ただ、記者でないとすると、わたしはなにを名乗ればいいんですか？」

お仕着せを着た従者が大きな金属の盆を持って入ってきて、磁器のティーポットから茶を注いだ。わたしが手にすると、繊細なティーカップはいやに小さく見えた。

依頼人が黒い布の束《たば》を広げ、長くて黒い服を差しだした。

「ぼくが法科の学生として着ているローブだ。ちょっと短いかもしれないけれど、着られるでしょう。大学の時計塔は高等裁判所のそばだから、周辺にいつも法曹関係者がいる」

シャーロック・ホームズも変装が好きだったなと思い、わたしは笑みを浮かべた。任務が新たな局面を迎えたことを実感し、ローブを着るという案に乗り気になった。

「それは？」わたしはテーブルのそばにあるどっしりした二つの金属の箱のほうに顔を向けて尋ねた。

「裁判のときのぼくの覚え書き。マッキンタイア警視からもらった目撃証言の記録もある。新聞記事もいくつか取っておいた」アディの言葉に嫌悪感が滲《にじ》んだ。「もし訊かれたら、ブラウン＆バトリワラ事務所で働いているといえばいい。うちの弁護士だ。それから」アディは告げた。「父があなたに会いたがっています」

アディのあとについて分厚いカーテンのかかった窓を通り過ぎ、彼の父親の書斎へ向かった。白壁に、凝った装飾の額に収まった肖像画がかかっていた。口ひげを生やした伝統的な盛装の男たちが、暗いキャンバスから見おろしてくる。何世代にもわたる困難な事業の成果を誇らしげに主張しているようだった。

アディはわたしが肖像画に興味を持ったことに気づき、廊下で足を止めた。「ぼくの祖父だ」礼装の男を指差してそういった。近衛隊《このえへい》の将校だった。肩章が輝いている。

「東インド会社で働いていたんですか？」

アディはうなずいた。「大反乱のあいだも働いていた。ぼくたちの一族は、英国支配の断固たる支持者だった。法と秩序の信奉者だったんだね」

面白い。一八五七年に起こったセポイの乱はもう三十年以上まえの出来事だが、これについて口にする者はほとんどいなかった。ムガル最後の皇帝に率いられ、マラーター王国の将軍たちと火のような気性の王妃、ラニ・ラクシュミー・バーイーに支えられて、驚くべき数のインド兵の軍団が反乱を起こし、イギリス人将校やその家族を殺害した。フラムジー家は英国支持者だったというが、アディの不満そうな声の調子にわたしは戸惑った。どういうことだ？

アディの父親のバルジョール・フラムジーは、書類の山が雑然と並ぶ机のまえに立っていた。腹の出た、ずんぐりとした男だった。

「アディ！　それにアグニホトリ大尉だね。入った入った」大きな声でそういい、気安げな笑みを浮かべた。わたしは一目見てこの評判のいいパールシーの実業家のことが好きになった。

バルジョールは丸々とした体形の人にしてはずいぶんすばやい動きでこちらの手を取り、熱意をこめてわたしと握手をし、好奇心を隠しもせずにまっすぐ見つめてきた。ボンベイにいれば、パールシーに会わずに過ごすほうがむずかしいと思う。彼らは広く敬意を集めており、どこにでもいた。親英派で進取の気性に富んだ実業家として、ホテルや新聞社や荘園を所有したり、造船所や銀行を経営したりしていた。

バルジョールは知り合いの上級将校の名前を挙げ、尋ねた。「きみはどこに駐留していたんだね、大尉？　ミセス・アグニホトリは同行したのかね？」

「ビルマと、北西の辺境です。いえ、わたしは結婚していません」将校の妻が行軍に同行することは許されなかった。それどころか、軍は結婚そのものを推奨していない。

バルジョールはいった。「去年の十月、娘のピルーと、アディの妻のバチャが亡くなって……たいへんな打撃だったよ、大尉」

わたしは同情を示した。

バルジョールはつづけた。「大勢のパールシーがマネック・フィッターを擁護した――あの男もわれわれとおなじ、パールシーの一員なのだよ。個人的には知らないがね。われわれの同族が罪もない女二人を殺すことができるなど、想像もできん。だが、自殺の評決とは。とんでもない」

よくわかった。父親も息子も自殺ではなかったと信じているが、それを証明する証拠がない。だからわたしを雇ったのだ。

数分のあいだ話をしたあと、アディがいった。「そろそろ講義に行かなければ。大尉、ぼくの部屋を使って。それでかまわないかな？　では、午後にまた」

丁重な顔合わせの熱も冷めやらぬまま、わたしはアディの部屋に戻った。長椅子にゆったりと腰かけ、指を山形に組んで、新たに知ったことについて熟考した。ホームズもこうしただろう。

バルジョールのおおらかで親切な態度からなにが推測できるか？　彼の頬ひげはそのまま顔の横の重たい髪の房へと流れこみ、顎にはひげがなかった。正直そうな顔で、リンゴのような頬には目もとまでつづく笑い皺があった。高価な黒いシルクのチュニックを着ていたが、慎ましい生《お》い立ちの男のような話し方をした。

地主であり、家長であるバルジョールは、実業家として名声を手にしていた。危険な敵をつくったりもしただろうか？

アディの書類の箱をあけて、何枚かフールスキャップ紙を引きだした。アディの手書き文字は流れるようで、女性が書いたみたいに優雅だったが尖《とが》っていた。急いで書いたもののようだった。

本能とは妙なものだ。わたしはどこにいても必ず逃げ道を知っておきたかった――閉じこめられることはないとわかって初めて落ち着ける。だから書類を読みはじめるまえに、狭いフレンチドアに向かった。ドアは日陰になった長いバルコニーへと開き、わたしは外に出た。

なめらかな石の手すりを冷たく感じながら、熱帯のシダやバナナの葉をざっと眺めた。フラムジー家の人々には魅了された。アディの物静かな度胸にも、バルジョールの率直さや温かさにも。どこかでキュウカンチョウのさえずる声が〝イエス？　イエス？〟といっているように聞こえた。遠くから聞こえるぼそぼそとした話し声や鳥の鳴き声が、わたしの子供時代のある瞬間を切り取って持ってきた。お香のにおいがやさしい指となって顔を撫でる。なぜこんなに心が痛むのだろう、わけもなくぶり返す古傷のように？　しかしそれもすぐに消えた。

この邸宅はわたしがいままでに見たどの家よりも大きかった。興味を引かれ、白いバルコニーを左へ進んだ。

「アディ、本気か？」

バルジョールのがらがら声が聞こえ、わたしは足を止めた。こういう父と息子だけの会話を立ち聞きするのは、雇い主から寄せられた信頼に対するひどくお粗末な返礼に思えた。すぐに引き返すべきだった。

「本気だよ」アディはいった。「知りたいんだ。なにが見つかることになろうと」

「しかし、いろいろなことを訊かれるだろう」バルジョールが地元の方言をすべりこませたので、わたしにはわからない言葉がいくつかあった。「あの男は信頼できるのか？　いや、仕事上の秘密じゃない。そういうことをいっているんじゃないよ、まあ、それも問題になるかもしれんがね」

「なにかを見つけて……強請《ゆす》られるとか？」アディはいった。「いいや、父さん。彼はそういう男じゃない」

温かい気持ちが溢れてわたしの身を包んだ。上官が、わたしの働きを司令官に保証してくれたときのような気分だった。しかしなぜバルジョールは強請《ゆすり》の心配をしたのだ？　わたしがなにを見つけると思っているのだろう？

バルジョールがいった。「じゃあ、家族には――母さんやダイアナや、使用人たちには――おまえの友達だというんだね」

アディがうなずいたのだろう。バルジョールはつづけた。「母さんは気に入らんだろうな。秘密が嫌いだから」

「家族を巻きこみたくないんだ」

「しかしアディ、彼は家族にも質問するんじゃないか？　みんなどう思うかね？　ひどく気まずいことになるかもしれんよ」

一瞬の間《ま》のあと、アディが答えた。「そのへんはうまくやってくれるよ、父さん。ぼくからもいっておく」

立ちあがったような衣擦《きぬず》れの音がしたので、わたしは依頼人の書斎へと退却した。直後にアディが戻ってくると、わたしは椅子にかけたまま身じろぎした。立ち聞きをしたことで、どうにも居心地が悪かった。さあ、大尉、おまえがどういう人間か試されるときだぞ、とわたしは思った。

本を集めるアディの顔に、挨拶《あいさつ》代わりの笑みがちらりと浮かんだ。「なにか使えるものが見つかった？」

「サー」わたしはアディとまっすぐ向きあった。「さっきバルコニーに出たら、あなたがたの会話が聞こえてしまいました。謝ります」わたしのことは信頼してくれていい、といいたかった——しかしわたしはほんとうのところ、彼らのなにを知っているのだ？

アディはわたしを見あげた。「わかった」

率直で、物事に動じないアディの態度が、わたしは好きだった。きっと内心で父親との会話をふり返り、満足したのだろう。だいたい、もしなにか隠したいことがあるなら、わたしを雇うはずもなかった。

アディは箱のほうを向いてうなずいた。「それで、もうスタートは切ったのかな？」

わたしはためらった。「ほんとうにいいんですか？もしも、その、なにかつらい事実が判明したらどうします？」

アディは唇を固く引き結んだ。「受けいれよう、それがなんであっても。ぼくにはもう……なにがあったか知らないまま、講義に出たり、弁論趣意書を書いたり、そんな生活をつづけることはできない」

なにが起こったのだろう、アディの妹に、そして結婚したばかりの若く美しい妻に。だが、もしもわたしがやり遂げたら？　その後はどうなる？　また裁判か？

「サー、もし……いや、実際、犯人を見つけたら？警察に知らせるのですか？」

アディに躊躇《ちゅうちょ》はなかった。「もちろんだ、大尉。証拠があるなら」

「それでもしも犯人が、その、あなたが大事に思っている人物だったら？」

「家族とか？」アディは疲れたように息をついた。「もちろん、それでも知らせる。この件には決着をつけなければならない、ぼくたちがまえに進めるように」アディは自分を取り戻そうとしているように見えた。リングに戻って、ぼくをノックダウンしてみろと運命に挑んでいるかのように。

頻繁《ひんぱん》に報告を入れるようにと指示を受けて、わたしは部屋を出た。新聞に載ったアディの手紙について考えながら。二人を失っても、私は生きつづけるのですから。カラチで打ちのめされ、ぼろぼろになってはいても、わたしも生きつづけていた。多くは望めないにしても、もっとなにかを求めていた。兵士とはどこかに属する必要があるもの、連綿とつづくなにかの一部であるべきものだ。わたしは三十歳で、三十といえば多くの兵士が除隊して結婚する年齢だった。そして三人か四人くらい子供を持つ。しかし英国人とインド人の血の混じった人間が歓迎されることはあまりなく、妻を見つけるのも容易ではなかった。いや、わたしに必要なのは仕事であり、目標だ。アディは幽霊たちを安らかに眠らせることを切に必要としているが、わたしもおなじくらい切にこの役割を必要としていた。いまは調査の仕事をする身であり、目標があるというのはいいものだった。

翌日、わたしはアディの部屋に腰を据え、大量のメモを熟読した。アディには法律家特有の論理的思考が備わっていて、さまざまな事実について注意深く詳細に記されていた。しかしこれらを耳にすることで、アディ自身は引き裂かれたにちがいない。監察医の報告書にはこう書かれていた――レディ・バチャの遺体は、頭蓋骨に骨折、肋骨《ろっこつ》にひびを負い、首が折れていた。ミス・ピルーの遺体は、胸と太腿《ふともも》に擦過傷《さっかしょう》があり、多数の内臓損傷と骨折を負っていた。どれも六十メートルの高さから落下した事実と矛盾しなかった。

アディは余白に疑問や食い違いなどを走り書きしていた。一つだけ、嘆きの言葉もあった。〝バチャ、ぼくにもいえないなんて、どんなひどいことがあった？〟

わたしはいったん手を止め、次いでページをあちこちひっくり返した。検死報告の最後のページが欠けていた。

5

翌日、わたしはまたフラムジー家の邸宅に出向いた。市松模様のタイルに陽光の降りそそぐ玄関ホールを抜け、従者のあとについて階段を上った。部屋に着くと、アディは机でなにかに没頭していたが、立ちあがってわたしに挨拶をし、身振りで椅子を示した。

「なにか発見が？」目で説明を求めてはいても、アディは身についた礼儀正しさの求めるところに従い、仕事に取りかかるまえにまずはホストの役割を果たした。「ご一緒に」そういうと、大皿の覆いを持ちあげてサンドイッチを勧めてきた。二人で食べながら、わたしは検死報告の欠落したページについて尋ねた。

アディは眉をあげた。「そうだった？　気がつかなかったな。監察医のパトリック・ジェイムスンに訊いてもいいし、マッキンタイア警視に訊いてもいい」

つづいてアディは法的な問題点をいくつか論じた。とくに一点を強調した——二重の危険《ダブル・ジェパディ》を禁ずる原則について。これは同一の犯罪について被告人が再度裁判にかけられることを防ぐために制定された法律だった。

わたしは尋ねた。「もし証拠を見つけても、もう裁判はできないのですか?」

「証拠がどういうものかによる」アディはいった。本物の弁護士のような雰囲気だった。

しばらく黙っていると、部屋の壁にかけられた美しい女性の肖像画に気を取られた。

わたしの関心に気づいて、アディがいった。「バチャだ」

若妻はピンクのサリーをまとい、頭にスカーフを巻いていた。長いパールのネックレスが胸もとでカーブを描いている。まっすぐで落ち着きのある、しっかりした女性に見えた。黒い目は笑っていなかった。新聞に載った写真では、バチャはダイアモンドを身につけた優雅なご婦人だった。この肖像画に描かれている無言の自信に満ちた人物のほうがずっと本物らしい。

膝の上に本があるのは、バチャが教育を受けたしるしだった。読み書きを習える女性はほとんどいないから、彼女には裕福で進歩的な考えを持った保護者がいたにちがいない。ほっそりした手で凝った装飾の扇《おうぎ》を握っていた。燃え立つようなオレンジと緑のコンゴウインコが、バチャのうしろの手すりに止まっていた。刺繍《ししゅう》の脇に眼鏡が置いてある。やりかけの針仕事から、どことなく不吉な印象を受けた。全《まっと》うされなかった人生の前兆のような。

「ご婦人方の部屋を調べたいのですが」わたしはいった。「あとは、使用人からも話を聞きたいと思います」

アディはうなずいて、狭いドアをあけた。わたしもあとにつづいて暗い廊下に出る。アディがガスランプをつけると、寝室に隣接する控えの間が見えた。ドアの向こうは白いタイルのバスルームになっていて、鉤《かぎ》爪《づめ》足のついた浴槽が見えた。

「バチャの部屋はそのままにしてある。あのあとも……」アディはそういって出ていった。悲しみがぶり返したようだった。

影が部屋を覆っていた。静けさが予想以上に重かった。レースのような白い蚊帳《かや》を張るための四本の支柱を通り過ぎ、象牙《ぞうげ》色の分厚いカーテンをあけて室内に日光を入れる。部屋は静かに待ちかまえていた。自分の呼吸が聞こえるくらいしいんとしていた。

新品同様のベッドを手はじめに、部屋を調べた。刺繍された枕には、頭を載せたようなへこみはなかった。枕の下に隠されたものはなく、マットレスと枠のあいだにもなにもなかった。ナイトテーブルには本が置かれていた——シェイクスピアにマーク・トウェイン、アナ・キャサリン・グリーンの『奇妙な消失』。エリス・ベルの『嵐が丘』もあり、端が丸まっていた。わたしはそれを手に取り、パラパラめくった。メモも手紙も出てこなかった。

化粧台にはブラシと櫛《くし》と香水があった。窓のそばのこぢんまりとした書き物机には、紙とペンをしまう木の小物入れと、乾いたインク入れが置いてあった。

アディが落ち着いた様子で戻ってくると、わたしは尋ねた。「書状はありませんでしたか？　手紙でのちょっとしたやりとりとか？」

「あった。法律関係の箱に入っている。役に立つようなものはないが、見てもらってかまわない」

わたしは小さな机のそばにしゃがみ込み、引出しをあけて、書類と金属の箱を見つけた。「夫人はお金を持っていましたか？　使用人や、食料品店に払うような？」

「持っていた。そこにあるはず、たぶん三百か、四百ルピーくらい」

わたしは光沢のある金属の箱を振った。カタカタと音がした。箱のふたについた絵では、紫色のボンネットをかぶってパラソルを持ったレディが赤い制服を着た兵士に笑いかけている。〈マッキントッシュ・トフィー・デラックス〉の名前が浮き彫りになった、菓子の空き箱だ。ふたをあけ、依頼人のほうへ差しだした――硬貨とピンがいくつか入っているだけだった。

アディはいった。「たぶん母か父が持っていったんだろう……あのときのことはあまり覚えていなくて」

現金がなくなったことを、家族はあまり気にしていないようだった。どう考えたらいいかわからなかったので、わたしはそれがなかったことだけ書き留めた。

「あけても？」わたしは化粧台を身振りで示した。

アディはうなずき、唇を引き結んだ。蒼白になった顔から判断するに、アディはめったにこの部屋に入らないのだろう。最初の引出しにはいくつか箱が入っていて、中身を調べると女性用の装飾品が出てきた。

「全部覚えのあるものですか？」

アディはまたうなずいた。

次の引出しにはスカーフのような小さな布製品が入っていた。わたしはそれを鉛筆で動かし、手紙やメモがないか探した。なかった。一番下の引出しからは、ビーズでつくったおもちゃやら縫物の道具やら、子供のころから取ってあったようなぬいぐるみやらがいくつか出てきた。自分のおもちゃを取っておいた若い女性を悼《いた》みつつ、引出しをそっとしめた。

バチャの精神状態を示す証拠になるものを探しながら、華美な姿見のまえを通り過ぎて、対《つい》になった見事な木彫の衣装簞笥《だんす》に向かった。

「旦那《サ》さま《ヒブ》？」顔に深い皺のある、サリーに身を包んだ小柄な女性がドアのそばに立っていた。バチャの世話係だろう。

アディがいった。「ああ、ジジ・バーイー、ちょっと探しているものがあってね」

世話係は衣装簞笥を一つずつあけ、棚のドレスや織物を見せた。化粧品とラベンダーの香りが実体を伴うかのように部屋に漂った。まるでバチャその人がふり返ってわたしたちに挨拶したかのように。

シルクや、金襴《きんらん》や、あらゆる種類のレースがあった。バチャは淡い色合いと繊細な模様とたっぷりした縁取りの刺繡を好んだようだ。残念ながら、手紙や日記は出てこなかった。若い女性なら衣類のあいだに秘密を隠すかもしれないと思ったのだが。

女主人について、世話係にどう尋ねたらいいだろう? きっとなにも明かさないだろう、見知らぬ人間のわたしには。アディの視線を捉え、わたしは世話係のほうへ首を傾《かし》げてみせた。

合図を理解して、アディが尋ねた。「ジジ・バーイー、あの最後の日、バチャはなにかいっていなかった?」

世話係が小声でしきりにしゃべりだすと、アディは低い声でグジャラート語の通訳をしてくれた。「バチャさま《ビビ》はすてきな、大事なお嬢さんで、神さまみたいな美しさでした。お庭が大好きだったんですよ。お茶のときに、よく一緒に花をお持ちしました。髪を結ってさしあげるときには、新聞をお読みでした。毎朝、サヒブのごきょうだいのことをお尋ねでしたよ。〝子供たちは今日も元気?〟って」

彼女がいい終えると、アディは尋ねた。「マネックのことは聞いたことがある? バチャが会ったといっていなかったかな?」

「いいえ、いいえ、サヒブ!」世話係は叫ぶようにいった。「バチャ・ビビは純粋で、やさしい、いい方でした」

アディを見ると、彼もうなずいた。バチャは若きマネック・フィッターを知らなかったのだ。

わたしはため息をついた。たぶん、まちがった方向に進んでいるのだろう。ほかの二人はどうだ？ コージャと呼ばれるインド系イスラム教徒の二人を、アディの妻は知っていただろうか？

「じゃあ、サーピル・ベーグは？ 友人だった？」

彼女はその名前を知らないように見えた。

「セト・アクバルは？」

こちらも知らないようだった。ほんとうだろうか。マネックの共犯として訴えられたコージャの二人である。当然、名前くらいは聞いたことがあるのではないか？ 女主人を守るために嘘をついているのか？

「ミス・ピルーはどうでしょう？ 彼女はその男たちを知っていましたか？」窓ガラスに映った世話係の姿を見ながら、わたしは尋ねた。

「わかりません、サヒブ」彼女は心配そうな顔をした。ピルーのことをかばいはしたが、さほど熱烈な様子はなかった。妙だった。ピルーはこの家で育った家族で、バチャは来たばかりの花嫁なのに。ピルーについてはなぜこんなに控えめなのだ？

この一家の誰かが、貴重な証拠の一片をそうと知らずに握っていてもおかしくなかった。となると、正しい質問をしなければならない。些細《ささい》な物事が謎を解く鍵になるかもしれないのだ。世話係にもう少し訊いてみたが、なにも探りだせなかった。

世話係が部屋を出ると、わたしたちは向かいあって座った。アディは化粧台の椅子に、わたしは窓辺の椅子に腰をおろし、それぞれの考えに耽《ふけ》った。なにがわかった？ いくらかの現金がなくなっていたことと、世話係がピルーについては疑念を持っているように見えたことだけだ。いかにも女性らしい室内をじっくり眺めた。バチャはここで着替え、あの運命の日にもここで黄色いサリーを身につけたのだ。履き物は遺体からそう遠くない芝生の上で見つかった。布地のハンドバッグはバルコニーに残されていた。ほかになにか持って出たものはあっただろうか？

咳ばらいをして尋ねた。「夫人は眼鏡がなくてもちゃんと見えたのですか？」

アディは首を横に振った。「通りも渡れないくらい見えていなかった」

「眼鏡は見つかりましたか？」

アディは背筋を伸ばした。「いや」

これだ。この事実が指し示すものは……なんだろう？　バチャの肖像画で、画家は繊細な眼鏡を手前側の隅に描いていた。わたしは声に出しながら考えた。

「もしも自殺だったら、眼鏡がそばにあったはず」

アディはいった。「どこかで落ちた可能性もある。マッキンタイア警視は大学の敷地内を捜索させていた。眼鏡は見つからなかった。隣接する屋根も――図書館の閲覧室の屋根だ――隅から隅まで確認した」

興奮が湧きあがるのを感じながら、わたしはいった。「いつも眼鏡をかけていたのに、遺体が身につけていなくて、現場にもなかったなら、誰かに取られたのです。最後のときに、誰かが一緒にいたのですよ」

アディは身を固くし、くっきりした顔をこわばらせた。

わたしは尋ねた。「彼女の眼鏡を拾った者がそのまま持っているようなことはありませんか？　探されていると知らずに？」

「ないと思う」アディはいった。「警察がかなり大騒ぎをしたからね。一帯を封鎖したりして。それに、なぜ持っていく？」

「争った形跡を隠すために？　壊れた眼鏡がバルコニーで見つかったら、誰もが殺人だと信じて疑わないでしょう」

次に、アディとわたしは、十六歳だったピルーの部屋を調べた。小さめの部屋で、大きな窓があり、ドアのそばにガスランプがあった。

大きな整理箪笥が三つあって、リネン類やレース、蚊帳、縫い物などが入っていた――豊富な嫁入り道具だった。これから家庭に入ろうとする勤勉な若い娘が、たくさん持参しようとこつこつ縫ったものだろう。

その後、使用人を一人ずつ呼んだ。使用人たちは興味津々《しんしん》の様子で、わたしのことを〝大尉サヒブ〟と呼んだ。最初に来たのはジジ・バーイーの息子と娘で、その次がグルング——初日に会ったネパール人の門衛——だった。彼はグルカで連隊にいたことがあるといって、すぐにわたしに好意を寄せてくれた。パッと敬礼をした彼の姿に、思わず笑みがこぼれた。

みんながピルーのことをおとなしい子供だったといった。机の上の写真に写っていたのは、髪をまんなかで分けた浅黒い肌の純朴そうな少女だった。困ったような、おどおどした顔でフレームのなかからこちらを見ていた。

アディの部屋に戻り、門衛の説明についてよく考えた。ご婦人方は午後三時過ぎに家を出たという。塔に着くまでにどれくらい時間がかかるのだろう？ あとで試してみることにした。

それからべつの報告書を丹念に調べた——ハヴィルダールについて。バルコニーまでご婦人方に付き添い、二人をそこに残してきた時計塔の警備員だ。いったいなぜこの警備員はその場で二人を待たなかった？ まさにそういう仕事をするために雇われているのではないのか？

もしも警備員が残っていたら、そもそもご婦人方が声をかけられることはなかったかもしれない。なにか争いがあったにちがいない、レディ・バチャの眼鏡が外れて、おそらくは壊れてしまったほど深刻な争いが。警備員は、二人を階上に案内したのが何時だったかはわからないと答えていた。

しかしちょっと待て、ワトスン、これはどういうことだ？ 塔の警備員なら時間には気をつけているはずだ。一日中、大時計の塔を上ったり降りたりしているんじゃないのか？

6

「サヒブ、おいでいただけますか」翌日の午後、アディの従者がドアのそばへやってきて、隙《すき》っ歯《ぱ》の見える笑顔でいった。アディの部屋、つまりわたしの捜査本部で座ったまま顔をあげると、従者は一方の足からもう一方の足へ体重を移して待っていた。

皺になったズボンをパッパッと払い、足早に歩く従者についてバルコニーを進んだ。バルコニーは四角い邸宅の庭を見渡せる一辺に沿ってつづいていた。鳥のさえずりが、遠くから聞こえる音楽のようにふわりと漂ってきた。奥の階段から客間へ降りると、アディの父親のバルジョールが握手の手を差しだし、窓辺に立っていた長身痩躯《そうく》の男を紹介した。

「大尉、クロニクルのミスター・テムール・バイラムは知っているね?」

「もちろんです、サー」わたしは少しまえに自分を雇った主筆と握手をした。

「トムと呼んでくれ。いまは出向中というわけだね?」トム・バイラムは笑顔でいった。「進展は?」

相手のざっくばらんな態度には騙《だま》されなかった。ここにいるのは権力者と接することに慣れた、博識な、洗練された品のよい話し方をする男だった。

「いくらかはありました」詳細はいわなかった。アディが成果を知らせたいと思っていたとしても、わたしはそういう指示は受けていなかったから。

「それで?」

ただ、主筆には思うままに使えるさまざまなコネがある。有力な協力者になってくれる可能性があった。

「サー、マネック・フィッターから話を聞きたいのですが。どこにいるのでしょうか? それに、コージャの二人も。ご存じですか？　無罪放免となったからには、なにかしら情報を漏らすかもしれません」

「警察はアクバルを見つけられなかった。もう一人のコージャは、どこにいてもおかしくない」バイラムは骨ばった手を上着の内側へ伸ばし、金メッキのペンでなにやらメモ帳にせわしなく書きつけた。

「こんにちは！」アディが颯爽《さっそう》と入ってきて、年配の男に笑顔で挨拶をした。今日のアディは弁護士の黒いローブを着て、さっぱりした様子で、生き生きとして見えた。気さくで柔軟な若者で、まじめでありながら愛想もよかった。

「アディ」バイラムが声をかけた。「きみはほんとうに、たった一人の男に真相が探りだせると思うのかね？　わが社のスタッフ全員を使ってもほとんどなにもできなかったというのに」バイラムはわたしに向かってすまなそうな身振りをした。「気を悪くしないでくれたまえ、大尉」


わたしは気分を害してなどいないしるしに肩をすくめてみせた。

アディは笑みを浮かべた。「失礼ながら同意しかねますね、おじさん」バイラムとバルジョールは、兄弟ではないことが一目でわかるくらいまったく似ていなかった。バイラムをおじと呼ぶことで、アディはこの年配の男を親族の年長者のように扱ったのだ。「たったの一週間で、すでにいくらかわかったことがあるんですから」

年配者二人は驚いた顔をした。アディはバチャの現金入れが空《から》になっていたことや、わたしたちがバチャの眼鏡を探していることとその意味を詳しく話した。

「きみ」バイラムはわたしに向かっていった。「もしもこの事件を解決して記事にしたら、百ルピー払おう」

「それはできません、サー」

アディがわたしたちの合意事項――新聞にプライバ

シーを明かさないこと――について急いで説明した。

「一族の女たちのためです」

バイラムは賛同の意を示し、わたしのほうを見て小さく笑った。「忘れないでくれ、大尉、きみの身柄は貸しだされているだけだぞ。六カ月。そういう話だったね？」

「イエス、サー」わたしは歯切れよく答えた。軍隊生活でよく仕込まれた返答だった。

これがバイラムを喜ばせた。「この事件を解決したまえ、大尉。そうしたら、私からなにか褒美《ほうび》を考えよう。ところで、あの忌《い》むべき三人の男たちに会いたいというのはなぜだね？」

それぞれに話を聞いて、証言を比べるつもりだとわたしは説明した。

「あの悪党どもは安全ですからね、ダブル・ジェパディを禁ずる原則のおかげで」アディがいった。「再審理に持っていくのはむずかしいでしょう」

沈黙が淀《よど》んだ水のようにわたしたちのあいだを満たした。もしもわたしがこの男たちの求める証拠を見つけたら、彼らはどうするのだろう？　バルジョールは犯人を殺すつもりなのか？　それともトム・バイラムが代わりにペンで一撃を加えるのだろうか？　アディはどうする？　わたしはアディの内に秘めた荒々しい感情を思いだした。

この男たちは被害者のことを知っていた。わたしはバルジョールのほうを向いて尋ねた。「サー？　ピルーお嬢さんのことを話してもらえませんか？」

バルジョールは身振りでわたしたちに長椅子を示し、自分は机でパイプに煙草を詰めた。たたいたりさかんにいじったりしていたが、火はつけなかった。

バルジョールは腰をおろしながらいった。「ピルーは一八八二年にわが家に来たんだよ、大尉。流感が広まった年だ。兄夫妻が亡くなったとき、二人のあいだの娘を養女に迎えたんだ」

わたしもそうではないかと思っていた。孤児だったのだ、ピルーはほかの家族と顔立ちが似ていなかった。

わたしとおなじく。

「どこからですか？」

「ラホールだ」今度はバルジョールも口数少なく答えた。

「結婚したのでしたね？」

バルジョールの顔が明るくなった。「アディとバチャが結婚した半年後だった。ジャーンシー出身の感じのいい男と結婚したんだ。ピルーより一つ年上だった」

「意に染まぬ結婚ではなかったのですね？」

「もちろんだよ！　相手は大きな商家の息子で、ピルーも会っていた。あの子たちはお似合いだった」

「そうでしょうとも。しかし……お嬢さんはどんな様子でしたか？」

アディの驚いた顔からバルジョールの困惑顔に視線を戻すと、バルジョールはいった。「ピルーは……いつもどおりだった」

わたしは捉えどころのないミス・ピルーの姿を思い浮かべた。顔立ちの整った白い肌の人々の住まう大邸宅にいる、浅黒い肌の孤児。遠いところへ嫁《とつ》ぐことを受けいれ、せっせと嫁入りのための縫い物をして、美しい義姉をおおいに慕っていた。だが、誰もピルーのことをきちんとは知らないようだった。

ピルーはなにを隠していたのか？　それにバルジョールは……答えをためらったところが気にかかった。わたしはもう一度会話を思い返した。どこかがおかしかったが、それがどこかはっきり見きわめることはできなかった。

7

人目を引かないように用心するべきだったが、そのときはたいした問題ではないように思えた。どのみち大勢の新聞記者が大学の敷地をうろうろしていたはずだった――もう一人増えたところでどうだというのだ？　時計塔へ出かける準備として、アディに借りた学生用のローブを身に着けた。体に合っていない黒い衣服の上の角張った顎と、黒い口ひげと、深刻そうな顔が窓ガラスに映った。肩のところが窮屈だった。

ボンベイの新聞は裁判の模様を隅々まで書き立て、ロバート・マッキンタイア警視は報道が事件を滅茶苦茶にしていると公《おおやけ》の場で猛烈に抗議した。当然のことながら、その後、人々はより強い関心を寄せるようになった。裁判は結論のはっきりしないまま終わり、二つの申立てが高等裁判所に持ちこまれたが、どちらも法廷の再開にはつながらなかった。世間の人々は病的なまでに関心を寄せ、パールシーの人々はまだ憤慨していた。事件が終わっていないことを、わたしは重々承知しておくべきだったのだ。

アディはわたしに目を向けて尋ねた。「大尉、なにか必要なものは？」その後何週間も口癖のようになった言葉だった。

裁判のあと、ほかに起訴された者はいなかった。だから殺人犯はいま、自分の身はかなり安全だと思っているにちがいない。だが、わたしが質問をしてまわればそれが変わる。厄介な状況になるはずだった。

「拳銃でしょうか。それから、マセランに行く必要があります。ミスター・バイラムが探りあてたところによれば、マネックはそこに滞在しています。どうやら隠者みたいに避暑地《ヒル・ステーション》に引きこもっているようですね」

「そうだろうね」アディはいった。「法的には無罪でも、世間はそうは思っていない」

アディのなかでは、感情よりも法律に則《のっと》った思考が優先されることがよくある。興味深い一面であり、わたしはそこに敬意を持つようになった。そういうとき、アディは妻に先立たれた夫というよりは弁護士のように見えたが、わたしはアディのメモや走り書きをすでに見ていたので、ちゃんとわかっていた。「ご婦人方が何時に時計塔に着いたのか知る必要があります。ここから何分くらいかかりますか?」

「あの日、うちの馬車は父が使っていた。女たちはハンギング・ガーデンズのそばで馬車を拾ったはずだ」

二人とおなじ道をたどると、アディがいっていたように、ヴィクトリアと呼ばれる無蓋の小型馬車が列をなして客待ちをしているのが見えた。四十分で大学に着いた。ボンベイの中心に位置する、広くて緑豊かな一角だ。馬車やタンガで混雑した大通りに囲まれ、手入れの行き届いた芝生のまわりに石造りの建物が並んでいる。高等裁判所に近いためか、独特の雰囲気があった。黒い上着やローブを着た男たちが、活発に会話を交わしながら学生の集団のそばを足早に通り過ぎていく。

時計塔があたり一帯を見おろしていた。坂道を上ると、束にして芝生の上に高く積みあげられた大量の花が目についた。斜めに傾いたその山は塔から三メートルほどのところにあった。おなじように積みあがった二つめの山がうしろにもう一つある。ここが、アディの妻と妹が亡くなった場所なのだろう。わたしは塔を見あげ、高さを見積もった。恐ろしいほどの高さだ。

暴力的な死がすばやく終わるとはかぎらない。また、静かなことはめったにない。醜悪な瞬間である。ものをいったり考えたりする人間が、よじれ、ねじ曲がった地面の上の固まりへと矮小化《わいしょうか》するのだから。それに血も出る。一人の人間の体内には想像するより大量の血が流れている。血は遺体が運び去られたずっとあとまで地面を染めつづける。その染みを、誰かが花で覆ったのだろう。まるでやわらかな花びらが転落死の衝撃をいくらかでも軽減することができるかのように。

　時計塔は、静かに、確固とした姿でそびえていた。凝った装飾のゴシック建築で、角ごとに彫刻の施された控え壁があり、図書館と閲覧室に隣接していた。時計塔の下、三方向にアーチ道を延ばす丸天井のロビーへと足を踏みいれた。石造りの高い天井の下の陰のなかは、はっきりちがいが感じられるくらい涼しかった。

　前方に入口が二つあった。右寄りにある一方は塔の上への入口で、正面にあるのは図書館の閲覧室への入口だった。わたしは先にこちらに入った。ステンドグラスの窓が一方に並んでいる。尖った弓形の窓が、この世のものならぬ雰囲気を部屋にもたらしていた。室内には本棚が衛兵のように立ち並び、長テーブルが馬の背のように広い床に並んでいる。木製の座席は三分の一ほどが埋まっていた。

「ミスター・アプテを探しているのですが」カウンターでそう告げると、年配の司書のところへ案内された。

　司書はこちらを見て身を固くした。わたしを見てそういう反応を示す人は多い。なにを着ていようと〝軍人〟が滲み出てしまうのだ。探偵を新しい仕事にするなら、なんの特徴もないほうがうまくいくのだが。

「アプテは私です」司書は〝アップテ〟とゆっくり発音した。サフラン色のスカーフを首から垂らし、クルタと呼ばれる膝丈のゆったりしたシャツの下にだぶだぶのズボンを穿《は》いていた。頭を覆うぼさぼさの白い巻毛が、いびつな光輪をつくっている。

　わたしは自己紹介をして、先の十月に亡くなった女性たちの名前を出し、こう尋ねた。「あの日、あなたはここにいましたか？」

　ワイヤーフレームの眼鏡を外しながら、アプテはうなずいた。「サヒブ、あの事件が起こったときにも、まさにこの机のまえに座っていました」

「なにを見たか話してください」

アプテは顎をこすった。「目についたのは……いや、最初に音が聞こえました。恐ろしい、ドスンという音です」アプテは目を向けないまま机の上の道具類に触れた。もちろんそうだろう、とわたしは思った。音がしたはずだ、忘れられない音が。四十五キロのやわらかい体が地面にぶつかる音が。

アプテはつづけた。「ほかの人々と一緒に、私は外へ急ぎました。ひどい光景でした。気の毒なご婦人は、ロビーのすぐ外に横たわっていました――花を見ましたね？」

わたしはメモ帳に手を伸ばした。「何時でしたか？」

「時計が四時を打っていました」

わたしは時計塔の入口を見やった。「彼女のそばまで行くのに、どれくらいかかりましたか？」

アプテはほんの十五メートルほど先を身振りで示しながらいった。「数秒でしょうか」

「その後は？」

アプテは顔をしかめた。「彼女を見ました。横向きに倒れ、体がねじれて……」

「そばに誰かいましたか？」

「いいえ、サヒブ。そばに行ったのは私が最初でした。ひざまずいて、彼女が亡くなっているのを見ました。人々がまわりに集まってきました」

「どうして死んでいるとわかったのです？」

アプテは顔を曇らせた。「あの血を見ればわかりますよ。私は彼女の目を閉じました。お若いフラムジー夫人のことは知っていました。シェイクスピアやバイロン、ウェルギリウスなど、おもに古典をお好みでした」

アプテがバチャの目を閉じたのだ。わたしは尋ねた。

「夫人は眼鏡をしていましたか?」

「眼鏡?」アプテは驚いたように尋ねた。「いいえ」

「それからなにがありましたか?」

「すぐあとに、確か二、三分後だったと思いますが、二番めの女性が転落しました。五、六メートル離れた場所に。ぞっとするような音がしました。人々が悲鳴をあげ、まわりに集まってきた。わたしはそばへ行きましたが、彼女はつかのま息がありました」

すべて辻褄が合っていた。「二人が落ちるところを見た者は?」

「いました。フランシス・エンティという、よく大学に来る事務員です」

フランシス・エンティは検察側の重要証人だった。すぐにも話を聞くこと、とわたしは心に決めた。それから質問の方向を変え、マネックと共犯者二人が現場のどこにいたか突き止めようとした。

「二番めの女性の転落後、塔に上りましたか?」

「はい、サヒブ、数分後に」アプテは頭を左右に振った。

「上ったのはあなたが最初だった?」

「警察が到着するまで待って、それから数人で一緒に上りました。事務員のエンティと、警官二人と私です」

「なにか見つかりましたか?」

「なにも。人もいませんでした」

わたしは顔をしかめた。アディは、バチャのハンドバッグがそこで見つかったといっていたのでは?

「なにも? まったくなにもなかった?」

「ああ、いえ。布のハンドバッグがありました。それから靴も。片方だけ」

靴が片方。犯罪をにおわせる。もう片方はバチャの足のそばで見つかっていた。「バルコニーは最上階ではありませんね? 誰か一番上まで行った人は?」

アプテはうなずいた。「ええ、最上階は組鐘《カリヨン》の部屋ですが、いつも鍵がかかっています。警察がそこまで上りました」

警察の報告書なら読んだ――場違いなものはなにもなかった。「それからどうしました？」

「戻ってきましたよ。ひどく動揺していました。外にはまだ群衆がいました」

ちょっと待て。悪人どもがバルコニーからご婦人方を放りだしたなら、その場にとどまることはできなかったはずだ。大勢の野次馬に見つかる可能性があったのだから。悪人どもはどこへ行った？　最初の転落のあと、閲覧室は空《から》になった。悪人どもは塔の方向から人混みに紛《まぎ》れたのか？　もしかしたら降りてくるところを誰かに見られたのでは？

「図書館に戻ったのですか？　なにか目についたものは？」

目を細くしながら、アプテは眼鏡を磨いた。「二人の男が座っていました。紳士と使用人でした」アプテは窓辺のテーブルを身振りで示した。「いったいなんの騒ぎだ、と二人は私に尋ねました」

ほんとうか！　外は大騒ぎだったのに、その二人は室内に残ったのか？

「何時でしたか？」

「五時近かったと思います」

「二人の外見は？」

アプテは覚えていなかった。

「西欧の服装？　それともインド風？」

「インド人の恰好《かっこう》だったと思います。はっきりとはわかりませんが」

これ以上はなにも覚えていない、とアプテはいった。わたしはもうすこし突《つつ》いたが、無駄だった。アプテに礼をいい、ロビーへ向かった。犯行現場のバルコニーまで上るつもりだった。なにがご婦人方を死に追いやったにせよ、それが起こったのはバルコニーなのだから。

8

司書のアプテはロビーまで見送りに出てきた。わたしたちの頭上、装飾柱に支えられた石造りの高い丸天井の上が塔だった。わたしは別れを告げたが、アプテはまだなにかいいたそうだった。白い髪を突風に乱されながら、アプテは尋ねた。「あなたはどこで働いているといいましたっけ？」

「ブラウン&――」

「バトリワラ事務所ですね」アプテはうれしそうにあとを引きとっていった。これが満足な信用保証になったらしく、アプテはそばにあった石の階段を身振りで示した。二人でそこに座ると、深みのある鐘の音が聞こえてきた。次いで短いメロディと、急いで二度打つ音がした。音は頭上すぐのところで鳴り、わたしに呼びかけ、忠告しているようにも聞こえた。

上のほうを見ながら、司書は尋ねた。「どうしてここがラジャバイ時計塔と呼ばれるか知っていますか？」

「いや」

「ここはプレムチャンド・ロイチャンドの寄付で建てられたんですよ。ロイチャンドの母親のラジャバイは目が見えなかった。それで、母親に時間がわかるようにと彼が建てたのです。鐘は十五分ごとに鳴ります」

アプテはためらってからつづけた。「サヒブ、じつはまだあるんです。誰に話したらいいかわからなかった。裁判のあとに思いだしたのですが、それでは遅すぎた、そうでしょう？　お若いフラムジー夫人は――とてもきれいな方だった。よくここに来ていました」驚いたことに、事件のまえにレディ・バチャと見知らぬ男が口論していたという。

「口論？　もっと詳しく説明できますか？」

年配の司書は頭を掻いた。「レディ・バチャは動揺した様子で、男の向かいに座っていました。声が鋭かった。それで気がついたのです。ほかの人たちも気づきました。彼女はとてもやさしくて、穏やかな口調で話す女性でしたから。男は夫人の手首をつかんでいました。私が二人のほうへ向かうと、男は立ち去りました」

バチャの手首をつかんでいた？　バチャは男をたたこうとしたのか？

「それはいつのことですか？」

司書は顔に皺を寄せて懸命に思いだそうとした。

「亡くなる何週かまえでした」

「その男の見かけは？」奇妙な事件の背後にあるものにここまで近づいたのは初めてだった。

「緑のコートを着ていました。それだけしか覚えていません」

緑というのが記憶に残るくらい珍しい色だったのだろう。「見たことのある男でしたか？」

「女性たちが亡くなったあの日、閲覧室に残っていた二人の男のうちの一人だと思います。動揺していましたし、確信はないんですが……だけどまだあって……」風に吹かれて、アプテは背を丸めた。風は不幸せな幽霊のように、落ち葉を拾っては巻きあげた。「あの日、あるものが部屋に残されていました」

「口論があった日に？」

「いいえ、ご婦人方が亡くなった日です」

「なんだって？」わたしははやる思いで尋ねた。

「黒い服が二着です」アプテはいった。「翌日、くず拾いの男にやってしまいました。たいしたものじゃなかったから。閲覧机の下に忘れられた、ただの古着でした」

「男性用の？」

「確認しませんでした。ぼろぼろで、破れていました」

「そのくず拾いはどこに？　見つけることはできますか？」

　残念ながら、アプテがその衣類を渡した相手は流れ者で、どこにいるかはわからなかった。つまり、物的証拠はなかった。失望を押し隠しつつ、アプテに礼をいった。アプテが目撃した口論には調べる価値がありそうだった。緑のコートの男は誰だろう？　捨てられた衣類については、どう考えたらいいのかも、ご婦人方となにかつながりがあるかどうかもわからなかった。アプテはわたしの礼に対して手を振ると、息をついて立ちあがり、行ってしまった。

　痩せこけた警備員《ハヴィルダール》がくすんだ茶色のみすぼらしい服を着てスツールに腰かけているのを見つけると、わたしは階段を指差していった。鋳鉄《ちゅうてつ》製の階段がカーブを描きながら上の暗闇へとつづいている。「ハヴィルダール、バルコニーには鍵がかかっているのか？」

　ハヴィルダールはぽかんとこちらを見て、立ちあがるとつまずいて鍵を取り落とした。身を起こすと、急ぎ足でわたしを階上へ案内した。二人で上るあいだに言葉をかけたが、返事は「はあ！」だけだった。〝はあ〟というのはたいていの現地語でイエスの意味なので、最初はそんなにおかしな返答だとは思わなかった。

「例のご婦人方は、いつ到着した？」

「はあ」

「きみが上まで案内したのか？」

「はあ」

「なぜご婦人方と一緒に留まらなかった？」

「はあ」

　途方に暮れながら、ハヴィルダールのあとにつづいて狭い螺旋《らせん》階段を上った。カビくさく、ネズミの糞《ふん》のにおいがした。興味あるやりとりとはほど遠い会話を不満に思い、バルコニーに着いてから質問しなおすことに決めた。

　二つの細い窓を通して光の筋が暗がりへ差しこみ、

わたしたちの上にも降りかかった。足音を響かせながら、開いたドアのそばを通り過ぎた。このドアは二階のベランダに通じている。マネックが揉めていたと報告された場所だ。ようやくたどり着くと、軋《きし》む閂《かんぬき》が外されてドアが開き、わたしたちは陽の当たるバルコニーに踏みだした。ハヴィルダールが立ち去ろうとしたので、わたしは質問を浴びせようとして腕をつかんだ。

ひどい反応が起こった。ハヴィルダールは縮こまって泣き叫んだ。わけがわからなかった。

「大丈夫だから落ち着いてくれ」わたしは哀れな愚か者を放したが、相手はぼろぼろの衣服のなかで震えるばかりで、立ち去ろうとしなかった。もう一度、ヒンドゥスターニー語で尋ねてみた。「例の女性たちはよくここへ来たのか？」

怯《おび》えてしまい、口がきけないようだった。警官だと思われたのだろうか？「はあ、はあ」ハヴィルダールは頭を揺らし、懇願するように手を合わせた。言葉が通じなかったのか？アディがいれば通訳してもらえただろうに。

やはりワトスンが必要だな、とわたしは思った。怯えている男をしゃべらせるためにも。憐《あわ》れみが苛立《いらだ》ちに変わった。ここにいるのは理想的な目撃者で、まさに犯行時間に犯行現場にいたはずなのに、その目撃者がヘマばかりしている馬鹿者なのだから。

バルコニーにいると、温かい風に包まれた。事件が起こったのはここだ——ご婦人方はまさにこのバルコニーで、腰の高さの欄干《らんかん》にもたれて立っていたのだ。

ホームズのような完璧さでもって現場を探索しようと、わたしは入口を注意深く観察した。ドアは塔の内側から閂がかかるようになっていた。ドア枠についた鉄のボルトを動かそうとすると軋んだ。木に指を走らせると、ささくれ立った感触があった。ホームズなら手掛かりを一ダースくらい見つけただろう。わたしが見つけたのは、ドア枠の低い場所に引っかかった数本の黒っぽい糸だけだった。その糸を紙に包み、ポケットにしまった。

欄干のてっぺんは平らではなく丸みを帯びていた。おそらく見物客が座らないようにするためだろう。小柄なレディ・バチャがどうやってこれを乗り越えたのだ？　ジャンプしたのなら、この欄干を越えるくらい跳ばなければならない。サリーを着ていたのに？

一時間ほど石の床を調べて回っているうちに日焼けして、そのうえ背中が引きつってきた。欄干の根もとがでこぼこの床と接するあたりに、なにかが落ちていて目を引いた——一粒の白いビーズだった。とても小さくて、ナイフの先でほじくり出さなければならなかった。この極小の物品もポケットにしまいこんだ。

それから、四つの方角すべてを見おろした。追悼《ついとう》の花が一カ所に見えた。その方角の欄干の石を凝視したが、石はなんの秘密も明かしてくれなかった。

空と雲の下に、雑多な活動の入り混じった街がカーペットさながらに広がっていた。右のほうには緑の波のように盛りあがったマラバー・ヒルがあった。フラムジー家の邸宅もあのなかだ。反対側には造船所のクレーンが荷待ちの船の上に並び、醜《みにく》いコウノトリのように見えた。六十メートル下では学生たちが大学の芝の上を行き交っている。穏やかな光景だった。

そこに立っていれば、下の地面やすぐ外の道路にいる人から姿が見えるはずだった。このバルコニーの端にいたなら、彼女たちのトラブルも見て取れたはずだが、内側の壁のそばに移動すると地面が見えなくなり、下の音も聞こえなくなった。下にいる人にもわたしの姿は見えないだろう。音は聞こえるのだろうか？　試してみることにした。

「おい！　おーい！」わたしはドアのそばで大声を上げた。それから欄干の下を覗《のぞ》いたが、上を見ている者はいなかった。

「おーい！」今度は欄干のそばでまた大声を出した。驚いたような顔がいくつかこちらを向いた。時計塔は思ったほど孤立しているわけではなさそうだった。もしもレディ・バチャやミス・ピルーが悲鳴をあげていれば、外に聞こえただろう。だが、司書は何も耳にしていなかった。

なぜご婦人方は悲鳴をあげなかったのだ？

わたしはため息をついた。成果はなんだろう？ドア枠に引っかかっていた黒い糸？時計塔は一般に公開されているので、いつ引っかかったものかわからなかった。あの小さな白いビーズだって、子供のおもちゃとか、装飾品とか、なにから剥がれ落ちたものであってもおかしくなかった。

記憶が冷たい指のようにわたしの肌に触れた。待てよ――これと似たものを最近どこかで見なかったか？どこで？鉄の階段で足を止めると、呼吸の音が暗がりに響き渡った。わたしはその場に佇《たたず》んで記憶を探った。なにも見つからなかった。募る不満を抱えながら螺旋階段を降りた。これは遊びではないのだ。わたしにはほんとうにこの仕事を果たせるだけの能力があるのだろうか？

9

　夕方になって時計塔をあとにし、わたしはハンギング・ガーデンズを抜けてマラバー・ヒルに向かった。アディの家の裏に出る小道は苔《こけ》むした塀や蔓《つる》植物に覆われていた。人けもない通りだったので、つい考えに耽《ふけ》った。

　犯行現場では証拠品が二つ見つかった。小さな白いビーズと、数本の黒い糸だ。しかしこれらをご婦人方の死と結びつけることはできなかった。ホームズはいつだって一番に現場に行きたがる。わたしは何カ月も後《おく》れを取っていた。悲劇のあと、司書のアプテは図書館に二人の男がいるのを目にしている。紳士とその使用人で、名前はどちらもわからない。黒い服がテーブルの下に置き去りにされていた。ほかにはとくになにもなかった。わたしはずっと考えていた——ご婦人方はなぜ助けを呼ばなかった？　彼女たちが転落するところを見たという事務員のフランシス・エンティには、どうしても質問しなければならなかった。事件当時、彼女たちと一緒にいたのが誰だったか探るのだ。

　フラムジー邸のなかは慌ただしかった。厨房《ちゅうぼう》を通りかかると、料理人全員がせわしなく動きまわっている。ジジ・バーイーの娘が大皿を持って急いで通り過ぎた。

「こんばんは、サヒブ《サーラム》」そう声をかけてきた彼女は見るからに忙しそうだった。晩餐《ばんさん》に客人を迎えるのだろうか？

「やあ《チェリオ》」わたしは挨拶を返し、裏の階段からアディの部屋へ向かった。そこに証拠品をしまい、その後階下に行って顔を見せてから、下宿しているフォージェット・ストリートに帰るつもりだった。

　依頼人の私室に入ると、窓辺にいた若い女性がふり向いた。逆光で影になっている。アップにして頭のてっぺんで結いあげた髪が夕陽を捉えていた。明かりに縁取られた顔は、肖像画で見たアディの亡くなった妻のものだった。

「あら」といい、レディ・バチャは白い手袋をした手を唇に当てた。青いサテンのイブニングドレスを着ている。耳でダイアモンドがきらめいた。

待て――レディ・バチャは亡くなった。わたしは夢を見ているのか？　息が止まり、部屋が翳《かげ》った。

「大尉！」アディがうしろから声をかけてきた。「さあ、こっちだ」アディはわたしを椅子のまえに連れていった。その後すぐに、ブランデーのグラスをわたしの手に押しつけた。

「ダイアナを紹介するよ」アディはガスランプをつけながらそういった。「今日の午後にオーシャン・クイーン号でリヴァプールから到着した」

最初の言葉のあとはほとんど耳に入ってこなかった。では、この人が妹のダイアナなのだ。

「ああ！　ずっとよくなった」アディがいった。白いベストとネクタイの上に黒いディナージャケットを着た、まばゆいばかりの姿のアディが微笑んだので、自分がもう死んだ魚のような顔色ではなくなったのがわかった。

弱々しい音をたてながらブランデーを飲んだ。力が戻った気がして顔をあげると、ダイアナが驚いたような、と同時に興味津々といった顔でこちらをじっと見ていた。

「大尉、最後に食事をとったのはいつ？」アディが尋ねた。

わたしは額をこすりながら答えた。「朝です、サー。でも大丈夫です」

アディはダイアナを見やり、二人は視線を交わした。兄妹のあいだだけに通じる言葉で、わたしのようにきょうだいのいない人間にとっては謎だった。わたしは二人の早口のやりとりを眺めた。お互いに相手のいいかけたことを先取りするような、快活な会話がつづいた。ダイアナはわたしの向かいに座っていた。ダークブルーのドレスのネックラインに白い肌が映えている。ほっそりした手が、ありえないほど細いウエストのあたりに置かれていた。表情は思考とともに流れるように動き、均整の取れた美しさが際立っていた。ふと目が合うと、ダイアナの視線はアディとおなじくらいまっすぐだった。

礼儀上、なにかいう必要があった。口を開こうとはしたのだが、まったく言葉が見つからなかった。

アディがドアのそばへ行き、呼び鈴を引いた。

「大尉、わたしを誰だとお思いになったの？」ダイアナがやわらかな口調で尋ねた。

わたしの顔は赤くなったにちがいない。レディ・バチャの肖像画をちらりと見やり、わたしは首を横に振った。

「ああ」ダイアナは、わかった、というように目を丸くして微笑んだ。その美しさを目のまえにしただけで、わたしは身動きもできなくなった。ダイアナはアディのほうを向いて晩餐のことをなにかいった。

遠くからアディの声が聞こえ、次いでダイアナのすばやい返事が聞こえた。わたしの愚かなまちがいについてはなにもいっていない。なぜだろう？ べつに秘密でもなんでもないのに。しかし彼女のしぐさの丁重さ、優雅さは見まちがえようもなかった。わたしは息を吸いこんで、二人の会話に気持ちを集中した。

若い二人はどちらもとても洗練されていた。わたしは軍隊で英国の士官に囲まれて育った。指揮官だったサットン大佐からはとくに目をかけてもらった。大佐はよく本を取り寄せてくれた。しかしそれでも二人のあいだで矢継ぎ早に交わされる軽口の応酬に加わろうとすれば、断然不利だった。

ひとしきり妹と静かに言葉を交わしたあと、アディはわたしに尋ねた。「晩餐を一緒にどうかな？」

「いや、それは」わたしは自分のズボンを見おろして顔をしかめてみせた。わたしの恰好は客間にふさわしくなかった。だが、アディはその返事を受けつけず、手配のために従者を送りだした。

待っているあいだ、アディはダイアナにわたしたちの調査の話をした。いままでのわたしの活動を列挙し、紛失した眼鏡に関する推測を伝えた。なるほど、ダイアナは仲間の一人なのだ。ダイアナは質問を差し挟みながら熱心に話を聞いた。頭の回転の速さが見て取れた。この兄妹には、見た目や癖以外にも似たところがあった。アディの発言に流暢《りゅうちょう》なグジャラート語で返事をしているのを見て、ダイアナが加わるのは戦略的に正解だと思いはじめた。

アディの従者が衣類を持ってきた。着替えるために従者の案内で控えの間に入りながら、誰の服だろう、と思った。驚いたことに、従者は室内までついてきて、試着してみるようにと身振りで促した。面白半分に従うと、ズボンは短すぎたり太すぎたりするものばかりだった。従者は舌打ちして、サイズを測った。

「結構です、サヒブ、交換してきます」地元民らしい強い訛《なま》りがあった。従者は白いシルクのシャツと黒い上着を脇へ置いて、ズボンを持ち去った。

着替えが済むと、わたしは兄妹のもとへ戻って礼をいった。アディはたいしたことじゃないというように手を振った。ダイアナもなんとも思っていないようだった。フラムジー家の人々のこういう何気ない気遣いには当惑した。こちらが気づかないくらい手際よく管理されているようにも思えた。

晩餐は改まったもので、食事のあいだわたしはほとんどしゃべらなかったし、しゃべる必要もなかった。アディとダイアナが活発に会話を交わしていたから。バルジョールが長女の成長に気をよくしているは明らかだった。この夜のバルジョールは濃紺の豪華なチュニックに、ターバンのような帽子をかぶって家族のテーブルに向かっていた。アディの母親は白いサリーを着た儚げな女性で、テーブルの反対の端に座っていた。彼女のそばには、軍の制服みたいな赤いジャケットを着た十歳くらいの男の子と、巻き毛の幼い女の子が二人、くっつくようにして座っていた。

アディの母親は、尖った顔つきとまっすぐな視線がアディと似ていた。黄色っぽい頬に、深い悲しみによって刻まれた皺があった。わたしは単に「アディの友達のジム大尉」と紹介された。

「ようこそ、大尉」細い顔からはほとんど感情が読みとれない。首にかけた銀のチェーンには二つのカメオがさがっていた。いまやわたしにも馴染《なじ》みの顔だった。レディ・バチャとミス・ピルーだ。

晩餐のあと、〝お願い〟が聞き届けられることはなく、幼い子供たちはベッドに送られた。大人は本式の応接室へ移った。白い縁に青い壁紙を合わせた、上品な部屋だった。グランドピアノが一方の端を占領している。そのそばにガラス扉のキャビネットがあった。ダイアナと母親は身を寄せあうようにして座った。

バルジョールはおおらかな気分だったようで、きらめくクリスタルの丸いグラスにシェリーを注いで渡してくれた。それから、笑みを浮かべつつ息子の背中をポンポンとたたいた。

そんな光景をまえにして、おかしな具合に喉が痛んだ。わたしが絶対に持ちえない瞬間だった――自慢の息子として、家長たる父親に肩をたたかれるというのは。アディと父親が一方に、ご婦人方がもう一方にいるのを見て、わたしは身を固くした。こうした優雅な家庭生活のなかに、わたしの居場所はなかった。暇乞《いとま》いをしなければ。

「どうしてそんなことをしているの、アディ?」冗談めかした軽いやりとりを切り裂くように、フラムジー夫人の鋭い声が響いた。

「ああ、母さん！」ダイアナは顔をしかめた。「なにが起きているかみんなが知っておくべきだと思ったから話すことにしたのに。アディにはほんとうのことを知る権利がある」

「それでなにかが変わるの？」堰《せき》を切ったように声が溢れるとともに、顔も上気した。「もう済んだことよ。いい加減にして、アディ。彼女のことを考えるのはおやめなさい」

わたしの依頼人は身動きもせずに立っていた。手を脇におろしたまま平然としており、若きネルソン提督の胸像のようだった。

「母さん」アディはため息をつき、感情を抑えたままこちらを向いた。「大尉、わかっていることを話してもらえるかな？」

自分の役割を思いだし、証拠を整理して伝えた。

「どうやら自殺ではなさそうです、サー」わたしは用心深く口を開いた。「一つには、ご婦人方の……転落に時間差があったからです。もしも一緒に飛びおりることにしていたなら――どんな理由があったかはわかりませんが――同時に実行したはずです」

わたしはレディ・バチャがつねにかけていた眼鏡について話し、それが明らかに紛失していたため、誰かが争いの痕跡を隠したがったのだと思うと伝えた。

「殺人だっていうの？」フラムジー夫人は震え声でいった。「誰かがわたしの子供たちを殺したの？」

いくつかの事実が、突然筋の通るものになったのだ。わたしはできるかぎり穏やかにいった。「おそらく犯人は男二人です。まあ、三人めの男がドアを押さえていたかもしれませんが」

アディがこちらをじっと見た。時間がなくて、これはまだ知らせていなかったのだ。

「続けて、大尉」アディはいった。

「展望用のバルコニーは、塔のまわりをぐるりと一周しています。今日の午前中に気がついたのは……襲撃者が一人では、活発な若いご婦人二人を抑えておくのは無理だということです。バルコニーをまわって逃げればいいのですから。だから、犯人は一人ということはないでしょう」

「二人？」ダイアナが尋ねた。「それとも三人以上？」

わたしは考えてから答えた。「もし三人以上いたら、塔を上るときに目立ったはずです。それに三人ならきっとご婦人方を、その、しっかり抑えておけたでしょうが、ご婦人方は完全に抑えこまれていたわけでもないようです。だから、おそらく二人だと思います」

「ああ、なんてこと」フラムジー夫人は顔に皺を寄せ、両手で顔を押さえた。すすり泣き混じりの声が大きくなった。「だから一人で出かけるのを禁じたのに！　毎日のように新聞に出ているじゃないの……若い娘が行方不明になったって。それでもあの子たちは聞きいれなかった。ああ、わたしのピルー。わたしのバチャ」

妻の嘆きを聞いて、バルジョールは顔を曇らせた。「あとでまた大尉の発見を確認しよう。さあ、おいで、もう遅いから」バルジョールは妻の手を引いて立たせた。

わたしたちも立ちあがった。ダイアナは愛情と悲しみのこもった様子で小さく頭を傾けながら、両親のうしろ姿を見守った。

少しして、アディがいった。「よし、それで次は？」

わたしはメモ帳を引っぱりだした。

「お嬢さん」ダイアナに向かっていった。「マネックを知っていましたか？　証言に立ったパールシーです。彼に会ったことがありますか？」

「ああ」ダイアナはそういいながら、長椅子に座りなおした。「ピルーもわたしも、彼のことは何年もまえから知っていました」

10

次の日の夕方、わたしはフランシス・エンティを訪ねた。裁判の中心となる証言をした事務員だ。平凡な中年の男で、まばらになった脂《あぶら》っぽい髪をまんなかで分け、用心深い態度で小さな客間にわたしを招きいれた。簡素な設《しつら》えの住まいだった。古い家具に花柄の布カバーが掛かっているところを見ると、裕福とはいえないながらも金銭の管理はしっかりしているようだった。欠けたところのある陶器のフレームに、小さな男の子二人とその母親の写真が収まっていた。六歳くらいの少年二人は、向こうに行っていなさいといわれ、ちょこちょこ走りながら部屋を出ていった。

ブラウン&バトリワラ事務所の仕事でフラムジー事件の調査をしている云々《うんぬん》と自己紹介をしたあと、裁判によってあなたの生活は大きく変わりましたかと尋ねた。

「そうでもありません」エンティはいった。「やることは毎日変わりませんよ。書類の写しをつくったり、手紙の下書きをしたりといった仕事です」

エンティは慎《つつ》ましい事務員としての仕事に満足しているようだった。わたしがなにも見落とすまいとしているのに気づいて、相手はいぶかるように目を細くした。「誰のところから来たんでしたっけ？」

エンティは鋭かった。マッキンタイア警視が信用のおける証人と判断したわけがすぐによくわかった。

「ブラウン&バトリワラ事務所です。調査のために雇われているのです」わたしはそうくり返した。

相手がさらに抗議めいたことをいうまえに、わたしはマッキンタイア警視の記録にあった証言に沿って質問をはじめた。マネックに対する告訴はほとんどエンティの証言にかかっていた。正真正銘の重要証人だった。

「ミスター・エンティ、十月二十五日になにを目撃しましたか?」

沈んだ様子で、エンティは古い肘掛け椅子の背にもたれた。「もう知っていると思いますが、私は時計塔の入口に向かって図書館の外を歩いていました。そこで口論が聞こえました、声を張りあげるような言い合いが。二階のバルコニーに男が三人いるのが見えました——そこは閲覧室からも見えるんです。私はすぐ下にいたわけです」

わたしはすばやく書き留めた。もしこれがほんとうなら、ようやく事件当日の出来事を時系列順に並べることができる。

「なにをいっているか聞こえましたか?」

エンティは身じろぎをした。「いや……具体的な言葉やなにかは思いだせません」

わたしはエンティをじっと見ながら尋ねた。「何時のことですか?」

「三時十五分からいくらも経っていませんでした」

興味深い事実だった。ご婦人方が時計塔に到着できたのは、三時四十分よりあとのはずだった。

「確かですか?」

「ちょうど時計が十五分の鐘を打ったところでした」

「男たちの顔は見えましたか?」

エンティはうなずいた。

「誰でしたか?」

「マネック・フィッターが、コージャの二人と言い争っていました。二人のほうは知りません。ミスター・マネックは以前にも図書館で見かけたことがありました。すれちがえば言葉くらいは交わしましたよ。おはようございますとか、天気の話とか、そういうたぐいの挨拶です」

「二人の男ですが——どうしてコージャだとわかった

のですか？」

「服装で。インド式のクルタを着て、ターバンを巻いていましたから」

「見たことのある顔でしたか？」

「いいえ。しかし身長は二人ともミスター・マネックより高かった」

「その二人を法廷で見ましたか？」

エンティは無表情に答えた。「いや」

すこし苛立ってきたように見えたので、わたしは質問の角度を変えた。「あなたが地上から目撃したその……口論のあいだ、例のご婦人方の姿がどこかにありましたか？」

「いいえ、見ませんでしたね。しかしミスター・マネックははっきり見えました。男のうちの一人が彼の襟《えり》もとをつかんで揺すっていましたよ」

警察の記録にもマネックの服装が乱れていたとあり、コートが破れていたとメモ書きされていた。わたしはエンティの頑固な態度について考えた。彼の証言は一貫しているものの、マネックが嘘をついていると断言することになるのだ。マネックのほうは男二人をまったく知らないと主張したのだから。

「それからどうなりましたか？」

「四時少しまえに図書館を出ました。一人めの女性が落ちたとき、私はそこにいました。道の先、十メートルほどのところに」エンティは顔をしかめ、首を横に振った。

これが、わたしが話すことができたなかでは女性たちの死に一番近いところにいた人間からの証言だった。エンティは立ち去ったのか、それとも現場に残ったのか？「あなたが警察を呼んだのですか？」

「いいえ。誰が呼んだかも知りません」

次の質問は、わたしがたどっている道筋が正しいか、それともまったくべつの道筋をたどるべきかを決めるものだった。「その女性が落ちるまえになにか聞こえましたか?」

エンティは首を横に振った。「聞こえませんでした」

「悲鳴も? 助けを呼ぶ声も?」

「なにも」

「彼女が、ええと、転落したあと、ミス・ピルーはまだバルコニーにいたはずですが、なにか聞こえましたか?」

「サー、最初の女性が落ちたあと、まわりじゅうで大勢の人が悲鳴をあげていました。私もショック状態で気の毒なご婦人のそばへ行きました。人だかりができていましたよ。すごい混乱でした。大声で疑問を口にしている人や、叫んでいる人なんかもいて」

わたしはエンティをじっと見ながらいった。「あなたはどうしましたか?」

「転落した女性の近くへ行きました。横向きに倒れていた。アプテは、図書館から出てきて、私より先にそこにいました。私たちは彼女を挟んでひざまずきました」エンティは顔をしかめた。「血が染みでていました……頭のまわりに」

よくわかった。「ミス・ピルーが落ちるところを見ましたか?」

「それが、見なかったんですよ。先に落ちた女性の手首を取って、脈を確かめようとしていて」エンティは身震いし、額をスカーフでぬぐった。「あれはひどい音でした。まうしろから聞こえたんです。すぐそばから」

ミス・ピルーは塔から五、六メートルのところに落ちたはずだった。ものすごく近いように感じられたことだろう。もしかしたら、女たちはバルコニーのおなじ場所から落ちたのではないのかもしれない。

「二人はどういう服装でしたか?」警察の報告書には、衣服が破れていたと書いてあった——着衣はどれくらい乱れていたのか? 大気中を落下しているうちに千切れたのだと被告人側は論じたようだが、そんなことがあるだろうか？

「先に落ちた女性、バチャ・フラムジーは、黄色いサリーとブラウスを着ていました。ほどけかけた部分もありましたが、ちゃんと着た状態でした。二番めに落ちた女性は、膝のところが破けたダブダブのズボンを穿いていました。上着のボタンはしまっていましたよ。ちょっと裂けていました……肩のところが」

女性がズボンを？　珍しい。とても当世風だった。おそらくミス・ピルーのほうが長く争ったのだろう。そのせいで着衣の乱れがより大きかったのだ。

「上を見ましたか？　ミス・ピルーが落ちたあとに」

「いいえ、サー。彼女は生きていたんです。まぶたが動くのが見えました……」エンティは顔を曇らせた。

「彼女はなにかいいましたか？」

「いや」

「唇を読みましたか？」

エンティは眉をあげた。これを訊いたのはわたしが初めてだったようだ。

「いいえ。唇は動きませんでした。彼女は身を震わせて……身もだえしました」エンティは胸が詰まったかのように唇を引き結んだ。

わたしはエンティのその後の行動を尋ねた。誰を見たか、誰と話したか。エンティは、コージャの二人が誰かは知らないと主張したが、マネックの名前は躊躇なく挙げた。この証言でマネックが絞首台に送られてもおかしくなかった。誰かから金を渡された、あるいは脅迫されたのだろうか？

メモ帳を閉じて、わたしはいった。「ありがとうございました、ミスター・エンティ。最後に一つ。競馬はしますか？」

「いや、まさか。賭《か》け事は罪ですよ」

大穴に賭けてみたのだが、外したようだ。仮にエンティの証言にどこか不自然なところがあるとしても、その証拠は見つからなかった。

「長くご家族の時間を邪魔してしまいました。広いお心に感謝しますと、ミセス・エンティにお伝えください」

「妻は不在です」気分を害したような顔をして、エンティは立ちあがった。「ほかにもまだなにか？」

不在？　夜のこの時間に？　妙な話だ。もしかしたら、わたしに対して居留守を使いたいということかもしれない。

「夫人はご病気なのですか？」まだ座ったままで、わたしは尋ねた。

エンティはびっくりしていった。「病気？　いや、プーナに住む姉妹のところを訪ねているのです」

「パパ？」奥の部屋から子供の声がした。

エンティが席を外し、わたしは立ちあがって帽子を回収した。未開封の手紙の山のそばに、くしゃくしゃに丸めた紙くずがあった。よく考えもせずにそれを手に取った。

エンティが戻ってくる音がしたので、わたしはその書き損じをポケットに入れ、握手をして家を出た。エンティの証言はマネックを嘘つき呼ばわりしたも同然だったが、マネックが男二人と対立していたことを示してもいた。もしかして、ご婦人方を守ろうとしたのか？　パールシーのコミュニティがマネックをめぐって真っ二つに分かれたのも無理はない。激烈に非難する者もいれば、英雄と見なす者もいた。

フォージェット・ストリート沿いの陰鬱な部屋に戻り、先ほどの訪問のことをじっくり考えた。エンティは、四時の鐘についてはなにもいわなかった。それもそうだろう、大騒ぎのなかにいたのだから。また、マネックのコートが破れた揉め事も目撃していた。なにについての口論だったのか？　マネックは、乱れた着衣と〝息を切らしていた〟せいで容疑者になった。衣服が破れた理由はくだんの揉め事で説明がつくが、あとのことは？　息が切れていたのは、なにか骨折り仕事をしたせいでは？　それとも、精神的な苦痛のため？　いずれにせよ、マネックはフラムジー家の女性たちを知っていた。

　司書の話では、警察が到着したあと、エンティと警官二人と一緒にバルコニーへ行ったということだった。エンティもおなじことをいっていた。正直な男に見えたが、どこか引っかかった。視界の端になにかの形が見えるのだが、再度よく見るとなにもないときのように。話の終わり間近には気が急《せ》いているみたいだった。わたしがいなくなるのを待っているように。なぜだ？

　灯油ランプが、使われていない倉庫のなかの粗末な部屋に鈍い光を投げかけていた。パン屋はしまっていたが、空気中にまだパンの香りがふわっと残っており、わたしは食事をしていなかったのを思いだした。昨夜の晩餐が思いだされ、それとともにダイアナの姿も——初対面のときの夕陽に縁取られた姿も——頭に浮かんだ。わたしが彼女のことを幽霊と勘ちがいしても、ダイアナは驚くほどやさしかった。

　浮かない気持ちのままメモ帳をしまい、すのこのベッドを引っぱりだした。昨夜着た上質な衣類が椅子に掛かっていた。白い袖口に糊のきいたシャツとサテンのネクタイが、非の打ちどころのないディナージャケットの上に重ねてある。埃まみれの倉庫の部屋では完全に場ちがいだった。借り物であり、ただの変装だった。とにかく、わたしは仕事をするために雇われたのだから、それをやり通すつもりだった。

　寝るために服を脱いでいると、思考がよじれておなじところをぐるぐる回った。コージャの二人、ベーグとアクバルというのは誰なのか？　エンティも司書のアプテも二人のことを知らなかった。ならば、知っていたのは誰だ？　エンティの証言では、身元のわからないコージャの二人はマネックの仲間ということになっていた。なぜマネックはそれを否定したのか？　そんなことをすれば自分の信用が損なわれることはわかっていたはずなのに。マネックに質問をぶつけてもいい頃合いだった。

11

次の日の朝、ダイアナがいった。「大尉、わたしにも調査を手伝わせて」

早い時間に到着してダイニングに通され、そこで朝食をご一緒にとダイアナから招かれたところだった。アディと父親はまだ朝食をとりに来ていなかった。ダイアナの切迫した様子に驚き、わたしはグースベリージャムの載ったきれいな皿を脇へ押しやった。

ピンと姿勢よく座ったまま、ダイアナはいった。「アディから、あなたが目撃者の証言を集めてまわっていると聞いて、わたしが手伝えると思ったの。ヒンドゥスターニー語とグジャラート語が話せるから」

わたしはグジャラート語はわからなかった。人生の大半を北部で、パンジャブ人やパシュトゥーン人のあいだで過ごしてきたからだ。連隊で一緒だったセポイと呼ばれるインド人兵やサワールと呼ばれるインド人騎兵は、ウルドゥー語と、その近い親戚にあたるヒンドゥスターニー語を話した。あの塔の警備員がまったく役に立たなかったのを思いだした。それというのも、わたしがあの男と会話できなかったからだ。

興味を引かれて、わたしは尋ねた。「ミス・ダイアナ、どうして手伝いたいのですか？」

「助けになりたくて」なんでもないふうを装って、ダイアナは答えた。それから態度を和らげてつづけた。「バチャとピルーのことをよく考えるの。それで、わたしもすこしくらいアディの役に立てるんじゃないかと思って」

ダイアナもある意味でこの悲劇に取り憑かれているのだと、わたしは気がついた。無理もない。しかし若くてきれいな女性がやるような仕事ではなかった。

「とても退屈に感じると思いますよ、お嬢さん」

「あなたには助手が必要でしょう、そうじゃない？ ホームズにもワトスンがいたわけだし」

わたしがコナン・ドイルに興味があることをアディから聞いたのだろう。機転の利いた返事を面白く思いつつ、口の端を一方だけあげて笑みをつくった。「ワトスン博士は射撃の名手でしたよ」

「わたしはちがうとでも？」

これには驚かされた。いつから若いご婦人方が射撃を習うようになったのだ？

「ミス・ダイアナ、リボルバーを撃ったことがあるのですか？」

「ええ。あなたは？ 凄腕《すごうで》の射手なの？」ダイアナはわたしと視線を合わせた。頬にほんのり赤みが差している。「『緋色《ひいろ》の研究』では、ワトスンはホームズが知識を持っている分野の一覧をつくって、そこから足りないものを割りだしていた。警告しておきますけど、わたしもおなじことをするつもりよ!」ダイアナの笑い声は川のせせらぎのようだった。

彼女の発言が的を射ていたので、わたしはにやりと笑ってみせた。「わたしの射撃の腕はひどいものです」

騎兵はサーベルを抜いて突撃するための訓練を受ける。しかしその戦術が使われることはほとんどなかった。だいたいのところ、われわれ騎兵は速駆けの馬を使った伝令のために送りだされた。わたしたちは騎馬歩兵と呼ばれ、すばやく移動することと、馬を降りて銃を撃つことを求められた。だが、わたしは過去にボクシングで指の骨を折り、狙いを定めるときに手が震えるので、射撃は下手なのだ。

「あら!」ダイアナの目は茶色いベルベットのようだった。

相手のゲームに釣りこまれて、よくないと思いながらもわたしは言葉をつづけた。「しかしボクシングならいくらかいけますよ。それに、馬上ではそんなにひどくない」

ダイアナはくすくす笑った。「もちろん、騎兵隊《ドラグーン》にいたんですものね。騎兵連隊だったわね。地理の知識は?」

「まあまあですね」サットン大佐は、ヒマラヤ山脈周辺の河川や丘陵、北部の民族といった、北インド地域に関する役立つ知識を身につけるようにと主張していた。一瞬、細切れの記憶がよみがえったが、わたしはそれを脇へ押しやった。砂塵《さじん》と硝煙《しょうえん》、地面に転がる死体。カラチ。

ダイアナはトーストにバターを塗る手を止め、心配そうな、鋭い目つきをした。

わたしがカップを口へ運ぶと、ダイアナはつづけた。

「祖国の歴史は?」

「軍事史には詳しいですが、英国の歴代国王についてはは訊かないでください」冗談が口をついて出たが、すぐに正気に返った。澄んだ目をした汚れなき女性にできるようなことはなかった。「ミス・ダイアナ、ひどい結果が出るかもしれません。ほんとうに調査に加わりたいのですか？」

ダイアナはナプキンを手に取り、繊細なしぐさで口もとを押さえた。「もちろん。それで、わたしは雇っていただけるのかしら？」

気がつけば、いまのやりとりで心が研《と》ぎ澄まされていた。ダイアナを顔がきれいなだけの女性だとは誰にもいえないだろう。大きな目とバラ色の唇に気を散らされることはあるものの、彼女の思考の鋭さは有用な資質に思えた。だが、探偵仕事ではさまざまなことに直接手を下さねばならない。

「駄目ですね、お嬢さん」

ダイアナはあの完璧な口を尖らせてふくれっ面をしてみせた。またか、といわんばかりの表情だった。

仕事にかかるため、わたしはジャムを塗ったトーストをコーヒーで流しこんだ。アディは早い時間に家を出て講義に向かったと聞き、わたしたちは作戦本部であるアディの部屋へ向かった。

「二人はどんな人だったのですか？　ミス・ピルーとレディ・バチャは？」

「バチャのことはよく知らなくて」ダイアナはいった。「わたしは四年近く英国にいたから」

「結婚式にも出なかったのですか？」

「ええ。ロンドンに住むおばの体調が悪くなってしまって。お世話をするために留まったので、ピルーの結婚式も逃してしまった。だけどまだしばらくは婚家へ行かないという話だったから、家を出るまえに会えると思ってた」

結局そうはならず、ピルーはダイアナが戻るまえに亡くなった。

「ピルーは背が高くて痩せていたわ、とても。お互いなんでも話した。ほんとうは従妹《いとこ》だったけれど、そんなことは関係なかった。わたしは姉妹がほしかったし、ピルーもそう。だけどわたしが英国にいたあいだに、ピルーは変わった。手紙からわかったの。もうピルーのことがわからなくなってしまった——とくに、なにを悩んでいたのかはまったくわからない」そういって口を引き結ぶと、ダイアナは手にしたハンカチを握りしめた。

まだなにかありそうだった。ダイアナはわたしから視線を逸《そ》らした。残りを話してくれるように、信頼を得る必要がある。

「お嬢さん、またなにか思いついたら話してくれますね?」

ダイアナは困ったような顔でうなずいた。

わたしはアディの箱から、わずかばかりの証拠品を入れた封筒を引きだした。

「時計塔で、バルコニーのドアにこれが引っかかっているのを見つけました」そういって、黒い糸を丸めて入れてある封筒を手渡した。

ダイアナはそれを受けとり、神妙な顔つきでそっと糸をつまんだ。「コットンかリネンか。モスリンにしては太すぎる」指で糸くずをこすりながら、ダイアナはいった。

「木枠のささくれ立ったところに引っかかっていたのです。床から三十センチくらいのところに。それから、図書館司書が翌日、テーブルの下に衣類を見つけました。黒い服で、破れていた。残念ながら、ごみとして出してしまったそうですが」

ダイアナは焦げ茶色の目を大きく見ひらいた。「その服から取れたものだと思うのね? 男性の衣類?」

わたしはメモ帳の該当ページを開いた。「アプテはわからないといっていました。ただ、閲覧室に戻ったとき、二人の男が新聞を読んでいるのを見たそうです。なんの騒ぎだと尋ねられたとか」

「大尉、それはおかしいわ。その二人は騒音を聞いたのに外に出なかったの？」

それについてはわたしも妙だと思っていた。二人のふるまいは司書が何ヵ月もあとまで覚えているほど奇妙だったのだ。「司書は、二人がずっとそこにいたような印象を受けたらしいのですが。閲覧室は時計塔に隣接しています」わたしはそういって鉛筆を手に取り、紙を一枚引っぱりだした。手早く鉛筆を動かし、時計塔のロビーを示す四角を描く。一つの角のそばに〈時計塔〉と書き、四角形の一辺に沿って〈閲覧室〉を書きこんだ。

その略図をトントンとたたいていった。「この二つは二階のベランダでつながっています。男たちは、群衆がいなくなるまで閲覧室に隠れていたのかもしれません」

ダイアナは顔をしかめた。「どうして留まろうとしたのかしら？　混乱のなかを逃げるほうがいいに決まっているのに」

「たぶん、あの衣類を始末したかったのでしょう。警察の到着も早かったようですし」

「ということは、二人は弁護士だったの？」ダイアナはショックを受けた様子で尋ねた。「それで黒いローブを着ていた？」

「おそらく。アプテは、見つけたのがどういう服だったかはいっていませんでした。お嬢さん、ちょっとこれを見てください」わたしは謎の白いビーズを載せた紙を手渡した。

「あら！」ダイアナはその小さな粒を明かりのほうへ持ちあげた。「ドレスから落ちたものかもしれないけれど、ずいぶん小さいのね。きっととても繊細な品なのでしょう。これはどこで……？」

「バルコニーで見つけました」

ダイアナは息を吸いこんだ。「まあ。バチャかピルーの服から落ちたってこと？」

わたしはメモを確認した。「ミス・ピルーは白いブラウスを着て、黒い、ゆったりしたズボンを穿いていました。レディ・バチャは黄色いサリーとブラウスを着ていました。このなかにビーズを使うものがありますか？」

ダイアナは唇を嚙《か》んで考えこんだ。「ないと思う。二人の衣類と所持品はアディに返却されたはず」

「そうですか」それは知らなかった。ダイアナの助力が役立つことが、すでに証明されつつあった。

証人の一覧を書いたページまでめくった。「話を聞きたい相手が何人か残っています。まず、ご婦人方が到着したところを見た子供たち。それから、ハヴィルダールにはすでに会いましたが、なにも聞きだせませんでした。あの哀れな男はすっかり怯えてしまって。英語かヒンドゥスターニー語が話せるのかどうかもよくわかりません」

「わたしが話してみてもいい？　警備員はグジャラート語ならわかるかもしれない」

「父上のお許しがあれば。あとは、マネックに会いにいくつもりです。殺人罪で告訴された男ですから」

「ああ、大尉、マネックはもちろん無実よ。おとなしい人だもの。彼に人殺しができるなんて誰が思うというの？　そんな馬鹿な話、聞いたこともない！」

かなり確信があるようだった。

「裁判でははっきりした結論が出ませんでした。証拠不十分、でしたね？」

それを手で払いのけるようなしぐさをして、ダイアナは首を横に振りながら窓辺に向かった。白い欄干と深緑の木を背景として立った彼女は絵になった。「マネックは自分の弁護をしなかった。なにもしゃべらなかった。どうして？」

「いい質問ですね。証拠が出揃うまで、理論を組み立ててはならない――判断が偏《かたよ》ってしまうから。ホームズもそういっています」

ダイアナは驚いたようにいった。「まあ、全部覚えているのね」

わたしはにやりと笑って、持って出られるように報告書の束をまとめた。「いくらかは。病院ではほかに読むものもありませんでしたから」

ダイアナはこちらに身を乗りだして尋ねた。「そうなの？　どれくらい入院していたの？」

「何カ月も」わたしは書類を分類しながら答えた。「読むものが少なかったうえに、コナン・ドイルの本が面白かったから、何回も読みました。もちろん新聞も貪《むさぼ》るように読みましたよ」

相手の動きが止まったような気がしたので、わたしは顔をあげた。木漏れ日が、首を傾げて話を聞くダイアナの顔に落ちていた。「大尉」ダイアナはなにかいいかけたが、すぐに唇を嚙んだ。確信が持てない様子で。

「お嬢さん、ほかにまだなにかあるのですか？　事件に関係のありそうなことが？」

ダイアナは用心深く引きさがった。「いいえ、なさそう」

「結構です。では、また明日お話ししましょう」

ダイアナはもの思わしげな濃い茶色の目でわたしを見送った。

12

翌日の昼近く、わたしはアディが部屋にいるのを見つけた。白いシャツとぱりっとした黒いリーガルジャケットを着て、すっきりした様子だった。昨夜いろいろと考え、レディ・バチャが時計塔を訪れたことにはべつの動機があったのではないかと思った。バチャとピルーは恋人に会おうとしていたのでは？　アディは浮気の気配に気づいていただろうか？　この話をどうやって切りだそう？

わたしが部屋に入ると、アディの目が光った。「ジム大尉！　ずいぶん忙しかったようだね。ダイアナが、時計塔で見つかったという手掛かりを見せてくれた」

「おはようございます」ダイアナは、青と白の華奢《きゃしゃ》な磁器にお茶を注ぎながらいった。浮かぬ顔をしていた。なにか兄妹のあいだで意見の不一致があり、アディが自分の意見を通したのだろう。

アディは両手を広げた。「ダイアナが……もっと積極的に調査に加わりたいというんだけど。どう思う？」

「やめておいたほうがいいでしょう、サー。面倒な仕事ですよ」

二人は似たような、物問いたげな表情でこちらを見た。

わたしは肩をすくめた。「われわれはご婦人方が殺されたと思っているわけですから。危険なこともあるかもしれない、そうでしょう？」

「確かに」アディは顔をしかめた。「だったらそれも理由の一つだ」

先に挙がっていた理由はなんだろう？　明らかな答えがある——不適切だからだ。おそらく、アディはダイアナがわたしと——元軍人と——行動をともにすることを思いとどまらせようとしたのだろう。

ダイアナが顎をあげていった。「大尉、英国にいたとき、ミス・コーネリア・ソラブジーというインド人の若い女性に出会ったの。彼女はオックスフォード大学で法律を学んでいた。それで、後見裁判所の女性助手に任命されたのよ。わたしだってなにか役に立つことをしたっていいじゃない」

「なるほど」ダイアナの反抗的な顔つきについて考えてみた。助手として雇い、親しくつきあうのがどうこうという問題ではないのだ。「まあ、それならいろいろと落ち着いてからではどうですか？　とりあえず、通訳は必要なので」

ダイアナの顔が明るくなり、兄妹のあいだで視線が交わされた。ダイアナは「この人に同意してもらえたわよ」といったのだろうか？　たぶん、そのうちに二人の暗黙の会話もわかるようになるだろう。


仕事に戻り、検死官から返却されたご婦人方の衣類のことをアディに尋ねた。どれもビーズはついていないことがわかった。ご婦人方がなにか隠していたことを確信していたので、わたしはいった。「レディ・バチャのことを話してください。はっきりした人物像が思い描けるように」

アディはうなずいて話しはじめた。「バチャの両親は何年もまえに亡くなっている。海難事故で。バチャはウーティに暮らすおじに育てられた。一族はコーヒー農園を所有している。生きていたときにはおじが管理していた」

「おじさんはいつ亡くなったんですか？」

「去年。バチャとぼくが結婚するずっとまえから病気だったんだ。おじはバチャの早い結婚を望んでいた——自分が面倒を見られなくなっても大丈夫なようにね」

わたしはこう書きつけた。〝ウーティのコーヒー農園の相続人。以前に求婚者は？　恋人は？〟

「なにかいいたそうだね、大尉」アディがちょっと面白がるような声でいった。

「強情だったり、衝動的なところがあったりしましたか？」

「バチャが？　まさか！　自分の本分を心得ていたよ。まあ、かなり進歩的ではあったけれど」

「どういうことですか？」

「ピルーが若くして結婚することに反対していたんだ。しかし伝統だからね」

　またミス・ピルーか。「親しい友人はいましたか？」

「そりゃもう。どこから話したらいいかわからないくらいだ。ぼくたちはしょっちゅう人を招いていたし。バチャはよく、ハンギング・ガーデンズや大学図書館の閲覧室で友達と会っていた」アディはそこで黙った。時計塔の暗がりが思考に影をすべりこませ、殺伐《さつばつ》とした議論がまた内心ではじまって、心穏やかでいられなくなったのだ。

「政治信条は？　独自の意見とか？」わたしは思いきって話を先へ進めた。

　アディは肩をすくめた。「独立運動《ナショナリズム》や社会改革の話ならしたけど。それから探検家のこととか……」アディの表情が明るくなった。「バチャはまえに、コロンブスは自分が発見したものすべてについて所有権を主張するくらい思いあがっていたにちがいないっていってたよ」アディはそういって、男子生徒のようにくすくす笑った。めったにない瞬間だった。しかし、元気のいい彼の花嫁には隠された一面があったはずだ。バチャはなぜ助けを呼ばなかったのだ？

「サー、彼女はバルコニーで誰かに会う予定だったのではないかと思います。もしかしたら、昔の求婚者とか？」

　アディは驚いていった。「ありえないよ、大尉」それから息をついて、首を横に振った。「バチャのことはよくわかっているつもりだった。こんなことになるまでは」

わたしはなにもいわなかった。もしレディ・バチャに恋人がいたとしても、アディはそれを知らなかったのだろう。だが、謎めいたミス・ピルーは知っていたかもしれない。「ご婦人方は、以前から知り合いだったのですか？」

「ぼくがバチャと結婚するまえから？　いや。ピルーはバチャとは正反対だったから——社交的なところはぜんぜんなかった。野外ステージでの催《もよお》しにぼくらと一緒に出かけるようなこともほとんどなかったし」

「ほんとに？」ダイアナは眉をあげた。「わたしが英国に発つまえは、ピルーと一緒によく行ったのに！　二人ともダンスをするには幼すぎたけれど、何時間も眺めていたものよ。すてきなドレスを着た淑女たち、颯爽とした制服姿の士官たちを。『高慢と偏見』の一場面みたいだった。ピルーもそれがとても好きだったの」

ああ、これはまたミス・ピルーのまったくちがった一面だった。「それは興味深いですね、ミス・ダイアナ。しかし最近のミス・ピルーは引っ込み思案だった。隠遁者《いんとんしゃ》といってもいいくらいに。なにがあったのでしょう？」

ダイアナの表情が虚《うつ》ろになった。「わからない」

アディは妹からわたしに視線を移していった。「ぼくにもわからない」

13

翌日、フラムジー邸はずいぶんと賑《にぎ》わっていた。まるで邸宅が長い微睡《まどろみ》から覚めたかのようだった。玄関ホールに置かれたいくつかの花瓶から花やシダが溢れでていた。分厚いカーテンが開かれて日光がふんだんに降りそそぎ、従者たちは大きな笑みを浮かべながら急ぎ足で廊下を行き来していた。

昨日、有用な情報を仕入れてあった。アディの結婚の前年にある重要な出来事があり、それがミス・ピルーを愛想のよい十代の少女から神経質な隠遁者に変えたらしい。その出来事が背景としてあったために、ご婦人方は秘密の面会のために時計塔にあえて出かけていったのかもしれなかった。たいした手掛かりではないが、とっかかりにはなりそうだった。

洒落《しゃれ》たグレーのスーツに身を包んだアディがわたしを見つけていった。「朝食を一緒にどうぞ。ダイアナが、昨夜父にお伺《うかが》いを立てたんだけど。父は駄目だって。ぼくたちの調査に娘を巻きこみたくないんだ。ダイアナは納得しなかったけれど」アディに意味深な視線を向けられながら、二人でダイニングルームに入った。

アディの父親は挨拶代わりに軽くうなずいてみせた。痩身の編集人、トム・バイラムとなにやら話しこんでいる最中だった。主筆は招かれ慣れた様子で食事をしていた。彼の大きくて器用な手のそばでは銀器が小さく見えた。アディがサイドボードからポーチドエッグとソーセージとロールパンを皿に盛ったので、わたしもそれに倣《なら》った。

「さあ、いらっしゃい」子供たち《チャロ・ディクラ》を従えて、フラムジー夫人がわたしたちのうしろから入ってきた。弾《はず》むようにやってきた幼い子供たちは清潔なにおいをさせ、刺繍のされたカフタンを着ていた。わたしを見て年上の少年が立ち止まったが、すぐに食事や菓子パンの積まれたサイドボードを見つけて駆け寄った。まもなく子供らしい声が部屋中に響き渡った。子供たちが食べ終え、部屋を出ていってしまうと、コーヒーが出てきて仕事の時間になった。

バイラムはテーブルの向こうから紙ばさみをすべらせてきた。「大尉、きみの鉄道切符だ。マセラン行きは今度の金曜日だよ。ボンベイに向かう列車は週末にしか出ないから、復路の切符は土曜日だ」

「ありがとうございます」わたしは紙ばさみをポケットに収めた。ようやくマネックに会えると思うと期待が膨《ふく》らんだ。もう裁判は終わっているから、彼の側からの話をきっと聞かせてくれるだろう。その話が信用できるとなれば、彼自身の容疑が晴れることにもなるのだから。

アディが尋ねた。「それで、大尉、次はどうする?」

わたしはこれまでの調査結果を要約した。「わたしの計算では、ご婦人方が時計塔に着いたのは三時四十分か、その少しあとです。エンティが、マネックとコージャの二人の口論を見かけたのが三時十五分。これについてエンティは信用できると思います。つまり、口論があったとき、ご婦人方はまだいなかった」

アディの母親が初めて口を開いた。「三人の男はバチャとピルーがそこに着くまえに口論をしていたの?それはどういうこと?」

「計画について意見が合わなかっただけだと思います」フラムジー夫人の声に期待するような響きがあることを慎重に受けとめつつ、わたしは答えた。「一つの仮説に過ぎませんが」それからバイラムに向かっていった。「サー、容疑者の二人、ベーグとアクバルですが、どこにいるかわかりませんか?」

トム・バイラムは、あやふやな顔つきで咳ばらいをした。「すまないね、きみ。その二人の居場所は突き止められなかった。おそらくボンベイを出たのだろう」

「あら、まだいるかもしれないでしょう」ダイアナがいった。「裕福な人たちなら、ふつうは競馬場へ行くはず。〈ブリティッシュ・クラブ〉にはいないでしょうけど——インド人は入れてもらえないから。でも〈リポン・クラブ〉を見てみたらいいんじゃないかしら」ダイアナはわたしの視線を捉えて微笑んだ。「どうして驚くの？　わたしはここで育ったのよ」

それで決まった。富と権力を持つ男たちの根城であるリポン・クラブに足を踏みいれるためには、取引相手のような恰好をする必要がある。あとは、そこに行く口実があればいいだけだった。

バイラムがパイプに火をつけて、ふっと煙を吐きだし、マッチを振って消した。その燃えさしをわたしに向けていった。「任せたまえ。私は会員だよ。一緒に行かなくてもきみを入れることはできる。あとはなかで、やつらを探せばいい」

黒のスーツとシルクハットで念入りに正装し、わたしはリポン・クラブへ出かけた。新聞の切り抜きで見たサーピル・ベーグは、狭い額の男で、無精ひげを生やしていた。マッキンタイア警視のメモには、一方の手の甲に蛇のタトゥーが入っていると書いてあった。わたしはポケットに写真を入れてきた。写真のベーグは陰鬱な面持ちで波止場に立っていた。

アクバルの写真はなかった。宝石を身に着けるのを好むといわれていたが、写真や似顔絵はなかった。裁判には〝代理人を通して〟関わった。独立した藩王国の王族に対して英国の法律により提供された優遇措置だった。警察の報告書にも新聞にも、アクバルがどこの藩王国の出身かは書かれていなかった。アクバルについて知られていることは妙に少なかった。

リポン・クラブに到着すると——一ブロック全体を占める堂々たるバロック様式の白い建物だ——わたしは無蓋の小型馬車《ヴィクトリア》に料金を払い、降りた。

白い上着と鮮やかな赤のカマーバンドという制服を着たコンシェルジュが足早にこちらへやってきた。カマーバンドとおなじ赤のターバンからは固い布が突きでており、鶏冠《とさか》のようだったが、彼はそれを威厳たっぷりに身に着けていた。トム・バイラムの名前を告げるとラウンジに案内された。

計画どおり、バイラムはここにはいなかった。コンシェルジュがべつのフロアに人をやって探す手配をしているあいだ、わたしはクロニクル紙を手に取って読むふりをしながら、広々としたホールを観察した。服装から判断するに、この男性専用クラブにいるのは大半が英国人かパールシーだった。

「待ちますよ」わたしは新聞を身振りで示しながらコンシェルジュに請けあった。「時間ならこれでつぶせます。この見事な建物のなかにいれば涼しいし」

コンシェルジュはうれしそうにいった。「こちらではすばらしいお客様方を大勢お迎えしているんですよ、サー！　総督や、それに、ハーディング大将もいらっしゃいました」その声には、こうした堂々たる客人を迎えることに対し、オーナー同様の誇りがこもっていた。

「立派な紳士ですね、お二人とも」わたしはいった。

これで彼は態度を和らげた。そろそろ主たる標的である小君主アクバルについて尋ねてもいい頃合いだった。「王《ラージャ》や王子のような人々もみえるのかな？」わたしは尋ねた。

またもや、コンシェルジュはリポン・クラブがいかに卓越しているか喜んで報告した。これではわたしの目的は果たせない。新しい手が必要だった。「もしかしたら、ここにわたしの友人が来たことはないかな。

スティーヴン・スミス少佐だ」

ほんとうは、スミスは第十四軽騎兵連隊とともにマドラスにいるはずだった。しかしながら、この策略によって来客名簿を見せてもらえるかもしれない。たいていの施設がそうした記録を保持していた。

「残念ですが、サー、そのお名前には心当たりがございません。記録を確認してみてよろしいですか？」

コンシェルジュはまっすぐに顔をあげ、デスクまでわたしの先に立って歩いた。体を固くし、ふんぞり返って歩いた。凝った装飾のテーブルの上に、ピカピカの新しい電話と並べて分厚い記録簿が広げてあった。

思っていたとおり、スミスの名前は台帳になかった。

「ご記帳いただけますか、サー？」コンシェルジュはわたしにも記入を求めた。

わたしは入念に、読みづらい走り書きをした。「もう一つべつの名前を探してもらえないだろうか？ 会いたい人物がいるんだが、相手のことをよく知らなくてね。ベーグ。サーピル・ベーグという男だ」

コンシェルジュは各ページを指でたどったが、ベーグの名は記入されていなかった。

わたしはいった。「セト・アクバルのところで働いているそうだ。彼はここに？」

コンシェルジュは身を固くした。「セトとお知り合いなのですか？」

タークルやセトのような称号は、地主か貴族に与えられるもので、どちらも富と影響力を意味した。コンシェルジュもアクバルを知っているのだ、少なくとも名前だけは。

「彼とは取引があってね。それで、いまはここにいるのかな？」

「セト・アクバルはもう何カ月もいらしてません」

「競馬場で見かけたと思ったんだが。たしか、背の低い若者だったね？」

コンシェルジュは背筋をピンと伸ばした。「いいえ、サー！　それは彼の代理人でしょう。セトは背の高い、スポーツマンです」

なるほど、アクバルは強健な男なのだ。スポーツマンといわれるほど体格がよく、力もある。コンシェルジュはこれでおしまいといわんばかりに記録簿を閉じた。疑わしげに、額に皺を寄せている。相手の疑いを和らげるために、わたしはほかにいくつか軍人の名前を挙げ、それからぶらぶらとラウンジに戻った。幅の広い革張りの椅子に座ると、コンシェルジュのデスクがよく見えた。わたしはボンベイ・ヘラルド紙を広げ、こっそり見張った。もしコンシェルジュが伝言を持たせて使いを送りだすようなことがあれば、わたしも抜けだしてあとをつけるつもりだった。

コンシェルジュは期待に応えてはくれなかったが、なにやらせわしなく台帳をめくっていた。頭上の古い扇風機のおかげで、ラウンジを風がふわりと吹き抜ける。沈黙のなかに響くのは新聞をめくるカサカサという音と、引きずるような足音だけだった。

「なんという混乱だ」わたしの背後にいた弁護士らしき年配の紳士がいった。「日々どんどん悪化するな！」

気むずかしそうな声の連れが答えた。「……街では恐ろしい犯罪が横行している。まったくひどい！」

「藩王国のせいだ」最初の声が述べた。「法も秩序もあったものではない。警察は完全に腐敗している。タークルの連中は、自分たちが法だと思っているんだよ。ダルバールの法廷も連中が運営しているから、やつらに対して訴訟を起こそうとしても、必要な認可《サナード》が出やしない！」これを聞いて、藩王国で法的事項を申し立てるにはサナードが必要なのだとわたしは理解した。

二番めの紳士がいった。「もちろん、軍にはなにかしらできることがあるんだろう？」

「いや、まさか！」最初の紳士がいった。「ああいう場所にいきなり押しかけるなんてできやしない。とくにあの反乱のあとはね、いやはや」

インドは全般的にイギリスの支配下にあったが、ところどころに地元の王《ラージャ》や君主が治める地域があり、藩王国と呼ばれていた。インド人の君主は、国王の座を引き継ぐまえに英国の承認を得なければならなかった。継承が問題ありとされれば、英国の統治者が支配権を握ることになる。

年配の二人は、一八五七年のセポイの乱――武装したインド人兵と農民が、英国の支配に反対して暴動を起こしたこと――に関する議論を再開していた。わたしが生まれるまえのことだったが、軍の食堂で論じられるのを何度も聞いていた。インド人兵は新しいエンフィールド銃を割りあてられ、その銃のカートリッジは歯で引きちぎってあける必要があったのだが、ケーシングに豚や牛の脂が塗られているという噂があった。イスラム教徒のセポイは、自分たちの信仰においてタブーとされる豚が使われていることに恐慌を来し、ヒンドゥー教徒のセポイは、聖なる動物とされる牛の脂が使われていることに動揺した。

支援を集め、セポイたちはカンプールの城塞を包囲した。およそ四百人いた英国人の住民は投降したが、反乱軍は全員を殺害した――男も、女も、子供も、インド人の使用人も。一八五八年までには英国軍が暴動をすべて鎮圧し、以来、東インド会社はなくなって、英国王が統治することとなった。

ヘラルド紙の見出しがわたしの注意を捉えた。「バンドラの漁村、襲撃される」。バンドラは、ボンベイから北へほんの十六キロのところだと書いてあった。フラムジー夫人のようなこの近辺の住人が身の危険を感じるのも無理はない。

一時間後、ここでの仕事を終えることにした。リポン・クラブでアクバルはよく知られ、たぶん恐れられてもいた。例の悪名高い裁判の件があるので不思議はなかったが、いずれにせよ、わたしがアクバルの居場所に近づく役には立たなかった。

まだ借り物の上等な服を着ていたので、競馬場にも足を延ばしてみようと思った。曇り空と爽快な風に誘われて徒歩で行くことに決め、競馬場を目指して北へ歩いた。プリンセス・ストリートで、馬車が道を逸れてまっすぐわたしのほうへ向かってきた。

「おい！」鼻を鳴らす若い雌馬と馬車から身を引き、間一髪で車輪をよけた。だが足が溝にはまり、牛糞の山を踏みつけてしまった。

畜生！　足を引き抜き、借り物のシルクハットを回収しようと身を屈めた。その瞬間、なにかがものすごい勢いで耳をかすめた。

猛烈な力のこもった打撃が肩に当たった。

わたしは怒鳴《どな》り声をあげてふり向いたが、遅かった。ターバンの男がちらりと見えた。日焼けした腕で棒を振りまわしている。二人？　三人？　動きが速かった。したたかに打撃を食らったが、こちらもみずから飛びこんで手を振りまわし、何発かはパンチを当てた。

しかしやがて闇が降りた。

14

目が覚めると、そこは痛みの戦場だった。体を動かそうとすると頭が爆発した。まさに大砲の一斉射撃だった。肩が猛烈な抗議の悲鳴をあげた。肘と肋骨と膝がたてつづけにスタッカートで弾丸を発射した。

背後から声がした。「たいした騒ぎだったようだね」

わたしはいった。「くたばれ」すると、くすくす笑う声が聞こえてきた。

「まだくたばってはいないようだね、お若い人？ やってはみたようだが」

答える必要はなかった。医師がわたしのそばにそびえるように立ち、腕まくりをして前腕をあらわにしていた。医師はわたしの肋骨を突き、なにやらブツブツいうと、わたしの体の関節という関節をとうてい親切とはいえないやり方で曲げていった。

「それで」わたしの頭を何回か捻《ひね》ったあと、こちらの目を覗きこみながら医師はいった。「なにがあった？」

「むむ」左目がズキズキと痛み、わたしは顔をしかめて医師の手から逃れた。なにがあったか？ 映像の断片が頭に浮かんだ――太い茶色のターバンの下の怒ったようなしかめ面、浅黒い四肢、わたしの肩を強打した木の棒。

「死体にだって、もっと骨折の少ないものもあったよ」医師はいった。

それを聞いてぞっとした。

「ほんとうはそんなにひどくないんでしょう？」四肢が折れたときの痛み――あのひどい重み――なら知っていた。いまは肩も肘もそこまでひどくないように思えた。では、膝だろうか？

医師の笑みが大きくなった。「そうだね、しかしけっこうなあざのコレクションだ」医師はわたしの肋骨をトントンとたたき、親指で胸骨の出っ張りを軽く押さえながらいった。「これは子供のころに治ったものだね？ 前腕のほうはもっと最近だ。榴散弾《りゅうさんだん》を浴びたのは？」

「兵士を大勢診《み》てきたんですね、先生」声がかすれた。カラチの話をしないようにすることはできたし、頭に思い浮かべるのを避けることさえできたが、あの身の毛もよだつような経験はわたしの肌に彫りこまれているのだ。

「ふうむ」医師はなにやら書きつけ、それからオーダリーにわたしの肘を固定するよう命じた。

ドアがサッと開いた。軍服姿のがっしりした英国人士官がずかずかと入ってきて、とたんに診察室が狭くなった。

「こいつが例の男か！」彼がいった。

まだ意識が朦朧《もうろう》としていたが、パッと気をつけの姿勢を取らなければならないような気がした。しかし体がいうことを聞かなかった。

「名前は？ 階級は？」士官は顎を突きだして問いただした。「所属連隊は？」

畜生。この忌ま忌ましい口ひげが、どこにいようとおかまいなしに〝軍人〟を喧伝するのだ。

「ジェイムズ・アグニホトリ、大尉……退役しましたが。第十四軽騎兵連隊にいました」

相手は口をぎゅっと引き結んだ。英国人がわたしの名前を聞き、イギリス人とインド人の血が混じっていることを知ったときによくある反応だった。混血め、というわけだ。どいつもこいつも眉をひそめるのだ。

わたしを挟んだ反対側から、医師が声をかけた。

「こんにちは、署長」

では、これがご婦人方の死について捜査をした警察署長のマッキンタイア警視なのだ。いやはや。

「ジェイムスン」マッキンタイアは怒った声でいった。

「この男は街じゅうでトラブルを引き起こしているんだよ。大学や、リポン・クラブで」マッキンタイアはわたしを睨《にら》みつけた。「アグニホトリ、といったか？なにが目的だ？」

わたしは返事をしなかった。頭の回転が鈍っていた。車輪がカタカタと音をたてて止まりそうな一方で、エンジンは排気ガスを吹きだしていた。

マッキンタイアの砂色の口ひげが逆立った。「総督が伝言を寄こしたんだぞ！　〝なぜ軍隊が警察の問題に首を突っこんでいる？〟となあ。大変なヘマをやらかしてくれたもんだ！　いったいどういうつもりだ？」

ボンベイを治める総督がわたしを知っている？　なんてこった。

「申しわけない」わたしは息を切らしながらいった。

「逮捕したっていいんだが」マッキンタイアは唸《うな》るようにいった。「誰のために働いている？」

「ブラウン＆バトリワラ」

「弁護士か！　どんな仕事だ？」

「だいたいはメッセージを運んでいます」とっさにでっちあげた仕事内容だった。これでアディに状況が伝わるだろう。

「時計塔についてなにがわかったんだ、え？　時計塔での死亡事件について」

わたしは黙ったままでいた。慎重さが推奨される場面があるとすれば、いまがそのときだった。

「足を踏みいれる場所には気をつけたまえ！」警察署長はいった。「十月二十五日に、きみはどこにいた？」

十月二十五日。レディ・バチャとミス・ピルーが亡くなった日だ。わたしは一方の目でできるかぎり相手を凝視した。もう一方は腫《は》れてほとんどふさがっていたから。「プーナの野営病院です」

マッキンタイアからさらに質問をされたが、わたしは眠りに誘われていた。轟《とどろ》くような署長の声を締めだし、眠りを歓迎した。

「そうだな、ジェイムスン」署長は唸るようにいうと、足音も高く出ていった。嵐のあとのような静けさが、消毒薬のツンとするにおいとともに押し寄せた。

親切な医師はわたしの膝をいじり、次いで肩に包帯を巻けるように身を起こしてくれと促した。医師に注意を向けられると、クモの巣のような眠気が一掃された。

「私はフラムジー家の事件を担当したよ、あの時計塔の死亡事件を」世間話のようにそういいながら、医師はわたしの胸に包帯を回した。ショックが体を駆け抜けた。

医師はくすくす笑った。「興味があるようだね？そう、私はあの件について相談を受けた。ところで、私の名前はパトリック・ジェイムスンだ」

まったくなんてことだ。願ってもないチャンスが降ってきたというのに、わたしにはなんの準備もできていなかった。

「ああ……いかにも」ジェイムスンは快活にいいながら、わたしに薬を打つために注射針の準備をした。実際、あちこち痛む体は薬を求めていたが、彼の話のほうがもっと聞きたかった。

「検死官だったのですか？」

「まあ、五人のうちの一人だけれども」医師はそういってキャビネットに手を伸ばした。「裁判で証言をしたのは、検死主任のドーソンだった。インド人の医師三人と私も出廷した。大事件だった」

「ご婦人方は襲われたのですか？」わたしは思わず口走った。このときは本調子ではなかったのだ。

「ふうむ」ジェイムスンはわたしのほうへ身を乗りだした。「きみがなにを考えているのかは知らないが、答えはノーだ。なかったよ……犯罪の証拠となるようなものは」注射針がわたしの前腕に刺さった。「インド人の医師たちとは、ご婦人方の体のあざについて意見の不一致があったが、ひとつだけはっきりしていることがあった。若いご婦人方は二人とも……生娘《きむすめ》だった」

わたしは医師をじっと見つめた。では、二人は辱《はずかし》めを受けることは免《まぬが》れたのだ。それはいいことだった、ひとまずは。

伝統的には若くして結婚するきまりだが、ミス・ピルーはまだ夫の家に移っていなかった。彼女の純潔はそれで説明がついた。

だが、レディ・バチャは？　その疑問がわたしの頭を貫いた。バチャとアディは結婚して一年以上だったはずだ。では、これが彼女の隠し事だったのか？　博学で人好きのするわたしの依頼人は、じつのところ……ホモセクシュアルだったのだろうか？

ドクター・ジェイムスンはわたしの膝を消毒し、それから体の向きを変えさせて包帯を巻いた。

痛みに浸りながらも医師が明かした事実に心を乱されていたので、彼の手際のよい手当てにはほとんど注意を払わなかった。レディ・バチャは強請られていたのだと思っていたが、いまやべつの疑問があった。彼女の結婚生活は偽りだったのだろうか。

男色は大英帝国では犯罪で、投獄されたり、追放されたり、あるいはもっと悪い罰を受ける可能性もあった。アディの父親が暴露されるのを恐れていた事実はこれだろうか？　こんな秘密であれば、確かにレディ・バチャは必死に隠そうとしただろう。もし明らかになれば、アディは蔑《さげす》まれ、うしろ指を差され、嘲笑《ちょうしょう》と嫌悪の対象となるだろう。

ホームズのあの有名な台詞《せりふ》はなんだっけ？　〝ありえないことをすべて除外すれば、あとに残ったものが、いかにありそうもないと思えても真実なのだ〟。わたしは依頼人のことを考えた――熱心で、意志が固く……

…控えめだ。内心で葛藤《かっとう》があったのだろうか？　この事実を隠すことに決めておきながら、それでも妻の死の原因をどうしても知りたいと思ったのだろうか？

まあ、いい。もしアディに悲しい秘密があったらなんだというのだ？　アディは、わたしが知るかぎり、なにもまちがったことはしていない。魅力的な女性と結婚しておきながら性的な関係を結びそこねたからといって、誰が傷ついたわけでもない。誰に聞いても、バチャとアディは二人で幸せに暮らしていた。いや、しかしそれが問題だったのかもしれない。もし誰かがアディの秘密を知り、彼の評判を落とす怖れがあったなら、レディ・バチャとフラムジー一家にはおおいに失うものがあったわけだ。少なくとも、強請の理由にはなったはずだった。

ジェイムスンの話はつづいていた。「……そんなにひどくないけれど、肩には気をつけるように。何日か休みを取るといい」医師はわたしのうしろにいた誰かに身振りで合図をした。「この人に服を着せてくれ」

オーダリーが手伝ってくれて、わたしはズボンを穿いた。不幸にも、いまやズボンは破れているうえに泥まみれだった。息をするたびに肋骨が痛んだので気をつけた。

フラムジー家の人々がバタバタと入ってきた。わたしの眠気は、吐きだした煙草の煙のように散った。ダイアナが勢いよく病室に入ってきて、わたしを目にすると悲鳴をあげた。彼女とアディは急いでわたしのそばへ来た。

「なにがあったんだい？」アディはわたしの姿を見て尋ねた。

「大丈夫ですよ」ちょっと変わったところはあるものの、ジェイムスンはそれなりに有能だった。わたしはこのラウンドでは負けたが、治らない傷は負わなかった。

「家へ帰ろう」アディがいった。

「ああ……わたしの部屋へお願いします」わたしはぶつぶつとそういいながら、一方の目でアディをじっと見た。もう一方の目はあざと腫れでほとんどふさがっていたからだ。

「その部屋はどこに?」アディが説明を求め、わたしは答えた。

しかし、わたしたちはダイアナを勘定に入れていなかった。ダイアナは〝パン屋の裏の小さな部屋〟を即座に却下し、診療所を出るための手配をしに行ってしまった。

行動の自由を奪われるべきではなかったので、わたしは抵抗しようとした。だが、痛みが鞭《むち》の一打ちのように襲い、膝から力が抜けた。力強い腕がわたしを支えた。ジェイムスンが大声でなにかを命じ、その後、わたしの意識は医師が打った鎮痛剤によって運び去られた。

15

目が覚めると、わたしは薄暗い大きな部屋にいて、ビャクダンの香りがした。灰色の壁紙から浮き彫りになった白い帆立貝の模様に指が触れ、黒い物体が猛スピードでわたしに向かってくる奇妙な夢から現実に引き戻された。分厚いカーテンのおかげで、朝なのに静かで暗かった。なにかを炒《いた》めるようなにおいが厨房から漂ってきた。アディとダイアナは、わたしを自分たちの邸宅へ運んだのだ。

「大尉、ここにいるといい。少なくとも回復するまでは」アディの父親が、どこか上のほうでいった。金襴のドレッシングガウンを身にまとったバルジョールの胴体がベッドのそばを横切った。どれくらいここに立っていたのだろう？　「よく休むんだ」バルジョールの低い声が響いた。

「わたしが一緒にいるから」ダイアナの声がした。

バルジョールは承諾し、その後、ビャクダンと洗濯されたリネンと石鹸《せっけん》の香りが離れていった。わたしは顔をしかめた。なんという間の悪さだ。せっかくダイアナがいるというのに、わたしときたらまともにものを考えることもできない状態だった。

医師の言葉を思いだすと、いやな予測がどっとのしかかってきた。レディ・バチャの死は、彼女自身かミス・ピルーの若いころの過ちが原因となったものかもしれないと思っていた。だがこうなると、過去の埃をかぶった謎どころではなかった。バチャの秘密はいまも夫を脅かすものであり、わたしはアディの不名誉を明らかにする手先になるのは気が進まなかった。

襲撃は不意打ちだった。わたしの調査が誰かを動揺させせた、いや、脅かしたのだ。満足感がどっと溢れた。なにかをやり遂げた気分だった。殺人者を不安にさせたのだ。思わず笑みを浮かべると口がチクリと痛み、悪態が漏れた。

「なにかほしいものは？」ダイアナが視界のなかに入ってきた。

ダイアナがいるのを忘れていた！　「お兄さんはどこに？」わたしは囁き声で訊いた。

ダイアナはわたしのほうへ身を屈めた。「講義があって。今朝はここにいたのだけれど。あなたのことをみんなで運んだのよ、大尉」ダイアナの笑みで部屋が明るくなった。「家のなかまで運びこまなければならなかった。ものすごく重いのね！　あなたを持ちあげるのに従者四人がかりだった」

わたしの沈黙にも、もちろん怪我にも怯《ひる》むことなく、ダイアナは新聞を広げた。

「面白いニュースはありますか？」わたしは顎で新聞を示しながら尋ねた。そのせいで頭が痛んだので目を閉じた。それから一時間はダイアナが見出しを読みあげ、わたしがうなずくとつづく記事も読んだ。わたしは途中で言葉を聞きとるのをやめ、寄せては返す波のようなダイアナの声に運ばれるがままになった。

その後いくらか経つと、アディが革と高価なコロンの香りをさせながら入ってきた。アディは温かい態度で挨拶をし、わたしの体の調子を尋ねてからカーテンをあけた。窓の外のホウオウボクの赤がなだれ込んできた。わたしがいたのは階上のどこかにある客人用スイートだった。フラムジー家の邸宅の外側の部屋には張りだしたバルコニーがあり、すぐ向こうに柵のように木々が並んでいた。真紅の滝さながらに花をつけたホウオウボクの向こうに並木がちらりと見えた。この巧《たく》みな配置のおかげで、使用人たちは家のなかを通らずに――つまり、家のなかにいるほかの人々を煩《わずら》わすことなく――個々の客室を行き来できた。

アディはベッド脇の椅子にどさりと座った。険しい顔で唇を引き結んでいた。「バイラムのところの記者の一人があなたのことを耳にしたらしい――ぼくたちに伝言を寄こしたよ。すまない、大尉。あなたが怪我《けが》をすることになるとは思っていなかった」

親愛の情でいっぱいになり、わたしはアディの陰気な顔に向かって微笑んだ。

「こんなことはなんでもありません」わたしはそういってからふと真顔になった。ドクター・ジェイムスンの言葉が耳のなかで反響していた。アディは友人だ。軍隊の外では唯一の友人だった。医師は親切にも、アディの妻が処女のまま亡くなったことを教えてくれた。それだったのか？　バチャが死んでも守りたかった秘密は？

友人を傷つけることには躊躇があった。きわめて個人的なこの質問のせいで、わたしたちの関係は終わってしまうのではないか？　しかしどうしても確認しなければならなかった。

「話ができますか……二人だけで？」

当惑しながらも、アディはいった。「もちろん。ダイアナ、ちょっと外してもらえるかな？」

ダイアナは出ていこうとして立ちあがった。が、足を止めた。

「いやよ」はっきりと力強く、ダイアナの声が響いた。「席を外すのはいや。わたしもこの調査の一員なんだから」

わたしは首を横に振った。ダイアナのいるまえで話すなど不可能だった。

アディは駄目だといったが、ダイアナは譲ろうとしなかった。

わたしは自分の短慮を呪った。この気まずい問題を持ちだすのを、もう少し待ちさえすればよかったのだ。

「大丈夫だから。どんなことだろうと」ダイアナはわたしのベッドの足のほうにちょこんと腰かけた。

このまっすぐで、断固たる視線。知的な目。わたしはアディの友情と同時に、ダイアナ独自の優れた意見も失おうとしているのだ。

「大尉」わたしがどう切りだすべきか手探りしているうちに、アディが口を開いた。「やめたいということかな？　ぼくたちはこの……調査を、やめるべきだと思う？」

「とんでもない！」わたしの口から言葉が飛びだした。アディが驚いて笑いだしたのにつられて、ダイアナもくすくす笑った。

いまだ、とわたしは思った。このタイミングで尋ねなければ。わたしはアディの前腕に手を置いた。「じつは……許してほしいのです」

「もちろん！　許さなきゃならないことなんかなにもないよ、大尉」

「いまからする質問を許してほしいのです。あなたは……わたしに嘘をつきましたか？」

アディは動きを止めた。「いや。いったいなんの話だい？」

「あなたの話では……二人は幸せだった。レディ・バチャとあなたは。それはほんとうですか？」

沈黙が、わたしたちのあいだの空気を凍りつかせた。とにかく話をまえに押し進めた、もう一度仕事を進めるために。

「検死医が明らかにしました……ご婦人方は二人とも処女だったと」喉が渇き、チクチクと痛んだ。

ダイアナが大きな声をあげた。「まあ」

アディがゆっくりといった。「それであなたは、ぼくになぜかと訊いているんだね。なぜバチャが……手つかずだったのかと」

「なんですって？」ショックを受けた様子でダイアナがいった。

「ダイアナ、いまは黙っていて」アディがいった。アディは躊躇なくわたしと目を合わせていった。「つまり……ぼくが不能なのかと？　あるいは、ぼくが……男のほうを好むのかと」

ダイアナは愕然《がくぜん》とした顔をしていたが、残念ながらわたしはうなずくしかなかった。ホモセクシュアルに関しては、軍のなかでさえ、おおっぴらに話すことはなかった。しかし現実にはそういうこともあるものだ。わたしは説明しようとした。「レディ・バチャはなにかを隠していました。それがなんだったのかわかれば、亡くなった理由もわかるかもしれないのです」

アディは答えなかった。こんなにもまっすぐな姿勢を保ったまま揺るぎない視線を向けてくるこの若者に、わたしは同情を禁じえなかった。アディはゆっくりと息を吸いこんだ。

「どちらでもないよ、大尉」アディはいった。「ぼくは……男性を好むわけじゃない。バチャとぼくは、結婚したときにはお互いをほとんど知らなかった。バチャはとても若くて、小柄だった。時間ならあると思ったんだよ……お互いを知るための時間なら。これから一生かけて知りあえばいいと思っていた。わたしは、するお産のときに死ぬ女は多いんだ、若すぎるまま出産するとなると……ぼくは、バチャにそうなってほしくなかった」アディの視線が心の内に向かうにつれ、声も徐々に小さくなって途切れた。

沈黙がわたしをなじり、わたしたちを握りつぶさんばかりだった。窓から入りこんだ一筋の明かりで、ダイアナの濡れた頬が照らされた。

「申しわけありません」わたしはいった。

アディはうわの空でうなずき、部屋を出ていった。ダイアナも間もなく立ち去った。その朝の静かな安心感――自分が安全で、気配りを受けているという感覚――も、ダイアナといっしょに去ってしまった。危惧《きぐ》したとおり、わたしの質問が三人のあいだに楔《くさび》を打ちこんでしまったのだ。

ズキズキする肩の痛みを押しのけて考えるに、アディの答えはほんとうのように聞こえた。自分の質問と

アディの答えが頭から離れなかった。必要のあったことをしたまでだ。なのになぜ後悔の念がわたしの首を絞め、わたしを獣《けだもの》と罵《ののし》るのだろう？

16

翌朝、グルングに手伝ってもらって入浴をし、包帯を巻きなおした。清潔な衣服が必要だったので、フォージェット・ストリートのわたしの下宿までグルングに行ってもらい、そのあいだはヒンドゥスタン人のスタイルで腰にタオルを巻いて快適に過ごした。

待っているあいだに、隙っ歯の使用人のラムーがアディの部屋からわたしのファイルを取ってきてくれた。わたしは記録に最近の出来事を書き加えようと思い、座った。

九時になると、アディとダイアナが朝食を運ぶ従者を伴ってやってきた。二人に会えてうれしかった。昨日は無神経な詮索をしてしまったというのに、アディにこわばったところや距離を置こうとする様子はない。とりあえず放りだされることはないのだとわかってホッとした。

だが、アディの額に以前には気づかなかった皺があるような気がした。アディは心のこもった挨拶をし、一部の書類をどかして、使用人に食事を並べるよう命じた。こんなふうに服を着ないまま、昨日の奇襲のせいでまだ腫れたり、あざになったりしている体をさらすことにいくらか気後れはあったが、わたしは身を起こしてアディに挨拶を返した。

ダイアナがこちらを一目見ていった。「あら！」

タオルと包帯の上に寝間着をはおっているあいだに、アディがいった。「大尉、まだ寝ていたほうがいい」

グルングがわたしの服を持ってきたが、わたしは昨日夕食をとらなかったせいでひどく空腹だったので、手を振ってグルングを追い払い、並べられた皿のまえに座った。

皿に卵料理を盛りつけながら、わたしはいった。

「悪党どもがわたしのメモ帳を持っていきました」

アディは顔をしかめた。「メモ帳？　この事件のための？」

わたしはなんとか笑みを浮かべようとした。「連中にたいした収穫はありませんよ。フランス語で書いてあったのです。わたしのフランス語はひどいんですが」

アディが馬鹿笑いをしたので、わたしはびっくりした。そして絶対にこの瞬間を壊したくないと思った。ぼろぼろになった二人の関係が修復されたこの瞬間を。

ダイアナは、新聞の山をどけて窓辺の椅子に座った。今朝の彼女はやや赤い顔をして、ビジネスライクな態度を取っていた。昨夜のわたしの不躾《ぶしつけ》な質問をまだ許す気になれないのだろう。

ダイアナが尋ねた。「ほかになにか盗られたものは？」

「現金とか？」アディが尋ねた。

「たいして持っていませんでしたから」

「しまった」アディはぎょっとしていった。「あなたに支払いをしていなかった」

「必要ありませんでしたから。朝食も夕食も出してもらっていますし」わたしはフォークでトレーを指し示した。

「大尉、誰がこんなことを？　相手に見覚えがあった？」ダイアナが尋ねた。

「いいえ」記憶の断片が頭に浮かんだ。肌を剝き出しにした襲撃者は——二人だったか？——口から顎までをチェックの布で覆っていた。怒った目をしたべつの男は眉が太く、ターバンを巻いていた。わたしは指を曲げてみた。こちらもいくつかパンチを当てたので、あざができ、指の動きが固くなっていた。わたしの戦いぶりもそう悪くなかったのだ。

「それなら、強盗だったの？」ダイアナはいった。

「あなたは上流階級の人みたいな恰好をしていたから」ダイアナの手は灰色の長いスカートの上で広げられていた。ぱりっとした白いシャツブラウスを着て、袖は肘のところでボタンを使って留めてあった。

「わかりません、お嬢さん」わたしは肩をすくめた。肩が抗議の声をあげたが、ジェイムスンは治ると請けあった。わたしは肩を回し、すばやくパンチをくり出す真似をした。痛かったので、スクランブルエッグとジャムとトーストを片づけることに気持ちを集中した。

グルングに手伝ってもらって服を着ているあいだ、兄妹はバルコニーに出てなにやら話しあっていた。戻ってくると、警察への供述を家で取ることもできるといった。その旨《むね》、伝言を送ればいい、と。

わたしがほとんど何も覚えていないというと、アディがいった。「馬車の御者とごろつきどもはきっとグルだよ。悪党がこっそり近づけるように、馬車があなたの気を逸らしたんだ」

「おそらく。わたしは競馬場で運試しをするつもりでした。たぶん通りですれちがったのでしょう」

「あなたはリボン・クラブから出てきた。あとをつけられたんだろうか？」

「そうでしょうね。しかし馬車とグルなら、まえもって計画されていたはずです」わたしがリボン・クラブを嗅ぎまわっていたあいだに、襲撃者たちは見たこともないほど巧妙に罠を仕掛けたのだ。そんな奇襲を誘発するなんて、わたしはなにをしたのだろう？

考えこみながらも、鉢に盛られた熟したイチゴを貪るように食べ、酸味のある甘さを楽しんだ。フラムジー家の邸宅で回復まで面倒を見てもらえるなら、それで充分埋め合わせになった。

「大尉、マセランへの切符！」アディが心苦しそうに顔をしかめていった。「三日後の切符だったね。延期したほうがいいかな？」

「いいえ、サー」食べる合間に答えた。「その列車に乗るつもりです」

マネックは、ご婦人方の殺人で起訴された人物だ。この謎を解く鍵になるはずだった。

ダイアナが心配そうな顔でいった。「大尉、なにかわたしにできることは？」

ホームズなら調査の詳細を明かそうとはしないだろう。しかしわたしはホームズではなかった。それに、ダイアナはグランドフィナーレを座して待つようなタイプではなかった。数日まえに彼女が口をつぐんだ様子が思いだされた。レディ・バチャとミス・ピルーについてなにか知っているのは確かだった。なにを隠しているのだろう？　いつになったらわたしを信用して、それを明かしてくれるだろう？

「いまはほとんどありません」わたしは書類の山を指していった。「まだ目撃者が残っています。マネックとミス・ピルーを何度か大学の門のところで見かけた子供二人とか」

ダイアナは報告書をぱらりと開いていった。「あら、すぐそこのグラント・ロードじゃない。メイドを連れて、わたしが会いに行ける」

アディは疑わしそうな顔をしていった。「駄目だ、ダイアナ」

「お嬢さん、その書類を読みあげてもらえるとありがたいのですが……」右目をいくらか休ませることができる。

アディは書類をわたしたちに任せて出ていった。ダイアナは警察の報告書を、ハヴィルダールに関するものと子供たちの証言に関するものに分けて読みあげた。医療の専門家はご婦人方が負った怪我のいくつかに着目していた。被告弁護人は、時計塔の壁から突きでた控え壁がその怪我の原因であると主張したので、その主張は公開実験によって検証された。実験では、バルコニーから投げだされたダミーは地面に落ちるまでどこにもぶつからなかった。

もうドクター・ジェイムスンと話をしたので、医療記録は脇へのけた。四人の目撃者が残っていた。マネックと、学童二人と、怯えたハヴィルダール。証言を読みあげたあと、この子供たちは近くに住んでいるとダイアナはいった。書類を見直すうちに時間が過ぎていった。

仕事が終わっても、ダイアナはドアのそばでためっていた。

「どこにも行かないで」

わたしが一方の眉をあげてみせると、ダイアナの頬がピンクに染まった。

「ただ……責任を感じているだけ。あなたが怪我をしたことに。よく休まなきゃならないでしょう?」

黙ってうなずくと、ダイアナは立ち去った。彼女がそばにいると、いつも言葉がうまく出なくなる。

夕方近くにべつの来客があった。グルングが盆を持って入ってきたのだが、その盆の上にあった名刺はわたしの友人、スミス少佐のものだった。

「おいおい!」通されてやってきたスミスは鼻を鳴らした。「いったいなにに首を突っこんでいる?」

血色のいい角張った顔とマトンチョップのかたちのもみあげに向かって、わたしは笑みを浮かべてみせた。静かな一日で、食事を運んでくるグルングか隙っ歯の少年くらいしか顔を合わせる相手もいなかったので、一人でいることに飽き飽きしはじめていたところだった。そんな夕方に昔からの友人が訪ねてきてくれるとはちょうどよかった。スミスは長椅子に腰を落ち着けて脚を伸ばした。

「豪勢な下宿じゃないか」

「なんだ、この古い部屋のことかい?」わたしは病床からにやりと笑ってみせた。

いつもの冗談をいいあい、共通の友人、知人や、スミスが配属された駐屯地の話などをしたあとで、スミスはいった。「なんだよ、ジム。ここでは大きな競技会が開かれるんだな。またボクシングをやったらどうだ」スミスは口を結んでわざとらしいしかめ面をつくり、宙に向かってジャブをくり出した。

おどけたしぐさを笑いながら、わたしは首を横に振った。「いや、やめておくよ。もうまえほど若くないからね」

「でもきみは強かったじゃないか！　何度かすごい試合をして勝っただろ……いまでも連隊で語り草だよ。そう。ところで」ベッド脇に近づきながら、スミスはわたしを真顔にさせた。「ここに来た理由はべつにあってね。今朝、兵舎でジェイムスンという医者に会った。きみのことをいっていたよ」

「ああ」

「そうだ」スミスは顎をさすりながらいった。「それで頼まれたんだ、いや、実質的には命じられたといってもいい。ボンベイ警察のマッキンタイア警視に会いに行けって。警視のことは知っているな？」

「このあいだ会った」なにが向かってきているのかかわり、わたしはそれを正面から受けとめた。「きみは供述を取りに来たんだな」

スミスはうなずいた。「すごくいいやつだよ、マッキンタイアは。あの男がいうには――ええと、よりふさわしいんじゃないかって。おれを送るのが」

わたしのなかでマッキンタイアの評価があがった。制服警官でも来ようものなら、この家でちょっとした騒ぎが起こっただろう。昨日見たものが、頭のなかでかたちを取りはじめた。固い車輪や、踏み台やなにかが。「三人の悪党に、プリンセス・ストリート《ヴィクトリア》で襲撃された。赤い座席の小型馬車を探すように伝えてくれ。連中はそれに乗って逃げた可能性がある」わたしはあざのできた拳《こぶし》をこすりながらつづけた。「いくらかくたびれた様子かもしれない。リーダーは丸いターバンをしていたよ、コージャか、マラーター人みたいな」

「すごいな！」スミスは大声をあげた。「そんなに覚えているなんて！」そういって、ロールトップデスクの上のペンに手を伸ばし、メモを取った。

それをグルングに託して送りだしたあと、わたしは尋ねた。「で、連隊は次はどこへ向かうんだ？」

「恋しいんだな？」スミスはにやりと笑った。「もちろん、おれのことじゃなくて。あのアラブ馬のマリッカだ」

わたしは認めた。「あの美しい雌馬は大好きだったよ。サットン大佐からの贈り物だった——最後のボクシングの試合のあとにくれたんだ」

「幸せ者め」スミスは好意的にいった。「いまはピーターズが乗ってる。結構な値でおれから買い取ったんだ。ちょうどやつの馬が脚を折って、安楽死させなきゃならなかったから」スミスは真面目な顔になってつづけた。「おれたちはもうすぐ英国に帰るんだよ。おれもそろそろ妻を迎えてもいいころだ。第三十三騎兵隊が去年帰国したんだが、信じられるか、もう三人も婚約したんだぜ！　想像してみろよ。きみはほんとうに戻らないつもりか？」

「そのつもりだよ、少佐」そういって、わたしは兄弟のようなこの男をまじまじと見つめた。死ぬまでに、また会うことがあるだろうか？　最悪の局面をともに乗り越えてきた仲だった。煙のなかも、爆撃のなかも、混乱のなかも。砲火の下で銃弾を込めなおそうとしながら。弾薬が足りなくなったこともあった……カラチ。

たぶん、わたしの思考がどこへ向かったか察したのだろう。スミスは立ちあがって握手の手を差しだした。わたしが握り返したとき、アディとダイアナがやってきた。わたしが紹介した。

ダイアナがわたしにいった。「母が、夕食に降りてこられるくらい体調がいいかどうか訊きたがっていましたけど。少佐もご一緒にいかがですか」

古い友人がすばらしい食事を逃すのはしのびなかっ

たので、わたしは招待を受けた。

ディナーの席は静かだった。バルジョールが浮かない顔をしていたせいだった。ダイアナとアディも顔を曇らせていた。アディはこの調査をはじめたことを後悔しているのか？　どんな結果になろうと、わたしは最後まで見届けるつもりだった。食事がはじまると、レーズン入りピラフ、焼いたラム肉、ポテトといったすばらしい料理の数々、それにフルーツパイの大きな一切れを味わった。

フラムジー夫人は経験豊富な女主人で、わたしの友人から話を聞きだす役を引きうけ、英国について、スミスの家族や受けた教育について、しきりに質問した。スミスは喜んで話した。しかもかなり詳しく。

フラムジー夫人はわたしに笑みを向けた。「それにあなたもよ、ジム大尉。あなたはどこで教育を受けたの？」

わたしは身を固くした。「ええと、プーナです、マーム」この話はこれで終わるといいのだが、と思いながら。ダイアナが強い関心を向けてくることに内心顔をしかめた。ほんとうのことをいえば、わたしはほとんど教育を受けてこなかったからだ。

フラムジー夫人の顔がほころんだ。「まあ、どの辺り？　バンド・ガーデン？　それともエルフィンストーン？　わたしはプーナで育ったんですよ」

そういえば、フラムジー家の人々はわたしのことをなにも知らなかった。もしかしたら、ダイアナがわたしを信用して知っていることを話してくれるようになるには、こういうことを話す必要があったのかもしれない。

「クールワルです、マーム。キリスト教の布教団が運営する施設です」

わたしの答えは沈黙に迎えられた。テーブルの向こうでは、ダイアナが心配そうな顔をしていた。フラムジー夫人は悲しそうな顔でわたしを見つめた。

わたしは肩をすくめた。そうたびたび持ちあがる話題ではなかったし、長々と話したいことでもなかったので、気まずさをなんとかしようとしていった。「わたしは手に負えない子供だったと思いますよ。部屋を抜けだして連隊の馬の世話をしていたんですから。十五のときにインド人騎兵《ソワール》として入隊しました。馬に乗ったセポイです。わたしの上官は」――ここでスミスのほうを向いて尋ねた、「サットン大佐だよ、覚えているかい？」――「古いタイプの士官でした。ある程度知識が身に着いているとすれば、彼のおかげです」

　スミスはいった。「おれが一緒に働いたなかでも最高の上官ですよ。聡明な戦術家で。しかし、きみだよ！」スミスはわたしに向けてスプーンを振った。「この男はおれの命を救ったんです！」

「またそんな！」わたしは払いのけるように手を振ったが、スミスは乾杯しようといい張った。

　ぼんやりとなにやら考えこんでいる様子ではあったが、アディの父親もわたしの健康のための乾杯に加わった。わたしが孤児で、父親を知らないことがわかって驚いたのか？　おそらくちがうだろう、混血であることは見ればわかるのだから。しかしなにかがバルジョールの心を乱していて、わたしにはそれがなにかはわからなかった。

17

晩餐のあと、スミスはおおいに食事を褒《ほ》めつつ、暇を告げた。アディはホストとして感じよく会話しながらスミスを外まで見送りに行き、わたしはバルジョールとご婦人方とともに残された。バルジョールはテーブルの上の自分の手を見つめていたが、おそらくほんとうに見えてはおらず、額には陰気な皺が刻まれていた。

「サー、少しお話しできますか？」わたしは尋ねた。

バルジョールは立ちあがり、ついてくるようにと身振りで示した。わたしたちはダイアナとその母親におやすみなさいと声をかけ、バルジョールの書斎へ向かった。彼はそこでどさりと椅子に腰をおろした。バルジョールの鬱々とした気分が部屋を満たした。

わたしは尋ねた。「なにかまずいことでも？」

バルジョールは心配そうな顔でいった。「大尉、誰かがきみを襲った。どういうことだ？」

「父さん？」アディがドアのそばから声をかけた。

「入れ」バルジョールが招いた。「アディ、われわれはこの……調査を、やめるべきだと思う。警告のような気がするんだ。次回はもっと悪いことが起こるかもしれない」

次回？　なぜ次の襲撃の心配をするのだ？

「ただの強盗だった可能性もある」アディがいった。「事件とは無関係かもしれない」

「たぶんそうでしょう」わたしは同意して、それからつづけた。「しかし、もしあなたのお父さんの懸念が当たっているなら、わたしが誰かを動揺させたということです。つまり、探すべきものがあるわけです」

「賭けてみたいんだよ、父さん。ジム大尉はなにかをつかみかけている」

バルジョールは拳を唇に当てていった。「もし大尉が殺されるようなことになったら？　われわれには責任があるんだよ、アディ」

バルジョールはわたしを心配していたのだ。心のなかで何かがほぐれた。

わたしは笑みを浮かべた。「サー、わたしなら大丈夫です。仕事をつづけさせてください。ただ、質問があります。誰か疑わしい人物がいるのですか？　あなたに敵はいますか？」

バルジョールとアディのあいだで視線が交わされ、わたしにはその意味がわからなかった。

バルジョールは低く響く声でいった。「いいや、大尉。もちろん、仕事上のライバルならいる。しかし誰もこんなことはしない」


翌日は大半を寝て過ごした。回復に努めるというのは厄介な仕事で、軍の病院を出たあとは、二度と引きうけたくないと思っていたのだが。しかしわたしはここにいて、痛みに耐えている。体中で痛まない部位を見つけるほうがむずかしかった。

「スィー、スィー？　スィー！」窓の外にインコが姿を現し、階下からくぐもった話し声が聞こえてきた。ダイアナのいたずらっ子のような笑みと、喉を鳴らして笑う声が思いだされた。しかしまあ、残念ながら、ああいう奔放《ほんぽう》で探求心旺盛な女性は自分のような人間が相手をするには若すぎると、わかってもいた。

グルングがランチを運んできた。物静かで有能な従僕であることがよくわかった。食事を与えられ、包帯を巻かれ、着替えを手伝ってもらったあと、わたしはいままでに判明したことをふり返り、被告人との面会に備えた。マネックの黙秘は愚行であるだけでなく、二人の罪を認めているようにも受けとれた。最初は、二人の共犯者のことをまったく知らないと主張した。そしてエンティの証言で二人と知り合いであることを突きつけられると、マネックは返答を拒み、判事を激怒させた。そのうえ、着衣が破れていた理由も、〝息を切らしていた〟理由も、ご婦人方の死亡時刻にどこにいたかも説明しなかった。マネックが絞首刑を逃れたのは、ひとえにフラムジー家の女性たちと一緒にいるところを見た者がいなかったからだった。もしマネックが話してくれれば、わたしがほんとうの犯人たちを捕まえ、マッキンタイアのまえに引きずりだすことができるかもしれない。暇だったので、共犯者二人――ベーグとアクバル――についてなにか手掛かりがないかと古い新聞をめくった。二人への言及は見つからなかったが、政治的な背景が徐々に立ち現れてきた。

一八五七年のセポイの乱の三十年後、小さな王国や公国は地元の王侯貴族――王《ラージャ》や女王《ラニ》――に支配されており、そうした支配層の多くは外交官やその家族を受けいれるというかたちで英国の存在を認めていた。こうした藩王国はしばしば騒動を起こした。ラージャにはたいてい複数の妻がいたので、後継の問題も複雑だった。

封建的な慣習のつづいている藩王国もあった。王妃の多くは、パルダと呼ばれる女性隔離の制度のせいで、自分たちのために声をあげることができなかった。王妃たちの行動範囲は婦人部屋《ゼナーナ》に限られ、ここには親族の男性しか入ることができない。よその男に見られることは、高貴な生まれの女性が社会的地位を失う原因ともなった。彼女らの身の上はラージャの意思一つで決まり、ラージャが死ねば庇護《ひご》を失った。一八三〇年の英国の法律でサティ――夫の火葬の際に寡婦が焼身自殺をすること――は禁じられたが、いまだにその風習の残る藩王国もあった。

王妃の住まう場所はさぞ陰鬱なことだろう、とわたしは思った。女性であれば財産があっても身の安全は保証されないし、自由な人生が歩めるわけでもないのだ。

次に、地元の窃盗《せっとう》や逮捕件数について読んだ――マッキンタイア警視は大忙しだった。インド中で、不満の嚢胞《のうほう》が膿《う》んでいた。最近、ラホールで小競《こぜ》り合いがあったと報じられていた。ラホールといえば、ムスリム人口の多い地域だ。わたしが昔いた連隊がまた呼ばれたりするのだろうか？　スミスは帰国のチャンスを失うかもしれない。ラホールは、わたしの記憶では、ミス・ピルーの出身地でもあった。

その日の午後遅く、キッチンから次々届くご馳走《ちそう》で力がついたような気がして、試しにバルコニーを歩いてみた。膝がズキズキと痛んだので、また包帯を巻いた。これで大丈夫だろう。

六時になるとアディがやってきた。「大尉、なにか必要なものがあるかな？」

リストはできていた。「大きな鏡と、木炭を少々。それから、マセラン行きに必要な現金ですね。あとは下宿先の部屋にあります」

アディはわたしの妙な要求に対して質問もせずに、品物をメモし、胸ポケットに手を伸ばして財布を取りだすと、紙幣を何枚か手渡してきた。次いで窓際の椅子の下から平たい箱を取りあげ、ウェブリー・リボルバー――二挺のペアのうちの一方――を引っぱりだし、床尾《しょうび》を向けてわたしのほうへ差しだした。つづいて弾の箱も。

「あなたに要るものだ。遅くなって申しわけない」アディは落ちこんだような顔つきでいった。「もっと早くこれがあれば！」

差しだされた武器を握ると、その重さが気に入った。中折れ式のリボルバーで、スムーズに折れたので弾を込めた。軍用拳銃は職権がなくなると同時に返却していたので、手のなかのリボルバーが新鮮に感じられた。

「こういうものはしばらく使っていませんでしたよ」

「父の銃だ」アディはうわの空でいった。それからすぐにこう尋ねた。「今日、ダイアナを見かけなかった？」

見ていないというわたしの返事を聞くと、アディは心配そうに額に皺を寄せた。細いタペストリーのような呼び鈴の紐を引き、人を使ってダイアナを探させた。背の高い従者が知らせを持ってきた。ダイアナは、昼食後に供を連れて馬車で出かけたという。

「どこへ行くかいっていたかい？」アディは尋ねた。

「いいえ、サヒブ」

アディは口を引き結び、それからいった。「こんなことがあったあとなんだから、もう少し分別があってもいいんだが」

どこへ行くというのだろう？　わたしはダイアナの友人や知人をほとんど知らなかった。だが、昨日の彼女の決然とした様子を思いだし、学童たちの証言を記録した書類を探した。

「話に出たあの子供たちですが。どこに住んでいるのでしたっけ？」

該当ページがなくなっていることがわかると、アディの顔色が悪くなった。「ダイアナが持っていったんだ。子供たちはグラント・ロード沿いに住んでいたはずだ、確か。一緒に来る？」

わたしはすでに服を着ていた。隙っ歯の少年がわたしの軍靴を持って現れた。靴は磨かれたばかりだった。リボルバーを胸ポケットに押しこみ、暗い気持ちになった。一体全体、きみはどこへ行ってしまったんだ、ミス・ダイアナ？

アディとわたしは裏道を急ぎ、ハンギング・ガーデンズを横切った。太い蔓植物に絡みつかれたムラサキフトモモの古木が、きっちり刈りこまれた生け垣の上に枝を垂らしていた。身なりのよいボンベイの住人は、大きな葉を繁《しげ》らせたクワズイモの花壇や、オレンジ色の棘《とげ》のようなカンナをよけて歩いていた。

「母も以前はよくここで友人と会っていた」アディは

そういいながら、合図をして小型馬車を止め、乗りこんだ。「しかしあれ以来……」

アディが御者に指示を出しているあいだに、光沢のある緑色のコートを来て同色のターバンを巻いた男が通りを渡っているのが見えた。つい先週、華美な緑色のコートを着た男のことを誰かがいっていなかっただろうか？

思いだした。司書のアプテが、緑色の服を着た人がレディ・バチャとなにやらいいあっているところを見かけたのだった。そういう衣服は、混みあった通りでは珍しいかもしれないが、社交界ではよくあるもののようにも思えた。この大きさの街なら、緑色のコートを着た男くらい何人もいると思ってまちがいないだろう。しかしそれでも、図書館で女に声をかけるような伊達男《だておとこ》なら、そのおなじ服を着てわたしたちの鼻先を行進するくらいのことはやってのけるかもしれない。

「あの男。緑色のターバンの。あれが誰だか知っていますか、サー？」

アディは馬車の外を注視し、馬車が速度をあげると椅子にもたれた。「よくわからなかった。藩王国から来た人じゃないかな？　彼らは着飾っていることが多いから」

グラント・ロードで馬車に代金を払って降りた。この通りは混みあった商店街で、道の両側で行商人が商品を売りこんでいた。サリーやカラフルなブルカを身に着けた女たちが、売り子と交渉したり、買った品物を抱えて人混みのあいだを縫って歩いたりしていた。それぞれに一方を受け持って、わたしたちは群衆のなかを探した。

ダイアナはどこにいる？　果物の売り子にダイアナの見かけを説明したが、売り子は肩をすくめただけだった。

アディは通りの反対側からわたしに手を振った。

「ええ、サヒブ」商人が器用にココナッツのてっぺんを切り落としながらいった。彼が手にした刃物は剃刀《かみそり》とおなじくらい鋭かった。男は手もとを見もせずに底の部分を切り落とした。

「とても立派な馬で、黒と白の馬車だった。それがそこに停まった」男は鉈《なた》で十字路を指し示した。「馬車がぜんぜん動かなくてね。何時間かまえはものすごく渋滞してた」

男が口にした時間は信用できなかったが、ダイアナが一度はここにいて、まだ家に帰っていないのは確かだった。

アディは硬貨を数枚引っぱりだした。「女たちはどっちへ向かった？」

「あっちだ」男は現金をポケットにしまい、指差してから商売に戻った。そちらの方向を凝視していると、時計塔の鐘の音が聞こえてきた。

目撃者の学童はこの通り沿いに住んでいる。もしダイアナが、なにか興味深いことを聞いたとすれば、どこへ向かう？ わたしにわかる場所は一つだけだった。近くだ、鐘の音が届くほど。

「大学だ」

アディは十字路に向かって走りだし、黙って乗りこむというシンプルな手段でべつの小型馬車を捕まえた。痛む膝に邪魔されながらわたしもよじのぼると、馬車は出発した。

18

　わたしたちの乗った馬車はものすごい勢いで大学の門を通り過ぎ、図書館へ向かった。

　毎時三十分を示す音が滝のように降ってくるなか、アディは支払いをわたしに任せて馬車を飛び降りた。ダイアナの馬車が、馬車回しに停めてあった。ダイアナはここにいるのだ。

　呼吸が速くなったが、それでも空気が足りなかった。フラムジー家のご婦人方二人が亡くなったこの場所に、いまはダイアナがいて、塔に上っている。わたしは足を引きずりながら、塔に駆けこむアディのあとを追った。

「ダイアナ！」暗い空洞のなかで呼び声が大きく反響し、強烈な不安が押し寄せるなか、アディは螺旋階段を勢いよく上っていった。

　張りあげられた声が階上《うえ》のバルコニーから聞こえてきた。アディの声と……ありがたいことに、ダイアナの声が。バルコニーに到着し、喘《あえ》ぎながらドアに駆けつけると、ダイアナはアディを説《と》きふせているようだった。二人の両側を守るように、メイドと、アディの使用人のガンジューが立っていた。

　アディはダイアナに注意を払わずに、三人の子供たちを睨《ね》めつけていた。年長の子供はひょろりと痩せた十代の少年だった。

「ちょっと、アディ、落ち着いてよ」ダイアナが怒りを抑えた小声でいった。ダイアナはこちらにそっけない一瞥《いちべつ》を送ってきた。わたしへの威嚇《いかく》射撃だった。安堵の波が押し寄せ、浮かんだ笑みを隠した。今日のダイアナは煉瓦《れんが》の女だった。固く焼きしめられていた。

　ダイアナの努力も空《むな》しく、年長の少年は不安顔だった。少年はダイアナにもう帰ってほしいといい残し、きょうだいを引き連れて出ていった。

ダイアナは非難の眼差しでアディとわたしを突き刺した。「あの子たちは見たものをわたしに話しているところだったの。そこへあなたたちが象の群れみたいにドカドカ乱入してきたものだから、また怯えてしまった。あの子たちをここへ連れてくるのにどれだけ時間がかかったと思うのよ？」

どちらの象もなにもいえなかったので、ダイアナは足音も高く階段を降りはじめ、アディは彼女の肘を取った。メイドがすまなそうな笑みを浮かべてあとにつづき、ガンジューもそのあとをついていった。

一人残されて、わたしは夕暮れどきのバルコニーを眺めた。半分は斜めになった塔の影に覆われ、もう半分は沈みゆく陽の光を受けて金色に輝いていた。なぜレディ・バチャはここに捕らわれた？　なぜ家人に嘘をついてまで、ミス・ピルー一人を連れてここへ上ったのだろう？　石壁は彼女たちの秘密を抱えて静止したまま、陰鬱な雰囲気をたたえていた。

足もとに注意しながら階段を降り、馬車にたどり着いたときには呼吸も整っていた。アディとダイアナとメイドが、口もきかずに身を固くして座っていた。狭いなかに体を押しこむのは気が進まなかったし、正直にいえば、兄妹――わたしはどちらに対しても敬意を持っている――のあいだの気まずい空気を避けたかったので、使用人に声をかけた。「おい、ガンジュー！」詰めてくれと身振りで示し、苦労して体を引っぱりあげ、ガンジューの横に乗った。

ガス灯の明かりが金色の霧さながらに降りかかるフラムジー邸の白い門を通り過ぎ、車輪で砂利を踏みしだきながら馬車は進んだ。家に着くと、暮れなずむ紫の大気のなか、ブーゲンビリアの枝が揺れながらまだらな影を投げかけ、さらさらとやさしい音をたてていた。

バルジョールとその妻が階段の上でわたしたちを出迎えた。二人の安堵が温かく、重く伝わってきて、まるで暑い雨季の一日のようだった。フラムジー夫人がダイアナを抱きしめた。子供二人がいっぺんにしゃべりだし、そこにかぶさるようにバルジョールの雷《かみなり》のような声が轟く。この騒ぎに居心地の悪さを感じ、わたしは身を引いた。

数歩階段を上ってから、アディが呼びかけてきた。

「大尉！」

つかのま抵抗した。兄妹のどちらに対しても、不利な証拠をわたしから提示するのはいやだった。だが、状況からして仕方がないと思い、アディのあとについていった。

軍法会議のような一場面だった。ダイアナは窓辺に立ち、指でスカートを握りしめている。告発者のアディはずんぐりとした広いデスクのまえにいて、そのおなじ机に彼の父親が太い腕をついてもたれている。フラムジー夫人はぐったりと長椅子に腰かけていた。わたしは心配が膨れあがるのを感じながらドアのそばで待った。

「いいわよ、アディ、いいなさいよ！」ダイアナが爆発した。「心配だったたっていうんでしょ。悪かったわ！」

「ダイアナ、こんなことをしたら駄目だよ。一人で出かけていくなんて」アディは父親の同意を求めて両手を広げた。

バルジョールは低く響く声でいった。「ダイアナ、おまえの母さんと私は……おまえにはわからんだろう、子供を失うというのがどういうことか」

「だからわたしが行ったんじゃない！　助けになろうとして。理由を知るために」ダイアナは抗弁した。「わたしはずっと家のなかにいなきゃいけないの？　そういうこと？　服喪中だからパーティーはできない。そのうえどこにも出かけるなっていうの？」不満のあまり割れた声で、ダイアナはいった。

ダイアナがいかに若いか気づかされるのはこういうときだけだった。ふだんは冷静で、しっかりしているので、つい忘れてしまう。いま、ダイアナは感情的になり喉を詰まらせていた。わたしはピタリと動きを止めた。まえにもどこかでこういう悲痛な声を聞いたのではなかったか？　子供のころにどこかで、こんなふうに女性が泣くのを聞いた覚えがあった。

それがどこだったか思いだすまえに、ダイアナがまた爆発した。「こんなふうに監禁されてる人なんかほかに誰もいないんだから！　ロンドンの女たちは劇場にも行くし、公園のなかを馬車で走ったりもするのよ、付き添い《シャペロン》一人を同行させるだけで」わたしを見つけて、ダイアナは大声でいった。「大尉、この人たちに教えてあげて！」

ダイアナは援護してくれる人間がほしいのだ。しかしわたしは今日、アディが限界に近づく様子を見ている――馬車が停まりもしないうちから飛び降りて走りだしたり、螺旋階段を駆けあがりながら大声で妹を呼ぶところを。

わたしは咳ばらいをしてからバルジョールにいった。「今日、ミス・ダイアナに実際の危険はありませんでした。メイドと使用人がついていましたから」

アディがこちらを睨み、わたしはつけ加えた。「グルングとガンジューは元グルカ兵です。あの二人は肝《きも》の据わった戦士です、サー」

「大尉！」アディが異を唱えた。「あなたなら妹があんなふうに馬車で駆けまわるのを許すのか？　こんなにいろいろなことがあったのに？」

妻と妹を亡くし、わたしも襲われたばかりだというのに、という意味だろう。わたしは息をついて、考えてからいった。「たぶん、もっと護衛を手厚くすれば大丈夫でしょう」

「バルジョール」フラムジー夫人が立ちあがって夫の

そばに向かった。夫妻が話しあっているあいだ、ダイアナは長椅子に座りこんだ。嵐は去ったようだった。

ダイアナが不在だったのは六時間。あの子供たちからなにを聞いたのだろう？　わたしの心を読んだかのように、ダイアナはわたしの視線を捉え、ほんのかすかに首を振った。いまは駄目。わたしがいなくなったことを両親に思いださせないで。

ダイアナがちょうどこんなふうにアディと〝話す〟のを見たときには驚いたものだったし、そういう二人の会話は謎めいていて不可解だった。ところがいま、まるで耳もとで囁かれたかのように彼女のいわんとすることがわかった。わたしが一センチほどうなずくと、ダイアナはほっとしたように息をついた。あとで話すから、と目が約束していた。

ダイアナにはわたしの心が読めるのか？　彼女から目を逸らすなど不可能だった。

時計が八時を打ちはじめ、わたしは現実に引き戻された。マセランへの列車は明朝六時に出るのに、まだ下宿の部屋からスーツケースを回収していなかった。

わたしはアディに尋ねた。「ほかになにもなければ、もうよろしいですか？」

なにもなかったので、みなにおやすみなさいと挨拶をして、重い足取りで下宿へ向かった。まだダイアナとの無言の会話のことを考えていた。わたしたちのあいだでなにかが変わったのは確かだが、それがなにかはわからなかった。

部屋に着くと、古い小型スーツケースを開いて、旅行に持っていくために茶色のジャケットを丸めた。妙な異物感があった。胸ポケットになにか入れっぱなしになっているのか？　証拠を保管する必要があることはよくわかっていたので、書類はすべてアディの部屋にしまってあるはずだった。ならば、このくしゃくしゃの紙はなんだ？

丸めた毛布の上でそれを平らに延ばしてみた。ページのてっぺんに、「親愛なる兄弟、フランシスへ」と書いてあった。

フランシス？ フランシス・エンティか。ロイズ銀行の事務員。先週会いに行った重要証人だ。あのときエンティは子供の声に呼ばれて、つかのま席を外した。そして彼が戻ってくるまえに、わたしは捨てられた紙くずを見て――手紙がきちんと積まれているなかで場ちがいに思えて――それをポケットに突っこんだのだ。あれからこの茶色い上着を着る機会がなかったので、ここにそれがまだ残っていたというわけだ。

紙くずをガスランプの下に持っていって読んだ。

先月も手紙に書いたとおり、ジャスミンはわたしの妹ですから、ぜひとも面倒を見たい気持ちはあります。ただ、ご存じのとおり、うちには小さな子供が三人います。あなたの息子二人の世話をすることができるかどうかお尋ねですが、フランシス、できないと答えるのをお許しください。いまは義母の体調も悪く、レイモンドは家におりませんし、わたしにはこれが精一杯です。どうかジャスミンに愛していると、そして回復を祈っていると伝えてください。フランシス、そういえばあなたはジャスミンの病名をいっていませんでしたね？ 教えてもらえれば、地元のインド人医師に尋ねることもできます。

最後にこう署名してあった。メアリー・ドミトリー、プーナの野営地にて。

わたしはくしゃくしゃの紙を見つめた。騙されていたのだとわかった。エンティの妻は、彼がいっていたように、プーナの姉のところにいるわけではなかった。やはりエンティはわたしに嘘をついていたのだ。

19

くたびれたスーツケースにすばやく荷物を詰め、埃っぽい部屋を見まわして新しいメモ帳を探した。プリンセス・ストリートでの小競り合いで最初のノートをなくしてしまったからだ。探すべき場所などほとんどなかった。わたしが借りた部屋は一種の倉庫で、一方の壁沿いには穀物の袋が並び、反対側の壁沿いにわたしの寝具や数少ない所持品が置いてあった。メモ帳はどこに置いたっけ？

　思いだして、はっとした。もちろんそうだ、メモ帳はアディの家のベッド脇に置いたままだった。アディが必死でダイアナを探しはじめたので、わたしもそれに引きずられたのだ。アディはわたしへの襲撃を警告であり、不吉なメッセージであると見ていた。妹が姿を消したことであんなにショックを受けていたのも無理はない。アディを駆り立てたのは悲しみではなく、恐怖だった。

　それに、エンティは？　なぜ妻がプーナにいるなどといったのだ？　追跡調査をしなければ。しかし、まずはマセランでマネックを訪ねるつもりだった。バイラムは、マネックが滞在しているホテルの部屋を取ってくれた。くそ、やはり質問の書いてあるあのメモ帳が必要だ。軍服とパジャマの上下を詰め終えると、わたしはフラムジー家の邸宅へ戻った。

　家は静まりかえっていたので、こっそり階上《うえ》へ向かった。客用の部屋で、肉とスパイスの香りに迎えられた。誰かが——おそらくフラムジー夫人だ——わたしが戻ったときに料理が待っているように手配したのだ。わたしの子供時代のことを、いや、わたしに子供時代がなかったことを知って以来、フラムジー夫人はみずからわたしの食事に気を配ってくれるようになった。もしかしたら、わたしくらいの体格の男には栄養が必要だと思っているのかもしれない。それとも、怪我をしたことに同情したのか。まあ、文句はなかったので、まだ温かいラム・シチューと、パコラと呼ばれる揚《あ》げ団子をすばやく平らげた。

ベッドにあがると、熱い風が蛇行《だこう》しながら窓を抜けてきて、酷暑を予告するかのように熱でわたしの肌をチクチクと刺した。固くなった肩を耐えられるかぎり長く動かし、次いで膝の包帯をほどいた。膝はまだ腫れて赤くなっていた。ウイスキーの一杯も飲めば楽になるのかもしれないが、いまは手もとになかった。

ランプの明かりを落としたが、どっちを向いても肩がズキズキ痛んで落ち着かなかった。ダイアナは調査を手伝いたがっていた。彼女はほかになにを知っているのだろう？　わたしのことを探るような目で見ていた。あんなふうに見られたら、自分に興味があるのだと思う男もいるかもしれないが——わたしはそこまで馬鹿ではなかった……そのはずだった。だが、なにかがわたしの心に重く横たわっていた、はっきりとはわからない痛みのようなものが。アディの恐怖がわたしにつきまとった。ダイアナの声のなかにあった苦悩が、皮を剝がれたわけでもないのに赤剝《む》けになったような、ヒリヒリした感覚を残した。

室内の影のかたちが変わった。なにかが動いたのだ。わたしは当惑して、暗がりを探った。使用人たちが外のバルコニーを急ぎ足で行ったり来たりすることはよくあるので、誰が通ったのか確かめるだけのつもりだった。タイル張りのバルコニーの向こうでは、月明かりのなか、太い木の枝が揺れていた。

わたしの部屋は邸宅の男性用の側にあった。家の正面に向いたアディの部屋と、うしろに面した両親の部屋のあいだだった。両者のあいだには三つの客用寝室があって、そのうちの一室をわたしが使っていた。女性用のウィングは建物の反対側にあって、家のうしろ側の通路でこちらとつながり、使用人が湯を運ぶための裏階段がついていた。

バルコニーでなにかが動く音がした。男の影がわたしの部屋の窓を横切り、建物のうしろ側へ向かった。あの身長に、あのなで肩？　アディの使用人ではない。血流が、砲火を浴びたときに感じたのとおなじリズムを刻みはじめた。

バルコニーに出ると、男が家のうしろ側へ消えていくところがちらりと見えた。あとをつけることにして、暗がりのなかを裸足で走った。次の曲がり角で、背の高い人影は女性用の部屋のバルコニーへ入った。男はダイアナの部屋のドアに手を伸ばした。

次に起こったことはうまく説明できない。経験したことのないような憤怒《ふんぬ》が身の内で噴きあがった。わたしは男に向かって全速力で走った。ぶつかっていって、悪党をとことん打ち倒すことしか考えていなかった。

最後の瞬間に、警告を発するかのようになにかが光った。不自然な場所で光が反射したのだ。わたしは男の腕を払いのけ、ぶつかっていった。木にぶつかったような感触だった。二人とも激しく倒れこんだ。わたしの下で怒りに満ちた筋肉がよじれた。

わたしはすばやく立ちあがった。わたしたちは暗いなかでやりあい、お互いにパンチやキックをいくつか当てた。相手の動きは速かった。こめかみに爆発するような痛みが走る。喉に相手のジャブが当たり、わたしは必死に手を伸ばした。指に引っかかった布が破れた。やつはここだ！

パンチをくり出し、堅い筋肉に拳が当たるのを感じた。衝撃が駆けあがってきて肩が痛んだ。

襲撃者が唸った。それから手すりを越え、下のシダのなかに着地した。足が砂利を踏みつける音がして、男はいなくなった。

誰かがうしろで叫び声をあげた。影が動いて離れた。

開いたドアの明かりのなかで、十歩ほど離れたところにダイアナが立っていた。わたしはダイアナの部屋をまちがえていた。わたしの背後のドアは彼女の部屋ではなかったのだ。膝から力が抜け、タイルの上に座りこんだ。なんとか立ちあがろうとしたが、喉が詰まり、耳も聞こえず、鼓動は猛スピードで進む列車のようだった。

「大尉」アディがわたしを助け起こした。一番近くのドアノブをがたがたと回したが、ドアはあかなかった。わたしが守った部屋には鍵がかかっていた。

「こっちよ」ダイアナが、わたしの背後でいった。

アディは半分引きずるようにしながらわたしをダイアナの部屋へ運んだ。倒れこむようにしてソファに座り、やわらかいベルベットにもたれた。遠くから、使用人になにかを命じるいきり立ったバルジョールの声が響いてきた。

「なにがあった?」アディが尋ねた。

わたしは口をきくことができずに首を振った。ランプの明かりがまぶしくて目を閉じたままだった。

ダイアナが答えた。「恐ろしい叫び声と、ドスンという音が聞こえたの。悪夢を見たときみたいに、ハッとして身を起こした。音が……! なにかがぶつかる音とうめき声が聞こえて。ジム大尉が暗がりのなかで戦っている音がした。ランプをつけて、外に出ると、大尉がそこにいたの」

なにかがカチリと鳴った。聞き慣れた音だった、拳銃の安全装置が動くような。バルジョールがドア口をふさぐようにして姿を現す直前に、ダイアナは引出しになにかを押しこんだ。ほかの人々も入ってきた。アディの弟や、フラムジー夫人も。囁き声で質問が交わされた。みなの目はショックで大きく見ひらかれていた。わたしは完全に家中を起こしてしまったのだ。

「大丈夫?」アディがベッドから取ったキルトをわたしにかけながら尋ねた。

わたしはうなずき、息を呑んだ。ちょうどそのとき、こめかみに鋭い痛みが走り、わたしが嘘つきだと証明された。手で頭に触れると、手のひらに血がついた。

「アディ」わたしはいった。

アディはすばやくふり向いた。そして血に気がついていった。「父さん。医者を呼んで」

「駄目です」わたしは喉を詰まらせながらいった。「床を調べて。ナイフを探してください」

刃物が見つかった。小さくて物騒なナイフで、ウエストバンドやターバンのなかに隠せそうだった。押しのけようとしたときに、手を切っていたかもしれなかった。手を切らなかったとしても、真っ向から刃に突っこんでいたかもしれなかった。昔の指揮官のサットン大佐なら、わたしがこんな愚かな真似をすれば激怒したことだろう。

「大尉、怪我をしたのかね？」バルジョールが尋ねた。

わたしは首を横に振った。プリンセス・ストリートでついたあざがまだ治りきっていなかったので、どれが新しい痛みかよくわからなかった。疲労に負けそうだった。バルジョールがマッキンタイアを連れてくるために馬車を送りだそうとするのが遠くから聞こえた。とにかく休みたかったが、こうなると事件が報告されるまで休息など取れないだろう。ダイアナの花柄のキルトに包まれて、わたしは目を閉じた。

そうやってじっとしているあいだに、ダイアナがいった。「ピルーが猿のことで文句をいっていたのを思いだすわ」

頭のなかの番兵が大声を出した。「止まれ！」手を差し伸べてその思考を捉え、かすれ声でいった。「あれはピルーの部屋だったのですか？　あの男があけようとしたドアは」

沈黙が降り、室内が静止した。ダイアナは目を見ひらいている。バルジョールは腰に手を当てて背筋を伸ばし、いった。「大尉、なにを見たんだね？」

喉の強張《こわば》りがようやく取れ、わたしは追いかけた男の様子を話した。百八十センチを超える身長――だいたいわたしとおなじくらいで、幅もおなじくらい。軍人ではなかった、しかしどことなく知っている人間に似ているような気がした。そして駆け寄ったところでナイフが見えたのだ。

アディが睨みつけてきた。「馬鹿な真似を」

わたしは同意していった。「男は強かった。訓練された人間でした。ターバンを巻いていた。手すりを越えて逃げました。誰か、繁みを確認できますか？」

「手配しよう。それで？」バルジョールがいった。

「わたしは男を殴りました」男の体の堅さと、当てたパンチがどんなふうに肩に響いたかを思いだした。侵入者は力が強く、動きも素早かった。プリンセス・ストリートで襲ってきた、背が低くほっそりした三人とは似ても似つかなかった。わたしは徐々に敵を増やしているようだったが、その敵が誰なのかはまったくわからなかった。

「なぜ向かっていった？」アディが尋ねた。「ただ怒鳴り声をあげて、追い払うだけでなく？」

「わかりません。男は一方の手をドアに、もう一方の手を上の張り出しにかけていました」背の高い人間が、暗がりで頭をぶつけないようにするための動作だった。なぜこれをそこまで脅威と感じたかは説明できなかった。そこがダイアナの部屋のドアだと思ったからだったが、そんなふうに認めるつもりはなかった。わたしはため息をついた。忌ま忌ましい警察はまだ来ないのか？

そういえば、ダイアナがピルーのことを、それに猿のことをなにかいいかけていたところだった。

「猿というのは？」わたしは尋ねた。

ダイアナはびっくりしたような笑い声をあげ、椅子の上で丸くなった。顎を膝に載せ、くしゃくしゃの髪をして、ブルーのストライプのパジャマに上着をはおっただけの彼女は子供みたいに見えた。

「すごい騒ぎだった。ほとんど毎週。覚えてる?」ダイアナは、わたしの横で前屈みに座っているアディに向かっていった。アディには、ワインレッドのバスローブを着て、父親同様、きちんとした恰好をしてくるだけの冷静さがあった。わたしはキルトを胸まで引っぱりあげた。

「うちに来てすぐのころ」アディは思いだしながらいった。「ピルーはよく悪夢を見ていた」

「それで、屋根の上に猿がいる音がするって!」ひゅっと息を吸いこむと、ダイアナの顔から笑みが消えた。

「どうした?」アディがいった。

「先週……物音がしたの。屋根の上で。最初はムラサキフトモモの実がこけら板の上を転がり落ちているんだと思った。だけどあの実が熟すのは雨季——あるいは、早くても五月でしょう。次に猿かもしれないと思ったの。うるさかったから、使用人を呼んで追い払ってもらった」

猿かムラサキフトモモの実が、屋根の上を転がっていた。なにか、いや、誰かだろう。そしてダイアナは寝間着姿で暗いバルコニーに一人で立っていたのだ。わたしは寒けを覚えた。時計塔の長い影が、マラバー・ヒルまで届いているような気がした。

バルジョールは足を踏み鳴らしてダイアナのロールトップデスクのそばまで行き、紙を一枚引きだした。それから小さな白い椅子に腰をおろすと、なにやら書きはじめた。

静けさのなか、唇を噛んでいたダイアナがいった。

「こんなことをいうと裏切り者みたいだけど——ピルーはほんとうに頑固だった。それでも口論には耐えられなかったみたい」

一瞬のうちに、混乱した頭に疑問が浮かんだ。文通相手だった姉妹ほどミス・ピルーのことをよく知っている人間はほかにいないのでは?

わたしはいった。「ミス・ダイアナ、ミス・ピルーは英国にいたあなたに手紙を書いたのでしょう？　その手紙を読ませてもらえませんか？」

ダイアナは口ごもった。「あら。あれは……そうね、燃やしてしまったの……ピルーが亡くなったあと」

ダイアナは嘘がひどく下手だった。わたしにとっては、そこも好きなところの一つだった。

「燃やすまえに」わたしはいった。「読ませてもらえませんか？　とても重要かもしれません」

ダイアナは頬を明るいピンクに染め、誠実さを誇示するように、手紙の束を化粧室から取ってきた。わたしはそれを受けとり、あとで返しますからと請けあった。

「口論をしていたんですか？」わたしは尋ねた。「ミス・ピルーとレディ・バチャは」

アディとバルジョールは黙ってダイアナを見た。

ダイアナはうめくようにいった。「ああもう、わかったわよ。そう、口論をしていたんですって。なにについてかは知らない。教えてくれなかったから。二人が亡くなるひと月まえのことだった」

なぜこれが鍵だとわかったのかは、うまく説明できない。興奮がパッと膨れあがった、強風のなかで膨らむ帆のように。なにかがあって、二人の意見が合わなくなり、レディ・バチャが問題をなんとかしようとしたのだろう。わたしは答えにつながる紐を手にしたのだ。謎を解くために、しっかり握っていなければならなかった。しかしまえに身を乗りだすと、部屋に鍵がかかってしまった。やめてくれ、と叫びたかった。答えは目のまえにあった、それが見えさえすれば。

「こちら側の隣がミス・ピルーの部屋だったのですか？」

「いや、ピルーの部屋は反対側だ」アディが答えた。

「一番端がバチャで、次がピルー、その隣がダイアナ、客室を挟んで最後がチビたちの部屋」

なぜ空き室に侵入したがる人間がいるのだ？

猿はピルーの部屋の屋根にいた。盗人《ぬすびと》はピルーの部屋でなにかを探したかった。しかし盗人にはそれがどの部屋かわからなかった。

「まえにもこういうことがありましたか？」わたしは尋ねた。「つまり、不法侵入が？」

「いや」アディが答えた。

だったら、なぜいま？ 最初はわたしを襲った。小型馬車で逃げるところまできちんと計画して。次が今回の侵入未遂。わたしはなにをしたのだろう、相手をこんな行動に駆りたてるなんて？ 確実にわかっているのは、これを引き起こしたのは自分だということだけだった。

「ホームズ、それで？」アディが苦しそうな顔でいった。

わたしたちは、決断力のある、きちんと組織された敵に直面しているのだ。わたしは笑みを浮かべようとした。

うまくいかなかった。アディは心配そうな顔になっていった。「なんだい？ 次はなにが起こる？」

わたしは首を横に振り、顔をしかめた。このズキズキする痛みがなくなることはないのか？ わたしは事実と推論の迷路を注意深く進んだ。

「殺人者は恐れています、わたしが質問をして回っているせいで。やつは、いや、やつらは、ピルーの部屋にあるなにかを必要としている。今夜の泥棒は……プリンセス・ストリートでの襲撃からほとんど間がありません」

「つづけて」バルジョールの声が椅子のほうから響いてきた。

「わたしは……目立ちすぎました。いま、犯人たちはここに隠されたなにかを必要としています」

意図したよりも奥まで踏みこんでしまったのだ。子供のころ、青々と草の生《お》い茂る野原でホタルを追いかけたものだった。明滅する光のほうへ両手を広げて。この事件の答えもそんなふうに、わたしの指先のすぐ向こうでチラチラと明滅していた。

「やつらはそれを見つける必要がある……」

「あなたより先に」ダイアナが静かにいった。

「そうです」わたしは暗い気持ちになった。「それが、レディ・バチャとミス・ピルーが亡くなった理由だと思います」

「でも、大尉？」ダイアナはまっすぐに座りなおしていった。「それでは筋が通らないじゃない。それがなんであれ、ピルーかバチャが持っていたなら、そもそもどうして時計塔に行ったの？」

「二人はそれを見つけたわけではないのだと思います。おそらく強請られていたのでしょう」わたしはいった。「そしてその証拠はまだここに、この家のなかにあるのです」

20

夜中の小競り合いのせいで疲れていたので、わたしは警察が到着するまえにダイアナの部屋のソファで眠りこんでしまった。毎晩のようにちがったテントや兵舎に寝具が放りこまれる野営に慣れていたので、だいたいどんな場所でも眠れた。

しかし早くに目が覚めた。ダイアナのソファはわたしが慣れている寝具よりやわらかく、小さかった。息を吐くとあざになった肋骨のまわりが痛かったので身を起こした。痛みの目録はすぐにつくり終わった。昨夜の打撃はほとんど肩と腕に受けたはずだったが、こめかみがズキズキと痛んだ。

ダイアナはどこかべつの場所で眠っていたが、彼女の存在感はこの優美な寝室に浸透していて、ラベンダーの香りとともにわたしのほうへ押し寄せてきた。ダイアナのソファから離れると、私的な空間に侵入してしまったことに気まずさを覚えつつ、急いで部屋を出た。

夜明けが地平線を紫に染めるなか、わたしは重い足取りでバルコニーを歩いた。昨夜の不法侵入は、明るみに出すべき秘密がまだあることを示していた。わたしには見えていないことが敵には見えているのだ。長いあいだそんなこともわからなかったのかと思いながら、足を引きずって客用寝室に戻った。手探りでランプをつけようとして、両手が包帯に包まれていることに気がついた。いつ巻かれたのだ？　眠っているあいだに手当てをしてくれたのは誰だろう？　包帯を剝がすと、拳からペパーミントや薬用ハーブのにおいがした。これとおなじ脂っぽい軟膏《なんこう》が顔と肩にも塗ってあった。

全身の筋肉が抗議の声をあげた。これで膝をかばって足を引きずれば負傷兵そのものだろう。旅をするのにこれ以上の変装があるだろうか？　怪我をした兵士、これでいこう。

ランプの明かりのそばにある磁器のシンクで顔を洗い、形式張らずにカーキ色の軍服を身に着けた。時計が五時を打ったので――厳粛な、死を悼むような音だ――わたしは小型のスーツケースを取りあげ、よろよろと階段を降りた。

小型馬車がハンギング・ガーデンズの鉄の門のそばで待っていた。空が怪我をしたようなピンクに変わるなか、わたしは眠っていた御者を起こして、列車に間に合うように出発した。ひとたび列車に乗ってしまうと眠りこんだ。

「マセラン駅です、サヒブ！」三時間後、耳のそばで車掌の声がした。病み上がりの兵士には慣れているのだろう、車掌はうるさく質問してきたりはしなかった。

すがすがしい朝だった。わたしの乗った人力車はカーブの多い小道をよろよろと走った。低い場所にある道では濃い霧のなかを抜けた。霧は分厚い雲のようで、アディの家の綿シーツとおなじくらい白かった。

「マセランという名前だけど、どういう意味なのかな？」人力車を引いている裸足の男に尋ねた。男は体をひねってふり向くと大きな笑みを浮かべた。骨も筋肉も針金のような体に、膝丈にしたドーティ――伝統的なぶかぶかのズボン――だけを身に着けていた。

「マセイというとね、サヒブ、山のてっぺんのことですよ。マセ・ラーンは、雲のなかのてっぺん《ヘッド》です」

文字どおり、この朝のわたしの頭《ヘッド》は雲のなかにあった。夜中の騒ぎのせいでぼーっとしており、結局メモ帳を持ってくるのを忘れてしまった。

予約を入れてあったのは小さなホテルで、青いタイルのベランダからは広々とした平原が見渡せた。笑みを浮かべた若いウェイターが黙って食事を運んできた。卵料理は完璧だった。両面焼きで、ちょうど好みの半熟だ。ソーセージは温かく、カリカリのトーストには甘いジャムがたっぷり塗ってあった。受け皿に載ったバターは花のかたちをしていて、花弁の一枚一枚が繊細な線を描いていた。わたしは魅入られたようにそれを眺めた――どうやってつくったのだ？　ボンベイの街なかの騒音のあとでは、ここのベランダの静寂は手で触れられそうだった。静寂が体のまわりに注がれ、食事が終わったずっとあとまで肌に染みこんでいた。

マネックとはどうやって会うのが一番いいだろうと考え、宿の主人に尋ねることにした。足を引きずって受付に向かっていると、くたびれた感じの若者とすれちがった。目は虚ろで、肌は青白くて血のけがなく、わたし同様、無精ひげを生やしていた。これがマネックにちがいない、わたしが会いにきたまさにその相手だと、すぐに気づいた。

帰りは翌日の午後の列車を予約してあったので、待てるような時間の余裕はほとんどなく、すぐにも知り合いになるべきだった。しかし、どうやって？　あざだらけの両手を手すりに置き、緑の広がりのそこここに銀色の湖で穴があいているさまを眺めた。曲がりくねった雲の断片が深い影をつくる山際は、森の濃い緑をまとっていた。

「いい眺めですよね」肩のそばで若い声がいった。

わたしはうなずき、ゆっくりと息を吸いながら、軋む肋骨のあたりをさすった。

「チェックインが済んだところですか？」若い男が尋ねた。

ちょっと微笑んでみせてから、あざのある手を差しだした。「ジェイムズ・アグニホトリ大尉、騎兵隊です」

「大尉」男は慎重にわたしの手を取った。「マネックです」

わたしは錬鉄の椅子の並ぶ場所を身振りで示した。

「座りませんか？　わたしは膝が悪くて」

「いいですね」

マネックは若者らしく痩せていて、世慣れたところもなく、神経質そうだった。唾《つば》を呑みこむたびに、大きな喉ぼとけの動きが目立った。伸びてぼさぼさになった髪を手で梳《す》きながら、わたしの額をちらりと見た。まちがいなく、わたしのほうがひどい見かけをしていたはずだ。ホテルの鏡に映したときには、こめかみの打ち身が色とりどりの縞《しま》になっていた。

どう切りだそう？　まっすぐ仕事に取りかかり、助力を求めるべきだろうか？　わたしが療養のためにここに来たのではなく、彼の秘密を調べに来たのだとわかったら、マネックは警戒するだろうか？

「ウイスキーはどこで買えますか？」わたしは尋ねた。

マネックはくすくす笑った。感じのいい笑い声だった。「それなら助けてあげられそうですよ、ジェイムズ大尉」マネックはついてくるようにとわたしを招いた。

マネックは孤独だった。ものの少ない彼の部屋に入るとすぐにそれが見て取れた。部屋はきちんと片づいており、ベッドとドレッサーと椅子が一つあった。部屋の隅に、水を入れておく陶器の甕《かめ》がある。この部屋が使われていることを示すものは、ドレッサーに掛けられた衣類だけだった。

部屋の主は唯一の椅子をわたしに勧め、グラスを二つ手に取って窓際でゆすいだ。マネックの部屋は山のほうへ張りだしていた。おそらくわたしの部屋もそうだろう。

マネックはホワイトホースの罎をドレッサーから取りだし、こちらに向けて掲げてみせると、それぞれのグラスに気前よく注いだ。

「乾杯」感謝の言葉を小声でつぶやき、カチリとグラスを合わせてから飲み干した。酒が役に立ちそうだった。

足を組んでベッドに腰かけ、マネックは面白がるような顔をしてまえに身を乗りだし、わたしのグラスを再び満たした。

マセランはどうですかと尋ねると、眺めのいい場所やバザールへの道など、いろいろと説明してくれた。避暑地《ヒル・ステーション》のマセランには、二つの療養所と小さなバザールと滝があるようだった。マネックのほうはボンベイのことを訊いてきた。

「ボンベイにはどれくらいいたんですか、大尉？」

わたしはゆっくり息をして肋骨の痛みを逃がし、この静かな牢獄で友もなく孤独に過ごしているマネックを見た。とたんに同情が生じ、真実を隠しておくことができなくなった。

「じつは、ここに来たのは理由あってのことなのです」わたしは慎重にいった。「その理由というのはあなたと関係があります」

マネックは目を大きく見ひらいて、さっと身を引いた。

「マネック、出ていけというのならすぐにもそうします」わたしは両手を広げていった。

マネックは慌てて窓辺まで下がり、わたしを睨んだ。

「新聞記者なのか？」マネックは疑うような顔をして尋ねた。

「ちがいます。アディ・フラムジーのために働いています」

ああ、明かしてしまった。

マネックは開きかけた口をいったん閉じて、それから囁き声でいった。「なにが目的だ？」

わたしは首を振った。「あなたを傷つけるつもりはありません。しかしあなたはフラムジー家のご婦人方の死についてなにか知っている。わたしはそれがなんなのか知る必要があるのです」

マネックは口を歪《ゆが》めてしかめ面になった。「殺人の容疑で裁判にかけられたときにも、ぼくはなにもいわなかった。なぜそれをいま話すと思うんだ？」

畜生。マネックの助けが必要なのに、それを手に入れるために一日しかないなんて。マネックが気にかけているものはなんだ？　悲嘆にくれた様子で服装は乱れ、みすぼらしい顎ひげがあちこちに飛びだしている様子には、なにか意味があるはずだった。マネックはミス・ピルーとレディ・バチャを知っていた。ダイアナがそういっていた。そうか。マネックはいまも二人の死を悼んでいるのだ。あれから何カ月も経ったいまも、まだ心の傷が生々しいのだ。

「あなたはご婦人方を知っていた」わたしは努めて穏やかにいった。「そうじゃありませんか？」

マネックはうなずいた。そんな小さな事実一つを認めるのも渋々といった様子だった。

「だったら、裁判のあいだ、なぜ自分の弁護をしなかったのですか？」わたしは尋ねた。次いで推測を口にした。「あなたは……二人を守ったのですね。彼女たちの体面を」

マネックは子供のように顔をくしゃくしゃにした。それから床にしゃがみ込んで両腕で膝を抱え、顔を埋《うず》めた。すすり泣きで骨ばった肩が震える。わたしはその感情の激発を自然のなりゆきに任せた。これでいくらかでも悲しみが洗い流されればいいと思いながら。疲れたので頭を椅子にもたせかけ、目を閉じた。

しばらくするとマネックは落ち着いた。そして手の甲で頬をぬぐい、苦々しげにいった。「ぼくは二人を守ろうとした。でも守れなかった」

「それなら、いまわたしを助けてください。知っていることを話してください」

ハシバミ色の目のなかで悲しみと不安が入り混じった。「あなたは知らないんだ……連中はぼくを殺すよ」

「連中はわたしを殺そうとしました」身振りで自分の顔を示しながら、わたしはいった。

マネックは喘ぎ、身を乗りだしてわたしのあざを見つめた。「なにがあった?」

これは思ってもみないことだった。仮にこの会見に計画があったとすれば、わたしが受けた襲撃について詳しく話すことなど当然含まれていなかった。しかしマネックの目のなかに、なにか希望のようなものがちらついた。わたしは時計塔を訪れて、プリンセス・ストリートで襲われたことを話した。相手の警戒が強まりつつあることに気づいたので、侵入者との小競り合いには触れなかった。

「ボンベイに戻ってください」わたしはいった。「一緒にこの件を片づけましょう」

「そんな」マネックはわたしの怪我を凝視し、次いで首を振りながら身を引いた。「ぼくは……あなたみたいな兵士じゃないから」

マネックはわたしを襲った連中が誰なのか、あるいは連中が誰のために働いているかを知っているのだ。

わたしは募る不満をしっかり抑えこみ、べつの方向へ舵《かじ》を切った。

「ほかの二人について話してください、ベーグとアクバルについて。二人を知っていたんですか？」

この二人はマネックの共犯として裁判にかけられたが、マネックは二人と知り合いであることを否定していた。

マネックは不機嫌になり、首を横に振った。「それは話したくない」

わたしはべつのアプローチを試した。悲劇の起こった日に話を向けた。

またもやマネックは口を開こうとしなかった。マッキンタイアと英国の検察官は、何カ月もかけてマネックを尋問した。それでもなにも明かさなかった。警察の報告書には、マネックが〝息を切らしていた〟とあった。それが使われていた言葉だ。どういう説明がつくのだろう？

「なぜ時計塔から立ち去ったのですか？」わたしは食い下がった。「ご婦人方が落ちたとき、あなたはそこにいなかった。そうでしょう？」

つかのま、マネックは答えようとしたかに見えた。しかしすぐに両手で顔を覆ってしまった。この孤独な牢獄で、マネックは一時《いっとき》の話し相手を求めてわたしを飲みに誘い、わたしはといえばそのお返しに彼を尋問したのだ。わたしは友もないこの若者がかわいそうになり、すでにぼろぼろになってしゃがみ込んでいる彼に容赦のない質問を浴びせたことを後悔した。

「マネック、申しわけないと思っています。でもなにか話してください。なんでもいいから」わたしは切々と訴えた。

マネックの不規則な呼吸の音が部屋に響いた。「これだけはいっておくよ、大尉。カシムについて、あの人たちに尋ねるんだ」

若い声のなかにひどく苦々しいものが混じった。

「カシム？」事件との関連で聞いたことのない名前だった。疑問を顔に浮かべ、わたしは待った。

　マネックの口が歪んだ。「フラムジー家の人たちに訊くんだ。あなたの雇い主に。昔あそこに住んでいた、カシムという少年について。使用人だった。あの家の」

　細い体が張りつめた様子からして、アディの一家を責めているようだった。一家の負の側面に言及するのを聞いたのは、これが初めてだった。

「一家がなんらかの形でカシムを傷つけたのですか？」わたしは尋ねた。このカシムが、復讐のためにレディ・バチャとミス・ピルーを殺したのか？　カシムはまだ見ぬわたしの敵、昨夜戦った侵入者なのだろうか？　マネックは床を見つめ、それ以上なにもいわなかった。わたしが別れを告げると、用心深く表情を消したまま黙って握手をした。

「大尉、気をつけて」ドアをしめながら、マネックはいった。

　できることはすべてやったのだから、わずかな手掛かりで満足するしかないのだろう。怪我の痛みよりも失望と疲労が大きく、自室に戻ると夕食の時間が過ぎるまで眠りこんだ。

　目が覚めると、夕闇が山を這《は》いのぼっている時間だった。鳥がさえずり、コオロギが親しげな音で互いに呼び交わしているのを聞くと、自分の孤独が思い返された。マネックがここで寂しいと感じていても不思議はなかった。ほかの宿泊客はすでに夕食を終えていたので、静かに食事をとったあと、宿の主人を呼んで湯に浸かれるような場所はないかと尋ねた。

「庭にプールがありますが、それで事足りますか？」

　その夜は穏やかで暑かった。心地のいいそよ風が髪を撫でていった。

「充分だ」そう答えて、わたしはタオルを取りにいった。

青と白のタイル張りのプールは新鮮な流水のにおいがした。ジャカランダの花のふんわりと甘い香りがあたりに満ちている。水はどこか高いところにある貯水タンクからプールへちょろちょろと流れていた。見えないところで巧みな処理が施されているのだろう。

紫色の空が暗くなってきた。夕食をとったポーチでは、ランタンが灯されている。ヤナギとインドボダイジュで人目から遮《さえぎ》られ、冷たい水のなかに沈んだり、星の下で浮かんだりした。けたたましい鳴き声をあげるリスだけが仲間だった。

その夜は蚊帳を吊ったベッドに横になり、低く響くカエルの声のセレナーデを聞きながら寝た。調査を終えるときには、ご婦人方とともにマネックの名にかかった疑いも晴らし、アディに心からの安らぎをもたらしたかった。マネックは法廷に立ち、厳しい非難や辛《しん》辣《らつ》な言葉を浴びた。ひとえに友人二人の思い出を守るために。そんなに勇敢なことをしたあとに、怖れ、震えながら隠れていなければならないなど、まちがっている。ダイアナのいうとおりだった。ここにいるのは怪物などではなく、黒幕の罪をかぶって怯えている青年だった。無罪だったのも当然だ。

わたしはダイアナの記憶に浸りながら――彼女の優雅な物腰、大きな笑み、才気煥発《かんぱつ》なところを思いだしながら――まどろんだ。昔から、自分もいつかは結婚するだろうと思っていた。空想のなかで、わたしは隣にいる誰かと夕暮れのなかを静かに歩いていた。夜には、顔をあげるとその誰かがそばで縫い物をしていると想像したものだった。いまやそのぼんやりとした誰かは、ダイアナのダイアモンドのような輝きのまえに色褪《あ》せてしまった。

自分の空想がおかしくなって笑った。ダイアナは頭上の星とおなじくらい遠いところにいる。

21

翌日の午後、わたしはボンベイへ向かう列車に乗った。コンパートメントで一人になると、ミス・ピルーの手紙の束を取りだして注意深く読んだ。書いてあったのはほとんどが本や服のことだった。どうやら活発な想像力の持ち主だったようだ。三通読んだところで、非常に熱心に描写されている人間が、じつは本の登場人物なのだと気がついた。架空の人間なのに、親密な友人の輪の一部であるかのように書いてある。この年ごろの少女にしては寂しい生活のように思われた。

列車が途中駅で止まると、新聞を買った。売り子が窓格子の隙間から手渡してきたとき、見出しが目に飛びこんできた――〝軍の英雄、夜盗と対峙《たいじ》〟。

ジェイムズ・アグニホトリ大尉（元・第十四軽騎兵連隊所属）は、客人としてバルジョール・フラムジーとその夫人の邸宅に滞在中だった三月二十日夜、不法侵入者を偶然目撃し、即座に撃退した。現場からはターバンとナイフが見つかった。ボンベイ警察がこの事件を捜査している。

わたしは悪態をついた。バイラムだ、忌ま忌ましいバイラム。これは彼の仕業だった。トム・バイラムは、わたしたちの個人的な取り決めを知る数少ない人間のうちの一人だった。だからわたしのことは〝アディの友人〟程度にとどめておく分別があってしかるべきだった。わたしは世間の注目を避けねばならないのだから。これで計画は粉々に砕け散ってしまった。バイラムはわたしの名前と仕事を――英国中とまではいかないまでも――ボンベイ中に広めてしまった。

わたしは頭に血が上りやすいほうではない——不法侵入者を未然に防いだあの晩の妙な行動は例外として。たいていの物事は一時のことで、次になにか大きなことが起こるころには遠い記憶になっているものだと思う。しかしこの記事には顔がカッと熱くなった。どうしたらこんな重要な詳細を明かす気になるのだ？　これでどうやって目立たないように調査をしろと？　くそったれ！

もっと悪いことに、バイラムはわたしを軍の英雄と呼んだ。スミスや元の連隊の仲間たちがこの馬鹿げた物言いをいかに嘲笑するかと思うと身がすくんだ。辺境では戦いが当たりまえなのだ。次に仲間連中と会ったとき、どれだけからかわれることだろう。

列車は虚ろな歌のような音を響かせながら橋を渡った。橋からは四角い畑と藁葺《わらぶ》き屋根の小屋のある風景が見晴らせた。あいた窓から疑念を外へ押しだした。

突風がそれをわたしの顔へ向けて押し返してきた。畜生。わたしはこの仕事では未熟だ。マネックからはほんの少ししか引きだせなかった。アディとの関係は新聞に書きたてられてしまった。ありとあらゆる人にわたしのやっている仕事を明かすことのないように、目立たないように質問をする手段が必要なのに。わたしは窓枠にもたれた。熱くなった額に冷たい風を当てたかった。

戻ったときの屋敷の様子をどう思い描いていたにせよ、明かりが煌々《こうこう》と灯り、家の外に馬車が二台停まっているとは思いもよらなかった。今夜のフラムジー邸では晩餐会があるのだろう。すでに料金を支払ってタンガを降りていたので、わたしは小型スーツケースを引きずりながら足取りも重く小道を歩いた。古い軍服とおなじくらい皺くちゃになってくたびれた気分だった。

バルジョールとフラムジー夫人が、客人を迎えるために階段のてっぺんに立っていた。フラムジー夫人は降りてきてわたしに挨拶をした。彼女の手の一振りでお仕着せを着た使用人が呼ばれ、わたしのスーツケースを運んだ。丁重な出迎えだった。白いネクタイを締めてフォーマルな夜会服を着た紳士二人がそばで見ていた。バイラムとマッキンタイア警視だった。

マッキンタイアから無愛想な視線を向けられると、前回会ったときにわたしがどんなにひどいありさまだったかが思い起こされた。ひげを剃っておらず、疲れた顔をしていたので。今回もまちがいなく粗野に見えているはずだが、少なくともそこそこ清潔ではあった。わたしは肩を張り、お辞儀をして、握手の手を取った。

「どうも」マッキンタイアが唐突にいった。やはりわたしのことをあまりよく思っていないのだ。

「サー、お目にかかれて光栄です」

マッキンタイアはうなずいて、フラムジー夫妻とともに先に立っていった。黒のスラックスと燕尾服《えんびふく》を粋《いき》に着こなしたトム・バイラムが、微笑みながらわたしと握手をし、怪我をしたわたしの肩をたたきながら家のなかへ招いた。

「ちょっとお話できますか？　いますぐに」わたしは尋ねた。

バイラムはにやりと笑ってみせ、それからさっと油断のない顔つきになった。「もちろんだよ、こっちだ」

バイラムに連れられて客間へ行った。わたしはそこで食ってかかった。「あの記事ですよ、サー。一面に載った」わたしは上着からクロニクルを引っぱりだして掲げた。

アディが入ってきて、わたしたちをびくりとさせた。バイラムとわたしはそろってアディに顔を向けた。

「大尉？」アディはわたしの険しい顔と、手にした新聞を見た。「記事を読んだんだね」

「サー」わたしは息を吸いこんだ。「これがどうしてわたしたちの助けになるというのですか？　この記事のおかげでできなくなったことが……」わたしは首を振った。怒りでうまく言葉が出なかった。

「説明させてもらえるかね？」すまないね、というようにアディに向かって顔をしかめてみせ、バイラムは両手を広げていった。「アディ、昨日の夕食の席で、ダイアナの社交界デビューの計画をしたね。舞踏会は二週間後だから、大尉はそのころもまだあざだらけだろう。それをどう説明するつもりだったのかね？　ニュースにちらっとでも出しておけば彼は英雄だし、あざの説明にもなる」

口がうまい。バイラムは非常に落ち着いており、わたしはそこに嫌悪と尊敬の念を同時に覚えた。これがあの件を記事にしたほんとうの理由だろうか？　この話を記事にしたのがバイラムの新聞だけだったという点も、彼の会社にとって害にはならないわけだが。

「ありがとう、おじさん」アディがいった。バイラムの言葉を文字どおりに受けとったようだ。アディの視線がわたしに向けられた。「でも、もしかしたら先に大尉に話したほうがよかったのでは？」

バイラムは謝り、非常にばつの悪そうな顔をしていたので、謝罪を受けいれないのは不作法なことに思われた。

「結構です、サー」わたしはそういって、晩餐の席からは失礼させてもらいたいと申しでた。

しかしバイラムはそれをはねつけた。「馬鹿をいっちゃいかんよ、きみ！　みんなきみに会いに来たんだからね、当然」

わたしは目を見ひらいた。この男は一体全体なにをしてくれたのだ？

「大丈夫だよ、大尉」同情のこもった声でそういいながら、アディはついてくるようにと身振りで示した。「あなたの支度をしよう」

客用寝室に行くと、ベッドの上に新しい夜会服のセットが広げてあった。シャツにネクタイ、黒のディナージャケット、白いベスト、黒のズボン。着替えを手伝うようにとアディの使用人が呼ばれた。

「ひげ剃りが先だな」アディは背の高い従者にいった。フロアランプのまえに座り、わたしは唇の上を指差した。「そうですね、これを剃ってしまおうかな」

従者はアディがうなずいたのを確かめ、打ち身だらけのわたしの顔を見て舌打ちをしてから、一目で軍人とわかるひげを剃り落とした。鏡を手渡されて見ると、その効果はまんざらでもなかった。こめかみから顎に沿っていくつか紫色のあざが残ってはいたが、大人になってから初めてひげを剃り落としたわたしの顔は、実際よりも若く見えた。

着替えをしているあいだに、アディがこれからの催しのことを教えてくれた。わたしの友人のスミス少佐と昔の連隊の仲間も何人か招待されていると聞くと、晩餐会の見通しが少し明るくなった。ほかにはバイラムとマッキンタイアがいて、招待客にはわたしの知らない行政の役人も三人含まれていた。

到着したスミスは元気そうだった。血色のいい、晴れやかな顔をしている。連隊から友人二人が一緒に来ており、怖れたとおり、例のおおげさな新聞記事についてはなにかいいたそうだった。スミスは席につくとすぐ、わたしが軍にいたときのことを話しはじめた。ありがたいことに、ダイアナとその母親はテーブルの一番向こうに座っていたので、この席にあまりふさわしくないスミスの言葉が二人に聞こえず、話の内容もわからないままになるといいのだが、とわたしは思った。

わたしがいいといわなければ一文字も活字にしないからと約束するバイラムにけしかけられて、スミスは声高に笑いながらいった。「ジムが軍法会議にかけられそうになったときの話はどうですか？」

わたしは飲んでいたものを喉に詰まらせ、落ち着いてからいった。「わたしはなにかきみを傷つけるようなことをしたかな、少佐？　きみにはわたしを嫌う理由があるんだろうか？」

　仲間たちは馬鹿笑いでスミスに加勢した。

「それは女性に関係のあることですか？」ダイアナが、いやに取り澄ましてテーブルの向こうから尋ねた。

「お嬢さん！」わたしは抗議した。「人聞きの悪いことを」

「あら、そんなつもりは」ダイアナは控えめにいった。

　わたしは助けを求めるようにアディのほうを見たが、すぐに望み薄だとわかった。くそ、アディも友人の少佐とおなじくらいわたしをからかいたがっているのだ。

「軍法会議？　なにをした？」そう尋ねながら、マッキンタイアは三杯めか四杯めのウイスキーを飲み干した——高価なウイスキーだ、バルジョールは酒の趣味がいいのだ。

「サー、この席でお話ししたいようなことではありません」わたしはそう答えたが、これがよくなかった。

「だったらおれが話しますよ」酔って陽気になった少佐がいった。「洗濯屋《ドービー》と関係のある話です。ドービーが死体で発見されたんですよ、兵舎のすぐそばで」

「まあ！」フラムジー夫人がすっかりうろたえていった。

「野営の最中でした、マダム」スミスは説明した。「それで、その老人が死んだので、親族が遺体を引き取りに来て火葬しました。そのときはそれで済んだのですが」スミスはにやりと笑ってわたしのほうを指差した。「この男だけはそれで終わりにしようとしなかった。ずっと訊いて回ったんです。〝洗濯屋がいたなら、衣類はどこだ？　きれいになった衣類を持ってきたか、汚れものを持ちだすところだったか、とにかく服を持っていたはずだろう〟って」

　わたしは顔をしかめた。スミスの紳士ぶった物言いが神経を逆撫でした。あの朗《ほが》らかな老人が殺されたのだということを、スミスは忘れているように見えた。

わたしは無表情を保ったまま思った。自分はそんなにずけずけと質問して回ったのだったか？

「ところが誰も服を見つけられなかった！」スミスは笑いながらそう締めくくった。

マッキンタイアが渋い顔でいった。「それで、軍法会議は？」

「ああ！」スミスはいった。「このジムが、中隊長のところへ行ったんです。面と向かって説明を求めたんですよ！　ひどい大騒ぎになって、殴り合いの喧嘩になりかけましたよ」

わたしはうめくようにいった。「少佐、あれは事情聴取だったんだよ、軍法会議ではなくて」

「だって、きみが自分で話そうとしないからさ」

わたしはテーブルの上座にいるバルジョールに向かっていった。「サー、中隊長は盗んだものを見せびらかしていたのです。わたしはただそこに声をかけただけです」

「平のセポイの身で！」スミスはにやにや笑っていった。

スミスがダメージを大きくするまえに、わたしは急いで説明した。「証拠が中隊長の営舎で見つかりました。中隊長は認めました――ドービーを殴り、サイズが合ってもいない服を盗むために殺したのです」

哀れな洗濯屋のために感じた憤《いきどお》りのせいで、わたしはもう少しで軍人としてのキャリアに終止符を打つところだった。幸運にも、サットン大佐がわたしを信じ、迅速に兵舎を捜索してくれた。もし大佐の決断がなかったら、わたしは士官を中傷した罪で不名誉な除隊を強いられていただろう。

アディが微笑んだ。「大尉、最初に会ったときにその事件のことをいっていたね」

スミス少佐はまだ気が済まないらしかった。べつの話をはじめようとして、こう宣言した。「それに、この男はおれの命を救ったんですよ……二回も！」そして魔術師のように手を振った。

「だとしたら、わたしはまちがいをおかしたんだ、二回も」わたしは小声でぼやいた。

みんながどっと笑った。テーブルの向こうからダイアナがわたしの視線を捉え、グラスをあげてみせた。ああ、なんて美しい姿だろう。

幸いにして、スミスと仲間たちは食事が済むと〝こいつを寝かせてやるために〟帰ることに決め、みなにおやすみなさいと挨拶をした。ご婦人方も部屋を出ると、残った男たちは喫煙室に移動した。省庁の役人たち、アディ、わたしが、バルジョールとバイラムを囲んで座ると、真面目な話になった。

バイラムがいった。「人間を積み荷として運んでいる船の噂を小耳に挟んだのだがね。どれくらい真実に近いのかね？」

「奴隷《どれい》貿易ですね」役人の一人がいった。「藩王国からそういう船が出ている可能性はあります。英国の港を使うせいで、われわれが責められるんですよ」

「どの藩王国でしょうか、サー？　アルワールですか、ジャーンシーですか？」その話はまさに今朝、新聞で読んでいた。「軍にできることはないのでしょうか？」

「さあ、どうだろうね、大尉。軍隊を送りこむことはできないよ、相手を挑発することになる」役人はこちらをじっと見ていった。「政治に詳しいんだね？」

「いいえ、サー」わたしはその褒め言葉をやんわり打ち消して、捉えづらい思考の流れに手を伸ばしながらいった。「奴隷船はどこへ向かうのですか？」

「ギアナやスリナムに運んで年季奉公をさせる、そう聞いている。砂糖のプランテーションだろうね」

そういえばリポン・クラブでも行方不明者の話を耳にした。そしていまのお役人の話では、労働力としての奴隷を運ぶ船は英領ギアナへ向かうという。もちろん、ボンベイは巨大な港町だった。造船所が多数あって、それが街の大部分を占めていた。最近さらにまた二つの船渠《ドック》ができていた。

その後の会話を聞き流しながら、残る二つの手掛かりについて考えた。マネックは、フラムジー一家がカシムという名の使用人になんらかのかたちで害を与えたとほのめかした。「カシムについて、あの人たちに尋ねるんだ」マネックはその言葉をナイフのように投げつけてきた。これはあとでバルジョールに話すつもりだった——くだんの人物が復讐を企てているかもしれないからだ。それにあの証人、フランシス・エンティ。妻の居場所について嘘をいっていた。エンティが嘘でわたしをあしらったことを思うと腹が立った。ほかにどんな嘘をついていたのだろう?

22

その夜の集まりが終わりに近づいたころ、喫煙室に残ったのがマッキンタイア署長とわたしの雇い主だけになったとき、わたしの試験がはじまった。

「マッキンタイア警視から、話があるそうだ」アディがいった。

侵入者との乱闘のあとすぐにマセランへ発ってしまったので、それについて訊きたいのだろうとわたしは推測した。マッキンタイアから鋭い関心を向けられるのは一週間のうちにこれで二回めだった。その見通しは楽しいものではなかった。

「いいかね?」そういって、マッキンタイアは肘掛け椅子にどすんと腰かけ、自分のまえの椅子に座るようにと身振りでわたしに示した。そして紙を広げた。

わたしは座り、待った。

マッキンタイアはそっけない声で尋ねた。「警察の仕事がほしくないかね、きみ？」

皮肉をいっているのか？　わたしがびっくりしているのを見て、マッキンタイアは笑みを浮かべた。

アディのほうを見たかったが、それがまずいのはわかっていた。マッキンタイアが知りたがっているのはまさにそこだろう――フラムジー家の邸宅でわたしがなにをしているか、だ。

質問をはぐらかすように、わたしはいった。「サー、いまはなにをするにもコンディションがよいとはいえません」そして顔をしかめて肩を示した。

思ったよりも理解を示してくれているような顔つきだった。その晩に飲んだ五杯のウイスキーのせいだろうか？　よほど演技がうまいか、酒の飲み方がうまいかのどちらかだろう。さっきここに戻ったところを見られているので、どこに行っていたのか訊かれないといいのだが、とわたしは思った。アディはわたしの調査を内緒にしておきたがっている。療養のためにヒル・ステーションへ発った怪我人が、なぜすぐに戻ってきたのか？　筋の通った説明はできそうになかった。

すぐに次の質問が来た。「あのあと、なにをしていた？」

「あのあととは……侵入者とやりあったあとですか？」相手がうなずくのを待って、いったん口をつぐんでからつづけた。「眠りこんでいました。ミス・ダイアナの部屋のソファで」

「ふうむ」マッキンタイアの視線はわたしを落ち着かない気分にさせた。

わたしは息を止めた。ダイアナの名前など出さなければよかった、と思いながら。

「彼女はそこにいたのか？　その部屋に？」マッキンタイアの視線がわたしを貫いた。

この男は、あの晩わたしが寝室でダイアナと一緒に過ごしたかどうか訊いているのか？　そんな質問などするだけでも無礼だった。警視はわたしをからかっているのだろうか？

わたしは肩をすくめ、すぐに肩をさすった。「わかりません。いなかったと思いますが」

「では、誰が巻いたんだ、ええ？　包帯を？」マッキンタイアはにやりと笑った。楽しんでいるようだった。

それについても戸惑い、わたしは顔をしかめた。実際、誰がわたしの両手に包帯を巻いたり、あざにハーブの軟膏を塗ったりしたのだろう？「見当もつきません。まったく」

マッキンタイアはいきなり辛抱できなくなったようにいった。「大尉、ここでなにをしている？」

わたしは答えた。「療養ですかね？　ええと――」

アディがわたしを遮っていった。「ぼくのために働いています。妻と妹が死んだ理由を調べるために」

その後につづいた長い間《ま》のあと、警察署長は頭を掻きながらわたしを睨みつけた。「きみはただそういえばよかったんじゃないのかね？」

「わたしにはその権限がないので」

マッキンタイアはもう充分だと思ったようだった。報告書をパッと開くと、バルジョールが記録したあの夜の出来事を読みあげた。わたしは苦もなく質問に答え、要所要所の裏づけをした。

「あの晩、私も来たんだよ」折りたたんだ紙をしまいながら、マッキンタイアはいった。「きみが正体もなく眠りこんでいるあいだに。ジェイムスンを連れてきた――ジェイムスンは知っているだろう？　きみが息をしていることを確認した。でなければ検死官が必要になるところだったからな。それから包帯を巻いた。まただ」

わたしは身を固くした。こんなふうに叱られることは、若いころからそれなりにあった。

「二回めだぞ、ミスター・アグニホトリ、きみが殴られたのは」

わざとだろう、わたしのことを民間人のように呼んだのは。もう軍にいるわけではないと指摘したのだ。わたしが脆弱《ぜいじゃく》であり、たいした成果は期待できないと、フラムジー家の人間にいっているのだ。これは痛かった。わたしは〝休め〟のように姿勢を正し、顔も動かさなかった。

「ああ、気に障ったようだね」マッキンタイアはうなずいて、身をまえに乗りだした。「私のところへ来なさい。次回は警察に来るんだ」そしてぞっとするような声でつづけた。「でないと、ほんとうに検死官が必要になる」

警告だった。連中がまたやってくるという警告。

「イエス、サー」腹立たしいことに、わたしには敵がわかっていなかった。連中についてなにも知らなかった。


「武器は持っているのか?」マッキンタイアの視線がわたしを押さえつけた。

わたしは唾を呑み、うなずいた。

アディが口を開いた。「ウェブリー・リボルバーです。二挺のペアのうちの一方。もう一方はぼくが持っています」

「使い方はわかるね?」マッキンタイアはわたしに尋ねた。

わたしが軍隊で十二年を過ごしたことは知っているはずなのに。まったく。「はい」

「よし」マッキンタイアは立ちあがり、手を突きだした。

わたしも急いで立ちあがると、その手を取った。が、手を握られて顔をしかめた。拳がまだ痛んだ。

マッキンタイアは吟味《ぎんみ》するように目を細くした。「ジェイムスンがいっていたよ、きみは目が覚めて十分もしないうちに質問をはじめたって。まったくね。

ここの仕事が終わったら、きみを使ってもいい。警察の仕事がほしければ、私のところへ来て手に入れたまえ」そういって、マッキンタイアはわたしの手を放した。

マッキンタイアの詮索の重みから解放され、彼がいなくなるとほっとした。この調査が終わったら、マッキンタイアの申し出について考えてみよう。しかし調査は終わっていないし、すぐには終わりそうもなかった。いずれマッキンタイアにも、エンティの行方知れずの妻に関するわたしの疑念を話さねばならないだろう。証拠はどこへやったっけ？　嘘を告発するあの手紙を、わたしはいったいどこへやったのだ？　エンティの妻がいまどこにいるかわかれば調査の助けになるだろう。

バルジョールと警察署長が安全なところまで遠ざかると、わたしは長椅子に身を沈めてうめいた。

「うまくやったと思うよ」アディが明るくいった。

「彼のような上司がいましたから。サットン大佐です」明かりがまぶしいので目をつぶったまま、わたしはいった。「大佐の目も、絶対にごまかせませんでした」

アディの父親が戻ってきた。目を上げると、バルジョールがわたしを見おろしていた。「大尉、大丈夫かね？」

「もちろんです」わたしは答えた。「なんともありません」

バルジョールはそれを軽く一蹴《いっしゅう》して、それからすぐに真顔になった。「あの晩、きみは泥棒がなにかを探していたといったね。それがなにかわかるかね？」

「まだわかりません、サー」残念ながらそう認めて、わたしは姿勢を正した。バルジョールの不満は募り、敵はどんどん大胆になる。わたしにはあまり時間が残されていなかった。

わたしはいった。「侵入者が三階を探ればいいと知っていたことが気がかりです。犯人は探るべき部屋が家のどちら側にあるかを知っていました。しかしどの部屋かは知らなかった。誰かがこの家のことを犯人に話したのでしょう。この家をよく知っている誰かが」

　バルジョールが重苦しい沈黙を破った。「それぞれの部屋を調べてみるよ」

　カシムという使用人の少年のことは、バルジョールと二人きりになれるまでいわずにおくことにした。まずはこの家の安全を確保しなければならない。わたしはいった。「サー、ミス・ダイアナが屋根の上の物音を聞いています。以前にも誰かがここに来たのかもしれません。連中がまたやってくるのをどうやって防ぎましょうか？」

　これについては基礎固めができていたようで、主人はすでに変更した点をわたしに告げた。警察が新しくマラバー・ヒル周辺を警戒区域とし、裏道の坂の下に見張りが置かれた。必要があれば見張り役がそこから警察を呼べるように、電話も引かれる予定だという。それから、家族の警護と家の警備に当たらせるために、退役したセポイを六人雇った、ともいった。

　いい知らせだった。まあ、わたしが時間を割いて新しい人員の監督をする必要があるわけだが。

「ハロー」ダイアナが喫煙室にふらりと入ってきた。光沢のある高価な絹地に、昇り龍《りゅう》が刺繍された紫色のドレッシングガウンを着ている。一方の手に洋梨を持ったまま、アディとわたしのあいだの椅子に座って丸くなった。

「声が聞こえたから。なにかあったの？」ダイアナはそう尋ね、洋梨を一口齧《かじ》った。

　アディはくすりと笑い、手を伸ばしてダイアナの頭を撫でた。ダイアナは身をよじって逃れ、顔をしかめてみせた。二人のやりとりを眺めるうち、わたしはまたもやきょうだいがほしくなった。軍の連中は兄や弟のようなものだったが、こういう気楽な仲間意識、気軽に手を伸ばして触れられるような自由はなかった。ダイアナの巻き毛が気ままにこぼれた。わたしは危険な領域から身を引いた。

ダイアナが尋ねた。「大尉、舞踏会のことはご存じ?」

「二週間後の? 聞きました」

「みんな来るのよ」食べかけの果物とパーティーの見通しの両方を味わいながら、ダイアナはいった。「友達も、上流社会の人たちも大勢来る。ラニや王子二人も」

わたしは驚いてバルジョールをふり返った。

「そうだ、ダイアナが思いださせてくれた……われわれもまたパーティーを開いて人をもてなしてもいいころだ」バルジョールはアディをちらりと見ながらいった。ボンベイの社交界はアディに強い興味を示すだろう。アディにその準備はできているのだろうか?

わたしの依頼人はうなずいた。落ち着いた顔をしていた。

では、喪に服する期間は終わったということか。ダイアナの父親はわたしがいないあいだに小さな軍団を雇い、警察署長ともすばやく連絡を取った。ダイアナの二つめの文句については、大パーティーを開くことで応えていた。きわめて複雑なビジネスに対処するときとおなじ労力を子供たちのためにも割き、愛情を注ぐ家庭に安全をもたらした。

もしわたしにも親父がいたら、そっけないが丁寧な手当てをしてくれるドクター・ジェイムスンのような人だったかもしれない。あるいは、子供たちに安定したやさしさで応えるエンティのようだったかもしれない。バルジョールはその両方を合わせたよりもっと多くを子供たちに与えていた。わたしはアディのこともダイアナのことも好きだったので、こうした家族生活の豊かさが心底うれしかった。

ダイアナが洋梨をチビチビ齧るのを見ているうちに、

彼女が目撃者の子供たちを探すために姿を消したことを思いだした。

「ミス・ダイアナ」わたしは尋ねた。「グラント・ロードの子供たちからなにかわかりましたか？」

ダイアナは指先で洋梨をつまんだまま背筋を伸ばした。「覚えていたのね。わかった、話すわ」唇をなめて、ダイアナは話しはじめた。「タンベイ家には子供が三人いるの――時計塔でわたしと一緒にいるのを見たでしょう。一番下はまだ五歳。一番上は十二歳。この二人はほとんどどういうこともなかったのだけど、まんなかの女の子がね、なんと、ピルーとバチャのことは大学でよく見かけたっていうのよ。彼女のお兄さんはメッセンジャーボーイをやっているから、お兄さんがなんだかんだと使い走りをしているあいだ、下の二人は芝生の上で遊んでいることが多いのね」

ダイアナはわたしたちが強い関心を寄せていることに気がついた。「紳士方からこんなふうに関心を向けられることにも慣れておかないといけないってわけね」からかうようにそういって、洋梨をもう一口齧った。さっきの話をすばやくメモ帳に書き留めながら、わたしは笑いを押し殺した。ダイアナなら、彼女の一語一語を待ち受ける男には――若者から年配者まで――事欠かないだろう。わたしが書き終えると、ダイアナはつづきを話した。事実を簡潔に並べる弁護士のようなしゃべり方がアディと似ていた。

「重要な出来事は二つあった。一つ、時計塔の悲劇の何週間かまえ、その女の子は、ピルーとバチャが図書館のそばのムラサキフトモモの木の下でマネックと会っているところを見た。バチャは、マネックとピルーをその場に残して建物に入った。マネックはバチャが戻ってきてから立ち去った。女二人はいい争いをした――バチャは怒っていて、ピルーは泣いていた。

二つ、女の子は事件当日にマネックを見た。マネックは一人で時計塔に入っていって、その後騒ぎが起こった。荒げた声が聞こえてくるような騒ぎよ。子供たちは怖くなって、芝生のほうへ駆け戻った。そこから閲覧室近くの二階のベランダで――時計塔の階上《うえ》のバルコニーじゃなくてね――男たちが口論しているのを見たの。誰かがマネックの襟もとをつかんで揺さぶったそうよ」

「それがマネックだったのは確かですか？」わたしは尋ねた。

「ええ」ダイアナの声は確信に満ちていた。「あの子のお兄さんがときどきマネックのために使い走りをしていたから。メッセージやなにかを運んだりして。その口論で女の子が動揺したものだから、子供たちは立ち去って……悲劇そのものは見なかった」

すばらしい。警察が無視した目撃者からの話が、すっきりと明快に説明されていた。急いで書き留めたせいで、万年筆のインクが飛び散った。「その少女は何歳ですか？」

「十歳。きちんとしたグジャラート語を話してた」

「見事です、お嬢さん」わたしはダイアナに向かって微笑んだ。この情報は値千金《あたい》だった。警察だったら未成年者を信頼のおける証人とは見なさないだろうが、少女の証言は事件の全体像を描くのに役に立つ。この子は警察に話すよりはるかに多くのことをダイアナに明かしたのだ。わたしだったらこの半分も聞きだせなかっただろう。

ダイアナは頬をかすかに染め、小首を傾げて賛辞を受けとめた。

バルジョールが振り子時計を一瞥するのが目についたので、わたしはいった。「お嬢さん、部屋に戻るまえにミス・ピルーの手紙について教えてください。ミス・ピルーはあなたのアドバイスに感謝していました。そのアドバイスというのは、なんだったのですか？」

ピルーの手紙には、『マンスフィールド・パーク』のミス・ファニー・プライスに共感していると書いてあった。どうやら彼女自身と似た、大家族のなかで劣等感を抱えた人物であるようだった。しかしながら、明らかに必死の思いで一気に書きあげたらしい最後の手紙では、ダイアナからなんらかの忠告を受けたことがほのめかされていた。

ダイアナがわたしの視線を捉えた。「ああ！　それは……個人的なこと」そして鋭い一瞥を送ってきたので、わたしはそれを〝いまは駄目、父が部屋にいるいまは〟という意味だと理解した。

しかしそれは受けいれられなかった。わたしの雇い主たちはきちんとした扱いを受けてしかるべきだった。「いま教えてください、お嬢さん、もしよろしければ」わたしはいった。「おそらくレディ・バチャは誰かに強請られていたのだと思います。ミス・ピルーはなにをしたのですか？」

「もう！」ダイアナは椅子に沈みこんだ。

わたしは完全にダイアナを失望させてしまった。しかしいまや謎をとく糸が拳に巻かれているようなもので、それを放すことはできなかった。わたしはメモを思いだした。「緑色の服を着た男とレディ・バチャが閲覧室で口論していたのを、司書のアプテが目撃しています。そして例の少女の話では、ミス・ピルーとマネックは外で待っていた。つまり、おそらくマネックが二人を引きあわせたのではありませんか……緑色の服を着た男と。

レディ・バチャは怒り、動揺して図書館から出てきた。そしてミス・ピルーと対峙した——あとになるまで待てないくらい差し迫った件で。ミス・ピルーが泣いたということは、たぶん、それはなにかミス・ピルーがしでかしたことだったからでしょう」

わたしはダイアナのほうを向いた。「あなたは手紙を一通だけ手もとに残した。そうじゃありませんか？　それで、燃やしたのですか？　ご婦人方の口論の内容はなんだったのですか？」

ダイアナはわたしを睨みつけた。顔には反感が浮かびつつあった。

わたしはたじろいだ。「お嬢さん？」

ダイアナは気色《けしき》ばんでいった。「ピルーはいわなかったの！　昔の過ちが、いまになってすべてを台無しにしそうだとしかいわなかった」ダイアナは唇を嚙んだ。「もしそれが表沙汰《ざた》になれば、わたしたちの面目がつぶれて……」ダイアナはアディを見た。「兄さんの身の破滅だって」

アディは驚いて姿勢を正した。「ぼくが？　ぼくがそれにどう関係しているんだ？」

「知らない」ダイアナはいった。「だけどバチャはものすごく怒ってた」

アディはダイアナを見つめ、首を横に振った。「いったいピルーはなにをいっていたんだ？　ぼくはピルーとはろくにしゃべったこともないのに！　ピルーがここで暮らしていたあいだ、ぼくはほとんど英国にいたんだから」

ミス・ピルーはフラムジー夫妻に養子として迎えられた。いとこに当たるアディとのあいだのロマンスでも想像していたのだろうか？　もしそういうことなら、アディの顔に浮かんだ驚愕から判断するに、ミス・ピルーの想像上のロマンスだったのだろう。ミス・ピルーがそれを日記かなにかに書き記していたとしたら、それは強請のネタになるだろうか？　そんなにありふれたことのために人殺しをしようなどと思う人間がいるだろうか？　侵入者はそれを探していた。ということは、それにはフラムジー一家に害を及ぼす力がいまもまだあるにちがいない。

わたしはいった。「もしそれがなにか、ずっと昔の個人的なことなら、なぜいまになって泥棒がそれを手に入れたがっているのでしょう？　いや、これにはもっとなにかあるはずだ」

最後に一つだけ疑問が残った。わたしはダイアナに尋ねた。「それで、あなたの忠告というのは？」

「母と父に相談しなさいっていったの」ダイアナは悲しそうにいった。

バルジョールが煙《けむ》に巻かれたような顔をしたので、その相談という部分は実行に移されないまま終わったのだとわかった。

おやすみなさいといっても、ダイアナはわたしに応えなかった。それが思ったよりつらかった。

23

翌日、誰もいない客間に行くと、窓の外をカラフルな飛沫《しぶき》のようなものが通り過ぎるのが見えた。フレンチドアの向こうにいたのはダイアナで、地獄の番犬にでも追われているかのようにバルコニーを伝って逃げていた。

わたしは驚いて声をかけた。「ミス・ダイアナ！」

もしかしたら、昨日のわたしの無配慮な質問のせいでできた二人のあいだの傷が修復できるかもしれない。

一方の手を口に当てて、ダイアナは立ち止まった。「ごめんなさい、大尉。いまは感じのいいお話し相手になれそうもないから」そういって、立ち去ろうと向きを変えた。

「待って、お嬢さん」大股に数歩進んでダイアナのそばへ行った。「どうしたんですか?」

ダイアナは首をすくめ、頬を赤らめた。「なんでもないの」そういって首を横に振り、はねた巻毛を押さえた。苦悩しているようなその様子が心配だった。なにが原因だ? 誰が?

「お嬢さん、申しわけありませんが。どうしても知らなければならないのです」

ダイアナが驚いたような目でちらりとこちらを見たので、わたしは説明した。「アディは、レディ・バチャが内にこもってあまり話さなくなったことに気がついていました。それで、いまになってひどく苦しんでいるのです、無理にでも答えを聞きださなかったことで」

ダイアナは目を見ひらいた。「それで、あなたはおなじ過ちをおかすつもりはない、と」

「そうです」

ダイアナは震える息を吸いこんでいった。「大したことじゃないの、大尉。ほんとうに。ただ……ときどき、両親はわたしを一番高く買ってくれる人に売るつもりなんだと思うだけ」

わたしはショックを受けていった。「お嬢さん!」

「いいえ、馬鹿なことをいってるわけじゃない。両親にしたら、わたしに最善を望んでいるだけなのはわかってる」ダイアナはため息をついた。「父は、いますぐ結婚しろとはいわないが、そのための準備はしなさいって。ふさわしい候補者たちとその親に会いなさいっていうのよ」

そのせいであんなに動揺していたのか?

「それはそんなにひどいことですか?」わたしは思いきって尋ねた。

「いいえ。でも……」ダイアナは繊細な指を手すりに置き、芝生を見つめたが、ほんとうに見ているわけではなさそうだった。「あなたにはわからないでしょう、それがどういうことか。友達はみんな結婚した。だけどわたしは怖い。みんな、強く望まれて妻になった。ところがいまでは、ほとんど夫に会うこともない女もいれば、自分の夫に耐えられない女もいる。友達のジーニーは」ダイアナは囁き声でいった。「いつもあざを隠そうとしてる」

なんてことだ。「でもきっと、幸せな人もいるのでしょう?」

「たぶんね」ダイアナは目を逸らしていった。「じゃあ、忠告をもらえないかしら。公平無私な友人として」

公平無私な? 純真さの証《あかし》のような言葉だった。わたしがなにもいわずにいると、ダイアナが促した。

「ジム大尉?」

「あなたはとてもお若いんですね、お嬢さん」とうとう、わたしはそういった。

ダイアナは侮辱《ぶじょく》されたような顔をした。「いったいどういう意味?」

「公平無私な人間などいませんよ、ミス・ダイアナ。利己心というのは、当然誰でも持っているものです、わたしの経験では」

ダイアナは真剣な目つきでわたしの顔を見た。「だったら、友人として。忠告してちょうだい。わたしはどうするべき?」

わたしはかすかに微笑んでいった。「結婚についてはなにも知りません」

ダイアナの気分が少し上向いたようだった。「でも、男の人については知っているでしょう」

それなら知っていた。いままでの人生をあらゆるタイプの男たちのなかで過ごしてきたのだから。しばらくして、わたしはようやくこういった。「あなたを勝ち得る男は誰よりも幸運です。敬意を持てる相手を選んでください」

ダイアナの頬にえくぼができた。「そうね、大尉、ありがとう」ダイアナはわたしの顔を探っていった。

「じゃあ、もうわたしのことを許してくれたのね？」

驚いて、わたしはいった。「なんのことですか、お嬢さん？」

「ピルーの手紙を渡さなかったこと。あなたに見せることはできなかった。アディがひどい人間に見えたはずだから」

「ああ。あなたは、ミス・ピルーの手紙に書いてあったのがアディとの関係のことだと思っていたのですね。ミス・ピルーの空想が、レディ・バチャを強請るのに使われたと」

ダイアナはうなずいた。どうしてもアディを守りたかったのだ。それなのにわたしはアディに不利な証拠を出すようにとしつこく迫ったのだ、バルジョールの目のまえで。どんなにつらかっただろう。ダイアナはその問題を追及しないでほしいと懇願したのに、わたしは頑《がん》として応じなかったのだ。

わたしはいった。「だからあんなに動揺していたのですね。わたしのほうこそ、すみませんでした」

ごきげんよう、といったときのダイアナの微笑みは、涼しいそよ風のようにわたしの気持ちを高揚させた。

よせ、馬鹿者。おまえに見込みなどないのだから。わたしは自分にそういい聞かせた。

バルジョールはそのおなじ日に、わたしが使用人の少年カシムの件を切りだせずにいるうちに出張に行ってしまった。家族の安全を任され、わたしは家を守るために働いた。新しい警備員たちに毎日の日課を教えこみ、敷地内をパトロールさせた。舞踏会までのあいだ、フラムジー夫人とはたびたび顔を合わせたが、ダイアナのことはほとんど見かけなかった。フラムジー家の邸宅には活気がみなぎっていた。

バルジョールはダイアナの舞踏会にちょうど間に合うように戻ってきた。その晩、わたしは連隊の赤い軍服を身に着け、いくらか誇らしい気分でサーベルをさげていた。アディの雑用係が洗濯してプレスもしてくれたので、わたしのドレスジャケットは充分見栄えがした。袖口のほつれもほとんど目立たなかった。いずれにせよ、それは問題ではなかった。わたしはうしろのほうから見張っているだけのつもりだったから。

しかしながら、アディにはちがう考えがあるようだった。アディの両親と一緒に客人を迎えるために入口に立っていたとき、アディはいった。「覚えておいて、大尉、あなたはぼくの友人だから。雇われた人間じゃなくて。だから〝サー〟と呼んだら駄目だよ。いい？」

「イエス、サー」わたしはにっこり笑っていった。

アディは声をたてて笑いながら、わたしの腕にパンチをした。

「痛っ！」わたしは顔をしかめるふりをした。

アディがびっくりして身を引くと、わたしはくすくす笑ってアディを悔《くや》しがらせた。怪我はもう治っていた。体はすっかり元どおりだった。

ちょうどそのとき、マッキンタイア警視が馬車から降りてきて、二匹のサルのようにニタニタ笑っているわたしたちを見つけた。マッキンタイアは手をあげて、皮肉っぽい敬礼をした。

その後、つづけざまに馬車が到着した。男たちは燕尾服、ご婦人方はきらびやかなサリーやイブニングドレスに身を包み、仕上げに手袋を着用した姿で、バルジョールとフラムジー夫人に挨拶をした。

おそらくアディとわたしは颯爽としたペアに見えたと思う。黒い燕尾服姿のアディは、わたしの緋色のそばで引き立って見えた。ご婦人方は興味を持ってアディを見たが、アディのほうは淡々と歓迎の挨拶をしていた。わたしもそうだった。ほんとうのことをいえば、わたしは女性にはほとんど注意を払っていなかった。脅威にならないからだ。

それよりも男たちに用心していた。パールシーの男は白い上着に白いズボンか、フォーマルな黒の装いだった。南方の王子――背が低く、黒い肌をした、真面目そうな人物――は仲間を二人連れていて、宝石を多用する彼らの衣装は、英国紳士好みの黒い上着とシルクハットの横にいると、とりわけ異国風に見えた。

アディが小声でいった。「あれはラールコートの王子とそのいとこたちだ」アディはほかの人々の名前も教えてくれて、覚えやすいようにと短い説明を加えた。わたしはしっかり観察した。思いやりのあるわたしの雇い主たちに、誰かが害をなそうとしている。誰だ？この来客のなかの誰かか？

信頼のおけるグルカの元兵士たち、ガンジューとグルングは、今夜はボーイの役割を果たしていた。新しいスタッフはバルコニーや敷地内の目立たない場所に配置されている。強盗のたぐいを警戒する理由はなかったものの、これは堅実な用心であるように思われた。

フラムジー邸はクリスタルのシャンデリアの下できらめき、どこもかしこも輝いていた。屋内を流れてきた客人たちがダンスホールを満たした。ホール内には、隅にいるバイオリンのトリオから湧きでる音楽が溢れていた。バイラムが白髪の士官二人と入ってきて、そのうちの一人がわたしに気づいた。

「ジェイムズ！　きみはもう死んだものと思っていたよ」

「まだ生きています、サー」わたしは敬礼し、握手をした。「お目にかかれて光栄です、大佐、曹長」

「アグニホトリか？　まだボクシングをやっているのかね？」曹長がいった。「ビルマで戦ったのを見たよ」

アディが眉をあげた。「ほんとうに？」

アディを紹介すると、一団はわたしと大佐を残して向こうへ移った。

「第十四連隊のことは残念だ」大佐がいった。「あれはいい部隊だった」

カラチの話はしないでくれと思いつつ、わたしはいった。「ありがとうございます、サー」そういってから、大佐のいい方が妙だったことに気づいて困惑した。「あの連隊は……いまはどこに？」

大佐は悲しそうな顔をした。「解隊したよ。大半は第二十四連隊に加わった。耳に入っていなかったかね？」

「ええ。陸軍病院にいたものですから」スミスはなぜ話してくれなかった？　わたしは連隊のことを尋ねなかっただろうか？　思いだした――スミスは質問に答えなかったのだ。代わりにわたしの馬の話をして。

グルングが、堂々とした固い声で客人の到着を告げた。「ラニ・サヒバ――ランジプートの女王陛下」

女性の一団が入ってきた。宝石と伝統的なサリーで着飾っている。女性たちのうしろから長身の男が大股で歩いてきた。あの大きなな肩をまえに一度見ていることには確信があった。わたしの部屋の窓の外を通り過ぎていったときに。あの侵入者だ。

あのがっしりした体つき、引き締まった腕――月明かりの下で戦った相手だった。男の視線がわたしの上をかすめると、肋骨の内側がギュッと固くなって息が止まった。赤い軍服姿のスミスやほかの士官たちと一緒に立っていたので、かなりうまく隠れているはずではあるのだが。

わたしは身を屈めて依頼人の耳もとでいった。「アディ、例の侵入者が来ています」

アディは驚いてふり返った。

「見ないでください」首を傾げてドアのほうを示しながら、わたしはいった。「白い服を着た長身の男で、ラニと一緒にいます」

フラムジー夫人が年配のラニに挨拶をし、席へ案内した。侵入者はラニの椅子のうしろに立った。

若い女性が紹介された。その繊細な肩の線と、まっすぐに顔をあげた姿には見覚えがあった。初めて会ったときのように巻毛をアップにしたダイアナが、ラニに挨拶をしていた。見ているのがつらかったので、代わりに白いターバンと白い服の侵入者を丹念に吟味した。なぜここへ来た？

侵入者は身を屈め、年配の女王の耳に向かってなにやらつぶやいた。ビーズで飾られた銀色の薄物をはおり、ラニは扇を広げた。その扇のせいで、わたしからは二人の顔が見えなくなった。

警備の者たちを警戒させるようにと急いでグルングに伝えたが、そう心配する必要もなかった。ラニとその従者たちは、マッキンタイア警視や大勢のお役人のそばで完璧におとなしくしていた。アディも紹介され、一団の品定めを受けながら慎重な礼儀正しさで応じた。

わたしは身を引き、侵入者を観察した。ほかの大勢の若者とおなじく、侵入者もじっとダイアナを見つめ、目を離すことができないようだった。ピーチ色のふわりとしたドレスを着て、今夜のダイアナはことにきれいだったので、男が興味を持つのも理解できた。だが、侵入者の尊大な雰囲気がどこか気がかりだった。ダイアナとダンスをするつもりだろうか？　もしそうだったら、妨害するべきだろうか？

「あれは誰です？」ダイアナの関心を自分に向けようと張りあっている二人の洒落者を顎で示しながら、わたしはアディに尋ねた。

アディは目もとに皺を寄せた。「ワディア家の兄弟だよ、白いジャケットのほうがパーシー、年上のほうがソリ。ダイアナがあの二人のどちらかと結婚したら、父は大喜びだろうね」

ダイアナは二人の若者を残して、威勢のいい海軍士官とダンスをしに行ってしまった。その士官ならわたしも知っていた。既婚者だ。

「あれがラタン・ワディア、二人の父親だ。いま、うちの父と話している」アディがいった。「あとの二人は公共事業団のマクヘンリーと、父の友人で裁判長のサー・バリー・カーマイクル。昔、よくうちに遊びに来た」

なんと！　サー・バリーはマネックの裁判を取り仕切った人物だった。フラムジー一家と知り合いだったなら、バチャとピルーのことも知っていたのだろう。

晩餐は、芝生の上に立てられた大きなテントのなかで供された。いくつものテーブルが白い布で覆われ、あらゆる種類のご馳走が並んだ。その後間もなく、ラニとその従者たちは帰っていった。わたしたちは無事に切り抜けたのだ。

その晩の終わりごろ、アディとわたしはほかの紳士たちのそばにいた。残っているのは家族と、スタッフと、少数の親しい友人たちだけだった。ダイアナは一晩中踊りどおしだった。彼女のまき散らす華やぎがダンスホール中にこぼれていた。すばらしい女主人でもあり、たびたびホールを横切っては、ほかのご婦人方と会話を交わしていた。客人たちに別れを告げたあと、ダイアナは長椅子に倒れこむようにして座り、足が疲れたと文句をいった。

「ぼくの体調のせいかな、それともほんとうに部屋が涼しくなった？」アディがいった。わたしもほっとした気持ちでアディとおなじように感じていたところだった。

仲間の士官に聞いたところ、あの侵入者の名はヌール・スレイマンで、ランジプートの女王の甥《おい》だった。またもや事件の糸口をつかんだのだ。この男についてはわかるかぎりのことを調べる必要があるだろう。わたしは聞いたことをアディに話した。

「ラニの甥？」アディはいった。「ほんとうに？」

「ありえないように思えますよね。この家からなにか盗みたかったのなら、手下を送ればよさそうなものなのに」

わたしの袖に触れる手があった。

「わたしと踊って」ダイアナが低い声でつぶやくようにいった。顔はいつになく紅潮し、目をいたずらっぽく輝かせながらわたしの肘を引いている。わたしは躊躇した。

「来て、大尉、踊りましょう」

どれくらいワインを飲んだのだろう？　こんな頼みごとをしてくるなんて、酔っているとしか思えなかった。

「はは」アディは息を詰まらせたような笑い声を漏らし、面白がって脇へよけたので、残されたわたしは自分で対処するしかなかった。

こんな命令を受けた男になにができる？　身の内で興奮が沸き起こった。わたしは手を差しだし、ダイアナをダンスフロアに引いていった。

バイオリンが新しい曲を弾きはじめると、わたしはいった。「お嬢さん、問題が二つあります。あなたは足が痛いし、わたしは踊り方を知りません」

ダイアナはがっかりしたように立ち止まった。しかしすぐに額を拭《ふ》いていった。「大丈夫。みんな帰っちゃったから。教えてあげる」

小さいが大胆な人だ。ダイアナはほんとうにかなり小柄だった。わたしは彼女を長椅子のところへ連れ戻し、残念ですが、とだけいうべきだった。しかしいまやわたしたちはフロアで唯一のペアだった。ホールにはほんの数人しか残っていなかったが、わたしたちは期待の目を向けられていた。使用人たちまで足を止めてぽかんと眺めていた。

よし、とわたしは思った。幸運は勇者に味方する、などともいうではないか。

わたしはダイアナのほうへ身を屈めた。「お嬢さん、わたしを信頼してくれますか？」

ダイアナはうなずいた。少々心配そうな顔だったが、わたしが提案したゲームがなんであれ挑むつもりらしかった。

「両手をわたしの肩に置いて」わたしはいった。

ダイアナがいわれたとおりにすると、わたしはウエストのまわりをしっかりつかみ、彼女の体を持ちあげた。ほんとうに軽くて、目と目の合う高さまで容易にあがった。わたしの肩はちょっと疼《うず》いただけで持ちこたえた。それからわたしたちは踊りはじめた。

「まあ！」わたしがクルクル回すとダイアナは微笑んだ。「背が高いってすてきなのね！」

ダンスとしては滑稽《こっけい》だった。だが、ダイアナの笑い声がさざ波のように広がるなかで、そんなことは問題ではなかった。

しばらくすると、ダイアナは真面目な顔になっていった。「大尉、お話しすべきことがたくさんあるの。アディから聞いたのだけど、王子たちに興味があるんですって？」

わたしたちはゆっくりとフロアを回った。ダイアナの足はかろうじてメロディを追っていた。驚いたことに、ダイアナは今日招かれていた三人の王子の家族について話しはじめた。ほんの数時間で、わたしが一週間かけても引きだせないほどの情報を、ダイアナは集めたのだ。

音楽に合わせてダイアナの体を前後に動かし、彼女がすぐそばにいることに気を散らされながら、なんとかダイアナの言葉に集中しようとした。ラールコートとアールコートの王国は東、ランジプートは南にある。今日のパーティーに来たランジプートのパット・ラニは、亡き王の第一夫人であり、最年長の王妃だった。年下の王妃が二人いて、その二人が産んだのは女児ばかりだった。唯一生き延びている王子はまだ七歳だという。

メロディがゆるやかになると、ダイアナは黙った。曲は哀調を帯び、終わりに近づいていた。

「ありがとうございました、お嬢さん」そういいながら、大股で歩いてフラムジー夫人のそばの長椅子に向かった。ダイアナをそこに座らせ、わたしは立ち去ろうとした。ところが思いがけず、ダイアナがわたしの手を取って、自分の手をかぶせた。

わたしは問いかけるような視線を向けた。なんですか、お嬢さん？

ダイアナは小さく肩をすくめ、はにかんだような笑みを浮かべた。

男には気の利いた返答をしたいと思うときがある。機知に富んだ言葉で自分の心の内を相手の女性に明かしたいと思うことが。しかしわたしは冴《さ》えた返答を思いつかなかった。呆然《ぼうぜん》とした脳みそには一語も浮かばなかった。母親を意識して、わたしは自分の手に載せられたダイアナの手を持ちあげ、キスをしてから放した。それからダイアナとフラムジー夫人に会釈をして、驚きと喜びに満たされながら男たちのところへ戻った。

バルジョールが客人から離れ、わたしの肘を取った。

「大尉、私の書斎で話をしよう」

よくない話のようで、気が滅入った。しかしながら、これはわたしが求めていたチャンスでもある。マネックが寄こした謎めいた手掛かり、使用人の少年カシムについて尋ねるのだ。

24

「座りたまえ、大尉」バルジョールは長椅子を示してそういい、自分は椅子にどさりと腰をおろした。

わたしも座ったものの、不安は大きくなるばかりだった。バルジョールは一晩中、主人として寛大なもてなしをしていたが、いまはふだんの愛想のよさを著《いちじる》しく欠いていた。わたしになにか非難されるような原因があったのか？　記憶をたどっても、なんの手掛かりも出てこなかった。今夜、なにかあったのだろうか？

長い間《ま》があった。バルジョールはどう切りだそうか考えているようだった。しかしなかなか口をきかなかった。代わりに、立ちあがって机のそばのアルコーブ
に向かった。そこには聖人の肖像画が飾られていた。バルジョールはそのまえで頭を垂れ、静かに祈った。

抗議なら対処できたし、たとえいわれなく非難されたとしてもなんとでも返せた。しかしバルジョールの奇妙な表情は……怖れ？　いや、ちがう。ならばなにか根深い心配事か。困惑が溶け、苦悩する雇い主への深い同情に変わった。

「なんであれ、とにかく話してください」耐えがたい静けさに向かって、わたしはいった。

少しののち、バルジョールは気の進まない足取りで戻ってきて繻子《しゅす》張りの椅子に座りこんだ。落ち窪《くぼ》んだ目がわたしをじっと見据えた。

「ときどきよくわからなくなる」バルジョールは口を開いた。「自分が正しいことをしているのかどうか。そういうときには、神官に語りかけると助けになる」

バルジョールはアルコーブを身振りで示していった。

「もちろん、われわれがパールシーであることは知っているね」

ているね」

わたしはうなずいた。話についていけず、さらに当惑した。

バルジョールはつづけた。「しかしそれが実際にどういうことかは、わかっていないかもしれない。われわれはゾロアスター教徒、古代の神官ザラスシュトラの追随者だ」聖人の肖像画を指しながら、バルジョールはいった。「われわれは、異教徒を改宗させたりはしない。何世紀もまえ、われわれの祖先は亡命者としてペルシアのパースからグジャラートにやってきた。数は非常に少なかった――おそらく全部で十万人程度だ」

わたしは待った。いま聞いている歴史の話は、この場の不吉な雰囲気の説明になっていなかった。

バルジョールはいった。「それで、もし息子や娘がパールシーでない人間と結婚するとなると、血筋をつないでいくことができない。われわれにとっては失われたも同然になる」

わたしは自分からいった。「朝食の席で、フラムジー夫人がそれについて話すのを聞いたことがあります」

「それだよ」バルジョールの声が明らかに軽くなった。「ならば、わかるね？」

「いえ、なんのことでしょう」

わたしの言葉がバルジョールを気むずかしい状態に戻してしまった。彼は椅子にかけたまま体を揺すった。

「大尉、きみはダイアナとは結婚できない」とうとう、バルジョールはそういった。

なにを想像していたにせよ、これは思いもよらなかった。驚きがだんだんと苦々しさに変わった。わたしは混血で、父親を知らぬ身だから、彼の娘にはふさわしくないのだ。いままでの人生でも、憐れみと否認の入り混じったこういう視線をさんざん向けられてきたではないか？　インド人も、人種が混じりあうことを容認しない点では英国人となんら変わらなかった。

上流社会では、うれしそうにわたしと握手をした御仁が、ジェイムズ・アグニホトリというわたしの名前を聞いたとたんに動きを止めるのだ。肩に力が入り、部屋の向こうに知り合いを見つけて挨拶をする必要ができたりする。このうえなく親切そうに見えるご婦人方は、わたしのインド人の姓を耳にすると、なるほどというように目を丸くする。確認するようにこちらをちらりと見る目ならよく知っている。その後につづく、礼儀正しく距離を置いた、それ以上深まることのない控えめな付き合いも。

しかしバルジョールまでそんな態度とは！　模範的な父親として大いに尊敬していた彼にこうまで軽視されていたかと思うと、ひどく傷ついた。わたしは顔かららいっさいの感情をぬぐい去ったが、バルジョールはすでに察していたようで、弁明するように顔をしかめた。

「ちがうんだ、大尉、そういうことじゃない。きみの人柄はよくわかっている。私たちはきみに大いに感謝しているんだよ。どう生まれついたかはきみの責任ではない」

バルジョールは胸が膨らむほど深く息を吸いこんだ。「問題はダイアナのほうだ。私たちは……私たちの一族は、花嫁を二人失った。もう一人失うわけにはいかないんだよ」

バルジョールの口のまわりの皺が深くなった。声が落ちて、囁きになった。「慣習は守らねばならぬ」バルジョールは両手に頭を埋《うず》めた。「それは変えられない……しかし、なぜだ？」

すでにわたしではなく、聖人に話しかけているようだった。わたしは息が切れそうだった。腹に思いがけないパンチを食らって空気がたたき出されたかのようだ。ダイアナが心を寄せてくれるかもしれないと期待したことはほとんどなかった。今夜のダイアナの屈託のない戯《たわむ》れは、彼女の階級の若いご婦人方によくあるただの思わせぶりだ。それでも、わたしたちが極上のバーボンの酔い心地のような、夢のような瞬間をともにしたことは確かだった。いまもまだ、間近にいた彼女の感触や、手でつかんだウエストのくびれがまざまざと思いだせた。立ち去ろうと動きかけたとき、手に載せられたダイアナの指がわたしを引き止め、ダンスを終わらせたくないと思う二人の気持ちが共鳴していたことも。

バルジョールの言葉は、そんな揺らめく明かりのような希望をはっきりと打ち消すものだった。そのうえ、責任を持ってダイアナから距離を置くことをわたし自身に課したのだ。この家への立ち入りを禁じることも、わたしを解雇することもできたはずなのに、そうはしなかった。あの子を放っておいてくれと頼んだだけだった。父親の特権として、きみに娘はやらんといったのだ。

新たな痛みで肋骨がズキズキした。なんと答えればいい？　落胆があまりにも重かった。異議を声に出すための言葉を探りはじめたところで、ハッとした。ほかに誰を、こんなふうに遠ざけたのだろう？　ほかになにをしたのだろう？　バルジョールは、カシムについて尋ねる道をちょうどよく開いてくれた。マネックの言葉は曖昧《あいまい》ではあったが、バルジョールの側がなにか残酷なおこないをしたことをほのめかしていた。その問題を片づけるのに、これ以上のタイミングがあるだろうか？

「それは理解できます、サー」わたしはいった。「べつの問題についてお尋ねしてもいいですか？」

バルジョールは顔をあげた。少し元気が出たようだった。「もちろんだよ、大尉、なんでも訊いてくれ」

「カシムとは誰ですか？」

仮に顔を殴りつけたとしても、これ以上の衝撃を与えることはできなかっただろう。口は半びらきになり、頬は血の気をなくした。バルジョールは罪悪感と悔恨《かいこん》を無言で叫んでいた。では、マネックは正しかったのか？　この善良な男は、身分の低い使用人の少年を害したのだろうか？

「なんだって？」そういってから、これがそんなに珍しい名前ではないことを思いだしたらしい。「どのカシムだ？」

わたしはいった。「ここで働いていた者です、この家で」

椅子をぎゅっとつかみ、体を持ちあげるようにして立つと、バルジョールは部屋を向こうまで行ってから戻ってきた。肩を雄牛のように丸め、わたしのまえのカーペットの上にずしりと身を据えていった。「カシムは——きみが調べている事件とは関係がない。もう死んだ」

わたしはバルジョールを凝視した。苦悩の皺が刻まれた顔をしていた。「死んだのですか？　関係がないどころか、もしカシムが疑わしい状況で死んだのなら、それが誰かに復讐の動機を与えた可能性があります」

バルジョールはなにをした？　そんなにひどいことをしたのだろうか？　この穏やかな人がそんな悪意を持ちうるとは信じられなかった。使用人たちは感謝と温情をこめてバルジョールのことを話す。ジェイムスンとマッキンタイアはバルジョールを〝お大尽《だいじん》〟と呼ぶが、そのあだ名を発する声には親しみがこもっている。

わたしを傷つけたのも、ダイアナをわたしの手の届かないところへ置いた、そのたった一度きりだった。いや、待て、それか？「もしかして、ダイアナに近づくなとカシムに警告したのですか……あるいはピルーに近づくなと？」わたしは推測を口にした。

バルジョールは驚いて異を唱えた。「大尉、それはまったく話がちがう。あの男は使用人だったし、コージャだったのだ」

共犯者二人とおなじく、イスラム教徒だったということか？　やはり事件とつながりがあるのだろうか？

誰かがドアをノックした。邪魔が入ったことに怯んだ。ダンスホールにまだ客人がいたことをすっかり忘れていたからだ。どうやらバルジョールもそのようだった。

アディが入ってきていった。「父さん、みなさんお帰りだよ。バイラムがよろしくといっていた」アディは父親の顔からわたしの顔に視線を移していった。「なにかあったの？」

バルジョールは長椅子にどすんと腰をおろしていった。「大尉からカシムのことを訊かれたんだ」

「カシムって、うちで働いていた？」アディに不安そうな様子はなかった。つまり、バルジョールがなにをしたにせよ、アディはそれに加担しなかったのだ。わたしにはそれがうれしかった。

バルジョールはいまここでカシムのことを話し、この問題にけりをつけることにしたようだった。「そうだな。関係はあるかもしれないし、ないかもしれない。こういうことだ。十年ほどまえ、私の兄とその妻は、流感が蔓延《まんえん》したときに二人とも死んだ。私はピルーをラホールから連れてきて、一緒に暮らすことにした。あの家の使用人だったカシムには身寄りがなかったから、あの子も一緒に連れてきた。覚えているだろう、アディ、あれはおまえが英国へ行くまえだった。同郷の連れが、ピルーの慰めになればいいと思ったのだ…

…あの子が孤独を感じないように」

アディは額をさすりながらいった。「覚えてる。ピルーにべったりだったね。どこにでもついていった」

「カシムはピルーの友達だった、ウルドゥー語で話せる相手だった」バルジョールはつづけた。「しかしピルーが大きくなってくると、それは正しいこととはいえなくなった。やはり使用人だからね。ピルーが十二歳になったとき、私はカシムをラホールに送り返して商売を覚えさせようとした。煉瓦工場の所有者が、見習いとしてカシムを雇ってくれた」

筋の通った話に思えた。「それなら、どこに問題があったのですか?」

「カシムが行こうとしなかったのだ!」バルジョールは声を大きくしていった。「ここに残るといい張って迷惑をかけおった、それで」——厳しい声だった——「従者二人を使って、ラホールに連れて行かせた」

その悲しい物語について、わたしはじっくり考えてみた。バルジョールとその妻はピルーを娘として引き取った。使用人の少年は身の程を知らず、自分はピルーにふさわしい相手だと思っていた。

「だけど、死んでしまった」アディがいった。「どうして?」

バルジョールはフーッと息を吐いていった。「翌年、ピルーが婚約した。カシムはボンベイに戻ってくるつもりだった。それで、線路を渡ろうとして事故死したんだ」

「ここに来たとき、二人は何歳でしたか?」わたしは尋ねた。

「ピルーは七歳だ。カシムは、十三歳くらいだった」

「六歳上ですね。カシムがここを去ったのは何年でしたか?」

バルジョールは計算していった。「八七年だ」

五年まえ、ピルーは十二歳だったといっていたから、カシムは十八だったわけだ——一人前の青年だ。カシムの悲劇的な人生と早すぎた死は、バルジョールのせいにされてもおかしくなかった。しかし、誰が復讐したがるというのだ?

バルジョールは立ちあがっていった。「大尉、私は後悔しているよ。もっとうまく対処すべきだった。だが、あのときには知るよしもなかった」

この言葉を、立ち去るべきタイミングの合図と受けとり、わたしは立ちあがった。

「ありがとうございました、サー。なにかの役に立つかもしれません」バルジョールがひどく愁《うれ》いに沈んだ様子だったので、わたしはつけ加えた。「あなたがおっしゃったことは、よく考えてみます」

いくらか投げやりな雰囲気が残っていたのだろう。アディがわたしに鋭い目を向けた。もしかしたら、アディもホームズの影響を受けているのかもしれない。

25

エンティのことも、侵入者のヌール・スレイマンのことも両方見張りたかったが、いまのところわたしにはその手立てがなかった。事件のメモをまた見直した。大半の項目が調査済みだったが、二つだけ残っていた。謎の使用人カシムと、時計塔の警備員《ハヴィルダール》だ――ハヴィルダールからはなにも引きだせていない。あの男の怯えようを思いだし、答えを探し求めるために名前を伏せて動く必要があると気がついた。

それに見あった衣類を探すため、翌日になるとわたしはタンガに乗ってチョール・バザールへ向かった。故買市場である。雄牛が引くような荷車の残骸の山のあいだに収まったみすぼらしい小さな店が目的にかなう場所だった。古新聞を積みあげて入口をつくってある。手書きの看板にはこう書いてあった——古着、中古品。

「古着はあるか?」わたしは店主に尋ねた。店主はシンド人の太った男で、煙草代わりに嚙んでいるビンロウの実で唇が赤く染まっていた。

店主は好奇心もあらわに尋ねた。「ええ……誰の?」

おそらく店主はわたしを英国人だと思ったのだろう。

「わたしの使用人だ。列車で衣類をなくしてね」

「盗まれたんだ、まちがいない。列車で眠ったら駄目ですよ」故買市場の商売人からこういう言葉を聞こうとは。店主は脇を向いて唾を吐くと、わたしをなかへ招いた。

「これはどうです?」店主はテーブルの上の山からクルタを持ちあげてみせた。

「もっと長いものがいい」

わたしは手早く次々と衣類を漁《あさ》り、自分に合いそうなものを選んだ。

「いくらだ?」わたしは無関心を装って尋ねた。少しでも熱意を見せれば、たいてい値段は倍に跳ねあがる。

「一着につきアンナ銅貨二枚ですよ、ジャナブ」店主はいった。「好きに見てください、まだまだありますよ」

ジャナブというのは〝サー〟とか〝ミスター〟の意味で使う北方の言葉だった。カミーズと呼ばれるゆったりした長いシャツを二枚と、ターバンとして巻く細い布を何本か、だぼだぼのズボンを三本、それからベストとクルタを何枚か選んだ。

丈の長い黒服が目についた。司祭の平服《カソック》だ。近くをさっと引っ掻きまわすと、司祭の白襟も出てきた。どこかの哀れな神父がなくしものをして困惑しているところと、使えない衣類を盗んだことに気がついた泥棒が驚愕しているところが目に浮かんだ。もしもわたしがカソックの盗難事件を調査するために雇われていたなら、まさにこれが答えだろう。裾が少々擦り切れていたが、裂け目や切れ目はなかった。わたしが時計塔のドアで見つけた黒い糸も、推測どおり弁護士の黒い服から取れたものかもしれないが、聖職者の黒いローブというべつの可能性もあった。

「それがほしいんですかい？」店主が尋ねた。「神父が死んで、お付きの男がその神父のものを売りに来たんですが、ここじゃ使い道がなくてね」

その話がほんとうなら、わたしの憶測はこれくらいにしておこう。ずいぶん長いローブだなと思い、ある考えが頭に浮かんだ。これを着ていた年配の伝道者は、わたしとおなじくらい背が高かったのだ。彼のカソックが変装に使えるかもしれない。

「そうだな」わたしはそれも加え、店主と値段の交渉をはじめた。

店主がある金額をいった。わたしはそれを笑い飛ばした。

「こんな古着に？　馬鹿な」わたしは店主がいった金額の三分の一を申しでた。店主は大騒ぎをしてから、最初よりいくらか低い金額を提案した。そういうやりとりをしばらくつづけた。値切ることをしなければ即座に疑いを招くからだったが、もっとふつうの理由もあった――懐《ふところ》が寂しかったのだ。

一時間後、わたしはフォージェット・ストリート沿いのパン屋の裏の下宿に向かい、借りた部屋に衣類を置いた。幸運なことに、老朽化《ろうきゅうか》した倉庫の部屋代は安かった。わたしがもらっている軍の恩給は生活に困るくらいの少額だったので、早く身を立てねばならなかった。アディの件は有望だったが、まだ解決にはほど遠かった。

その日の残りは、街に溶けこむ変装に必要なものを集めて過ごした。

フラムジー邸に戻るまえに、軍の兵站部《へいたん》にいる友人に会ってラホールの地図を手に入れた。ラホールは北方のパンジャブ地方の町で、一番の手掛かりはそこで死んだカシムだったから、わたしはラホールに行かねばならなかった。列車の切符を押さえてもらえるよう、バイラムに伝言を送った。

アディの机に地図を広げ、幹線道路を指でたどってだいたいのところを覚えようとした。

「大尉？」黄色いサンドレスを着て、巻毛をリボンでうしろにまとめたダイアナが、ドアのそばに立っていた。

頭のなかが真っ白になった。正気に返ると、バルジョールはわたしを求婚者として認めないと明言する必要などまったくなかったのにと思った。昨夜、ダイアナは何人もの若者と踊り、戯れた。白日《はくじつ》の下《もと》で考えてみれば、昨夜の親密さはわたし自身の希望混じりの想像に過ぎなかった。ダイアナは情報をたっぷり集めてくれたが、それもひとえに兄の力になりたいがためだった。

「あなたに……お話があるの」遠慮がちな歩の進め方が、ふだんの優美な歩き方と大ちがいだった。

わたしは背筋を伸ばした。「お嬢さん？」

「全部わたしのせいだったの」ダイアナは敷物に向かっていった。十二歳くらいの少女のように見えた。

「何がですか、ミス・ダイアナ？」彼女のそばにそびえるように立つのを避けるため、机の端に腰かけて、励ますように微笑んだ。

「そんなふうに見ないで」体の脇におろした両手を握りしめて、ダイアナはつぶやくようにいった。

わたしはそんなにわかりやすい人間なのだろうか？心配だけの表情をつくっていった。「ミス・ダイアナ、そんなふうというのは？」

沈んだ様子のまま、ダイアナはまた一歩進んだ。

「わたしが、完璧な人間であるみたいに。ちがうのに。

確かに、努力はしてる、でも……」

ほんの一メートルも離れていないところに、愛らしいそばかすが見えた。

「わたしはなにかを壊すのが嫌いなの」そういって、ダイアナは手のひらを机に押し当てた。

その重さが感じられた。まるでその手がわたしの胸に押しつけられたかのように。なにかを壊す？ どういう意味だ？ ダイアナの顔が決意で固くなるのを、わたしは興味深く見つめた。

「カシムのこと。あれはわたしのせいだった。あなたがカシムについて知っていると、アディから聞いた」

これは予想していなかった。問題の時期に、ダイアナは英国にいたのでは？ しかしようやく、知っていることを打ち明けてくれるつもりかもしれない。

「話してください、ミス・ダイアナ」

顔をしかめ、テーブルの上の手を握りしめると、どっと溢れるように言葉が出てきた。

「十年まえ、ピルーがうちに来たとき、あの子は七歳で、わたしは十歳だった。みんながちやほやしたの、親を亡くしたかわいそうなチビちゃんだからって。わたしはピルーと口をきかなかったし、一緒に遊びもしなかった。それどころか、ひどいことをいったりもした」

ダイアナは、子供のときの自分を厳しい目で描写してみせた。アディは物静かで勤勉な少年だっただろう。一方、ダイアナはかなり元気がよかったにちがいない。輝くばかりのそんな子供をバルジョールが溺愛《できあい》したであろうことは想像にかたくなかった。

「たくさんの人が流感で死んだ」ダイアナは低い声でいった。「父がここへ連れてきたとき、カシムはわたしより三つ年上だった。わたしはカシムのことを笑ったの、読み書きができないからって。それで、ピルーがカシムに英語を教えた。わたしたちは、二人がよく一緒にいるのを見かけた。

だからカシムは……馬鹿みたいに、いつもピルーに色目を使って、あの子の部屋の外に張りついていた。カシムはここでわたしたちと一緒に暮らしたけれど……なにかがおかしかった。ピルーはカシムを怖がっているようにも見えた。無視すればいいのよといったら、ピルーはそうした。それで二人は口論になった――カシムが大騒ぎをしたの。それを耳にすると、父はカシムを追いだした。自分のせいでこんな騒ぎになって、わたしは罪悪感でいっぱいだった。なんとか埋め合わせをしようとしたのよ、ほんとうにがんばって」

ダイアナの真摯《しんし》な後悔の念は、誰が見ても見まちがいようがなかった。ミス・ピルーが亡くなったいま、ダイアナが子供のころの鬱憤にどれほど罪悪感を覚えているかはよくわかった。また、バルジョールが自分の家からカシムを追いだす必要があると思った理由にも納得がいった。もし生きていれば、いまは二十三歳のはずだった。

「カシムをかわいそうだとは思わなかったのですね？」

「思わなかった」ダイアナの声が鋭くなった。「彼は……うまく説明できないけれど。カシムは……思いあがっていた。自分がピルーを所有しているみたいな態度だった」

「どんなふうに？」

「あら、一つ一つは小さなことよ――わたしたちの家庭教師がいなくなるのを待って、ピルーに一緒に来いっていったり。そういう小さなこと。カシムが懐中時計をほしがったときは、ピルーがアディにねだったの。それで、買ってもらった時計をカシムにあげていた――カシムに対してはいやといえなかった」

「ミス・ピルーはカシムのことが好きだったのですか？」

ダイアナは首を横に振った。「ピルーはたったの十二歳だったのよ。ラホールに送り返されることになって、カシムは動揺した。いえ、それどころか、激怒してた。家族みんなが居心地の悪い思いをした。父は、わたしにもしつけが必要だと思ったのでしょうね。わたしも教養学校《フィニッシング・スクール》に送られた」

バルジョールの本心はわからないが、ダイアナ自身はそれを一種の追放のように思っているのだ。いずれにせよ、ダイアナの話のおかげで、カシムがこの謎を解く鍵であることをわたしはますます確信した。

「それで全部ですか？」

ダイアナはわたしの視線を受けとめてうなずいた。不安げな顔で、まだなにかいいたそうに見えた。だが、すぐに雰囲気が変わった。

「あのひげがないとずいぶん感じがちがうのね」ダイアナはわたしの顎に触れ、消えかけたあざを確かめようと顔の向きを変えた。彼女の父親の警告が頭のなかで鳴り響き、その話をしたときのつらそうな顔が浮かんだ。テーブルの端に載せた手が拳になった。

「ダイアナ！」アディがドアのそばから大声で呼んだ。

「ただ大尉と話してるだけよ！」ダイアナは肩越しにいい返した。それからこちらをふり返っていった。

「かまわないでしょう？」

ただ大尉と話してるだけ。なぜこんな無邪気な言葉がこうまで突き刺さるのだろう？　わかっていたことが確認できただけなのに。ダイアナにとって、わたしは求婚者のうちには入らないのだ。

わたしは小さく笑った。「かまいませんよ、お嬢さん」

ダイアナは黙り、次いでわたしの最後の言葉をくり返した。「お嬢さん？」そして鋭くいった。「大尉、あなたは使用人じゃないのよ！」

「ちがうんですか、お嬢さん？」わたしは軽い口調でいった。

「ちがう！」ダイアナは傷ついたような顔をした。

「あなたはちがう」

なぜそんなに動揺する？　「では、正確にはわたしはなんなのですか？」

「お友達よ」ダイアナは顎をあげていった。「わたしたちを守るために、できることならどんな無茶なことでもする友達」

ダイアナの指がわたしの顔を上へたどり、あざのあるこめかみで止まって、髪の房を払いのけた。わたしは驚いて身を固くした。これはルール違反だった。こんなふうにそばにいることがどれほどの誘惑になるか、ダイアナはわかっているのだろうか？　濃い茶色の目が、困惑をたたえつつわたしを探った。

「ダイアナ！」アディがシッと追い払うような音をたてていった。「大尉にちょっかいを出すな！」

ダイアナはちらりとアディを見た。邪魔が入ったせいで口を引き結んでいる。この雰囲気には覚えがあり、用心すべきだとわかった。そのとおりだった。次の質問に、わたしは大いにショックを受けた。

「大尉、なぜ侵入者と戦ったの？」

濃いまつげに覆われた目は決意となにか、わたしには呼び名のわからないもの、一種の脆《もろ》さのようなものに溢れていた。真実を告げないわけにはいかなかった。

「ミス・ダイアナ、あれがあなたの部屋だと思ったからです」

わたしの答えがダイアナを黙らせた。知的な目に、ハッとなにかに気づいたような光が宿った。それ以上のことを見透かされないように、わたしは目を逸らした。

「ありがとう、大尉」ダイアナの息が温かく、そっと頰をかすめた。自分の思いちがいかと思うほど軽い接触だった。

なにかを知りたがっているような、驚きに近い表情がダイアナの顔に浮かぶのがちらりと見えた。ダイアナはわたしにキスをしようとしたのだ。そして思いとどまり、うしろへさがった。下を向いた彼女の顔に赤みが広がった。

わたしに興味を示しているのだろうか？　アディはわたし自身とおなじくらい呆然としているように見えた。部屋中が沈黙して止まり、誰もが息を詰めた。もしアディがいなければ、ダイアナはわたしにキスをしたのだろうか？　いや、彼女はただ感謝しているだけだ、わたしがバルコニーで猛然と侵入者に突進したことを、騎士道精神と取りちがえて。わたしは懸命に深読みするまいとした。

「ええと、それでは」わたしは咳ばらいをしていった。喉がすっかり渇いていた。

ダイアナは顔をそむけて、なにやら考えこんでいた。どうやって間《ま》をつなごう？　そういえば今朝、彼女になにか訊こうと思ったのだ。なんだっけ？　ああ、そうだ。

「あー、お嬢さん、よければこれを……」昨夜ダイアナが明かしたことを書いたフールスキャップ判の紙を見つけ、手渡した。てっぺんには活字体でこう書いておいた――ランジプート。

「あなたが集めた情報です。これを完成させてもらえませんか？　書き直してもらってもかまいません、もしそうしたければ」

眉をあげて、ダイアナはその紙を手に取った。「わたし、こんなに話した？」

「はい、お嬢さん。きっとわたしが忘れていることもあるでしょう。抜けがあったら、書き加えてもらえませんか？」

すばやくうなずき、ダイアナはその紙を手にして立ち去った。わたしは机のうしろの椅子に崩れるように座った。ダイアナに手が届かないのはわかっていたが、それでも驚きと希望が絡まりあったような気持ちになった。心のどこかで、バルジョールの警告は遅すぎたと思っていた。

机に肘をついていると、アディの姿勢が目についた。

フランス窓のそばで身を固くしてまっすぐに立ち、なにかに苦しんでいるように身動きもせずにこちらを凝視していた。

「サー？」

アディは歯を食いしばっていった。「アディ。ぼくの名前はアディだ」

わたしは背筋を伸ばした。アディの穏やかな顔が強い感情に歪むのを見て動揺した。ついさっき、ダイアナもおなじように、ごくふつうの呼び名に過剰な反応をしていた。今度はアディがそれに腹を立てている。

アディは窓辺に立ったまま、肩越しにいって寄こした。「まえにぼくのことをアディって呼んだじゃないか。ナイフで傷をつくったあとに。それから、パーティーで侵入者を見つけたときも」

なにかがおかしかった。問題をきちんと探ったほうがいい。わたしはアディのそばに立ち、外の庭を眺めた。

「そうでしたっけ？」覚えていなかった。しかしいま、アディがどういうつもりなのか知る必要があった。わたしは尋ねた。「わたしがパールシーでないことが、引っかかりますか？」

アディは身を固くし、奥歯を嚙みしめた。「友人としてなら、あなたがどんな信仰を持っていようと、まったくかまわない」アディはため息をついた。「でもダイアナの夫は……」

「パールシーでなければならない」アディのためにつづきをいった。

アディが驚くのを見て、わたしはいった。「父上にそういわれましたよ。昨夜、ダンスのあとで」

「まさか、父が」アディは顔をしかめ、両手を広げた。

「ダイアナが……あなたを傷つけるかもしれない」

否定したかったが、こうも感情をあらわにされては、それもできなかった。仕方ない、とわたしは思った。アディが正直な気持ちを示してくれたのだから、こちらもおなじようにして応えよう。

「そうですね」

アディは目を丸くして、わたしに食ってかかった。

「大尉、どうしてそんなに無鉄砲なんだよ」

わたしは愕然とした。無鉄砲？　だが、アディの苛立ちはわたしに向けられたものではなさそうだった。痩せた体を緊張させ、アディはわたしのために戦うつもりのように見えた。愛情の大波がわたしの気持ちを押しあげた。

「生まれのせいだと思いますよ。なんというか、自分など替えのきく存在だと思うことはよくありますから」アディの気持ちに報いようと、本音で答えた。

アディはフーッと息を吐いていった。「あなたは替えのきく存在じゃない」

「ありがとうございます」憤るアディに、微笑みかけながらいった。

それでアディも小さく笑った。奇妙な会話はもう終わったものと思い、わたしは机に戻った。もしもアディを義理の兄にと望むなら、自分の生まれに関する欠点を指摘してみせるのはうまい手とはいえなかった。しかし現実には、わたしにそのチャンスはなかったので、問題にならなかった。

アディの話はまだ終わっていなかった。「大尉、真面目にいっているんだよ。あなたは自分を守らなきゃならない。ダイアナから」

わたしは地図から顔をあげ、息を吸いこんでいった。「それならできることはあまりありません、サー。あなたの妹は、太陽みたいな人です。太陽が出ていれば、日射しが降りそそぐ」

アディの顔が穏やかになった。

わたしは地図の上に指を置いた。「さて、これについてはできることがあります」

アディはテーブルのそばに来て一緒に地図を覗いた。

「カシムは煉瓦工場で働いていました。おそらくこのあたりですね?」わたしは線路を駅までたどった。

「ここでしょう、カシムが死んだ場所は」それからトントンと図面をたたいた。「ここに軍の駐屯地《ちゅうとんち》があります」

「あなたもそこにいたの? 辺境から戻ってきたときに?」

「いいえ、わたしたちはカラチ港を通りました」

カラチ港。その言葉で音や映像がよみがえった——支離滅裂ではあるが鮮明で、意識が呑みこまれた。馬が嘶《いなな》く。ターバンの下の顔についた血、悪意のこもった目から溢れる憎しみ。カーキ色の軍服を着た友人たちが、狭い通り沿いに打ち捨てられ、積み重なっている。汚泥が顔をこする。土埃が雲のように湧く、濃く、白く。火薬のツンとする臭気で喉が詰まる。大砲が唸りをあげる。壁が粉々に砕け散る。煙。恐れ。

恐怖が首を絞めてくる。身をよじってその手を逃れ、つかまれるものを探してやみくもに手を伸ばした。

「大尉!」アディの驚いた声が遠くから聞こえた。

「大丈夫?」

息をしろ。サットン大佐の低い声が頭のなかに響いた。正気に返ると、つかんだのはアディの腕だったとわかった。アディはわたしの肩を支えた。しっかりつかんでくる手から心配が伝わってきた。

「大尉?」

口がきけるようになると、わたしはいった。「昔のことです」

疲れきって、どさりと椅子に座った。おかしなことだ。アディに雇われてから、悪夢に悩まされたことは一度もなかった。もう一カ月になるだろうか? こんなに長くカラチの夢を見ずにいたのは初めてだった。

26

わたしの奇妙な発作について、アディはそれ以上なにもいわなかった。ちらちらとこちらを見てはいたけれど。回復すると、わたしは旅の詳細を詰めはじめ、どうやって連絡を取るかなどを計画した。

「一日おきに電報を送ってくれればいい」アディはいった。「父の仕事仲間がラホールにいるから、紹介状を用意しよう。万が一、助けが必要になったときのために」

それからアディは札束を取りだして、数えながらいった。「三百ルピーでいいかな？」

多すぎる金額だった。わたしへの支払いはもっと少なくていいはずだ。反応できずにいるうちに、アディは紙幣をたたみ、わたしの襟を引っぱってポケットに札を押しこんだ。そして男子学生みたいににやりと笑った。「それは経費だよ。ぼくが英国に発ったとき、父もおなじことをした。こんなふうに札束をポケットに押しこんだんだ」

なんと答えていいかわからなかった。

「賄賂《わいろ》が必要になるだろうからね」アディはいった。「店員やなんかだったら一ルピー。役人だったら十ルピー」

それは思いつきもしなかった。アディは父親から商売について学んでいるのだ。

「サヒブ！」門衛のグルングがドアのそばに立っていた。わたしたちはノックの音を聞き逃したらしかった。

グルングはアディにメモを渡し、わたしへの挨拶として自分の額をちょっと触った。斜めにこちらを見る目つきやむさくるしい顎ひげが、もうひとりのネパール出身の元グルカ兵、ガンジューと似ていた。そう考えたところで、ラホール行きのためのアイデアを思いついた。変装のことを考えながら、顎の無精ひげをこすった。顎ひげを伸ばす時間はあるだろうか？

アディは緊張した固い口調でメモの中身を読みあげた。「バイラムからだ。彼のところの新人がいうには、ラホール行きの切符が二週間先まで取れないって。軍がすべての列車を徴発したらしい。小競り合いが起こるのかな？」アディはおそらく、危険をおかしてまでわたしの旅を決行すべきかどうか考えているのだろう。

わたしもそれについて熟考した。ボンベイにいるかぎり例の侵入者が唯一の糸口だが、この謎はラホールで死んだカシムに端《たん》を発しているのだ。

「ラホールには行きますよ、サー。この事件の背後にいるのが誰なのか、知る必要があります」

列車の徴用に大した意味はなかった――軍が人や物を〝戦略的配置〟のために動かすのはよくあることだ。そう説明してアディを安心させ、可能なかぎり早い便の切符を購入してほしいと伝言を送った。

ランジプートから来た例の侵入者についても、もっと知る必要があった。あの男がパーティーで見せた尊大さにはガツンとやられた。美しい衣装に身を包んでいればばれないだろうと高を括《くく》れるあの自信！ あらゆる種類の宝石を身に着け、クジャクのように気取って歩く厚かましさ。わたしが厳しい表情をしていることに気づいて、アディがいった。「なにか問題でも？」

「ラニとその甥です。舞踏会に来たでしょう。自分が泥棒に入ろうとした、まさにその家に」

「招待しないわけにはいかなかったんだよ。父がランジプートで土地を借りているんだ。ほら、ヤシの木が要るから」

わたしが要領を得ない顔をしているのを見て、アディは笑みを浮かべた。「ああ、大尉、ぼくはあなたが知らないことを知っているわけだ。いい気分だね。ヤシの木だよ。樹液で地酒をつくるんだ。トディと呼ばれてる」

「ああ！」トディなら軍にいたときによく飲んだ。ウイスキーが飲めるほど財布に金が入っていなかったから。

ランジプートから来た男は、すでに二回この家に侵入を試みていた――わたしが防いだときと、おそらくダイアナが屋根の物音を聞いたとき。もし彼が敵なら、小競り合いになったときのために、バルジョールが雇った警備員よりもっと多くの備えが必要だった。ランジプートの藩王国には独自の常備軍がいるのだから。

気は進まなかったが、マッキンタイア警視の助言を求めることに決めた。わたしのことはまちがいなくただの出しゃばりだと思っているだろうが、フラムジー家に対しては敬意を持っているからだ。

わたしがラホールへ発つのは二週間先だった。いまのところ、すべての曲がり角で敵に一歩先を行かれていた。もうたくさんだ。計画がかたちを取りはじめた。ランジプートのスレイマン王子はボンベイにいる。わたしは滞在先のホテルを見つけて、スレイマンのあとをつけるつもりだった。

「サー、ラホールに発つまえに、数日ここを離れます。例の侵入者を追跡するために」

アディは身を引いて、気を悪くしたような声でいった。「どうやったらあなたに連絡が取れる？」

「もしわたしが必要になったら、フォージェット・ストリート沿いのパン屋の裏に伝言を送ってください。下宿している倉庫です」

「わかった」アディは窓辺に並んだ四つの袋を指差していった。「頼まれたものを用意したよ。これもそこに運ぶ必要があるのかな？」

グルングに手伝ってもらって袋を馬車に積みこみ、わたしたちはフォージェット・ストリートへ向かった。マラバー・ヒルからすぐだった。ざらついた厚板のドアの鍵をあけ、馬車から袋を二つ運んで、下宿部屋の土の床に置いた。アディに椅子を勧めたりはしなかった。勧められるほどきれいな椅子がなかったからだ。

倉庫の向こう端の窓辺はタイル敷きになっていて、水の入った金属のバケツが置いてあった。煉瓦の張り出しに、数少ないわたしの贅沢品が置いてある——石鹸《せっけん》、歯磨き粉、切れ味のいい英国製の剃刀。黙ってしまったアディを無視し、袋を剝がして大きな鏡を出した。これなら念入りに変装をするときにも大いに役に立つ。ほかの黄麻布の袋には、木炭、塩、白い灰、松脂《まつやに》の入った瓶、水絆創膏《みずばんそうこう》やほかの薬剤が入っており、わたしはそれを壁際に並べた。

「大尉」アディは埃っぽい部屋を眺めながら、つらそうな声でいった。フラムジー邸と比べたら、ここはひどくみすぼらしかった。

「ここには出入口が三つあるんです、サー。物音を立てずに出入りできます。部屋代は一週につき三ルピーで、パン屋の主人がパンと、じゃがいもをつぶしてつくるワダを置いておいてくれます。遅い時間に戻ったときのために」

アディは眉をひそめた。「これじゃ駄目だよ、大尉。うちにいればいいのに」

悲しげに訴えるバルジョールのことを思いだしながら、わたしはタイル張りのシンクに手を洗いに行った。「ありがとうございます、だけどわたしにはここで充分ですよ」

わたしたちは握手をして別れの挨拶を交わした。立ち去るときも、アディは口を引き結んでゆっくりと部屋を見まわした。「こんなところで暮らすなんて」といいたそうな顔だった。

翌日、ボンベイ警察に出向いてマッキンタイアに会った。ホーンビー・ロード沿いの威厳ある建物だ。ゆるくて風通しのよいわたしのインド人風の服装——クルタとズボン――は、四月の日射しと暑さによく合っていた。

マッキンタイアは当然のごとく糊のきいた制服を着て姿勢もよく、ぴかぴかの革のベルトには勤務用のリボルバーが留められていた。そしてわたしが伸ばしている顎ひげを、自分に向けられた侮辱であるかのように睨みつけた。助けを求めるのは少し待つことにした。

マッキンタイアは怖い顔をして立ちあがり、いった。

「昼食を一緒にどうだ」

わたしが返事もできずにいるうちにマッキンタイアは廊下を歩きだし、そこここで警官たちと言葉を交わした。警視の言葉はわたしには不可解だったが、部下たちにはわかるようで、あちらでもこちらでも警官が敬礼した。わたしはマッキンタイアのあとについて広い食堂に入った。午前中の遅い時間で、人けがなかった。

マッキンタイアが大声で呼んだ。「給仕、二人分だ。早く《ジャルディ》、早く《ジャルディ》!」

マッキンタイアのアクセントの強いヒンドゥスターニー語が静かなホールに響き渡った。長テーブルが並んだ様子に、軍の食堂を思いだした。昔から馴染みのある場所だ。

「出口の数を確認しているのかね?」マッキンタイアが薄笑いを浮かべながらいった。

そんなふうにして話し合いがはじまった。警視がわたしを不快に思う理由は承知していた。大勢のまえで公判が開かれたのに、有罪判決にいたらなかったのだ。わたしが調査していることそれ自体、彼の能力への疑いが反映されたものと受けとれるではないか。そう考えると、マッキンタイアがわたしの安全を気にかけてくれたのはかなり寛大なことといえた。わたしは小さく微笑んでみせた。

マッキンタイアは妙にやわらかい表情で、こう切りだした。「騎兵隊。ボンベイ連隊というわけか?」

仲間の士官と昼食をとっているのだったら、喜んでおしゃべりにつきあったところだ。しかしフラムジー一家に危険が迫っているいま、わたしは気が短くなっていた。

「サー、今日はそのことでここへ来たわけではありません」不機嫌そうな、鋼《はがね》のような態度を無視して、わたしは話を押し進めた。「あなたの助けが必要なのです」

顔が紅潮したかと思うと、マッキンタイアは勢いよく笑いだした。

わたしは途方に暮れた。マッキンタイアは、助けが必要なら来いといっていたではないか？　さもなければひどいことになると警告したのではなかったか？　あるいは、わたしがひれ伏すのを見て楽しんでいるだけなのだろうか？　わたしはメモ帳を取りだして、ぱらぱらと該当ページを探し、待った。

「結構」白いナプキンで口を拭きながら、マッキンタイアはいった。「話を聞こう」

「この事件はラホールではじまったのだと思います」わたしは、フラムジー家に戻ろうとして死んだ使用人の少年カシムの過去を手短に説明した。そしてこう締めくくった。「だから、つながりを見つけるために、わたしはラホールへ行くつもりです」

マッキンタイアはうなずいた。警視の視線は、わたしが話をはじめてから一度も揺らがなかった。

わたしはつづけた。「侵入者の件があったので、こう考えました。あの男は、昨年ご婦人方を強請るのに使われた日記か、書類かなにかを探していたのかもしれない。わたしたちは邸宅を隅々まで調べましたが、なにも見つかりませんでした。だからラホールへ行くのです。フラムジー家は、元グルカ兵の警備員たちが守ってくれるでしょう」わたしはバルジョールの新しい警備員についても説明し、そうこうするうちに十一時になった。

マッキンタイアは顔をしかめた。「フラムジーの頭にはなにがある？　戦争か？」

わたしはゆっくりと息を吸った。ここがわたしの話の一番弱い場所だった。「侵入者の正体がわかったと思います」

マッキンタイアはこれに苛立っていった。「わかったのか？　それともそう思うというだけかね？」

わたしは首を振っていった。「確かな話ではありません」

マッキンタイアはいったん口を引き結んでからつづけた。「よろしい。いいたまえ」

「ヌール・スレイマン、ランジプートのラニの甥です」

マッキンタイアは目を怒らせていった。「なに？　ラニの甥だと？　正気か？　あの男はフラムジー家のパーティーにいた、そうだな？」

「はい」

「図々しいやつだ」

無頓着《むとんちゃく》にも聞こえるその返答に、わたしは騙されなかった。これでマッキンタイアも、なぜバルジョールのスタッフだけでは充分でないのかわかったはずだ。

わたしはいった。「ラニとその甥は自国の連隊を三つ動かせます」

これにつづく長い沈黙のあいだ、わたしは痛む肩を揉んだ。食堂は平和だった。疲れ、気落ちして、わたしは待った。

「ふうむ。帰りにジェイムスンに会っていきたまえ。どこにいるかはわかるな？」

医師のジェイムスン？　彼の手当てを受けたことさえ忘れかけていた。「いいえ、サー」

マッキンタイアはわたしに行き方を教え、それからいった。「よくわからないんだがね。連中はフラムジー家になにを求めている？」そしてパイプをくわえ、制服のあちこちをパンパンとたたいたが、マッチも煙草も見つからなかった。

「まだわかりません。しかし……」わたしはまばたきをした。頭のなかで霧が渦巻き、手を伸ばすと霧が分かれてぼんやりとした形が現れた。「なにか大きなことです。フラムジー一家や、二人のご婦人方の死よりももっと大きなことだと思います」この問題はこれくらいにしておいてもらえるといいのだが、と思いながらわたしはいった。

「大きなこと、か」マッキンタイアは尋ねた。「なんでそう思うのかね、ええ?」

　くそ。ホームズなら、充分に準備ができるまで絶対になにも明かさないところだ。しかしわたしは憶測の領域に分け入らねばならなかった。準備ができているとはいえなかった。

　咳ばらいをして、声に出しながら考えた。「もし、ご婦人方が亡くなった時点ですべてが終わっていたのなら、なぜわたしが襲われたのでしょう? そしてなぜ、それからほんの数日後に、夜陰に乗じてなにかを探しに来たのでしょう? わたしが質問をして回っていることが、誰かの神経に障った。その誰かはランジプートのスレイマン王子かもしれません。わたしが脅威なのです。だから、まだなにかあるのだと思いました」

「結構。証拠を見つけたまえ」

「イエス、サー」わたしはいったん口をつぐんでからいった。「裁判のあいだ、重要証人のエンティは、アクバルとベーグという共犯者二人の身元を明らかにしませんでした。司書のアプテもその二人を見ていません。あなたはどうしてそいつらにたどりついたのですか?」

　マッキンタイアはテーブルの端にパイプをトントンと打ちつけた。「そこがむずかしいところだ。エンティは、二人の名前を明かしておきながら証言を取り下げたんだ。そうなると、まったくの状況証拠しか残らなかった。大学の門衛が二人を覚えていて、該当時間にその場所で見たというんだよ。ところがだ、どちらの男にもその午後のアリバイがあったんだ——リボン・クラブの執事からの裏づけでね」

　なんてことだ。エンティはアクバルとベーグを特定するのを拒んだのか！　それに執事といえば、まさにわたしが質問をしたコンシェルジュのことではないか。あの男はアクバルの仲間だったのだ。どうりであのとき、まっすぐ罠に踏みこんでしまったわけだ。プリンセス・ストリートでならず者たちをけしかけてきたのは、あのコンシェルジュだったのか？

　マッキンタイアは椅子の背にもたれた。「大尉、きみが知っておくべきことがある。アクバルはランジプート出身だ」

　寒けがした。またもやランジプートか。侵入者のヌール・スレイマン王子もランジプートの人間だ。「確かですか？」

　マッキンタイアの太い眉がさがった。「当然だ。私が裁判に持ちこんだ事件だからな！　ラニの親戚なんだ。出廷させるのをラニが許さなかった」

「アクバルがランジプートの王子、ヌール・スレイマンとつながっている可能性はありますか？」

　マッキンタイアはパイプを噛みしめ、こちらを睨むようにしていった。「まさに王子その人かもしれん。アクバルは大柄な男だといわれていたからな。南方の人間にしては珍しい。きみがいう侵入者の特徴とも一致する」

　わたしは侵入者をヌール・スレイマン王子だと思った。コンシェルジュは、アクバルのことをスポーツマンタイプだといっていなかったか？　マッキンタイアのいうとおり、スレイマンがアクバルなのかもしれない。

　マッキンタイアが尋ねた。「舞踏会で、やつにはきみのことがわかっただろうか？」

「わからないはずがないと思います、忌ま忌ましいバイラムのせいで」未遂に終わった夜盗の件をバイラムが記事にしてしまったことを指摘した。

「私も読んだ。王子は、きみがやつを見つけたことに気づいたのか？　目が合ったりはしたのかね？」

わたしはダイアナの舞踏会に関する記憶を漁った。王子はダイアナをじっと見つめていたが、それは男ならみんなそうだった。わたしは距離を保ったままスレイマンを見ていた。向こうはわたしに気づいただろうか？

「いいえ」

「よろしい！　それならチャンスはある」それから、マッキンタイアは楽しそうにいった。「それで、ミス・フラムジーだが――彼女はどこへ行く？」

わたしは身を固くした。「どういう意味ですか？」

「どこで買物をする？　どういう友人を訪ねる？　なんだ、見くびられたものだな」マッキンタイアは声をたてて笑った。心得顔でわたしを嘲笑《あざわら》っている。「そういう場所に見張りを置かねばならんだろう、間抜けめ。フラムジー一家のまわりには目を光らせておく。きみはそれを頼みにここへ来たんじゃないのかね？」

「そうですね」わたしはリプリー・ストリート沿いにあるダイアナの行きつけの仕立屋と、彼女の友人のプチ家のことを伝えた。

食事が出てくると、急いで食べた。マッキンタイアの沈黙にとげとげしさはなかった。ただし、わたしを観察するのはやめなかった。この癪に障る男はまばたきをすることがないのか？

食べ終えると、マッキンタイアは指を鳴らして給仕係を呼び、わたしたちの皿を示した。これで、わたしは警察の客人として昼食に招かれたのだとわかった。

マッキンタイアは、ついてこい、というようにぐいと頭を動かし、食堂を出た。

大股に歩いて追いかけた。廊下を何回か曲がって広

「まだ悪夢は見るかい？」

い部屋に着くと、消毒に使う石炭酸や薬品の馴染みのあるにおいがした。

「ジェイムスン」マッキンタイアは大声で呼び、頭を傾げてわたしを示し、出ていった。

医師が満足げな笑みを浮かべながらふらりと近づいてきた。

わたしたちは握手をした。「先日はありがとうございました、サー、あの包帯を」

ジェイムスンはわたしの手を取るとひっくり返して、拳のあざが消えつつあるのを確認した。

「若さだね！」医師の陽気な声が響いた。「若さは一番の薬だ」

ジェイムスンはわたしを椅子に座らせ、小さく舌打ちをしながら、頭の向きを変えたり肩を押したりした。

「きみは回復するよ、アグニホトリ、これ以上喧嘩に巻きこまれなければ」

それから身を屈めてわたしの顔を覗きこんだ。

27

「ジム大尉」アディの部屋のドアのそばにダイアナが立っていた。蒸し暑い朝なのに、爽やかで涼しげだった。

メモをアディの書類箱に収め、わたしは立ちあがった。「おはようございます、お嬢さん」

いつもよりおとなしい様子で、ダイアナは紙を何枚か手渡してきて、長椅子の端に腰かけ、乗馬用の灰色のスカートを撫でつけた。ランジプートに関するわたしの覚書きを見直して、筆記体で書き直してあった。至極真面目なダイアナの雰囲気に気づいて、わたしは額の汗をハンカチで拭いて座り、読んだ——ランジプートのラニには成人の後継者がいないため、子息が十八歳になるまでは摂政を指名しなければならない。多くのインド人支配者とおなじく、彼女も摂政を承認してもらうためにボンベイの総督と交渉していた。ダイアナは、その候補者として四人の名を記しており、そのうちの一人がラニの甥、ヌール・スレイマンだった。

「ありがとうございます、お嬢さん」

ここでわたしは沈黙を警告と受け止めるべきだった。

「大尉、この調査をやめてもらえない？　途中で投げだすのは性に合わないでしょうけれど、お願いします」

わたしは驚いて顔をあげた。いままでは、わたしの調査の熱心な支持者だったのに。それをもう終わらせてくれとは。肩にがっちりと力の入ったダイアナの姿は、なにかに取り憑かれているようだった——だが、なにに？

「いったいどうしてですか、お嬢さん？」

「調査を中止して、あなたを解雇してとアディに頼んだわ」ダイアナはいった。「誰も聞いてくれなかったけど」

「わたしを解雇するですって！」

「ええ、そうよ、怒ればいいじゃない。父は動揺してる。アディはわたしにものすごく腹を立てている。あなただってそうでしょう？」ダイアナがソファにもたれると、悲しげな口もとが見えた。

「なぜみんなそんなに動揺しているのですか？」わたしは困惑して尋ねた。最後に二人に会ったときのことを思い返してみたが、二人とも落ち着いていた。

ダイアナは唇を噛んだ。「舞踏会のあと、ワディア家がカステガーリの申込みをしてきたの」わたしの困惑顔を見て、ダイアナは説明した。「正式な結婚の話し合いのことよ。わたしは断った。まだ早すぎるもの。つい先日、家に戻ってきたばかりなのに。母がわたしに賛成してくれて、数週間先延ばしにすることになった。だけどそこでアディが余計なことをいろいろ口走って。ほんとうに馬鹿正直なんだから！　アディが父に話しちゃったの……昨日のことを。父は〝大尉にはかまわずに、自分の仕事をさせておくんだ〟といっていた。父があんないい方をしたのは初めて」

バルジョールの叱責でダイアナは動揺したのだ。率直に話してくれたので、わたしの気持ちは和らいだ。

ダイアナはいった。「だけど大尉、お願い。調査をやめて。クロニクルに戻ればいい。まだ仕事はあるのでしょう」

わたしは息を呑んだ。「駄目です、お嬢さん。わたしは真相を見届けるつもりです。たとえ解雇されても」

ダイアナは目を丸くした。「どうして？　あなたには関係ないことじゃない」

わたしは顔をしかめた。「アディのためです。アディは妻を失いました。理由を知る権利があるとは思いませんか？　それにご婦人方のことは？　公正な裁きがおこなわれるべきではありませんか？」

ダイアナはたじろいだ。「こんなことをいっても許してもらいたいのだけど。わたしにとっては生きている人のほうが大事なの」

ダイアナはなにかを怖がっていた。わたしは戸惑って、いったん口をつぐんだ。「なぜですか、お嬢さん？　なぜやめるべきなのですか？」

ダイアナの目がきらめいた。「わかりきったことでしょう？　あなたが殺されないためよ！」

わたしは背筋を伸ばした。それが彼女の苦悩のもとだったのだろうか？　ダイアナは顔をそむけた。差し迫った危険があることを確信しているようだった。なにを知っているのだ？

「お嬢さん、説明してください」

わたしたちの目が合った。「アディも気がついていなかった。あなたは例の侵入者がヌール・スレイマン、つまりランジプートの王子だと突き止めたでしょう。アディはこういっていた。〝大尉のおかげで、どういう敵に直面しているか知ることができた〟って。だけどアディにはわかっていない、なぜそれがすべてを変えてしまうのか」

「そうなのですか？」

ダイアナは険しい表情になった。「もしランジプートだったら……もしラニが事件に関係していて、あなたがそれを証明したら、そう、彼女には破滅がもたらされる。英国が軍隊を送りこんで、彼女の藩王国を制圧するでしょう。そして英国の直轄地の一部にする」

わたしは息を吸いこんだ。「ラニはランジプートを失うことになる」

ダイアナはうなずいた。「わたしの友人で弁護士のコーネリアが、アディと先週その話をしていた。もしもインド人の支配者が無能だったり、未成年だったりすれば、カティアワールの王国でそうだったように、後見裁判所がすべてを管理することになる。英国はそうやってすでに何百もの藩王国を支配している。ランジプートを併合したって、誰もイギリスを責めたりしない」

そうなると、役人がいたあの晩餐にも裏があったように思えてくる。「わたしがマセランから戻ったとき、晩餐にいたあの英国人たちは誰ですか?」

ダイアナの視線がすばやくわたしから逸れた。「ミスター・ブランウェルは内務省の人。ロンドンで、チャニング一家のところに住んでいたときにも会ったことがある。ほかの人たちは総督の諮問委員」

内務省——ということは、英国が興味を持っているのか? あの紳士連中は、質問をしてわたしを評価していたということか。もしわたしが成功すれば、彼らにも大いに得るところがある。もしわたしが死んでも、彼らには失うものはなにもない。

わたしはいった。「もしもあなたのいうとおりなら、このゲームでわたしはポーンです。ランジプートと英国のあいだでおこなわれている政治的なゲームのなかで、わたしの立場はただの捨て駒だ。しかしそれは問題ではありません。もしこの事件の背後にいるのがラニならば、彼女は責任を問われるべきです」

「まだわかっていないのね。ラニはそれを防ぐためならなんだってする。すでに二人の人間を白昼堂々殺したのだとしたら、あと一人くらいなんだっていうの?」

畜生。ダイアナのいうとおりだった。だからマッキンタイアはあんなふうに警告してきたのか?

ダイアナが訴えた。「お願いだからランジプートに行かないで。あそこには法律もなければ、警察もない」

「ふうむ」ランジプートに行くこともあるかもしれないが、それはしっかり準備をしてからだ。

「それにラホールも……わからないけど。新しい警備員を連れていくわけにはいかないの?」

「彼らはこの家を守るために必要です」それに、あなたを守るために。

「だったら、マッキンタイア署長は。あの人は助けになってくれない？」

わたしは短く微笑んでみせた。「昨日、用心してくれるように伝えましたよ。心配しないでください、お嬢さん。わたしがいないあいだ、マッキンタイア警視が気をつけていてくれます。この謎を解く時間をわたしにください」

「時間？」ダイアナはわたしを凝視した。「大尉、わたしたちに時間なんてないの。父から二週間後にシムラーへ行くようにいわれている。この酷暑から逃れるために」

二週間後？　わたしは書類を脇へよけた。フラムジー一家は北方へ、ヒマラヤ山脈の麓《ふもと》のシムラーへ行くのか。昨日、アディはなにもいっていなかった。ということは、バルジョールがまさに今朝決めたにちがいない。激した家族会議のあいだに。「シムラーへ？」

「大通り沿いにバンガローがあるのよ。ロウリーズ・ホテルの向かいに」

なるほど。わたしにはダイアナから距離を置くことができないとわかったので、バルジョールは自分でその方法を見つけたのだ。それくらいは予測しておくべきだった。

ダイアナはいった。「行くのを拒否することもできる」

わたしは背筋を伸ばした。「それはやめてください、お嬢さん。いつ戻りますか？」

「七月。雨季が来るころ」

三ヵ月。雨の季節とともにダイアナが戻ってくるまで、乾燥した不毛な三ヵ月が大きく立ちはだかっていた。それでも、シムラーに行けば、ボンベイに垂れこめている脅威から逃れられるはずだった。

わたしはうなずいた。「向こうにいたほうが安全です」

しかしランジプートの王子がそこまで手を伸ばさないともかぎらなかった。バルジョールに話をしなければ。移動には安全を守るのにふさわしい人員が必要になるだろう。

「遠いところよ。列車で三日かかる」ダイアナは浮かぬ顔でいった。

二人のあいだにしばらくのあいだ沈黙が流れ、わたしはダイアナが心配そうな顔をするのを見ていた。ダイアナの顔にさまざまな考えが浮かんでは消えるのを見ていると、惹《ひ》きつけられると同時に、ひどく打ちのめされたような気分になった。

それが顔に現れてしまったのだろうか？　わたしにはわからなかったが、ダイアナはハッとしたようにいった。

「大尉、充分気をつけてね」

彼女のことを取り澄ましているなどと思ったことがあったのが嘘のようだ。わたしはなんとか笑みを浮かべてダイアナを安心させようとした。言葉はどうしたって出てこなかったから。

「あなたみたいな人には会ったことがない」ダイアナはいった。「物静かで、武器みたいに頼りになって。それにあの夜、あなたがしたことも……その後、警察を待っていたときに、あなたは寝こんでしまった。アディとわたしで見ていたんだけど、あなたはとても……疲れきってぼろぼろだった。あなたは人が溺れているのを見たら川に飛びこむタイプね、そうじゃない？」

わたしは怯んだ。「ミス・ダイアナ。わたしは英雄ではありません」喉が痛んで声がつかえた。

ダイアナは身を乗りだして、わたしの顔を探った。なにを探している？

ダイアナが動いたせいで、すぐうしろの窓辺の小さな鉢植えが揺れた。わたしはそれを片手で押さえた。

ダイアナがそばにいることが、わたしの体にワインのような影響を及ぼした。「どうしたの？」ダイアナの視線が、わたしの唇に落ちた。

突然、頭のなかの声が警告を発した。「気をつけろ！　あと戻りできなくなるぞ！」ダイアナは興味を持ってくれてはいても、わたしのことをほんとうに好きなわけではないのだ、そうだろう？

ダイアナは笑みを浮かべた。「眠っているときのほうが若く見えるのね」彼女の手が伸びてきた。

わたしはダイアナの手首を宙でつかみ、しっかりと握った。「ミス・ダイアナ、やめてください……わたしをもてあそぶのは」

こんなことをいうつもりではなかったのだが、これで事足りるだろう。

ダイアナは恐慌をきたしてわたしを見つめた。「わたしはそんなことをしているの？」

「わたしがパールシーでないことは知っているでしょう」ダイアナの手首はひどく細かった。わたしは手の力をゆるめた。

ダイアナは腕を引っこめていった。「母がなにかいったの？　それとも父が？」

わたしの顔から肯定の返事を読みとり、ダイアナは大声でいった。「どうしてわたしのことをなにもかも決めてしまうの？　昔からずっと、自分の義務のことはわかってる。いい結婚をすること！　次の世代を産むこと！　昔からずっと二人のいうことを聞いてきた。だけどもういいでしょう？　わたしの人生なのよ！」

頰を赤くして、ダイアナは顔を歪めた。「バチャは若くして亡くなった。ピルーは、人生がろくにはじまりもしないうちに亡くなった。もしあなたが……」

もしわたしが殺されたら？　ご婦人方を殺した犯人を追っている最中に？　不意に愛情の波が押し寄せた。

ダイアナは苦悩の表情を浮かべていた。「大尉、あなたは決まりを破ったことはないの？」

わたしはゆっくり息を吸ってから答えた。「ありますよ。しかし必ずそれなりの結果が伴います」

ダイアナは気を取り直したようだった。わたしの言葉にこもった気持ちに気づいて、視線が揺れた。「わかった。待つわ」ダイアナはいった。「早く帰ってきて」こういうときのダイアナはほんとうにアディにそっくりだった。真剣で、頑固で。

早く帰ってきて。その言葉でわたしの気持ちは高揚し、心は強風の空に高くあがる凧《たこ》のように舞った。やれやれ。強情な若者だったときにものの本で読んだような話は、思ったよりも地に足のついたものだったのかもしれない。よくわからない奇妙な理由から、ダイアナはほんとうに父親に反抗し、わたしを選ぶかもしれない。

しかしまもなく現実が入りこんできて、部屋のなかの空気を奪った。ダイアナはシムラーへ行くのだ。シムラーといえば、植民地統治の関係者やボンベイ社交界の人々がこぞって避暑に行く場所だった。ダイアナはすぐに大勢の気の利いた男たちに囲まれるだろう。女性相続人ともなれば、父親がなにを望んだところで、かっこうの標的だった。ダイアナの向こう見ずな性格を抑えこもうとするのは気が進まなかったが、よくわからない水のなかに頭から飛びこむような真似をしてもらいたくもなかったので、わたしは彼女に警告を与える方法を探した。

「ミス・ダイアナ、あなたはわたしを知らないでしょう」

「もちろん知ってる」ダイアナはそういい返して、手をわたしの剝き出しの前腕に置いた。

今度はどんないたずらを思いついたのだろう？　わたしは眉をあげた。

ダイアナの笑い声は川のせせらぎのようだった。

ダイアナはにっこり笑った。いたずらっぽくて温かい、大喜びの顔をしながら、手を引っこめていった。

「ね？　ほかの人だったらわたしの手をつかんで、なにか間の抜けたことをいうところよ。でもあなたはそうしない。それに、話を聞いているだけでもたくさんのことがわかるものでしょう。あなたが……マリッカだったかしら？　その雌馬の話をしたとき、すごく力強くて、それでいてやさしい馬のようにいっていた。とても……心を動かされた」

「上官だったサットン大佐からのすばらしい贈り物だったのですよ」大佐はボクシングの試合でわたしに賭けて大勝ちしたのだ。わたしは心を奪われて、ダイアナを見つめた。

ダイアナは指折り列挙しはじめた。「あなたがプーナの布教団のところで育ったのを知ってる。それから騎兵隊に入った。去年、怪我をして除隊した。それで、アディと出会ったときには記者になっていた」ダイアナは勝ち誇ったようにわたしの人生の物語を締めくくった。

わたしはいった。「それはわたしがあなたに話したことでしょう。どうしてほんとうだとわかるのですか？」

ダイアナは戸惑い顔になった。

「わたしが嘘をついていたらどうするんです？」

「そのときはわかる。絶対わかる」ダイアナはそう請けあったあと、挑むようにいった。「嘘をついてみて」

わたしは声をたてて笑い、首を振った。ダイアナの耳のそばで揺れていたリボンを軽く弾き、楽しそうに輝いている彼女の目を覗きこんだ。

「お嬢さん、あなたはわたしの妹にちょっと似ています。もちろんわたしより年下で、デリーの役人と結婚しました。ディヴィッドという名の三歳の息子がいます。妹もよく、あなたのように質問を浴びせてきましたよ」

ダイアナの唇が曲がった。「妹さんの名前は？」

わたしは外のベランダを見やり、ため息をついた。いいつくり話だった、一瞬、自分でもほんとうだったらよかったのにと思うほど。

「やだ」ダイアナは囁いた。つくり話に気がついたせいで顔が白くなり、表情が固くなった。ダイアナは息を呑んでいった。「嘘だったのね！」

ダイアナの傷ついた顔を見ると、自分がひどく下劣な男になったような気がした。カシムのことを話したとき、ダイアナは〝なにかを壊すのが嫌い〟だといっていた。いままさに、わたしもおなじように感じていた。

「男の人はみんな嘘がつけるの？」ダイアナが尋ねた。

「ええ」わたしは答えた。「もっとうまくつける男もいます」

ダイアナは、本のページを暗記しようとするかのようにわたしをじっと見た。「大尉、あなたのことは忘れない」

「だといいんですが」わたしは努めて軽い調子でそういい、ダイアナのメモに戻った。

これでよしとしなければ。わたしはこれからラホールへ行き、カシムの死の真相を解き明かすのだから。わたしがダイアナを好きだとしても、あるいはダイアナがわたしに興味を持ってくれたとしても、求愛などできるはずもなかった。家柄も財産もない身の上では、仮にダイアナがバルジョールの願いに反してわたしを選んだとしても、二人でともに過ごす人生をどうやって支えたらいい？

28

その後数日のあいだ、わたしは何種類かの変装をしながらヌール・スレイマン王子とその仲間を尾行した。変装のための新しい材料を試すために、知っている男たちの外見を真似てみた。ターバンを替えたり、白い粉を塗ったりして伸びた髪を隠し、水絆創膏を重ね塗りして傷痕をつくったり、顔の輪郭を変えたりした。

スレイマン王子のあとをつけてたびたび行ったのは港だったので、そこで多くの時間を過ごした。ある日の夕方、ラムー――フラムジー家の使用人の隙っ歯の少年――が、パン屋の裏の部屋に伝言を持ってやってきた。わたしはラムーを部屋に入れ、少年の驚き顔に向かってひげ面でにっこり笑ってみせた。

ラムーは口をぽっかりあけてわたしを見つめた。

「サヒブ?」

ラホールには、パターン人の服装で行く予定だった。北西部に暮らすアフガニスタンの民族である。パターン人の兵士はたいてい背が高く、日焼けしているので、わたしもうまくなじめるはずだった。軍にいたときに知っていたパターン人は、読み書きはできないが、勇敢で、すぐに怒ったり笑ったりする――どちらに転ぶかは誰にもわからない――信義に厚い男たちだった。英国の軍隊に対しては友好的な民族もいたが、アフリディ人や、ガジと呼ばれるイスラム教の戦士たちは英国軍を毛嫌いしていた。向こうではパターン人として行動したほうが安全だし、答えを見つけられる可能性も高かった。

「座りなさい《ベト》」わたしは伝言のメモをランプのそばに持っていって読んだ。

伝言はフラムジー夫人からで、最後に食事をともにしてからしばらく経つけれど、今日の夕食が冷めるまえに来られないかと書いてあった。

わたしはフラムジー家の人々と会わないままラホールに発とうと考えていた。フラムジー邸を訪れるために身ぎれいにするなど論外だった。この顎ひげとぼろぼろの服は旅のための支度なのだから。

しかしダイアナに会いたかった。彼女がシムラーへ発つまえに。ある計画が頭のなかでかたちを取りはじめた。

「晩餐には、ほかに誰が来る？」わたしは丈の長い灰色のゆったりしたカフタンを頭からかぶりながら尋ねた。

「あなただけです、サヒブ」ラムーは戸口から動かないまま、心配そうな顔をしていた。

「馬車はここまで来ているのかい？」

「はい、サヒブ」

頭にターバンを巻き、鏡で確認してから、快適な軍用ブーツを履いた。出かけるまえに手を洗った。フラムジー夫人は手を清潔にしておくことにはこだわりがあるのだ。

新しい変装を試すチャンスだった。わたしをよく知るフラムジー一家を騙しおおせるなら、誰が見ても大丈夫だろう。『四つの署名』のなかで、ホームズは船乗りの変装をしてワトスンとジョーンズ刑事を欺《あざむ》いた。わたしの変装もそれとおなじくらい説得力があるだろうか？

屋敷の門のところで馬車が停まると、新米警備員が三人駆け寄ってきて、安心させるのにしばらく時間がかかった。きみたちの警戒心のテストだよと話したら、疑うような顔をしながらも、首を横に振りつつ身を引いた。

フラムジー邸はカーブした私道の奥で輝いていた。ガス灯が装飾柱を銀色に変えている。暗がりを建物に向かって歩くと、砂利を踏みしめるわたしの足音がコオロギの合唱のなかに響いた。風がなくて心地よかったが、動かない空気に警告がひそんでいるようでもある。この瞬間は稀《まれ》で貴重なものだから、軽はずみな言葉や実験で壊すべきではないという予感のようなものがあった。しかし引きさがるにはもう遅い。はじめたことを最後まで見届けるつもりだった。

服装が人をつくる、と古い格言も警告している。フラムジー家の人々は、親しくなった人間を外見だけで判断するだろうか？　この風変わりな衣装を見透かせるくらい、わたしのことを知ってくれているだろうか？

わたしは誰を試したいのだ？　アディ？　バルジョールとフラムジー夫人？　それともダイアナだろうか？　正体を明かしたら、ダイアナはどんな反応をするだろう？　彼女が知っている英国人兵士だけがわたしのすべてではないとわかったら？　いままでとおなじ落ち着きでわたしのインド人としての側面を受けいれるだろうか？　この二つの面は、わたしのなかでは切り離せないものだった。とくにこれまでさまざまなことを見て、やってきたあとでは。

清潔な磁器タイルの階段を大股で上っていると、心臓の鼓動が速まった。足音も重く通路や廊下を進みながら、夕食を待っている一家にフェアな警告を与える方法を考えた。

しかし充分ではなかった。少し背を丸めてドアのそばで立ち止まり、手で額に触れて挨拶をすると、アディが勢いよく椅子から立ちあがった。

子供たちが食卓にいたのも予想外だった。アディの弟がわたしを指差して金切り声をあげた。一番下の子は泣きだした。テーブルの上座にいたバルジョールが手を伸ばして彼女をすくいあげ、シーッといいながら揺すってあやした。もう一人の女の子は厨房に駆けこんだ。

「ああ、しまった」地声が出てしまった。

「大尉！」ダイアナが大声でいい、驚いて見張った目を輝かせながら駆け寄ってきた。わたしの腕を取り、顎ひげをじっくり眺め、ターバンを吟味した。服のにおいを嗅ぐと、鼻に皺を寄せた。汗と土埃のにおいは働く男、なにかしらの労働に従事する人間のしるしだ。わたしは変装の一部として悪臭をまとうのも気にならなかった。これから行こうとしている場所では、ふわりとラベンダーの香りでもさせようものならみんなふり返るだろうし、疑いのまなざしを向けられることにもなるだろう。

「体の向きを変えて！」ダイアナが命じた。

いわれたとおりに仰々《ぎょうぎょう》しく回ってみせると、下の子がまた泣きだした。

フラムジー夫人が急ぎ足で厨房からやってきた。小さな娘がうしろから顔を覗かせている。

夫人にわたしがわかるだろうか？　近づいていって身を屈め、彼女の足に触れた。年配者がよくやる伝統的な挨拶だった。「サラーム、マージー」〝お母様、ご挨拶申しあげます〟といいながら。

フラムジー夫人の膝の向こうに隠れている怯えた女の子に笑みを向けると、彼女は茶色い目を大きく見ひらいた。

「息子《ディクラ》よ」フラムジー夫人は戸惑った声でいった。「この人は誰？」

わたしはまっすぐに身を起こして、夫人と目を合わせた。

フラムジー夫人は息を呑み、手を口に当てた。「大尉？　いったいどうしたの？　こんなに痩せてしまって！」夫人の繊細な指が羽ばたくようにわたしの頬を撫でた。

ああ、ダイアナもこれとそっくりのしぐさをしていた。居心地のよさが波のようにわたしを持ちあげ、運んだ。

「ご招待のメモをありがとうございました、ミセス・

フラムジー」わたしはいった。「ちょうど、あなたのすばらしい料理を恋しく思っていました」

一家に笑いと安堵感が溢れた。すぐに席に案内され、わたしの皿には載りきらないほどの料理が盛られた。ソーセージやサツマイモ、ラム・カレー、サフランライスなどを頬張る合間に、質問に答えた。

アディの弟はひとたび恐怖心がなくなるとよじ上ってきて、怖くないよといわんばかりにわたしの膝にまたがった。フラムジー夫人は、大尉のお皿にもっとソーセージを載せてちょうだいと少年にいった。

一番下の子もわたしの腕に預けられ、ひげを生やした男が必ずしも恐ろしいものではないことを覚えた。丸々とした温かい体の乳児に小さな指でひげを引っぱられながら、わたしは計画を説明した。

「それらしく見えるけれど」ダイアナがいった。「ずっとそれで通せるの？」

「三年ほどソワールでしたから」わたしは答えた。

「馬に乗ったセポイのことですが。そのときの知り合いにラシード・カーンという男がいて、この服装もその男を真似たものなのです」

「ああ！」アディがいった。「だからそんなに説得力があるのか。モデルがいるんだね。その男は、いまどこに？」

「死にました、残念ながら」わたしは食べ物を嚙みながら、カラチから――ラシードが最期《さいご》を遂げた場所から――意識を逸らそうとした。わたしがもっと早くラシードのところに着いてさえいたら。「サー、わたしは十一時の列車に乗るので、あまり長居はできません」

ガンジュー――グルカ民族出身の使用人――が棚に皿を置いた。ガンジューはわたしがフラムジー家の人々と英語で話すあいだ、ずっと心配そうにこちらを見ていた。そしていま、自分の地方の言葉、グルカ語で話しかけてきた。「サヒブ、私を連れていってください」

「きみの仕事はここにある」わたしもグルカ語でいった。「一家を守るんだ、でないとただではおかないぞ」

地方の言葉がすんなり口をついて出たので安心した。わたしの新しい仮面はなんとか持ちこたえられそうだった。

ガンジューは目を見ひらいてこちらを見つめてから、プディングを出す仕事に戻った。

わたしのグルカ語を聞いて、アディが笑いだした。椅子の背にもたれ、肩を揺らして笑った。

赤ん坊をダイアナに返したとき、彼女の腕がわたしをかすめた。喉の曲線、なめらかなクリーム色の頬――なぜこんなに惹きつけられるのだろう。

バルジョールがいった。「別人のような話しぶりだ。立ち居振る舞いもちがう人間のようだよ」

アディがいった。「いまのあなたはインド人のように見える。英国人が〝地元民〟と呼ぶ人間みたいだ」

「サー、わたしはほんとうに地元民ですから」そう答えながら、ガンジューにプディングの鉢と取り換えられるまえに、皿に載った最後のソーセージを突き刺した。

「いや」アディの父親が低く響く声でいった。「ちがうな。私たちとおなじく、きみは中間にいる。あるいは、両方だ。完全な英国人でもないし、完全なインド人でもない」

わたしはフラムジー夫人のプディングの一口を味わった。自分のなかで連帯感が育つのを感じられる、温かな瞬間だった。

食後、ガンジューがボウルに入れて運んできた水で手を洗った。差しだされたタオルで指を拭いてから、カフタンのなかから紙の束を引っぱりだし、アディに渡した。「サー、報告書です」

アディはそれを探るような目で見ながら受けとった。

「なにか新しくわかったことは？」

わたしがうなずくと、アディは紙の束を胸ポケットにしっかりと収めた。少し肩の荷が降りた。この十日のあいだにわかったことと、それが意味するであろうことをすべてアディに渡せたからだ。

その晩、フラムジー邸を去るとき、静けさのなかに自分の足音がやけに大きく響いて聞こえた。ジャスミンの香りがノスタルジアを誘う。まだ出発してもいないのに、すでにホームシックだった。

「大尉！」うしろから呼びかける声があった。

ダイアナ。わたしは勢いよくふり向いた。

ダイアナは両手でスカートを握りしめ、階段を駆け降りてきた。もうすぐシムラーへ行き、三カ月のあいだ戻ってこない。次に会うときには、誰かほかの男と婚約している可能性もあった。しかしわたしにはラホールで仕事があり、なにを願ったところでそれは変わらなかった。ダイアナはほんとうにわたしを憎からず思っているのだろうか？ わたしたちが一緒になれる未来はありうるのだろうか？ ダイアナは目を輝かせながら、一メートルほど離れたところで立ち止まった。

なにもいわずにいると、ダイアナが突然切りだした。

「総督にあなたのことを告げ口したのが誰かわかったの」

「そうですか」

「昨日の夜、プチ家で、マッキンタイア警視が総督の秘書官に近づくのを見たの。パンデイ、と呼んでいたと思う。それで、わたしは警視についていった。二人がバルコニーに出たので、わたしは……窓辺に立って話を聞いた。マッキンタイアがあなたの名前を出して、こう尋ねたの。〝総督の関心をこの一件に向けさせたのは誰なんです？〟パンデイはこう答えた。〝ああ、あの事務員ですよ、ロイズ銀行の。フランシス・エンティ。総督はロイズに口座をお持ちでね。エンティが手紙で尋ねたのです、何カ月もまえに終わったはずの事件を、なぜまだ調べているのかと〟」

エンティか！　わたしは情報の断片をつなげてみた。

「エンティは、わたしが彼の手紙を持ってきたことに気づいているのかもしれません。あの男は妻がプーナにいると嘘をついたのです」

「まあ。どうして？」

「わかりません。マッキンタイアがいうには、エンティは証言を翌日に取りさげたそうです。エンティがアクバルとベーグの特定を拒否したせいで、マッキンタイアは二人を現場に結びつけることができなかった。それで一件が台無しになったのです」

これはわたしにとっても手掛かりの欠けた部分だった。なぜエンティはアクバルとベーグの特定を拒んだのか？　行方不明のエンティ夫人は、連中に誘拐されたのだろうか？　連中はこんなに長いあいだ彼女の身柄を押さえているのか？　だとすれば、裁判が終わって何カ月も経つのに、スレイマン王子、つまりアクバルは、いまもエンティに沈黙を強いているのだ——しかし、どうやって？　スレイマンのことは何日か尾行したが、エンティとの接触はなかった。

イブニングドレス姿のダイアナが、政府の仕事に関する話を立ち聞きしているところが思い浮かんだ。

「ミス・ダイアナ」わたしはゆっくりといった。「こんなことはやめてください。部屋の隅で盗み聞きをしたりするようなことは」反論しかけたダイアナを遮って、わたしはいった。「あなたがなぜそうしたかは理解できます。だけど、お願いです」

「わかった」ダイアナはいった。「ところで大尉、あなたの新しい外見にはどうしても馴染めないのだけど」

シムラーには颯爽とした若者が大勢いることだろう。待つように、後悔する可能性のあることに飛びこまないようにと、ダイアナに話したかった。だが、こっそり顔を合わせているだけのこの短い時間では、思うところをいい尽くせるはずがなかったし、別人の恰好のままそれを伝えたいわけでもなかった。

ダイアナはウエストのあたりに手を当てて指を握りしめ、そっといった。「変わらないで……いまのままでいて」

なにを怖れているのだろう？「え？」

藍《あい》色の影がダイアナの頬を横切った。「変装に乗っ取られないで」

わたしは驚いていった。「ただの服ですよ」

「ちがう」ダイアナの声が震えた。「ガンジューに話しかけたときのあなたの声は、いつもとちがった。誰かべつの……荒っぽくて辛辣な人みたいだった」

その表現の的確さに、わたしは思わず動きを止めた。それこそいま、わたしがなるべき人物だった。長らく音信不通だった兄弟のカシムを探している無愛想なパターン人だ。望まぬ質問を寄せつけないために、ぶっきらぼうな態度を取ることになるだろう。ラシードの外見のなかに、あるいはラシードの思い出のなかに引きこもって。ラシードが消えうせてしまわないように。わたし自身はそれでなにか変わるだろうか？　その疑問は身の内に鋭く刺さった。ほんとうの脅威がどこにあるか知るために、ダイアナを信用したほうがいい。

「シーッ」わたしはダイアナのほっそりした手を取り、自分の手で包んだ。大気は暖かかったのに、ダイアナの指は冷たかった。「あなたがシムラーから戻ってきたら、わたしはここにいますから」

わたしは戻ってこられるだろうか？　北部は騒乱に沸き、パンジャブ地方では嵐が吹き荒れている。無事に入りこみ、答えを携《たずさ》えて出てこられればいいのだが。二人の時間が壊れてしまうまえに。

ダイアナは身動きをしなかった。わたしがなにを考えているかわかるのだろうか？

「そうして」ダイアナはわたしの手を握り返してから離し、急ぎ足で家へ戻っていった。

ダイアナが階段を上りきるまで見守っていた。わたしが門を出たとき、ダイアナはまだ玄関のドアのそばに立っていた。

29

列車がガタゴトと平原を進むあいだ、三等車の客席にうずくまるようにして座りながら、わたしはラホールについて知っていることを思い返した。かつては東パンジャブ地方の城郭都市だったが、もうずいぶん昔に街は城壁から溢れだし、広い川の流域を越えて広がった。ボンベイから北へ二日ほど列車に乗ったところにあるラホールは、いまや軍の重要な補給地点だ。デリーと手つかずの辺境との中間に位置しているからだ。

自分の視線があまりにも柔和であるらしいことはすぐに思い知らされた。会話を招いてしまうのだが、わたしはまったく話したくなかった。しかめ面をすることで、そばに居あわせた旅行者たちがわたしを会話に引きこもうとするのを拒絶した。にもかかわらず、あるインド人紳士《バーブー》——下っ端役人のような黒い上着を着た、腹の出た男——に気に入られてしまった。興味深そうな視線をしつこく向けられたが、そんなに心配はしなかった。パターン人の多くは肌の色が薄いので、わたしの肌の色から正体がばれることはなさそうだった。

　しかし眠りに落ちたのは失敗だった。おそらく、パンジャブのにおい——汗と日向《ひなた》の干し草と馬糞のにおい——がわたしの夢に入りこんできたのだろう。前方の車輛から聞こえる金属のぶつかりあう音も、軍需品、とくに武器弾薬を思い起こさせた。そして列車が橋を渡るときの揺れや、駅で停まるときのかん高いブレーキ音が、わたしの判断を誤らせた。意識がカラチに戻ってしまった。

　痛みを感じたが、どこが痛いのかわからなかった。悪夢に巻きつかれ、締めあげられて、ハンマーで鉄を打つような車輪の音が頭痛を激化させた。血まみれの顔が近づいてきて、こちらを凝視する。わたしは凍りつき、そいつをつかんで自分から遠ざけた。

　目覚めると、ほんの何センチかしか離れていない場所に恐れおののいた目があった。日中で、数人の乗客が懸命にわたしを取り押さえようとしており、車輛内は大騒ぎだった。わたしが客車の壁に押しつけていた男は顔中皺だらけだった。わたしは啞然《あぜん》として、相手の喉もとから前腕を引っこめた。手がゆるみ、男の服が手から離れた。どさりと椅子に座りこみ、自分が襲いかかった相手を見つめた——細く白い頰ひげを生やした老人だった。老いた男は体を二つ折りにし、ターバンが床に転げ落ちた。

　わたしはなにをした？　周囲の人々はわたしの視線を避けるか、でなければ疑いのまなざしを向けていた。わたしはなにを叫んだのだろう？　英語で寝言をいっただろうか？　わたしが絞め殺しそうになったこの哀れな男はなにをしたのだ？　誰かがターバンを拾って男に手渡した。

「すまない《シャマ・カロ》」わたしは喘ぐように謝罪の言葉を口にした。疲れきってぼんやりした頭を座席の背にもたせかけた。誰かが水の入ったブリキのカップを差しだしてきた。わたしはそれをありがたく受けとり、いくらかこぼしながら飲んだ。

「兵士《ファウジ・ヘイ》なんだね」まわりの旅客は、わたしのことを傷病休暇で帰宅する途中のパターン人兵士だと思ったようだった。

「なにがあった？」誰かがパンジャブの方言で尋ねた。

例のバーブーが――おそらく事務員か会計士なのだろう――わたしの代わりに答えてくれた。「この人が」――バーブーはわたしの向かいでうずくまっている老人を指差した――「彼の上に倒れこんで、起こしたんだ」

戸惑ったようなつぶやきが起こったが、無視した。

「兄さん《バィャー》」バーブーがわたしにいった。「医者に診てもらったほうがいい」

バーブーはさらに、さまざまな病気の治療法を列挙しはじめた。彼のことは無視して、移動のあいだはもう眠らないことに決めた。もう少しで正体を明かしてしまうところだった。そういえば、アディの家で一度も夢を見なかったのは妙だった。暗がりで小競り合いもあったのに。あの家では安全だと感じていたせいだろう。自分の役割や仕事がはっきりしていたから。

バーブーは誇らしげな母親のような笑顔で、きみは大丈夫だ、と請けあった。わたしは老人のほうを向いて顔を歪めた。手荒な扱いをしたことが恥ずかしかった。深い皺の刻まれた顔で、老人は辛抱強くうなずいた。

その後の二日で、旅行者同士はどんどん仲がよくなった。物理的な距離の近さと一緒に過ごす時間によって仲間意識が植えつけられるようだった。しかしわたしは黙ったままでいた。なにか質問をされても首を横に振り、同情的なまなざしも拒絶した。

　ラホールに到着したのは夕暮れどきだった。乗客は詰めこまれていた車輌から勢いよく出ていき、客車はすぐに空《から》になった。わたしは床から荷物の袋を拾いあげ、肩に背負った。ジェイムスンはああいっていたけれど、まだ右腕が痛かった。列車から一メートル足らず下のコンクリートに飛び降りると、その無謀な行動に対して膝が抗議の声をあげた。

　人けのなくなったプラットホームの向こうを見ると、煉瓦づくりの小さな建物のそばにランプの弱い明かりが見えた。コオロギの合唱が高まるなか、取り入るような笑みを浮かべた例のバーブーだけが残っていた。

「兄さん《バイヤー》」小太りのバーブーが声をかけてきて、わたしの荷物を運ぼうと動きかけた。

　わたしは首を横に振り、短く礼を述べると、足を引きずって人力車を探しに向かった。この同国人の生来の親切心について改めて考えてみた。もしわたしが仕事で彼に近づいたのだとしたら、この男はまずまちがいなく、厳しく賄賂を要求しただろう。しかし体を壊した孤独な兵士に対しては、援助を申しでるどころか、押しつけなければ気が済まないのだ。

　わたしのポケットのなかには、バルジョールからもらった、ラホールの収税吏《タルクダール》宛の紹介状があった。それを使うつもりはなかった。代わりに、カシムが暮らし、働いた煉瓦工場を見つけ、彼のために復讐したいと思う人間がいないか探すつもりでいた。カシムの住所を書きつけたくしゃくしゃの紙切れを引っぱりだした。

「わたしの兄弟だ」走り書きの文字を指差しながら、そういった。

　バーブーはうれしそうに紙切れを受けとった。わたしのことを文字の読めない人間だと思ったのだろう。彼は同行を申しでた。一つ先の十字路を見ると、ガス灯の下にラバが引くタンガが停まっていた。

わたしは北方の方言は不自由なく使いこなすことができたが、発覚を避けるために口数を少なくしておくべきだった。土地の知識がないことで怪しまれるかもしれなかったので、よそ者を演じることに決め、陽気な連れとともにタンガに乗りこんで、薄暗い石畳の通りをガタガタ揺られながら進んだ。

バーブーは、しゃべり過ぎるきらいはあったが役に立つ男だとわかった。わたしには都合がよかった。わたしの横に体を押しこめ、種まきの時期や自分の村（アワールと呼ばれる場所だった）の話をし、この町の〝大物〟はみんな知っていると請けあった。情報としてはとりとめがなかったが、あとで役立つこともあるかもしれない。わたしは聞いていないふりをした。バーブーは明らかにこのなりゆきに満足しており、わたしたちは同意のもとに向かう先を決めた。未舗装の狭い通りに光の群れが見えてきた。遠くのバザールの明かりだった。

煉瓦工場の大煙突が空を占領し、星々の輝きを遮っていた。前方にぼんやり明かりが見えてくると、わたしたちはスピードを落とし、灯油ランプに照らされた藁葺き屋根の並ぶ集落のまえでタンガを降りた。夜は涼しかった。道の途中で、バーブーは二人の男に話しかけた。その二人は中庭で、木枠に紐を張っただけの簡易ベッド《チャルポイ》にゆったりと横たわっていた。わたしは足を引きずりながらバーブーのうしろを歩いていた。膝はほんとうに痛かったので、芝居を打つ必要はなかった。

「カシムの兄弟だって？」年配の男がいった。

若いほうの男は年配の男の息子のような見かけだった。おなじようなぼさぼさの眉をして、おなじような顎ひげを生やしていた。若いほうがいった。「カシムは死んだ」

わたしはその場で足を止めた。三人全員がわたしを見つめた。「死んだ?」

年配の男が近づいてきて、それまでのことを手短に話した。「そうだよ、ジャナブ、まえはここで働いていた。よく働く若者だった。何年かまえに、列車の事故で死んだんだ」

若いほうの男が、黒い服を着た男たちやショールをかぶった女たちを十人ほど連れてきた。彼らは輪になってわたしたちを囲んだ。わたしは兄弟の死を知ったばかりの男を演じながら、現実との妙な距離を感じていた。

年配の男が話し終わってから、じっとしていた時間が長すぎたらしい。集まった人々のうち何人かは落ち着きなく身動きし、べつの何人かはこちらをじっと見つめていた。わたしは年配の男に質問をした。「どこで死んだんですか?」

男は自分のまわりにいた人々と相談してからいった。

「ボンベイへ向かう途中にある、モガ駅で死んだんだ」

わたしは驚いて小さく身震いしながらいった。「誰かが一緒にいなかったですか? あなたは? ここにいる人たちは?」

悲しげな囁きがまわりじゅうで起こった。年配の男は首を横に振った。

「誰か、弟の遺体を見ましたか?」

禿《は》げ頭のバーブーがわたしの腕をぽんぽんとたたいた。わたしがまだ喪失の事実を受けいれられないように見えたのだろう。

年配の男が渋々答えた。「いいや、ジャナブ、カシムは列車の下に倒れたんだ」

不運なカシムは、必死に線路を渡って列車に乗ろうとして、怪我による出血多量で死んだのか? わたしは頭を垂れて次の質問を考えた。人々は待っていた。粗野で単純ではあっても、彼らなりの礼儀正しさとやさしさが表れていた。

「どうやって聞いたんですか？」

「電報だ」年配の男は、それ以上は思いだせなかった。

「弟に友達はいましたか？」〝仲間〟を表すパンジャブの言葉を使って、わたしは尋ねた。

「おれたちみんながそうだ」年配の男は両手を広げていった。

ここにいる煉瓦職人や労働者たちはカシムを知っていて、おそらくカシムのことが好きだった。そろそろ立ち去るべきタイミングだった。彼らがわたしに質問をしはじめるまえに。わたしはうなずいて、感謝のしるしに手を胸に当ててみせてから、荷物の袋を持ちあげて歩きはじめた。

数歩進んだところで、呼びかけてくる声があった。

「ジャナブ！」

輪の外に立ったわたしは、寂しそうに見えたかもしれない。しかしわたしにとっては——放浪者であり、明日になれば顔もはっきり思いだしてもらえないような男にとっては——そこが自然な居場所だった。

年配の男が近づいてきた。「おれの母親がいってるよ、医者がカシムの面倒を見たって」

わたしはゆっくり息を吸った。「お母さんはほかにもなにか覚えていますか？」

質問が年老いた女に伝えられた。わたしは重い足取りで戻り、彼女のほうを向いて待った。

皺だらけの小さな顔が布の層の向こうから覗いた。ショールから骨ばった手が伸びている。年老いた女は乾いた震え声でいった。「ジャナブ、あの悲劇のとき、ドクター・アジズがカシムの面倒を見たんですよ」

「マージー、どうして知っているのですか？」

「カシムが死んだとわたしたちに伝えたのがドクター・アジズだったから。あの人が電報を送ってきたのよ」

「ドクター・アジズはいまどこに？」

誰も知らなかった。しかし彼らはわたしを放っておいた。

かなかった。「少なくとも、お茶の一杯くらい飲んでいってちょうだい、ジャナブ！」

わたしがためらう一方で、バーブーはそれを喜んで受けいれ、わたしが列車で起こした騒ぎのことをしゃべりはじめた。彼は生まれながらの話好きで、面白い話の価値を知っていた。これについては、わたしはあまり心配しなかった。変装が見破られないかぎり、わたしたちが知りあったときの話をされたところで、なんの問題もない。

簡易ベッド《チャルポイ》に腰かけ、湯気の立つお茶のカップを受けとりながら尋ねた。「なぜカシムはここを出ようとしたんですか？　ここに満足していなかった？」

年配の男はしかめ面になり、両手を広げていった。

「カシムはここが好きじゃなかった。おれたちは無学だからね。カシムは文字が読めた。もっと偉い人になりたかった。だからボンベイに向かったんだ」

人々はさらにおしゃべりになり、カシムの（そしてわたしの）両親について尋ねてきた。わたしは流感が広がるなかでカシムの両親が命を落としたことを説明した。会話は渦を巻いたり流れたりしながら進んだ。この素朴な人々からは、これ以上の話は聞けそうになかった。

遅い時間だったが、ここで眠ることはできなかった。寝言をいって正体を明かしてしまうかもしれない。しばしののち、わたしは彼らと驚き顔のバーブーに礼をいって立ち去った。

30

その夜、わたしは遠くのバザールの明かりを目指して夜道を歩いた。ラホールはよく知らなかったので、どの通りもおなじように見えた。腹がグーグー鳴った。列車移動のあいだあまりものを食べなかったせいで、肉を焼くにおいに誘われた。しかしこわばった膝が妨《さまた》げになり、重い足取りで向かうのがやっとだった。

明日になったら鉄道駅に行って、調査の進展についてアディに電報を打ち、ドクター・アジズの行方を探そう。そう決めて、賑わう通りへ入った。

騒々しいバザールは魅惑的なにおいがした。すぐ食べられるものが並んだ屋台がまわりじゅうにあった。座りこんで、果物やパンや肉の入った籠《かご》を置いている売り子もいた。ちらちらと揺れ動くランタンの明かりに照らされて、ターバンを巻いたパターン人が焚火《たきび》の上で牛肉の固まりを回しながら焼いていた。

わたしは肉を指差していくらか買い、道路脇に座りこむと、切り取られた肉片を円《まる》くて厚いナンにはさんで貪り食った。ここから見渡すと通りがよく見える。果物売りが通りかかったのでリンゴを買った。その次には、少年がわたしにチーズを売ろうとした。この少年のような、痩せてはいるが元気なわんぱく小僧なら大勢見てきた。商売に精を出すのとおなじくらい熱心にハンドバッグをかっぱらったりもする。少年が立ち去ろうとしないので、布に包まれた小さなチーズの固まりを買って追い払った。

ダイアナなら、こういう不機嫌な態度をいやがるだろう。この通りをとても気に入るにちがいない。くすんだランプの明かりが通行人を黄色く照らし、石畳に影の踊るこの通りを。

若い男の一団が笑い声をあげていた。そこここに家族連れがいて、子供たちはブルカで全身を覆った女たちの足もとを駆けまわっていた。ある一家は夫が先頭を闊歩《かっぽ》し、小さい男の子がその横に並んで歩き、妻ともう一人の子供が一緒に砂糖菓子を食べながらうしろにつづいた。赤ん坊はみんな手づくりのおくるみに包まれている。クルタの上にお洒落なベストを着た少年が自慢げに大きな凧をあげ、そのうしろには、ぼくにもやらせてとせがむ弟がくっついていた。一人で歩いている者などいなかった。この野外劇のような光景にうんざりすると、わたしは橋を渡って静かな通りに入った。

人の少ない通りでは、ターバンを巻いた男たちが何組も泥と煉瓦の壁にもたれていた。男たちは、一人歩きのよそ者であるわたしを疑わしげに見た。安全に眠れる場所を探して、わたしは川沿いの土手をとぼとぼ歩いた。

わたしの経験では、大柄な男がちょっかいを出されることはめったになかった。質素な袋に荷物を入れ、ごくふつうの服装をしていたので、心配しなければならない理由はほとんどなかった。しかしそれでも、眠るのを恐れる理由が二つだけあった。まず、獲物が眠っているとなると泥棒が大胆になる。それに、列車での暴発はわたしの精神状態がいくらか不安定になっていることへの警告ともいえた。もしも眠っているあいだに英語で叫んでしまったら、もう変装で身を守ることはできない。パンジャブ地方は英国の管理下にあったが、そうなったのはかなり最近のことなので、いまもよそ者は歓迎されなかった。

橋の下に誰も使っていない小さな隠れ場所を見つけ、身を屈めてそこへ入り、アディのリボルバーの床尾を握りながら待った。上のほうのどこかで鳥が羽ばたくなか、足音が聞こえないかと耳を澄ましたが、誰も来なかった。

橋の下に係留されていた小さなボートがよい寝場所になりそうだったので、近くまで引き寄せ、覆いの布を剝がした。空っぽだった。板は腐った魚と川藻のにおいがしたが、わたしはそのボートに乗りこんで、小さなスペースで体を伸ばした。オールを使って浅瀬に乗りだし、これでよかろうと思った。もし人が近づいてくれれば、水音が警報になる。そう考えて安心し、わたしは眠りこんだ。

眠っているあいだに、ラホールが燃えていた。目を覚ますと、ツンとする煙の悪臭で息が詰まった。罠にかけられた。カラチ。恐慌をきたして、布がかぶせられているのを感じた。予期せぬ突風かなにかで覆いの布が広がったのだろうが、一瞬ひどく混乱して、わたしは逃れようともがいた。空気が重く淀んでいた。喉を詰まらせ、喘いでいるうちに、眠りの名残《なご》りが消えていった。かゆくて熱い目をこすりながら、自分がどこにいるかを思いだした。カラチではなく、ラホールだ。

煙霧に遮られて遠い岸が見えなかった。火事か？ 昨夜なにがあった？ 水のなかを歩いて一番近い土手にたどり着き、斜面に身を投げだしてブーツを脱いだ。ブーツのなかに入った水を捨て、だぶだぶのズボンを絞っていると、上のほうの橋から足音と人声が聞こえてきた。

土手を上ると、人の流れが見えた。みんなぐっしょり濡れ、所持品を束にして背負うか、頭の上に積みあげるかして、急いで橋を渡っていく。女たちは子供を抱いていた。子供の腕や足が背負い紐の隙間から垂れさがっている。押しあいへしあいしながら進む人々の顔は、不安や恐怖で硬くなっていた。

「なにがあったんですか？」わたしは通りすがりの男に尋ねた。

「パターン人が来る！ パシュトゥーン人が！」男は

先を急ぎながら怒鳴った。

これを聞いてわたしは警戒を強めた。パシュトゥーンの――兵士だろうか？　彼らは北部の山々に暮らすアフガニスタンの民族で、独立した藩王国の民ではなかったか？　もしもその彼らがここにいるなら、ラホールはまもなく、街の支配権を奪いたい英国軍に包囲されるかもしれない。

畜生。また戦線に立たされているわけか。アディのところへ戻らなければ。

十字路で腰を屈めていた老人に尋ねた。「ジャナブ、駅はどっちですか？」

老人はどんよりした目をあげ、人けのない通りを指差した。

駅舎は静かだった。プラットホームを渡り、どこかしらドアがあかないかと試したが、どこもあかなかった。うしろに回り、昨夜ランタンが一つかかっていた場所を確認すると、誰かが窓の隙間からこちらを覗いていた。

「ボンベイ行きの次の列車はいつ出ますか？」わたしはウルドゥー語で呼びかけた。

皺くちゃの服を着た警備員が鎧戸を半分あけ、目を凝らしてわたしを見た。

「ジャナブ、列車は全部止まりました」もう何度もいった言葉のようだった。

列車は全部止まった？　くそっ、ラホールで立ち往生とは。「なぜ？」

わたしからの質問などもうたくさんだと思ったのだろう、警備員は鎧戸をしめた。

列車の運行が再開するまで待たねばならなかった。しかし、もしかしたら調査を進めることができるかもしれない。このあたりでは、医者はきっと珍しい存在だろう。わたしは鉄道警備員に呼びかけた。「ドクター・アジズを知りませんか？　どこにいます？」

鎧戸が数センチ開いた。「ドクター・アジズ？　ここにはいませんよ。何年もまえに出ていきました」

「どこへ？」

「さあ。軍に同行しました」

軍医か！　それなら足がかりがあった。マッキンタイアに電報を打って、どこに配属されたか調べてもらうのはどうだろう？　それから、約束どおりアディにも電報を打たなければ。

「電報局はどこにありますか？」

「この駅のなか。閉鎖中です」

警備員といい合いになり、電報を送ってくれと強く求めたが、警備員は譲らなかった。使いものにならないのです、回線がつながらなくて、といっていた。

考えこみながら、さっきの十字路に引き返した。列車が止まっているとなると、アフガニスタンの兵士たちはよほど近くにいるにちがいない。アリの隊列が横切るように、肌に震えが走った。

電報が打てないことには、フラムジー家の人々に調査の遅れを知らせる術《すべ》がなかった。心配させるのはいやだったが、安心させるための手段がなかった。それで思いだしたのは、ポケットのなかの紹介状だった。バルジョールの友人の収税吏に宛てられたものだ。彼が電話を持っているかもしれない。何度かまちがえてから、ようやく正しい方向がわかった。その日の残りは人けのない通りや誰もいない雑木林を抜けて、収税吏の住むラホール郊外へ向かった。

曲がりくねった通りの多いラホールは迷路だった。東へ向けて歩きだしたはずなのに、しばらくして気がつくと北へ向かっているのだ。なんとか歩きとおし、土埃の広場のまんなかに目印の井戸を見つけた。冷えたバケツを引きあげて水を飲むことを考えながら近づくと、ハエがたかり、ひどいにおいがすることに気づいた。井戸のまわりに血だまりができていた。井戸のなかに死体があるのか？　昨夜ここでなにがあった？

不安に思いながら、黒焦げになった並木のある大通りへ向かった。以前は街なかの洒落た地区だった場所で、白い縦溝彫りの装飾柱や門柱が、立派だった家の黒焦げの死体から突きでた骨のように並んでいた。わたしが探していた邸宅は無傷のように見えたが、すぐに屋根が崩落しているのがわかった。収税吏の家は焦げて、くすぶっていた。

石の門柱のそばに座りこんで一息ついていると、聞き慣れた音が丘陵から響いてきた。銃声。ライフルの発射音が近くから聞こえた。体のなかでパニックが膨れあがり、わたしを呑みこみそうになった。

息をしろ。サットン大佐の唸るような声が低く、励ますように頭のなかで聞こえた。わたしは拳を握りしめ、決心のつかないまま待った。何分かが過ぎると落ち着いた。アフガニスタンの兵士たちが近くにいる。誰と戦っているのだ？　その答えを思いついて大いに安堵した。英国軍もそばにいるはずだと気づいたからだ。

立ちあがり、塀伝いに銃声のするほうへ進んだ。丘陵一帯に銃声がこだまし、そばでカチカチ音が聞こえたかと思うと、脅威的な爆発がそれにつづいた。隊は身動きが取れなくなっているのか？　どこから撃っているのだろう？　かなり近いはずだった。

そこで思いだした――わたしはパターン人の恰好をしているのだ。セポイに出くわせば、相手は質問などせずに即座にマスケット銃を構えるだろう。もしまだ軍隊にいたとして、英語を話すパターン人が近づいてきたら、自分ならどうするだろう？　相手の話を聞く暇などないだろう。よくて捕虜にするだけだ。あとでどうするか決めるために、兵舎に連行するのだ。駄目だ、それはまずい。もしその場で射殺されなかったとしても、説明のために何週間も足止めを食うだろう。

ボンベイが、そして安全な場所が、こんなに遠く感じられたのは初めてだった。

次の二日間は、ラホールの煙と異臭から逃れて大《グランド》幹《トランク》・道《ロード》を歩く避難者の流れに加わった。十字路に達するたびに、近隣の村へ向かう少数の人々が分かれていった。ほかには、アムリツァールやジャランダールといった近くの町へ行くという人々もいた。

「あの人たちはどこへ行くんですか？」わたしはそばにいた若者に尋ねた。

若者は肩をすくめた。「出身の村へ戻るんでしょう。安全になったら、戻ってきますよ」

こういう苦境のなかでの粘り強さは称賛に値した。しかし意外ではなかった。インド人はたいていのことには文句もいわず順応する傾向がある。だいたい、だれに向かって抗議すればいいというのだ？　支配的な立場を求めて争う派閥同士のやり合いを目にしても、引き潮や潮の流れによって波が砕けるのを見たときと同程度の感慨しか湧かなかった。

線路を見つけると、わたしは大幹道を離れ、東へ向かうためにフェンスを乗り越えて線路伝いを進む一団に加わった。ある村の駅で壁にかかった地図を見ると、ここから東へ二百五十キロ足らずのところにシムラーがあるとわかった。シムラー！　おそらくダイアナとフラムジー家の人々がちょうど到着したころだろう。ここから列車に乗れば一日で着けるが、列車は走っていなかった。代わりに、徒歩で進む者たちのばらばらの流れが地平線までつづいていた。

軍用ブーツを履いていたにもかかわらず、ようやく線路沿いの小さな町に着き、屋台の群れが市場をなす場所までよろよろと歩いていったときには足が痛かった。殺到した避難者たちがすでに屋台や店から商品を買い尽くしており、かろうじて残ったものには法外な値がついていた。その夜、わたしは夕食にロティと呼ばれる薄いパンと、焼きトウモロコシを一本食べた。こんなに甘いトウモロコシは食べたことがなかった。

リンゴを買っていた人々の集団に道を尋ねた。これが活発な議論を巻き起こしてしまった。老いも若きも知っている道や川や線路について喜んで話した。彼らの話はわたしが退却してもまだ続き、新しくやってきた人がさらに目的地への道を尋ねた。

午後の日射しが照りつけていた。わたしは頭から顎へとぼろ布を巻き、頭を垂れて、ほかの避難者たちとともに重い足取りで歩いた。歩いていると路上のそこここで会話がはじまるのだが、わたしはそこに加わるような贅沢とは無縁だった。「どこから来たの？」や「どこへ行くの？」は必ずたどり着く質問で、わたしはどちらも訊かれたくなかった。会話がはじまりそうになると、興味津々の相手から離れ、道端に座りこんで休んだ。そうやって、わたしは一人で旅をつづけた。

31

夕闇が落ちると、大半のグループがそれぞれに調理用の火をおこし、そのまわりで小さなキャンプをはじめた。前方の焚火の明かりを眺めながら、わたしは重い足を引きずって小さな駅舎に向かった。近くの井戸で水を飲んで手を洗い、今夜はここで休もうと、プラットホームのひんやりしたコンクリートの上に横たわった。

一日中線路沿いを歩き、藁葺き屋根の家々や野原を通り過ぎてきた。いまは静かな駅舎の影に沈みこんでコオロギの鳴き声に囲まれていた。遠くに町の騒音が聞こえる。フクロウがホウと鳴いた。ランプの明かりが背の高い木々の葉に届き、葉を黄色く光らせていた。

背後に足音がした。わたしは体をこわばらせた。今度はなんだ？

プラットホーム上で身を起こすと、薄明かりのなかを奇妙な影が近づいてきた。ずんぐりした男がロープを握っており、そのロープの先は形のはっきりしない、なにかの束のようなものにつながっている。

「兄さん、たったの二ルピーだ」男は取り入るような薄笑いを浮かべていった。

いったいなにが？　男は背後のなにかを引っぱった――ブルカに身を包んだ小柄な女が、手首を縛られていた。

「三十分で二ルピー」男は腰を前後に動かしながらいった。

こいつは慰みものとしてこの女性を差しだしているのか？　わたしが愕然として凝視していると、男は値段の交渉に備えて座りこんだ。

すすり泣きが聞こえてきた。畜生。一人でこんな僻《へき》地《ち》にいるときに、面倒に巻きこまれている余裕などないというのに、選択の余地もろくにないとは。

「歳は？」膨れあがる怒りを喉もとに抑えこんで、わたしは尋ねた。

「まだ十二ですよ！」男は不揃いに並んだ歯を剝きだしにしてにやりと笑った。

「あんたはその子の父親か？」

侮辱された、とでもいうように男はすっと身を引いた。「あんたになんの関係がある？　いや、こいつはおれが買ったんだよ」

「いくら払った？」男のよく肥えた腹に拳を埋めこんでやりたかった。

男は煙草代わりのビンロウで赤くなった口を大きく開いて笑みを浮かべた。わたしが引っかかったと思ったのだろう。その後数分間、この悪党は自分の商品の美点を大仰に並べたてた。若くて、体が頑丈で、よく働き、子供をたくさん産むことができる、と。そのあいだじゅう、わたしは内心で盗っ人《ぬすっと》め、変態めと男を罵っていた。

「二百だ」男は金を巻きあげにかかった。「たった二百ルピーで買える妻だ！」

ウエストに巻いたベルトのなかに、それを少し超える程度の金があった。しかし、もしこの気の毒な子を買い取ったら、家族のもとへ安全に送り届けるか、彼女が仕事に就くかするまで、自分と二人分の食い扶持《ぶち》をわたしが稼がねばならない。

だが、すすり泣きの声を聞いた瞬間から、わたしの心は決まっていたと思う。おそらく避難民の流れが頭にあったからだろう、家族や小さな集団で移動する男たち、女たちの姿が。この子だってそういう人々のなかにいるべきで、犬のようにつながれているべきでは断じてなかった。

もしこの哀れな子を買い取ることができなかったら、闇に紛れてあとをつけ、少女を売り歩くこの獣《けだもの》から彼女を奪うつもりだった。立派に暴行だが、たいして心配はしなかった。ここのような荒野では、文明社会の法律は取り澄ました、遠い存在に思えた。

「百だ」わたしは顔をそむけ、この話はこれで終わりだといわんばかりにそう告げた。

しばらくのやりとりの末、男がいった。「百三十ルピーだ、ジャナブ」

わたしは金を数えた。ロープが手渡された。わたしは人間を買ったのだ。

少女のことはチュトゥキと呼んだ。〝小さな子〟という意味だ。もとの主人が小さく笑いながら行ってしまうと、彼女の手首のロープをほどいた。暗くて顔がよく見えなかったので、リンゴを一つ渡し——最後の一個だ——荷物を拾って線路を歩きだした。

「おいで」わたしは歩きながらいった。

少しすると、少女はついてきた。

駅舎に留まるつもりはまったくなかった。あの悪党が仲間を連れて戻ってくるかもしれないし、眠っているあいだにわたしをナイフで刺して少女を取り戻すかもしれない。わたしは東へと線路をたどり、シムラーへ向かった。チュトゥキはずっとうしろをのろのろ歩きながら、黙ってついてきた。

夜が深まった。少女のゆっくりとした歩みに痺れを切らし、引き返して手招きした。それではなんの効果もないとわかると、少女をひょいと腕で抱えた。ダンスのときに抱えあげたダイアナよりもはるかに軽かった。

少女はもがいたりしなかった。喘ぎを一つ漏らすと、その後は頭を垂れ、手足の力を抜いて、文句一ついわなかった。月明かりの道を進む途中で二回止まり、物陰に隠れた。最初のときは馬をやり過ごした。馬の乗り手は注意深くあたりを見回しながら通り過ぎていった。月が木々のうえまで上ったころ、さっきの乗り手が馬に速駆けをさせて戻ってきた。わたしは待った。一方の手でチュトゥキの口を押さえ、もう一方の手でリボルバーを握りながら、蹄《ひづめ》の音が遠くへ消えるまでじっと動かずにいた。

朝焼けで地平線が紫色になりはじめたころ、川のそばで、壁の陰に隠れて眠れそうな場所を見つけた。子供を荷物の袋の上に降ろし――荷物といっても数枚の服くらいしか入っていなかった――自分も草の上に落ち着いた。くたびれていて、体が痛んだ。目が覚めたら少女がわたしの持ち物を盗んで姿を消しているかもしれないと思い、心のなかで悪態をついた。もう、なるようになれ、だ。

すっかり日が昇っても、少女はまだそこにいた。わたしが彼女を降ろした場所で、黒い服を着たまま丸くなっていた。身を起こしてあたりを見まわし、わたしのほうをちらりちらりと窺《うかが》ってくる。

道は川沿いに延びていた。わたしはだぼだぼのズボンを穿いたまま川に入り、きらめく水を手ですくった。その朝、冷たく澄んだ川の水は渇きをいやしてくれただけでなく、わたしを回復させてくれた。昨日の汚れや魚臭さを洗い流しながら、肩を大きく動かした。長時間歩いたにもかかわらず、清潔な服を取りに行こうと小石だらけの土手を上っても、膝はぐらつかなかった。

　チュトゥキは膝を引きあげ、顔のまえで手を組んで、こちらの様子を見ていた。あとでわかったことだが、これはチュトゥキがよくする恰好だった。

　昨夜、チュトゥキに朝食用のリンゴをあげてしまったので、袋のなかを漁っても食べられるものはなにも出てこなかった。わたしは少女のほうを向いた。

「パシュトー語がわかるかな?」わたしはパシュトー語で尋ねた。

　直接話しかけられて、チュトゥキは苦しそうに息をつき、顔を隠した。「はい」

「行きなさい」わたしは川の流れを指差していった。「体をきれいにしておいで」

　チュトゥキは立ちあがり、長いことわたしを見てから、よろよろと水に向かった。わたしは着替えを終えると、残りの金を数えていくつかのポケットに分けて入れ、必要な額がすぐ手に取れるようにした。それからアディのリボルバーを確認し、弾をこめた。昨夜はチュトゥキの追っ手をまくことができたが、まだ見つかってしまう可能性はあった。

　チュトゥキはおなじブルカを着たまま戻ってこようとして、途中で足を止め、目を丸くしてわたしの武器を見つめた。わたしはそれをポケットにしまい、チュトゥキが着られそうなものがないかと袋のなかを探った。足まで届くローブとして使えそうなクルタを見つけ、彼女のほうへひょいと放った。

　チュトゥキはそれを受けとり、確信の持てないような顔でブルカの裾を持ちあげた。

「それは捨ててしまいなさい」わたしはいった。チュトゥキを捕らえていた人間への嫌悪が、どういうわけかそのブルカと結びついていた。それに実際問題として、そのブルカを着ていないほうが見つかりづらくなる。

「父さん《バオ・ディ》」着替えが済むと、小さな声が呼びかけてきた。わたしのクルタを着てウエストで寄せて留め、幼い少女は濡れたもじゃもじゃの髪の隙間から大きな目でわたしを見ていた。

わたしは石塀をポンポンとたたきながら尋ねた。

「あの男は何回きみを売った？」

チュトゥキはわたしの横にちょこんと座り、頭を垂れた。「何回も」その声は糸のように細く、この若さにしてはありえないほど疲れていた。チュトゥキは濡れたブルカを絞り、乾かそうとして肩にかけた。

アディとダイアナに、いったいどうやってチュトゥキのことを説明したらいいだろう？　アディの父親なら、この苦渋の判断を理解してくれるかもしれない。おそらく、バルジョールがミス・ピルーを救いだしにラホールへ来たとき、少年だったカシムもおなじような孤児だったのだろう。

線路と川に挟まれた道を歩きはじめると、チュトゥキはわたしの隣を歩こうとはせず、二メートルほどうしろをついてきた。わたしが質問をすると、チュトゥキは大声で答えた。

いくつかわからない単語はあったものの、だいたいのところは理解できた。チュトゥキの両親は亡くなり、おじが彼女を結婚させようとした。しかし結婚にはいたらず、代わりに斡旋人《アルカティ》に売られてしまった。チュトゥキが聞き取れないほどの小声でその話をするので、そのことはそれ以上訊かなかった。

「親類はいるのかい？　きょうだいは？」わたしは思いきってそう尋ねた。

「はい、バオ・ディ」チュトゥキはいった。「だけどわたしがいても困ると思う。もう遅すぎる」

「だったら、きみの安全を守ってくれそうなおじさんか、おばさんは？」

答えはなかった。しばらくして、チュトゥキはいった。「いまは、あなたがわたしの夫なの？」

わたしは草の上に腰をおろして胡坐《あぐら》をかき、チュトゥキが追いついてくるのを待った。先ほどとおなじように、チュトゥキはわたしの横に座り、なにやらぼんやり考えこみながら道を見渡した。

「チュトゥキ、きみはわたしの妹だ、わかったかい？」口に出したとたん、それが正しいことに思えた。

ほんの何日かまえ、ダイアナに嘘をついてみてといわれてつくり話をしたとき、わたしには妹がいて、デリーの役人と結婚したといった。おかしなもので、いま、運命がわたしの人生に妹を一人寄こしたのだ。

チュトゥキは細い腕で膝を抱え、その膝に顔を押しつけた。泣いていた。慰める方法を思いつかなかったので、わたしは静かな川のつぶやきに耳を傾けていた。

しばらくして、チュトゥキの足に目を留め、わたしは身を固くした。なにかが滲《にじ》み、小さな爪先にこびりついていた。

「これはどうした？」わたしは足に手を伸ばしながら尋ねた。

チュトゥキはうめき声をあげて足を引っこめ、服のなかにたくしこんだ。

「チュトゥキ」

答えはない。

「見せなさい！」

やさしさでは通じなかったのに、厳しい声を出したら通じた。チュトゥキはわたしのほうへ足を突きだした。両手で小さな踵《かかと》を受けると、足の裏が血で汚れているのが見えた。泥汚れを払うと、足裏の指のつけ根を横切るように切り傷がついていた。深くはなかったが、歩いたせいで傷がまた開いている。新たに血が染みだし、見る間に赤い線が濃くなった。もう一方の足にもおなじような傷があった。

昨夜は長時間歩き、道には砂利もあった。この子を追っ手から引き離すことに必死で、なぜそんなに後れを取るのかと尋ねなかった。二回待ったあと、待ちきれなくなって戻り、急《せ》かしてしまった。なにを踏んでしまったのだろう、しかも両足で？

それからどういうことか気づき、信じられない思いだった。あのときはわからなかったが、少女の所有者の薄笑いには悪意がこもっていたのだ。あの男は知っていた。

あの男は、少女が歩けないことを知っていた。自分でそうしたのだから。

チュトゥキをおぶって泥道や草深い小道を十五キロ以上進み、正午ごろにルディアナの野原に着いた。ブルカを破いてつくった包帯を巻いてはいたが、チュトゥキの足が治るまでには何日も、下手をすれば何週間もかかりそうだった。軍にいれば、こうした傷にかけるためのウイスキーが手近にあっただろう。しかしいまここにはなかったし、酒を売っているような場所は子連れにはふさわしくなかった。

遠くに並ぶ煉瓦の家が手招きしていた。籠を持った村人たちが通りかかり、食べ物を売ってもらえないかと話しかけたときだけ足を止めた。だが、彼らはなけなしの食糧を売ろうとはしなかった。朝からなにも食べていなかったので、わたしは足を速めてバザールへ向かった。食事をしたあとに、チュトゥキの足の怪我を消毒するための塩を買うつもりだった。

「ここにいるんだ」わたしはそういって、市場のそばの壁にチュトゥキを座らせた。

「バオ・ディ！」悲しげな泣き声が返ってきた。チュトゥキは必死で小さな手をバタバタさせながらいった。

「一緒に連れていって」チュトゥキはすすり泣いた。

「ほんのちょっとしか食べないから。約束する《カサム・シー》」

怒鳴りつけても無駄だった。さらに激しく泣いただけ。わたしに見捨てられると思っているのだ。

「だったら来い」わたしは唸るようにいい、チュトゥキは足を引きずりながらついてきた。運ばれるのをいやがり、足をかばいながら自分で歩いた。

兵士には、痛みはたびたび訪れる。だからわたしはそのしるしを知っていた——固く引き結ばれた青白い唇、痛みを逸らすことに集中してこわばった顔に浮かぶ汗。二人で市場に向かうあいだ、チュトゥキは我慢強く耐えた。

買物をしながら、箱や石を見つけては、座るようにとうなずいてみせた。食糧の入った袋は心地のよい重さになった。リンゴ、新聞紙に包まれた調理済みの肉、それにトマトも加わった。トマトは、真っ赤に熟した実からチュトゥキの目が離れなかったから買ったのだ。

食べ終わると、靴職人《モチ》の露店に行った。革の履き物を掛けた壁のそばで、職人が胡坐をかいていた。

「この子に合いそうなものがあるかね？」わたしは尋ねた。

靴職人はチュトゥキの包帯を巻いた足を見て顔をしかめた。それから顔もあげずに一足のサンダルを壁から外し、わたしたちのまえに落とした。

「三ルピー」修繕作業に戻りながら、職人はいった。

チュトゥキは懇願するかのような、抗議の声を出した——このサンダルを履くために、包帯を外さなきゃ駄目？わたしは小声で悪態をついて、包帯を巻いたままの彼女の足をサンダルに押しこみ、金を払った。

次に、ブランケットを二枚買おうと値段の交渉をした。丘陵の上にあるシムラーはここより涼しいのだ。小さな手がわたしの背中に触れた。

「バオ・ディ」チュトゥキが囁き声で五ルピーねだった。

わたしは金を渡した。わたしの取引が終わっても、チュトゥキはまだそばにいた。痛みを半分にするために一方の足で立っていた。「なにを買ったんだい？」わたしは尋ねた。

チュトゥキは首を振って指差した。わたしが一緒に行かなければ駄目らしい。鍛冶屋《かじ》で、チュトゥキは脚のついたどでかい鉄鍋を選んだ。運ぶときの重さを考えてわたしはうめき、首を横に振った。

チュトゥキはくすくす笑った。手で押さえられて少しくぐもった、小さくて愛らしい声だった。アディがなにかいったときに笑うダイアナのような。フラムジー家の人々とともにしたあの朝食も、外の緑からの木漏れ日も、何カ月もまえのことに思えた。いまは押さえつけるような日射しが注いでいた。容赦なく、砂埃にまみれて。

横にいる少女に手を引っぱられ、現実に引き戻された。鍛冶屋にじっと見られていた。なにがほしいんですか、と質問されたのに答えなかったからだった。

チュトゥキは妥協して、わたしの手ぐらいの大きさのスキレットを選んだ。それから小麦粉一袋と、塩少々と、マッチ三箱を加えたので、浪費ぶりに顔をしかめつつ金を払った。こうして荷物が増えたので、その日はあまり進めなかった。

線路が南へ曲がると、わたしたちは砂埃の道をたどって東へ向かった。荷物の袋と小さなチュトゥキが足《あし》枷《かせ》になり、慎重な速度でしか歩けなかった。ヤギや雄牛がわたしたちを追い越していった。

日が沈むと、道路から見えない場所でキャンプをした。チュトゥキが火をおこし、やがて焼きたてのロティの香りがあたりを満たした。腹が鳴り、フラムジー夫人のピラフやフィッシュ・カレーが思いだされた。

チュトゥキが焼いた薄くて円いパンを買ったラム肉と一緒に味わった。その後は文句をいうのをやめた。チュトゥキは料理ができた。そして自分のためになにかを買うよりも、二人が生き延びるための手段を選んだのだ。

シムラーまでは、あと一週間といったところだ。農夫の荷車にでも乗せてもらえれば、もう少し短いだろう。それに少々楽になるかもしれない――チュトゥキの足も、わたしの肩も。

しかし残念ながら、まさにこの翌日に、わたしたちはさらなる困難に直面した。

32

翌日、わたしたちはサトレージの土手で足を止めた。最初の晩以来、チュトゥキの追っ手は見かけなかったが、それでもまだわたしは用心していた。このまま川をたどって東へ向かい、ループナガルで川が北へ曲がったら、丘陵や茶畑を横切って安全なシムラーへ行くつもりだった。

夕闇のなかでダイアナに別れを告げ、ボンベイを発ってから、もう何日も経っていた。ダイアナはもうシムラーに到着しただろうし、もしかしたらラホールの混乱の話も耳にしたかもしれない。ボンベイで電報を待っているアディは、きっと心配していることだろう。

川との境界をなす低い堤防にチュトゥキを座らせた。

チュトゥキは夕食の支度をはじめ、そのあいだにわたしはクルタを脱いで、水浴びをしようと土手をくだった。太陽は一日中じりじりと照りつけた。わたしは肩が痛かった。川はなめらかな岩のまわりで泡立ち、渦を巻いていた。腰までの深さの場所に立ち、夕方になってゆるんだ空気を吸いこみながら、石鹸の代わりに一握りの砂で体をこすった。平和だった。

「バオ・ディ!」チュトゥキが叫んだ。

かん高い声で悲鳴をあげながら、チュトゥキはなにか小さい、乱暴な動きをするもの――わんぱく小僧か?――を相手に身をよじったり、蹴りつけたりしていた。わたしは慌てて戻ろうとして、水のなかをバシャバシャ歩き、岩ですべった。びしょ濡れのズボンが邪魔になった。

服をむんずとつかみ、痩せこけた悪党をチュトゥキから引き剝がした。布の束程度の重さしかないその悪党は尻もちをついた。チュトゥキの横に膝をつきながらも、ちょっとかわいそうなことをしたかなという思いが頭をよぎった。

「怪我はないか?」

わたしたちのなけなしの食糧を守るために、この子はなんと勇敢に戦ったことか! チュトゥキの驚いたような返事を、ほんの数センチ左から聞こえた音が遮った。

カチッカチッ。銃を撃とうと撃鉄を起こす音だ。

顔をあげると、拳銃の銃口を覗きこむことになった。アディのリボルバーが、すぐ撃てる状態になっている。息が喉で詰まった。緑色の目をした少年が、両手で銃を構えていた。

「撃つな」わたしは両手を広げて見せながらいった。

十歳くらいだろうか、ひどく痩せ、こわばった顔をしている。弟がわたしをチュトゥキのほうへおびき寄せているあいだ、堤防の向こうに隠れていたのだろう。そして姿を見られることのないまま、川のそばに置いてあった服からアディのリボルバーを引っぱりだし、わたしに奇襲をかけたのだ。

すばやい動きで銃をつかんで、取りあげることもできただろう。だが、もし少年が引き金を引いたら、近すぎる場所にいるチュトゥキに当たるかもしれない。仮に当たらなくとも、広い範囲に音が聞こえてしまうだろう。ほかにも、わたしを躊躇させるものがあった――必死になるあまり細められたあの緑色の目には、それでも誇りがあり、少年は不安と決意のはざまで一人前の男になろうとしていた。

顔立ちの整った少年で、頭にはターバンを雑に巻いており、ゆったりしたカフタンはウエストで絞ってあった。盗人だろうか？　盗賊の一味？　だとすれば、音が聞こえたらほかの仲間がわたしたちに襲いかかるだろう。

チュトゥキを襲撃した少年――おそらく七歳か八歳――が、緑の目の少年の横に並んだ。

わたしが動かずにいると、少年は拳銃をおろして座りこんだ。弟がフライパンの上で焼けているロティを指差して、ぼそぼそとなにかいった。次に、背後で赤ん坊の泣き声がした。わたしは驚いてふり返った。三番めの少年が包みを抱えて現れた。そしてその包みを岩の上に置くと、堤防をよじ上ってこちらへ来た。

わたしは信じられない思いで三人の少年を凝視した。一番年下の子供は赤ん坊を連れている。わたしは子供たちの一団にカモにされたのだ！

長いこと誰も口をきかなかった。そのあいだ、赤ん坊の泣き声だけが打ち寄せる波のように響いた。とうとう赤ん坊の声がチュトゥキを正気に返らせた。チュトゥキは赤ん坊を抱いて、フライパンのそばにひざまずいた。小声でハミングしながら、チュトゥキはロティをちぎってしゃぶり、赤ん坊に与えた。沈黙がわたしたちを覆った。

まだ撃たれていなかったので、わたしはホッとして堤防にもたれた。旅が妙な展開になってきた。乾燥した葉をカサカサ鳴らしながら、悪党どものリーダーがわたしの横にやってきた。

「銃を返してもらえるかな？」わたしはパシュトー語で尋ねた。

少年は疑わしげな目で睨みつけてきたが、やがて銃を寄こした。床尾をこちらに向けて。

ひとたび撃鉄を戻すと、ようやくゆっくり息がつけた。この銃を貸してくれたとき、アディもこんなことになるとは思わなかったにちがいない。

年下のわんぱく小僧二人がわたしたちのまわりに寄ってきて、興味深そうに覗きこんだ。この子たちはどこから来たのだ？　三人のうち一番年下の少年は裸足で、シャツも着ておらず、ズボン代わりに不恰好な腰《ドー》布《ティ》だけを身に着けており、たぶん五歳くらいだった。まんなかの少年は皺だらけのズボンを穿き、破れたクルタを着ていて、顔中そばかすだらけだった。三人とも汚らしい恰好だったが、垢《あか》まみれでもまったく不快に思っていないようだった。

「おなか空いた」五歳くらいの少年がいい、手の甲で鼻をぬぐった。その小さな動きが、わたしを捕らえていた妙な呪縛を解いた。

だんだん面白くなってきて、わたしはチュトゥキのほうを向いていった。「妹よ、この子たちに食事をつくってやる気になるかい？　まあ、盗賊だけどね」

年下のほうの少年がくすくす笑った。リーダーは悪びれた様子もなくにやりとして、頭を掻いた。チュトゥキはシーッといって、赤ん坊を揺すった。それからそのくさい包みをわたしの膝に置いたので、わたしは大いにうろたえた。チュトゥキがもっとロティを焼こうと両手でピシャリピシャリとタネを形成するあいだ、彼女のそっけない態度に牽制《けんせい》された少年たちは、見事な〝休め〟の姿勢を保った。

赤ん坊はわたしの腕のなかで鼻をふんふんいわせた

り、身をよじったりしていた。おまけに小さな手を伸ばしてつかもうとしてくる。小さいわりに重いことにいくらか驚きながらも、ぎゅっと引き寄せるとおとなしくなった。こんなに幼い乳児を抱いたのは初めてだった。

「きみたちはどこに住んでいるんだい?」わたしは小さなリーダーに尋ねた。

少年は肩をすくめた。

「お父さんはどこにいる? きみの村はどこだ?」

「パターンコート」少年は答えた。

パターンコートといえば、ずっと北のほうにある山のなかの要塞町ではなかったか? 名前は聞いたことがある——軍の補給地点の一つだった。

「ぼくはラザーク」リーダーの少年はそう名乗り、次いであとの二人を指差した。「こいつらはパリマルとハリ」

「誰から食事をもらってる?」わたしは尋ねた。三人は肩をすくめ、答える代わりににやりと笑ってみせた。

チュトゥキが焼けたロティを火からおろし、手渡してきた。わたしは片手でそれを受けとり、少年たちの垢まみれの顔を眺めつつ、手の上で弾ませながらふうふう吹いて冷ました。一番年下のハリが、飢えた目で見つめながらにおいを嗅いだ。喘ぐように呼吸をするたびに、あばら骨が浮きあがった。

わたしはそのパンを三人に分けた。それから袋に手を伸ばしてリンゴを取りだし、少年たちに放った。リンゴを食べるために争う必要がないことを見て取ると、三人は驚くほどのすばやさで自分の分に飛びついた。

「これは誰の子だ?」乳児を動かして起こしてしまうのは気が進まなかったが、わたしは尋ねた。

ラザークは肩をすくめた。「泥のなかで見つけたんだ。今日の朝」

「見つけたんだって!」

三人がいっぺんにしゃべりだしたところを整理する

と、馬小屋の裏のごみを漁っていて見つけたらしい。赤ん坊子供たちにはそこがどこかはわからなかった。この三人がいなが捨てられていたので拾ったという。ければ、赤ん坊は死んでいただろう。

「母親はどこだ？」

ラザークは首を振った。「なんだろう、と思ってさ。袋が動いてるのが見えたから、あけてみたんだ」

わたしは次々質問したが、子供たちには答えられなかった。赤ん坊を返すべきだとわたしが主張すると、わんぱく小僧たちは動揺して手をバタバタ動かしながら抗議した。

ラザークが恐怖に駆られた声で叫んだ。「兵士を見たんだ。ぼくたちは嫌われてる」

「イギリスの兵士だったかい？」イギリスのことは、地元の人々がするように〝アングレーズ〟と発音した。

希望が胸のなかでかたちを取りはじめた。

ラザークは首を横に振った。「パターン人だった」

畜生。まわりじゅうに敵がいて、現金はあまり残っておらず、三人の少年と怪我をした少女と赤ん坊を連れているとは。新しい計画が必要だった。

男の子たちが川に入ってはしゃぎ回るのを見ながら考えた――次の村で寺院に預けるべきだろうか？　いや、どうせ逃げだして放浪するだけだろう。寝る支度をしながら聞いた話では、ラザークは村の親戚と一緒に南へやってきたのだが、べつの民族との小競り合いに巻きこまれてはぐれてしまったという。年下の少年二人は祭り《メーラ》で両親を見失ったらしい。二人が腹を空《す》かしているところを、ラザークが見つけた。三人はモンスーンのころから一緒にいるという。半年だ――残飯を盗んで命をつなぐには長い時間だった。少年たちは兵士から隠れた。どこで、とわたしは尋ねた。自分たちの冒険を順番に話すうち、三人は眠りに落ちた。

わたしたちの状況を考えた。最年長の少年はパターンコートから来たといっていた。彼を村へ送ることはできるだろうか？　アフガニスタンの奥の田舎なので、それはむずかしそうだった。やはりシムラーに連れていくしかない。

アディはわたしの頭がおかしくなったと思うだろう。ダイアナは微笑んで首を振るだろう。カシムの謎を解くために北へやってきて、カシムのために復讐をしたがっている人間を探そうとしていたのに、いまではドクター・アジズを見つけられる見込みも、なにかしらの答えを得られる可能性も、ほとんどないように思えた。

翌朝、チュトゥキはでこぼこのスコーンを焼いた。塩の固まりが入ってはいたが、それでもうまかった。わたし同様、少年たちも彼女がつくるものならなんでも食べた。チュトゥキが薄い粥《かゆ》をつくり、布切れの端を浸して赤ん坊に与えるのを、わたしは感心しながら見守った。

ブランケットを振ってアリを落とし、キャンプをたたんだ。チュトゥキは自分で歩けるといい張った。少年たちの手前、自分一人でなんでもできるところを誇示したいのだろうとわたしは思った。中身の乏《とぼ》しくなった袋を持ちあげ、出発した。チュトゥキは赤ん坊を抱いてついてきた。少年たちはしゃべったり笑ったりしながら横を走った。ラザークが近づいてきたとき、わたしは尋ねた。「一緒に来るのかい？」

ラザークは首をすくめ、うなずいた。

「わたしを撃ったりしないだろうね？」

撃たないよ、というように首を振りながら、ラザークは探るように視線をあげた。

わたしはいかめしい顔つきを保ったままうなずいた。うしろでチュトゥキが嘲笑うように鼻を鳴らしたので、わたしは眉をあげてみせた。ラザークが笑いだした。ハスキーな、心地よい笑い声だった。

残念ながら、昼ごろにはチュトゥキが後れを取りはじめ、足が痛いと泣いた。赤ん坊をラザークに頼んで、わたしはチュトゥキを持ちあげた。チュトゥキはわたしの腕のなかで体を丸めた。歩くたびに彼女の頭がわたしにぶつかった。

少年たちに襲われてから、不安が頭をもたげていた。もしこの少年たちがアフガン人兵士だったら、わたしはおそらく死んでいただろう。そしてチュトゥキは……

……？

わたしはラザークに尋ねた。「兵士に出くわしたらどうする？」

ラザークは眉間《みけん》に皺を寄せて答えた。「ぼくたちがそいつらを忙しくさせておくから――あなたが殺して」

わたしを襲ったときとおなじ方法だ。田舎の子供たちが大人になるのは早い。

「駄目だ、隠れるんだ」わたしはいった。「年下の少年たちに隠れろとすばやく伝えるにはどうしたらいい？」

小さな将軍はにっこり笑った。そして指を二本唇に当てると、鳥がさえずるような音をたてた。年下のわんぱく小僧二人が道路わきの繁《しげ》みに飛びこんだ。もう一度鳥のさえずりを発すると、二人は急いで出てきた。

これならきっと、サットン大佐でさえ感心するだろう。ラザークはまだ幼くはあったけれど、馬の世話係か食堂の給仕係として軍が雇ってくれるかもしれない。わたしが安全なシムラーまで連れていき、子供たちを預かってくれる誰かを見つけられさえすれば。

33

わたしたちは歩きつづけた。

何日もまえから——六日？　七日？——ラホールを出て重い足取りで東へ向かっていた避難者の流れは減少していた。ある日にはココヤシの実を買い、その翌日にはクルミを買いといった具合に、手に入るものはなんでも買った。広いトウモロコシ畑を通ったときには、トウモロコシを何本ももいで、運べるかぎりの量を袋に詰めた。その後、チュトゥキは虫を捕まえて焼いた。パターン人兵士に警戒し、可能なときには十字路を避け、わたしたちはシムラーを目指してゆっくり進んだ。

「ここはどこだい？」わたしは通りすがりの羊飼い——真面目な顔で羊を追っている——に尋ねた。ループナガル、という彼の答えを聞いて元気が出た。シムラーまであと百キロ足らずだ。チュトゥキと赤ん坊のもとにラザークを残し、わたしは年下の少年二人を連れてバザールへ行った。大昔とも思える以前にボンベイでアディから渡された資金をほぼ使い果たしていたので、いまや食糧がどれも高価に感じられた。それでも少年たちに砂糖菓子を買った。子供たちがこんなに喜ぶのに、数枚のアンナ銅貨を出し渋ることなどできなかった。

その晩、チーターの低い唸り声が聞こえた。あれは高地にいる動物ではないのか？　風が不気味な音をたてながらヒュッと丘をくだっていくので、聞き分けるのがむずかしかった。小さなハリが身震いした。細い肩が震えている。わたしはリボルバーを確認し、焚火に小枝をくべて、見張りをつづけることにした。子供たちはわたしに身を寄せながら、闇の奥を凝視した。

くすぶっていた残り火が消えると、子供たちは眠った。わたしも眠った。

夜が明けると、通りかかった荷車に乗せてくれと頼んだ。御者が頭を掻いて荷車を停めると、少年たちはうれしそうな大声をあげながら干し草の山に群がった。わたしはチュトゥキを持ちあげて荷車の後部に乗せ、自分も彼女のあとからよじ上った。痛む膝を休ませることができてうれしかった。

日が暮れるころ、荷車はあばら家の並ぶ集落に着いた。御者は親切な男で、牛小屋に泊まるのを承知してくれた。わたしたちは村の井戸から水を飲み、手を洗うと、干し草と牛糞のにおいのする小屋にどっかり座って、残りの食糧を消費した。疲れきっていたわたしの小隊はすぐに横になり、心地よい牛の鳴き声のなかで眠った。

翌日は、牛乳配達の台車に乗せてもらって三十キロほど稼いだあと、御者が市場へ行くために南へ曲がったときに降りた。シムラーは東の方向にあったので、翌朝、日が昇ったほうへ進んだ。昼にはヤギ飼いがミルクを少し分けてくれて、わたしの最後の現金はチーズを買うのに費やされた。そのチーズを、わたしたちは思うがままに貪った。

いまやゆっくりとしか進めなかった。昼間は気温があがる。歩いていると、フラムジー家の人々が頭に浮かんだ。ダイアナとダンスをしたのはべつの人生の出来事のようだった。カシムとドクター・アジズを探すのも遠い冒険のように思われた。だが、もしわたしがこの遠征を引きうけていなかったら、チュトゥキはいまも捕まったまま手を縛られて、男たちの楽しみのために貸しだされていたかもしれない。ラザークとその小隊は、泥棒をしながら丘陵を渡り歩き、やがて不運に見舞われたことだろう。

一番年下のハリが疲れたといいだした。すでに赤ん坊を抱えていたラザークは、なだめてなんとか歩かせることしかできなかった。チュトゥキが自分で歩いているあいだは、ハリをわたしの肩に乗せてやった。年上の少年二人はよく喧嘩をして、互いに押しあったりした。わたしたちはたびたび足を止めた。

かわいそうに、とうとうそばかすのパリマルがくずおれた。パリマルは土埃のなかに座りこみ、大きくしゃくりあげて泣いた。わたしはハリを降ろしたが、どうしようもなかった。それからふと思いだした——パターン人の変装をしてフラムジー家の人々を驚かしたとき、バルジョールはどうやって子供を安心させていた？　バルジョールがやったように、泣いている少年を腕のなかに引き寄せる。そうやって抱いていると、パリマルの落胆が脈打つように伝わってきた。

夜明け以降、赤ん坊が泣くのを聞いた覚えがなかった。チュトゥキがスカーフの端に染みこませてミルクをやっていたと思うのだが。それが今日のことだったか、昨日のことだったかわからず、チュトゥキに尋ねた。チュトゥキは顔をしかめて、頭をわたしにもたせかけた。シムラーが遠すぎて、到着するまえに子供たちが飢えてしまうのではないかと心配だった。

「バオ・ディ！」ラザークが飛びあがって指差した。

牛の引く荷車が、わたしたちのほうにゆっくり近づいていた。ラザークは力のかぎり腕を振りながら大声で呼び、駆け寄った。

くそ。もう金が残っていない。

チュトゥキがわたしの手を引っぱり、なにか細いもの、煙草のように巻いたものを押しつけてきた——まえに彼女に渡した五ルピー紙幣！　取っておいたのだ。

これで飢えることはないだろう。わたしが笑いだすと、そばかすのパリマルはわたしにしがみつき、ハリはこちらを凝視した。わたしたちは急いで荷車に向かった。籠一杯のリンゴについて、ラザークがすでに値段の交渉をはじめていた。

夕方遅く、わたしたちは坂を上って丘の中腹に腰を落ち着け、シムラーを見渡した。沈みゆく陽が、紫色の雲に銀色の縁取りをつけるのを眺めた。ピーチ色の光が、だらしのない恰好で疲れて黙りこんだ子供たちに降りそそいだ。下のほうではガス灯がついてちらちらと揺れ、空では一面に星が瞬いていた。ダイアナが着ていたピーチ色のドレス、ダイアナの微笑み、夕闇のなかで首を傾げた様子を思いだした。いまが何日かわからなくなっていたので、ダイアナがこのシムラーにいるかどうかも定かではなかった。アディはものすごく心配しているだろう。ラホールから電報を打たなかったから。まあ、明日になればすべてわかるだろう。

翌朝、わたしたちはシムラーの検問所で馬車や椅子《ジャン》駕籠《パン》を追い越した。わたしは歩行者の列を無視して、チュトゥキを抱えたまま大股で歩いた。ラザークと少年たちも、寝ぼけ顔のままついてきた。ぱりっとした制服姿のセポイが歩行者用ゲートに配置されていた。

わたしは全速力で彼に近づいた。

「アグニホトリ大尉、第十四軽騎兵連隊所属」わたしは大声でいい、彼をぎょっとさせた。「この駐屯地の司令官は？」

「グリア大将です、サー」こちらを凝視しながら、彼はいった。わたしはひどい恰好をしていたが、そのセポイはピシッと敬礼をした。

「結構。わたしたちを通してくれ。ドクター・アジズと呼ばれる人物について、会って話をする必要があると司令官に伝えてもらいたい。わかったか？」

セポイがゲートを途中まであけると、子供たちはなかへ走りこんだ。わたしもついていった。

「アグニホトリ大尉、サー。どちらへいらっしゃいますか？」

「フラムジー家の邸宅に」足を止めることなく、わたしはいった。やれやれ、一家の人々がここにいてくれるといいのだが。

わたしの腕のなかで、チュトゥキはぽかんとしていた。わたしが英語を話しているところを聞いたのは初めてだったのだ。

34

ダイアナがドアをあけた。ブルーのストライプのサンドレスを着て、手袋をはめた手の指先から白い帽子がさがっていた。出かけるところだったのだろう。玄関まえの階段にいるわたしたちを見て、ダイアナは驚いて口をあけた。

「ミス・ダイアナ」わたしはいった。「すみません。ほかに行くところがなくて」

ダイアナは、わたしの汚れた手のなかにいる乳児と、そばに立ったぼろぼろの身なりの子供たちを見つめた。「まあ」ショックを受けたような声をあげつつ、ダイアナは一番近くにいたラザークを家のなかに引き入れた。チュトゥキがほかのみんなのあとにつづいた。鉛のように重い体で、わたしも子供たちのあとについて家に入った。額に大きなビンディをつけた恰幅《かっぷく》のいい女が赤ん坊を受けとった。人々がしゃべっていたが、なにを話しているのかわたしにはほとんどわからなかった。

到着したのだ、もう安全だと思うと力が抜け、わたしはがっくりとうなだれた。ダイアナが飛んできた。その勢いに気圧《けお》されてうしろにさがると、背中に壁が当たり、胸には気遣うような手が当てられた。ダイアナは顔を上に向けて尋ねた――大丈夫？　ダイアナの澄んだ目が輝いた。わたしが無傷でここにいることに安心したのだ。わたしにはダイアナしか見えなかった。ダイアナの安堵、ダイアナの微笑み、ダイアナの歓迎。騒がしい声が聞こえたが、遠かった――子供たちの不安そうなかん高い声。赤ん坊の大きな泣き声。

「一体全体、何事だ？」バルジョールの声が轟いた。ブルーのドレッシングガウンを着たバルジョールの姿が目に入ると、なんだかひどく安心して、膝から力が抜けそうになった。

「大尉よ。ジム大尉が来たの」ダイアナがいった。

ダイアナとわたしがこんなに近づいているのを見て、バルジョールは腹を立てただろうか？　いずれにせよ怒りはすぐに心配に変わり、バルジョールは大声で呼ばわった。「誰か、大尉を受けとめるんだ！」

ダイアナはわたしのウエストに回した腕に力をこめ、しっかりと支えた。なんとか自分の足で立っていようとしたのだが、感謝と、ダイアナが世話をしてくれる喜びと、そしてなにより安堵で胸がいっぱいで、めまいがした。バルジョールのことも好きだった。彼の意見は大事だった。

使用人が呼ばれた。フラムジー夫人がその場を取り仕切り、わたしが断片的な説明を口走るのを、あとでいいからと止めた。ダイアナとその両親は、子供同士を引き離そうとするとすぐに泣きだしてしまうのを見て取った。そこでわたしたちは揃《そろ》って白いタイル張りの洗面所に行くことになり、洒落た形のシンクで手と顔をゴシゴシ洗った。小さなハリの顔を石鹼で洗ってやっていると、ハリは泡をなめた。ラザークは指を冷たい水に浸しながら、驚いた顔で何回も蛇口をひねって水を出したり止めたりしていた。

　においと、なにかをジュージュー焼く音にさんざんじらされた末、わたしたちは囲いのあるポーチにみんなで座り、ジャガイモの炒め煮《サブジ》を大量に食べた。厨房から無限とも思われる量の熱い揚げパン《プーリー》が出てきた。少年たちは口いっぱいに頬張った。パリマルは慌てて呑みこもうとするあまり喉を詰まらせ、むせてしまった。

「落ち着け！」わたしはパシュトー語でいった。

　ダイアナは簡易ベッド《チャルポイ》に座って、ハリを膝の上にだっこしていたのだが、わたしの命令口調を聞きつけてさっとこちらを向いた。少年たちはプーリーを握ったまま、心配そうな目をわたしに向けてきたが、野生の獣のようにガツガツ食べるのはやめた。

　ラザークが泣きだした。肩を震わせ、頭を垂れて、手からプーリーが落ちた。リーダーであり、抜け目のない小さな盗っ人だったラザークが動揺しているのを見て、年下の少年たちも泣き声をあげはじめた。

　そっと悪態をついて、わたしは痩せこけた少年を引き寄せた。ハリがダイアナの膝から転がるように降りて、わたしたちのほうに身を投げだした。パリマルも体ごとこの混乱に加わった。ダイアナはあっけに取られて動きを止めた。

「チュトゥキ！」

　チュトゥキは厨房から足を引きずりながら入ってきた。いままでコンロのまえで働いていたのだ。食べもせず、足を休めもせずに。わたしは絡まりあった子供たちの上からチュトゥキに微笑みかけた。「ちょっと助けてもらえないかな？」

舌打ちをして、チュトゥキは一人を引き剝がし、慰めて席に着かせ、また一人を引き剝がしにかかった。

静かになった。「食べなさい」わたしはそういって、チュトゥキに金属の皿を渡した。チュトゥキは座り、プーリーにジャガイモをはさんで齧りついた。

「この子たちをどうするつもり？」ダイアナは妙な表情をして尋ねた。

「まず、風呂に入れようと思います」何日も荒野で過ごしたせいで、わたしたちは肥やしと汗のにおいをさせていた。

ダイアナは鼻に皺を寄せて同意し、口を皮肉っぽく歪めて笑みをつくった。「で、そのあとは？」

わたしはかぶりを振った。「まだそこまでは考えていないんですよ」

ラザークが音をたてたので、わたしは注意をそちらに向けた。ラザークは身を固くして、わたしを凝視していた。

「どうした？」わたしはパシュトー語で尋ねた。

「イギリス人なの？」ラザークは囁き声でいった。

そうか。「ちがうよ、わたしはイギリス人じゃない」わたしは答えた。「こちらのきれいな女性もちがう」ラザークが納得したかどうかはわからなかった。わたしが言葉を変えて話すのが、ラザークを不安にさせるようだった。

フラムジー夫妻はラホールからの旅のことをわたしに尋ね、道行きの苦労に同情してくれた。わたしがボンベイを発ってから、十六日が過ぎていた。ラザークがわたしのリボルバーを握って声をかけてきたのだと話すと、ダイアナは喉を鳴らして大笑いした。

こんなふうにダイアナが発する音を、ずっと聞きたいと思っていた。

食事のあと、ダイアナが少年たちの世話を引きうけ、風呂の準備をしてくれた。少年たちがぼろ布を脱いだあとに、着せる服も見つかった。食事をして元気が出たので、ラザークとわたしで年下の少年たちを大きなバスタブに入れた。二人がバシャバシャ水をはねかすので、びしょ濡れになった。パリマルは、わたしがゴシゴシ頭を洗ってやっているあいだ、くすくす笑いながら石鹼の泡を吹いていた。わたしたちの攻撃により、そばかすの大半が消えた。次にラザークが風呂に入り、一人でできるといい張った。

チュトゥキは女たちと一緒に姿を消していたので、わたしは彼女の足のことをダイアナに告げ、よろよろとポーチに戻った。低い枠に粗《あら》く紐を張っただけの簡易《チャルポイ》ベッドで体を伸ばし、わたしは眠りに落ちた。

目が覚めるとポーチにいた。午後の光が籐《とう》製の日除けで弱められていて快い。厨房から、かすかな話し声とスパイスの香りが漂ってきた。わたしたちはシムラーに着いたのだ。いまはフラムジー一家と一緒にいる。一息ごとに体が軽くなるように感じられ、わたしは伸びをした。パターン人のラシード・カーンでもなく、ボンベイで扮したほかの誰でもなく、またジムとして胸を張っていられるのはすばらしかった。

眠っているあいだに誰かがわたしのブーツを脱がせ、足を洗ってくれていた。まだ軍にいるのだとすれば、これは当番兵の仕事だった。

「目が覚めたのね」ダイアナが入ってきて、穏やかな顔でいった。薄いブルーのサリーを着て、たっぷりした巻毛をリボンでうしろに束ね、異国情緒のある絵のような姿だった。ダイアナがサリーを着ているところを見るのは初めてだったし、こんなに自然に着こなせるのも知らなかった。腰のところで赤ん坊が声をたてると、不思議と家庭的な雰囲気になった。

わたしが赤ん坊に手を伸ばすと、ダイアナは身を引いた。

「駄目！　みんなきれいになったんだから。あとはあなただけ」洗面所のほうへ首を傾げながら、ダイアナはいった。

自分は物乞いのように見えているのだろうと思い、バスルームに向かいかけたが、そこで静けさに気づいて突然心配になった。「子供たちはどこですか？」

「父が馬を見に連れていった。あなたは眠るべきだと思って」その贅沢を与えてくれたことに、感謝するばかりだった。

ダイアナは赤ん坊を肩へ移動させながら尋ねた。「大尉、この子の名前は？」

わたしは動きを止めた。気をつけないと厄介なことになりそうだった。「わからないんですよ」

ダイアナの眉がパッとあがった。「でも……どんなふうに出会ったの？」

自分が聞かされたことを話すと、ダイアナはいった。「袋に入れて捨てられていたですって！」同情がダイアナの顔にくっきり浮かんだ。「あなたが眠っているあいだ、子供たちはあなたのまわりに集まっていた。女の子はあなたの手にキスしてた。みんなすごくあなたを慕ってる」

わたしはため息をつきながらひげの生えた顎を掻いた。「わたしと、そのときどきに見つかった壁のあいだに挟まって、ブランケットの上で雑魚寝《ざこね》したせいですよ。子供たちが安全だと感じられるように。さて、誰かわたしにクルタを貸してくれそうな人はいると思いますか？」バスルームに向かいながら、わたしは尋ねた。

「ああ、父がグルングを仕立屋のところへ行かせて……」

ダイアナは椅子に掛けられた服を指差した。灰色のスーツとベスト、それに灰色の中折れ帽まであった。

その寛大さに圧倒され、ためらいつつ、この服装が表すものを居心地悪く感じもした。子供たちはわたしのことをパターン人だと思っているのだ。西洋風の恰好をしても、わたしはあの子たちのバオ・ディでいられるだろうか？

「ダイアナ、これは着られません。まだ早すぎる……子供たちにとって」

ダイアナはいぶかしげに目を細くしていった。「子供たちにとって早すぎるの？　それともあなたにとって？」

いわれている意味がよくわからなかったので、ただこう返した。「お願いです。カミーズで充分です」

わたしが頼んだことを果たすために、ダイアナは軽やかに出ていった。廊下で指示を与える彼女の声が、わたしに巻きついてきた。抑え気味の響きが、そのリズムが、わたしの肌の上にさざ波のように広がり、触れられたような感触を残した。しかし、いましがたの態度はひどくよそよそしかった。家に迎えられたときの温かさを思いだし、考えた。わたしは深読みしすぎたのだろうか？

風呂に入りながら——きれいな湯に浸かるのは天国にいる心持ちだった、それにこの楕円形のなめらかな石鹸はフランス製か？——ここ数日の奇妙な出来事についてじっくり考えた。謎を解くことはつねに心に留めていて、これがいまでもわたしの第一の目標だった。しかしチュトゥキと少年たちに出会ったとき、背を向けることなどできなかった。選択こそが、自分がどういう人間であるかを決め、どうなりたいかを左右する。もしアディかダイアナが、あんなふうに惨めに売られている子供に出会ったら、二人は彼女を見捨てただろうか？　そうは思えなかった。
チュトゥキがなにを耐えてきたかを思えば、フラムジー家の人々にも同情してもらえてしかるべきだった。だが、一家の人々はチュトゥキの汚れた過去を責めるだろうか？　わたしにはわからなかった。ラザークがわたしに不意打ちを食らわせたことを話したとき、ダイアナは笑い、子供たちの度胸に感心した。ダイアナもバルジョールも歓迎を撤回したわけではないが、それでもわたしはチュトゥキの来《こ》し方について話すのは控え、「わたしがチュトゥキを見つけました。チュトゥキには助けが必要だったのです」とだけいった。上品ぶったわけではない。チュトゥキの話はわたしが語るべきではなかったし、チュトゥキを軽蔑にすら値しないと見なす人々の強硬なモラルをわたしは怖れたのだ。どうしたらチュトゥキを守れるだろう？　手を縛られてまっすぐに立ち、従順でいるしかなかったチュトゥキの小さな黒い影のような姿を思いだし、わたしは顔をしかめた。あのすすり泣きが耳に残っていた。そこにこもった深い絶望もまだ感じられた。

だらしなく伸びた髪を指でうしろに撫でつけ、灰色のカミーズと黒いベストを着てズボンを穿くと、ダイニングルームへ行った。

「アディからなにか知らせがありましたか？」フラムジー夫人に尋ねた。

わたしがサンドイッチの山を食べ尽くすのを、見るからに満足そうに眺めながら、夫人は微笑んだ。「もう列車に乗ったわ。まもなくここに着くでしょう」

それを聞いてうれしかった。アディの機転や配慮をまのあたりにできるのが待ち遠しい。それに、ボンベイからシムラーへの路線は無傷であることもわかった。わんぱく小僧どもがまだ戻っていなかったので、子供たちを引きとってくれそうな人がいないかどうか、フラムジー夫人に尋ねた。

「親御さんはあの子たちを探していないの？」夫人は尋ねた。

わたしがどうやって彼らを見つけたか話すと、フラムジー夫人はいった。「養子ということ？　どうかしら。あの子たちのカーストはわかる？　ヒンドゥー教徒はそれをすごく気にするから。キリスト教の布教団に訊いてみてもいいかもしれない」

静かな、白い塀に囲まれた布教団の施設を思いだした。わたしが育った場所だ。摩耗《まもう》してなめらかになった木の信徒席、古い本のにおい、自分用の黒板を拭いてチョークの粉だらけになった手のひら、年老いたトマス神父の輝くような笑み。トマス神父はまだ生きているだろうか？

「ミセス・フラムジー、こんなご面倒をおかけして申しわけありません」

「いいえ、面倒なんかじゃない。わたしたちは正しいことをするべきよ」夫人は笑みを浮かべた。その美しい残像は、夫人が部屋を出たあとも消えなかった。

玄関のドアが開き、騒がしい子供たちの声が入ってきた。一団はわたしに襲いかかった。もう黙りこんだり目を見ひらいたりはしておらず、話を聞いてくれと声をかぎりに要求してきた。

「静かに！」わたしはパシュトー語で怒鳴り、一番年下のハリを抱きあげて、いままでなにをしていたのか尋ねた。

ハリは顔をほてらせていった。「馬を見たんだよ。ぼく、馬に触っちゃった！」ハリの髪は、いまはきちんと梳かされていた。顔立ちの整った子供だったが、ほかの子たちとおなじくガリガリに痩せていて、肩の骨が目立った。

あの砂埃の道にいたときには、ハリは軽くてやわらかいお荷物で、短い腕をわたしの首に回したり、肩に乗せればわたしの髪をつかんだりした。少年たちのあいだのおふざけや、チョウを追いかけたりカブトムシを捕まえたりするときのくすくす笑いには、わたしも慣れてきた。あの最後の午後だけは、刺すようなつらい記憶として残っていた――パリマルのすすり泣きと疲労、飢餓状態に近かった子供たち。この小さな一団には、頼れる者など誰もいなかった。それはわたしもおなじだ。ハリのおしゃべりを聞きながら考えこんだ。わたしはこの子たちを布教団に送ることができるだろうか？　だいたい、わたしはこの子たちと離れられるのか？

誰かがドアをたたいた。ハリが不満そうにぐずり、わたしに回した腕に力をこめた。

フラムジー夫人が心配そうな顔で戻ってきた。「兵士が二人、あなたに会いたいって」

ハリを抱いたまま、誰がわたしを呼んでいるのか確認しにいった。

ベルトを締めて手袋をはめ、きちんと防暑帽《ピスヘルメット》をかぶったセポイが二人いた。フラムジー家の客間では小さく見えた。二人はこちらを凝視した。まちがいなく、わたしが〝現地化した〟と思っているのだろう。軍ではよくないこととされていた。二人は敬礼をしなかった。一人がいった。「アグニホトリ大尉ですか？　グリア大将からの伝言を申しあげます。あなたと面会なさるそうです、サー」

昨日、番兵がいた場所で、ドクター・アジズについて駐屯地の指揮官に尋ねたい旨の伝言を送ったが、こんなに早く反応があるとは思ってもみなかった。もしかしたら、ドクター・アジズはシムラーにいるのかもしれない。

下に降ろすと、ハリは顔をくしゃくしゃにした。ポンポンと頭をたたいても、なんの慰めにもならなかった。

「ラザーク、ハリを頼んだよ」わたしはそういって、大将に会いに出かけた。

35

シムラーの駐屯地は、塀に囲まれた十万平方メートル以上にわたる広い敷地を占有していた。兵舎の列がまっすぐに並び、高い山々が湖を見おろしている。わたしについたセポイの護衛は、馬車が重警備のゲートを抜け、堂々とした柱の並ぶ大建造物のまえで停まるまでなにもいわなかった。一人がわたしを案内して大きなロビーに入り、彫刻の施されたチーク材のドアを通って、木の壁板が張りめぐらされたホールへ進んだ。ホールは葉巻と、オイルを塗られた革と、真鍮《しんちゅう》磨きのにおいがした。

「アグニホトリ大尉です、サー」野外用の軍服を着た士官の一団に向かって、護衛のセポイがいった。

テーブルに身を乗りだしていた背の低い士官が明らかに指揮官だった――グリア大将だ。壮健で、身なりもよく、真鍮のボタンはどれもピカピカに輝いている。その大将がふり返って、驚いたような青い目をわたしに向けた。わたしのほうは長くゆったりしたカミーズを着て、ひげを生やし、無帽で、伸びた髪が背中に垂れて物乞いのようだったから、大将が期待した士官ではなく、現地人に見えたはずだった。

入れといわれなかったので、わたしはドアのそばに立ったまま、手を胸に当てるパターン人の挨拶をした。民間人の服を着ているときに敬礼はしないものだ。

「退役したのか？」グリア大将はわたしの普段着姿に眉をひそめながらいった。

「イエス、サー」

「ブライアン・サットンの下で働いていたんだな？」

「イエス、サー」

「前線から六人の男を連れ帰った？」

「五人の子供です、サー。一番年上が十二歳です」

べつの士官がわたしに聞こえない声でなにかいった。たぶん、わたしの英国人らしい話しぶりと現地人の服装のギャップが彼らを当惑させているのだろう。

グリア大将が用件をいった。「きみはパターンコートに行けるかね？」

「パターンコート？」わたしは驚いて尋ねた。呼び出しを受けて、ドクター・アジズに関する知らせが聞けるのかと期待したのだが、ここではなにかもっとべつのことが進行中だった。

士官の一人がグリア大将になにやら耳打ちした。それで大将は軌道を修正して、こういった。「ドクター・アジズを探しているそうだな？」

わたしは背筋を伸ばした。あの医者の居場所を知っているのか？「イエス、サー。どこにいるのですか？」

士官たちと身を寄せあって相談したあと、グリアはいった。「偵察兵が必要なのだ。短期間の任務に就いてもらえないかね？」

任務！疲労困憊《こんぱい》の旅が終わったばかりだというのに。「いいえ、サー」

もう少しへつらうべきだったのかもしれない。いかにも残念そうに断るとか。しかし突然の話だったのだから仕方がない。わたしの答えを聞いて、グリア大将の顔が暗くなった。大将は顔をしかめながらわたしを観察していた。わたしと口論するような理由はないはずだったが、そんなことにはあまり意味がなかった。駐屯地では、指揮官の言葉が法なのだ。

グリア大将はいった。「きみが探している男、ドクター・アジズは、ハドリー少佐率いる第二十一グルカ・ライフル隊と一緒にいる。きみに隊を連れ戻してもらいたい」

それならわたしの目的にもかなっていた。しかし先ほど身を寄せあってすばやく相談していたところがちョっと引っかかった。「隊はパターンコートにいるのですか？」

グリアが爆発した。「くそ、忌ま忌ましい、腹の立つやつだ！　質問ばかりしおって！　われわれはいま困難な状況にあるのだ……」歯を食いしばり、グリアはテーブル上の地形図を身振りで示した。赤いピンが英国の実効支配線のしるしだった。それを見ると、カブールへの道のなかばにあるパターンコートの特徴的な丘陵は、アフガニスタンが占領する地域の奥深くにあった。

「パターンコート要塞ですか？　隊はそこでなにをしているのですか？」わたしは尋ねた。

「補給地点を守っている。だが、今回のごたごたが起こったときに孤立してしまった」

アフガニスタンのいくつかの民族が武器を持って立ちあがったのは知っていた。英国の部隊との小競り合いがつづいていた。敵の数のほうが上回っていたので、第二十一連隊は西へ退却してラホールへ到達したのだが、足留めを食らったハドリー少佐のグルカ隊を残してきたことに気づかなかったのだ。

「わたしは東へ二百四十キロ移動してきたばかりなのです」――人差し指を二本使って、その距離を地図上で示した――「今度は北へ行けというのですか？」

「百六十キロほどだ」

わたしは相手を凝視した。「救出隊はどこに？」

「それをきみが連れていくんだよ」

わたしが動揺するのを見て、グリアは歪んだ笑みを浮かべた。わたしは手のひらを見せながらうしろにさがった。

「できません、サー。わたしの任期は終わりました。おそらく、ほかにできる人がいると思われますが」

グリアの口ひげが逆立った。わたしの拒絶が彼を苛立たせるのだ。仮にわたしの上官だったら、ただ行けと命じるだけでいいのだから。グリアは地図をトントンとたたいた。「前線は大混乱だ。誰か、つい最近そこにいた人間が必要なんだ。きみはアジズに会いたいんだろう。私は隊の連中を取り戻したい」

パターンコート周辺は断崖線の密集する危険な地形だった。ドクター・アジズはカシムにつながる唯一の線であり、謎の根の近くにいる存在だった。もしアジズが敵の手に落ちたら、あるいは死んでしまったら、わたしの最後の糸が切れてしまう。しかしパターンコートだって？　正気の沙汰ではなかった。

「何人残されているのですか？」

「ハドリーと、グルカ兵十名、それに医者だ」グリアはロひげを撫でつけながら答えた。

わたしは等高線を吟味した。どうやら未踏の辺境地域を通ることになりそうだった。騎兵隊はスピードが命なのだ。偵察には向いていない。遠くから姿を見られ、岩だらけの道で難儀しているうちに撃たれるのがおちだろう。

「自殺行為です」わたしはいった。

だが、わたしだけならどうだろう？　マリッカのような駿足の雌馬に乗って、ガチャガチャとうるさく音をたてる騎兵隊列を連れていなければ？　マリッカなら縫うように小道を駆け抜け、わたしをパターンコートへ連れていってくれるだろう。しかし帰ってこられるのか？　歩兵隊を連れて？　不可能だ。だいたい、どうやって彼らを見つけたらいい？

「隊は、正確にはどこにいるのですか？」

「補給地点は古い要塞のなかにあった。トンネルがたくさんあると聞いたよ」

もし彼らが生きていれば、ドクター・アジズを見つけられるかもしれない。希望の指がわたしの胸を突いた。「馬は連れていますか？」

「数頭いたはずだ、最後に聞いたときには」

「それはいつですか？」

「四日まえだ」グリアはしかめ面をした。「ハドリーが一人脱出させたんだ、攻撃の的になったときに。弾薬庫を捨てねばならなかった。その後は、なんの連絡もない」

小競り合いの話を詳しく聞いたのはこれが初めてだった。いままで一言もいわなかったではないか。食えない大将だ——事実をほとんどなにも知らせずにわたしを送りだすつもりだったのだ、完全に準備不足のまま。おそらくわたしがなにを考えているか察したのだろう、グリアは顎を突きだしていった。「仕事を引きうけるかね？　ええ？」よほど差し迫っているとみえ、グリアは声を大きくしていった。「やってくれ！　報酬は言い値で払う」

グリアの視線がわたしを押した。探り、評価し、性格を判断しようとしている。わたしの記憶のなかでなにかがちらついた——ラザークだ。一番年上のあの少年は、パターンコートの出身だった。父親と一緒に要塞に羊を売りに行ったといっていなかったか？　川や道を知っているだろうか？　あの子の村の男たちなら確実に知っているだろう。

気がつくと呼吸が荒くなっていた。手で肋骨の上を押さえ、成功の確率がどれほどあるか考えた。勝算はあまりなかった。

「わたしでは力不足です。しかし任務そのものは不可能ではありません。スピードの出せる騎兵なら、山間《やまあい》の道をたどってパターンコートに到達し、隊を見つけられるかもしれません。すばやく動けば、行って帰ってこられる可能性はあります。運がよければ」

グリアは息を吐き、握りしめていた両手を開いた。「選択の余地があるなら、きみに頼んだりはせん。隊は孤立し、立ち往生している。すぐに行動を起こす必要がある」

疲れ、年老いたように感じながら、熱をこめずにわたしはいった。「すでに全滅している可能性もあります」

グリア大将は同意したが、それでも譲らず、挑むように顎を突きだした。ふと、昔の上官もおなじことをしたのではないかと思った。サットン大佐も、取れる手段は最後の一つまで試しただろう。威張り散らし、交渉し、避けられないとなれば脅迫さえしただろう。

四日——救援を待つハドリーの隊にとっては永遠ともいえる時間だった。カラチを思いだした。壁のそばでスミスと身を寄せあい、顔を石に押しつけ、口のなかには血の味がした。畜生。隊を置き去りにすることなどできない。もう二度と。「四日経っているんですね？」

「仕方なかった」グリアは認めていった。「大きな軍事行動を起こす危険はおかせなかった」

グリアの視線を追って、地図上の赤いピンがつくる線を見た。南から増援部隊が到着するまでは、ドクター・アジズを取り戻すのに必要な人員を割くことができないのだろう。

わたしが頭を垂れると、グリアは自分が勝ったことを知った。

任命書が作成されているあいだに、わたしたちはさまざまな条件を詰めた。

「大尉ではなく、偵察兵として危険手当が出る、当然だが」グリアは紙に書きつけながらいった。「バートン少佐をリーダーとして、八名の騎兵を同行させる」

それではまっすぐ小競り合いに飛びこむようなものだろう。「いいえ、サー」わたしはいった。「必要なのは駿足の馬二頭だけです」

グリア大将はパッと顔をあげた。「なに？　一人で行くつもりか？」

「いいえ、サー。現地出身の少年を連れていきます。土地勘がありますから」

グリアがいまの話を消化しているあいだに、わたしは残りの必需品のリストをつくり、明日発ちますといった。

それに対してうなずきながら、グリアは質問事項の一覧を先へ進めた。「寡婦年金は必要か？」

「イエス、サー」

グリアは顔をあげた。「結婚しているのかね？」

「したいと思っていました、この遠征が決まるまでは」顔から笑みが引っこんだ。ダイアナとわんぱく小僧の一団のことが頭にあって、無意識のうちに答えてしまったのだ。しかし、わたしとダイアナのあいだに正式な了解事項はなにもなかった。もっと悪いことに、死別による支払いを受けることがダイアナの汚点になりかねない。これは公正なこととはいえないだろう。

「フラムジー夫妻への支払いをお願いします」

「年寄りの金持ちがきみを養子にしたのかね、ええ？」グリアは小さく笑い、また書きつけた。

それで二つめの要求がひらめいた。ほんの償《つぐな》いだった、もしわたしが死んだらバルジョールにあの子たちを押しつけてしまうことになるのだから。

わたしの提案を聞いて、グリアは顔をしかめた。拳で口ひげを撫でつけながら考えこんでいる。「そういう話はあまり聞かないな。陸軍省にかけあってみよう」先手を打ってわたしの期待を抑えるかのように一方の手をあげ、グリアはいった。「約束はできないが、通る可能性はある」

書類への署名を終えてしまうと、グリア大将から食事に招かれ、めったにない厚遇に驚きつつわたしはそれを受けた。現地人のような服装をしているのに——それをいうなら、現地人のなかでもだらしのない部類の服装だ——いいのだろうか。

駐屯地の食堂に向かう途中で、グリアはわたしの背中を軽くたたいて、あっさり同意事項を修正した。

「大尉、兵士を一人連れていってもらうぞ。一人で行かせるわけにはいかん。前例がないからな」軍からの付き添いを抱えこまされることで、わたしの仕事が公式なものになるのだ。もう決めてしまった様子なのを見て取り、だったらそれを自分のプラスになるように利用するにはどうするのが一番いいか考えた。

「わかりました、サー、足の速い馬を乗りこなせる騎兵なら連れていきましょう。パシュトー語が話せて、英国人でない者をお願いします」

「きみはイギリス人ではないのかね？」

　わたしの生まれに関するこの手の質問に煩わされることはなかった。仲間の士官たちのからかいに慣れていたからだ。わたしは肩をすくめてみせた。

　グリアは笑い、大股で先に立って食堂に入った。食堂にはグリアのところの士官が勢揃いしていた。士官たちはわたしをふり返って凝視した。現地人が招待されることはめったにないからだ。ゆったりとした長い灰色のカミーズとぼさぼさの髪ではあまりにも略式で場にそぐわない気がして、階級のない人間にふさわしいためらいを覚えた。

　士官連中が自分たちのテーブルに着くあいだ、〝偵察兵〟という言葉がたびたびうしろから聞こえた。

　それから――影に、いや、なにかぼやけたものに気がついた。わたしはそれを目の端で捉え、パンチをかわした。拳が耳をかすめていった。ふり返って手首をつかみ、相手の体をぐるりと回した。その男を動けない状態にしておいてから、身を乗りだしてよく見た。重量級の男が――ターバンを巻いたシク教徒だった――わたしが押さえている肩をよじってうめいた。

「サー、お会いしたことがありましたか？」どうしてこんなことをしたのだろうと思いながら、わたしは尋ねた。

　シク教徒の士官《サルダール》は顔をしかめ、わたしのうしろにいる誰かをちらちら見た。

「放してやれ」グリアが、歪んだ笑みを浮かべていった。

　なるほど、グリアだったのか。わたしを笑いものにしようとしたのだ。以前ボクシングをやっていたことを誰かが話したのだろう。

わたしは気の毒なサルダールを放していった。「すみませんでした」そして苛立ちを募らせながら大将に向きあった。体格差があって見おろすことができるのがうれしかった。「一体全体、なんのためにこんなことを？」

たぶんアディがわたしを無鉄砲だといっていたのは正しかったのだ。近くにいた士官たちがムッとした顔をした。行き過ぎた態度だとわかってはいたが、引く気になれなかった。グリアはわたしを兵舎に呼びだし、脅迫まがいの方法で危険な仕事に引っぱりこみ、そのうえわたしを殴れと男に命じたのだ。最初の二つは——切迫した必要性があったのだから——許すとしても、パンチはどうだ？

「健康診断のようなものだよ、大尉」グリアは油断のない目をしていった。「病気の男を仕事に送りだすことはできないからな」

クソ野郎め。もしもノックダウンされていたら、わたしは解雇されたのだろう。ところが実際のところ、わたしは自分の能力を証明してしまった。

腹の虫がおさまらないままテーブルについた。白い手袋をはめた給仕係が、食事を出そうと待っていた。

「ジムじゃないか！」陽気な声が呼びかけてきた。聞き覚えのあるこの陽気なしゃべり方は昔の仲間のものだった。わたしは隣の椅子に腰をおろしたアイルランド人を歓迎した。

「ああ、きみの動きをまた見ることができるなんて。めったにない楽しみだったよ」そういって、彼は笑い声をたてた。

「なぜだ、オコーナー？」グリア大将はわたしたちのまえにどすんと座り、給仕に合図をした。

「なぜって、この男はサットン大佐のところのボクサーなんですよ？　ラングーンでいくつかすばらしい試合をして勝ちました。こいつの対戦相手には賭けないほうがいいですよ、サー」

　湯気を立てるスープの皿がわたしのまえに置かれた。まったく、軍の礼儀作法というやつは。ほかの人々を無視して、わたしはがつがつ食べはじめた。作法に反しない程度の間《ま》を置いてから、オコーナーは話をつづけた。わたしが勝った試合や負けた試合を数えあげるのはやめてもらいたいものだ、と思っていると、こいつは影になっちまうんじゃないかってほどウェイトを落としたんですよ、とグリアに向かって楽しそうに話しはじめたので、もうたくさんだと思った。

「今度、背中に的でも描いてくれよ」わたしはいった。「ボクシングはやめたんだ」

　グリアは馬鹿笑いをした。仲間同士のユーモアだと思ったようだった。

　どういうわけか、グリア大将は明日に迫ったわたしの遠征に誰が同行するか明かすことを拒んだ。翌朝には発つ計画だったので、この情報の遅れで心配が深まった。

　アディが以前いっていたように、わたしは無鉄砲なのだろうか？　パターン人の擁する地方に馬で乗りこむのは、それ自体危険な行為だった。敵地から十名ほどのグルカ歩兵の一団を取り戻そうとするのは、まあ、道理に逆らう行為といってよかった。わたしが同意したのは、ドクター・アジズを見つけたかったからだ。カシムが死ぬところを見たはずだし、誰がフラムジー家を潰そうと決意しているのか、知っている可能性があるのは彼だけだった。

36

グリア大将は気前がよかった。必要なものはなんでも持っていっていいという完全な自由裁量権を補給係将校から取りつけてくれたし、遠出の準備をするために海図室も使えるようにしてくれた。厩舎《きゅうしゃ》では、わたしは見事な毛並みのアラブ種の雌の若馬を選んで仲よくなった。夕方になると疲労が霧のように立ちこめてきた。芝地に影が伸び、従者たちが割り当てられた仕事をこなすために走りまわるあいだに、疲労の霧は濃くなった。自分の正気を疑ったが、もうあとには引けなかった。

日が沈むころにフラムジー家の別荘に帰り着くと、小さなハリが膝にしがみついてきて、だっこしてとせ

がんだ。わたしが年下の少年をなだめているあいだうしろのほうにいたラザークは、やがて心配そうな顔で近づいてきた。ラザークはわたしの横に座りこんだ。訊きたいことがたくさんあるようだった。

「バオ・ディ、怪我してない？　たたかれなかった？」

わたしは無傷だと請けあった。

チュトゥキがドアのあたりから覗きこんでいたので、わたしは手を伸ばした。

ハリを膝に乗せ、パリマルとラザークを両脇に座らせて、チュトゥキの冷たい指を握った。知らない人でいっぱいの家に残されて、わたしの不在に心細い思いをしていたのだ。

「調子はどう？」わたしは尋ねた。

チュトゥキの頭が〝大丈夫〟というように揺れた。

ダイアナとその母親が食事のために子供たちを呼びにくると、チュトゥキはなにもいわなかったが、行きたた

くなさそうなそぶりを見せた。

ダイニングに入りながら、ダイアナがいった。「子供たちはあなたが眠っていたポーチのほうがいいんですって。あそこはもともと客間《ベート・カーナ》として使われていたの。カーペットを敷いて、クッションを置いて。あの子たちにはそこで食べさせるわね」

わたしは座り、脚を伸ばした。

ダイアナの顔が明るくなった。「アディの乗ったボンベイからの列車がもうすぐ着くのよ。父が駅まで迎えにいった」

ダイアナは手早く、それでいて優雅にテーブルの準備を整えた。一歩一歩が、夏に食べる冷たいシャーベットのように心地よかった。目を逸らしたが、なんのちがいもなかった――わたしはダイアナのすべての動きを痛烈に意識していた。まもなくダイアナはわたしを残してまた部屋を出るだろう。それをほんの少しでも遅らせたかった。


ダイアナがいった。「ずいぶん静かなのね、大尉」

出迎えの挨拶が響くなか、アディとバルジョールが部屋に入ってきた。

「大尉、電報をくれなかったじゃないか！」アディはわたしの顔を見るなりいった。「十六日、いや、十七日のあいだ一言も連絡をくれないなんて」

わたしは鉄道と電報の状況を説明した。

「ジム大尉はいまや、親のない子を助けるパトロール隊のたった一人の隊員なの」わたしが連れてきた子供たちのことを、ダイアナがからかい混じりに説明した。

アディは熱心に聞き、それから尋ねた。「カシムのことはどうなった？　なにかわかった？」

わたしは進展を報告し、ドクター・アジズの名前を出した。

「だったら、その線は行き止まり？」

「いいえ、そうでもありません。ドクター・アジズは軍医でした」

夕食の席での会話は賑やかなものになった。わたしの差し迫った出発の計画を話して場の雰囲気を壊すのは気が進まなかったが、食事が終わりに近づくにつれ、それ以上引き延ばせなくなった。

「サー」わたしはアディに向けていった。「これを、あなたに」任命書と、軍との契約書をベストから引っぱりだし、テーブルの上にすべらせた。

アディは内容を吟味した。法律家の顔になっていた。

「大尉、これはもう署名されているじゃないか。あなたとグリア大将の署名が、陸軍省宛に」

「わたしたちは合意に達したのです――先方の望む小さな仕事に関して。軍は、わたしがドクター・アジズを探すのを助けてくれます」

「これは！」読み進むにつれ、アディの眉があがった。「父さん、ここを読んで」

バルジョールが書類を読んでいるあいだ、わたしはグラブ・ジャムンを味わった。シロップ漬けの丸い菓子だ。わたしが連れてきた小さな一団は安全だった。擦り傷にもあざにも軟膏を塗ってもらえたし、フラムジー夫人はあの悪ガキどもにもグラブ・ジャムンを用意してくれた。感謝の大波がわたしを呑みこんだ。

「なんとなんと」バルジョールは契約書のページをまえへうしろへとめくりながら、咳ばらいをした。そして驚いた顔で尋ねた。「どうやって同意を取りつけたんだね？」

ダイアナが尋ねた。「なんなの？　ちょっと、誰か説明してくださらない？」

バルジョールは大きな笑みを浮かべた。「ジム大尉は軍を説得して、私のためにコーヒーと紅茶の販売権を確保してくれたんだよ！　価格はこれから合意のうえで決められる、と書いてある。これはすばらしい！　私たちの農場からの産物を、シムラーで売っているのとおなじように、ウーティでも売れる」

アディは任命書をぱらぱらめくって、顔をしかめた。

「大尉？　これは？　死別による支払いについて……受取人はフラムジー夫妻……死亡の際に、だって？」

「通常の手続きです」わたしはいった。「最近親者を訊かれたので」

アディは気色ばんだ。「軍はなんのためにあなたを必要としているんだ？」

「それをお話しする自由はないのです、サー。明日から短期間遠征するだけです」

「明日！」ダイアナが大声でいい、なにかいいたそうな視線を送ってきた。

わたしはいった。「ミス・ダイアナ、子供たちをあなたのもとに残していかねばならず、申しわけなく思っています。しかし、ラザークは家に届けます。途中にあるので」

「どうして明日なの？　ラザークは疲れているし、あなただって幽霊みたいな顔色なのに、なぜもう少し休めないの？」

「軍がそう決めたのです、お嬢さん」

ダイアナは眉をひそめた。「それで、どこへ行くの？」

「そう遠くではありません――一週間くらいのものでしょう」

「七日も！」

もっとかかるかもしれない。パターンコートまでは、すべてうまくいったとしても丸三日かかる。わたしは立ちあがりながらいった。「ラザークに話さなければ――あの子が眠れなくなるようなことがないといいのですが」

ダイアナは視線を返してこなかった。「だからあんなに静かだったのね」

もし二人きりだったら、このときに話しただろう。彼女への思いについて、なにかしら伝えただろう。しかしわたしたちは二人きりではなかったし、伝えるのは卑劣なことのようにも思えた。こんなになにもかもが不確かで、戻ってこられない可能性だってあるのだから。わたしはダイアナに向かってちょっと微笑んでみせ、すぐにラザークを探しにいった。

「家だって！　ぼくの家？　バオ・ディ、ほんと？」ラザークはわたしの知らせに顔を明るくして、大喜びで跳ねまわった。

「危険かもしれないよ」わたしはそう警告した。

しかし、ラザークの顔は興奮で輝いていた。

チュトゥキは泣いた。頭をポンポンとたたいてもなんの効果もなかった。頬をぬぐっても、涙はあとからあとから流れてきた。チュトゥキはわたしのうしろに回り、頭をそっと肩にもたせかけてきた。

「バオ・ディ、戻ってくる？」

「ああ」生きていればね、とわたしは思った。もしもわたしが戻らなかったら、フラムジー夫妻が面倒を見てくれるだろう。それは確実だったし、夫妻がそれを重荷とは見なさないこともわかっていた。だが、一家は謎を解くためにわたしを雇ったのだ。エンティ夫人が行方不明なら、問題はフラムジー家のご婦人方の殺人に留まらず、もっと根が深いにちがいない。さらに悪いことに、フラムジー家の人々にもまだ危険があるとわたしは思っていた。でなければ、わたしがプリンセス・ストリートで襲われる理由などなかったはずだ。

わたしは侵入者のヌール・スレイマンを、彼のずっしりしたパンチを思いだしてため息をついた。スレイマンはなにを探していた？　なにかがフラムジー邸に隠されているのだ、なにか危険なものが。もしもわたしがパターンコートで死んだら、やりかけの仕事を誰かが終わらせねばならない。それについてじっくり考えながらアディを探しにいき、ダイニングで見つけた。額に皺を寄せ、わたしの契約書を写していた。

アディの横の椅子に腰をおろしながら、わたしはいった。「サー、もし状況が……悪化したら、調査にマネックを引きいれてもらえますか？」

アディは顔をあげ、万年筆のキャップをしめた。

「悪化するとは？」

「もしも……わたしが戻らなかったら」

アディは動きを止め、わたしの反応を見ながらいった。「わかっていたよ。軍にまた痛いところを突かれたんだね」

妙ないいまわしだった。あとでよく考えようと心に留めた。「マネックです。怖がっていますが、知っていることをすべてしゃべったわけではありません。マネックと話をして、メモや証拠を見せてください。わたしがやっている仕事を、マネックにやらせてください」

「あなたは軍に戻るつもりなの？」アディは尋ねた。わたしが首を振ると、アディはつづけた。「だったらなぜ？」アディの目が険しくなった。「危険なんだね、今回の遠征が。ジム——どうしてもやらなければならないのか？」

わたしがうなずくと、アディは厳しい顔になった。

「ぼくのため？　ぼくのために引き受けたの？」

「それがすべてではありません。ドクター・アジズを見つけたいのは確かですが、それだけの問題ではないのです」

アディはそれ以上質問はせず、財布を取りだして紙幣を数えた。「取っておいて。戻ったらちゃんと清算しよう」

ダイアナが、わたしの背後からいった。「あなたが行くのは、カラチであったことのせい？」

ダイアナがわたしたちの会話を聞いていることに気づいていなかったので、彼女の質問は完全に不意打ちだった。わたしは突然、前線に戻された。大砲が轟音をたて、弾丸が炸裂し、耳が聞こえなくなる。わたしは身をすくめ、両耳を覆った。

「おい、ダイアナ！」アディの声が遠くにかすかに聞こえた。耳のなかには人々の悲鳴が響き渡っている。

銃弾がすすり泣きのような音をさせながら頭をかすめ、馬が立ち往生し、パニックに陥って嘶いた。煙と砂埃が鼻腔《びこう》を満たし、唇には金属と塩の味がして、べたつく血の感触があった。

ダイアナがわめいた。「大尉はどうしたの？」

「落ち着いて、大尉」アディがいい、両手をわたしの肩に載せた。「息ができる？」

息をした。しかし苦しいままだった。

「息を吐いて！」

息を吐いて、それから吸いこむと、白日夢から解放された。迫撃砲弾の唸りは消え、黄昏《たそがれ》どきのコオロギの鳴き声が残った。アディの手助けで椅子に座った。

「バイラムが大尉を〝カラチの英雄〟と呼んでいたから、なにがあったのかと思って」ダイアナは顔をしかめた。口もとと、首を傾げた様子に、悲しみと後悔が滲んでいた。それから、サッと部屋の隅へ行った。ダイアナが陶製の壺《つぼ》に手を沈めると、水がゴボゴボと音をたてた。ダイアナは水の入ったタンブラーを差しだしてきたが、役に立たなかった。わたしの両手は震えていて、受けとることができなかったのだ。もとに戻るまでには長い時間がかかった。

「まえにもこうなったことがあるの？」ダイアナは尋ねた。わたしがうなずくと、ダイアナはいった。「大尉、なにかがあなたの皮膚の下に刺さったままなのよ。棘とか、銃弾のように。それを取りださなければ」

アディがぐるりとわたしのほうを向いた。「ぼくたちに話せる？　カラチのことを」

話したかった——しかし話せばダイアナを失うことになるだろう。ダイアナは、わたしが直視したくないことを、あらわにしたくないことを目にするだろう。わたし自身が許せずにいる物事を、ダイアナが理解できるとは思えなかった。

37

わたしはどこへ行くでもなく立ちあがり、自分を――いくらかの抑制を――取り戻そうとした。

窓辺へ歩を進め、黄昏に向かって窓をあけた。外からムネアカゴシキドリが「ナウ、ナウ、ナウ」と呼びかけてきた。風が勢いよくこめかみに吹きつけた。いま、頭上に星空が広がるなかで、温かい繻子のようなマリッカの鬐《き》甲《こう》が動くのを手の下に感じられればいいのにと思った。

室内をざっと見まわしても、視線を止めておける場所が見つからなかった。アディは辛抱強く待ち、ダイアナは口を開いている。わたしはダイアナを避けた――すぐにあの愛らしい表情は驚き顔に変わるはずだった。まるで蛇を見たかのようにびっくりして後ずさりするだろう。人を英雄に仕立てる無邪気さなどクソ食らえだ。畜生。畜生。

ダイアナが囁いた。胸が痛むような声だった。「アディ、大尉が行ってしまう」

「大尉」アディは抗弁するように両手を広げていった。「カラチで……なにがあったのだとしても――あなたはそれを忘れるべきだ」

カッコウが外の枝で誘惑の歌を歌った。雨季の土砂降りになる予兆だった。

ダイアナがいった。「ジム」

それがわたしを釘づけにした。その言葉で、窓辺から動けなくなった。ダイアナの声のなかのあの響きはなんだ? 頭を垂れ、わたしはもう一度それを聞いた。心が疼《うず》くような音、後悔ともっとほかのなにか、感情のひだのなかの言葉。ジム。大尉ではなく、わたしの名前だけ。

わたしは息を吸いこんでいった。「ダイアナ」

わたしたちはとうとう〝大尉とお嬢さん〟より先へ進んだのだ。わかったよ、なるようになれ、とわたしは思った。ダイアナとのことにチャンスはなかった、最初から。しかしわたしたちのあいだにはなにかがあったし、もしダイアナがわたしを知りたいというのなら、わたしを突き動かす悪魔のことも知るべきだった。たぶん、それがいいのかもしれない。彼女の軍への——軍服を着た、階級のある騎兵への——畏敬の念は、すべてロマンティックな見解の産物であり、幻想だった。ならばすべて話して、ダイアナを失うまでだ。喉が乾いて詰まった。わたしは尋ねた。「なぜそれが問題なのですか？」

「秘密は蛇のようなものだから。暗闇のなかで育つの」当然のことのようにいうダイアナの口調に、思わず小さな笑いが漏れた。なんという才能の持ち主だろう。魅力とユーモアがあって。ダイアナはなにがあったか知りたいという——だが、その重さに耐えられるだろうか？

大きく見ひらいた真剣な目をして、ダイアナはいった。「勇気を出して、ジム。大丈夫だから」

勇気か。わたしは顔をしかめていった。「きっとなにかが変わってしまうでしょう」

いや、すべてが変わってしまうだろう。しかしダイアナは、あくまでわたしを促した。ならばいいだろう。椅子の背にもたれ、わたしはいった。「十五年まえ、辺境のいくつかの民族が同盟を結びました。一八八〇年のマイワンドの戦いについて聞いたことはありますか？」

アディがすばやく顔をあげた。「あなたはマイワンドにいたの？」

「士官たちの馬の世話をしていました。わたしが最初に軍事行動に加わったときは、グルカの歩兵が一緒でした」

「つづけて」ダイアナがそっといった。

「マイワンドではアフガニスタン人が勝ちましたが、二千人以上の死傷者を出しました。わたしたちは九百人を失いました。何十年ものあいだで最悪の敗北です。死者の大半がボンベイの男たちでした。翌年、わたしたちは複数の民族をカンダハールの隅に追い詰め、条約の締結を強いました……しかし何年ものあいだに、彼らはくり返しその条約に違反した。二年まえ、わたしの連隊がアフガニスタンの辺境に戻りました。その後いくつかの小競り合いを経て、九〇年には形勢不利になり、冬に備えて退却することになった。そのとき、わたしはスミスや騎兵仲間と一緒でした……カラチまで。そこにわたしたちの船が待っていたから」

アディはいった。「晩餐のとき、スミス少佐はあなたに命を救われたといっていたね」

またもや英雄的行為への幻想だ。そろそろ正してもいいころだった。

「ほんとうはちがうのです。スミスとわたしは前衛部隊を率いて、先に港へ向かっていました。スミスの馬が蹄鉄《ていてつ》をなくしてつまずき、スミスは投げだされました。地面でひどく体を打って、膝が裂けてしまった。馬が歩けなくなったので、スミスに包帯を巻き、マリッカに乗せました。わたしのうしろに。わたしたちはゆっくり馬を進めました。一歩ごとに揺れて、スミスはひどく痛がった。荒れ果てた田舎だったシンド州を抜けて、道を曲がるたびに待ち伏せの心配をしました。九頭の馬が並んで行進し、速度も遅く、うるさい音をたてれば、何キロも先まで音が聞こえてしまいます。だからわたしはスミスと、もう一人の偵察兵と残って、ほかの兵士を先に港へ向かわせたのです」

あのときはそれがいい妥協策に、シンプルな解決策のように思えたのだ。リーダーは誰に任せたのだったか？　ラシード？　スーリー？　思いだせなかった。

わたしはつづけた。「隊は奇襲を受けました——アフガニスタン人が勝ちましたが、フリディという、アフガニスタンの一民族の戦士が行く手を遮ったのです。馬で乗りいれた隊に向かって発砲してきました。スミスとわたしもやられていたかもしれません、街に入ったところで銃声が聞こえていなければ。覚えているのは、血……スミスが血を流していました。わたしは偵察兵をマリッカに乗せて、後方にいる隊列に警告するようにと送りだした。スミスとわたしも退避しました」

いよいよつらい部分だ。もう逃げられなかった。

「パターン人の兵士たちがわたしの隊を殲滅《せんめつ》しました。味方が撃ち返す音が聞こえ、味方の悲鳴も聞こえた。なにが起こっているのかはわかりませんでした……わたしの友人たち……ジート、パタク、スーリー、ラシード・カーンがどうなったのか。パターン人はわたしをおびき出そうとしたのか？　わたしたちは隠れたまま、そこにいました」

わたしは顔をそむけた。ああ、話してしまった。隊の苦闘について詳述する必要はないだろう。わたしが町外れの差し掛け小屋で安全に隠れていたあいだに起こった、銃撃や、怒声や、悲鳴については。

少しして、アディがそっと尋ねた。「あなたはどうやってそこを抜けだしたの？」

わたしは机にもたれ、両手で机の端を握りしめて、思いだそうとした。

「わたしたちは待ちました。それが長すぎたのです。長く待ちすぎたのです」わたしは苦痛の記憶に顔をしかめた。スミスと一緒に留まるか、スミスを置いて出ていくかは、わたしが選んだのではなかったか？

「なんとか隊の連中のほうへ進みました。でも遅すぎた。隊は包囲され……打ち破られて……」

このあたりは記憶のなかでぼやけていた。すばやい動きの断片しか浮かばなかった。ダイアナと顔を合わせることができないまま、わたしはつづけた。「仲間のうち何人かが死んでいるのを見つけ、ほかの連中を探しました。三日後、うしろから隊列が追いついてきて、スミスとわたしを見つけたのです」

わたしはなぜ、ほかの連中でなくスミスを、英国人士官を選んだのだろう？　自分でもうまく説明できなかったが、まちがいなく自分の選択ではあった。そのせいで彼らは死に、スミスとわたしは生き残ったのだ。何度も夢に見た——苦々しく、体が麻痺《まひ》するような、音や、恐怖の味を。なにも考えることができず、恐怖に縮《ちぢ》みあがり、仲間たちのところへ行くまでに長くかかりすぎてしまった。ダイアナの頬が、流れる涙で光っていた。わたしを憐れんでいるのだろうか？　わたしを壊れもののように見ているのか？

「初めて指揮した部隊だった？」アディが尋ねた。

「いいえ。スミスのほうが階級が上です。わたしは二番手でした」後悔がこみあげて喉が詰まり、わたしは唸った。「わかりませんか？　わたしは隊の連中と一緒に行くべきだったのです——それについては何千回も考えました。誰かをスミスと一緒に残して、わたしは隊と行くべきだった。防ぐ方法がなにかあったはずなんです、あの……虐殺を」

アディはいった。「大尉、もし行っていたら、あなたも死んでいたかもしれない」

「おそらく」わたしはダイアナの顔を探った。よそよそしさを、いや、嫌悪さえ予想しながら。ダイアナは戸惑っているように見えた。

顎に力が入ってはいたが、アディの顔にあるのは同情だけで、わたしが怖れていた裁くような気配は微塵《みじん》もなかった。「あなたは生き残ったんだよ。あなたたち二人とも」アディはいった。

宵《よい》の沈黙がアディに答えた。スミスとわたしは、まあ、二人とも無傷では済まなかった。

ダイアナが眉をひそめた。「ジム、その話は確かなの？　あなたは有功勲章を授与されたでしょう。公式説明は読んだ？」

わたしは首を横に振った。「病院にいたときのことは曖昧で」

ダイアナはいった。「ジム、どこか筋が通らないところがある。わたしは軍務のことはよくわからないけれど、あなたのことは知っている、と思う。もしスミスが怪我をしたあとに指揮権をあなたに任せたなら、あなたはそれを誰かに渡したりする？　わたしはそうは思わない」ダイアナはわたしのそばに座っていった。「それで今回の遠征なのね。あなたはドクター・アジズを見つけるために行くの？　それとも軍の仕事がしたいから行くの？」

「おそらく、その両方です」

ダイアナはため息をついた。ダイアナの頭越しに、アディの悲しげな顔が見えた。非難の色はまったくなかった。この兄妹には、問題の核心がほんとうにわかったわけではないのだろう――大尉《キャプテン》とは、決して自分の隊を見捨ててはならないものなのだ。しかし二人はわたしのような〝軍育ち〟ではなく、名誉と義務の話をさんざん聞かされて育ったわけではないのだから、仕方ないのかもしれない。

ダイアナが正しいのだろうか？　わたしがパターンコートへ行くことに同意した理由はこれなのか？　あるいは、罪悪感のせいでなにか埋め合わせをせずにはいられないから、不可能とも思える救出作戦に挑もうとしているのか？　そんなことをしても、パタクやスーリーや、土埃のなかへ乗りだしていったあの勇敢なボンベイの男たちは戻ってこない。自分の怠慢を――彼らを送りだしたときに勘が働かず、呑気《のんき》に声をかけたことを――自分で許せるときは来るのだろうか。あのときはこんなふうにいったのだ。「忘れずに、わたしのために船を止めておいてくれよ！」

冗談めかして答えたジートの声を、思いださなくなる日は来るのだろうか。「あれあれ、急いでくださいよ、サー《フズール》！　潮は待っちゃくれないんだから！」

明日発ちますといっただけで、夜明けまえに出かけるとはいわなかったので、わたしたちがこっそり抜けだしたときには誰も起きていなかった。ダイアナにさよならはいわなかった。昨夜も、夜明けに出発したときも。パターン人の服装をして、ラザークとわたしはするりと門を抜けた。シムラー・ロードの検問所に、わたしたちの馬とグリアが寄こした付添人が待っているはずだった。

　なぜダイアナに話さなかったのだろう？　なぜ自分の気持ちを伝えなかった？　ほんとうのところ、ただできなかったのだ。わたしの遠征が薄氷を踏むようなものであることを、ダイアナは見抜いていただろうから。わたしがいないあいだ、内側から不安に引き裂かれるような思いでいてもらいたくなかった。もしわたしが殺されたなら、その事実だけをすばやく知らせ、それで終わりにしたかった。アディは妻の死に説明がつかないことでいまだに消耗していて、疲れて見えた。落ち窪んだ目を見れば、眠れぬ長い夜を、いくつもの疑問に擦り減らされる夜を、何度も過ごしてきたことがわかった。ダイアナにそんな思いをさせたくなかった。

　シムラーの検問所で、わたしたちが近づくのを耳にした馬がフーッと息を吐き、鼻を鳴らした。灰色のぶちの雌馬が二頭、堂々たる茶色のアラブ馬のそばに立っていた。

「サー《フズール》」訛りの強い口調で声をかけられた。樽のような胸をして、ターバンを巻いたシク教徒が姿を現した。いまは茶色と灰色の平服を着ているが、グリアが食堂でけしかけてきた男だった。男は距離を保ったまま、コブラを見るような目でわたしを見た。いつでも飛びのけるように体を緊張させて。

　グリアのやつめ。わたしを信用しない男を送りつけてくるようなグリアを、わたしは信用してしまったわけだ。

「士官殿《サルダール》、わたしはラシード・カーンです。あなたは？」わたしはラザークが聞き慣れた訛りの強い口調で、パターン人のように話した。ラザークはにっこり笑って、わたしの腰に抱きついてきた。

切られたばかりのラザークの髪を撫で、私はアラブ馬の端綱《はづな》を取った。

「サバルターン・ランビール・シンです、サー」兵士がいった。

「〝サー〟ではない」わたしは英語でいった。「ラシードと呼んでもらいたい。あるいは、バオ・ディ、と。もしどうしてもというなら」

ランビールは怯んだ。視線のほうが雄弁だった。朝のまだ薄暗いなかでは、彼にはわたしがどういう人間か見分けがつかなかったのだ。パターン人も大尉も、等しくわたしのなかに存在するのだから。

38

わたしたちはゆっくり馬を走らせてシムラーの境界を越え、英軍の防御線を抜けた。その後、若馬が先へ出たがったので、わたしはそれに応じ、好きなように走らせた。こういう丘陵にいるとくつろげる。すぐにもパターンコートに到着してドクター・アジズを見つけたいと気持ちが逸《はや》り、前傾姿勢で馬を走らせた。ラザークとランビールはスピードをあげ、丘の中腹のカーブを横切ってついてきた。

アラブ馬の走りには力があり、同時に詩があった。蹄は広い地面と開けた空を渇望し、地面をたたいたかと思うとすぐ宙に浮いた。なめらかな弧を描くように体をまえへ、より先へ伸ばし、やがて折りこんだ後ろ脚がまた地面を蹴る。一回一回の跳躍が苦もなく曲線を描き、空中にいる時間に区切りをつけるように蹄の音が響く。乗っているうちに、体重は前脚寄りにかけたほうがいいこと、方向を変えるにはごく軽い合図でいいことを教えられた。手綱を強く引くのは寺院で大声を出すようなものだった。この馬には囁くだけでよい。わたしの心が読めるかのように歩様を変える。馬にはもう何カ月も乗っていなかったが、こうして牧草地を飛ぶように走れるのはすばらしい気分だった。

ランビールとラザークがすこし遅れて追いついてきたとき、わたしは草深い丘の中腹で日の出を見ていた。アラブ馬は頭を垂れて、草の葉についた朝露をなめた。ラザークはパターン人のスタイル——馬が駆けている途中で跳びおりて並走する方法——で馬を降りた。そして草の上でわたしの横に座り、にやりと笑って、ランビールは下手くそな乗り手だといった。

サルダール・ランビール・シンは馬を一カ所に集めた。心配そうに肩をいからせている。わたしと目を合わせようとしなかった。それなら仕方がない。馬を川へ連れていって水を飲ませてやってくれとラザークを送りだし、尋ねた。「あなたは懲罰として同行を命じられたのかな?」

「ちがいますよ、サヒブ」ランビールはそういって口をへの字に結んだ。これでは駄目だった。この先、生き延びるつもりなら、わたしたちは互いに相手を受けいれねばならなかった。わたしは立ちあがって、この男と向きあった。

「ランビール・シン」わたしは大きな声でいった。

これで相手も私に目を向けざるをえなくなった。

「なにが気に障っている?」

ランビールは首を振ったが、わたしにはよけいな気を遣っている暇はなかった。

「わたしか?」率直に尋ねた。

ランビールは疑念と怒りをこめてこちらを睨んだ。

「あんたは誰だ？　あんたはなんなんだ？」そう問い詰めてきた。〝サー〟に当たる言葉はなにも使わなかった。

わたしはうなずいた。「少しましになったね。わたしはアグニホトリ大尉、兵士だ、あなたとおなじ」

ランビールは激しく首を振った。「私とはちがう」

ああ、わたしは士官というものに対する彼のイメージに逆らってしまったのだ。パシュトー語でラザークに話しかけ、地方部族の粗野な男のようにアラブ馬を乗りまわすことで。食堂ではわたしのことをパターン人だと思っていた。だからわたしはパターン人らしくなければならない。しかしわたしは英語を話し、大尉と呼ばれていた。いったいどっちなんだ？　と思ったのだろう。

わたしは説明しようとした。「ランビール、わたしは除隊したんだ。だが、いまは偵察兵として必要とされている。この作戦のために」

ランビールはわたしの皺だらけのカフタンと、ターバンとひげをじろじろ見た。「歩兵隊の大尉だったのか？」

「騎兵だ。軽騎兵隊。傷痍除隊だった」

この説明は気に入ったようだった。わたしの特異な外見と合致するからだろう。しかしランビールは確認したがった。「パターン人なのか？」疑念がぬぐいきれないように、そう尋ねた。

わたしはため息をついた。インド人の階級意識がまたもやわたしを悩ませる。てっぺんにいて、敬われ、命令を発し、見守られ、つねにかしずかれるのは英国人士官たちだ。その下が〝民間人〟の行政官と英国人である――受けた教育や人脈に関係なく。その下が下士官で、さらにその下に現地人の士官――ただし上位カーストの者――がつづく。上位カーストにある者、つまり司祭階級のバラモンと武人のクシャトリヤはすべて、シク教徒やグルカ人より上だった。教育があり、裕福で、影響力のあるパールシーは下士官と同等と見なされる。最底辺にいるのは下位カーストの者で、よくて無視され、ふつうは蔑視の対象になるだけだった。商人や地方部族の人々は、がさつだと見なされ、パターン人のような——わたしのような——無知な絨毯《じゅうたん》売りだと思われていた。上位カーストの者が下位カーストの者に対しておかした犯罪は見逃された。下位カーストからの昇進は望めなかった。誰も彼らに従わないからだ。わたしはランビールがパターン人に従うとでも思っていたのだろうか？

「ランビール、わたしは士官としてパターンコートに乗りこむことはできない。そうだろう？　駐屯地ではわたしのことをなんといっていた？」

「無礼なパターン人が食堂に来るから、殴り倒せと。いわれたのはそれだけだった。だが……失敗した」ランビールは仲間の士官たちのまえで恥をかいたことを思いだして顔を赤くした。「昨夜、大将に呼びだされた。大将からは、馬を三頭連れて検問所に行け、大尉と一緒にグルカ隊を探して生存者を連れ帰れ、といわれたんだ。大尉というのがあんただとは知らなかった」

ランビールの肩から力が抜けた。これからはパシュトー語だけを使って話すことに同意したあと、ランビールはいった。「あんたがなにをしたかは聞いた。立派だよ、ラホールから子供たちを連れてきたなんて。しかし、グルカ隊を見つけることができるんだろうか？」

「ランビール、大丈夫だ、できるよ。ラザークの村は、パターンコートのそばにあるんだ」

ランビールが初めて笑顔を見せた。

その後の二日は予定より早く進むことができた。止まったのは、馬を休ませ、水を飲ませるときだけだった。暗くなると、火をおこさずにキャンプをした。わたしの階級はもう大尉ではなく、ただの偵察兵だった。

だがそれを忘れて、ランビールに命令してしまった。

「火はおこすな。食事は乾物のみ。馬には飼い葉袋から餌《えさ》をやってくれ」

　それから思いだして、謝った。

　ランビールは憤慨していった。「バオ・ディ、いいんですよ!」

「バオ・ディ?」わたしはにやりとした。ランビールはラザークの呼び方を真似たのだ——バオ・ディは、父親《バーブージ》を意味する言葉の一つだった。

　わたしたちはすぐにサトレージの土手を離れ、北へ進んだ。パターンコートに近づくにつれ、道はだんだん険しく、不安定になった。山間《やまあい》の狭い道を縫うように進まねばならなかった。アフガニスタンの領域だ。いまになって、子供たちとフラムジー家の人々にさよならをいわなかったことを後悔した。それに、ダイアナ。二人の関係をはっきりさせずに出てきたことが、重くのしかかっていた。もしもこれでわたしが戻らなければ、わたしがダイアナに残せたのは沈黙だけだった。

　昼の食事をとりながら、ラザークがわたしたちの話に疑問を投げかけた。わたしがおじで、ラザークを家に連れ帰ろうとしているというのはかまわないが、ランビールがわたしの友達では無理があるというのだ。ランビールも現地人の服を着てはいるが、ひげはきちんと整っていた。わたしとおなじくランビールも軍用ブーツを履き、ウエストには軍用ベルトを巻いている。

「誰が見たって兵士だってわかるよ」ラザークが不満そうにいった。わたしのことは、そうはいわなかった。たぶん、部族の男に見えるくらいやつれていたからだろう。

　北へ馬を進めるにつれ、涼しくなってきた。わたしたちは慎重なペースを保った。川の浅瀬を渡るときは急ぎ、集落を避け、馬を休ませるときだけ止まった。速駆けする馬の蹄の音で敵を警戒させるといけないので、その後さらにペースを落とさねばならなくなった。

速歩程度まで速度を落とし、サドルの上で体をひねって同行の二人を探した。不意に馬がわたしを振り落とそうとした。

おそらくなにかに驚いたのだろう。蛇か、兎にでも。うしろを向いてさえいなければなんでもなかったかもしれない。手綱を強く引き、低い声で言葉をかければ充分だっただろう。しかしなだめることができずにいるうちに、馬は後ろ脚で立ちあがった——わたしは大波にさらわれるように馬の背中から振り払われた。目もくらむような衝撃とともに、右を下にして落ちた。痛みが肩を貫き、頭のなかにも溢れた。ジェイムスンの忠告を思いだした。「治るよ、これ以上喧嘩に巻きこまれなければ」残念ながらジェイムスンが正しかったらしい。今度こそ完全に折れてしまったようだ。右腕がだらりと垂れ、焼けつくような痛みで動かせなくなった。


その夜、ランビールは自分の存在価値を証明した。わたしが言葉もなく体を二つ折りにしているのを見つけると、あとを引きうけ、キャンプを張った。痛みで聴覚も視覚もうまく働かなかった。この苦痛が和らぐことはないのだろうか？　酔ったように頭がくらくらした。眠ることでなにもかも忘れたかった。骨の周辺に指を走らせると、尖ったところはない。わたしが火のそばに座りこんでいるあいだに、ランビールが肩に包帯を巻いてくれた。ランビールはパンジャブ人らしい実際家で、使えるものはなんでも使った。ほかになにもなかったので革のベルトを外し、わたしの腕をウエストに固定した。

これが助けになった。わたしがまえの怪我のことをうめくように話すと、ランビールは不満そうにいった。

「なぜです、バオ・ディ？　なぜこの仕事を引きうけたんですか。すでに怪我をしていたのに？」

「ラザークを連れて帰らなきゃならなかったから」

青白い顔と緑の目をしたラザークが心配そうな表情を見せた。わたしたちの任務についてラザークに話さねばならなかった。怪我でこんなふうに体が不自由になってしまったので、より多くがラザークに降りかかるかもしれなかった。

わたしはいった。「ラザーク、誰にもいうなよ。味方の兵士がパターンコートに閉じこめられているんだ。もしわたしだったら、誰かに助けだしてもらいたいと思う。手伝ってくれるかい？」

目を丸くして、ラザークはうなずいた。その夜は長かった。グルカ隊を救出できるかもしれないなどと、なぜグリアにいってしまったのだろう？　グリアからの称賛や敬意がほしかったのか？　グリアのことなど好きでもないのに。わたしはただ、ドクター・アジズを見つけたいだけ、そして誰がフラムジー家の女性たちを殺したのか見極めたいだけだ。

ランビールは力が強かった。どれほど力があるかを、わたしは翌朝になるまで知らなかった。一晩苦しんだあと、痛む肩とぼんやりした頭のまま片手で馬に乗ろうとして、足を鐙《あぶみ》にかけた。ひょいと跳んで、うめき、また跳ぼうとしていると、ランビールがわたしのウエストをつかんで体をサドルの上まで持ちあげた。勢い余ってもう少しで反対側から落ちるところだった。

わたしがほとんど役に立たなかったので、ランビールとラザークが丘のてっぺんで岩の裂け目を確認しながら話しあい、曲がりくねった小道を行くことに決めた。わたしは右腕をウエストにくくりつけ、ランビールがハーブでつくった——といっているが、馬糞のような疑わしいにおいのする——湿布を貼って、崩れそうになりながらサドルに座りこんでいた。低い雲が岩山にかかり、わたしたちの姿が谷から見えないように隠してくれたが、馬を進めるのはさらに危険になった。わたしたちはゆっくり進んだ。アラブ馬は、自分の愚行のせいでわたしが代償を払うはめになったのを知っているかのように、山の縁をそっと歩いた。

昼ごろ、露出した岩に上ると見えた——ラザークの村だった。ラザークは駆けだし、カタカタ音をたてながら木の橋を渡って家が並ぶ場所へ向かった。

あちこちで大声があがった。少年たち、ターバンを巻いた男たち、ゆったりした黒いシャルワールを穿いた女たちが、驚いてこちらへ駆け寄ってきた。「ラザーク?」誰かが叫んだ。わたしは馬を止めた。木が燃えるときのけむりと、料理のにおいと、ひんやりした山の空気を嗅ぎながら、わたしはぐったりと馬にもたれた。

「さあ、バオ・ディ」ランビールがいった。わたしは一方の脚をあげて鬐甲《きこう》の上を通すと、アラブ馬の脇腹をすべり降りた。ランビールがわたしを受けとめ、子供のように運んだ。

ラザークがなにか訊いているのが聞こえた。古い革のサドルが軋るような声がした。それから、闇が訪れた。

心配そうなラザークのかん高い声で目が覚めた。

「せんせい、起きないよ?」

肩の痛みは、鈍くズキズキするだけになっていた。顎ひげをきちんと整えた若い男がわたしのそばにいた。襟のあるシャツとベストを着て、祈禱《きとう》に使う白いキャップをかぶっている。男が聴診器をさげているのを見て、わたしはホッと息をついた。

教育を受けた人間らしいしゃべり方で、男はパシュトー語を使って尋ねた。「この人は英語がわかるのかな?」

ランビールの乾いた声が答えた。「少しなら」まあ、ランビールに冗談をいわせておこう。わたしの胸は剝き出しになっており、たくさんのひげ面がわたしを覗きこんでいた。

「どうしてこんなに色が白いんだ?」誰かが尋ねた。

「カシミール人なのかもな。連中はきれいだから」革が軋るような声は、歯の欠けた皺だらけの男のものだった。

「厄介なことになりそうじゃないか」尖ったひげをした痩身の男が唸るようにいった。

そうだなと同意する声がまわりじゅうから聞こえた。わたしが体を動かして顔をしかめると、見物人たちは身を引いた。

若い医師がパシュトー語でつづけた。「肩が外れていたので、ぼくが戻しました」医師は手をひねるように動かしてみせた。わたしは信じられないほど運がよかったのだ。

「目を覚ましたのか?」歯の欠けた村の長老が尋ねた。長老は横を向いて唾を吐き、足を引きずりながら近づいてきて、細い指の甲でわたしの額に触れた。

わたしはしわがれ声でいった。「サラーム」くそ、声が出やしない。

わたしの挨拶が長老を喜ばせた。彼は舌打ちのような音をたて、革のような手でわたしの腕をポンポンとたたいた。「サラーム、サラーム、客人よ」

「バオ・ディ、ぼくの父さんがパターンコートまで行ったんだ」――ラザークの声は誇らしさに溢れていた――「それで、せんせいを連れてきたんだよ」

「ジャナブ、歓迎します」背後から深みのある声が聞こえた。ラザークの父親だ、とぼんやり思った。リーダーの声、人々を元気づけるような声だった。「あなたはみずから犠牲を払って、息子のラザークを連れてきてくれた」

ハシバミ色の目に好奇心はあったが、押しつけがましくはなかった。ラザークの父親はがっしりした体つきの男で、白いターバンを巻き、清潔なカミーズを着て、首に灰色のスカーフを巻いていた。おそらく四十代だろう。黒い顎ひげに点々と白いものが交じっていた。グルカ隊を見つけるために、彼の助けが必要になるだろう。しかし改まった口調でしゃべる彼には注意が必要だった。アフガニスタンの軍は民兵組織で、山地に点在する村から兵士が集められる。パシュトゥーン人と交戦中の村もあれば、同盟を結んでいる村もある。ここには敵がいるだろうか？

「ここに兵士はいますか？　パシュトゥーン人の兵士は？」わたしは喉を詰まらせながらいった。妥当な質問ではないか？　たいていの旅人は兵士を怖れるものだろう。もしこの村が、あるいはラザークの父親自身が、パシュトゥーン人と友好関係にあるならば、話を聞けばそれとわかるはずだった。

　ランビールがわたしのそばに立った。息を詰めている。わたしが譫妄《せんもう》状態で正体を明かしてしまうとでも思ったのだろうか？

「いや、もういなくなりましたよ」ラザークの父親は顎を撫でながら答えた。

　では、一度はここにいたのだ。わたしはいった。

「あなたの負担になるのは申しわけないのですが、ジャナブ。わたしたちを……数日置いてもらえませんか？」

　ラザークの父親は心配そうな顔になった。「連中はあなたを探しているのですか？」

　なるほど、兵士たちのことを好きなわけではないのだ。少し安心できた。「いいえ。厄介事を抱えているわけではありません。ただ、わたしの腕が……」

「あなたはわたしの客人で、息子がバオ・ディと呼ぶ方です。ここにいれば安全です」

　うしろから興味津々で覗きこんでいる男たちがみんなそう思っているかどうかはわからなかった。わたしがほんとうはどういう人間かわかっても、パターン人の伝統のもてなし《メルマスティア》の心はわたしを守ってくれるだろうか？

39

　夜明けになると、遠くから響いてくるイスラムの勤《ム》行時報《アッジン》で目が覚めた。ランビールはわたしの世話をしてから、丘陵でヤギを放牧したりパターンコートの市場へ行ったりする村の男たちと一緒に出掛けた。そうやって、わたしが回復しているあいだに情報を集めた。三日が過ぎていた。

　医師からもらった不快なにおいのする薬を肩に塗りながら、小屋の外に座って壁にもたれ、通りかかった人に挨拶をしたり、村の子供たちとパシュトー語の練習をしたりした。わたしの言葉がおかしいと、子供たちには容赦なくかん高い声で笑われた。こうしてわたしも情報を集めた。

「見て、バオ・ディ！」大きすぎるカミーズを着た丸顔の少年が、お椀《わん》のかたちに丸めた両手を差しだしてきた。

　少年の手の上のカブトムシに感心してみせながら、わたしは尋ねた。「何日かまえ、ここに知らない人が来なかった？」

「うん、バオ・ディ！」年上の少年がはりきって答えた。顔立ちはすでにだいぶ尖っていたが、表情はあけっぴろげだった。疑わしげに目を細める習慣がつくのは、もう少しあとだろう。「その人たちはパターンコートに行ったよ」

　カブトムシがわたしの手に移ってきた。拳の上を這《は》うのがくすぐったかった。

「何人いた？」

「たくさん！　たぶん二十人！」べつの少年がいった。

「五十人だよ！」

「馬は何頭いた？」

人が乗る馬が八頭、荷車を引く馬が四頭いた、ということで子供たちの意見が一致した。一週間まえ、アフガニスタンの兵士たちは村の穀物の大半を没収していった。しかし家畜を隠すだけの時間はあったので、そちらは見つからなかったらしい。子供たちは大人が思うより多くを知っている。

パターン人の習慣に従って、女性はわたしたちの小屋に入らなかった。食事どきになると――午前中の遅い時間と、日没後だった――わたしたちはラザークの家族と一緒に食べた。厚く焼いたロティや、木の皿に盛られた肉と根菜の煮込みは、香りがよくて美味だった。スパイスが口のなかで花火のように広がった。お礼に、下の川で水を汲んでラザークの家まで片腕で運んだ。

体力が戻ったように感じたので、村の端の崖まで歩いてみた。少年たちが何人かついてきた。彼らは橋までの道を先にたって走り、そこで村の男たちが戻ってくるのを待った。青灰色の煙が、薪《まき》を燃やしている低い藁葺き屋根の家々から立ちのぼった。わたしは岩棚に腰かけた。雪をかぶった山の斜面が肩のあたりに見える。こうして崖に座っていると、パターンコートへつづく荒れた道がよく見えた。白い石が日射しを受けてまぶしく光っている。その道はくねくね曲がりながら一つの狭い橋へ通じていた。そこが村の入口だった。おかげで村そのものがきわめて防御しやすい要塞《キラ》になっている。いまは敵の気配はなかった。

ずっと下のほうで、長い棒を持った少年が羊の群れを追いながら山を越えようとしていた。ヒュッという やわらかくかん高い音をたてて、風が険しい岩山のあいだを抜けていく。つきまとう警告のようなものだった。ダイアナのところに子供たちを残して出発してから、そろそろ一週間が経とうとしていた。グルカ隊はまだ見つかっていなかった。

翌朝、ランビールとわたしはパターンコートへ出発する準備をした。そこで探したい人がいるのだとラザークの父親に話すと、土埃のなかへ出てきて町の目印を教えてくれた。

激したやりとりが耳についた。幼いラザークが、反抗的な態度で母親と言い合いをしていた。

「絶対行く！　止めても無駄だよ！」ラザークはそう叫び、彼を捕まえていた母親の手から逃れた。わたしの姿が目に入ると、ラザークは動きを止め、感情的になって全身を震わせた。「ぼくを行かせてくれないっていうんだ……あなたと一緒に、パターンコートに」ラザークの声が割れた。強がってはいてもまだたったの十歳だったのだと思いだした。

ラザークの母親が――頭に茶色いスカーフを巻いた若いアフガニスタン人で、口のまわりにはすでに深い皺が刻まれていた――懇願するような視線を向けてきた。彼女にとっては、いなくなった息子がようやく見つかったばかりなのだ。息子が父さん《バオ・ディ》と呼ぶこの青白い顔の痩せ衰えた男をどう思っているだろう？

「ラザーク」わたしはラザークの肩をつかみ、身を屈めて顔を覗きこんだ。「ここにいるんだ。きみはずいぶん長いあいだ家族と会えなかったんだから。ここはきみの家なんだよ。そうじゃないかい？」

母親のホッとした顔に、報われた気がした。小さなラザークはうなずき、わたしが頭を撫でるあいだもしょげかえっていた。

「パリマルとハリはどうなるの？」ラザークは囁き声でいった。

わたしがちゃんと面倒を見ると約束し、最後にいい添えた。「きみはよくやったよ、ラザーク。神のご加護がありますように《クダ・ハフィズ》」

この別れの言葉を聞いて、ラザークは細い腕を巻きつけてきた。それから不承不承わたしを離し、わたしたちが馬に乗っているあいだ、父親の横に立っていた。

ランビールとわたしは馬を並足で進めた。アラブ馬はしっかり休んだおかげで、石や木の根でゴツゴツした道を、木の橋に着くまで落ち着いて歩いた。わたしの肩の痛みもだいぶ和らいだ。下りの道を進むあいだ、鞍《くら》のうしろにつけた食糧袋と自分の体重でバランスを取りながら馬に乗っていた。

「バオ・ディ！」ずっと上のほうからラザークの声がした。長く尾を引く悲しげな呼び声だった。わたしは馬を止め、小さな集落を最後に一目見ようと首を伸ばした。つかのま、ラザークのくしゃくしゃの髪と細い肩が見えた。小さな将軍がいないと寂しくなるな、と思った。

パターンコートは馬で一時間のところにあった。崩れかけた城塞のそばのごった返した町だった。町はチャッキ川とその第一の支流に挟まれた土地に広がっている。川の一方の土手は、灰色の岩が切り立ってできている。この高い場所にある道から、石の橋を渡って町へ入った。

ランビールがかすかに身動きをして、指差した。独特の大きな白いターバンを巻いたパターン人兵士たちが、町へつづく十字路を見張っていた。わたしたちは、せわしなく進む荷車の群れや、疲れた足を引きずる村人たちのあとにつづいた。

ここの男たちの多くは、古いジェザイル銃を肩に掛け、革の鞘《さや》に収まった刃物をベルトからさげていた。わたしたちは馬に乗ったまま雑踏に紛れた。ほかの民族の男たちとおなじく、顔は布で覆っている。そうやって、注意を引くことなく人混みを縫って市場のほうへ進んだ。

ランビールがうなるようにいった。「さて、どうします、バオ・ディ？」

「隊を探そう。二手に分かれて、質問をして回るんだ。よそ者は関心を引きやすいから――友人を探しているとだけいうんだ」

鍛冶場に隣接して厩《うまや》があった。交渉して、馬たちに餌と水をやっておいてもらう取り決めをし、それからまちがいようのない香り――ラム肉を焼くにおい――をたどって市場へ行った。先ほどの厩で落ちあう約束をして、ランビールはいろいろと訊いて回るために町なかへ向かった。

数時間後、わたしは城塞周辺の狭い横道の偵察を終えて戻った。疲れていて、手ぶらだった。ランビールはケバブとパンとヨーグルトを見つけ、地元の噂話も大量に仕入れていた。わたしたちは胡坐をかいて食べた。

アフガン人兵士数人を避けて通りましたよとランビールはいい、それからにやりと笑ってつづけた。「この連中はとても迷信深いんですよ。川のそばに古い宮殿があったでしょう？　あの壊れた要塞のなかに。みんなあれを怖がってるんですよ。あの婦人部屋《ゼナーナ》は幽霊が出るっていって」

「幽霊が出る？　なぜ？」わたしはケバブを食べながら、この情報を何かに使えないかとぼんやり考えた。

「年老いた靴屋の主人が話してくれたんですがね。二百年くらいまえ、ムガルの王がパターンコートを占領しようとした。この町はもともと、パターン人の王タークルとその妃タクラニの治める城塞だったんです」ランビールは考えこんでからつづけた。「ここいらの山にはそんな話がいっぱいありますよ」

「なぜ幽霊が出るんだい？」わたしは最後のケバブをヨーグルトの入った陶器の甕に浸けてから口に放りこんだ。

「王は勇敢に戦って死にました。しかし王妃は捕まらなかった。奴隷になるくらいならと、王妃と宮廷のご婦人方全員が自害《ジョハル》したんです。みんな胸壁から飛び降りて死にました」

腕にさむけが走った。わたしが解こうとしている謎と妙に似ているように聞こえた。二百年後のいま、レディ・バチャとミス・ピルーがおなじ脅威に直面したとでもいうのだろうか？

「靴屋の主人は、いまでも女たちの幽霊が泣き叫ぶんだといってました。静かな夜には泣き声が聞こえるそうです」

わたしは疑わしく思い、顔をしかめた。「ゼナーナから？」

町の端にある崩れかけたその要塞を調べてみようと決めたときには、夕闇が降りていた。グルカ隊は迷路のような廊下やトンネルに隠れて身の安全を図っているかもしれない。しかし暗闇のなかで、どうしたら隊を見つけられるだろう？

ランビールが眠そうな顔の馬丁に支払いをした。馬丁は横を向いて藁の上に唾を吐き、それからわたしたちの馬を自由にした。わたしは鞍に上がり、アラブ馬を町外れのほうに向けた。馬は星明かりのなかを穏やかに、カポカポと蹄の音をさせながら歩いた。市場はしまっており、わたしたちは重い足取りで家路をたどる幾人かの人々のあいだを縫うようにして進んだ。

山間部では日が落ちるのが早い。空気は凜《りん》と冷たく、風はなかった。崩れてから長い時間が経ち、敷石がゆるんでデコボコになった道で外れた小石をよけながら歩いたが、馬の蹄が石に当たるカチャカチャという音が鳴り響いた。わたしは顔をしかめた――十字路にいる見張りの兵士に聞こえてしまうだろうか？

暗く、形の崩れた要塞がぼんやりと姿を現した。砲撃されたのは何年もまえで、壁に大きな溝が残っていた。部分的に崩れて石の山と化した塀があり、大きな固まりがあるせいでペースが落ちた。

外側の要塞が右手にそびえていた。馬をそっと促し、瓦礫《がれき》をよけて歩いてくれるだろうと信用して手綱をゆるく握り、塀の周縁を回った。馬は注意深く歩を進め、ときどき頭を垂れて石のにおいを嗅いだ。そして塀に暗い隙間があいているところで止まり、「ほんとうにここに行きたいの？」と尋ねるかのようにたてがみを振った。

要塞の内部に入る道は馬が見つけてくれたが、わたしたちはここから出る道を見つけられるだろうか？

40

夜はよく知らない場所を探索すべき時間帯ではない。だが、仕方なかった——わたしの怪我で三日が消えてしまったから。膝でそっと押すと、アラブ馬は崩れかけたアーチ道を通って要塞の中庭に入った。

細い月が雲を逃れて高い位置で輝いていたので、広大な要塞の様子が見て取れた。前方の壁の両端に砲塔がぬっとそびえていた。わたしたちを狙い撃ちできる、見晴らしのいい場所だ。外側の塀と内側の壁に挟まれた中庭には遮蔽物《しゃへいぶつ》がなかった。侵入者をわなに掛けるためのスペースだった。

「バオ・ディ」ランビールがいった。「気味の悪い場所ですね」

一方の側面に沿ったアーチ道は内部へ、ゼナーナと呼ばれる婦人部屋へつながっていた。中庭を見渡せる細い窓が目印となってそれとわかった。わたしは躊躇した。初めて見る迷路のような廊下に入るのは気が進まなかった。しかしどうしようもない。グリアの部下たちとドクター・アジズを探さなければならないのだから。月明かりのおかげで、動きがあれば影でわかる。静かな石のあいだや霧のなかにいるほうが涼しかった。こうして壁に囲まれていると、幽霊を信じることもできそうだった。

突然、長く尾を引く物悲しげな泣き声が廃墟のあいだに響いた。絶望で身も凍るような声が剝き出しの石の表面を這っていく。信じられない思いで、息が止まった。アラブ馬が横によろめき、蹄がカチカチと音をたてた。この世のものとも思えない泣き声とは対照的な、聞き慣れたごく普通の馬の足音を耳にすると気分が安らいだ。

かん高い声が徐々に弱まって消えると、なにかが起こりそうな気配を孕《はら》む沈黙だけが残った。わたしは手綱をしっかり握った。さむけが肌を這っている。この異様な場所を立ち去るべきだった。

「いまのはなんですか?」ランビールが囁き声でいった。

わたしは馬をなだめようと、ピクピク動く鬐甲を撫でながらいった。「落ち着け、落ち着け」

しかしあの引き裂かれたような泣き声にはどこか妙なところがあった。薄気味悪い響きがあったにもかかわらず、なんとなく聞いたことがあるような気がした。アラブ馬を促すと、楽しそうな小走りをはじめた。驚いて馬を止めたものの、やがてその歩様に意味があることに気がついた。馬はあの音を知っているのか?

すぐにわたしにも思い当たった。いやはや——あの不気味な音は、軍で使うバグパイプのものではないか!

手綱をゆるめ、アラブ馬が音の出どころを見つけるのに任せた。ランビールは祈りをつぶやきながらついてきた。

馬は横のほうに動いて、階段のまえに出た。脚は躍り、耳は用心深くピンと立ち、神経を張りつめてしきりに進みたがっている。わたしは馬を降り、手綱を握り直した。

「止まれ《ルッコー》！」停止を命じる声がした。

わたしは身を固くした。ランビールが驚いて息を呑むのが聞こえ、わたしはどういうことか理解した。第二十一グルカ・ライフル連隊のセポイはみな熟練の狙撃兵だ。わたしたちが射手の銃弾から救われたのは、ひとえに彼らが姿を見せることを渋ったおかげだった。

鞍にしがみついたまま、わたしはセポイなら誰でも知っている二つの音を口笛で吹いた。

誰かが小さく笑った。「食事の合図だ」静かな声が英語でいった。

わたしたちは隊を見つけたのだ。安堵のあまりめまいがした。「よろしい。そのバグパイプで〈ロッホ・ローモンド〉が吹けるかい？」馴染みのスコットランド民謡だ。

カーキ色の軍服を着た背の低いグルカ兵が、一、二メートル先の影のなかから出てきた。笑みを浮かべている。温かい安堵感がほとばしり、溢れんばかりだった。隊はこの要塞で何週間も生き延びてきたのだから、きっとこの忌ま忌ましい迷路を隅から隅まで知り尽くしているだろう。幽霊の泣き声は、夜に敵の兵士や町の住民を寄せつけないようにするための策略だったのだ。隊の助けがあれば、全員でここを抜けだすことができるかもしれない。

「わたしはスィートゥです。こっちへ」先ほどのセポイが手招きした。

スィートゥは馬を隠してこいと年老いたバグパイプ奏者を送りだし、わたしたちを潜伏場所へ案内した。

グルカ人の歩兵たちがバタバタと立ちあがり、敬礼をした。心のこもった挨拶を交わしたあと、わたしは尋ねた。「ハドリー少佐はどこに？」

スィートゥが顔を曇らせて答えた。「フズール《サー》、少佐はわれわれの持ち場が襲われたときに撃たれました。われわれは弾薬を爆発させねばなりませんでした。わたしが指揮権を引き継ぎました」

「では、ドクター・アジズは？」

顎ひげを生やし、汚れた灰色のカフタンとベストを着た痩身の男がまえに出てきていった。「私がアジズだ」

ようやく！　目を輝かせたグルカ兵に囲まれ、わたしは喜んでアジズと握手をした。わたしたちが持っていた食糧をスィートゥがみなに分けると、兵士たちはあっという間にたいらげた。その後、寒さに身を寄せあいながら、脱出のためのべつのルートを考えた。暗いうちに発てば地形に翻弄《ほんろう》されるが、夜明けを待てば敵に見つかるかもしれなかった。

一つの計画が考えだされた。見張りを立て、わたしたちは冷たい石の床に横たわった。そんな環境でも、眠りはすばやく訪れた。

夜明けまえに、ランビールとわたしは市場に出かけた。馬かラバを何頭か買うためだった。馬を引いて十字路に近づくと、目をつけられたのがわかった。アフガン人兵士の一団が、わたしの駿馬《しゅんめ》を指差していた。わたしはため息をついた。はったりを利かせてなんとか切り抜けるよりほかなかった。

「止まれ！」リーダーらしき男がダリー語で命じた。

脈拍が速いスタッカートを打った。若馬が不安げに身じろぎした。

ちょうどそのとき、かん高い呼び声がした。「バオ・ディ！」ラザークと父親が、止まりかけた馬から飛び降りたところだった。お互いの肩を抱く慣習的な挨拶をしていると、家族の再会というありふれた光景をまえに、兵士たちは興味をなくしたらしく、わたしはおおいに安堵した。

「ラザークが、あなたを見つけるまで休まないといい張って」ラザークの父親がいった。「わたしたちは昨日、十字路を見ていたのですが、あなた方は戻らなかった。何時間も探しましたよ！」

二人が来てくれたおかげで、わたしたちの作戦がうまくいく見込みは格段にあがった。手短な交渉を経て、わたしは彼の荷馬車と馬の一団を雇った。村では必要な穀物やその他の食糧をシムラーで購入している。グルカ隊を呼んできて、ラザークの父親と集落の男たち何人かに付き添いを頼み、わたしたちは買出しの一団に混じって帰路につくことになった。

その後、出発の準備をしていると、ラザークは肩を落とし、しょげかえって口をへの字に結んだ。「バオ・ディ！」ラザークは泣き声でいった。

わたしもこの小さな盗っ人のことが大好きになっていた。あの出会いの日のラザークの冷静沈着な態度を――ラザークがわたし自身の拳銃でわたしを脅《おど》して身動きできなくさせたことを――思いだした。パリマルとハリへの愛情や、自分だってまだ子供なのに二人の面倒を見ていたことや、ようやく安全を確保してフラムジー家で食事をさせてもらったときに泣きだしたことも。

細い腕がわたしの腰に巻きついてきた。わたしはラザークを抱きしめ、それから肩をつかんで尋ねた。

「あの最初の日のことだけど、なぜわたしを襲ったんだい？　食べ物のため？」

ラザークはばつの悪そうな顔をしてつぶやいた。

「赤ん坊が泣くからさ。ぼくたちは隠れて、あなたのあとをつけてたんだ。あなたはロティを焼ける女の人を連れてたでしょ」

「ラザーク、なぜ赤ん坊を拾った？」

ラザークは目をしばたたいた。「だってさ、バオ・ディ、見つけたとき、あの子はぼくに向かって笑ったんだよ。置き去りになんかできなかったよ」

「チビの盗っ人め」わたしはラザークに向かってにっこり笑った。ラザークはチビの盗っ人なんかよりはるかに大きな存在だった。

出発のときが来ると、ラザークは道路に立ち、岩だらけの道が川のほうへ曲がって見えなくなるまでずっと手を振っていた。

その日の夕方、ドクター・アジズの横で馬に乗りながら、ようやく質問をするチャンスができた。

「何年かまえ、あなたはラホールにいましたね？」

アジズは当惑顔でうなずいた。

「もしかしたら覚えていないかと思って――カシムという男の手当てをしませんでしたか？　列車の事故でしたね、確か」

「ああ！」アジズの眉がパッとあがった。「それなら覚えている。たいへんな悲劇だったよ、もちろん。両脚ともに膝で断たれ、大腿《だいたい》動脈が切断されていた。止血したが、間に合わなかった」

「なにがあったのですか？」

「大きな叫び声や悲鳴が聞こえて、人々が医師を探していたから、見にいったんだ。その子供はプラットホームに運ばれた。呼ばれて行ってみると、子供が大量の血を流していた。最期まで一緒にいたよ」

「そのことをもっと教えてください」

ドクター・アジズは息を吐いた。「モガ駅に少年が二人いた。カシムとその友人だ。カシムが死んだあと、もう一人のほうが、行くところがないというんだ。私は彼を連れ帰って、妻のために下働きとして雇った。家のまわりの仕事を手伝わせるためにね」

カシムが友人と一緒に旅していた！「いまはどこにいるのですか？　その下働きの少年は」

医師は驚いてわたしを見た。「きみにとって重要なことなんだね？」わたしが肯定すると、ドクター・アジズはいった。「いまどこにいるかはわからないんだ。なにもいわずに出ていってしまったから」

「名前はわかりますか？　外見はどんなふうでしたか？」

アジズは肩をすくめた。「サヒールだったか、サビールだったか。痩せた若者で、気むずかしかった。いつも文句ばかりいっていたよ」

痩せた若者？　ちょっと待て。さっき、カシムのことは子供といっていた。しかしダイアナは、カシムのほうが自分より三つ上だといっていた。

「カシムとその友人ですが、二人は何歳でしたか？」

アジズは顔をしかめて考えこんだ。「むずかしいな。カシムはたぶん十四歳くらいだったか。友人のほうは青年だったよ、おそらく二十歳くらい」

「それは何年のことですか？」

「八八年の三月だった。私が田舎の任地に向かうために、ラホールを発とうとしていたころだから」

今年は一八九二年で、ダイアナは二十歳――イギリスには四年いたといっていた。一八八八年には、ダイアナは十六歳。カシムがダイアナより三つ上ならば、死んだ十四歳の少年はカシムではありえない。もしかしたら、カシムは死んでいないのではないか？　二十歳くらいに見えたという青年のほうがカシムで、自分の名前を少年に与えて死を偽装したのではないか？

「あなたの任地は――どこだったのですか？」

「南のほうの藩王国だよ。聞いたこともないんじゃないかな。ランジプートだ」

わたしは目を見ひらいた。ランジプートだって？　ようやくつながった！　カシムは医師とともにランジプートへ行った。アクバルとベーグはランジプートの出身だ。

二日めの日暮れどきにシムラーに到着した。一行が近づくのを見つけたグリアの偵察兵がわたしのほうへ来たので、シムラー・ロードの防御線はなんの苦もなく通り抜けられた。検問所では、グリアのところの士官やセポイが大勢寄ってきた。薄闇がこの光景を非現実的な色に染めた。グルカ兵が馬を降り、まわりじゅうにセポイがいて、士官たちはブロンドで背の低いグリア大将のまわりに集まっている。

グリアは大股に歩いてきてわたしの手を取り、握手しながらいった。「よくやった」

突然、何キロもの移動で蓄積した疲労が体にのしかかってきた。脚は鉛《なまり》になり、馬に乗りつづけたせいで目が燃えるようだった。ラザークの村の関係者に別れを告げ、グリアとグルカ兵たちに片手をあげて挨拶をして、わたしはフラムジー家の別荘へ向かった。

小さなタンガが横に近づいてきた。御者は黒い肌と真っ白な歯をした若いセポイで、わたしに声をかけてきた。「グリア大将のお遣いです、サー。乗ってください。家までお連れするようにいわれています」

41

その晩はひどい熱を出し、ときどき叫び声をあげて自分で自分を起こしたりもしたらしい。まわりで声がして起こされたのは、つぶした蚊のような味のする飲み物をしつこく勧められたときだけだった。それを飲んで、また暗闇に落ちていった。

タイルの上をすばやく走る足音がして目を覚ますと、見慣れない寝室にいた。壁は白漆喰塗りで、チーク材の化粧台と木の椅子があった。そうだった、シムラーに着いたのだ。

ラザークを家族のもとに届けたので、残ったわんぱく小僧は二人、パリマルとハリだけだった。わたしが起きたのを見て、二人は目を見ひらき、口をぽかんとあけて近づいてきた。

ずっと息を止めていられないのとおなじように、わたしは彼らに抗することができなかった。二人はわたしのベッドによじ上り、あっちからもこっちからも質問を浴びせてきた。時間の流れが遅くなった。一つ一つの瞬間が貴重で、音がすべて感覚に刻みこまれた。日照りのあとの雨のように。

「起きたのね、大尉」フラムジー夫人が心配そうに額に皺を寄せていった。ダイアナと一緒にドアのそばでためらっている。

わたしは二人に挨拶をした。驚いたことに、二人とも部屋に入ってきた。フラムジー夫人はブランケットのようにベッドを覆っている少年たちを身振りで示していった。「この子たち……あなたのお邪魔になっていない？」

わたしは微笑んだ。「なっていませんよ」

ダイアナはわたしのほうを見て首を振りながらいった。「あなたはこの子たちをものすごく怖がらせたんだから。半分死んだみたいな姿で現れて、ドアのところであんなふうに崩れ落ちるなんて！」

「ああ、そうでしたね」ドアに出たのはグルングだった……家に入ったところまでは覚えているが、そのあとの記憶はない。

ハリのやわらかい頭を撫で、二人の発する熱気と清潔な石鹸のにおいを吸いこむと、それが体の奥深くまで染みこんで、自分では壊れていると気がついてもいなかったなにかを修復してくれた。

「大尉」ダイアナが顔をしかめていった。「診療所へ行ったほうがよくはない？」

わたしは驚いて顔をあげた。「そんなに具合が悪そうに見えますか？」

ダイアナはベッドの足のほうへ回った。「そのほうがよければ、というだけ。だってあなたはまるで……」言葉はそこでしりすぼみになり、ダイアナはため息をついた。

「そうですね。だけどわたしに必要なのはこれです」わたしはくしゃくしゃの頭に触れ、まん丸の目とぽっちゃりした腕と、くぼんだところがなくなってふっくらとした顔を見た。「この子たちはとても元気そうだ。ありがとうございます」

フラムジー夫人が興奮しながらも抑えた声でいった。「大尉、ダイアナがこの子たちの両親を見つけたのよ」

ダイアナがうなずいていった。「この二人が兄弟だって知ってた？　パリマルからちゃんと名前を全部聞いたら、パリマル・ヴァサント・アローラだった。ヴァサント・アローラという、お父さんの名前が入っていたの。ジャランダールの人だとわかったから、電報を送ったんだけど、よかったかしら？」

わたしは深呼吸をした。少年たちがわたしと一緒に上下するのを感じながら。「ええ。ありがとうございます」

残念ながら、穏やかなときは長つづきしなかった。パリマルがくしゃみをして、ハリをわたしから押しのけようとした。ハリは身をよじって逃れ、ぽちゃぽちゃした手をあげて、兄の頬を引っぱたいた。

「こら！」腕をハリの小さな体に巻きつけ、これ以上の攻撃を防ぐために手を包みこんだ。わたしはしばらくこの二人から目を離していたわけだが、ダイアナはちがったのだ。パンジャブ地方の騒乱がおさまったら、おそらくパリマルとハリは家に帰れるだろう。

わたしが自分で背負っているとわかってもいなかった重荷を、ダイアナは軽やかに取り除いてくれた。ラザークと別れるまえ、あの子はわたしに二人の面倒を見ることを約束させた。ラザークがどんな大人になるかは、ここからもわかろうというものだ。

わたしはその日の大半を眠って過ごし、フラムジー夫人がつくってくれるすばらしい食事を詰めこむときだけ起きた。ときどき囁き声が聞こえて、少年たちやチュトゥキがドアのそばから覗きこんでいるのがわかったが、ダイアナからの言いつけがあったようで、子供たちはわたしをそっとしておいてくれた。眠りは避けられない波になってやってきた。深く、夢を見ない眠りだった。まえにフラムジー邸にいたときのような。もしかしたら、家とはこういうものなのかもしれない。手綱を放し、バルジョールの屋根の下にかくまわれ、わたしは回復に必要なものを受けとった。

翌朝、イスラム寺院からの祈禱時刻を知らせる呼び声が夢に入りこんできた。ラザークの村とおなじような、モンタナマツの独特の爽やかな香りと、調理用の火から立ちのぼる煙のにおいがした。

ドアの向こうから耳に心地よい音がした。じゃれるようなやわらかい鈴の音。チュトゥキがやってきた。チリンチリンと鳴るリズムから、チュトゥキがもう足を引きずっていないのがわかった。誰がアンクレットをあげたのだろう？　チュトゥキがこの家で受けいれられたことには、驚きも安堵もあった。チュトゥキは覗きこんできて、おかえりといってえくぼを見せ、びっくりしたよとわたしが声に出せずにいるうちに出ていった。

ダイアナが颯爽と入ってきた。夕暮れの紫色をしたサリーを着て、髪は頭のてっぺんで結ってある。わたしが目を覚ましているのを見て動きを止め、困ったような顔をした。それに気づいて、わたしは用心しながら身を起こした。ダイアナは動揺して顔を赤らめ、唇を嚙んだ。自分が苦痛をもたらすことに耐えられないのだ。まえに、なにかを壊すのが嫌いだといっていた。いまのダイアナは、なにかを放り投げそうに、そしてそのあとで手を揉み絞って泣きそうに見えた。

わたしはいった。「ミス・ダイアナ、ご機嫌いかがですか？」

「よかった、あなたも休息が取れたようで。だけど」ダイアナはため息をついてつづけた。「訊かなければならないことがあるの……チュトゥキについて」

「なんでしょう？」チュトゥキについては最低限の事情しか伝えていなかった。一つにはチュトゥキの体面を守るためだったが、あの子の苦しみに詮索するような目を向けるのは気が進まないからでもあった。ダイアナは、使用人からチュトゥキのカーストを訊かれたという。チュトゥキは妹だというわたしの主張は、わたしたち二人がぜんぜん似ていないために、かえって好奇心を招いてしまったようだった。

「もちろん、なにか考えがあるというのはわかっているけど」ダイアナはいった。どうしてもわたしに説明させようと意を決した顔で、ダイアナは尋ねた。「チュトゥキはなぜあなたと同行することになったの？」

使用人たちのゴシップ一つ取ってみても、チュトゥキの話を明かしてはいけないとわかった。チュトゥキの過去は隠さねば。彼女に未来を与えるために。「あの子自身がなにかいったのですか？　なにがあったか」

ダイアナはこちらをじっと見つめながらいった。

「なぜ彼女はあなたといるの？　どうして？」

信じられないことに、ダイアナの顔に非難の色があった。囚《とら》われの身だったときのことは、わたしもチュトゥキにあまり尋ねたことがなかった。それに、チュトゥキを買わないかと持ちかけられたときのことなど、ダイアナに話せるはずもなかった。そういうことはいわないものだ。

一瞬の間《ま》のあと、わたしはいった。「よからぬ商売に巻きこまれていたのです……そこに置き去りにすることはできませんでした」

「あなたが？　それともあの恐ろしいパターン人が？」

「お嬢さん？」

「あなたが子供たちに命令するときの様子ときたら——"静かにしろ！　もうたくさんだ！"」ダイアナは歯の隙間から絞りだすようにいった。「あんな人、大嫌い」

あんな人？　不安が体の内側からふつふつと湧きあがった。「誰のことですか？」

「パターン人よ。あの粗野な人……あなたが扮した」

ダイアナは部屋のなかを行ったり来たりした。やわらかいラベンダー色の布に身を包んではいても、わたしが知っている多くの士官よりずっと強靭《きょうじん》だった。ダイアナは以前から、わたしが変装に人格まで乗っ取られてしまうのではないかと心配していた。わかった。この変装がそんなにダイアナを動揺させるのなら、もう使わないことにしよう。ラシード・カーンの顎ひげともじゃもじゃの髪に別れを告げなければ。

「ミス・ダイアナ」わたしはいった。「理髪師を呼んでもらえますか？」

理髪師は丸っこい体形をした禿げ頭の男で、うなじの上に房のような髪を生やしていた。三脚のスツールを窓際に置いて、理髪師はわたしを迎えた。

ダイアナは遅滞なく部隊を集結させた。わたしの気が変わることを怖れたのだろう、補給係将校のように大声で命令を発した。「大尉殿の服を持ってきて。バスタブに入れるお湯を沸かして！」

子供たちは、残って散髪を見たいとせがんだ。それもいいかもしれない。髪を切ってひげを剃ってもわたしだと、変わらず彼らのバオ・ディだとわかるから。子供たちは面白い見世物を期待して、スツールのまわりの床に座った。

チュトゥキはドアのそばでくすくす笑っていた。こんなに愛らしい声は、わたしたちが遭遇《そうぐう》した不運な出来事のせいで失われてしまったと思っていた。シャツを脱いで低いスツールに座り、ちらりとふり返ると、チュトゥキがひょいと頭を動かして顔を隠すところが見えた。チュトゥキの向こうでは、コックやメイドたちが朝のお楽しみ——つまり、わたしだ——を眺めながらにやにやしていた。

「軍隊式の髪型でいいですか、サヒブ？　結構！」理髪師はぴかぴかのハサミを動かしてさっさとわたしの髪を切った。髪の束がまわりじゅうに落ちた。

年下の少年のハリが、床から一束つかみとって、まん丸い目をして懇願するようにいった。「これ、もらっていい？」

好きにしていいよ、というようにわたしは肩をすくめた。小さな子供が切り落とされた髪をおもちゃにしたいというなら、拒む理由などないではないか。

ダイアナのメイドが赤ん坊を抱いて入ってきた。少年たちのそばに降ろされると、赤ん坊はまえに身を乗りだして両手両足をつき、しっかりした動きでまえに進んだ。ハイハイができるのか！　覚えたばかりなのだろうか？　赤ん坊は髪を一握りつかんだ。その手が顔に向かいはじめたので、わたしは彼を膝に抱きあげて、手を口から遠ざけた。赤ん坊の重さが心地よかった。だっこし慣れた、温かく丸っこい体が妙に満足を与えてくれた——赤ん坊を抱いてこんなに誇らしく、こんなに楽しい気持ちになるとは知らなかった。

「サヒブ、こっちを向いてください」理髪師がわたしの顎に石鹸をつけながらいった。

パリマルが倒れこみ、大喜びでごろごろ転がった。「白いひげだ！　おじいさんだ！」パリマルは石鹸の泡を指差してくすくす笑った。

腕のなかの乳児もキャッキャッと笑って石鹸の泡を吹き、ぽちゃぽちゃした手をわたしの顔に伸ばしてきた。そういえば、まだ名前をつけていなかった。少年たちはこの子を〝赤ちゃん〟と呼んでいた。

理髪師が剃刀を使えるようにと赤ん坊を抱きとったとき、ダイアナはそっけなく用心深い顔をしていた。

わたしの厭《いと》わしい変装を忘れてくれるつもりはないのだろうか？

いくらも経たないうちにわたしの顔はきれいに剃られ、理髪師の仕事のおかげでヒリヒリした。わたしは泡をぬぐい、連隊にいたときのような短さに新たに刈った髪に手を突っこんだ。

少年たちはうしろに下がり、静かに、すっかり夢中になってこちらを見ていた。大きな黒い目で変化を吸収していた。きっとすぐに慣れてくれるだろう。

わたしは立ちあがり、いままで何週間もわざと屈めていた腰を伸ばして、古い友人、パターン人のラシード・カーンに別れを告げた。ラシードの前屈みの姿勢からぶっきらぼうな態度までを、変装のなかで再生していたのだ。火のような気性の彼がいないと寂しかった。しかしラシードは去年カラチで死んだのだから、死人は墓へ戻さなければ。

家のなかのあらゆる場所から、深みのある声が歌うように祈りを唱えるのが聞こえてきた。祈りが終わると、部屋のなかまで妙に静かになった。黙ったままの使用人たちがドアのそばにたむろしている。ダイアナは手で口を押さえ、泣きそうな顔をしている。わけがわからずに、わたしは顎に触れた。みんなどうしたのだ？

「大尉！」さっぱりした灰色のスーツ姿のアディがドアのそばで微笑んだ。「おかえり」

こんなシャツも着ていない姿のまま、みなの見世物になっているところを見つかって、わたしは顔をしかめた。

「なんの騒ぎだ？」バルジョールはドアのところでいったん立ち止まり、それからずんずん部屋に入ってきた。祈禱用のキャップをかぶったまま、満面に満足そうな笑みをたたえている。

「ジム大尉！」バルジョールは腕を広げてわたしを包みこんだ。

わたしは動けなくなった。驚きが徐々に感謝に変わった。ここにいるのはわたしがいままで持てなかった父親なのだ。率直で、歯に衣《きぬ》着せぬ物言いもするが、それでいて温かく受けいれてくれる。わたしはにっこり笑って、抱擁《ほうよう》という予期せぬ贈り物におなじお返しをした。

42

グリアからは、翌朝の十時に出頭を命じられた。グルングにネクタイを締めてもらいながら、わたしはいった。

「大将がここまで待ってくれたなんて驚きだよ」

フラムジー夫人がドアのそばからいった。「あら、だって、昨日あなたが眠っているあいだにセポイが二人来たのだけれど、ダイアナが送り返したのよ。けんもほろろの応対だったようね」

グリアがそれをどう受けとめたか想像して、わたしはくすくす笑った。パターン人の衣類は捨ててしまったし、軍服はボンベイに置いてきたので、フォーマルな黒の上着とズボン、それに灰色のシルクのネクタイとベストを身に着けた。フラムジー夫人はもう時間よというように時計を指差し、わたしの感謝の言葉を払いのけた。

シムラーの作戦本部の地図の間に戻ると、向けられたのは虚ろな表情ばかりだった。

「サー、わたしをお呼びですか?」グリアの背中に向けていった。

手を心臓の位置に当てて軽く会釈をするパターン人風の挨拶をしてみせると、グリアは身を固くしていった。「これは驚いた」

微笑するグルカ兵たちに囲まれ、ランビールはわたしの外見の変化を見て小さく笑った。わたしはランビールに近づいていって握手をし、協力への感謝を述べようとした。しかしこういう瞬間には、なかなかすんなり話せないものだ。言葉が喉につかえて、まっすぐに並ぼうとしないのだ。ランビールは大きな笑みで理解を示した。

「アグニホトリ大尉」グリアが割って入った。「もしよければ」そういって、わたしたちの報告を総括した。「こんな無茶苦茶な話は聞いたこともない」グリアは考えこんでからつづけた。「幸運にも、われわれはきみの知り合いの村の連中と契約を結ぶことができた――いまや、あの場所に足がかりができたわけだ」

しかしグリアの話はまだ済んでいなかった。「大尉、きみは先発隊も送らず、偵察もせず、予備プランもないまま突っこんでいって、たくさんのヘマをやらかしたんだぞ。そんなことでどうして隊を生きたまま連れ帰ってこられたのかは神のみぞ知る、だ。私が最良の男を送ったのは運がよかったと思いたまえ。よくやった、サバルターン・ランビール・シン」

わたしは平然としたままでいた。ボンベイでマッキンタイア警視からさんざん小言をいわれたあとでは、グリア大将の叱責はかなりマイルドに感じられた。

ここに残るようにとわたしに身振りで指図してから、

グリアは人払いをした。士官たちやグルカ兵たちが出ていくときに、途中で足を止めては握手を求めてくるので、自分が軍にいたときの楽しかった思い出がよみがえった。みながいなくなると、グリアがいった。

「シンを表彰するのはどうかね、ええ？　きみはどう思う？」

わたしがそのアイデアに心から賛成すると、グリアはいった。「よし。昼食をとっていくだろう？」

わたしは辞退した。また軍の食堂に行くのは気が進まなかった。前回、グリアは健康診断と称してランビールにわたしをノックアウトするように命じたのだ。ボクサーだったことを知られているとデメリットもある。とりわけ、わたしがほんとうは格闘を楽しんでいるんじゃないかと思っているような連中のなかに踏みこむとなれば。

グリアは気分を害したようだった。「どこかほかに行くところでもあるのかね、大尉？」

わたしは疲労を申したて、グリアは鼻であしらった。

「そうだ、これもあった。きみは民間人だから、勲章を出すことができん。軍に戻ってはどうだ？　少佐に任命する、ということではどうだ？　きみの、あー、名前だと少々むずかしいんだが、まあ、賛同者を見つけられるんじゃないかと思ってな」

わたしは目を見ひらいた。ふつうなら、インド人が中隊長――階級としては大尉に相当――以上の地位に昇ることはない。英国人の若者が現地人に従うことは期待できないからだ。グリアが差しだしてきた少佐という階級には、高給と兵舎の一室がついてくる。だが、遅すぎた。わたしはボンベイに戻って、事件の調査を最後までやり遂げたかった。

「受けられません、サー」わたしはいった。「しかしもちろん、心から感謝しています」

グリアはうなずいた。「そういうだろうと思ったよ。傷痍除隊だったと、サットン大佐はいっていた」

わたしの昔の上官と話をしたのか？　サットンはカラチの虐殺のことを話しただろうか？　グリアの顔からはなにも読みとれなかったので、かえってすべてを知っているように思えた。

少尉が書類と現金の束を持ってきた。グリアは紙幣を数えていくらか抜きだし、それをこちらに手渡した。「勝手ながらきみの報酬をここに届けさせた。ちょうど六十ルピーだ、隊の連中と軍医を連れ戻した任務に対して」わたしがその現金をしまうと、グリアは別れを告げた。なんだか悲しそうな顔をしていた。「もしなにか必要になったら、いってくれ」

グリアが感傷的になっていることに驚き、わたしは微笑んでいった。「サー、これで貸し借りなしです」そして帽子を拾いあげ、立ち去った。

別荘に戻ったときに望んだのは冷たい飲み物と静けさだけだった。コナン・ドイルの想像のなかでは、ホームズはパイプの煙をくゆらせ、バイオリンを爪弾《つまび》きながら、何時間でも自分のなかに引きこもっていられた。わたしの探偵としての実体験のなかに、そんな心地よさそうな、知的な気晴らしの入る余地はどこにもなかった。

少年たちの子供部屋として使われているポーチで帽子を脱ぐと、ダイアナが入ってきた。暑かったので、肩をすぼめて借り物の上着も脱いだ。

「こんにちは、お嬢さん、子供たちはどこです？」

「大尉」ダイアナは打ち解けない声でいった。「父がタンガに乗せてバザールに連れていった」

「ああ」わたしは見捨てられたような気分になって、ネクタイをほどいた。「チュトゥキはどうしていますか、お嬢さん？」

ダイアナが息を吐くのを聞いて、自分がどこかでまちがえたのがわかったが、それがどこかはわからなかった。ダイアナがパターン人の変装をいやがったから、それはやめた。だったら、なにに苛立っているのだ？

ダイアナがふり返ると、窓からの日射しで逆光になって輪郭だけがくっきりした。「どうしてお嬢さんと呼ぶのよ！」

なぜこんなに動揺しているのだろう？　自分がなにをしてしまったのか、まったくわからなかった。ダイアナの父親は二人のあいだに距離を置いてくれといっているが、その距離を守ろうとすると、わたしにとっては負担になり、ダイアナのことも苦しめているように見えた。パターンコートへの遠征のあいだじゅう、わたしはダイアナのことを考えていた。説明のつかない疲労に襲われ、わたしは椅子に座りこんだ。

ダイアナは答えを求めて待っていた。

わたしはそっと口を開いた。「あなたはなぜ大尉と呼ぶのですか？」

ダイアナはぴたりと動きを止めた。日射しが髪を捉え、髪が透けて金色になった。ダイアナは小首を傾げた。わたしには聞こえない音楽を聴いているかのように。そしてやわらかい表情でいった。「ジム」

ダイアナが口にするわたしの名前には親密な響きがあった。それがどんなにわたしの心を掻きたてることか！　以前にもわたしの名を口にしたことがあった、カラチの話をしたときに。しかしいま、ダイアナをまえにするとほろ苦い痛みがあった。わたしたちのあいだには境界があり、バルジョールはそれを越えてくれるなといっていた。

「ダイアナ」彼女がなにもいわないので、わたしは尋ねた。「なにを怒っているんですか？」

ダイアナは鋭く息を吸いこんだ。それからなにかぶつぶつとつぶやいて顔をそむけた。

しかしもう待てなかった。わたしはダイアナの肩をつかんでいった。「なんですか？　わたしがなにかしましたか？」

「いなくなったじゃない！」ダイアナは喉を詰まらせながらいった。「さよならもいわずに」

「ああ」なんて無防備に、なんて悲しげに見えるのだろう。同時に、目には乱れた思いが沸き返っている。

「すみませんでした。ダイアナ、あなたを心配させたくなかったのです」

　ダイアナの茶色い目に金色の斑点が浮いて見えた。

「あら！　ちがうのよ、ジム。わたしじゃなくて。あなたはチュトゥキにさよならをいわなかった。パリマルとハリにも。わたしはパシュトー語が話せないのに――この家の誰もパシュトー語が話せないのに。あの子たちが目を覚ましたら、あなたとラザークがいなくなっていた。あの子たちは置き去りにされたと……あるいは、あなたが死んだと思ったんじゃない？」ダイアナは頬を紅潮させ、激烈な囁きを吐きだした。「あの子たちを拾っておきながら、ただ脇へのけておくことなんかできないのよ、まるでものみたいに」

　わたしは喉もとにつかえた固まりを呑みこもうとした。この非難は、子供たちのことをいっているのだろうか、それとも彼女自身のことだろうか？　わたしが正気とも思えないような冒険に出かけるために、彼女を脇へのけたと思っているのだろうか？　わたしには時間がなかったのだ――遠征の準備をするのに一晩しかなかった。

　ダイアナの頬のきれいなカーブを指でたどりたかった。そうする代わりに、わたしはいった。「子供たちは安全だと思ったのです、あなたと一緒にいれば」

「それで、あなたは安全だったの？　もし戻れなかったらどうするつもりだったの？　あの子たちはもう充分つらい思いをしてきたんじゃないの？　十一日よ、大尉。あの子たちは食事も喉を通らなかった。それにこの部屋を出ようとしなかった、あなたが魔法のように現れるかもしれないから！　母はグラブ・ジャムンをつくった。父は仔犬で気を紛らわそうとした。ほんとうにつらい時間だった、毎晩誰かしら泣いていた。それに、チュトゥキよ！」ダイアナはわたしの胸を手のひらでたたいた。「どうしてあの子にあんな真似ができるのよ？」

これはまだ、さよならをいわなかったことについての非難なのか？

「ダイアナ、わたしはこんな形で人に頼られたことがないのです」わたしはいった。「わたしにとって初めてのことなのです。自分が誰かにとってそんなに重要な存在になるというのは」

ダイアナは身を引きながら叫んだ。「ちがう！　そんなこと、わたしにいわなくていいの！　チュトゥキにいって。あの子は……ああ、もう！」ダイアナは顔を赤らめた。「わたしたち、あの子が妊娠しているんじゃないかと心配していたの」

わたしは呆然としていった。「あの子は十二歳ですよ！　大丈夫なんですか？」

「まあ、たまたま、ただの生理痛だったのだけど。それに、本人は十四歳だっていってた」ダイアナは十と四を指で示した。「ジム、あの子はものすごくあなたのことが好きなのよ」

非難のように聞こえた。ダイアナは……妬《や》いているのだろうか？

わたしは一方の眉をあげ、からかうようにいった。「少し嫌いになるように頼むべきですか？」

ダイアナの態度は硬化したままだった。「あなたは……あの子に触れなかった？」

わたしは呆気《あっけ》にとられて尋ねた。「チュトゥキに？　チュトゥキの話をしているんですよね？」

ダイアナは不機嫌そうにいった。「あなたへの好意が、度を超しているように見えるから」

度を超しているように見える？　二人でどんなふうに歩き、飢え、兵士たちを避けたかを思い返した。わたしがどうやってチュトゥキを運び、どんなふうに腕が痛んだかも。人からどう見えるかなどどうでもよかった。

わたしはたしなめた。「まったく。そんなに堅苦しいことをいわないでくださいよ、お嬢さん」

「堅苦しいですって！　それを五人の子供を連れた未婚男性がいうなんて！」

上流社会では奇異な目で見られるのだろう、おそらく。わたしの子供たちへの愛情が、ダイアナを遠ざけるのだろうか？　なんとか説明しようとあがいた。

「わたしはあの子たちを見捨てるべきだったのですか……わたしが見捨てられたように？　あなたはあらゆるものを手にしているからわからないのでしょう。つらいものですよ、なにかがないというのは」

「なにかって……お金のこと？」ダイアナは囁き声でいった。

わたしは首を振った。「ちがいますよ、ダイアナ、家族のことです」

ダイアナはびっくりした顔をして、手で口を覆った。

「家族！　あなたは彼女と結婚したの？」

「結婚って……チュトゥキと？」

わたしはダイアナの腕をつかんだ。いくつかの断片があるべき場所に収まってみると、いうべき言葉が形にならなかった。

「チュトゥキが……あの子が妊娠していると思ったとき……あなたはわたしの子だと思ったのですね？」わたしはダイアナの非難に呆然として、囁き声でいった。

「そんなふうに信じる理由なんかないのに」

ダイアナの目が青白い顔のなかで大きく見えた。ダイアナはいった。「だってよく知らないから、彼のことは——パターン人になったあなたのことは。あなたがあんなふうになっているときのことは」ダイアナは首をすくめて、わたしから離れた。

もう我慢できなくなった。喉が詰まり、パニックに陥ったときのように必死だった。この瞬間がすべてを決めると思った。先はまったく見えなかった。

わたしはダイアナの腕をつかんだまま、大声でいった。「ダイアナ！　答えてください。あなたはわたしの喉もとにナイフを突きつけているんですよ。わたしがチュトゥキの子供の父親になりうると思うのですか？」

　ダイアナは驚くべき冷静さでわたしを探った。ロープもコンパスもなしに大海を漂う船となったわたしを放置したまま。結局、わたしのことなどなにもわかっていなかったのだろうか？　舞踏会でのあの甘美なダンスは、いまやべつの人生の一部のような遠い出来事だった。ダイアナはわたしを獣《けだもの》のように思ったのだ。わたしのなかでなにかが――最後の自制が――ポキリと折れた。

　憤りが胆汁のように腹のなかを激しく掻き混ぜた。わたしは詰問した。「仮にチュトゥキが子供じゃなかったとしても。仮にそのうえで、暴行などではなかったとしても……わたしがそんなことをすると？　わたしにそんなことができるとでも？」

「ジム」ダイアナは顔をしかめた。繊細な喉もとが動き、茶色の目がわたしを焼いた。

　惨めな気分で、身動きもできなかった。思いきり叫んで、ダイアナを揺さぶりたかった。いや、ちがう、「ジム」というダイアナのやわらかな声に包まれたかった。寒い晩に毛布に包まれるように。そこにダイアナを引きこんで抱きしめられるように。しかしダイアナはわたしを蔑《さげす》んでいたのだ。どうしたらわたしが子供を害するなどと思えるのだ？　足に怪我をして、痛々しい笑みを浮かべた小さなチュトゥキを。疲れた大きな目をして、あの細いおさげ髪をあんなに自慢にしていたチュトゥキを。わたしは打ちのめされ、両手を落とした。

　ダイアナが口を開いた。「いいえ。わかってる……ジム、ごめんなさい、反省してる」

　呼吸は楽になったものの、体のなかにしこりが残った。こんな戦いに嫌気が差し、体中穴だらけになって萎《しな》びたような気分で、わたしは嚙みつくようにいった。

「ええ、反省するべきですよ、お嬢さん」

　冷たい指をわたしの指に絡め、ダイアナはいった。

「あなたにはチュトゥキのことも、男の子たちのことも、傷つけることなどできるはずがない」

　日射しが窓ガラスの向こうから流れこんできて、ダイアナの青白い顔の上で揺らめいた。ダイアナは怯まずにわたしと目を合わせた。

　憤りの波は引いていたが、わたしは傷ついていたし、忘れることはできなかった。絡まりあった指から生じる親密な雰囲気に反して、わたしは奇襲を受けたような気分だった。どうしてこんなに傷ついているのだろう？　予想もしないことだったから？　いや、ちがう。わたしはダイアナを信頼し、ゆえにダイアナもわたしを信頼してくれるにちがいないと信じていた。わたしはまちがっていたのだ。

「あなたが怒ったところを初めて見た」ダイアナは用心深い声でいった。「ほら。雲がなくなった。ジム、ほかにもなにかあったんでしょう？　ドクター・アジズだけじゃなくて。あなたがパターンコートに行った理由、どうしても行かなきゃならなかった理由が」

　ダイアナのいうとおりだった。わたしがパターンコートに行ったのはセポイたちのためだった。孤立して、足留めを食らい、いまにも敵に見つかるんじゃないかと怯えていた隊のためだった。

　わたしの心を読んだかのようにダイアナが近づいてきた。口もとに悲しげな線が浮かんでいた。「だと思った。わたしがあなたを大尉と呼ぶのは、それがあなただから。あなたは軍を去ったけれど、軍はまだあなたのなかにいる」

43

一週間後、わたしたちは南行きのフロンティア急行の一等車に乗ってボンベイに戻った。チュトゥキはダイアナとその両親とおなじ客車に乗り、アディとわたしはべつの客車でゆったり過ごした。使用人たちは三つめのコンパートメントにいた。それまでの一週間で休息を取り、よく食べた。まだふだんの体重を大幅に下回ってはいたが、ボクシングをするために軍の競技会を訪れたりもした。

　客車で体を伸ばし、ダイアナのことを考えながら肩をさすった。口論して以来、わたしたちのあいだには亀裂《きれつ》が残っていた。ダイアナの伏し目がちな表情に差す影や、わたしのなかの気後れにそれが表れていた。ダイアナがわたしを疑ったのも無理はない。わたしがどうやってチュトゥキを見つけたかいおうとしなかったのだから。ダイアナはわたしの変装を信用せず、わたしが変装の奴隷となってふだんとはちがう振る舞いをするのではないかと思っていた。彼女はなにもわかっていなかったのだ。変装をすれば、英国人に対して開かれていない場所にも入っていけた。それに、手本にしたのは大事な友人たちだった。わたしのよく知っている、死んだ戦友たちだ——ぶっきらぼうなパターン人のラシード・カーンや、港湾労働者のジート・チョードリーだ。

　ダイアナはわたしをジムと呼びつづけたけれど、わたしのほうはめったに彼女の名前を呼ばなかった。二人がどうなりえたかを思うと苦痛だったから。ダイアナはわたしの冷淡さを落ち着いて受けとめた。アディによれば、シムラーではソリ——ワディア家の兄弟の兄のほう——がダイアナに対して目立って関心を示したらしい。わたしが口をきかないことで、ダイアナを遠ざけてしまったのだろうか？

わたしは愚か者だった。こうしたことすべてにかかわらず、ダイアナを愛していた。望みがないのはわかっていた。わたしのような男──貧乏人で、孤児院育ち──にはチャンスなどまったくなかった。しかしそれでも愛はわたしのなかにあった。あの聡明な目を向けられるたびに殴りつけてくる拳のように。

列車が中央インドの起伏のある丘や草原をゆっくり進むあいだ、うとうとしながら過ごした。アディがいるのはうれしかったが、少年たちのおしゃべりが恋しかった。小さなパリマルとハリは一緒ではなかった。ダイアナの電報に呼ばれ、不安と希望を抱えて両親が到着したからだ。反対する理由を、彼らがわたしの少年たちを連れていけない理由をなにか探したくて、わたしはジャランダールから来た農場主とその妻に根掘り葉掘り質問をした挙句、簡単なテストを思いついた。もし少年たちが両親を覚えていたら、二人を行かせようと思ったのだ。だが、もし忘れているようなら、二人を手放すつもりはなかった。

そんな思惑はすべて無駄だった。パリマルは母親を見るなり大声で泣きだした。母親はパリマルに駆け寄り、顔を撫で、キスで息子を包みこんだ。農場主はひざまずき、泣いて神々に感謝した。夫妻が息子たちを家に連れ帰るまえに、わたしはほろ苦い思いで少年たちを抱きしめ、染みついた藁と石鹸と馬のにおいを吸いこんだ。別れに胸が痛んだ。わたしは汚らしいわんぱく小僧の一団が好きになっていたが、いまや彼らは自分たちの子供時代を取り戻そうとしていた。これで、わたしのところに残ったのはチュトゥキと赤ん坊だけになった。赤ん坊は、これから来るモンスーンにちなんでバーダルと名づけた。〝雲〟という意味だ。

「大尉？」わたしが意気消沈していることに気づいて、アディが尋ねた。「戻ったら、調査を再開するんでしょう？」

わたしは背筋を伸ばした。「そうですね、サー。判明したことを整理しましょうか。わかっているのは次のようなところです」わたしは出来事を時系列順に並べた。「十月二十五日の何日かまえ、レディ・バチャは図書館である男と会いました。司書のアプテは、男がレディ・バチャの手首をつかんだところを目撃しています。このことと、ご婦人方が内緒で時計塔に出向いた事実を考えあわせると、二人は強請られていたのではないかと思われます。しかし、誰に？ どういう内容で？ それはまだわかっていません。

では、事件の日、十月二十五日にはなにがあったのか？ 事務員のフランシス・エンティは、二人の男がマネックと口論しているのを目撃しましたが、その二人がアクバルとベーグだったと明らかにすることを拒みました。マッキンタイア警視は、エンティが証言を撤回したといっていました」

アディは驚いて口を開いた。「ほんとうに？ それは知らなかった」

「エンティはどうも胡散《うさん》くさいですね——妻の所在について、プーナにいるとわたしに嘘をつきました。これは未解決事項としてさらに調べる必要があります」わたしはアディに、エンティの部屋から取ってきた手紙について話した。手紙からは、エンティの妻がプーナにいないことがわかった。エンティの主張とは食いちがっていた。

アディは首を振りながら尋ねた。「どうしてそんな嘘をついたんだろう？」

「本人に訊いても駄目でしょう。エンティはわたしに反感を持っているようですから。マッキンタイアが大騒ぎしていたのを覚えていますか？ エンティだったんですよ、わたしが事件の調査をしていると総督に伝えたのは」これはダイアナが物陰から探って発見した事実だった。「尾行して、エンティがどういうつもりか探るべきですね」

アディは考えこんだ。「ふうむ。あなたが時計塔のバルコニーで拾った、例の黒い糸と白いビーズだけど──あれはバチャとピルーに結びついたの？」

「いいえ」わたしはため息をつきながら答えた。「しかしあの糸は、司書が閲覧室で見つけた黒い衣服と関係があるのではないかと思います。司書の記憶では、外で騒ぎがあったのに、二人の男が閲覧室に座ったままでいたそうです。妙な話ではありませんか？　この二人の正体もわかっていません」

「侵入者については？」

「はい。ヌール・スレイマン、ランジプートのラニの甥ですね。マッキンタイアによれば、スレイマンの外見はアクバルと一致するようです」

アディはこれに顔をしかめた。「あなたの報告書でも読んだけど、信じられない思いだったよ。バチャの裁判で名前の挙がったアクバルが、じつはランジプートのヌール・スレイマン王子だったなんて。うちのトディ関連の商売はランジプートに依存しているんだ。父には、ラニの一族と取引があるんだよ」

「そうでしたね。スレイマンがあなたに対してなにか個人的な恨みを抱いている可能性はありませんか？あるいは、あなたのお父さんに対して。スレイマンはなにかを探しています」

アディは当惑顔でいった。「まったく思い当たらない。もしアクバルがバチャとピルーを強請っていたなら、なにか二人の弱みを握っていたはずだ。だけど、それはなんだろう？」

「ご婦人方が怖れていたなにか。もう一度、バチャの書類をすべて見直しましょう。写真かメモを探すのです。本に挟まっているかもしれませんし、新聞のあいだに隠れているかもしれませんし、写真たての裏側になにかあるかもしれません」

アディはうなずいた。「それはぼくに任せてくれ」

わたしはつづけた。「アクバルは造船所ともつながりがあります。尾行したらそこに行きつきました」

「ラホールに発つまえの話だね」

「ええ。それから、マネック――彼にはもう一度当ってみるつもりです。マネックは口にしたよりも多くを知っています。マネックがわたしの関心をカシムに向けさせ、カシムについてはドクター・アジズからかなり興味深い話をいくつか聞きました」

ドクター・アジズからの情報を順序立てて説明しているうちに、探偵の仕事とは非常に整然としたものなのだなと思えてきた。個々の手掛かりが結びつくまで追っていく。わたしの手もとにはまだいくつか手掛かりがあった――マネック、ランジプート藩王国……それに、例の怯えたハヴィルダール。あの警備員があんな状態に陥ったことには、いったいどんな意味があったのだ？　次のときにはアディを連れていって、通訳をしてもらおう。


そろそろ大きな展開が必要だった。もうすぐ六月――アディのために働きはじめてから三カ月になる。六カ月で真相にたどり着いてみせると、自信たっぷりに宣言したというのに。あの侵入者、スレイマン王子は、なにを探していたのだろう？　相当のリスクを負う価値のあるものだったはずだ。

調査は二つの点でランジプート藩王国につながっていた。わたしは現地に行くつもりだった。しかしまずはマネックだ。そもそもカシムを追うように仕向けたのはマネックなのだから。知っていることを話してくれてもいい頃合いだった。

44

翌朝、清潔な白いクルタを着て、リプリー・ストリート沿いのマネックの下宿先に歩いていった。メイドが戸口でわたしの名刺を受けとり、待つようにと告げ、下宿の女主人を連れて戻ってきた。女主人はわたしを小さな客間に招いた。西洋式の衣服に身を包んではいたが——質素な灰色のドレスにキャップ——インド人であるのは確実だった。若くはなかった。広い額に、尖った顎、皺に囲まれた目は鋭く、人目を引く顔立ちをしていた。独立独歩で忍耐強く、さまざまな責任にさらされてきたような印象を受けた。

「部屋をお探しですか？」女主人はウエストにさげた鍵束を指でいじりながら尋ねた。

「マネック・フィッターを訪ねてきました」

　女主人の顔を影がよぎった。なにか隠しているときのダイアナが見せるたぐいの用心深い表情だった。心配そうな顔をしていた——マネックのために？

「ここにはいません」

「いつマセランから戻るか、聞いていますか？」

「あら。彼はいまそこにいるのですか？」

「マダム、わたしはアグニホトリ大尉です。何週間かまえ、そこでマネックに会いました」

「そうなんですか？」女主人は顔を赤くしながらいった。「下宿人がどこにいるかは、わたしがお伝えすべきことではありませんので」

　ということは、彼女は知っているのだ。わたしはいった。「彼を傷つけるつもりはありません。いやな思いならもう充分しているでしょうから」

「そうですか」女主人は、心を決めかねていったん口をつぐんだ。「なにか伝言がありますか？」

メッセージを伝えられるということは、マネックはボンベイに戻ったのだろうか？　女主人はもう少しで話してくれそうに見えた。彼女が視線を落とすと、わたしはつかのま同情を覚えた。マネックはここにいるのだ。

女主人の不安はわたしを戸惑わせた。マネックは、彼女にとって下宿人以上の存在なのか？　そのとき思い当たった、なぜマネックが怖がっているのか、そして誰を守ろうとしているのか。

わたしはいった。「マネックはわたしを知っています。もしよければ、わたしの名前を伝えてもらえますか？　明日また来ます」

「大尉」マネックがカーテンの向こうから出てきた。

わたしはびっくりして、彼と握手をしながらいった。

「あなたはダークホースですね」

きちんとした服装をし、きれいにひげを剃り、不安定ですぐに動揺しそうに見え、たいていの人にみくびられる針金のような体つきのマネックが、長く引きこもることを余儀なくされている人間特有のストレスを発しながら、部屋のなかを歩きまわった。

マネックと二人きりで話をする必要があったので、女主人にお茶を一杯頼んだ。足音が遠ざかると、わたしはマネックを厳しい目で見つめた。そして腕を捉え、マネックが動けないようにした。

「あなたの恋人の名前は？」わたしは尋ねた。

マネックはハッとした。顔色が悪くなったので椅子に座らせた。「そう、見ればわかりますよ。あなたは彼女を危険にさらしたくない。しかしこのままではどこにもたどり着けない、そうでしょう？」

マネックはうめき、両手に顔を埋《うず》めた。「お願いだから帰ってくれ。ぼくのことは放っておいてくれ」

「あなたはカシムの名前を出した、覚えていますか？

わたしはカシムのあとを追ってインド中を移動し、ラホールにまで行きました。今度こそ、全部聞かせてもらう必要があります」

マネックは顔をしかめた。「いいかい、誓っていうけど、ぼくはバチャとはなんの関係もない」

わたしはその情報を吸収した。「では、ミス・ピルーがあなたに助けを求めたのですか？　そろそろ白状してもいいころですよ」

マネックは目を逸らしていった。「アリスまで危険にさらすことはできないよ」

では、わたしは正しかったのだ。隣の部屋から、誰かがティーカップをカチャカチャ鳴らすのが聞こえた。「彼女に警告するべきではありませんか？　どういうことになっているのか知らせて」

女主人の足音が近づいてくると、マネックは身を固くした。女主人はトレーを置いて、うなだれたマネックを見ると、大きな声でいった。「マネック、どうしたの？」

わたしはもう一押しすることにした。「ミス・ピルーはあなたに助けを求めた。彼女はなんといったのですか？」

アリスが椅子にちょこんと座ると、マネックは苦しそうな顔をした。わたしがこの話をおおっぴらに持ちだしたことを怒っているようにさえ見えた。アリスはこのごたごたから遠ざけなければならないだろう、マネックに手伝いを求めるまえに。わたしはいった。

「マダム、何日か行ける場所がありますか？　どこかにご家族は？」

女主人は戸惑いながらいった。「わたし？　何日か……ええ。一週間くらい？」

「できれば二週間が望ましいですね」口でいっているほど自信はなかったが、彼女の安全を確保しなければ、マネックは絶対に口を開かないだろう。

「二週間なら大丈夫だと思います。いとこのところへ行けばいいわ。下宿のことをどうすればいいかはコックが知っているし、部屋代はあなたが集めてくれる……

…？」女主人はマネックに尋ねた。

マネックの顔が明るくなった。「もちろんだよ。そこは安全なの？」

アリスはくすくす笑った。自信に満ちた低い声が少しダイアナに似ていた。「いとこは大佐と結婚して、プーナの野営地のまんなかに住んでいるのよ。あそこが安全じゃないなら、安全な場所なんてどこにもないでしょうね」

マネックが顔をあげた。まるで日照りのあとに植物が生き返るように。アリスがなんの気なしにマネックの手をポンポンとたたく様子から、二人の付き合いが長いことが見て取れた。わたしは同情をこめて二人をちらりと見た。マネックも禁じられた愛を手放せずにいるのだ。若きパールシーの男と年上のクリスチャンの寡婦、共同体を超えたこういう関係を支持する者はほとんどいないだろう。

わたしはマネックを促した。「マネック、この事件を終わらせるチャンスなのです。話してください、どういうことだったのですか？」

長いことわたしを見つめたあと、マネックはいった。

「男の名前はセト・ヌール・アクバル・スレイマン。ぼくたちは去年知り合った。あの男は南のマイソールのそばの大富豪かなにかで、バチャと知り合いになりたがっていたんだけど、バチャは会おうとしなかった。その後、ピルーの手紙を持っているとぼくにいってきたんだ。これでフラムジー一家を潰すことができる——完全に破滅させることができるって！　あいつの話し方ときたら——ぼくは胃がひっくり返りそうだった。あの男は……恐ろしい」

「わたしも会ったことがありますよ」ではやはりこの男が、ダイアナの部屋の近くのバルコニーでわたしが戦った相手なのだ——あの悪党が、ミス・ピルーのものだった手紙を持っていたのだ、ご婦人方を強請るのに使った謎の手紙を。ようやくわたしの持論の確証が出てきた。

「あの男はピルーと話がしたいといった。それだけだった！　だからぼくは同意した――ピルーにメッセージを運ぶことに。ピルーはぼくの幼なじみだからね。ダイアナとピルーが仕立屋に行ったときに、出てくるのを待って話したんだ」

ダイアナはマネックのことを〝おとなしい人〟といっていた。わたしはマネックの話に気持ちを集中し、アクバルがピルーを呼びだしてどんなに怖がらせたか想像した。「それで？　彼女はどんな反応をしましたか？」

マネックは唇を湿らせ、椅子のアームを握りしめた。

「大尉、ピルーは泣きだしたんだ。〝わかってた！　全部わたしのせいよ！〟といって。ものすごく動揺していた」

興奮が鼓動になって体の内側をドンドンとたたいた。では、カシムはランジプートにたどり着いたとき、ピルーからの不穏当な手紙を、持っていたのだ。ピルーが罪悪感を覚えるようななにかを。そしてどういうわけかアクバルとベーグに出会い、一緒になって若きミス・ピルーを強請ったのだ。アクバルはまだその手紙を探していたのか？　フラムジー邸で、何カ月もあとに？

「その手紙にはなにが書いてあったのですか？」

マネックは首を横に振った。「ぼくは見たことがない」

「そうですか。あなたはミス・ピルーに話をした。ミス・ピルーは動揺した。それで、レディ・バチャに助けを求めたのでしょうか？」

「そう。ぼくは図書館の外で二人と会った。きちんとした、世間体の悪くない形でね」マネックはアリスに請けあった。

「場所は大学の敷地内、ムラサキフトモモの木のそばですね？」

たはずだった。「あなたはご婦人方よりまえにあそこにいた。そうではありませんか？」

マネックは浮かぬ顔をしていった。「アクバルから、小型馬車を呼んで南門のところに待たせておけといわれてね。ぼくは抵抗したんだ、一緒にいるってピルーとバチャに約束したから。あんなにひどいことになるなんて思いもしなかった。昼間で、大学のまんなかだったから」

「あなたが交換の手はずを整えたのですね」わたしは推測していった。「ミス・ピルーの手紙を、いくらで？」

マネックは呆然として尋ねた。「どうして……？」

「簡単な推理ですよ。あなたがいなくなったあとバチャとピルーが口論したのを、三人の子供が見ています。それで、ご婦人方が強請られていたのではないかとまえまえから推測していました。いくら払うはずだったのですか？」

マネックは凍りついた。「驚いたな、大尉。いったいどうしてそれを知っている？」

「子供たちがあなたを見かけていて、かなり明確に説明してくれたのですよ。それで？」

「バチャは図書館のなかに行った。ぼくはピルーと、バチャが戻ってくるまで待った。バチャが誰に会ったか、相手がなにをいったかは知らないけれど、そいつはバチャを震えあがらせた」

バチャが、華美な緑色のコートを着た男と会ったときのことだろう。もしもこの緑色のコートがアクバルかベーグなら、アクバルを犯人とするための強固な足場ができる。わたしはため息をついた——つながりを見つけて、マッキンタイア警視に証明してみせる必要があった。

マネックの注意を事件の日に向けたところで、子供たちの目撃談を思いだした。二人の女が到着するまえに、マネックはアクバルとベーグの二人組と口論をし

「五百ルピー」

それなら、レディ・バチャの書き物机からなくなっていた家計費は、強請に対する支払いで消えたのだ。

「そうですか。あなたは馬車を捕まえに行った。何時でしたか？」

「三時十五分くらい」

「それはアクバルとベーグと揉めたあとだった」

マネックの薄茶色の目に決意がうかがえた。「ぼくは行かないといったんだが、アクバルに押しやられた」

「そしてアクバルはあなたの上着を破いた。あなた方がいたのは二階のバルコニーでしたね」

「そうだ」マネックが唾を呑みこむと、喉ぼとけが上下に動いた。

「子供たちはそれも見ていました」わたしはメモ帳から読みあげた。「揉め事、男二人とマネック、二階の欄干のところで。あなたのシャツか……あるいはコートが破かれた。どちらかはっきりしないのですが」

「コートの襟もとだよ。目撃者がいたの？」マネックの声は、わたしの体の奥深くまで届いた。こういう完全な絶望、圧倒的な闇ならわたしも知っていた。闇のタペストリーのなかでは、ちらちら明滅する希望がどうしても手からすり抜けてしまうように感じられ、それがほんとうにそこにあるとは思えなくなるのだ。

わたしは謎の糸口をしっかり握り、慎重にそれを手繰《たぐ》った。「あなたは馬車を捕まえに行った。ご婦人方が到着して、時計塔に上った。それがどこでおかしくなったのですか？　なぜ二人は金を払って手紙を取り戻さなかったのでしょう？」

「ああ！」マネックは勢いよく立ちあがり、大声をあげた。「それがわかればどんなにいいか！　あのときは馬車が見つからなかったんだ！　通りをあちこち走りまわった。ようやくバルーシュ型の馬車を捕まえて、待っていてくれと御者に頼みこんだ。御者がいやがったから、十ルピー渡していうとおりにさせた。

ぼくは急いで戻った。そこで目にしたものを想像してみてくれ！　彼女たちが二人とも、地面の上で死んでいたんだ！　二人には、ぼくがついているからといったのに。大尉、公共の場所だったんだよ。閲覧室のすぐそばだった。交換してすぐに立ち去ればいい、ぼくらはそういっていたんだ。それなのに、二人の死体のまわりに人だかりができていた」マネックは苦悩して髪を掻きむしり、それからどすんと椅子に座りこんで顔を覆った。

アリスは目を見ひらいて、同情するようにマネックの肩に触れた。

鼓動が耳のなかにこだましていた。マネックの言葉は、アクバルとベーグがご婦人方の死に関わっていることをはっきり示していた。だが、待て！　重要な事実が一つ、まだ地平線の彼方に横たわっていた。この事件には、強請以上のなにかがあるはずだった。なぜ金を受けとって、あとでさらに要求しなかった？　なぜ女たちは死んだのだ？

マネックは濡れた顔をあげた。「ぼくは彼女たちを裏切ってしまった。二人がこの件を乗りきるのを助けたかっただけなのに。交換にはぼくが応じるからと申してたのに、アクバルが聞きいれようとしなかったんだ。あの二人でなければ駄目だといって。カシムのためにそれくらいさせるべきだ、と」

カシム！　ここでようやくカシムとつながった。

「それはどういう意味だったのですか？」

マネックは首を振った。「カシムはフラムジー家で働いていた使用人の少年だって。アクバルはそれしかいわなかった、ほんとうだよ！　アクバルがフラムジー家の人たちを嫌っているのは、カシムのせいなんだ」

「時計塔ですが――誰があそこを交換の場に選んだのですか？」

マネックは顔に皺を寄せた。「アクバルだよ。ぼくは閲覧室を提案したのに。人目が多くて、より安全だと思ったから」

「しかし代わりに、アクバルは時計塔を選んだ」わたしはいった。「そしてあなたを遠ざけた」

マネックはいった。「これは復讐なんだね、そうだろう？　アクバルには、手紙を渡すつもりなんかまったくなかったんだ」

それについて考えた。まだなにか、筋の通らないところがあった。「おそらく。しかし、それならなぜプリンセス・ストリートでわたしを襲ったのでしょう？なぜ、まさにその翌日の夜にフラムジー邸に忍びこんだのでしょう？」

わたしの言葉を聞いて、アリスが喘ぎを漏らした。マネックは呆然とわたしを見つめた。

「この一件はまだ終わっていません」自分の不用意な言葉を後悔しながら、わたしはいった。「どうもわたしには、アクバルが強請のための手紙を持っているとは思えないのです」わたしはむっつりとした顔のマネックを見た。マネックは、留置場で尋問されることに何カ月耐えたのだろう？　そのうえ被告人席に立ち、口を閉ざしたまま地獄のような裁判を乗りきったのだ。「マネック、なぜ警察に話さなかったのですか？　なぜ殺人の容疑者として裁判を受けたのですか？」

「あの手紙のせいだよ！」マネックは叫んだ。「あの手紙がフラムジー一家を破滅させるとアクバルはいっていた。あの男にはほんとうにそれができると思う。でなければ、どうしてバチャがあんなにいいなりになったと思う？　あの男に会って、要求された金を渡して。日にちも、時間も、全部いいなりだった！　そしてぼくは完全に彼女たちを裏切ってしまった。戻るのが遅すぎた。アクバルが二人を殺したんだ。ああ、ぼくはなにもできなかった！」

わたしは椅子の背にもたれ、顔をしかめた。その手紙にはなにが書いてあったのだ？　なんであれ、フラムジー家のご婦人方はそのために死んだのだ。

45

アリスがマネックを慰め、二人が頭を寄せあうところを思いだしながら、わたしはフラムジー邸へ戻った。マネックのおじは、アリスがパールシーではないから二人の結婚に反対しているのだろうか？　世間からの期待という迷路から抜けでる道を、あの二人が見つけられるといいのだが。

フラムジー邸に着いたのは、ちょうど夕食が出されているときだった。アディが両手を振って、わたしを食事に招待した。進展を報告するちょうどいい機会だったので、ダイアナへの態度を形式どおりの礼儀正しさに抑えつつ、招待を受けた。

「グルング！」バルジョールがもう一つ席をつくるよ

うに合図をした。バルジョールとフラムジー夫人とダイアナに挨拶をして、アディの質問に答えているあいだに、目のまえの皿に食べ物が積みあげられた。

「バオ・ディ！」ロティを運んできたチュトゥキが息せき切っていった。焼きたてのパンからはまだ湯気が出ている。チュトゥキは晴れやかに微笑み、すぐに仕事を再開した。アンクレットをチリンチリンと鳴らしながら。

チュトゥキがわたしのまえにロティを置いたとき、わたしはパシュトー語で尋ねた。「チュトゥキ、調子はどうだい？」

「元気よ、バオ・ディ」チュトゥキは笑みを浮かべながら、囁き声で答えた。

「なにか必要なものはない？」

チュトゥキは唇を曲げて考えてからいった。「お金かな？」

チュトゥキに札入れを手渡し、マネックに聞いた話の報告をつづけた。フラムジー家の人々が夢中で耳を傾けるなか、なぜご婦人方が時計塔へ行ったのか説明した。

報告が終わるとバルジョールは深刻な顔をして、わたしたちの疑念――アクバルがレディ・バチャとミス・ピルーを強請っていたのではないかという疑い――を裏づけるマネックの証言についてじっくり考えた。アディは身動きもせず、目のまえの皿を凝視していた。

「五ルピーもらったよ、バオ・ディ」チュトゥキが札入れを返しながら、身を屈めてわたしの足に触れた。

これはふつうは年配の人への挨拶なので、わたしは居心地のわるい思いをしながらいった。「こら、チュトゥキ、なにをしている？」チュトゥキは床に座り、頬をわたしの膝に当てた。誰もなにもいわなかったので、わたしはチュトゥキの髪に触れて尋ねた。「ここでは安心して過ごせるかい？」

「バオ・ディ。この家は天国よ」

わたしはその無邪気な答えに微笑み、それからアンクレットについて尋ねようとしていたのを思いだした。

「そのアンクレット《パヤル》は誰がくれたの？」

「ダイアナお嬢さん《ダイアナ・メムサヒブ》とお母さま《マージー・メムサヒブ》よ。二人ともとてもやさしいの！」なるほど、チュトゥキはフラムジー夫人を、マージー・メムサヒブと呼んでいるのか。フラムジー家のご婦人方に感謝の視線を送ると、ダイアナは驚いた顔をした。

その反応に圧倒されたように、チュトゥキは立ちあがり、なにもいわずに出ていった。

わたしは仕事に戻り、アディにいった。「ハヴィルダール、つまりあの時計塔の警備員ですが。明日、もう一度話を聞いてみたいのです。通訳をお願いできますか？」

アディは同意した。明日の取り決めをしたあと、わたしは席を立った。フラムジー家の人々にはわたしの話を消化する時間が必要だった。何カ月も経ったいま、おそらくあのつらい日々を、疑問の数々を思いだしたにちがいない。もっと答えをあげられればいいのだが。

ダイアナがわたしを戸口まで見送りにきて、いった。

「ジム？」

先日の口論が肌の下で疼いた。かさぶたになりながらもまだ痛む傷のようなものだった。用心深く、なんでもないような態度を保ちながら、わたしはふり向いた。「お嬢さん？」

「許してくれるつもりはないの？　あなたがそんなふうに傷つくなんて思わなかった」

アディがダイアナのうしろにやってきて、口をはさんだ。「ダイアナ？　どうした？」

ダイアナがまごついて顔をそむけたので、わたしがいった。「ちょっとした誤解です。たいしたことではありません」

アディは眉をひそめ、わたしを見て、それからダイアナの青白い顔を見た。「もう秘密はなしだ。なにがした。

「ミス・ダイアナが、チュトゥキの健康を心配していたのです」わたしはちらりとダイアナに目を向けた。「チュトゥキはわたしの保護下では安全でした。そのまえにどんな思いをしていたかは知りません」

ダイアナはいった。「いまは落ち着いているみたい」

立ち去り際に、アディがこういうのが聞こえた。「ダイアナ、それで全部じゃないんだろう？　話せよ」

翌日、フラムジー家の新しい馬車でアディの隣に座り、ダイアナは決然とした様子で顎を突きだして、くり返しいった。「じゃあ、約束ね？　わたしたちが呼ぶまで、あなたは見えないところにいてね？」

わたし抜きで二人を時計塔に入らせるのは気が進まなかったものの、わたしはうなずいた。

木々の葉がサラサラ鳴った。サンショウクイが雌に向かってさえずっている。「スウィート、スィ・スウィート！」時計塔の馬車回しでは、ハヴィルダールが三脚のスツールに座り、口をだらしなくゆるめて居眠りをしていた。

レディ・バチャとミス・ピルーが死亡した日にハヴィルダールがなにを見たのか、わたしたちは知る必要があった。前回時計塔に来たとき、わたしを見てハヴィルダールが怖がったので、兄妹はわたし抜きで彼に話を聞くことを提案してきたのだ。バルコニーには人から見えない場所がある。わたしは塔のドアの内側で、姿を見られずに話を聞くことができる。

アディは両手を握りしめ、ひどく不安そうに見えた。「大丈夫？」ダイアナが緊張した兄の顔を見て尋ねた。「ああ、もちろん。ぼくのことは気にしないで」アディは決意を固めたように唇を引き結んで馬車を降り、あたりを見まわしてからダイアナが降りるのに手を貸した。二人が時計塔の馬車回しに近づくと、ハヴィルダールは慌てて姿勢を正した。

約束どおり五分待つあいだ、二人がハヴィルダールのあとについて時計塔の小さな入口に吸いこまれていくのを見守った。三組の足音が金属製の階段をカチリカチリと鳴らし、フラムジー家のご婦人方が最後の瞬間を過ごした場所へ上っていった。

頭上では塔の時計がゆっくりと時を刻んでいた。ご婦人方がそこに立ったときと変わらずに。二人はどんな恐怖に直面したのだろう？　生き延びるために戦ったただろうか？　上りはじめると、壁の石が警告を叫んでいるように思われた。馬鹿げた思いこみだとわかってはいたが、わたしは恐怖でガチガチになった。音をたてないように歩を運んでいると、バルコニーまではとても長かった。

木のドアが少し開いていて、明るい日射しが隙間を抜けてきた。フラムジー家の兄妹が警備員に質問をしていた。わたしは壁に体を押しつけて、懸命に耳を傾けた。

ダイアナがヒンドゥスターニー語で尋ねた。「あなたがフラムジー家の女たちのためにこのドアの鍵をあけた。それは確かなのね？」

より遠い位置から、かすかな声が答えるのが聞こえた。「はい、メムサヒブ」

「二人よりまえに、誰かここにいた？」

「いいえ、メムサヒブ。無理です。ドアに鍵がかかっていました」

「だったら、あなたが階下へ行く途中、誰かとすれちがった？」

わたしはダイアナの整然としたアプローチに感心した。男が答えないでいると、ダイアナは質問をくり返した。

ハヴィルダールは抗議した。「なぜいまになってそんなことを訊くんですか？　もうずっとまえのことでしょう？　覚えてなんかいませんよ」

　ダイアナはもう一度促したが、ハヴィルダールはこれでおしまいといわんばかりに、まったく答えようとしなかった。

　ダイアナが英語でいった。「アディ、この人、なにか知ってる」

「だったら、大尉」アディに呼ばれたので、わたしは日射しのなかに出ていった。

　わたしを見ると、ハヴィルダールは悲鳴を漏らし、膝をついて縮こまった。「いいえ、サヒブ！　絶対、なにもいってません」ハヴィルダールは泣きながらいった。

　なぜわたしを怖がるのだ？　この男とはまえに一度会ったきりだが、そのときもおなじようにわたしから逃れようとした。

「なぜそんなに怖がる？」わたしはヒンドゥスターニー語で尋ねた。

　ハヴィルダールは顔をあげて、横目でこちらを見た。

「あれ！　大尉の旦那！　あなたでしたか」

　面白い。わたしのことがわかったようだが、それは口をきいてからだった。この男はひどい近眼なのだ！

「どうしてわたしが大尉だと知っている？」

　こちらの態度に安心して、ハヴィルダールはいった。

「このあいだ会ったから。図書館の人たちに、あなたの名前を聞きました」ハヴィルダールは懺悔《ざんげ》するように両手を組みあわせた。

「たったいま、泣き叫んだのはなぜだ？」

「だって、あの人はあなたとそっくりなんですよ、サヒブ！」ハヴィルダールはそう叫び、すぐに手で口を覆った。

「誰のことだい？」

　ハヴィルダールは泣きながら手を揉み絞った。「あの人に、壁に押しつけられたんですよ、サヒブ。誰かにしゃべったら、戻ってきて突き落としてやるっていわれて。こんな哀れな人間に、なにができますか?」

「あの人というのは?」

「サヒブ、しゃべったら殺されます」

「背が高いんだね、わたしのように?」

ハヴィルダールはうなずいた。

「セト・アクバル?」

「ああ、神さま《ヘイ・バグヴァン》!」警備員はそういい、顔を覆った。

よし。

「アクバルがここにいたんだね? フラムジー家の女たちが死んだときに」

ハヴィルダールはうめくようにいった。「はい、ここにいました。だけどなにもいえないんですよ、サヒブ!」

これで目撃者は二人になった。そしてどちらも警察に対してアクバルだと明かすのを拒んでいる。マネックは、アクバルがフラムジー家に取り返しのつかないダメージを与える手段を握っているのではないかと怖れた。ハヴィルダールはアクバルを怖がっている。わたしの主張の根拠をマッキンタイア警視に示すには、これでは足りなかった。仮に警視がわたしを信じたとしても、物証が必要だった。ああ、エンティ夫人が見つかりさえすれば!

階下へ戻ろうとバルコニーのドアを出ると、組鐘《カリヨン》のある階上の部屋へつづく狭い通路が目についた。いい機会なので、そこに入ってみた。壁の角度が急だった。八角形の小塔に当たる部分はより狭く、肩が壁をこする。暗かった――いくらか明かりが入るように、バルコニーのドアをあけたままにしてくればよかった。

汗をかきながら苦労して二十段を上り、そこから手を伸ばすと、指に冷たい金属板が触れた。掛け金を見つけ、あけようとしたが外れなかった。やけに固かった。

巧妙に設計されたカリヨンは十五分ごとに鳴る。もしアクバルが鍵を持っていたなら、ここで獲物を、バルコニーにやってくる女たちを、待つこともできたのでは？　事件後、ここに身を隠すこともできたのではないか？　安全に立ち去れるようになるまで。

アディとダイアナを家に向かう馬車に乗せ、わたしは警察に行って、これまでの進展についてマッキンタイア警視に知らせることにした。

事件の断片があるべき場所に収まりつつあったが、まだいえない部分があることを、マッキンタイアは不満に思ったようだった。唇を引き結び、それからいった。「もっとはっきりいいたまえ！」

答える代わりに、わたしは尋ねた。「わたしをランジプートに送りこんでもらえませんか？」

「いったいなんのために？」マッキンタイアは唸るようにいい、眉を荒々しくぐっと上げた。

「アクバルとベーグをご婦人方の死と結びつけることはできましたが、ハヴィルダールもマネックも証言するつもりがないので、わたしには確たる証拠がありません。それで思ったのです、ランジプートを突きまわれば、アクバルがなにをしていたかわかるのではないかと」

「どうやってアクバルと殺人を結びつけた？」

マネックやハヴィルダールとの会話をくり返したあと、わたしは白いビーズを載せた紙をテーブルに置いた。「これはバルコニーから回収したものです」

マッキンタイアは低く唸り、首を振った。「こんなものなら、われわれもバルコニーで何十個も見つけたぞ。なんの意味もない」

「司書のアプテは、レディ・バチャが亡くなる数日まえに、彼女が男と口論しているところを見ています。その男は刺繍を施した緑色の上着を着ていました」

「曖昧すぎる。誰だっておかしくない。そんな上着ならたくさんある」

「しかし、もしわたしがビーズの取れた衣類を見つけたら、それは助けになりますか？」

マッキンタイアの眉が勢いよくあがった。「やつの衣装簞笥を探るつもりか?」

「そんなところです。それに、わたしはアクバルがエンティの妻を誘拐したのだと思っています。もしかしたら、ランジプートにいるかもしれない」

マッキンタイアはのけぞっていった。「エンティの妻だと? 事務員のフランシス・エンティのことか?」

わたしはうなずいた。「エンティはわたしに、妻はプーナの姉のところにいるといいました。しかし、これを見てください」わたしはくしゃくしゃになったエンティの手紙を取りだした。

マッキンタイアは皺を伸ばして読んだ。「妻はプーナにはいない」それから厳しい口調になった。「エンティは総督の執務室宛に手紙を書いたんだ。知っていたかね? きみのことで苦情を申し立てたんだよ」

「誰かから圧力をかけられているようですね」

「ふうむ」マッキンタイアは唸り、パイプを取りだした。「では、目撃者はおそらく三人いるということか。マネック、ハヴィルダール、エンティ。よし、わかった。招待状を手に入れてやる」

しかしまだべつの問題があった。わたしは自分の名前では行けなかった。パターン人のラシード・カーンも駄目だった。

「わたしではなく、宣教師のトマス・ワトスン神父宛に招待状をもらってくれませんか?」

眉をぎゅっと寄せ、マッキンタイアは尋ねた。「いったいそれは誰だ?」

「実在の人物ではありません。しかし、わたしはその名前で旅をしようと思います。そちらのほうが安全ですから。そう思いませんか?」

「は!」マッキンタイアは大声で笑ったが、すぐに真顔になった。「気をつけろよ。ランジプートは英国の管轄《かんかつ》下にないから、あそこではわれわれにもほとんど発言権がない。英国人外交官も、誰かを強制的に動かすことはできない。わかったか？　なにか望むものがあるときには、われわれが提供できるものをラニが必要とするまで待つしかないんだ」

よくわかった。もしもランジプートで牢獄に入れられたら、助けてもらえる当てはないということだ。

46

それから間もなく、伊達《だて》眼鏡をかけ、故買市場《チョール・バザール》で買った宣教師の黒いカソックを着て、ランジプートに向かう列車に乗った。眼鏡をかけると妙に学者風の見かけになった。この眼鏡と新しい顎ひげで、年老いたトマス神父に外見を似せたつもりだった。プーナにある布教団の施設でわたしを育ててくれた人物だ。チョール・バザールでこのカソックを見た瞬間から、トマス神父を演じるつもりだったのだと思う。

列車を待ちながら、舞踏会のときのダイアナのメモをざっと見直した。計画を考えながら、ダイアナの几《き》帳面《ちょうめん》で力強い手書き文字をたどった。わたしは外交官の客人として迎えられる予定だった。英国の支配層の人間として、マッキンタイア警視が適切な場所に連絡を入れてくれたおかげで得られた優遇措置だ。招待の期間は一週間。アクバルとベーグがフラムジー家のご婦人方を強請ったのはわかっていたし、二人がエンティ夫人を誘拐した疑いもあった。それで証拠がほしかったのだが、問題があった。業腹《ごうはら》なことに、アクバルは王子なのだ。そういう男の犯罪の証拠を見つけるのに、わたしには七日しかなかった。

わたしが乗る列車は、夜にプーナに停まることになっていた。白い石づくりの教会が、草深い坂の向こうに建っているような記憶があった。トマス神父はいまでも施設を運営しているだろうか？　もしそうだったら、かなりの高齢になっているはずだ。わたしの母のことをなにか知っているだろうか？　母がわたしに残した名前は奇妙だった。ジェイムズというのは明らかに父が英国人であることを示す名だ。しかしわたしの姓は立派なバラモン一族のものだった。なぜ母は自分の姓を与えた？　いつかわたしが母を見つけることができるようにするため？

列車が到着し、ブレーキがかかるとナイフを研ぐような金属的な音が響いた。

喧噪《けんそう》のなか、わたしはトランクを持って列車に乗り、トランクをシートの下に押しこむと、二等車の座席に座りこんだ。粗末な板張りのシートで、クッションも装飾もなかった。車内は混雑していた。新聞やココナツ、マンゴー、チキ――ピーナツとゴマをヤシ糖で固めた菓子――などを売る行商人で溢れている。駅長が笛を吹くのを待ちながら、首にきつく巻きつく聖職者用の襟に指を入れた。窓から砂埃混じりの熱風が吹きこんできても、風の抜けるカソックは快適だった。しかし顎のヤギひげは絶えずむずがゆかった。

トマス神父のやさしい青い目が頭に浮かんだ。彼から聖書を借りてもいい。聖職者なら一冊持っているべきだ。トマス神父に再会できると思うと元気が出た。

しかし十五年経っているのだ。年老いた神父は亡くなっているかもしれない。

　タンガに乗ってプーナ駅からクールワルへ向かう途中、右側に巨大な建造物が見えた。「あれはなんだい?」わたしはタンガの御者に尋ねた。わたしのヒンドゥスターニー語にはトマス神父のような歯切れのよいアクセントがあった。

「新しいアガ・カーン宮殿です、サヒブ。大理石はボンベイから大型船で運ばれてくるんですよ！　ここでは三千人が働いてます」

　アガ・カーンはイスラム教コージャ派のリーダーだった。コージャには商取引に従事する家が多く、また、ボンベイとシンド地方の両方で広大な小作地を管理してもいた。秘密主義で排他的なところがあることでも知られ、独自の宗教裁判所と宗教法を保持している。警察の記録によると、サーピル・ベーグはコージャで、アクバルとランジプートの王族も同様だった。

　キリスト教の古い施設は記憶よりも小さかった。こぢんまりとした教会につけ足された低い建物で、よい香りのするクレマチスの蔓が絡んでいた。枝のねじれたパウダルコの木が一本あり、小道にピンクの花を散らしていた。料金を支払ってタンガを降りるあいだに、犬が何匹か庭をぶらぶら通り抜けていった。門の呼び鈴を鳴らすと遠くで音がして、思い出がよみがえった。ぼろ服を着たほかの少年たちのあとについて教室へ行き、罰を受けていなければいけないはずのときにそこで胡坐をかいてさまざまな話を聞いていたものだった。

　やわらかな声が回想に割って入った。「神父さま?　おいでになるとは知りませんでした」

　門まで出てきた修道女はチュトゥキとそう変わらない年齢だった。〝神父さま〟と呼ばれて、罪悪感の疼きが背筋を駆けおりた。おかしなものだ。ほかの変装をしても気が咎《とが》めることなどなかったのに。この罪悪感にも、聖職者に期待されるほかの物事にも慣れなければ。ランジプートの外交官の家に招かれたのはトマス・ワトスン神父なのだから。

「お邪魔して申しわけありません」わたしはいった。「トマス神父は礼拝中でいらっしゃいますか？」

首を横に振りながら、修道女は門の内側のドアをあけた。「もうご自分の部屋を出ることができないのです。だけどお話し相手を迎えるのは喜ばれます。神父さまは古いご友人ですか？」

「そうです」わたしは答え、自分の名前を告げた。

では、トマス神父は存命なのだ。修道女のうしろにつづき、開かれたドアを入るために身を屈めながら、自分でも驚くほどうれしかった。彼女の案内で白い石灰の壁の廊下を進んだ。窓から入ってくる黄色い陽光がタイル敷きの床を四角く照らすほかは、飾りもなかった。小柄な修道女は木のドアのまえで立ち止まり、尋ねた。「神父さま、今夜はお泊まりになりますか？ベッドが用意できるかどうか、女子修道院長に訊いてまいります」

わたしがそれをありがたく受けいれると、彼女はドアを軽くたたいた。「トマス神父？」

弱々しい声が返ってきた。

「お目覚めのようです」修道女はそういって立ち去った。

わたしの古い友人は修道士の個室に横たわっていた。ほんの二メートル四方の部屋で、ベッドと椅子と小さなテーブルのほかにはなにもなかった。服を掛ける木釘が白漆喰塗りの壁に打ちこまれていた。その向かいの壁には十字架が飾ってあった。

「私の知っている方かな？」年老いた聖職者は身を起こして枕にもたれ、弱々しい腕を持ちあげて手招きをした。わたしは彼の青く鋭い目を覚えていた。ほとんどなにも見逃さない目だ、いまでも。目の端の皺がカーブを描いて落ち窪んだ頬へつづいている。昔は黒々としてまとまりにくかった髪もいまや後退して、てかてか光る丸い額があらわになっていた。残った髪は短く刈りこんであった。

「ええ、そうです」手を取ると、意外なほど強い力でそばに引き寄せられた。

トマス神父はこちらを覗きこむと、顔をくしゃくしゃにしていった。「ジェイムズ！」

ここにいるのは紛れもなく子供のころの友人だった。かつては背が高くエネルギッシュだった彼が、いまでは子供のような大きさになってはいたが。

「トマス神父」神父の指が小鳥のように脆く感じられた。

「常々疑問に思っていたんだ……なぜこんなに時間がかかっているのか……私が天に召されるのに」神父は息を継いでつづけた。「いまわかったよ、きみがここへ来たからね。やっとのことで」

喉が詰まった。「わたしを覚えていたのですね」

「座りなさい」トマス神父は小さく笑いながらわたしの手をポンポンとたたいた。わたしのその手はまだ神父のもう一方の手を握っている。それから、神父は驚いた顔をした。「きみは聖職に就いたのかね？　いや、それは信じられない」

わたしは神父と向きあえる位置に椅子を動かし、腰をおろして、鋭い視線を受けとめた。正直に話してしかるべき相手だった。それ以外の受け答えはありえなかった。

「これは一時的な変装です。わたしは殺人者を追っているのです」

神父は驚きもせずにその情報を吸収し、苦しそうに息をつきながらいった。「まったくきみらしい……真実でもって相手の防備を崩そうとは。で、それが」――神父はわたしのカソックを指差した――「その男を見つける助けになるのかね？」

「そう望んでいます」

「それで、なぜここへ来た？」

「聖書をお借りしようと思って。聖職者なら一冊持っているべきでしょう、ちがいますか？」

青い目が笑った。「きみがここへ来た理由はそれじゃない。買うことだってできたはずだ。どこの本屋にだってある。まあ、しかし」トマス神父は枕の下を探って、擦り切れた本をこちらへ渡した。「持っていって……読みなさい」

喉に詰まった固まりが大きくなった。「必ずお返しします」

「いいんだよ」というように神父は手を振った。「聖職者になるには見かけだけじゃ駄目だ。きみはほんとうに聖職に就くことだってできた……神学校に行って。もしここに留まっていれば。だが、わかっていたよ、きみにはべつの道があると」

トマス神父はうしろにもたれ、目を閉じた。神父の落ち着いた顔を見ていると、その静かな穏やかさがわたしのなかにも浸透してきた。

神父は尋ねた。「きみが私に本を読んでくれた夕べのことは覚えているかな？　ネルソンやらウェルギリウスやら、シェイクスピアやらディケンズなんかを」

「子供時代の一番幸せな時間でしたよ」

神父はくすくす笑った。「あれは罰だったんだがね……喧嘩の」

それも覚えていた。通りすがりに足を引っかけられてジャブを食らったのだ。理由を尋ねたりはせず、ただやり返した。混血の少年はわたしだけだったのだろうか？　いや、そんなことはなかったはずだ。

「きみはたいていの子より背が高かった。もっと悪いことに、物覚えもよかった。ほかの子供たちから妬《ねた》まれていたんだ」わたしの沈黙を読んで、神父がいった。

「それは知りませんでした」

「ジェイムズ、きみが……ここを去ったとき、私は探したんだよ。牛乳配達人が軍の駐屯地できみを見かけたというから、兵舎まで行ったんだ」

トマス神父が野営地に？「そこでわたしを見つけたのですか？」

神父はうなずき、唇を湿らせてからつづけた。「ああ。きみは厩にいた。汚れてはいたが、無傷のようだった。誰かに呼ばれて、ひょいと馬に乗った。楽々と、なんの苦もなく。チッチッと馬に向かって話しかけ、速足で駆けていった。あれはまるで……詩のようだった。それで、きみのことはそのままにして立ち去ったんだ」

古くからの友人が、家出人を探して町じゅう歩きまわり、結局わたしに声をかけずに帰ってきたところを思い浮かべ、わたしは顔をしかめた。いまになれば、声をかけてくれればよかったのにと思う。いや、わたしがきちんと別れの挨拶をすればよかったのだ。そして神父の祝福を受けて立ち去ればよかった、闇に紛れて朝の賛美歌のまえに出ていくのではなく。

「ジェイムズ、長いあいだきみを待っていたよ」トマス神父は囁き声でいった。「渡すものがあるんだ。ベッドの下の箱だ、それをあけなさい」

木のトランクが容易にすべり出てきた。神父はそのなかの小さな包みを示した。

「きみの母親が残したものだよ。かわいそうな女性だった」

わたしは神父を見つめ、悟った。わたしはこのために来たのだ。

「あけてみなさい」

黄ばんだリネンをほどくと、金の懐中時計が出てきた。使いこまれて、小さな引っかき傷やこすれた跡があった。背面に名前が刻まれていた。I・アグニホトリ。

「彼女の父親の持ち物だ」老いた神父はいった。「彼は亡くなっている。きみの母親は……私たちのところへ来たときには身ごもっていた……肺を患ってもいた。

そしてきみが二歳のときに亡くなった」

だからか。母親の記憶といえば、顔に触れてきた手と、ジャスミンや香《こう》のにおいだけだった。「母はなんという名前でしたか？」

「シャンティ」トマス神父はそういった。平和、という意味のシンプルな名前だ。

わたしは刻印の上に指を走らせた。「では、父は？母は父の名前をいっていませんでしたか？」不安定に揺れる声で、わたしは尋ねた。

「ああ、ジェイムズ、それは一度も訊かなかったのだよ」

47

その夜、トマス神父の状態が悪化した。明け方に年配の修道女が囁き声でわたしを起こした。「来てください、すぐに。お願いします」

夜が明けてスズメがさえずりだすまでの一時間、わたしはトマス神父のそばに座っていた。わたしが握った神父の手は痩せ細り、乾燥していて、紙のような皮膚に青い静脈が浮いていた。まぶたがピクピク動いた。

「ジェイムズ」神父の穏やかな顔に皺が寄って笑みが浮かんだ。潤《うる》んだ青い目を開き、旅の終わりに近づいているようだ、それがうれしい、とわたしに話した。

「闇を……入れてはいけない」

わたしは身を屈めて近寄った。闇云々は神父の視界が暗くなりはじめたという意味ではないかと心配した。しかしちがった、いまになってもまだ神父はわたしになにかを教えようとしているのだった。

「恨《うら》みを抱いているなら、手放しなさい。彼女はいい子だったよ」

母のことだ。未婚のまま妊娠した十代の少女が、咳に苦しみながら、最後まで売らなかった古い金時計を握りしめている様子を思い浮かべた。最後の日々を過ごすのに布教団に来たのは賢明な選択といえた。自分が死んだあとも子供に家を与えられるからだ。どんなに孤独で、どんなに必死だっただろう。そして出産のときには、修道院の静けさがどれほどうれしかっただろう。

彼女は英国のものならなんでも好きだったよ、もっとも、きみがこんなに白い肌で生まれてきて、やっとその理由がわかったのだがね、とトマス神父はいった。

「とても好奇心が強かった。英国の話を聞くのが、なにより好きだった。きっと別世界のように思えたのだろうね」

それを知って、背負っていると自覚すらしていなかった重荷が取り除かれた気がした。自分が暴行の結果生まれた子供ではないかと怖れていたのだろうか？ もしそうだったなら、神父の言葉はその不安を解消してくれた。しかしわたしにとって英国人の父親はいまも影のなかにいて、顔のないままだった。

いま初めて、探偵の目で事実を眺めてみた。わたしが生まれたのは一八六二年で、一八五七年のセポイの乱のあとだった。まあ、よくある話だったのだろうと思う――英国人の男が、現地の若い女に慰めを見いだし、妊娠させるというのは。そんなふうにしてカーストから外れるのは家族の名誉を汚すことだったから、おそらく母は家出して、布教団に保護を求めたのだろう。わたしは母親となった哀れな少女に同情した。彼女が安らぎを見いだせたならいいのだが。インド人と英国人の二つに分裂していた自分が、この場所で一つになったような気がした。

昼近く、わたしは小型スーツケースを持ってクールワル・ロードを歩いていた。トマス神父を静かな安息所に残して。もう会うこともないだろうと思うと悲しかったが、それからすぐに、一目会えたことへの感謝の気持ちが湧いた。

聖書をカソックのポケットに押しこみ、謎めいたアクバル――別名ヌール・スレイマン王子――の故郷ランジプートに向かった。マイソールへの列車は遅れ、混雑していて、行商人たちが騒々しく、快適とはいえなかった。マイソールで英国の外交官が送ってくれた馬車に拾われて、ランジプートまで乗っていった。外交官の家に到着し、宮殿と隣接しているのを見て、マッキンタイアの警告を思いだした。藩王国では、英国政府にはほとんど権限がない。影響力が維持されているのは外交官や代理人のおかげで、彼らは英国行政のさまざまな組織と藩王国のあいだの連絡調整役として機能している。外交官の客人として、わたしは藩王国内でそれなりの立場にあるが、もしも支配者と衝突するようなことがあれば保護は与えられない。

口ひげを生やした従者がわたしを迎え、外交官と夫人は夕食の席でお目にかかりますと知らせてきた。午後のなかばだったので、きちんと服装を整えるくらいしかやることがなかった。トマス神父から、帽子と予備のカソックをもらってきた。毎日おなじ服を着ているわけにはいかないだろうといって持たされたものだった。トマス神父はわたしより背が低かったので、もらったカソックの裾をグイと引っぱった。わたしはつねづね神父のことを極度の倹約家だと思っていたのだが、それは正しかったのだとわかった。裾がほどけると、折りこまれていた布が現れ、丈が十センチほど伸びた。靴下はなかったので、湿らせたぼろ布で磨いた黒い靴だけで間に合わせた。

宮殿への一番の近道は、川のそばの小道だった。古風な要塞の様式で設計され、湾曲した石壁のてっぺんには銃眼のあけられた胸壁があった。はるか上から、青いターバンを巻いた番兵が睨みつけてきた。わたしは聖職者用のずんぐりした帽子を持ちあげてみせ、歩きつづけた。宮殿は三階建てで、テラスが階のあいだの境界線になっていた。太い蔓植物が大理石の欄干に絡みついている。ピンク色の花の房が足をかすめた。布教団の施設のそばにあったのとおなじ、パウダルコの花だった。これを見て、フラムジー邸の白い階段に散った花びらを思いだした。ピーチ色だった——ダイアナが舞踏会のときに着ていたドレスのような。花を一つ拾い、トマス神父の聖書に挟んだ。

町の中心へ向かいはじめると、広場にいる少年の一団が目に入った。小さなカボチャのように見えるものを蹴っている。サッカーだろうか？

見ていると、ボールがまっすぐこちらへ飛んできた。わたしはにっこり笑った。何年もまえ、わたしもおなじように、トマス神父に向けてパスを送らなかっただろうか。神父とまったくおなじようにわたしもボールを止め、ちょうどいい場所に蹴り返した。少年たちは大声で感謝の言葉を口にし、ボールを追いかけて、またこちらに蹴ってきた。どうやらわたしはゴールのそばに立っていたらしい。

天気がよかった。雲があって穏やかで、川から涼しい風が吹いていた。いいじゃないか。わたしは帽子を取って眼鏡を外し、靴を蹴るようにして脱ぐと、試合に参加した。転ばないようにカソックをたくしあげ、広場に駆けていった。一人の若者にボールを奪われ、ゴールを決められると、わたしはおめでとうといって若者の背中をポンとたたいた。

「ミスター《パージー》」若者は声をたてて笑いながらヒンドゥスターニー語でいった。「かなり走れるね！」

その言葉で現実に戻り、痛む膝を思いだした。わたしはゴールを決めた若者の髪をくしゃくしゃにして、晴れやかな顔の少年たちと握手をした。

若い男が人目を引かずにできることはたくさんあるが、聖職者のローブを着てサッカーをするのはそのなかには入らないらしい。帽子をかぶり、眼鏡をかけなおしていると、一台の馬車が目についた。二頭引きのバルーシュ型の馬車が道端に停まっており、カーテンが開いていた。目を向けると、御者が雌馬に合図を送り、馬車は宮殿のほうへ駆けだした。

「神父《ファーザー》さん、サッカーをしていたのはあなたですの？」外交官の品のいい妻、ゲイリー夫人がその晩の夕食の席でいった。

裸足で駆けまわるのを見られていたのだと思ってシェリーにむせ、わたしは小さく笑った。「ええ、まあ」

ランジプートを調べたくて気が急く一方で、まずは外交官や夫人とのあいだにそれなりの関係を築く必要があった。遠慮がちではあったものの、外交官夫妻の歓迎は礼儀正しく、押しつけがましさがなかったので、豪華な食事が堂々たる磁器に盛られて供されるあいだ、わたしは少しガードを下げるつもりだった。

「ラニが気づいたんだ。知っていたかね？」外交官のサー・ピーター・ゲイリーがいった。ずんぐりした体形の年配の士官で、ここ十年のあいだに外交関係の役職をいくつか経験してきた人物だった。「明日、接見《ダルバール》に招かれているよ」

「ほんとうですか！」では、宮廷の内部に入れるのだ。探索できるかどうかは別問題だが。

「まさしく」サー・ピーターは笑いながらいった。

「ところで、きみをファーザーと呼ぶのは抵抗があってね。なにしろこちらはきみの祖父といってもいい年齢だから」

「神学校では、わたしたち修道士はブラザーと呼ばれていました」わたしはそう申しでた。

「ブラザー・トマス」ゲイリー夫人がいった。「あなたは最近ラホールにいらしたと、ミスター・マッキンタイアから聞きました。あちらはどんな風でした？」

問いに応じて、バザールを訪れたときのことや、うっかり前線に踏みこんでしまったときの混乱について詳しく話した。その話題がデザートまでつづいた。ゲイリー夫人はそつのない話し上手で、すぐにラザークとの旅のことまで聞きだされてしまった。わたしはラザークとの出会いは飛ばし、同様にグリア大将が関わる部分も抜かして、冒険譚《ぼうけんたん》を披露した。しかしながら、サー・ピーターは省略に気がついたようだった。

「山間の村？　それはどこだね？」

「パターンコートの近くです」わたしは話をラザークの両親のほうへ持っていき、息子を取り戻した彼らがどんなに喜んだかを語った。ゲイリー夫人はその話を喜んでくれているようだった。

時計が十時を打つと、ゲイリー夫人はため息をついて立ちあがった。「では、紳士方に自由に喫煙していただけるように、わたしはそろそろ失礼しましょうか」わたしが立ちあがると、ゲイリー夫人はいった。「まあ、礼儀正しいこと。あなたのお母さまもご自慢に思われるでしょうね」そしてさっと出ていった。

「ふうむ」サー・ピーターがいった。「シムラー駐屯地のウィリアム・グリアには会ったかね。いまは大将だったかな？」

「お目にかかりました」

「グリアはきみを覚えているかな？」

そういえば、サー・ピーターの書斎に電話があるのを見かけた。グリアに電話をかけるつもりかもしれない。だが、トマス・ワトスンという名の聖職者など記憶にあろうはずもない。「もしかしたら。しかしほんの些細な用件でしたから。グリア大将がパターンコートに置き忘れたものをお届けしただけなのです」これでグリアが勘づいてくれればいいのだが。

「なるほど。妻はきみとの会話を大変楽しんだようだ。ここでは、英国人の訪問者を迎えることはあまりないのでね」サー・ピーターは目もとに皺を寄せて笑った。「今夜、きみはかなりうまくやったよ。いや、まったく、悪くない。王位継承の話題に触れなければ明日も大丈夫だろう」サー・ピーターは驚いた顔のわたしと目を合わせていった。「マッキンタイアから偽の神父だというのは訊いとるよ、当然」

くそっ。「警視が。やれやれ」

サー・ピーターは座りなおしていった。「はっは！ ようやく本人が出てきたな。では、ワトスン――これはきみのほんとうの名前かな？」

わたしは首を横に振ったが、代わりの名前はいわなかった。

サー・ピーターはまた笑った。「きみがパターンコートに行ったのも聞いておる。グレート・ゲームは続行中というわけだ。若返ったような気分だよ。もちろん、きみも元軍人だね。階級は？」

「大尉でした」

「軍に残るべきだったよ。きみみたいな男なら大佐にもなれたろうに！」

「姓がインド人のものでも？」

老いた兵士はショックを受けただろうか？ 後ずさりして、唇を引き結び、わたしがインド人であることを知って侮辱のように受けとるだろうか？ 驚いた顔で、サー・ピーターはいった。「きみは……あー……」

「インド人とイギリス人の血が混じっています」

サー・ピーターが恥じ入ったように伏し目になったので、わたしは冗談めかして自分で並べたてた。「欧亜混血というやつですよ、タールブラシの一掃きともいいますね。あとはクーリーとか。黄色とか。チー・チーなんて呼び方も――これは泥という意味ですが」

怒っているわけではないのを示すために、わたしはにやりと笑ってみせた。

「ああ、それは、残念だ」サー・ピーターは口もとをぷっと膨らましていった。「それで、大尉、ほんとうはなにを追ってやってきたんだね、こんなちっぽけで退屈な僻地に」

サー・ピーターは目を輝かせながらわたしのほうへ身を乗りだしてきた。老兵士は新たな冒険をはじめる気力に満ちていた。予期せぬ協力者であり、わたしが痛切に必要としている味方でもあった。ここにいるのはわたしが軍で敬意を持つようになったたぐいの兵士、まっすぐな性格の士官だった。マッキンタイアがわたしの偽装に関して真実を打ち明けてかまわないと思ったのなら、話してもいいだろう。わたしはアクバルについて説明し、二人で一緒に計画を練った。おやすみなさいと挨拶をしたときには、夜中の十二時をとっくに過ぎていた。


わたしはアクバルがエンティ夫人を誘拐したと思っていた。だが、もし夫人がランジプートに囚われているのだとしても、どうやって見つけたらいい？　ドクター・アジズはカシムをランジプートに連れてきたはずだが、いま、カシムはどこにいる？　そして、アクバルがフラムジー家のご婦人方を強請るのに使った謎の手紙には、いったい何が書いてあるのだろう？

48

翌日の夕方、サー・ピーターとゲイリー夫人のあとについて宮殿の接見の間《ダルバール・ホール》に入ると、アクバルは簡単に見つかった。背が高くがっしりした体つきのアクバルが、ターバンに羽根飾りをつけ、玉座の横に立っていた。

印象的な芸術作品のような金箔《きんぱく》を使った絵が、ダルバール・ホールの壁や高い天井を覆っていた。最近描かれたばかりなのだろうか？ 広間のまんなかで、高い玉座にラニが腰かけている。はるか上の天井に一つだけ設けられた明かり取りの窓から斜めに差す光線が、宝石で飾られた足の上の玉座を照らす。高官とラニの一族の人々が台座のそばに集まっていた。

外交官と夫人のうしろで待っていると、分厚くターバンを巻いた家臣が朗々と響く声でわたしたちの名前を読みあげた。「サー・ピーター・ゲイリー、ミセス・ゲイリー、トマス・ワトスン神父」

わたしたちは近づいていき、ラニにお目見えした。サー・ピーターは短く会釈をし、夫人は膝を曲げてお辞儀をした。わたしは両手を合わせる伝統的な挨拶をした。ほかの高官たちもあとにつづく。みな、華美な衣服や異国風の制服を着ていた。サーベルを腰にさげていた者も一人や二人ではなかった。これが半時間ほどつづいた。

ラニが立ちあがり、歓迎の短いスピーチをした。その後、驚いたことに、しゃなりしゃなりと階段を降りて出ていってしまった。

「これでおしまいですか？」わたしはサー・ピーターに尋ねた。

「いや、まだ待つんだ」サー・ピーターはため息をついた。「晩餐があるんだが、まずはみなと話をしなければ」

サー・ピーターは高官の一人となにやら打ち合わせをし、そのあいだにゲイリー夫人は英国人女性の二人組を見つけた。夫妻の助けで、わたしはホールにいた有力者たちと知りあうことができた。ゲイリー夫人がいうには、年配のパット・ラニは早く後継者を指名したいのだが、王《ラージャ》である夫ともうけた唯一の息子は七歳で、ラージャの死後に生まれたらしい。

「最大の問題は」ゲイリー夫人がいった。「ラニのあと、誰が摂政になるかですよ」

「候補者はどういう人たちなのですか？」

ゲイリー夫人が挙げたのは、アクバルの横に立っているラージャの兄弟と、アクバル自身だった。「アクバル・スレイマン王子の父君は、立派な顎ひげを生やした方ですよ。ラニの兄弟なの。でも、財務の管理をしているのはアクバルのほう」

ようやく、家臣がなにやら長くて複雑な発表をして、参加者が解散した。光栄にも晩餐に招かれた一団に含まれていたので、わたしたちは待った。

晩餐の席は広いバルコニーに準備された。ラニと摂政の候補者たちに、英国人の夫婦が三組と、河川を調査するために雇われた技術者二人が同席した。

テーブルの上座で、ラニは両脇を親族に守られて座っていた。うしろには従者が立っている。コース料理のスープの直後に、ラニがうとうとしはじめた。ゲイリー夫人が肩をすくめた。「ヴィクトリア女王だって居眠りされることはありますものね。かまいませんよ」そういって、小さな笑みを浮かべた。

「ワトスン神父、あんたは女としかしゃべらないのか？」アクバルがテーブルの向かいから尋ねた。黒い口ひげを生やし輝く目をした、ひときわ整った顔立ちのアクバルは、わたしと同年代だった。力強い声で、はっきりとイギリスのアクセントがあった。わたしを怪しんでいるのだろうか？　それともただ単に若い聖職者をからかっているのか？

度の入っていないレンズ越しに相手を見ながら、わたしは微笑んだ。「そういうわけではありませんよ、サー。わたしたち聖職者は、会話をお望みの方なら誰とでも喜んでお話しします」

「われわれには伝道者など必要ない。聖職者なら大勢いる、カースト最高位のバラモンがそうだ。それに、忌ま忌ましい英国人も必要ない」

アクバルの言葉で、晩餐の同席者のあいだに当惑のさざ波が立った。この侮辱に対し、サー・ピーターは唇を引き結んだが、驚いた様子はなかった。ということは、王子の恐ろしいまでのマナーの悪さはいまにはじまったことではないのだ。

「われわれには君主もいれば、ラージャやラーナ、ラニもいる。あんたたち英国人に公爵や伯爵がいるのとおなじようにな。インド連合王国ができれば多くの問題が解決するんだ」

一八五七年のセポイの乱のことをいっているのだ――もしあれが成功していれば、インド人の王族たちが英国の手からインドをもぎ取っていたはずだった。しかしそうはならず、共謀者たちは殺され、年老いたムガル皇帝は追放されて、皇帝の息子や孫は処刑された。インド連合王国？　実現不可能な夢だった。藩王国の君主同士で同盟を結ぶことは禁じられていた。しかしアクバルの発言はただの無駄話ではなかった。反乱の教唆《きょうさ》とも取れる内容だ。反逆者はもっとつまらないことでも投獄され、追放され、処刑されてきたし、その一族は何世代ものあいだ評判を落とした。ショックを与える目的でなされたアクバルの乱暴な発言で、晩餐の席は静まりかえった。当たり障りのない話題が求められていた。

「わたしたちにはそれぞれ役割があります」わたしは

穏やかにいった。

「そうなのか？　ならば、あんたの役割とはなんだ、神父殿？」アクバルがぴしりといい返した。

これを、サー・ピーターとわたしが仕組んだ計画を実行に移すよい機会と捉え、わたしはにこやかにテーブルを見まわした。「聖職者の仕事は聞くこと、相談に乗ること、そしてときには人々を楽しませることもそうです」

これはいくらか関心を集めた。みな気晴らしがほしかったのだ。わたしはまず、トマス神父の古い聖書をテーブルに置き、まんなかまで押しやった。

次いでフルーツの盛られたボウルからブドウを一粒もぎ取り、高く掲げていった。「例えば、わたしはこのブドウを消すことができます」わたしがブドウを口に放りこむと、同席者たちはにっこり笑った。

今度はオレンジを手に取った。「もう少し大きな物体です、いいですね？」わたしはオレンジを揺り動かして、反対の手を大げさに動かしながら、肩越しに芝生の上に放った。「はい、これも消えました」

ご婦人方がくすくす笑った。

「もう一度出してみせるほうがむずかしいのですが、やってみましょう」サー・ピーターの右にいる男に向かって、わたしはいった。「よろしいですか、サー、あなたの靴のそばの床を探ってみていただけますか？あった？　はい、ありました」

男はオレンジを掲げ、晩餐の同席者たちはおおいに面白がった。誰かが拍手をした。アクバルただ一人は感心せずに、嘲笑った。

「あら、寓話や教訓はないんですのね？」ご婦人方の一人が寛大な笑みを浮かべながらいった。

「説教とちがって、こちらはまだ覚えたばかりですからね、マダム」わたしは認めていった。「ではもう一ついきますか？　ここにちっぽけなものがあります」

わたしは紙の包みを開いた。時計塔のバルコニーの床で見つけた小さなビーズが出てきた。これをゲイリー夫人に手渡すと、ゲイリー夫人はじっくり見てから右側のご婦人に回した。

「これが男性のポケットから現れます。トレーを用意できますか？」わたしが尋ねると、従者の一人が銀の大皿を持ってサッとまえに出てきた。「ポケットの中身を改めていただきたいのですが。そうですね、どなたか……」わたしは効果を狙って鼻のつけ根をつまんでみせてからいった。「緑色の服の方のポケットを」

「ああ、いいね」黒の燕尾服を着た技術者がいった。

「それならあの二人だけだ」

ラニの兄弟と、顔色の悪い若い従者が、二人とも緑色のジャケットを着ていた。これだけ小さなビーズなら、いまでもベーグかアクバルのポケットに入ったままになっていることもありうると思ったのだ。マネックは、事件当日のアクバルの洒落た服装に言及した。しかしアクバルが今日もそれを着ているかどうかはわからなかった。だからただ木を揺すってみて、なにが落ちてくるか確認しようとしたのだ。

わたしは立ちあがり、王族の男に尋ねた。「サー、従者が確認するのをお許しいただけますか？」

彼は上機嫌で同意して、ポケットの中身を銀のトレーの上にあけた。ビーズは出てこなかった。

「ありませんか？」わたしはしょげ返ったようにいった。「内ポケットも確認していただけますか？」

不成功に終わったので、今度は若い従者のほうを向いておなじように頼んだ。しかし従者は顔をくしゃくしゃにしかめて拒否した。

「いいだろ、カシム」アクバルが苛立っていった。

「確認させてやれよ」

カシム！

信じられない思いだった。アクバルが、自分の従者をカシムと呼んだのだ。フラムジー家の使用人だった少年カシムが、アクバルの従者になっていたとは！

では、ここにいるのがピルーに対して支配力を持ち、ドクター・アジズと一緒にランジプートにやってきたという、あの少年なのだ。

カシムは仏頂面《ぶっちょうづら》で従い、一方の手をテーブルに置いて、次々に所持品を取りだした。カシムの手首にはコブラのタトゥーがあった。攻撃しようと鎌首をもたげている図柄だ。蛇《ナーグ》のタトゥー。どこで聞いたのだったか？ わたしはアディのメモに埋もれたマッキンタイアの報告書を思いだした。アクバルの取り巻きのサーピル・ベーグが、右手にヘビのタトゥーを入れていたはずだ。数分のうちで二回めのことだが、わたしは発見にぞくぞくした。おそらく、この二つめの新事実はそんなに驚くべきことでもなかった。カシムがサーピル・ベーグ、つまりアクバルの共犯者だったのだ。カシムはアクバルとベーグに出会ったのではない。カシムがベーグだったのだ。

先の従者はまだ身を屈めて銀のトレーを持っていた。無頓着なふりをしつつ、従者にもう一度カシムのポケットを改めるように頼んだ。ほんの少しでもビーズに似たものは、一つも出てこなかった。しかしこの手品は実際のところ、わたしの獲物を洗いだした。ナーグのタトゥーのあるベーグは、使用人の少年、カシムだった。

こんなにすばやく新事実が出てきたことには驚いた。しかしこの発見が注意を引いてはいけないので、計画どおりにショウを終わらせることにした。テーブルをちらりと見渡すと、わたしにとっては少々長すぎるくらいに思えていた時間が、ほかの人々にとっては許容できる程度の間《ま》だったのだとわかった。

「残念ながら、まだあまり上手にできないのです」わたしはいった。「ときどき、ものが出てこないことがありまして。ミセス・ゲイリー、あなたのブローチに差さっているのは花ですか？」

「ええ、そうよ」ゲイリー夫人はピンク色の花をこちらへ寄こした。サー・ピーターが完璧に指示どおりに仕込んでくれたのだ。

「では、さようなら」わたしは肩越しに花を放った。「ご心配なく、マダム、戻ってきますから。ミセス・キャンベリー、聖書を開いていただけますか？　ヨハネによる福音書の十章です」わたしは古い友人の聖書を指差した。なかに押し花が挟まっているはずだった。見つかった。わたしはそれをゲイリー夫人に渡し、拍手喝采を受けた。

「手品か――どうなっている？」アクバルが説明を求めた。「錯覚だな、当然」

「ええ、そうです」わたしは同意していった。「自然の法を破ったかに見える錯覚です。人間の法は脆いかもしれませんが、より大きな神の法はそうではありませんから」

「くだらん」アクバルがいった。「ここではおれが法だ」

客人たちは動きを止め、互いにちらりと目を見交わしあった。場の雰囲気を軽くするための機知に富んだ言葉を探していると、ラニが起きだして、わたしのビーズの入った紙を手に取った。用心深く狡猾《こうかつ》な人だ。眠ってなどいなかったのだ。

「これはなに？」ラニはそう訊きながら、首にさげてあった眼鏡をかけた。「小さな真珠ね」ラニはそれをこちらへ返して寄こした。「甥や、わたしたちはみな、より大きな法には従うものです。逆らうのは命懸けですよ。アガ・カーン閣下もそうおっしゃっています」

聖職者の眼鏡の奥から、わたしはベーグ――別名カシム――を見つめた。この男は子供のころからミス・ピルーを知っていた。そして彼女を死へと誘いだしたのだ。

使用人に賄賂を渡したり、宮殿の近くで出入りの商人を呼び止めたりしたが、エンティ夫人の存在を示す手掛かりは見つからなかった。ウルドゥー語の古い諺《ことわざ》を思いだし――〝自分が食事に使う皿に唾を吐くな〟――おそらくアクバルは不正な取引はランジプートの外でおこなっているのだろうと思った。しかしレディ・バチャの眼鏡を戦利品として所持しているかもしれない。

三晩やり過ごしたあと、わたしはカソックの上に黒いフードをかぶり、格子を伝って宮殿に忍びこんだ。頭上では番兵がお互いに呼び交わし、高いところにある見張り場所から嚙み煙草を吐きだしたりしている。そよ風が吹いていて、わたしが袋に入れてきた藁のガサガサいう音を隠してくれた。わたしは火をつけるつもりだった。

誰かに怪我をさせようとは思っていなかった。そうではなく、こちらからも警告を与えてやろうという計画だった。アクバルの部屋に行こうとしていたので、そこまでの道を確保する必要があった。人々の気を逸らすのに、小火《ぼや》よりいい方法があるだろうか？ 濃く繁った蔓の陰から、求めていたものを見つけた――使用人の出入口だ。アンナ銅貨数枚と引き換えに、従者の一人が宮殿内部のレイアウトと、アクバル王子の堂々たる私室の場所を教えてくれた。

アクバル王子は今夜カードゲームをしに出かけると聞いていたので、わたしは玄関ホールを見渡せる暗いアルコーブに隠れて待った。ようやくアクバルとカシムが接見の間の方向へ、しゃべりながら急ぎ足で通り過ぎていった。よし！ わたしはすばやく廊下を移動し、計画に取りかかった。

「ほーい！ ほーい！」わたしは地元訛りの言葉でわめいた。「火事だ！」叫び声が聞き届けられた。使用人たちが慌てて階段を駆けおり、足音が通路に響いた。従者や番兵が中庭の井戸から水を汲むために集められ、宮殿は空っぽになった。それでかまわなかった、わたしはすでに男性専用の居住棟にいて、アクバルの所持品を調べているところだったから。

ロウソクの明かりで、アクバルの机とワードローブを探った。衣裳部屋いっぱいに洒落た衣類が詰まっている。真珠をちりばめたコートやジャケット、宝石で飾られた剣やターバン。刺繍を調べたり、ポケットを漁ったりしたが、ワイヤーフレームの眼鏡も小さなビーズも見つからなかった。

なにも持たずに立ち去ろうとして、花のついた枝を見つけた。大きな花瓶にブーゲンビリアが活けてあった。フラムジー家のご婦人方を思いだし、激しい憤りがドロドロした胆汁のように湧いた。アクバルは、このオウムのような気取り屋は、すべてを手にしているではないか！　悠々自適な生活も、高い教育も、たいていの人間が百回生きても目にすることができないほどの富も！　なのになぜ繊細なレディ・バチャを脅かした？　小さなミス・ピルーを怖がらせて楽しむとは、いったいどういう男なのだ？

花瓶から枝をぐいと引き抜き、床に投げ捨てた。わたしがここに来たことを、そして望めばいつでも戻ってこられることを思い知るがいい。つまらない考えかもしれないが、わたしはアクバルに揺さぶりをかけたかった。見えない手が迫っている恐怖を、やつの頭のなかに植えつけたかった。それが正しいことにさえ思えた。アクバルもフラムジー邸に侵入したのだから。

ここでわたしの計画が狂いはじめた。

ロウソクを消し、すべるように廊下を進んでいると、白いブルカを着た女と出くわした。女は悲鳴をあげ、震えながら、わたしと自由——蔓に覆われた欄干——とのあいだに立ちはだかっていた。わたしが火をつけたのは建物の反対側だったので、女は一人だった。全身を覆う白いチャドルが、小柄な猫背の人影を浮き彫りにした。その人影が手で喉もとを押さえ——ラニだ！

「あなたが息をしているのが聞こえる。誰？」聞き覚えのある、威厳ある声がそう尋ね、闇を覗きこむような気配があった。ずいぶん勇敢だった。夜に一人でいるときに、黒い人影がそびえるように立っていれば、ふつうなら大声でわめいて助けを求めてもおかしくない。

　相手のアクセントを真似て、わたしはいった。「宮廷の者ではない」

　月明かりのなかに立っていたラニはぐいと身を引いた。「なんと奇妙な声！　誰に送りこまれた？」

「あなたの知らない者だ。傷つけるつもりはない」相手を落ち着かせようとして、わたしはいった。ここで捕まるわけにはいかなかった。もしラニが悲鳴をあげたら、逃げねばならなかった。だが、なぜラニは男性専用の棟に一人でいるのだ？　ラニはあたりを見まわした——恐怖からだろうか、それとも罪悪感から？　もしかしたらそれを利用できるかもしれない。「あなたを知っている。ラニだな」

「あなたは誰？　精霊か？　それとも悪霊か？」ラニは震え、呼吸がかすれた。

　フードで顔を隠して、わたしは一歩一歩近づいた。「あなたを捕まえに来たわけではない」わたしはいった。「だが、なぜわたしが来たか、あなたは知っているはずだ」

　ラニは突然、激しい口調で囁いた。「悪いものを、わたしの家のなかの邪悪なものを捕まえにきたのだね。それは誰？　われわれに呪いをもたらしたのは誰なのだ？」

　わたしを見てラニが示した反応は、驚きを超えた恐怖だった。今夜、秘《ひ》密裡《みつり》に誰かと会ったのだろう。迷信深く、怖れている様子だったが、ラニはアクバルの計画に加担しているのか？　エンティ夫人がどこにいるか知っているのだろうか？　それを探らなければ。

「ボンベイから女を連れてきた者どもだ」

　ラニの口がぽかんと開いた。「ボンベイ？　その女とは?」

ラニは関わっていないのだ。月明かりに照らされて、ラニの横の欄干に藤の枝が絡んでいるのが見えた。ラニの脇を駆け抜けて欄干を越え、蔓に捕まって観賞用の背の高い草のなかに身を投げた。そして息を殺し、しばらくそこで待った。

長い間《ま》のあと、ラニは欄干のほうへ歩を進め、外の暗がりを覗いた。皺の目立つ年配の女性ではあったが、チュトゥキのような根性があった。ラニは手を組み、神の加護を祈ると、重い足取りで明かりのついた中庭へ向かった。わたしは時間を無駄にせず、大急ぎで外交官の家へ戻った。

エンティ夫人もビーズもレディ・バチャの眼鏡も見つからなかったので、サー・ピーターの人脈を当たってエンティ夫人の気配がないか探ったが、成果なく終わった。婦人部屋《ゼナーナ》に入ることはできなかったから、女性の使用人や宮殿の見張り役に賄賂を渡したが、囚われの女のことは誰も知らなかった。

翌日、サー・ピーターが有用な情報を探りあてた。宮殿にいるサー・ピーターの内通者が、カシム——別名ベーグ——がボンベイに戻ると聞いたという。わたしはおなじ列車に乗ることに決めた——蛇は近くで見張る必要がある。

「体を大事にな」サー・ピーターはそういった。

別れの挨拶にと手を差しだしながら、ゲイリー夫人はいった。「必ずまた来てちょうだいね」

人力車に乗って遠ざかるあいだ、わたしは老いた兵士とそのチャーミングな妻を見守った。二人は隣りあって立ち、さよならと手を振っていた。わたし自身は、晩年にこんなに幸せでいられるだろうか?

49

六日後、わたしはピーナッツ売りに身をやつしてカシムのあとをつけ、ドックヤード・ロードに向かう脇道を歩いていた。カシムは毎朝エンティの家に立ち寄って短く言葉を交わし、その後は一日中、サスーン埠頭《ふとう》に係留された個人所有の大型船のなかで過ごした。そして毎日、夕方になると、ドックヤード・ロード沿いの隠れ家に戻った。二つの疑問がわたしを駆りたてた――エンティ夫人はどこだ？　アクバルは船でなにを運んでいる？

マネックはわたしの計画をすんなり受けいれた。それどころか熱心に協力してくれた。下宿の女主人が親類のところへ移り、彼女の安全が確保されたからだった。わたしの計画では、マネックにドックヤード・ロード沿いの家を見張ってもらうことになっていた。

チェックの布で顔を覆い、カシムは肩越しにちらちらとふり返りながら狭い橋を渡った。わたしは無頓着なふうを装ってとぼとぼ歩いた。カシムから見たわたしはただのみすぼらしい売り子、ターバンを巻いて、どこにでもある籐の籠を持ち運ぶピーナッツ売り《チャナ・ワラ》だった。なんの特徴もない男だ、変装で変えることの不可能な特徴――身長――を除けば。

十字路はピーナッツ売りにとって理想の場所だった。客を待っているあいだに好きなだけ通りを観察できた。通りの両側には狭い家が並んでいた。熱波で砂埃が舞いあがった。乾燥させた葉やスパイスのにおいが絶えず流れてきた。わたしは籠を置き、壁のそばに座りこんであたりを眺めた。

カシムは通りの途中まで進むと、立ち止まって道の両側を見まわした。わたしはそちらを見ないようにしながら、籠のなかをいじった。やがてカシムは茶色のドアに向かって階段を上りはじめた。どのドアを入るつもりだ？　数字を読み取るには遠すぎたので、ドアを数えようとした。

橋から足音が聞こえてきた。このリズムなら知っている。フラムジー家のベランダをよく通る足音だ――雑用係の少年、ラムーだった。ラムーがわたしと並ぶ位置に来たところで、足首をつかんだ。馬からブランケットがすべり落ちるように、ラムーはわたしの腕のなかに落ちてきた。怯えた小さな顔をくしゃくしゃにして。

「ここでなにをしている、ラムー？」ラムーを隣に座らせながら、わたしは尋ねた。

ラムーは目をまん丸にして、かん高い声でいった。

「大尉サヒブ。あなたをつけてたんだよ」

「ピーナッツを買ってくれ」わたしはそういいながら、新聞を丸めて円錐形《えんすいけい》の容器をつくり、慣れた手つきでピーナッツをすくった。ラムーはわたしの正気を疑うかのようにぐるりと目をまわしながら、小銭を探してポケットを漁った。

ラムーに購入品を渡しながら、顎で方向を示していった。「あの階段を上っていく男が見えるね？」カシムはドアをノックし、いまは応答を待っていた。すぐにもなかに姿を消すだろう。

「はい、サヒブ」

「あのドアの番号を確認するんだ。そのあと、戻ってきてくれ。いますぐ行くんだ」

ラムーはまもなく戻ってきて、わたしの横に座ると、壁にもたれてピーナッツを齧った。

「二十一番の部屋に入ったよ」

「ありがとう。ところで、なぜここに来た？」

ラムーはもじもじした。「メムサヒブから、あなたをつけるようにいわれたんだ。パン屋で待ってたらチャナ・ワラが出てきたからさ、あれ、大尉サヒブはどこだ？　と思ったよ。それから、チャナ・ワラの背が高いことに気づいたんだ。あなただった！」

「なるほど」わたしは立ちあがった。「ミセス・フラムジーがわたしを心配しているのかな？」

「ちがうよ、大尉サヒブ」ラムーは手の甲で鼻をぬぐった。「ダイアナ・メムサヒブだよ」

　ダイアナがわたしをつけるようにと雑用係を送りだした？　やれやれ。このあいだの口論のことは――ダイアナはわたしがチュトゥキに襲いかかったと責めたも同然だったが――もう気にならなくなっていた。しかしこの謎を解くまでは先のことなどわからなかったし、バルジョールの意思に反してダイアナに求愛するつもりもなかった。まあ、フラムジー邸から離れていてもあまり効果はなかったが。ダイアナを思う気持ちは強くなるばかりだった。あのユーモアを、好奇心が強く鋭い頭脳を、あのいたずらっぽい笑みを。そろそろダイアナと、それにチュトゥキにも、会いにいくべき頃合いだった。

　後刻、身ぎれいにして贈り物を携え、フラムジー邸の厨房に向かった。

「バオ・ディ！」チュトゥキはパンを延ばしていた手を止め、手で額をぬぐった。額に小麦粉がついてしまった。

　チュトゥキのおかしな姿を見て、わたしはにっこり笑った。おさげ髪を背中に垂らし、サリーはたくしあげて腰のところで留めてあった。厨房にいたほかの者たちも手を止めてぽかんと口をあけた。わたしはみなに会釈をし、コックに向かっていった。「こんにちは《ナマステ》、ジジ・バーイー」それからチュトゥキを引っぱって庭へ向かった。

　裏口から階段を三段降りると、もうそこには青々と草木が繁っている。わたしは腰を下ろして、チュトゥキに贈り物を渡した。雌のクジャクが喉を鳴らし、バタバタと遠ざかっていった。カレーリーフとペパーミントが生えている横にホーリーバジルの大きな鉢植えがあり、大気に独特の芳香を放っていた。

チュトゥキは目を丸くして、紐を手に巻きつけながら包みをほどいた。包み紙を剝がし、わたしがチュトゥキのために買った青緑色のサリーをぼうっと見つめた。

「バオ・ディ！　これをくれるのはまだ早いよ。ラクシャー・バンダンはまだ何週間も先だもの」チュトゥキはパシュトー語でいった。声はやわらかく、唇はカーブを描いている。「だけど、わたしもこれをつくったんだ」

チュトゥキはサリーの端を引っぱりだし、布の結び目をこじあけた。そしてそこから太くて赤い紐を取りだした。黄色い糸が編みこまれ、房がついている。

わたしが驚いているのを見て、チュトゥキは説明した。「ラーキーだよ。女の子が兄弟に贈るの。知らなかった？　手を出して」

色のついた紐を手首に結んでもらいながら、わたしはいった。「これをもらったのは初めてだよ」

もちろん、こういう飾りを見たことはあった。連隊の友人たちがよくこの贈り物を身に着けていた。ラクシャー・バンダンの祭り——女子が兄弟の手首にラーキーと呼ばれる吉祥《きっしょう》の紐を結ぶヒンドゥー教の祭礼——のために休暇を取ったあとで。ラーキーを受けとることには、姉妹を守ると約束する意味があった。わたしがチュトゥキを買い取ったとき、チュトゥキはこう尋ねた。「いまは、あなたがわたしの夫なの？」わたしはこう答えた。「きみはわたしの妹だ」その言葉を文字どおりに受けとめて、チュトゥキはいま、この紐を贈ることでわたしが兄だと主張しているのだ。

さよならもいわずにパターンコートに行ってしまったとダイアナに怒られたことが頭の片隅にあったので、わたしはいった。「チュトゥキ、わたしはこれから何日かいなくなるけれど、心配してはいけないよ」

チュトゥキは身を引いた。目にたくさんの疑問が浮かんでいる。

「大丈夫だよ」わたしは請けあった。「きみは安全だ、チュトゥキ。わたしがきみを守るから」

チュトゥキはしっかりと見つめ返してきた。「わたしもあなたを守る」

そのおかしな考えに笑みを誘われたが、チュトゥキが大真面目だったので、うなずいてみせた。

厨房へ戻ると、チュトゥキは感謝で顔を輝かせながら贈り物を胸に抱きしめた。わたしはチュトゥキの額から小麦粉を払った。きょうだいとはそういうことをするものだ。ずっとまえの夜に、アディがダイアナの髪を撫でたのを思いだして、わたしはそう考えた。

「ラーキーをありがとう」そういって、わたしはアディとダイアナを探しにいった。二人はわたしの計画を喜ばないだろうが、わたしはどうしてもアクバルとカシムの行動を洗いたかった。過去の犯罪のかすかな痕跡が見つかるかもしれない。アクバルとカシムを犯行中に押さえるために、二人が動かざるをえない状況をつくるつもりだった。

「だけど、なぜぼくたちに居場所をいえないの?」アディが尋ねた。わたしたちはアディの部屋で話しあっていた。

わたしはたしなめるようにいった。「シャーロック・ホームズだって、自分の意図をすべては明かさなかったでしょう?」

アディはコーヒーテーブルから本を拾いあげ、わたしに向かって振ってみせた。「『四つの署名』だよ。あなたのおかげで読んだんだ。ホームズがボクシングをやるって知ってた?」

「ええ、才能に恵まれた素人《しろうと》と呼ばれていますね」

アディはにやりと笑った。「あなたがホームズなら、ぼくはワトスンになるのかな？」

ダイアナが何週間かまえ、いや、もう何カ月もまえか、自分がワトスンになるといい張ったことを思いだし、わたしは小さく笑った。すると、まるでわたしの頭のなかから出てきたかのようにダイアナがするりと部屋に入ってきた。青いサリーを着ている。うだるような暑さであることを思えば賢明な服装だった。わたしは立ちあがった。ダイアナの微笑みがわたしの肌を撫でた。

ダイアナは温かい目をしていった。「またホームズ？　残念ながら、女性向けの男ではないわね。ちょっと冷たいというか、思いやりに欠けるというか」

英雄がけなされたことに驚いて、わたしはいった。「そんなことはないでしょう？　いいやつだと思いますよ」

ダイアナは手を振ってそれをいなし、快活な声でつづけた。「大尉、あなたがランジプートに行ったときのことと、ラニのことをずっと考えていたのだけど。ラニが眼鏡をチェーンでさげていたっていってたでしょう？　これを見て！」ダイアナはレディ・バチャの肖像画の隅、眼鏡が描かれている場所を指差した。眼鏡につけられた細いチェーンがテーブルのほうに流れていた。小さな半透明の白いビーズのチェーンだった。わたしがバルコニーで見つけたビーズのような。レディ・バチャのチェーンは塔のバルコニーで切れたのだ。それでビーズが散り、小さな隙間に転がりこんだのだろう。

「ああ」わたしはため息をついた。しかしあのビーズがなんだったかわかっても助けにはならなかった。アクバルと結びつけることができないからだ。失われた謎の手紙も、エンティ夫人も、まだ見つかっていなかった。エンティは妻がプーナにいると嘘をついた。真っ向から問いただせば、エンティは否定するだろう。マネッなぜ嘘をついた？　それを調べる必要がある。

クがドックヤード・ロード沿いの家を見張っているあいだに。

ひとしきり考えこんでからいった。「数日のあいだ、出かけます」

アディが尋ねた。「伝言を届けるにはどうしたらいい？」

「あなたのお父さんはサスーン埠頭に倉庫を持っていますね。連絡を取る必要が生じたら、そこのドアに布を結んでください。緊急の場合には白い布を」

50

アクバルとその従者のカシムを追うことに熱中して、わたしはしばらくフラムジー邸に帰らなかった。十二日めの夕方、アディからのサインを見つけた——バルジョールの倉庫に白い布がついていた。それで持ち場だったアクバルの船のそばを離れ、フォージェット・ストリート沿いのパン屋の裏にある下宿の部屋へ急いだ。

わたしたちの敵については多くのことがわかった。どこから来てどこへ行くのか、なにをしているのか。しかしフラムジー家のご婦人方になにがあったかはまだわからなかった。エンティ夫人も見つかっていなかった。死んでしまったのだろうか？　そして死体はアクバルの船から底知れぬ深みへと放りだされたのだろうか？

ジャカランダの木の下の薄暗い石畳の道路から、背後の細い道をじっと見た。つけられたか？　犬の遠吠えが聞こえた。暑気のなかに、夕方の火を焚くにおい、調理するにおいがした。一日のうちの騒がしい時間帯は過ぎたが、夜が来たからといって暑さが一段落することはなく、埃っぽい道路からは熱気がもわっと立ちのぼっていた。足音が聞こえないかと耳を澄ましていると、こめかみを汗が流れ落ちた。なにも聞こえなかったので、わたしは先を急いだ。

パン屋の裏で影が動いた。あそこだ――わたしの部屋の鎧戸のそば、格子のある窓の横で、誰かが待っていた。低い石の壁が、忍び寄るわたしの姿を隠してくれた。一瞬のうちに侵入者に飛びかかった。

相手はナイフを持っているだろうか？　わたしの前腕が相手の腕を打った――わたしはそこに体重をかけた。

体が煉瓦にたたきつけられると、侵入者は喘ぎを漏らした。体をひねり、必死でわたしの腕につかみかかってくる。ほのかな明かりのなかに相手を引っぱりこむと、傾いた眼鏡が光るのが見えた。

アディが震えながらわたしを凝視していた。なんてこった。

「アディ」わたしはかすれた小声でいった。「いったいここでなにをしているんです？」

攻撃にショックを受け、アディは息を吸おうと喘ぎながら、わたしのもじゃもじゃに絡みあった髪とチェックのぼろ布に覆われた顔を見つめた。アディが気を取り戻そうとしているあいだに、わたしはドアの鍵をあけ、なかに引っぱりこんだ。彼が自分で落ち着きを取り戻すに任せ、わたしは石油ランプをつけて部屋を明るくした。わたしの一撃が当たったアディの腕は、明日にはけっこうなあざになるだろう。なぜ家で待っていなかったのだ？

「それほどの緊急事態なのですか、サー？」わたしは尋ねた。

「ちょっと待ってよ」アディは囁き声でいった。「いったいどうしたんだ？」

わたしは布切れを湿らせ、歯をこすって毎朝つけている煤《すす》を落とした。白い歯は正体がばれる証拠になってしまう。それに、こぎれいな爪も。

「木炭の煤です」わたしはいった。「まとっているのは物乞いのぼろ布です。堆肥《たいひ》や腐った魚、地元のウィスキー……それに犬のゲロのにおいがする。いい感じでしょう？」

「見事だよ」わたしがバケツで手を洗っていると、アディがいった。「ほんとうにひどい見かけだ」

アディのその口調ににやりと笑い、首に巻いたぼろ布をほどいて、わたしの指示どおりにパン屋が置いていったポテトサンド《ワダ・バヴ》の皿を手に取った。ひどく空腹だったので、どうしても食事が必要で、床に座りこんだ。

アディはときどきわたしのほうを疑わしげな目で見ながら、部屋のなかを歩きまわった。

「最後に食事をしたのはいつ？」

「昨日ですね」わたしは口をいっぱいにしたまま、もごもご答えた。

アディはかぶりを振った——憐れみか、それとも絶望だろうか？「大尉、またやり過ぎているんじゃないのか？」

それには答える必要がなかった。陶器の甕から水を注いで飲むと、水は喉もとを冷たく爽やかに下りていった。わたしはもう一杯注いで、また飲んだ。

アディがいった。「二週間も帰ってこないなんて」

「十二日ですよ。今日、あなたのサインを見ました」

アディの肩に、はっきりと不満が滲みでていた。

「大尉、家の女たちが心配している。プリンセス・ストリートで悪党にたたきのめされて意識を失ったときのこと、覚えてる？　小型馬車で連れ去られていたっておかしくなかったし、そうなればぼくたちには知りようがなかった。それから、ラホールだ。十六日間、ひとことの連絡もなし。ああ、知ってるよ、電報がつながらなかったのは。それで、今回もまた何週間も姿を消していた」アディは鋭い声でいった。「大丈夫なのか？」

わたしは食べ終えていった。「大丈夫ですよ、サー。しかし、ちょっと知りたいことがあります」

「なに？」

これこそわたしの友人のアディだった。すぐに協力してくれる。

「SSヴァヒド・クルーザー――小さな蒸気船なんですが、長いあいだサスーン埠頭に停泊しています。あんなに長く停めておくにはかなり金がかかるはずです。絶えず荷を積みこんでいます、ふつうの箱や、木枠のついた箱なんかを少しずつ。おまけに夜も昼も、ランジプートから来た番兵が見張りに立っている。なぜ？　積荷の中身はなになのでしょう？　なにがそんなに大事なのでしょう？」

「なぜ船を見張っているの？」アディが訊いた。ダイアナとおなじく、アディも港でついた汚れの悪臭に耐えられず、避けるようにうしろに下がった。

わたしはひどいにおいのするベストとクルタを脱ぎ、粘土づくりの棚の陰にあるタイル張りのシンクのほうへ歩いていった。パン屋はそこに、変装を落とすのに使う水の入ったバケツ六個と石鹸を用意してくれていた。勢いよく体をこすりながら、わたしは報告内容を伝えた。

「ランジプートで、サーピル・ベーグがほんとうはカシムだとわかりました。カシムはアクバルのために働いていて、ボンベイに荷車を運んできました。それから、毎朝新聞を持ってエンティの家を訪ねます。妙ですよね？」

アディは熱心に耳を傾け、わたしはつづけた。

「ランジプートには、エンティ夫人の気配はなかったのですが、カシムがエンティ夫人のところへ連れていってくれるかもしれないという勘のようなものがありました。それで、港の労働者の恰好をしてカシムのあとをつけ、この船、ヴァヒド・クルーザーにたどり着いたのです。カシムはちょくちょくこの船を訪れます。ときには一日に二回も。だからわたしもそこに留まって、何日も観察しました」

「大尉、十二日もだよ！」アディが抗議した。

「そう、そんなに長くおなじ場所にいるのは容易ではありませんでしたよ。ああいう場所にずっといるには強烈な理由が必要なのです。ほかの労働者や役人なんかの質問に答えなくて済むような」

「それで……酔っぱらいになったと？」アディはうんざりしたように大声を出した。

わたしはアディの表情を見てにやりと笑った。「いや、正体をなくしてそこに寝転がっていることなんかできませんよ、警備員《ハヴィルダール》の注意を引いてしまいますからね。ちがいます。物乞いですよ――施しを求める、酔っぱらった港湾労働者です」

「その労働者にも名前があるの？」アディはわたしの悪ふざけに首を振りながら尋ねた。

「ジート・チョードリー。ラホールに行くまえにも、試しに彼になってみたのですよ。困ったことに、現場主任がわたしを雇いたがりましてね……船荷の積み下ろしをさせるために。それはまずい。そこで、ジートに何回か喧嘩をさせました。厄介者なら誰も雇いたがりませんから」

「そうなの？　驚いたな」仔羊のように無邪気に、アディはいった。

わたしは声をたてて笑い、魚と堆肥のにおいを落とすためにバケツの水をかぶった。さらにもう一度石鹸を使い、特別に注意を払いながら指を洗った。フラムジー夫人は、手を清潔にしておくことにはこだわりがあるのだ。煤や汚泥が落ちると、皮膚が青白く光って見えた。

腰にタオルを巻き、ランプを鏡に近づけてジート・チョードリーのひげを剃った。もしかしたら、もう古い友人になりすます必要もないかもしれない。

アディが尋ねた。「これがバチャとどういう関係があるんだ?」

「ホームズはこういっています——〝ありえないことをすべて除外すれば、あとに残ったものが、いかにありそうもないと思えても真実なのだ〟。なくなった眼鏡も、切れた眼鏡のチェーンも、自殺ではなかったことを示しています。動機として思いつくものは二つ。復讐か、金か。もし動機が復讐への渇望なら、まあ、若い女性を殺そうと思ったらもっと簡単な方法があります。毒を使うとか、馬車の事故を起こすとか」

アディがうなずき、わたしはつづけた。「ということは、復讐ではない。ならば金か? 誰が得をするのか? あなたのお父さんの指摘によれば、レディ・バチャが相続した遺産は結婚によってすでにあなたのものになっていた。レディ・バチャが死亡してもそれは変わらない。次に、ミス・ピルーについて考えました。狙われていたのはミス・ピルーのほうではないか? またもや壁にぶち当たりました。ミス・ピルーの死はあなたの家族や、夫になるはずだった人に喪失感をもたらしますが、それによって得をする人は誰もいない。だから、誰が得をするのかという問いはどこにも行きつかないのです。そういう事情をすべて考えると、問いがまちがっていたとわかります。そこでわたしはこう思いました。もしレディ・バチャが、その、転落死せずに……時計塔のバルコニーに留まっていたら、その場合に得をしたのは誰なのか」

アディは額をこすった。「大尉、よくわからないんだけど」

新しいズボンとシャツとベストを着ながら、わたしはいった。「サー、わたしがチュトゥキを見つけたとき、あの子は縛られていました。体のまえで両手を縛られて、黒いブルカで隠されていました」

「チュトゥキ？　あなたがラホールから連れてきた、あの女の子？」

「わたしが線路沿いを歩いていたときに、チュトゥキを、ええと、買わないかといわれたのです」

アディはショックを受けたようだった。「あんな子供を！」アディは言葉を詰まらせていった。「だから連れてきたのか」

「わたしはあの子を買い取ったのですよ、サー。ほんとうのところ、選択の余地などありませんでした。あそこに放っておくことはできなかった」

アディの目が円いレンズの奥で光った。「なんてことだ」

「両手を縛られてブルカのなかでうずくまるようにしていたあの子の姿が……頭を離れません。それで理由がわかったのです。ご婦人方が死亡したあと、司書がテーブルの下に黒い服を見つけました。あれが塔のドアに引っかかっていた黒い糸の出どころではないか？ご婦人方は、たぶん、捕まっていたのでしょう、チュトゥキとおなじように」

「だけど真昼のことだよ、大尉？　しかも大学のど真ん中で！」アディは喉を詰まらせた。

ブーツの紐を締めながら、わたしはいった。「ああ、あの下劣な男たちは目的のためならなんだってやりますよ。やつらはご婦人方に、助けを求めるのをためらうようなことをいったのでしょう。ミス・ピルーの過ちを示す手紙を公表すると脅したとか。それで、アクバルの船、ヴァヒド・クルーザーですが、積荷は畜牛と登録してあります。わたしは毎晩、船員のあとをつけて酒場まで行きました。水夫というのは酔っぱらうとかなり大声で話しますからね。船の行き先は英領ギアナです。しかし、牛が積みこまれるところは一度も見ていません」

アディはひっくり返した木箱の上で背を丸めた。顔がロウのように青白くなっていた。

「アディ、〝牛〟というのは女たちのことです。船員は男もいるといっていました、奴隷として売られるのです。わたしは警察に通報しました。マネックはここ何週間か大活躍でしたよ、カシムの家を見張ったり、マッキンタイアとの伝言のやり取りの仲介で走りまわったり。問題は、いつヴァヒド・クルーザーが出航するかです」

軍では、軍事行動の計画を立てることを覚えた。パターンコートでは、友人たちに――ランビールや、ラザークの一族に――頼らねばならなかった。いまは、奴隷商人を逮捕する決意を固めたマッキンタイアが頼みの綱だった。わたしの発見に大いに驚いて、マッキンタイアはこちらの指示に従うことに同意した。

アディがいった。「家に戻ろう。バイラムおじさんが必要な情報を見つけてくれるよ」

脱ぎ捨てたぼろ布からリボルバーを引っぱりだし、フル装塡されているのを確認してから、胸ポケットに押しこんだ。「いまはまだ、マッキンタイア署長の準備が整っていません。船を捜索するためには判事の令状が必要なのです。昨日、警視にメモを送って、返事を待っているところです。巡査を送ってくるでしょう、マネックはドックヤード・ロードの家を見張っていますから」

アディは低く唸るようにいった。「マネックはいまもあなたのために働いているのか！」

ドンドンと、切迫した様子で何度も木をたたく音が、虚ろに、不吉に響いた。予期せぬ邪魔が入り、アディとわたしはびくりとした。拳銃を手に、わたしはドアをぐいとあけた。

隙っ歯のラムーが部屋のなかに転がりこんできた。

「サヒブ、すぐ来て」雑用係の少年は喘ぎながらいった。「あなたの妹のチュトゥキがいなくなった」

51

アクバルだ！　いったいどうやって小さなチュトゥキを捕まえた？　駆りたてられるように、わたしたちは馬車に乗りこんだ。

「アディ、わたしが馬鹿でした」大股で歩いてフラムジー邸に入りながら、わたしは低い声でぼそぼそといった。わたしがアクバルとカシムをつけ回していたあいだに、連中の手下がフラムジー邸を見張り、弱みを探していたにちがいない。そしてわたしの気丈な妹に狙いをつけたのだ。

バルジョールとダイアナが日中用の客間にいた。ダイアナは顔面蒼白で、取り乱しているように見えた。

「なにがあったのですか？」わたしは尋ねた。

バルジョールが咳ばらいをしていった。「あの子——チュトゥキだ。バザールでいなくなった。マッキンタイアに伝言を送ったところだ」

「いつのことですか？」

ダイアナが口ごもりながらいった。「六時半ごろ？夕食にロールパンがほしくて……」

チュトゥキは日没のころ、一時間以上まえに誘拐されたのだ。「なぜ一人で行かせたんですか？」心配のあまり声が荒くなった。

「一人じゃなかったわよ！」ダイアナが反論した。「ジジ・バーイーが一緒だった——ほんの何分か、パン屋で待たせたの。戻ったときにはチュトゥキはいなくなっていた」

「それで？」

ダイアナは顔をしかめた。「ジジ・バーイーは必死でまわりの人に訊いてまわった。だけど誰もなにも知らなかった」

「チュトゥキがどこかべつの場所へ行った可能性は？」

「ジジ・バーイーは半時間くらい探しまわった。時計塔の鐘が二回鳴ったのを聞いてる。大尉、チュトゥキは一人でどこかへ行ったりしないと思う。迷子になるのを怖がっていたから」

考えろ。無理やりゆっくり深呼吸をした。こんなに完璧に人目につかなかったということは、チュトゥキは誘拐犯に進んでついていったのかもしれない。どうやってチュトゥキを従わせた？　頭のなかで、家からバザールへ向かうチュトゥキを追ってみる。「そう、チュトゥキはパンを買っていた……ふだんとちがうことなど、なにもなかった。次になにが起こる？　誰かがチュトゥキに声をかける」

目を大きく見ひらいて、ダイアナが尋ねた。「その誰かは、チュトゥキの知ってる人？」

わたしは首を横に振った。「そうは思えません。もし知っている人間だったら、家のなかの誰かが買収されたことになります——そうなればもっとまえに連れていかれてもおかしくなかった。あるいは、あなたが連れ去られる可能性もありました」

「つづけて、ジム。誰かがチュトゥキに声をかけて、それから？」

バザールの雑踏を思い浮かべた——チュトゥキはふり返り、目で探る。「連中は、チュトゥキを心配させるようなことを話すでしょう。誰かが病気とか？　赤ん坊のバーダルが？　もしかしたら、あなたが、とか？　それでチュトゥキの気を引けます。チュトゥキは家に帰りたがる——馬車が待っています、たぶん小型馬車が。チュトゥキが乗りこみ、馬車は走り去る」

ダイアナの声が、沈黙のなかにぽとりと落ちた。

「どこへ？」

さむけがした。アクバルとカシムはエンティ夫人を連れ去り、夫の手綱を握った。いま、誰かが小さなチュトゥキをさらった——わたしのせいで？　パニックの蔓がわたしの首を絞めた。

わたしはバルジョールに向けていった。「サー、奴隷商人の一団が活動中なのです。わたしは一週間以上その連中のあとをつけ、船を見張っていました。チュトゥキもやつらに捕まった可能性があります」

ダイアナが喘ぎを漏らした。バルジョールは立っていることに耐えられないかのように椅子に座りこんだ。

「そいつらはあの子をどこに連れていくつもりだろう？」アディが尋ねた。

バルジョールには少し時間をあげて、わたしが何日もかけて明らかにした事実を吸収してもらおう。わたしはアディに答えた。「船です、おそらく。マッキンタイア警視はヴァヒド・クルーザーに乗りこむための令状を待っていました。もし連中がチュトゥキを連れていったなら、令状は必要ありません。警視は計画を前倒しにできます。今夜船を捜索するように頼んでおください」

バルジョールは立ちあがった。「私がマッキンタイアを捕まえよう。ワディア家で大きなパーティーがあって、われわれも招待されていたんだが、欠席の返事を送った。マッキンタイアは私が見つける」バルジョールは顎を突きだしてそういった。憤りと決意が肩に表れている。バルジョールはチュトゥキとはほとんど話をしたこともなかったが、わたしが拾った小さな子が行方不明になったいま、彼は激怒していた。

バルジョールが後ろ盾になってくれることがうれしかった。「ありがとうございます、サー。連中は夜明けにドックが開くまで待たないかもしれません。全員が揃ったら船を出すでしょう」それから思いだした。「しかし今月は断食月《ラマダン》ですね。港は日没で閉まるはずだ、断食後の食事をするイスラム教徒のために」

アディが尋ねた。「アクバルとカシムが自分たちの船に乗れないとしたら、二人はどこへ行くだろう?」

「カシムをつけていったら、ドックヤード・ロード沿いの家に行ったことがありました。ドアの番号は二十一、街灯のそばの部屋です」チュトゥキはそこに捕まっているのだろうか? あの部屋を探るべきだった。「アディ、家の警備員を集めてください」

アディはうなずいて、ドアのそばにある呼び鈴の紐を引いた。細く青白い顔のなかの目は暗かった。

バルジョールは疑わしげにわたしを見た。「なにをするつもりだね?」

「まだきちんとは決めていません、サー」

「ほんとうなら警察を待てというべきなのだろうが、かわいそうに、あの子……行きなさい、大尉。マッキンタイアは私が船に連れていく」バルジョールは唇をぎゅっと結び、わたしに向かってうなずくと、足音も高くドアを出ていった。

アディはわたしが握っているリボルバーを見た。

わたしはそれをテーブルに置き、尋ねた。「ダイアナ、もっと弾薬がありますか？」
ダイアナがいなくなると、アディがいった。「大尉、妹は行かせられない」

わたしは同意した。ダイアナを巻きこむことはできなかった。それをいうならアディ自身もだ。救出に当たって、友人たちを危険にさらすつもりはなかった。スミスやマッキンタイアやわたしなら、こうした行動の経験がある。マネックはリスクを理解していたし、おそらく償いのために行動することを望んでいた。家にいる警備員たちは場数を踏んだセポイだ。それ以外の人々を危険な目にあわせることはできない。

「アディ、わたしは警備員たちを連れてドックヤード・ロード沿いの家を探ります。警察は、正当な理由があれば船を捜索できるでしょう。チュトゥキの誘拐はその理由に当たります。あとはただ、警察が到着するまえに連中が船を出すようなことがないといいのですが」

アディは咳ばらいをした。「大尉、港長がわが家の友人なんだ。たぶん、彼なら船が出るのを止められる。ぼくが彼のところに行くよ」

「それでなんとかなるかもしれません。連中を港に閉じこめましょう」

希望がちらちらと閃《ひらめ》き、胸が突かれたように痛んだ。

「そうだね」アディはわたしの肩をポンとたたいて出ていった。

アディが港長を見つけて説得するには少し時間がかかるだろう。フラムジー家の人々は調査に協力させようとわたしを雇ったが、いまはわたしのほうが小さなチュトゥキを見つけるために一家に頼っていた。気丈なチュトゥキ。十四年間の人生で、ふつうならしなくていいような苦労に耐えてきた。チュトゥキを助けるのに、わたしは間に合うのだろうか？

52

ドックヤード・ロード沿いの家は音もなく暗いまま、ぬっと建っていた。窓に明かりがちらつくこともなかった。マネックはどこだ？ 通りの向かいに停めた馬車からこの家を見張るのがマネックの仕事だったのに、姿が見えなかった。

元グルカ兵たちを従えて、カシムの家に入る準備をした。力ずくで行動しなければならない恐れもあった。わたしにはこの家に入る権利などないのだから。耳をドアに当ててなかの音を聞く。沈黙の重みだけが感じられた。

わたしの合図で、ガンジューがドアを強くノックした。音が通り中に響いたが、応えはなかった。家は墓のように静かなままだった。結局のところ、チュトゥキはここに連れてこられたわけではなかったのか？

わたしたちの馬が鼻を鳴らし、落ち着きなく足踏みをしていた。馬は角で待たせてあり、ラムーが手綱を握っている。通りのあちこちで人が窓辺に現れ、外を覗いた。雨がかすかにぱらつきはじめ、頭上で稲妻が閃いた。音もなく、威嚇するように。わたしはどうすべきか決めかねて動けずにいた――もしチュトゥキが船に乗せられたなら、ここで貴重な時間を浪費している暇はなかった。だが、家のなかに隠れているのだろうか？

わたしはグルングに身振りで示した。「あけてくれ」

グルングの歯が白く光った。グルングが錠を撃ったのと同時に雷鳴が轟いた。グルングが勢いよくドアを開くと、わたしたちは両脇にドアのある狭い廊下になだれこんだ。

右側からドスンと音がした。誰かいる。

グルングの手がわたしの肩を握った。やはり音を聞いたのだ。グルングはすべるようにまえへ出て部屋を覗きこみ、驚いたように音をたてた。誰かがいった。

「どうした？」

グルングがガスランプをつけると、小さな居間に明かりが溢れた。衣類の山に見えたものは、長椅子のそばにくずおれた人だった。腕が鮮やかな赤に染まっている。見まちがえようもない。血だ。

「マネック！」

なぜマネックがここにいる？　内心悪態をつきながら指をマネックの首に押し当てた。マネックがうめき、まばたきをした。わたしはほっとしてネクタイをぐいとほどき、マネックの腕を縛って止血したあと、ほかに傷がないか調べた。額にあざが見つかっただけだったので、わたしは座りこんだ。

「ぼくのじゃないよ——その血は」マネックがいった。

「まあ、少しはそうかもしれないけど、全部じゃない」マネックは身を起こそうとしてぐらついた。

わたしはマネックを長椅子にもたれさせていった。

「見張るだけのはずだったでしょう。侵入するなんて！　何があったんですか？」

「やつらがここに来た」マネックの声は震えていた。

「女の子を運びこむのが見えたんだ、全身なにかで包まれてた。奴隷候補がもう一人、というわけだ。それで窓からこっそり入って、そのおなじ窓から彼女を逃がそうとしたんだよ。だけど見つかった。戦ったんだけど……」

チュトゥキがここにいたのだ！　「やつらを相手に戦った？　ひどく愚かな行為ですよ」そして信じられないくらい勇敢だった。ランジプートの番兵を相手に勝ち目などなかったが、それでもうまくやってのけたほうだろう——額への一撃で気を失ったのは。いま、そこは腫れて赤くなっているが、おそらく失神したおかげで命が助かったのだ。

マネックは咳こんでうめき、脇をつかんだ。わたしはマネックの腕にかけた手に力をこめた。

「マネック、連中はどこへ向かったんですか？」

「サスーン埠頭」

汗が背中を伝い落ち、同時にさむけがした。チュトゥキはすでに船上にいるのかもしれない。わたしはひどく後れを取っていた。もしアクバルが船を出したら、チュトゥキを永久に失うことになる。マッキンタイアと警官たちは一体全体どこにいるのだ？

「アクバルを見たのか？」声が荒くなった。自分でも耳慣れない声だった。

「いや、サーピル・ベーグだ——あの蛇だよ！　あいつは……船でアクバルと落ちあうはず」

マネックの面倒を見るようにとグルングを残し、幼いラムーにメモを持たせてマッキンタイアのところへ送った。馬がいるところへ戻り、サドルバッグにリボルバーをしまった。馬に乗っているあいだになくさないように。

茶色の雌馬がフーッと息を吐いた。馬に乗ってサスーン埠頭に向かうあいだ、胸のなかで不安が跳ねていた。急げ、急げ、急げ。

ガンジューとほかの使用人たちもカチャカチャ音をたてながらうしろからついてきた。薄暗い石畳の通りに、わたしたちの馬の蹄の音が響いた。北の方角に時計塔がそびえ、暗がりを覗きこむ唯一の明かりを前面から発していた。

あの前方の騒ぎはなんだ？　ドックに近づくにつれ、通りの人だかりがわたしの進路をふさいだ。色とりどりのチュニックを着た人々の行列が、赤や金で飾りたてた大きな女神像のあとにつづいていた。手綱を引いて馬をぐいと通りの端へ寄せると、何人かの男女が悲鳴をあげてわたしの通り道からとびのいた。悪態をつきながら人混みの隙間を縫って馬を進めると、やがて馬は通りの反対側で喘ぎながら立ち止まった。いまがいつなのかわからなくなった――これは女神ドゥルガーの祭りか？　それともガネーシャの祭りなのか？

脈打つように流れる人の川の向こうで、アディの家の警備員たちは馬を止め、怒鳴り声をあげていた。「ホイ！」馬同士がぶつかりあっている。行列が過ぎるまで待たねばならないだろう。風が起こり、霧雨が流れてきた。モンスーンが近い――もう七月になったのか？

警備員たちを残し、わたしは馬を急きたてて人けのないドックへ向かった。だが、鉄の門が太い金属の鎖でしっかり閉ざされているのを見つけただけだった。畜生。

マッキンタイアの一団はいつ到着するのだ？　船が出るまえに追いついてくるだろうか？　アディが港長を見つけ、水路を閉じてもらえるように説得したかもしれない。夜のこんな時間でも可能だろうか？　蒸気船を港に閉じこめることができるのだろうか？　馬の首を撫でると、牛の鳴き声のような音を発しながら息を吐き、わたしの逡巡《しゅんじゅん》を笑うように嘶いた。

もしヴァヒド・クルーザーが海に出てしまったら、さらわれた女たちはいなくなり、レディ・バチャとミス・ピルーに対する犯罪の証拠も消えてしまう。チュトゥキがすでに乗船している可能性もかなり高かった。切れた足で歩き、月明かりに光る血濡れた足跡を残した小さなチュトゥキ。

マッキンタイアのことなど待っていられなかった。SSヴァヒド・クルーザーをこのドックから出してはならない。船のエンジンを破壊するという考えが頭をよぎったが、エンジンルームに入れないように妨害するだけで充分だろうと思いなおした。

船上には何人いるだろう？　わからなかった。グリア大将に怒鳴られそうだった。「一日中、なにを見ていた、間抜けめ！　何人だ？」ランジプートでは、アクバルは護衛の集団を引き連れて歩いていた。ドックでは、たくましい体つきの護衛を二人連れていた。船員はどうだろう？　全員を倒すことは望むべくもないが、隠れて乗りこめば……

門には鍵がかかっていたが、だからどうした？　乗り越えればいい。

わたしが促すと、茶色い馬はドックの塀ににじり寄った。足を鐙《あぶみ》から引き抜き、鞍のまえをつかんで馬の背の上にしゃがみ、上に跳んだ。手のひらが塀のてっぺんを捕らえた。痛みが全身を貫き――ナイフで手のひらを切られたような、覚えのある鋭い痛みだ――息が止まった。痛みを無視しろと両手にいい聞かせ、もっと強くつかめる場所を探った。わたしは罵り言葉を吐きながら、割れたガラスの埋め込まれた塀のてっぺんに体を引きあげた。

蒸気船ヴァヒド・クルーザーは、わたしが最後に見た場所にまだ係留されていた。近くの倉庫から外を覗きながら、かすかな希望を吸いこんだような思いだった。縛られ、猿轡《さるぐつわ》をかまされたチュトゥキが船倉にいるところが頭に浮かんだ。

水が埠頭に打ち寄せ、船は係留用の杭のあいだでゆっくりと揺れていた。夕方、荷が積みこまれているところを見たときよりも、重心が船尾に寄っている。船はずんぐりした醜い姿で水に浸かり、いつでも出られるようになっていた。さらわれた女たちとチュトゥキを――わたしを兄と呼んだ少女を――積みこんで。

ターバンを巻いた番兵が渡り板のそばに立っていた。板は船の下の汚水がうねるたびに軋んでいる。番兵は木箱に座り、ポケットを探って嚙み煙草を出した。桟橋の両端で街灯が光り、霧雨を回りながらちらちら揺らめく光の斑点に変えていた。係留所の横に、雑に巻かれたロープの固まりがあった。荷台や折れた木材が埠頭全体に散らかっていた。不注意な神々がマッチ棒を落としたかのようだった。

ヴァヒド・クルーザーに乗るために、邪魔になるのは一人だけだった。

番兵が煙草をいくらかちぎって嚙んでいるあいだに、瓦礫やがらくたを縫って近づく方法を考えた。そこで閃いた。殴って水に投げこむよりも、あの青い制服を奪って番兵になりすませばいいのではないか？

番兵の気を逸らす方法がなにかないかと倉庫を見まわした。穀物の袋を見つけると、倉庫の横のドアをあけ、袋を一つ肩に担いでよろよろと外に出た。

倉庫のドアが軋む音が番兵の注意を引いた。番兵は顔をあげ、戸惑ったような表情になった。わたしは数歩進んでから袋をドスンと落とした。

「おい！　こっちを手伝ってくれ。急げ！」わたしはランジプート訛りでわめいた。

番兵は驚いて首を伸ばし、それからのんびりこちらに歩いてきた。「なんだ、まだあったのか？」

番兵が袋に到達しそうになったとき、わたしの拳が彼のこめかみを捉えた。番兵はよろめいた。呆然としながらも、番兵は体をひねってあがいたが、それが賢明でないことを次の鋭い強打ですぐに教えられた。わたしはナイフを突きつけて番兵を無理やり倉庫に引っぱりこんだ。相手の頭からターバンを引き剝がし、抑えた小声でいった。「服を脱げ」

薄明かりのなかで番兵の白目が光った。それから頭がグラグラ動いた。番兵は目を見ひらいて、おぼつかない手つきで制服の留め具を外しにかかった。彼が怖がる必要はなかった――わたしはロープを適当な長さに切って番兵の手と足を縛り、おまけにぼろ布を口に詰めこんだ。番兵は荒い息をしながら、わたしが自分の服の上に彼の制服を着るのを見ていた。

アディの拳銃を探してポケットに触れ、思いだして悪態をついた――サドルバッグに置いてきてしまった。すばらしい！　グリアなら嘲笑っただろう。どえらい一人芝居だな、武器も持たずにのこのこやってきて。まったく見事だよ、大尉！

指がポケットのなかの紙切れに触れた——おそらくフラムジー夫人からの伝言だろう。夕食にいらっしゃいと書かれているはずだ。持っているものといえばその紙と、ブーツのなかに隠した十センチのナイフだけだった。それらをランジプートの制服のカマーバンドのなかにすべりこませた。これから乗ろうとしている船のように膨らんだ胃のあたりだ。

ちょうど番兵の恰好になったところで、シュッと音をたてて蒸気船のエンジンがかかり、排気口から煙が噴きだした。

くそっ。わたしは声に出さずに罵り言葉を吐いた。待て、まだだ。

53

ヴァヒド・クルーザーはもういつでも出航できそうに見えた。石炭を動力とするエンジンが唸りをあげている。なかを探るためにすべりこめるだろうか？　渡り板のところから番兵が消えていることで、船上の者たちを警戒させてしまうだろうか？

ドックで足音がして注意を引かれた。きびきびと進む人々の一団が近づいてきた。先頭はターバンを巻いた背の高い番兵、次がアクバルで、こちらは顎をまえに突きだし、長いコートをはためかせている。ターバンを巻いた二人の男に挟まれて、比較的背の低い、痩せた無帽の男がいた……なんてことだ、アディじゃないか！　どうして連中に捕まった？　友人の港長のところへ行ったはずではなかったのか。くそっ、アディ！

長いクルタを着た男がそのうしろにつづき、彼と番兵に挟まれて、肘をつかまれた少女が引きずられていた。チュトゥキだ。生きていた。

「閣下」一団がそばまで来ると、わたしはランジプートの番兵の深いお辞儀を真似た。借り物のターバンの羽根飾りが顔を隠した。上流階級の人間が使用人や従者と接するとき、目に入れるのは制服だけで、なかの人間までは見ないだろうと賭けに出たのだが、思ったとおり――アクバルはわたしのまえを大股で通り過ぎた。喉が固まるのを感じながら、わたしは一団のうしろについて渡り板の上を歩いた。船が足の下で揺れた。船内には埠頭の明かりが遠くから届くだけだった。

一体全体、連中はどうやってアディを捕まえた？アディは港長の家に行ったはずではなかったのか？どういうことだったのかはたと思い当たると、胃が締めつけられた。皺くちゃのクルタを着たあの男が港長本人にちがいない。港について専門知識を持つ人物だ。月明かりの港を航行するために水先案内人が必要だったから、アクバルが港長を待ち伏せし、一緒にアディも捕らえたのだろう。わたしを助けようとするあまり、アディは嵐の中心に踏みこんでしまったのだ。

先頭の番兵が上甲板に出るための金属製の梯子《はしご》を上りはじめた。アクバルが歩幅の広い横柄な足取りでそれにつづいた。

アディが突然走りだした。あまりにもすばやかったので、アディが逃げるところはわたしにもよく見えなかった。梯子を上りかけたところで、ひょいと身を沈めて番兵が伸ばした手を逃れ、階段を回りこんで姿を消した。

アクバルが急いで梯子を降りながら怒鳴った。「止まれ！」口もとを歪めて残酷な笑みを浮かべ、アクバルはチュトゥキの髪をわしづかみにした。「戻れ、さもないとこの子供が死ぬぞ！」

　アクバルの手のなかで武器が光った。必死の思いがわたしの体のなかを駆け抜けた。自分の正体をばらしてアクバルの気を逸らすこともできた。その騒ぎのなかでチュトゥキは逃げられるだろうか？　そのあとはどうなる？　たくさんの可能性が浮かんでは消えた。アクバルの反応を一通り最後まで考えると、希望の糸はどれもプツリと切れた。どのケースでも、アディとチュトゥキとわたしの三人全員が逃げられるとは思えなかった。

「わかったよ」アディが再び姿を現し、船べりに影が落ちた。「ミスター・アクバル、あなたには選択の余地がある。もしぼくを人質にしたいなら、その子を放せ」

　アクバルは小さく笑い、アディを見て、チュトゥキを見て、またアディを見た。「おれは二人とも捕まえておけると思うぞ」

「いや、それはない」アディはふだんと変わらず冷静にいった。「ほら、ぼくは泳げるから」

　しかしアクバルはそんなに簡単に獲物を失うつもりはないようだった。冷笑を浮かべながら、アクバルは拳銃をアディに向けた。

　行動を起こさなければ、いますぐに！　汗でべとつく手のひらをウエストに当てるとなにかに触れた――ウエストバンドに押しこんだ紙切れだった。血迷ったような計画が頭に浮かんだ。望みはまったくなかったが、ほかに方法もなかった。

「閣下！」わたしはアクバルのほうへ進みでた。「お待ちください！　ラニ陛下からの伝言です」

　わたしはアクバルの使用人がやったように、組んだ手のあいだに紙切れを挟み、お辞儀をしながら腕を伸ばして差しだした。ランジプートで馬丁がそうやって伝言を持ってきたのを見たのだ。船上で、出航間際というこのときに、こんな餌に食いつくだろうか？　粗末な策略だった——うまくいく望みなどなかった。

だが、特権階級の習慣の力は強固だった。アクバルはしかめ面をしていった。「いま？　いまそれを持ってくるのか？」

アクバルが左手で書状を取ろうとすると、右手の拳銃がさがった。わたしはさらに近づいて、片手で相手の拳銃を押さえ、もう一方の手で拳をつくってアクバルの顔にたたきつけた。

木を殴っているようだった。揺れはしたが、倒れなかった。

「バオ・ディ！」ひどく驚きながらもうれしそうにいうチュトゥキの囁きが聞こえた。「来てくれたんだ！」

アクバルがわたしのほうを向き、その後は大混乱だった。怒声、パンチ、防がれた打撃、つかみかかる指。

わたしの右側に銃弾がピシリと当たる音がした。そこにはチュトゥキがいる！　わたしはパッとふり返った——これがまちがいだった。

一瞬気を逸らしたことが高くついた。アクバルが足払いをかけてきた。わたしは必死につかみかかってアクバルを道連れにしながら倒れた。二人一緒に甲板にたたきつけられた。アクバルが苦しげに息を吐くのが聞こえ、凶暴で悪意に満ちた満足感がわたしの体のなかをうねりながら通り抜けた。

埠頭から声が響いてきた。「乗船用意！」

わたしの下で体をよじっていたアクバルには聞こえていないようだった。まるでニシキヘビを相手にしているような取っ組み合いだった。アクバルはしなやかですばやく、放つ打撃は力強かった。つかのま優勢だったが、怪我をした手のひらが血ですべり、アクバルはするりと手から抜けだしてわたしを押し返した。そして金属の梯子を急いで降り、姿を消した。

雷鳴が轟くなか、銃弾がピシリピシリとわたしのすぐ横の板に当たった。本能の命じるままに甲板にあがった。目が埠頭の閃光を捉えた。マッキンタイアの一団がいて、忌ま忌ましいことに、わたしに向けて撃ってくる。救援が到着したというのに、わたしはまたも
や前線のまちがった側にいた。

身を丸め、ぎゅっとうずくまって、音をたてながら飛び交う弾丸をよけた。わたしはまたカラチにいた——叫び声や、喉を詰まらせたような悲鳴のまんなかに。
銃声がやんだときには耳が聞こえなくなっており、胸は燃えるようで、喉にも火がついたようになっていた。

アディ。ああ、しまった、アディは船べりのそばにいたのだ、埠頭から一番近い場所に。わたしは身を震わせた。

「大尉？　ジム！」肩のそばにいる誰かが大声をあげ、わたしを揺すっていた——アディだった。薄明かりのなか、緊張で蒼白になった顔が見えた。

「怪我は？」アディが尋ねた。「弾が当たった？」

わたしはゼイゼイ息を吐きながら首を横に振った。
戦いのあとはいつもしゃべれなくなる。わたしはアディの腕をつかみ、甲板の上に倒れている人影を指差しながら、喉から押しだすようにして言葉を発した。

「チュトゥキ」

あのくしゃくしゃの山のなかに小さなチュトゥキが、わたしの気丈な妹がいるのだろうか？　アディが向きを変えてそちらへ向かった。

「助けてくれ！」甲板から男が懇願した。「出血してるんだ！」

「上等だ！」アディがいった。「そこで震えていろ！」アディは男をまたぎながら吐き捨てるようにいった。「こいつがカシムだ。ベーグとも呼ばれている。すべての元凶はカシムなんだ」

では、わたしはまた見まちがえたのか。先ほどのクルタを着た男は、港長ではなくカシムだったのだ。レディ・バチャとミス・ピルーの殺人において、アクバルの共犯だった男。

「ヴァヒド・クルーザー。抵抗をやめなさい」マッキンタイア署長の声が、メガホンを通して埠頭中に轟いた。「総督の命令により、船内を検《あらた》める」

しかしわたしはチュトゥキを探していた。一番近くの人影のそばで屈み、ターバンが目につくとその男をまたいだ。チュトゥキはどこだ？

アディが呼んだ。「ジム、こっちだ！」

わたしはアディの横に膝をつき、チュトゥキの無音の胸の上に頭を垂れた。体は温かかったが、息は止まっていた。両手を、次いで両腕をこすったが、なんの効果もなかった。それから近くに引き寄せた。低く身を屈め、唇をチュトゥキの額につけた。喉が詰まり、胸が燃えるようだった。

チュトゥキの小さな体は、シムラーへ向かっていたときとまったくおなじように細く温かかったが、だらりとして、全身の骨がゆるんでしまったかのようだった。チュトゥキを抱きあげ、赤ん坊のように揺すり、最後の言葉を思いだしてなんともいえない気持ちになった。「バオ・ディ、来てくれたんだ！」――ものすごくうれしそうだった。驚きと喜びがよりあわさった声だった。

チュトゥキをマッキンタイアの臨時の本部へ運んだ。さっき船の外にいた番兵を置いてきた倉庫のなかだ。そこにチュトゥキを横たえ、穏やかに眠っているような顔と、銃弾が胸にあけた穴を布で覆った。ほんの数週間、わたしには妹がいたのだ。

軍用のランタンが広いスペースを明るく照らしていた。セポイが連れだしたヴァヒド・クルーザーの船員は、縛られ、囚人のように一列につながれている。警官が渡り板の上を行ったり来たりしていた。マッキンタイアの部下たちが奴隷船の最深部を改めると、やがて囚われの男たち、女たちがよろよろと出てきた。薄汚い恰好をした男たち、女たちが身を寄せあう。裸足でぼろ布をまとって、怖がり、混乱したまま。そのあいだにも、マッキンタイアの轟くような声で、被害者を助けだす一団が組織された。カシム――別名サーピル・ベーグ――は、倉庫のまんなかでうずくまっていた。

「一日の仕事としては悪くないな！」マッキンタイアは大きく足を広げて立ち、現場を眺めながらいった。

「死者三名、うち一名は民間人……」マッキンタイアは唇をぎゅっと結んでからつづけた。「きみの妹だと聞いている。お悔やみを申しあげるよ、大尉。犯人は必ず見つける」

倉庫がさざ波にあわせて揺れているように感じられた。まだ船に乗っているかのようだった。

「しっかり！」アディがわたしの腕をつかんだ。「なにがあったか目撃したよ。あなたはアクバルにぶつかっていって組みあったでしょう。カシムはあなたを狙って撃ったのだけど、チュトゥキがそこに跳びこんだんだ」


全身が麻痺したようになって、耳鳴りがした。チュトゥキを助けに来たのに、彼女は死んでしまった。わたしにとって家族に一番近かった存在は、もういない。わたしは額をアディの肩に押しつけた。喪失感と後悔が、体のなかのよく知る道を焼いた。

チュトゥキには、誰もが予想もしないような芯《しん》の強さがあった。ジャランダールでの言語に絶する体験を耐え、血まみれの足で歩き、赤ん坊を守り、自分に食べるものがほとんどないときですら赤ん坊に与える食物のかけらを取っておくような……そして最後にはバオ・ディを――どこからともなく現れて、彼女を小競り合いから救いだそうとした兄を――助けるために、みずから射線に身をなげうつような、そんな強さだった。

54

翌日、ほかの女たちがラクシャー・バンダンの祭礼——チュトゥキがわたしの手首にあの紐を結んでくれるはずだった、きょうだいの絆を祝う祭り——の支度をしているあいだに、わたしたちはチュトゥキの火葬の準備をした。

「わたしも一緒に火葬場に行っていい？」ダイアナが尋ねた。

「女性の参列は許されない」アディがいった。「正統派ヒンドゥー教徒の場所だから」

フラムジー夫人がダイアナの手をポンポンとたたき、わたしたちはわたしたちなりのやり方で祈りましょうと提案した。ダイアナは同意した——花とビャクダンを用いたゾロアスター教の祈りが、小さなチュトゥキの思い出に捧げられることになった。

「あの子はいい子でしたよ」フラムジー夫人がいった。「それに、あなたのことがほんとうに好きだった。わたしたち、あなたの姿を何日も見なかったでしょう。あの子はだんだん元気がなくなっていった。ダイアナが英語を教えていたのよ、知っていた？　だけどチュトゥキは、自分のことを訊かれても決して答えようとしなかった」

わたしはため息をついた。「そうですね、マーム。あの子の来し方はとても幸せなものとはいえませんから。わたしがいままで話せなかったのは、この家のなかであの子が偏見にさらされる恐れがあったからです」

わたしはドアのほうを一瞥した。ジジ・バーイーやほかの使用人たちがそこで話を聞いていた。グルカ人の使用人、グルングとガンジューは、胡坐をかいて壁にもたれている。わたしがチュトゥキを買わないかといわれたときのことを話すと、みなの顔が内心の悲嘆を映しだした。小さなチュトゥキを受けいれる気持ちになった矢先のことで、彼女の死はみんなの心に傷を残した。わたしがどうやってチュトゥキを自由にしたか話すと、ジジ・バーイーが大声でわたしを褒めた。

「よくやりましたよ《シャバーシュ》、サヒブ！」

ダイアナは、涙をこらえて顔をしかめた。「どうしてもっと早く話してくれなかったの！」

わたしはため息をついた。「話せませんでした。家のなかにも、あの子のカーストを知りたがったりした者がいたでしょう。そういう人があの子を見下すかもしれなかったから。かわいそうに、あの子が耐えてきたことのせいで。あなた方があの子をここに置くのをいやがって、どこかへ送ってしまうかもしれないとも思いました。チュトゥキみたいな少女に、世間はやさしくありませんから」

ダイアナは顔を母親の肩に向けて泣いた。

グルングとガンジューが立ちあがり、自分たちの家族にするのとおなじ、シンプルな仏教の葬儀のようにさせてほしいといってきた。わたしは反対しなかった――チュトゥキも気にしないだろう。

白い屍衣《しい》に包まれて繭《まゆ》のようになったチュトゥキの体は、まるっきり子供みたいだった。生きていたあいだは子供ではいられなかったのに。オレンジ色の服を着たグルング、ガンジュー、アディ、わたしで台から棺《ひつぎ》を持ちあげて、チュトゥキをシャムシャン・ガート――インド洋のそばにある砂地の火葬場――まで運んだ。バルジョールは家の警備員たちと一緒についてきた。マネックがやってくるとちょっとした騒ぎになったが、アディが〝いいんだよ〟というようにうなずいた。

それぞれに棺の角を持ち、わたしたちは砂利敷きの細い道を水辺までくだった。包帯を巻いた手が痛んだ。

チュトゥキはぜんぜん重くなんかないのに。

水辺では薪の山が待っていた。唱《とな》えられた言葉は、すぐに海のほうへ運び去られた。わたしはロウソクで薪の山に火をつけた。炎がパチパチと音をたてて薪を捉え、下のほうの木に移ったかと思うと全体をオレンジ色で覆い、白い包みを呑みこんだ。クルタがはためいてパタパタと膝に当たり、薪の山がはぜる音と共鳴した。

煙が立ち昇って押し寄せ、わたしにまとわりついて目を刺した。その後、煙は沈みゆく夕陽のほうへ漂っていった。火のそばに立ち、日が沈むのを見ていると、未来が水平線のようにとめどなく広い、謎めいたものに思えた。

シムラーへ向かう途中で見つけた、ぼろをまとった子供たちのうち、ラザークは自分の村へ帰り、ハリとパリマルも両親のもとへ帰った。赤ん坊のバーダルは、フラムジー家で働くベンガル人のコックとその夫が養子にほしいといってきた。バーダルには、慈《いつく》しんで育ててくれる母親と、彼を守り、家業を与え、一人前の男になることを教えてくれる父親が必要だった。それはわたしにはとうてい差しだせなかったので、養子の話に同意した。

わたしがチュトゥキと呼んだ少女は、短期間、ほんの数週間だけわたしの保護下にいた。あの子のほんとうの名前は知らないままだった。太陽が水平線に沈むのを見届け、わたしはチュトゥキを創《つく》り主の手に委ねた――それがどんな神であれ。

勇気なら、これまで生きてきた年月のあいだに何度も見てきた。軍隊を率いる男たちや、大胆に手柄を立てた男たちのなかに。ここでは、それはもっと静かな形を取った、特別なものだった。勇気など教えられもせずに育った者から生じたからだろう。チュトゥキはカシムがわたしに武器を向けるのを見て、手近にあった唯一の盾を使った。それは自分の体だった。これ以上に大きな愛があるだろうか？　いまはチュトゥキの見ひらいた目に叱られているように思えた。「自分には価値がないなんて思い込みは捨てて、バオ・ディ、そして生きて」

55

翌日、マッキンタイアはわたしたちを呼びだした。チュトゥキとランジプートの番兵二人の死亡に関する審問のためである。そっけない伝言から、わたしに不満があるらしいことが見て取れた。

マッキンタイアはわたしたちを厳粛に迎えながら額をぬぐった。この暑さのなか制服をきっちり着こんでいるせいで、髪が頭にぺったりへばりついていた。まずアディに挨拶をし、それから包帯を巻いたわたしの手を慎重に取っていった。「回復したようでよかったよ、大尉。最初にきみの聴取をする予定だ。証拠品は持ってきたかね？」

マッキンタイアの口から出たにしては、あまりにも礼儀正しい言葉だった。わたしたちは彼のあとについて法廷に入った。そこでは裁判官たちが、法廷を支配するかのように高い席についていた。フラムジー家の弁護士、ブラウン&バトリワラ事務所のミスター・J・バトリワラがわたしたちを広い机のまえの椅子に座らせた。

被告人席には椅子が一つだけあり、すべての座席が埋まったベンチ席と向きあっていた。不吉な孤島のようだった。誰かが立ちあがって、バルジョールとフラムジー夫人のために場所を空けた。ダイアナは灰色のサリーを着て控えめな態度で両親とともに座った。

わたしは先のなりゆきが読めないまま書類を入れた箱を置いた。バトリワラと握手をするかしないかのうちに判事たちの名前が告げられ、聴衆が立ちあがった。

この審問はカシムの裁判に先立つものだった。わたしはSSヴァヒド・クルーザーを急襲した件で逮捕こそされなかったものの、マッキンタイアからボンベイを離れないように命じられていた。警視がわたしを証人として扱うつもりなのか、被告人として扱うつもりなのかはまだわからなかった。

マッキンタイアは裁判官席に向かって会釈をし、所定の位置に着くと、口をひらいた。「これは一八九二年六月十九日の事件に関する審問であります。当該事件ではランジプート出身の男性二名、チュトゥキ・アグニホトリという名の少女一名が死亡しました」

表向きにはチュトゥキにわたしの姓が与えられたのだ、わたしがあの子の姓を知らなかったから。

マッキンタイアがわたしを呼んだ。わたしは宣誓をおこない、マッキンタイアはわたしの軍歴を読みあげた。「十二年のあいだ軍務に就き、騎兵隊、ボンベイ連隊に所属。戦地昇進三回。マイワンド、ラングーンにおける軍事行動に対し表彰多数。公式文書での顕彰三回。一八九〇年六月、カラチにて職務中に負傷。ヴィクトリア十字勲章叙勲《じょくん》の候補者として指名され、インド人有功勲章を授与される。一八九二年に傷痍除隊」

アディがちらりとこちらを見た。ヴィクトリア十字勲章が授与されるのは英国人だけなので、わたしはインド生まれの現地人として有功勲章を受けとった。それが入った小さな箱は、開封しないままトランクの奥底にしまってある。この話はあまりしたくなかったので、ダイアナの舞踏会のときにも勲章は着けなかった。

マッキンタイアはなんといった？　九〇年に負傷？　まちがいではないだろうか？　わたしが怪我をしたのは昨年、一八九一年のはずだが。

マッキンタイアはいった。「大尉、あなたはミスター・アディ・フラムジーとミスター・バルジョール・フラムジーに雇われていましたね」

「はい」

「なんのために？」

「ミセス・バチャ・フラムジーとミセス・ピルー・カムディン、旧姓フラムジーの死の背後にある真実を明らかにするためです」

「その目的のためにいくつかの調査を引きうけたのですね？」

そのとおり。

「結構。どうやって例の船に乗ることになったのか話してください」

これは少々用心しなければならなかった。わたしは倉庫に押し入り、船の警備員を襲い、衣服を盗んだのだから。

わたしは肩を張り、不動の〝休め〟の姿勢を取っていった。「わたしは問題の船、SSヴァヒド・クルーザーを十二日間監視し、アクバルとその部下がさまざまな箱、木枠つきの箱を積みこむのを見ました。これが女たちを英領ギアナの港へ運ぶ奴隷船であると信ずる理由があったためです。あの晩、わたしは目撃者のマネック・フィッターから、被後見人のチュトゥキが誘拐され、港に連れていかれたことを知らされました。そこで船を調べるためにサスーン埠頭に入ったのです」

マッキンタイアの目が細くなった。「そうですね、大尉、あなたの足跡はかなりはっきりと残っています。あなたはドックの塀に埋めこまれたガラスで手を切り、辺り一帯に血をまき散らした。日中の光のなかであなたの通り道をたどるのは簡単でした。蒸気船ヴァヒド・クルーザーに配置された警備員が、殴られたうえに縛られ、猿轡をかまされた状態で、オリエンタル・カンパニーの倉庫から見つかりました。これはあなたのしたことだと認めますか？」

「はい……警備員になりすますためでした」

この発言に聴衆がざわついた。こんなふうに自分の野蛮な行動を列挙されて顔が熱くなった。ダイアナだって、探偵の仕事が必然的に実力行使を伴うことくらい知っているはずだが、わざわざ剝き出しの事実を提示したくはなかった。しかし残念ながらどうしようもなかった。

「武器を持っていましたか？」

「いいえ、サー。わたしのリボルバーはサドルバッグのなかにありました。門のところに置き忘れたのです」

マッキンタイアはかぶりを振り、それから痺れを切らしたようにいった。「なぜこの船を？　あなたはなぜヴァヒド・クルーザーを見張っていたのですか？」

「被告人カシム・クワン——別名サーピル・ベーグ——のあとをつけていたからです。ランジプートからずっと」

マッキンタイアは顔をしかめた。「なぜ？」

「わたしはフラムジー家のご婦人方の殺人事件を調査するためにランジプートへ行きました。アクバルとベーグを思いだしてください。告訴されながら、証拠不十分で無罪になった二人です。このアクバルがランジプートの王子であると判明したので、わたしはアクバルを追ってランジプートへ行き、手首に蛇のタトゥーのあるベーグを見つけたのです。アクバルは彼をカシムという名で呼びました。そこでわたしはカシムのあとをつけ、彼の行動を突き止めたのです」

マッキンタイアは疑わしげな顔をしてみせた。「ランジプートでこの二人に会ったのですか？　相手に見つからずに済んだとは思えないのですが？」

「わたしは近眼の宣教師の恰好をしていました」

マッキンタイアは大きな笑い声をたてた。わたしにとって輝かしい瞬間とはいえなかった。

それでも、トマス神父になりすましたことでうまくいったのだ。わたしはつづけた。「ボンベイに戻ると、カシムはドックヤード・ロード二十一番地の家に足繁く通いました。カシムをつけていたらサスーン埠頭に行ったので、そこを十二日間見張りました」

「そしてここでも見つからずに済んだ、と？　毎日のように年老いた修道士が座っていたら、誰かが気づいたのでは？」

「ええと、このときは物乞いの恰好をしたのです。SSヴァヒド・クルーザーの船員が英領ギアナで売られる予定の牛のことを話すのを小耳に挟みました。それから、この航海で得られるはずの報酬が大きいことも」

「牛は船に積みこまれましたか？」

「いいえ、サー」

マッキンタイアは判事たちがこの情報を吸収するのを待ってからいった。「牛は一頭も積みこまれなかったと。大尉、あなたは物乞いの恰好で見張り、当該船と、当該船の積み荷と、被告人を特定したのですね？」

わたしがそれを肯定すると、マッキンタイアは次の事実を告げた。「証拠として法廷に提示する当該船の積み荷は、百三十一名の男女です。素性はさまざまで、大半は読み書きができず、遠くはベンガルから誘拐されてきました。この百三十一名はＳＳヴァヒド・クルーザーより救出されました。被告人カシム・クワンが逮捕され、士官アグニホトリ大尉との小競り合いを起こしたのとおなじ船です。この戦いに巻きこまれて、少女チュトゥキは死亡しました」

マッキンタイアは、席に戻るようにと身振りでわたしに示した。わたしは席に向かいながら、アディがわたしの証言をどう受けとめたか確認しようと一瞥した。アディはうなずいた。両肘を机の上に載せ、体のまえで両手を握りしめていた。

「被告人をここへ」判事の一人がいった。

カシムは手錠をかけられたまま連れられてきた。一方の目が腫れて青くなったひどいありさまで、足を引きずるようにして被告人席へ向かった。そこで聖典に手を置くようにいわれ、宣誓させられた。

わたしはアディがかわいそうになった。まえにもつらい裁判に耐えたのに、いままた苦しまねばならないのだ。それでもアディは理由を知ることを求め、わたしたちはもうすぐそれを聞くことになる。レディ・バチャとミス・ピルーの最後の瞬間の真実が明らかになるのだ。

マッキンタイアは裁判官席に近づきながらいった。

「これはアグニホトリ大尉の調査結果です。大尉はみずから被告人に質問することをお許しいただけないかと申しております。同意なさいますか？」

これはこれは。確かにカシムに質問をする許可を求めはしたが、マッキンタイアがそれを文字どおり真《ま》に受けるとは。ようやく、カシム本人に答えを迫るチャンスができそうだった。

「証人に——証人はすでにこの聴衆のなかに何人かいますが——特定してもらう必要がありますか、それとも自分で認めますか？　あなたはカシムですね？」

カシムは慎重にうなずいた。「そうです」

「あなたは十三歳のときからフラムジー家で養育されていましたね？　一家はあなたに衣食住を与え、教育を与えました。そうですね？」

カシムは顔を伏せていった。「はい」

「一家はあなたに寛大でしたか？」

カシムは寛大だったと認めた。

わたしはカシムに口を開かせるための糸口を見つけた。「あなたはどうしてフラムジー家に仕えることになったのですか？」

カシムはすばやくまばたきをした。この質問を予想していなかったのだ。しかしすぐに気を取り直していった。「母親が、ピルーの家のコックだったんです」

ミス・ピルーでもなく、ピルー・メムサヒブでもな

56

一方の目が腫れて閉じ、くしゃくしゃのクルタを着たカシムは痩せて見えた。手錠をかけられた手首をまえにして背を丸め、両肘をぎゅっと体側につけている。これがアクバルの手下にして謎めいた使用人のカシムで、チュトゥキの殺人者でもあるのだ。ガードをさげさせ、しゃべらせる必要があったが、どうしたらいい？　そこでミス・ピルーがカシムに英語を教えていたことを思いだした。カシムは英語をうまくしゃべるはずだった。

わたしは尋ねた。「サーピル・ベーグ、昔使っていた名前はカシム・クワンですね？」

カシムは驚いて身を引いた。

く、呼び捨てとは。上流階級への敬意が感じられなかった。なぜだ？　話の持っていき方に注意が必要だった。わたしはこの奇妙なやりとりを一歩一歩進めるのに、カシムの子供時代からはじめることにした。

「あなたはラホールで育った。どうしてボンベイに来ることになったのですか？」

カシムの目がきょろきょろ動いた。「十三歳のときに、流感の蔓延《まんえん》で母親と兄弟が死んだんです。父親はもっとまえ、おれが二歳のときに死にました。ご主人の家では、使用人がみんないなくなりました。ご主人も病気で――吐いたり、咳をしたりしてました。奥さんも熱を出して倒れて、おれにピルーの面倒を見てと頼んだんです。奥さんは病気の流行がおさまるまでここにいなさいといって、おれたちを屋上のテラスに送りだしました。夜になると、まわりじゅうから泣き声とうめき声が聞こえてきた。おれたちは何週間もそこで暮らして、最後のお金で食べ物を買いました。ご主人が先に死んで、それから奥さんが死んだので、おれがピルーの面倒を見ました。バルジョール・サヒブがやってくるまで」

だからピルーは自分に恩義がある、そう思いこんでいたのだ。「あなたは七歳のピルーを助けたのですね」

「はい」カシムは背筋を伸ばし、顔をあげた。いまならもっと率直に話すかもしれない。

この好機を利用して、わたしはつづけた。「あなたはなぜフラムジー家を出ていったのですか？」

カシムは驚いていった。「ちがう！　一家のほうがおれを放りだしたんだ！　バルジョール・サヒブがおれをラホールに送り返したんですよ。ピルーとあんまり仲がよかったもんだから」

「仲がよかった？　あなたはミス・ピルーにいろいろと要求したのではありませんか？　服とか？　懐中時計とか？　ほかには――お金とか？」

カシムの目が泳いだ。わたしのいうとおりだったからだ。

わたしはつづけた。「あなたはなぜミス・ピルーの手紙を盗んだのですか?」

カシムは手を振ってそれを否定した。「ちがう、ちがう! そんなんじゃなかった。おれはふざけてピルーの手紙を隠したんです。無害な遊びだった。ただのゲームだったんだ、手紙をめぐって交渉するような」

カシムは嘘をついていた。彼は手紙を盗んだのだ。手紙があれば、ミス・ピルーを支配する力が手に入るから。どうやって手紙の価値を知ったのだ? 待て。先を急ぐあまり、なにか大事なことを見落としたのではないか。なんだろう? ピルーはほんの子供だった。手紙は彼女が書いたものではなく、手渡されたものだとしたらどうだろう?

「彼女が問題の手紙を手にしたとき、あなたはその場にいたのですね」わたしは推測を口にした。

カシムは身を固くし、下を向いていった。「ご主人が死ぬまえに、テラスまで上ってきたんです。ものすごく具合が悪そうで、そばに寄らないでくれとピルーにいいました。ご主人はなにか布に包まれたものをピルーに渡していったんです。〝娘や、これを守っておくれ。誰にも見せてはいけない。わたしたちの一族が破滅するかもしれないから〟」

ああ! やっとわかった。だからミス・ピルーはなんとしてもあの謎の手紙を取り戻そうとしたのだ。なぜすぐにバルジョールに渡さなかった? ピルーの父親はそれがフラムジー一族を破滅させるかもしれないといっていた。必死で取り戻そうとしたのも無理はない。ミス・ピルーが怯えた世捨て人のようになってしまったのはそのせいだったのだ。幼なじみに、父親から渡された手紙を取られてしまったからだ。

「では、あなたはその手紙の価値を知っていたのですね。そのうえでピルーからそれを盗み、彼女を支配しようとした。手紙を読みましたか？」

カシムは一方の手でもう一方の手をこすった。「読めませんでした」

わたしはカシムをじっくり観察した。ほんとうのことをいっているだろうか？

「そうですか。では、ランジプートにはどうやって行きついたのですか？」

カシムは咳ばらいをした。「おれはラホールで働いていました。朝から晩まで煉瓦をつくって。どんな人生だよ、と思いましたよ。身を立てるチャンスなんかまったくなかった。あそこの人間はみんな、文字を読むことさえできなかった！」

カシムは二年のあいだ煉瓦工場で働いた。なぜ二年で辞めたのか？　バルジョールがこういっていたのを思いだした——ピルーが婚約した直後に、カシムはボンベイに戻ってこようとして死んだ。

「あなたはミス・ピルーが婚約したと聞いてそこを去ったのですね。手紙のことでまた金銭を巻きあげるチャンスだと思ったのですか？　名前を変えたのもそのためですか？」

カシムは唇を舐めた。「ただ、人生をやり直したかったんです」

妙な予感がして、わたしはカシムを凝視した。ピルーの結婚が差し迫っていたことがカシムの決断を促した。つまり、そういうことだ。わたしは推測を口にした。「あなたはカシムとしてミス・ピルーを手に入れることができなかった。新しい名前で新しい人物になれば、それができると思ったのですか？」

秘密を、ピルーへの気持ちを暴露されてもじもじするカシムを見て、わたしは息を吸いこんだ。カシムもわたしも、おのれの身分を忘れて人を好きになってしまったのだ。だが、それでどうしてミス・ピルーは命を落とすことになったのか？

わたしは声を鋭くしていった。「あなたは途中で事故を見かけた。少年が列車の下に落ちたのですね。人生をやり直すのにこれ以上の方法があるでしょうか？　あなたはその事故を利用した——フラムジー家の人々には、自分が死んだと思わせることにした。ドクター・アジズに、〝あれはカシムだ〟といったのでしょう。泣きまねをしたのですか？　ドクター・アジズに面倒を見てもらえるように？」

カシムは目を見張った。ただの推測だったのだが、わたしは真実をいい当てたようだった。

「その後、あなたは医師のもとを去り、ランジプートに潜伏した」

カシムは大声をあげた。「ちがう！　ランジプートに行ったのは、一人前になるためだったんだ、医者の使い走りなんかじゃなくて！　アジズがアクバル王子への伝言をおれに持たせたとき、チャンスだと思った。すごい人だった！　アクバル王子はランジプートの未来を見通してた！　おれを使用人として受けいれて、責任ある大きな仕事を任せてくれた——おれはアクバル王子の代理人になったんですよ」

これはほんとうなのだとわかった。ようやく支配階級の人間がカシムの能力に関心を持ったのだ。カシムは要領がよく、非情で、決断力があった——王子が自分の思惑を押し通すのに有用な男だった。返礼のように、カシムはアクバルに心酔し、権力の後光が自分にも及ぶことを望んだ。アクバルの歓心を買うために、カシムはなにを使ったのだろう？　例の手紙だろうか？　一体全体なにが書いてあるのだ、そんなに価値があるとは。

「アクバルはどうしてピルーの手紙のことを知ったのですか？」

カシムは唇を噛んだ。「王子には金が必要だった、ランジプートのために！　国庫を満たすために！　ピルーの手紙のことはおれが王子に話しました。手紙を取り戻すためならいくらか払うだろうって。王子は疑わしく思ったようで、時間の無駄だといっていました」

「だが、あなたはミス・ピルーと再会したかった。だからアクバルを説得した」

カシムは両手を広げた。「マネックがピルーに伝言を運んだんです。ピルーはおれと会うことに同意しました。

「図書館の閲覧室で?」

「そうです。だけどなにもかもうまくいかなかった。その日の朝、おれはランジプートに行く用事をいいつけられて、アクバルがおれの代わりに行ったんです。そのうえ女たちのほうも入れ替わっていた。ピルーの代わりに、アクバルはバチャに会ったんです」

ならば緑色のコートの男はカシムではなくアクバルだったのだ。そういえば、タンベイ家の子供たちがその話し合いから戻ったバチャを見たといっていた。動揺して、ピルーに腹を立てていた、と。アクバルは幼く従順なピルーと会うつもりでいたのに、代わりにやってきたのは落ち着いた、物怖じしないバチャだった。

わたしはカシムを促した。「では、十月二十五日に、時計塔のバルコニーで、あなたはピルーに手紙を買い戻させるつもりだったのですね。マネックのことは追い払った——馬車を捕まえておけと送りだして。フランシス・エンティは三時十五分ごろ、あなたがたの口論を目撃しました。マネックのコートが破れましたね。誰がやったのですか?」

「アクバルです」カシムはいった。

よくわかった。放っておけば、カシムはすべてをアクバルのせいにするつもりなのだろう。「アクバルとあなたはカリヨンの部屋に隠れた。三時半をいくらか過ぎたころ、フラムジー家のご婦人方がバルコニーに入ったので、あなた方は二人を閉じこめた。そうやってご婦人方の背後に回り、二人が出ていくのを妨げたのですね」

カシムはわたしを凝視していった。「はい」

「バルコニーではなにがあったのですか?」

机でなにかが動いた。アディが背筋を伸ばしたのだ。

ここがアディの正念場だった。

カシムはいった。「おれたちはフラムジー家の女たちのうしろからバルコニーに入りました。小柄なバチャがアクバルを叱りつけて、手紙を出しなさいといいました。アクバルは笑って、金を要求しました。バチャは拒否して、手紙を要求しました。それから紙幣を取りだすと、アクバルに向かって投げつけたんです」

カシムは顔を歪めてつづけた。「そんなことはするべきじゃなかった。それがアクバルを怒らせた。アクバルは金を拾い、たったいま値段があがったといいました。支払いは彼女自身とピルーだ、と! おれはその瞬間までアクバルの計画を知りませんでした! おれのせいじゃない――」

「知らなかった?」わたしはカシムの戯言《たわごと》を遮った。黒い服は着古され擦り切れていたと、司書はいっていた。カシムはまた嘘をついていた。「ブルカを自分で持ってきておきながら、アクバルが女たちを誘拐するつもりだったのを知らなかったと? あの黒い服は、ほかの女たち、あなた方がさらったほかの虜囚《りょしゅう》にかぶせたのとおなじものでしょう? レディ・バチャはなぜ大声で助けを呼ばなかったのですか?」

カシムは唸るようにいった。「アクバルが警告したから――もし大声を出したら、ピルーの手紙を新聞社に送るって! アクバルはこういっていました。〝お上品なフラムジー一家を世間がどう思うか見ものだな!〟」

「つづけて」わたしは促した。

「ピルーは泣いていました。アクバルからピルーにブルカをかぶせろと命じられました。女たちは静かについてくるだろう、おれたちは手紙を持っているんだからな、といって。でも、バチャはそうはしませんでした」カシムは手錠をはめられた手を見おろした。

「それから？」

「アクバルはバチャを手すりのほうに追い詰めていました。逃げ場はどこにもなかった。〝返すつもりなんかないのね。最初から返さないつもりだったんでしょう！〟とバチャがいって、アクバルはバチャの顔を殴った。ピルーは泣きながらもがいていました。おれになにができたっていうんです？」

「それで？」

カシムはつづけた。「バチャはこういいました。〝駄目よ、ピルーは連れていかせない。このまま逃げられると思わないで〟。それから手すりのほうに身を乗りだして、乗り越えたんです」

カシムはどさりと椅子に座りこんだ。誰もなにもいわなかった。

目に浮かぶようだった――黄色いサリーを着た小柄なレディ・バチャが、威圧感のある王子に勇敢に立ち向かうところ。湾曲した欄干をみずから乗り越えるところ。落ちていくあいだにサリーがあおられ、真昼の日射しのなかで金色の鳥のように純粋に、自由に見えたことだろう。

くぐもったすすり泣きが左から聞こえた。アディが拳を唇に押しつけ、顔に皺を寄せ、体を震わせていた。バトリワラがアディの腕をポンポンとたたいた。判事たちがメモを取るあいだ、ペンが紙をこする音が響いた。音がやむと、判事の一人がわたしに向かってうなずいた。

わたしはいった。「わかりました。次になにがありましたか？」

カシムは無言で首を振った。相当参っているように見えた。木のドア枠に黒い繊維が引っかかっていたのを思いだし、わたしは促した。「ピルーが逃げようとしたのですね。ブルカがドアに引っかかったのでしょう」

「はい」カシムは喉を詰まらせた。

そうか。カシムがピルーを止めたのだ。くそったれめ。

「あなたは彼女を捕まえた。ピルーが逃げるのを邪魔したのですね」

カシムは縮みあがり、慌ててしゃべりだした。英語とウルドゥー語が交じった。「アクバルが怒っていたんです。〝ブルカを脱がせろ〟といいました。おれはいわれたとおりにして――アクバルがなにをしたがっているのかわかっていませんでした。アクバルは〝目くらましが必要だ〟といって……ピルーを持ちあげて、手すりの向こうへ放ったんです！　そんなことをするつもりだとは知らなかった、ほんとうに！　ピルーは幼なじみだったんだから」

だからミス・ピルーが落ちた地点はレディ・バチャより六メートルほど塔から離れていたのだ。左のほうで、アディが頭を垂れた。

カシムの話を信じるか？　信じていいだろう。罪悪感がカシムを蝕《むしば》んでいた。それでもこの卑劣な男を憐れむことはできなかった。カシムはアクバルがフラムジー家のご婦人方を殺すのを手伝ったのだ。カシム自身が手を下したのと大差なかった。

どうにも気持ちが収まらず、わたしはいった。「あなたはピルーが逃げるのを邪魔した。小さなピルーを好きだといっていたのに。それは嘘だったのですね――囚われの身になれば、彼女はあなたの支配下に戻る。それがあなたの望みだったのでしょう。だが、アクバルがバルコニーから彼女を放り投げた。あなたはそれを見たのですか？」

「見ました！」カシムは異常な熱っぽさで目をギラギラ光らせて、以前の主人を殺人者として非難した。「あまりにもすばやかった。どうしたらいいかわからなかった。アクバルはバチャの眼鏡を拾い、おれはブルカをシャツの下に押しこみました。おれたちは階段を降りた。一番下に近づくと、人声が聞こえて、アクバルが〝うしろを向け！〟といいました。出くわした人たちに、ちょうど上に行くところだったんですよといって、閲覧室に入りました。おれたちは静かに座って、なにかを読んでいるふりをした。いろいろ聞こえてきましたよ。警官とか、大学の人たちがしゃべっているのが。図書館員が入ってきたので、アクバルが文句をいったんです。〝ここは閲覧室だろう！　どうしてこんなに騒々しいんだ？〟と。

おれたちはブルカをテーブルの下に残して逃げました。アクバルは、南門のところに大きな馬車が待っているのを見ると、声をたてて笑いました。〝完璧だな！　これで堂々と立ち去れる〟」

そういうことだったのだ。ご婦人方は地面にたたきつけられ、アクバルとカシムは静かに閲覧室を出て、待たせてあった馬車に乗った。そのあいだ、警察は怯えた気の毒なマネックを破れたコートのことで延々と質問攻めにしていた。

チクタクと時が過ぎた。わたしは尋ねた。「手紙はどこですか？　フラムジー家のご婦人方を強請るのに使った手紙です」

カシムは混乱した顔つきで口走った。「アクバルが持っているはずです！」

ほんとうだろうか？　かつてカシムは突然ラホールに送られたのだ――そのとき、手紙を持っていたのだろうか？　それなら、なぜアクバルはフラムジー邸を探った？

わたしはいった。「いや、あなたが手紙を隠したのでしょう。だからアクバルはフラムジー邸を探り、わたしがバルコニーで彼を捕まえることになった」

カシムは嘘を認め、縛られた両手をあげてみせた。「おれたちは手紙を見つけられなかった。これはほんとうです」

最初の泥棒、ダイアナが屋根の上の足音を聞いたときの泥棒はカシムだったのか？　暗闇のなかで探しても、求めるものは見つからなかった。その後、アクバルが探しにきたときには、わたしがアクバルを見咎めた。カシムが手紙のありかを知っていることには確信があった。アクバルがまだなにかに使おうとしているのか？　とにかくあの忌ま忌ましい手紙を見つけなければ。

だが、カシムの尋問はまだ終わりではなかった。チュトゥキが死んだのだ。これはチュトゥキの死に関する審問だった。

57

「あなたはなぜ、わたしの被後見人、チュトゥキを誘拐したのですか？」

カシムは反射的に口走った。「アクバルの命令でした！　おれたちは新しい女の子がフラムジー家を出入りしていることに気がついた。あなたの手首にラーキーが巻かれているのも見ました。それでアクバルが、妹をさらえばあなたはおれたちを追うのをやめるだろうといったんです。アクバルはあなたにメッセージを送りたかったんだ」

よくわかった。アクバルはエンティを黙らせたのとおなじやり方でわたしを止めようとしたのだ。「メッセージ？　それは、ここ何週間もあなたがフランシス

・エンティという事務員のもとへ運んでいたのとおなじようなメッセージですか?」
カシムはたじろいで身を引いた。ノックアウトのパンチを放つ準備として、わたしは踏みこみ、頭は冷静なまま、まえに進んだ。

「あなたは毎朝エンティの家に新聞を持っていった。あれはなんだったのですか?」

カシムは喉を詰まらせた。「エンティの妻が日付の下にちょっとしたメモを書きつけたものです。生きていることを示すために」

わたしはうなずいた。「それで、妻が生きているかぎり、エンティは口をつぐみつづけるつもりだったのですね。エンティがアクバルとあなたを特定すれば、その新たな証言のおかげで殺人事件の捜査が再開するかもしれませんからね。ところで、二日まえ、エンティ夫人はドックヤード・ロードの家から保護されました。生きています」

法廷内が喘ぎや囁き声でざわついた。仕事が終わり、わたしは疲労困憊だった。四肢は重く、息があがっていた。アクバルはわたしを意のままにするためにチュトゥキをさらった。わたしはSSヴァヒド・クルーザーの捜索を早く進めようとすることで、チュトゥキの死で終わる一連の出来事のスイッチを入れてしまったのだ。

チュトゥキは死に、わたしは生き残った。

判事の一人が身振りでマッキンタイアを招いた。短時間相談したあと、マッキンタイアはわたしのほうを向いた。「あなたに質問があります、大尉、もしよければ。ランジプートのラニは、この犯罪に関わっていますか?」

マッキンタイアをじっと見ながら、わたしは息を吸いこんだ。やはりそう来たか。以前ダイアナがいっていたとおりだった。もしわたしがラニの関与を示唆すれば、英国はラニを女王として不適当であると判断し、英国の支配下に置こうとするかもしれない。晩餐の席で、ラニはアクバルの傲慢さをたしなめていた。あの夜、暗闇のなかでわたしと対峙したときには、わたしを悪魔かといっていた。アクバルの犯罪行為には気づいていただろうか？　ラニがわたしの質問に当惑していたのを思いだし、気づいていないだろうと思った。

「ラニが関与している証拠はありません」わたしは慎重にいった。

マッキンタイアのドリルのような視線がわたしを貫いた。彼は形を変えておなじ質問をくり返したが、わたしは消極的な意見を保った。もしかしたらラニがアクバルの犯罪から利益を得たことはあるかもしれないが、それでラニを責めることはできなかった。

「結構」マッキンタイアはわたしを解放した。

わたしはくたびれ果ててアディの横に座った。その後の二時間は、マッキンタイアが奴隷貿易についてカシムを尋問した。カシムはすべて認め、アクバルの取引についてわたしが調べたのとおなじことを全部明かした。二年にわたって、契約労働者を英領ギアナに船で運ぶことで、アクバルはかなりの大金を得ていた。カシムはアクバルの代理人として、奴隷候補になりそうな被害者を選ぶ仕事を任されていた——小作労働者や、寡婦や、家のない孤児たち。そうした被害者たちは気絶させられ、ドックヤード・ロード沿いの部屋に囚われたのち、船に押しこまれた。船は一年に四回、ギアナまで航行した。

次に、マッキンタイアはアディを呼び、チュトゥキの死について質問した。ヴァヒド・クルーザーの甲板での出来事をアディが簡潔に説明すると、チュトゥキの死は謀殺ではなく、故殺と見なされた。チュトゥキはカシムが狙った相手ではなかったからだ。カシムは裁判にかけられることになったが、アクバルは被疑者ではあったものの、告訴はされなかった。わたしの異議は却下された——マッキンタイアは〝いまはまだ〟

そのつもりはないといった。

　審問のあと、わたしたちはフラムジー邸に戻った。バルジョールと顧問弁護士のJ・バトリワラは書斎に引きとった。一家が家族だけで悲しみに浸れるように、わたしは立ち去るべきだとわかっていたが、アディに縁の赤くなった目でちらりと見られては残らざるをえなかった。わたしたちは日中用の客間に引っこんだ。それぞれに自分の考えに沈む、静かな一団だった。ダイアナはアディの脚のそばでカーペットに座り、頬をアディの膝に預けて悲しそうな顔で物思いに耽っていた。

　アディの口のまわりには皺が刻まれ、実際の年齢より老《ふ》けて見えた。アディは母親の隣でソファに身を沈め、レディ・バチャの肖像画を見つめた。肖像画は炉棚に立てかけられ、白い花でまわりが飾られていた。似た飾りのついたミス・ピルーの写真も隣にあった。

　ダイアナの頭に触れながら、アディはいった。「ずっとカシムの証言のことを考えているんだけど――バチャは〝ピルーは連れていかせない〟といったんだよね……それが答えじゃないかな。バチャはピルーが誘拐されるのを防ごうとした。アクバルが平気で殺人という手段に訴えて、自分が逃げるための目くらましにピルーを投げ落とすなんて、知りようがなかった」

　わたしはそれについて熟考した――レディ・バチャを駆りたてたのはそれだけだろうか？　ほかに彼女が大事に思っていたものはなんだろう？　もちろんそうだ。アディだ。

　思いつきの種子が根を張りはじめた。「サー、レディ・バチャにはべつの理由があったのではないかと思うのですが」

「どんな？」アディは白いハンカチを振って広げ、眼鏡を拭いた。

「ずっと引っかかっていたのです、ご婦人方が大声で助けを求めなかったことが。それで、アクバルが二人を支配していたのだろう、恥ずべき手紙を公にすると脅したのだろうと思ったわけです。しかしいま、レディ・バチャが連れ去られるのを拒んだとわかりました。アクバルとカシムは、大学のなかでご婦人方を引きずっていくことはできなかったでしょう。だが身の危険が迫っていました。押さえつけられ、無理やりブルカをかぶせられそうだった。もしかしたら、ピルーに武器が向けられていたかもしれません。もしバチャが大声を出して人々の注目を集めれば、二人は助かったかもしれない。しかし彼女はアクバルが害をなす手紙を持っていると信じていた。

その手紙が、レディ・バチャの頭のなかでは最重要事項だったのでしょう。もし外に漏れれば、あなたが、彼女の夫が、破滅の危機にさらされる。それを防ぐためになにができるか？　レディ・バチャは、その手紙を使ってあなたに害をなすことはできないと、知らしめたかったのだと思います」

「知らしめる？　どうやって？」

「フラムジー家は世間から好感を持たれています。もしレディ・バチャが亡くなったあとで一家に害をなそうとする者がいれば、彼女を殺したことも疑われるでしょう。これはあなたを、そしてあなたの一族を、長きにわたって守る一つの方法です」わたしは、決然とした若き妻の肖像画をじっと見つめた。「どんな恥ずべき手紙があろうと、それを使えないようにしたのでしょう。自分の身を犠牲にして」

長い間《ま》があった。ダイアナがわたしを見あげていった。「もし誰かがわたしたちをひどく中傷したとして、その後バチャが命を落としたら、もちろん警察は中傷した人たちのアリバイをじっくり調べるでしょうね。だけど、いまのところそういう人たちはいない。バチャは先を読んでいたということ？」

「ええ。もしいま誰かが例の手紙を公表したら、マッキンタイアはきっと公表の動機を綿密に調べることでしょう」

アディはため息をついた。「そうだね、筋の通った話だ。だったら、あれはバチャの贈り物だったのだろう」

「かわいそうに」フラムジー夫人が囁き声でいい、ハンカチを口に当てた。

アディは肖像画を見つめた。「バチャはぼくたちを守る術《すべ》を見つけた。だけど、なにから？　ピルーの手紙にはいったいなにが書かれていたんだ？」

実際、それは謎のままだった。わたしは首を横に振ることで答えた。

フラムジー夫人が立ちあがっていった。「わたしたち、カシムは死んだと思っていたの。だからマネックの裁判のとき、彼に気がつかなかった」

「ひげで顔が隠れていたし、あいつはほとんど顔をあげなかったから」アディが思いだしていった。その後まもなく、フラムジー夫人は部屋を出ていった。

わたしはまたレディ・バチャの肖像画に目を向けた。その厳粛な顔に親しみが湧くようになっていた。まるで以前から知り合いだったように。アディは、こんなふうに失った人の姿をつねに目にしたいのだろうか？　それとも、これを見ることは問題にならないのだろうか？　彼女がいないことで生じる沈黙のほうが重いから？　きっとずっと恋しく思うのだろう、彼女の声を、笑みを、感触を。

わたしは尋ねた。「肖像画はここにずっと飾っておくのですか？」

「そのつもりだよ」アディはきっぱりといった。「彼女に自慢に思ってもらえるように。バチャがそばに必要なんだよ、いろいろなことを説明できるようにね。彼女に、ぼくがなにを築くつもりか話せるように」話しているうちに、アディの声に決意がこもってきた。アディがほんとうに若さを取り戻すことはもうないだろう――ここ一年で焼き尽くされてしまったから。酸のような鋭さを持った視線はさまざまな経験によって穏やかに安定し、いまも思いやりをたたえていた。

ダイアナはどうだろう？　頬には健康的な活力が咲きほこり、それでいて目は思慮深さをうかがわせ、悲しそうに見えることもあった。それに人の心を――少なくともわたしの心を――読むという驚くべき能力を持っていた。わたしが彼女を見つめているのに気づかれたことも一度ならずあった。そしてわたしがおずおず半笑いの表情を浮かべると、もの問いたげな視線を送ってくるのだ。あの低く震えるような笑い声はつねにわたしを酔わせ、わたしは阿片常用者のようにそれを求めていた。眠りに落ちるまえの刹那《せつな》、また悪夢によってカラチに引き戻されるのではないかと怖くなる瞬間に、あの笑い声を聞き、彼女の姿を思い浮かべる。すると、ふと漏れた忍び笑いや、ダンスをしたときに――彼女の体を持ちあげ、音楽に合わせてふり動かしたときに――喉を鳴らして笑ったあの声が思いだされた。バルジョールからあれだけ禁じられても、未来が手招きしていた。

しかしいずれにせよ、見つからないあの手紙はいまも脅威だった。またもやミス・ピルーの手紙か、とわたしは思い、ジェイムスンが治療してくれた手のひらを横切るアリの行列のような縫い跡をこすった。アクバルは、わたしがバルコニーで捕まえた夜、あの手紙を探していた。では、いまはどこにある？　そしてなにが書かれているのだ？

58

ランジプートに駐在する英国人外交官サー・ピーターからマッキンタイアが聞いたところでは、アクバルは宮殿に閉じこもっているらしい。アクバルをあぶり出す手立てもなく、わたしの調査は頓挫《とんざ》してしまった。アディのほうはこれに気を挫《くじ》かれることなく、ダイアナに匹敵する活力で社交生活を再開していた。わたしはアディに同伴することを楽しみ、ダイアナに同伴することを喜び、二人を守る一番いい方法はそばにいることだからと自分を納得させた。

明日家族で劇場に行くのだけど一緒にどうかとアディから招かれ、行くことにした。わたしたちはコメディを観た。グジャラート語だったので、アディとダイアナが小声で通訳をしてくれた。その後、みんなでバイラム家の晩餐会に出かけた。アディとわたしは燕尾服にシルクハットと手袋で正装し、ダイアナは深い紫色のドレスを着て輝くばかりだった。襟もとから繊細な鎖骨が見えていた。

バイラム邸に到着すると、煌々と明かりが灯り、音楽が流れていた。みんなで階段を上るあいだ、ダイアナは黒のストールをわたしの腕にかけ、わたしの曲げた肘の内側をしっかり握った。ヴィクトリア朝式のマナーでは、わたしの袖に指先を載せる程度にするのが正しいのだが、ダイアナはにっこり笑ってわたしの腕をぐいと引いてくる。わたしにも、それがとても自然なことに感じられた。アディは小粋《こいき》に見えた。ダイアナはきらめくようだった。明るい照明の玄関ロビーでバイラムに迎えられて、わたしたち三人はかなり恰好よく登場したと思う。

しゃべっていたダイアナがわたしのうしろに視線を

向けて、顔色を変えた。

わたしは警戒しながらふり向いたが、遅かった。ほんの一瞬のあいだに、かろうじて肩でダイアナをかばった。だが、心配する必要などなかったのだ――この挨拶はわたしだけに向けられたものだったから。顎にきれいなパンチが決まり、顔がのけぞった。

この切れ味の打撃を放てる者は一人しかいない。ズキズキする顎をこすりながら、わたしはいった。「またお目にかかれて光栄ですよ、大佐」

「おいおい、ジム」上官のサットン大佐がわたしの肩をつかみ、目の高さをおなじにしてぽかんとした顔でこちらを見た。「やわになったな！　きみにパンチを当てたのなんぞ、えらく久しぶりだぞ！」

わたしはにやりとして、それからすぐに声をたてて笑いだした。ここで古い友人のサットンに会うとは。砂色の髪を以前とおなじように短く刈りこみ、薄い口ひげを逆立てて、スミスがいっていたように南のマドラスに行ってしまったわけではなく、正真正銘の本人が目のまえに立っていた。

ダイアナが、わたしの腕を握る手の力を強めた。ダイアナとアディのあいだに険しい視線のやりとりがあった。なにをそんなに動揺しているのだろう――わたしの顎への軽い一撃のせいか？

「ミス・フラムジー、サットン大佐をご紹介します、わたしの上官でした」わたしはマナーを思いだしていった。「大佐、こちらが彼女の兄のミスター・アディ・フラムジーです」

アディとサットンが握手をした。

「大尉」バルジョールの声がそばで響いたので、そちらへも紹介することにした。

「ミスター・フラムジー、ミセス・フラムジー、ブライアン・サットン大佐をご紹介します。マドラス連隊の司令官です」

サットンがダイアナをほれぼれと眺めると、ダイアナは尋ねた。「心配したほうがよろしいのかしら、大佐、それともあなたはいつもあんなふうにジムを歓迎なさるの?」

ダイアナがわたしのファーストネームを使ったのを聞いて、サットンは眉をあげた。顔を上気させ、目をきらめかせている。「お会いできて光栄ですよ、マダム!」サットンは大げさな身振りとともにいった。「英国陸軍になんなりとお申しつけください」

げんなりするほど大げさな演技だ。気がついたのか。サットンはダイアナがわたしにとって特別な存在であることを察して、彼女を手なずけにかかっているのだ。サットンがダイアナの手を取って唇まで持ちあげるあいだ、わたしは笑いを押し殺した。サットンのうしろで、アディがあきれたようにぐるりと目を回した。

ほとんどがお互いに知った顔だったので、晩餐は和やかに進んだ。マッキンタイアとサットンがテーブルの上座でバイラムの両脇を固めていた。長いテーブルには銀器一式とあらゆる種類のクリスタルガラスの食器が並び、金の縁取りのついた皿のまわりにグラスが置かれていた。ダイアナはアディのそばに座り、わたしから遠い向かい側にいた。

「大尉をご存じなのですな」マッキンタイアがサットンに向けていった。サットンの一風変わった挨拶を目にして興味を持ったようだった、いつもの抜け目のないやり方で。会話が途切れると、マッキンタイアが尋ねた。「ところで、大佐、辺境で進展はありましたか?」

「大尉にお尋ねになるといい!」サットンはそう答えた。「つい先日、前線にいたばかりですよ。ご存じなかったですかな? 私は南におりましたが、この青年《ボーイ》には注意を払っていましてね。シムラーの司令官のグリア大将から聞いたんですよ、ここにいるこの大尉が、見たこともないような途方もない救出作戦を成功させたって」

フラムジー夫人が心配そうにわたしのほうを向いた。このことはフラムジー家の人々に話していなかった。わたしはため息をついた。ダイアナにも聞かれてしまった――わたしに腹を立てるだろうか？　シムラーから戻って以来、ダイアナのなかでなにかが変わっていた。ときどきつらそうな表情がよぎるのだが、どうかしたのかと尋ねると、なんでもないと答えるのだ。パターンコートからよろよろと戻ったあの晩、叫んだ寝言を聞かれたのだろうか？　わたしを見るときのダイアナの表情はやわらかいけれど、目が合うと顔をそむける。二人のあいだの気詰まりを解消したいのだが、バルジョールの訴えが耳を離れなかった――〝大尉、きみはダイアナとは結婚できない〟

「くそっ、それをいまここでいうなんて」わたしはいった。「失礼、マーム」どうしようもなかった。サットンが、ランビールとの救出作戦の話をしているあいだ――グリア大将よりも冒険的な側面を強調した話しぶりだった――わたしはサーモンスフレとラム・カレーの攻略に集中した。

「敵の歩哨《ほしょう》にまっすぐ突っこんでいったのですよ」サットンは物語のなかの決定的瞬間で口をつぐみ、わたしに笑いかけた。

わたしはダイアナの視線を避けながらいった。「わたしたちは、その……ラザークの家族と、彼らの部族の男たちのおかげです。隊の連中とわたしは無事に戻りました――大事なのはそこだけです」

サットンはうめくようにいった。「十人の歩兵を連れ帰ったと聞いたぞ。パターン人の支配する山間部から」

サットンは目を光らせてグラスを掲げた。「辺境の兵士たちに。そして私の特別な部下《トゥ・マイ・ボーイ》に」

テーブルの向こうで、ダイアナが徐々に笑顔になった。わたしの不安も引いていき、ひどい嵐のあとでようやく雲間が見えたような気分だった。わたしはまばゆいばかりのダイアナの視線を捉えた。誰に気づかれようがかまわなかった。

その夕べが終わるころ、フラムジー家の人々がバイラムに別れの挨拶をしているあいだに、サットン大佐がわたしと話をしたいというので、一緒に窓辺に行った。制服姿の大佐は、とうに六十を過ぎているというのにほっそりとして健康そうだった。サットン大佐は、ほかに一人も友人がいなかったときから友人でいてくれた。友人以上の存在だった。わたしをボクシングの訓練や試合に行かせ、わたしに賭けた。勝つ方法を教えてくれて、勝った賭け金を分けてくれた。そんな必要はなかったのに。マリッカを贈ってくれる必要だってなかったのだ――雲間を吹き抜ける風のようにやわらかい乗り心地で、いままでに見たどんな生き物よりも早く走る、ブロンズ色をしたあの雌のアラブ馬。

「もっと食べたほうがいい。不健康に見えるぞ。ここの隊の連中とトレーニングをしたらいいじゃないか」サットン大佐がいった。

大佐はわたしの驚きを払いのけるように手を振った。混血だから無理だとわたしが思っているものと誤解したようだった。「大丈夫だよ、私が手配するから」

「トレーニングですか、サー？」わたしは尋ねた。

「具体的には、どんな？」

「試合のためだよ、もちろん！」大佐はにやりと笑った。「どえらい大会だぞ！　強者《つわもの》揃いだ。四週間後だよ」

ボクシングの試合？　わたしは目を見ひらいた。サットンがわたしを戦わせたがっている？　どういうことかわかると、失望が炎のように燃えあがった。それを消し止めようとしながらも、今夜、サットンがずっとわたしを持ちあげていた理由に思い当たった。

「もうボクシングはやめました」わたしはいい、そういったことで気持ちが静まった。ようやくはっきり口に出したのだ。サットンにはべつの若者の後援者になってもらおう。

大佐は口ひげを震わせながら、聞こえよがしに息を吸いこみ、その息をフーッと吐いた。「おいおい、頼むよ！　きみにはかなり注ぎこんできたんだぞ」サットンは口調を和らげてつづけた。「病気だったんだろう、それはわかる。だが、二、三週間もトレーニングをすれば体調も整うだろう」そして拳でわたしの頭を挟んでいった。「なあ、きみ《ボーィ》、きみは強い。ぜひ取り組んでもらいたい。きみならできる」

わたしの手は、ドックでの怪我が治ったばかりだった。わたしは身を引いた。「サー、そうは思いません」

サットンはわたしを睨みつけた。「私がどうやってあの本を買う金を出したと思うんだ？　旅行鞄《かばん》とか？　あのアラブ馬もだ。きみは私のために働き、私はきみのために便宜をはかった。もう一回くらいどうだ、え？」

よくわかった。わたしがやさしさだと思っていたものは、単なる報酬だったのだ。サットンはわたしに賭けて勝ち、思いがけず手に入った収入の一部をわたしの教育に使った。もしサットンに恩義があったとしても、すでに充分報いたのだ。

わたしはくり返した。「やりません」

「頑固なやつだな、ジム！」大佐はうなるようにいった。「私が対戦相手として誰を用意したかも知らないくせに。すばらしい相手だぞ――チャンピオンだ。ランジプートの王子だよ」

わたしはサットンを凝視した。「セト・ヌール・アクバル・スレイマンですか？」だからアクバルの体形に馴染みがあったのだ――ボクサーの体形だ。

サットンはにやりとした。「そいつだよ。ボンベイには来ないというから、会場は近隣の藩王国、ここから一時間ほどのパルガールだ」

なんてことだ。アクバルをあぶり出す方法があるんじゃないか！　アクバルは収入源の船を失ったから、試合の賞金で埋めあわせるつもりなのだろう。「あなたが頼んだのですか？　先方はわたしの名前を知っていますか？」

サットンは小さく笑った。「やつには、英国軍が用意できる最強の男と戦ってもらうといってある。きみは正確には元軍人だが、かまわんだろう」大佐はにやりと笑ってつづけた。「じゃあ、戦うんだな？　よし、いいぞ」

59

ダイアナは怒り心頭に発するといった顔つきだった。アディと母親に挟まれ、肩をそびやかして馬車の座席に座っている。「大尉、どうして？」ダイアナの声の響きにこもっているのは……心配？　いや、なにかもっと……怖れ？

アディがすばやくこちらを一瞥してから、警告を発した。「ダイアナ！」

「アディ、ボクシングの試合よ？　ねえ、父さん、大尉はそんなことするべきだと思う？　肩を怪我してるのに！」ダイアナは声を震わせた。彼女が唇を噛み、窓の外に目を向けると、もうお黙りなさいというようにフラムジー夫人が手で合図をした。

「大尉はなんでも自分のやりたいことをするべきだ」バルジョールは唸るようにいった。サットンの計画がまったく気に入らないと思っているのが明らかな声音だった。

わたしは説明した。「サー、わたしにボクシングを教えてくれたのはサットン大佐なのです。連隊では兵士たちがお互いに戦うのですよ。賭け金を積んで。一年に一度、競技会が開かれます。兵士たちが健康で、よく訓練して、自分の立場に誇りが持てるように、といったような目的で」

「勝った?」アディが尋ねた。

わたしはこの問いに笑顔で答え、それからダイアナが泣きそうになっているのに気づいた。すでにこんなに動揺しているのだから、対戦相手を知ったら激怒するだろう。しかしそれでも、アクバルに裁きを受けさせるチャンスがあるなら、そのチャンスを逃すことはできなかった。フラムジー家に対して害意のあるアクバルを野放しにはできない。家に着くまでの時間が長く感じられた。

ダイアナはすたすたと客間に入り、手袋を外してテーブルに投げつけると、わたしに食ってかかった。

「大尉! あの人はあなたを利用しているだけ」

フラムジー夫人が夫の腕をぎゅっとつかみ、二人は目を見交わした。ダイアナが非難を口にするところはまえにも見たことがあったが、紅潮した頰と燃えたつような目がわたしを落ち着かなくさせた。ダイアナはピリピリしたまま窓辺に行き、また戻ってきた。部屋を横切る足取りは固く、ぎこちなかった。

「もう寝なさい、ダイアナ」フラムジー夫人はいい、それからわたしにおやすみなさいと声をかけた。

「大尉、アディ、もう遅いから」バルジョールはそういって、わたしに向かって眉をあげ、アディにダイアナのお目付け役を任せた。ダイアナがこんなに感情的になっているのに両親が部屋に引きあげようとしているので、わたしは驚いた。時間が遅いことを思えばわたしも帰るべきだった。だが、まずはダイアナの不安を鎮めようと思った。

両親がいなくなると、わたしは尋ねた。「ミス・ダイアナ、なにがそんなに問題なのですか？」

色の濃いベルベットのせいで、顔の青白さが際立っていた。ダイアナはいった。「なんてこと。あなたはほんとうに知らないのね」

なんのことだ？

ダイアナは囁き声でいった。「あなたの父親よ。卑劣で、腐りきった父親。あのひどいサットン大佐」

さむけがした。指で触れた石が氷とおなじくらい冷たかったときのように。サットンだって？　ダイアナがサットン大佐のことで動揺している？　なぜあの人をわたしの父親だなどというのだ？

「知らなかったの？」ダイアナの声が割れた。「ずっとあなたのことを息子《マイ・ボーイ》と呼んでいたじゃない。それに、ジム、見ればわかるでしょう！」

頭のなかで思い浮かべてみた。サットン大佐はわたしと同様に背が高く、似たような体格だった。そしてボクサーのような四角い顎と太い首をしていた。しかしわたしの髪は黒く、サットンの髪は蜂蜜の色だった。目と顎と額の組み合わせを吟味し、機会があるたびにわたしの肩に手を載せるのを思いだした。わたしはそれを好意のしるしと見なし、喜ばしく思っていた。

「大佐はなにもいいませんでした」わたしはそういったが、それは嘘だと自分でもわかった。

父親でないなら、なぜ家庭教師を雇ってわたしに数学やラテン語やフランス語を教えたりした？　ただボクサーが必要なだけなら、なぜ本を送ってきたり、ネルソン提督やトラファルガーの海戦の話をして夕べを過ごしたりした？　なぜわたしに徒歩旅行の方法を教えたり、歴史のクイズを出したりした？　きっと、馬が大好きなのを見ていたから、わたしが少尉として騎兵隊に入れるように手配したのだろう。わたしに雌馬を買う金がなかったから一頭くれたのだ。しかもただの雌馬ではなく、マリッカを。最高のアラブ馬を。結局、やっていることはまるっきり父親のようだった。ただわたしを自分の息子だといわなかっただけで。サットン大佐は、ほんとうにわたしの父親なのだろうか？

ダイアナはすっかり傷つき、怒って、歯の隙間から絞りだすようにいった。「サットン大佐！　あの男は腐ってる。毒よ！　あの人は競馬みたいにあなたに賭けたいだけ。あの人にとってあなたはそれだけの存在なのよ！」ダイアナは顔をしかめた。「お願い。試合なんかしないで。ジェイムスンがいったことを思いだして。あなたの肩のことを思いだして！　もしまた怪我をしたら……ああ、もう！」

ダイアナはそばに来て懇願した。アディも心配そうに眉をひそめながら近づいてきた。

部屋がぐるぐる回りはじめた。わたしは椅子に座りこんで二人を見つめた。兄妹はお互いのすぐそばにいて、わたしからはひどく遠かった。

「わたしも戦いたくはないのです、ダイアナ」わたしはいった。「しかしこれに決着をつけなければ。アクバルが好きなように誰彼かまわずさらうのを許してはおけません。やつはチュトゥキを連れていった。次はあなたがたのうちの一人を狙うかもしれない。それを待っているわけにはいきません。ランジプートでは、マッキンタイアにはなんの権限もありませんから、あそこでアクバルを逮捕することはできないのです。この試合には大きな賞金が出ます。積まれる賭け金も莫《ばく》大《だい》な額になるでしょう。アクバルをおびき出すことができるのです」

「アクバル？」ダイアナが冷え冷えとした声で囁いた。「スレイマン王子と戦うつもりなの？　ジムの馬鹿！」勢いよくアディのそばを離れ、ダイアナは部屋から飛びだしていった。

ダイアナの後ろ姿を見送りながら、今回はわかってもらえないかもしれないと思った。どうしてもこれにけりをつけねばならなかった、きっぱりと。ダイアナのためにやっていることだった。だが、そのせいで彼女の愛情を失うことになるのだろうか？

翌日の朝食の席では、ダイアナは静かで油断がないように見えた。試合はボンベイのすぐ外、パルガールで開かれると、わたしは説明した。わたし自身は前日の夜の列車で向かうつもりだった。

ダイアナはいった。「パルガール？　いやな感じがする。物事はつねに見かけどおりとはかぎらない」

アディは教科書に夢中だったので、うわの空でうなずいた。ダイアナは母親に呼ばれて出ていった。去り際に、心配と、名づけようのない激しい感情の入り混じった鋭い視線を向けてきた。肩を軍人のようにいからせて。このメッセージに——これがほんとうになにかのメッセージだったとして——わたしは当惑した。なにに対する警告かまるでわからなかったから。

そのせいで考えこんでしまった。以前、ダイアナはアクバルがリポン・クラブにいるかもしれないといい、新聞社のバイラムがわたしをなかに入れるようにしてくれた——その後すぐに、わたしはアクバルが差し向けた暴漢に襲われた。当然、コンシェルジュがわたしに目をつけていたのだろう。電話のそばの来客名簿がある場所で、コンシェルジュに質問をしたのを思いだした。アクバルはどうしてあんなにすばやく計画をまとめられたのだ？　わたしがアクバルに近づこうとしているのを誰が明かした？

わたしは身を固くした。バイラムがこの事件に関わっているのだろうか？　バイラムの新聞社は、ご婦人方の死をめぐる騒動を記事にすることで利益を得たはずだった。魅力を振りまくあの笑みも、気さくさも、如才《じょさい》のなさも、すべて演技だったのだろうか？

全身にさむけが走った。いや、まさかバイラムはちがうだろう？　バルジョールの特別な友人なのだから。裏切りはバルジョールを傷つけるだろう。アディがどんなに深い痛手を負うかも想像にかたくなかった。

アディとわたしが朝食の席でバイラムに会ったときのことを思いだした。わたしがフラムジー夫人のクレープを褒めたとき、バイラムは新聞を読んでいた。

フラムジー夫人は悲しみに圧倒されて泣きだした。「ピルーはクレープが大好きだった」そう口にするのがやっとだった。アディとわたしが同情のこもった視線を交わしているあいだに、トム・バイラムはすすり泣く夫人の傍らで身を屈め、腕を夫人の肩に回した。そして頭を寄せ、慰めの言葉を囁いた。そんな思いやりのある人物が、友人の子供を殺害する計画を立てたりできるものだろうか？

それにだ。もしバイラムが事件に関わっているのなら、謎を解いたら百ルピー払おうなどというだろうか？　それとも、あれは単にバルジョールの友人という役割を強調するためにいっただけなのか？　フラムジー夫人のほうへ身を屈めたときのバイラムの悲しみに嘘はなかった。あれはきっと彼の本当の姿だった。洗練された表層の剝がれたトム・バイラムだった。

それにしても、ずっとわたしの動きを知っていて、アクバルに伝えていた者がいるのは確かだった。

わたしは咳ばらいをしてアディの注意を引いた。

「アディ、残念ながら、あなた方の友人のトム・バイラムに罠を仕掛けなければなりません」

「なんだって！　バイラムに？」アディは弾かれたように立ちあがった。「トムおじさんに？」

「アクバルは、わたしたちが計画を立てるとすぐにそれを察知していました。わたしはプリンセス・ストリートで襲われましたが、簡単なことです、ただ紳士を――あの日わたしはそういう恰好をしていましたから

――背の高い紳士がリボン・クラブから出てくるのを待てばいいだけだったのですから。バイラムはわたしがあそこへ行くことを知っていました。彼が自分で策略を提案してきたのですからね。わたしがバイラムに頼んだのは想定どおりだったのでしょう、ちがいますか？　わたしを見分けるのに、これ以上の方法がありますか？　それから、わたしが怪我で寝込んでいるあいだに、アクバルは侵入者として闇に紛れてやってきました。フラムジー邸を探るのに完璧なタイミングです。ラホールに発ったときだって――いいですか、わたしが乗ったのは、動いていた最後の列車ですよ――バイラムはラホールがすでに攻撃にさらされていたことを知っていたのではないでしょうか？　アクバルにとっては好都合です、もしわたしが向こうで足止めされれば」

アディは唸るようにいった。「まさか、大尉、バイラムにかぎって！」

わたしはバイラムの顔をもう一度思いだした。フラムジー夫人を慰めたときの顔、夫人の悲しみへのバイラムの共感を。どういうことだろう？

「バイラムは、結婚まえからあなたのお母さんと仲がよかったのですか？」

アディが息を吸いこむのがはっきり聞こえた。「遠縁の親戚なんだよ。バイラムのほうが二十も年上だから、結婚はできなかった」アディは首を振った。「大尉、バイラムはありえない。あの人は母のためならなんだって差しだすよ」

わたしはそれについて考え、こう暗唱した。「すべての証拠が揃わないうちに推理を進めるのは大きなまちがいだ。それは判断を誤らせる」

「ホームズだね、当然」アディは浮かぬ顔でいった。

「ええ。わたしたちの友人、バイラムをテストする方法を考えてみます」

その晩、トム・バイラムがやってきたので、計画を実行に移すチャンスだと思った。

「こんばんは、トム、夕食までいるでしょう?」アディがいった。

「もちろんだよ、アディ! 聞いたよ――真夜中の手入れの話は。奴隷船! 救出劇! どえらいニュースだ――見出しはどうしようかね」トム・バイラムは大声でいい、握ったアディの手を振った。それからダイアナの頬にキスをして、紫色のシルクを褒め、わたしのほうにやってきて大きな手を差しだした。「時の人だね、大尉。きみはわれわれみんなの自慢だよ」

口のうまいバイラム。いいだろう。彼の忠誠がどこに向けられているか確認すべきときだ。

バイラムの手を取りながら、わたしはいった。「記事はなしです、サー。あれは内密の事件ですから。口外無用です」

バイラムは目を剝いた。「ちょっと待ってくれ……まさか本気じゃないんだろう……?」

わたしは手に力をこめていった。「あなたは、リポン・クラブで自分の名前を出せといいましたね。その一時間後、ランジプートの悪党どもがわたしを襲いました。それからわたしがマセランにいるあいだに、調査の詳細を記事にした――おかげで目立たないように行動することができなくなりました。ラホール行きの切符を取ってくれたときには、動いていた最後の列車だった――わたしは戦闘地帯のまんなかで足止めを食らいました。あなたはずっとアクバルを手伝ってきたのでしょう。なにを約束されたのですか? 土地ですか? 採掘権ですか?」

トム・バイラムはあんぐりと口をあけた。唇は震え、わたしが握ったままの手も震えていた。愕然とした灰色の目でわたしの視線を捉え、よろけた。

「しかし私は……ちがう。本気でいっているわけじゃないだろう」バイラムの声が古い革のように割れた。

「リポン・クラブは……ちがうよ、きみ……」

嘘がばれた瞬間に人がどうなるかならよく知っていた。目に書かれているも同然になるのだ、こちらがしゃべり終わるまえから。まぶたが痙攣し、顔がゆるみ、その瞬間に仮面が落ちる。そういう男たちの憎しみならさんざん見てきた。粗野で剝き出しの憎しみ。傲慢な激怒。そういう者たちが、どんなにすばやく非難や弁解に転じることか。

「ちがう」バイラムは芯から震えているように見えたが、嘘がばれたと気づいたときの痙攣ではなかった。バイラムの体重が腕にかかってきたとき、わたしは自分がまちがっていたことを知った。

バイラムに腕を貸して椅子に座らせた。「すみませんでした、サー」

アディとバルジョールは呆然としていた。友人がほんの数分のうちに十も老けこんでしまったのだ。ダイアナが老いた男のそばにひざまずき、慰めた。「大事なおじさん、これはテストだったの。おじさんは問題なく通ったのよ、もちろん」

バイラムはこちらを見あげ、指でわたしの袖をぐいと引いた。「大尉。あの侵入者のことは……」バイラムは喉を詰まらせた。ふだんの落ち着きが、いまはズタズタに引き裂かれていた。「あれを書いたのは、言い訳になるが……きみにあざがあったからだよ。舞踏会の予定があったじゃないか。残りは……私じゃない」

「それはわかります、サー」わたしは後悔しながらいった。

「だったら、誰が?」バイラムは口をあんぐりあけた。確信のない様子で、声が震えていた。「いや。まさか」

「あなたのところで働いている人?」アディが尋ねた。

「すまなかった、大尉」バイラムのこめかみの静脈が膨れた。彼はわたしの上腕をつかんだ。「きっと私の新しいアシスタントだ。南からやってきた男なんだよ。

おそらくランジプートだ！　気がつかなかった」

くそっ。わたしはひどく判断を誤ったのだ。バイラムの手をポンポンとたたき、落ち着きを取り戻す時間を与えた。

ダイアナはシュッと音をさせながらゆっくり息を吐いた。〝なにかを壊すのが嫌い〟なのだ……それなのに、わたしはたったいま、暴力なしで与えうる最大のダメージをバイラムに与えてしまった。ダイアナの頭を覆っていたサリーの布が、バイラムを慰めているうちに肩まで落ちていた。ダイアナが一握りのシルクを肩からすくい、髪にピンで留めると、腕のなめらかな肌と尖った肘が目について、わたしは胸が苦しくなった。

バイラムのそばで身を屈め、なにがあってもダイアナの安全を守るとわたしは誓った。ダイアナがフラムジー家のなかで、お飾りの宝石ではなく、対等な一員としての立場を求めて闘うのを見たことがあった。わたしが距離を置こうと、離れていようと努力したことは神がご存じだが、どこにいてもあまり意味がなかった。一人でいるとき、自分のまわりの世界が止まって見えるようなときには、わたしは必ずダイアナのことを考えていた。

「ふむ」バイラムはわたしがダイアナを見ていることに気づいてため息をついた。疲れた顔を、悲しみが覆っていた。バイラムはその後すぐに帰っていった。

後刻、わたしと兄妹だけになったときに、ダイアナの曖昧な警告を思いだした。

「ミス・ダイアナ。物事はつねに見かけどおりとはかぎらないといっていましたね。あなたもバイラムを疑っていたのですか？」

ダイアナは驚いた顔をした。「トムおじさん？　いいえ、まさか！　あの人はわたしたちのためならなんだって差しだすと思う」

「それなら、あなたの警告は――あれはどういう意味だったのですか？」

ダイアナは唇を噛み、首を横に振った。「ジム、人は隠し事をするものでしょう――いろいろな理由で。それを教えてくれたのはあなたよ。どうしてパルガールに行かなければならないの？」

ダイアナはずっとわたしのボクシングの試合のことを心配していたのか。愛情の大波がわたしを持ちあげた。アディのほうをちらりと見ると、笑みが顔をよぎったような気がした。アディは教科書を手に取り、客間をわたしたちに譲った。「ぼくは隣の部屋にいるから」適切な距離を保つようにという、わかりやすい警告だった。

二人で語り尽くした――ダイアナの子供のころのことも、わたしがビルマや辺境にいた年のことも。一つの話題が流れるように次の話題へつながった。ダイアナはきらめくようだった。わたしの話にくすくす笑い、彼女自身の話も聞かせてくれた――はめを外したこと、ロンドンの女子医学校を訪れたことなど。しかしイギリスにいたときのことはほとんど話さず、代わりにわたしの子供時代について尋ねた。振り子時計が十二時を打つと、わたしは暇乞いをしたが、ほんとうに帰ったのはその一時間後だった。

いまや彼女はわたしのひどい来し方をほとんど知っていた――だが、残りは？　どこまでが現実でどこまでが想像か、自分でもよくわからないときにはどう話したらいい？　理解してもらえるとは思えなかった。しかしダイアナはじっくり耳を傾け、くり返しこういった。「ジム、忘れて。それは過ぎたことだから」

60

その夜は、ベッドに倒れこんで夢のない眠りにするりと引きこまれた。

インコの口喧嘩に起こされると、夜明けの空はラベンダー色だった。伸びをして、昨夜の出来事を思いだすと笑みが浮かんだ。朝の澄んだ明るさのなかで二人の会話を思い返した。ダイアナの声の抑揚を聞き、首をぐっと傾げて興味を示す姿を思い浮かべた。カラチの話をしたときには、ダイアナは断固として弁護してくれたうえ、驚嘆し、わたしが救助された話にとても喜んだ。それを思いだして、わたしは有頂天になった。

今夜だ、と決意した。今夜、バルジョールと話をして、ダイアナに求婚するための許しを求めるのだ。以前は禁じられた——しかし今回はバルジョールの心を変えることができるのではないか？　頼まれればどんなことでもするつもりだった。生活資金の問題については、マッキンタイアからの仕事の申し出を受ければちょうどいい。刑事はどれくらい稼げるのだろう？　あとで調べてみることにした。

手早く着替えて、いつものトレーニングを一通りこなした。膝は不平をいうかのように痛んだが、肩は充分持ちこたえた。サットンの試合がもうすぐだったので、ジムに戻って、午前中の残りを若い連中のパンチを浴びて過ごした。防御し、ひょいひょいとよけ、さっと身を屈め、打撃を肩や腕で受けた——トレーニングに夢中になった。パンチをよけそびれたときに鋭いノックの音が聞こえ、わたしはすべての注意をそちらに向けた。

すぐに会いたいというマネックからの伝言だった。マネックはわたしの下宿で待っていた。ふさぎこんだ顔をしている。

「アクバルが競馬場で目撃された」マネックがいった。「アクバルの仲間連中が、今度の試合のための賭けをはじめている。大げさなことをいいながら、みんなで着飾って」

マネックを安心させるには少し時間がかかった。昼ごろにマネックが帰っていくと、わたしはフラムジー邸に戻り、湯を頼んだ。鉤爪足のついたバスタブに浸かって一時間過ごしてから、やってきたグルングの手を借りて昼食のための着替えをした。グルングが清潔なリネンのシャツを差しだして、カフスボタンを留めてくれるあいだ、贅沢の喜びを存分に味わった。

ボクシングの試合のときにアクバルを逮捕すれば、わたしの調査は完了する。残るのは不利に働きそうな手紙だけだった――それを見つけることができればフラムジー一家は安泰だろう。それでも、良心に照らして、ここに住みつづけることはできなかった。マッキンタイアの仕事を受け、隠れ家のような倉庫を出るつもりだった。グルングがネクタイを結びやすいように顎を傾けながら、アディにいままでの報酬を清算してもらい、きちんとした住まいを探すことに決めた。

ダイニングでは、アディが笑みで迎えてくれた。そしてシェリーの入ったグラスをこちらに手渡しながらいった。「進展だよ、大尉！　どうしてアクバルに計画が伝わっていたのか、バイラムが突き止めた」

「流出のもとを見つけたのですか？」わたしはシェリーを一口飲み、背筋を伸ばしていった。「あなたのお父さんのセラーはすばらしいですね」

アディはにっこり笑った。「そうだね」それからいくらか申し訳なさそうにつけ加えた。「バイラムのところの新人が金と引き換えにあれこれと細切れの情報を渡していたらしい。そいつは謝っていたよ、誰かが怪我をするようなことになるとは思っていなかったって……」

驚きはしなかった。数人の手に金を握らせるくらいはふつうのことで、まったく人の注意を引かずにできるのだから。「そいつはかなりの小銭を稼いだのでしょうね」そのときドアのほうに足音が聞こえ、わたしはパッとふり向いた。

バルジョールが苛立ったような顔で挨拶の言葉を吐きだし、椅子に腰をおろした。

アディが尋ねた。「母さんとダイアナは外で昼食?」

「ダイアナはここには来ない。母さんとダイアナは……忙しいんだ」バルジョールはそういって、ドアのそばに控えていたグルングに合図をした。すぐに昼食が運ばれてきた。すばらしいメカジキに、付け合わせはホウレンソウを敷いた目玉焼き。しかし気まずい沈黙がつづいていた。

「なにかあったのですか、サー?」とくに長くつづいた間《ま》のあとに、わたしは尋ねた。「もしかしたら、お手伝いできるかもしれません」

わたしの言葉がバルジョールに驚くべき変化をもたらした。幅の広い顔が苦痛に歪んだ。なにかの発作を起こしているのではないかと心配になった。

「父さん!」アディが大声を出し、跳ぶように立ちあがった。「どうしたの?」

「座りなさい、アディ。座るんだ」バルジョールは絞りだすようにいった。顔は紅潮し、顎が震えている。

「ジム大尉」バルジョールはため息をついた。「駄目だ。許すわけにはいかない。これまでにもいろいろあった——これ以上はたくさんだ。これ以上の騒ぎは。新聞に書かれるのも。人々の口の端《は》に上るのも。妻をもうそんな目にあわせたくない」

「なんのことですか?」

「ダイアナときみだよ」バルジョールは首を振りながらいった。

「なにがあったのですか、サー?」

「総督のところでサットン大佐に会った。サットンに訊かれたよ、ダイアナときみの婚約発表はいつなのかと」

サットン。劇場に行った日の夜、あの男はわたしにとってダイアナが特別な存在であることを見抜いた。そしてあの赤服野郎はへまをして、すべてを台無しにしてくれたのだ。

わたしは鋭く息を吸いこんだ。「今日、あなたからの祝福をお願いするつもりでした」

バルジョールは顔を歪めた。「きみは善良な男だ、大尉」バルジョールはいった。「すまない」

わたしは途方に暮れた。「サー、わたしはダイアナを大事に思っています……心から」

「きみは若いから、わからないだろうが……多くのものが懸《か》かっているのだよ。スキャンダルともなれば、同胞のパールシーたちが私と取引をしてくれなくなる」

では、これでおしまいなのか？　バルジョールはダイアナに求婚する許しを与えてはくれないのだ、それが引き起こすスキャンダルを怖れて。だから今日、ダイアナは同席しなかったのだ。

喉がカラカラになり、シェリーの酸味が強く感じられた。わたしは尋ねた。「ダイアナと話をさせてもらえませんか？」

「駄目だ」バルジョールは苦痛に満ちた声でいった。「しないほうがいいんだよ、大尉」

バルジョールは、わたしと会うことをダイアナに禁じたのだろうか？　感じて当然の憤りを奮い起こそうとした。でもできなかった。呆然とバルジョールを見つめた。説得したかったし、抗議して、不公平だと激しく非難したかったが、できなかった。組んだ手に額を載せた、バルジョールのつらそうな姿がわたしの心を揺り動かした。バルジョールは家族を守ろうとしているのだ。もしも彼が冷酷で無情だったなら、憎むことができただろう。頭ごなしにわたしを裁くようなことをいったなら、容易に否定できただろう。しかしバルジョールの悲しみを、妻にこれ以上の苦しみを与えたくないと願う姿を見て、どうしてそれを責められる？

翌週はスミスのところに寝泊まりして、起きている時間のすべてを士官用のボクシングジムで過ごした。まだつらい思いはあったものの、試合が近づいていたので準備に全力を注いだ。ボクシングジムはある程度のプライバシーと、腕のいい中国人マッサージ師と、すばらしい温水浴槽を提供してくれた。飽き飽きするような苦しい時間のなかで、筋肉を戻し、速度と正確さを身に着けた。結局のところ、膝より肩のほうが厄介だとわかった。次に訪ねていったとき、ジェイムスンはわたしを睨みつけた。

「試合はいつだって？」わたしの顎を強く握って目の下の腫れを吟味しながら、ジェイムスンが尋ねた。

「二週間後です」わたしはぼそぼそと答えた。

「まったく」ジェイムスンはわたしの肩を調べながらいった。「一度脱臼《だっきゅう》すると、関節が弱くなるんだ。わかっているだろうけれど、また外れるかもしれないし、折れる可能性だってある！」

「戦わずに済むかもしれません」

ジェイムスンはわたしの怪我した膝を見ながら、なにやらぶつぶついっていた。「……馬鹿どもが、自分にとってなにが大事かも知らないで」それから、はっきりした声で尋ねた。「相手はアクバル？」

「はい。もう逃げることはできないでしょう。アクバルが姿を現したら、マッキンタイアが逮捕します」

診療が終わると、わたしはシャツをぐいと引いた。

「わたしの肩は、もちますか？」

ジェイムスンは粉の入った壜がたくさんある場所を引っ掻きまわし、いくつかの壜から粉を出して紙の上で薬を調合した。「ティースプーン一杯を牛乳に溶かして、一日二回飲むように。骨の修復が早くなる」ジェイムスンはそういって薬を包んだ。「私はきみに賭けるつもりだ」

わたしはもらった薬をポケットに入れながら、その信頼の言葉ににっこり笑った。

「よし」ジェイムスンはわたしにブリキの箱を放りながらいった。箱は〝西インド諸島シガー・カンパニー〟という文字で飾られていた。「それはフラムジー・シニアに！　必ず今夜のうちに渡してくれたまえ」

その夜の七時、着替えを済ませ、儀式用のサーベルさながらにピカピカになって、わたしは白い階段を駆けあがり、またフラムジー邸に足を踏みいれた。

ダイアナのことは、先週一度見かけたきりだった。門のところですれちがった馬車から彼女が身を乗りだしたときに。ダイアナの姿が見たくてたまらなかったが、それを怖れてもいた。望み過ぎてしまうから。わたしはバルジョールの願いに敬意を払ってきた。ダイアナの鋭いウィットや持ちまえの思いやりを好きだと思う気持ち、彼女の笑顔を見る喜びよりも、バルジョールの言いつけに重きを置いてきた。それでもダイアナにそれを伝えようとすると、ためらいが生じた。ダイアナに会って、説明する必要があった。

玄関ホールに入ると、ダイアナが客間からするりと出てきた。青いドレスの裾が足首にまとわりついている。「ジム大尉。来てくれるといいと思ってた」

わたしを待っていた？　大尉、といっていた。マナーに押さえつけられている。わたしは後悔で気持ちが重くなった。「ミス・ダイアナ」他人行儀な言葉を返した。ダイアナの髪は舞踏会のときのようにアップにしてまとめてあった。「今日は夜会があるのですか？」

「いいえ。あなたに話すことがあるの。来て」ダイアナはわたしの手をつかんで、小さなドアのほうへ引っぱっていった。わたしは煙《けむ》に巻かれたように、窓のない三メートル四方の部屋までついていった。ダイアナはランプをいじって明かりをつけ、ドアをしめていった。「ここはクロークルーム。あっち側がダンスホールにつながってる」

ダイアナのそばにいるのは、何週間も砂漠にいたあとで水を飲むようなものだった。あの繊細な指が、いまは体の横で薄い青の布地を握りしめている。ほっそりした、完璧な形の腕。やわらかく持ちあがった胸もと。ぴくぴくと脈打つ首の窪み。耳たぶで揺れる宝石が、壁に青い光を放っていた。

ダイアナは濃い色の目を大きく見ひらき、もの問いたげな様子でわたしの顔を探っている。

「ジム、わたし、なにかひどいことをした？」

わたしは驚いていった。「まさか。なぜそんなことを？」

ダイアナは眉をひそめた。「とても険しい顔をしているから。それに、ここにあざがある」ダイアナはわたしの頬骨を指差した。「ずっとあなたに会えなかった」

「父上が……」わたしはいいかけた。

ダイアナはわたしの手をつかんだ。肌に触れた彼女の指は冷たかった。「知ってる。ああ、ジム。ほんとうにごめんなさい」

ダイアナに触れられて気持ちが解き放たれた。わたしは彼女のいる光景を吸いこんだ。ダイアナは知っていて、かなわぬ物事を嘆いているのだ。

「わたしに話したかったことというのは？」

ダイアナは静かにいった。「ランジプートのこと。アクバルが王になるの。戴冠式が十月に予定されている」

それは初耳だった。「ラニが亡くなったのですか？」

「ちがう。まだ新聞には出ていないけれど、アクバルは王位に就くつもりなの」ダイアナは囁き声でいった。

わたしはダイアナのほうに身を屈めた。「どうやって知ったのですか?」

ダイアナの肌が濃いバラ色に染まった。胸もとから額のてっぺんまで。

「昨日の夜、プチ家で、男の人たちが喫煙室に移ったときに、わたしは失礼して……喫煙室の外のバルコニーに隠れた。それで、省庁の役人がマッキンタイアに話すのを立ち聞きしたの。アクバルが相続税を払う手続きをしたって」そこで話が中断した。「ああ、ジム。わたしのこと、怒っているんでしょう。立ち聞きなんてするべきじゃないのはわかってる。だけどなにかせずにはいられなかった。誰もあなたがどうしているか教えてくれないから」

ダイアナはわたしのニュースを聞きたくてこそこそ嗅ぎまわったのか。

「怒っていませんよ」わたしは胸ポケットに入れた葉巻の贈り物を思いだした。「ダイアナ、ドクター・ジェイムスンと話をしましたか?」

ダイアナは唇を噛んだ。「仕方なかったの。あなたが元気でいることだけでも知りたかった」

ダイアナは診察室を訪れた——話を聞いたかぎりでは一人で。ジェイムスンに、わたしのことを尋ねるために。だからジェイムスンはわたしに腹を立てているように見えたのか。彼はダイアナがどんなふうか見て取り、一箱の葉巻を口実にわたしをフラムジー家に送りこんだのだ。悪知恵の働く男だ。借りができてしまった!

「ダイアナ」

ダイアナは驚いた顔をした。「大丈夫? なんだか変よ」

どうにでもなれ、とわたしは思った。ダイアナはわたしの世界の唯一の輝きであり、わたしが発見を伝えたいと思う相手であり、アディよりも彼女の意見に重きを置いているほどだった。一緒にいるすべての瞬間が魔法に変わった。期待は一日中つづき、翌日にも余韻が残った。彼女の両親に害を及ぼすつもりは毛頭ない。だが、わたしはダイアナを愛していた――なんとか妥協点を見いだすことはできないのだろうか？

「ダイアナ、お願いがあるのですが」

わたしは指をダイアナの指に絡めた。

「まあ」とダイアナが声をあげると、わたしはもう自分を抑えられなくなった。「ダイアナ、愛しています。結婚してください、愛しい人」

61

ダイアナは呆然としていた。

わたしは急いで説明した。「先の見通しもついています。マッキンタイアから仕事の申し出があって。来年、試験を受けろといわれています。階級をあげるために。二人なら暮らしていけるでしょう。いまほど豪勢にはいきませんが、快適に暮らす程度なら大丈夫です」

「ジム」口に手を当て、荒い息をしながら、ダイアナはいった。「コーネリア・ソラブジーのお父さんがクリスチャンの女性と結婚して改宗したとき、家族は彼を放りだした。わたしはパールシーとして生まれたことをずっと誇りに思ってきた。でも、こうなると……

拝火神殿に入ることも許されなくなる。友人たちも家に招いてくれなくなるでしょう」

わたしは生活の手段を見つけ、将来のための資金を調達することは考えた。だが、もし結婚したら、わたしはさまざまなものを手に入れ、ダイアナは失う。どうしてそこに思いいたらなかったのだろう？

わたしは顔を歪めた。「あなたにとって、それはとても大事なことなのですか？」

「ジム、まだあるの」ダイアナはわたしの指を握りしめながら、必死で言葉を探した。「もっと悪いのは……危険な生き方をする人を……好きになること。それがわたしを内側から蝕む。自分がそんなふうに生きていけるかわからない」

なんのことをいっているのだ？　ラホールのことか、それともパターンコートのことか？　あるいはカラチ？　いや、ちがう、これはわたしが探偵であること、ボクシングをすること、つまりわたしのありようそのものについての話だろう。ダイアナはわたしに危険への欲求があると思っているのだ。

では、返事はノーなのか。

こんなふうに傷つくとは思ってもみなかった。なんて愚かだったのだろう。自分は望みなど持っていないと思いこんでいたが、わたしはずっと自分に嘘をついていたのだ。

ダイアナがわたしの腕をつかんだ。「ジム。こっちを見て」

わたしの苦痛が見たいのだろうか？　わたしはなに一つ隠さずに、ダイアナと目を合わせた。

「ジム、ちがうの！　わからない？　そういう問題があっても、会わずにはいられない。あなたに会うことが、わたしにとっては必要なの。なんとか道を見つけましょう」ダイアナの口がひらき、悲しそうな笑みが浮かんだ。「わたしもあなたを大事に思ってる」

信じられない。ダイアナのやわらかな体が腕のなかにあり、わたしの顔は彼女の髪に当たっていた。しばらくのあいだ、言葉は必要なかった。

ダイアナがいった。「ジム、あなたが侵入者に飛びかかったとき、そうじゃないかと思ったの。あなたが……わたしを好きかもしれないって。でも信じられなかった。あなたと口喧嘩をしたあと、ここ何週間かは惨めだった」ダイアナは心配そうに目をあげた。「その後、希望はあると思った。だけど父から頭ごなしに禁じられて。どうしたらいいかわからなかった。なにもなかったように、うわべだけ取り繕って、平気なふりをした。ひどい気分だった」

ダイアナをしっかり抱きしめたまま、わたしは乾いた口調でいった。「バイラムはすべての夜会を取りあげていました。たいてい四面に……社交界の出来事を報じる欄があって。あなたがどんなドレスを着ていたかとか、誰と踊ったかとか」

ダイアナは頭をわたしの顎の下に押し当てたまま、ゴシップ欄を漁るわたしを想像してくすくす笑った。やわらかい笑い声が、滝壺から立ち上る霧のようにふわりと広がった。チャンスはある。なんとかしてバルジョールを納得させなければ、彼を説得する方法を見つけなければならなかった。アディはわたしの弁護をしてくれるだろうか？

「ジム、ものすごい大騒ぎになると思う」ダイアナがいった。「両親に話したら――わたしはそれが怖い。わたしたち二人だけだったらよかったのに。だけど実際には、みんなに影響を与えてしまう」

繊細な顔にすべての感情が映しだされていた。わたしの腕をつかむダイアナの手に放したくない気持ちが表れているのを感じながら、わたしはうなずいた。ダイアナとおなじく、わたしもこの貴重な瞬間を留めておきたかった。周囲に砦《とりで》を巡らし、なんとかして守りたかった――とても新しく、とても脆いものだったから。

「まだ秘密にしておきましょう、ジム。しばらくのあいだだけ、わたしが……こんなに怖いと思わなくなるまで」

「怖い？」あの忌まわしい手紙がまだフラムジー家の上に垂れこめていた。まるで亡霊のように。ほかにもなにかあるのだろうか？

「ジム、両親に話したら爆弾を落としたみたいになるはずよ。それにボクシングの試合があるでしょう。アクバルとの。ほんとうにやらなきゃ駄目なの？　わたしはそれがものすごく怖い。あなたがバルコニーでアクバルと戦ったときには、息もできなかった。やっとドアから出たときには、あなたがすぐそばにいた。パンチの音が全部聞こえた。あの音、料理用の肉をたたくような音！」ダイアナは身を震わせた。

わたしは顔をしかめた。「ダイアナ」

試合から手を引くには遅過ぎた。だが、マッキンタイア署長がアクバルを逮捕して試合が中止になる可能性はある。そういう計画だった。戦う必要はないかもしれないとわたしは思っていた。アクバルの動きの速さと、重量と、打撃の重さを思いだしながら——アクバルはまるで雄牛だった。

ダイアナの言葉が記憶に光を当て、部屋の窓を通り過ぎたアクバルの影を思いだした。動きに躊躇がなかった。どこへ行くべきかわかっていたのだ。しかし実際にはなにをするつもりだったのだ？　わたしはアクバルがダイアナを傷つけるつもりではないかと怖れ、彼が誰もいない寝室のまえで立ち止まると、まちがえたのだと思った。だが、どこで手紙が見つかるか、カシムがアクバルに話したのだとしたら？　カシムが隠した場所は……簡単に手の届くところにちがいない。どうやって気づかれずにそこに隠した？

「ピルーは、屋根の上に猿がいる音をたびたび聞いたのでしたね？」

ダイアナは額に皺を寄せた。「ジム、あなた大丈夫？」

何度もダイアナの耳に当たっていた巻毛に触れ、指の甲でやわらかい頬をさっと撫でた。カシムの隠し場所は屋根の上だろうか？

もしあの手紙を見つけてこの事件を終わらせることができれば、バルジョールは態度を軟化させるだろうか？　わたしは両手でダイアナの頬を包んだ。甘い時間を終わらせるのは気が進まなかった。この秘密の隠れ家にいれば、わたしたちは二人きりだ。ここは外の騒ぎから、わたしたちが直面しなければならない嵐から、かくまってくれる避難所だった。わたしは二人の居場所を見つけることができるだろうか。

「ダイアナ、あなたとここにいられるのは――わたしの人生で一番幸せな時間です。だけどいま、どうしてもやらなければならないことがあるのです。少し時間をもらえますか？」

びっくり顔のダイアナに笑みを向け、なめらかな顎のラインを指でたどった。「客間で会いましょう。アディを連れてきてください」

わたしは建物のうしろの階段を急いで上り、外の通廊に出た。あの晩、アクバルと戦った場所。アクバルの手は、ドア枠の上を探っていた。

上に手を伸ばし、湾曲したテラコッタタイルに沿って手を動かすと、なにかが動くのがわかった。一カ所、ゆるんでいる場所があり、タイルが簡単に外れた。指が冷たくて四角いものに触れた。金属だ。鼓動が激しく打つのを感じながら、紫色をした長方形の箱を取りだした。箱にはマッキントッシュ・トフィー・デラックスの文字が浮き彫りになっていた。

62

ミス・ピルーの盗まれた手紙だろうか？　レディ・バチャも家事用の現金をちょうどこんなブリキの箱に入れていた。ご婦人方が二人とも、貴重品を入れるのに似たような容器を選んだとは面白い。

箱をポケットに入れて客間に戻るあいだも、脈が速く打っていた。客間にはダイアナとアディがいて、議論の真っ最中だった。わたしの姿が目につくと二人は話をやめた。ああ！　ダイアナとわたしのことだったのだ。アディもわたしたちの結婚に反対なのだろうか？

アディは歪んだ笑みを浮かべてみせた。「少しまえからわかっていたよ、大尉。父に再度話してみたんだけど、駄目だった。両親はまたスキャンダルになるのを怖れている」

それはわかっていた。しかし改めて耳にすると、まだ治りきっていない怪我にパンチを食らったように痛んだ。

「そうですね。さて、これには興味があると思いますが」わたしはアディに紫色の箱を渡した。「屋根近くのタイルの下に隠されていました——もしかしたら、ミス・ピルーの手紙ではありませんか？」

「ジム」アディは息を吸いこんだ。「もう読んだ？」

わたしは首を横に振った。「一分まえに見つけたばかりです」

何度も雨季を越えてきたせいで蝶番《ちょうつがい》が錆《さ》びつき、箱はなかなか開かなかった。アディはペーパーナイフを使ってこじあけ、震える指で封筒を引きだした。それから眼鏡をしっかりかけ直し、顔をしかめていった。

「いや……これはピルーともバチャとも関係ないだろ

う。祖父がピルーの父親――ぼくの伯父――に宛てた手紙だ。ジム、ぼくたちの祖父は三十年まえに亡くなっているんだよ!」アディはたたまれた紙を開き、すぐに顔をあげた。「グジャラート語だ……消えかけている……ぼくにはほとんど読めないな。ダイアナ、父さんを呼んできて。母さんも。二人が見たほうがいい」

その後まもなく、バルジョールは手紙に覆いかぶさるようにしてすべてのページに目を通した。年を経て文字が色褪せていた。バルジョールは言葉を声に出して読み、手間をかけて注意深く翻訳してくれた。

二百人の反逆者に、我らは集まれと呼びかけた。

兄弟たちがやってきて、まっすぐに並んだ。

その日の武器庫には、ライフルはあれど彼らの弾丸《たま》はなかった。

命令が下され、我らはふり向いて撃った。

やわらかい蠟のごとく彼らはくずおれた、隊列を組んだまま。

我らは大砲を頼みに、残りの彼らをずたずたに引き裂いた。

グワリオル・ロード沿いを行進するあいだ、我らは口をきかなかった。

どの木も恐ろしい重荷をさげていた。

ああ、こんなものを二度と見ずに済むよう願う。

反逆者たちが、男も、少年も、セポイも、まだ我らの軍服を着ている者も、

一人ずつ木に吊るされて、揺れていた。

我らはその下を歩いた、無言のまま何キロも何キロも。

「どういう意味？」ダイアナが囁き声でいった。「軍隊？　反逆者？　誰がその人たちを吊るしたの？」

　バルジョールは額に皺を寄せ、脆そうな紙に触れた。「私の父は一八五七年から一八五八年のあいだ、英国軍に所属していた。ひどい時代だったのだよ、ダイアナ。

　メーラトで、現地人からなる第三十四ベンガル歩兵隊が反乱を起こし、英国人士官を撃った。ほかの連隊も蜂起《ほうき》に加わった。ボンベイは英国に忠実なままだったが、ジャーンシーやアワドでは何千人もの農民がセポイの反乱に加わった。彼らは老いたムガル皇帝、バハードゥル・シャーに、自分たちを率いてくれと頼んだ。ジャーンシーのラニは軍隊を連れてきた……ジャグディスプールもだ。ペシュワの将軍はマラーター人の軍隊を率いていた、インドの支配権を取り戻す覚悟でね。私の父の連隊、第六十三槍騎兵隊は、こうした反乱者たちを鎮圧するために派兵された」

　バルジョールは手紙のページをトントンとたたいて顔をしかめた。「父は自分が見たもの、自分がしたことを書いたのだ。恐ろしい物事を。軍は一万六千人の男たち、少年たちを捕らえたと書いてある。父は反逆者を〝私の兄弟〟と呼んでいる。その〝兄弟〟を処刑した連隊に、父は所属していたのだ。民間人も……村全体だ、懇願し、赤ん坊のように泣く町の住民も、まっすぐに狙いを定めて撃ったと父はいっている。父は……彼らの死を悼んだ。これは告解のようなものだ」

「一万六千人？」アディの小声が割って入った。「そんなの、聞いたことがないけど」

　バルジョールが答えた。「広く知られているわけではないのだ。三十四年まえには、軍隊は東インド会社のものだった。その後、英国の王が引き継いだ」

　ダイアナがいった。「そんなに大勢が虐殺されたの？　裁判はあったの？　誰か責任を取った人はいたの？」

バルジョールは首を横に振った。「インド人はその話をしない」そして背筋を伸ばし、わたしを見ながらいった。「おそらく、私たちが話すべきときが来たのだろう」

自分が所属した軍について弁護すべき立場にあると気づき、わたしはいった。「待ってください。それがすべてではありません。このことについては士官たちもよく話していました。ジャーンシーのラニとペシュワの軍隊はカーンプルの英軍駐屯地を襲いました。九百人の英国人兵士とその家族や使用人が……三週間持ちこたえましたが、その後投降しました。彼らは安全な脱出を保証された。しかし彼らが船に乗りこもうとしたときに、反乱者たちが発砲したのです。大勢が銃弾に倒れました。生き残った者たちも棍棒《こんぼう》で殴り殺されました」

フラムジー夫人は身を震わせ、指を口に押し当てた。

わたしはつづけた。「二百人ほどいた女性と子供は〝女性の家《ビビ・ガル》〟に連れていかれ、監禁されました。最後の一撃として……ハヴロック大将の隊が女性や子供を救出しようと接近したときに、反逆者の一団は女たちを虐殺しました――剣やサーベルで。子供たちもです。遺体は井戸に投げこまれた。これが英国人兵士たちを打ちのめしました」ショックを受けてみなが黙っているなかで、わたしはため息をついた。「だから報復が……過酷なものになったのです」

ダイアナは顔をしかめた。すべての事実が出揃っていないときに、一方を敵として非難するのは簡単だ。しかし双方が敵意を剝き出しにし、どちらも非人間的な虐殺に手を染めたとなるとむずかしい。そうなると、どちらについたらいい？　視線が合うと、ダイアナはやつれて見えた。取り憑かれたような目に疑問をたたえて。反乱を起こした者たちは愛国者なのか、それとも残忍な悪鬼なのか？　同時にその両方でいることなどできるのか？

バルジョールはうなずいた。「どちらの側にもそういう暴力があった。しかしこれは――」バルジョールはまた手紙をトントンとたたいた。「インド人は、なにがあったか知る必要がある。この件は揉み消されたのだから」

「父さん」アディが立ちあがり、目を見ひらいていった。「思ったよりずっと厄介だよ。この手紙の内容は軍の説明と矛盾する。反逆者たちが逃げようとしたときに撃たれたなんて。おじいさんは公式説明が嘘だったといっているんだ。この手紙は……反逆だよ！」

反逆。

その言葉はしばらく宙に浮いていた。不発弾のようだった。

フラムジー家の人々がわたしを見た。ご婦人方は心配そうに、アディは問うように。アディはほんとうに、わたしが立ちあがって「裏切者」と叫ぶとでも思っているのだろうか？

わたしはただ視線を合わせた。アディはうなずいた。わたしが味方であることを理解したようだった。

バルジョールが濃い眉をぎゅっと寄せ、咳ばらいをしていった。「父がこれを書いたのは、真実を伝えるためだ。ほんとうにあったことについて、なにかしらの証拠を残したかったのだ」

わたしは尋ねた。「父上は戻られたのですか？　反乱のあとで」

「いや。従軍中にマラリヤで死んだ。私は十五歳だった。兄が――ピルーの父親だ――父の跡を継いだ。流感が猛威を振るっていたあいだに、兄がこの手紙をピルーに渡したにちがいない。カシムがいっていたとおりに。兄はこれが」――バルジョールはトントンとたたいて手紙を示した――「悪用されるのを避けたかった。だから安全にしまっておくようにとピルーに警告した」

わたしは尋ねた。「ミス・ピルーはグジャラート語が読めたのですか？」

アディがうなずいた。「ぼくらはみんな習ったよ。手紙の内容を気に病む程度には読み取れていたと思う」

ダイアナが尋ねた。「ピルーはおじいさんが反乱に加わったと思ったのかしら？　おじいさんも反逆者だったと」

アディがいった。「たぶんね。だけどカシムに手紙を見せたら、奪われたんだ」

わたしはうなずいた。「その可能性はありますね。カシムは確かに、これがピルーにとって大事なものだと理解していましたから」それから顔をしかめて考えた。「だったら、なぜカシムはこれを置いていったのでしょう？　なぜラホールに持っていかなかったのでしょうか？」

バルジョールが咳ばらいをした。「私が時間を与えなかったからだ。ラホールの煉瓦工場に送ると話したときに、カシムは騒ぎを起こしてね。かなり暴れたんだよ。だから私は……すぐに実行することにした。当日の午後のうちにカシムをラホールへ送りだした」

「じゃあ、アクバルは？」ダイアナが尋ねた。「これを手に入れてどうしたかったの？」

わたしはいった。「餌にしたかったのでしょう。手紙はタイルの下に隠されたままだったのに、アクバルは所持しているふりをして、ご婦人方を罠へと誘いだしたのです」

「あの人はうちの娘たちを殺した」フラムジー夫人が苦々しげにいった。「だけどあの晩……この手紙を探しにきたの？　どうして？」

「父さんを強請ることができるように」ダイアナがいった。「うちの人間なら誰でもよかったのかもしれないけれど」

アクバルにはべつの動機があったのかもしれないとわたしは思った。アクバルとはランジプートで会っていた。向こうはわたしに気づかなかったわけだが。あのときなんといっていた？　「忌ま忌ましい英国人など必要ない」

わたしは咳ばらいをしていった。「思うに……アクバルはイギリスに対抗するための支持を集めたかったのではないでしょうか。もう一度蜂起することさえ考えていたかもしれません。それにはもちろん資金が必要ですが、もう一つ、なにか人々の関心を捉えるもの、人々を焚きつけるものが必要だった。人々を集結させる理由――この手紙はそれです！　一万六千人のセポイや農民が裁判にかけられることもなく殺された。そのうえ捕虜まで殺されたのに、すべて揉み消されたのです。カシムはこの手紙の内容をある程度は把握していたのでしょう。アクバルにはこれが有用な武器になるとわかっていたのです」

バルジョールは目を見ひらいた。「蜂起？　大尉、きみはアクバルを民族主義者だといっているのかね。愛国者だと」

「しかしアクバルは女たちを誘拐した」アディが憤慨していった。「自分の同国人を、奴隷として売ったなんて。いったいどういう愛国者なんだよ？」

教育を受けた昨今の若者たちとおなじく、アディもインドの自治や独立を考えているのだろうか？　しかしアクバルはもっとずっと忍耐に欠けていた。それどころか、自分が法だといっていた。

わたしはいった。「アクバルのような人間は、目的が手段を正当化すると思っているのです。アクバルはインドが君主国に戻ることを望んでいます」

「ふん！」バルジョールは鼻を鳴らし、それからいった。「問題は、われわれがどうすべきかだ」

フラムジー夫人が緊張した声で初めて異を唱えた。「どうすべきかですって、バルジョール？　この手紙を？」

「われわれには真実を明らかにする義務がある」バル

ジョールはいい、小さなアルコーブを指差した。「私たちの信仰《ダラム》がそう命じている」

「バルジョール、駄目よ」フラムジー夫人は囁くようにいった。

アディが弾かれたように立ちあがった。「これを公表したら父さんは終わりだよ。ぼくたちがやったことじゃなくても、一族全員が裏切者と呼ばれることになる」

バルジョールはゆっくりかぶりを振った。「それだって小さなことだ、真実と比べれば」

父と息子が互いに向きあっているあいだ――一方は苦痛に満ちた、だが断固たる表情で、もう一方は取り乱した青白い顔で――沈黙がつづいた。

わたしは妥協点を探りながら、バルジョールが供物を捧げたアルコーブのほうへ歩いた――そこには銀の杯が置かれ、杯のなかに木と灰が入っていた。わたしはこれをテーブルまで持っていって、アディとその父親のあいだに置いた。

信仰はインドの暮らしの中心であり、さまざまな祭事や儀式があるが、それが誰かの生活や、愛する人や、人生そのものより優先されるところは見たことがなかった。

アディがいった。「父さん、こう考えたらどうだろう。この手紙は反対側にいる大勢の人々に対する、たった一人の言葉に過ぎない。それに反逆者たちを助けるには三十五年遅過ぎた」

「私はどうしたらいい？」バルジョールは低くつぶやいた。

「破棄するしかない」ダイアナがいった。「父さん、総督の評議会での発言権がほしいなら、これを公表するわけにはいかないでしょう。燃やして。いますぐに。わたしたちを貶めることに使われないように」

バルジョールは手紙に覆いかぶさるような姿勢のまま、クモが這ったような筆跡が消えかけている紙をじっと見つめた。

わたしはいった。「サー、アクバルはまたこの手紙を手に入れようとするかもしれません。あるいは、このことを誰かほかの人間に話したかもしれません。この手紙は存在するかぎり脅威でありつづけます。わたしの仕事はあなたを守ることです——わたしに仕事をさせてください」

一家の人々の顔を探った。わたしはフラムジー家の人々が好きになっていた——それぞれにちがう形で。家長のバルジョールは目のまえの選択に苦しんでいる。アディは拳を握って主張している。フラムジー夫人は夫に懇願している。ダイアナは？　ダイアナはわたしに笑みを向けていた。

「駄目だ」バルジョールがとうとう口を開いた。「燃やすことはできない。しかし私が鍵をかけて保管しておくよ、こうしたことがすべて過去の話になるまで。いつか、おまえたちの子供の子供が知りたいと思うかもしれない」

「ぼくたちが独立を求めるなら」アディがいった。「それは未来のためであるべきだ。過去のせいじゃなくて」

バルジョールは同意していった。「大尉、きみはずっと友人でいてくれた。われわれを守ってくれた、私自身が脅威だったときでさえ」

バルジョールの声の驚いたような響きが、わたしたちのあいだの緊張を解いた。ダイアナの笑い声は新年を迎える鐘の音のようだった。

謎の手紙が見つかったいま、残るは邪《よこしま》な王位継承者、アクバルの逮捕だけだった。

63

ボクシングの試合が開催される土曜日、わたしは早めに会場に到着した。友人たちがすでに選手控室に集まっていた。スミス少佐は何回もわたしのセコンドを務めたことがあったので、慣れたしぐさでわたしを座らせ、首や腕を揉んだ。

マッキンタイア警視が指示をくり返した。「きみの仕事はアクバルにしゃべらせることだ。われわれは見えないところにいて、二十分間聞いている——それだけだ。できるかね？」

「できるかぎりのことはやってみますよ」

対戦相手の馬車が中庭に到着するのが見えたので、仲間たちは急いで通用口のほうへ出ていき、わたしは一人で残された。アクバルは取り巻きを連れて入ってきて、わたしを見ると、ぴたりと動きを止めた。

アクバルの従者たちが急ぎ足で通り過ぎ、主人の私物を並べだした。一人が紫と赤の花でできた冠《かんむり》をテーブルに置いて、祝勝の準備をした。わたしは細長い部屋の反対端で、柔軟性を保つために頭を右へ左へと回していた。

「おまえ！」アクバルが嘲るようにいった。稲妻のような眉と冷たい目のせいで盗賊団の頭領のように見える。赤いサテンのローブを金色の紐で締めた、百八十センチを超える荒くれ男。筋肉とプライドの固まりだった。

「どうも」わたしは試合のためにシューズの紐を締めながらいった。手に布を巻いてグローブを着けるのは、あとでスミスが手伝ってくれる。クインズベリー・ルールに従って、最近ではグローブの着用が義務づけられていた。アクバルから自白を引きだすのに、マッキンタイアから二十分与えられた。試合開始を遅らせるのはそれが限度だと聞いていた。その後、賭けが締め切られ、すぐに試合がはじまる予定だった。賭け金はかなり積まれていた。オッズは二対一で、アクバルが勝つものと思われている。わたしの負傷歴を考えればずいぶんと寛大なオッズだった。業腹だが、アクバルと戦えるほど体が仕上がっていなかった。

「知った顔だな」アクバルは完璧な英語でいった。そのあいだにも、従者が張りきってアクバルの肩を揉んでいた。

「ええ」わたしは同意した。もちろん、宣教師の恰好をしてランジプートで会っていた。だが、あれがわたしだとばれているとは思えなかった。ちがう、アクバルの頭にあるのはヴァヒド・クルーザーの甲板で揉みあったときのことだろう。あのときアクバルはわたしを突き飛ばして逃げ去ったのだ。

「ジェイムズ・アグニホトリ大尉」気取った笑みを浮かべながらアクバルはいった。「第十四ボンベイ連隊の元騎兵。戦争の英雄。カラチで負傷」

カラチという言葉を耳にしても、頭のなかに映像が押し寄せることもなければ、凍りつくような恐怖で感覚が麻痺することもなかった。悪夢が眠りの窓から忍びこんでくることはまだあったが、この忌まわしい単語を耳にしても、息が止まるようなことはもうなかった。そう、ダイアナとアディは正しかった。わたしは隠れるのをやめたのだ。

「そうです」わたしはアクバルを見た。わたしの淡々とした同意をどう受けとっただろう？

いかにも傲慢そうな眉の下の目で睨むようにわたしを値踏みしたかと思うと、アクバルは護衛に向かってピシリといった。「外にいろ」

アクバルをうまく促してしゃべらせ、自白を誘発しなければならなかった。気軽な会話のような口調を保ったまま、わたしは尋ねた。「ちょっと興味があるんですが。船にいた女たちに。なぜ誘拐したのですか？」

アクバルは怒った目でわたしを凝視した。もし否定するなら、その程度の男なのだろう。だがアクバルはそうはせず、口の端を歪めた。次いで整った顔に大きな笑みを浮かべた。

「おれに揺さぶりをかけようとしているのか、大尉？」アクバルは、ちゃちな策略だといわんばかりにくすくす笑った。「おまえがパルプになるまで打ちのめしてやるよ」

「たぶんね」わたしはいった。「だけど、なぜ女を追いかけるのです？　ランジプートの女性だけでは足りないのですか？」

笑みが曇った。アクバルは首を振って、棘のあるわたしの言葉を払いのけた。「なにもわかっていないんだな」

「おそらくそのとおりでしょう。ならば教えてください。どうやってはじまったのですか？」

アクバルに冷たい目で見られ、わたしはいった。

「あなたはオックスフォードで高い教育を受けた人だ。なのになぜ？」

アクバルは大きな花冠のほうへ歩いていき、紫色の花の房を一本引き抜いた。「これがなにか知っているか？」

花の話がしたいのか？　「いいえ」

「ムラサキトウワタと呼ばれるものだ。けっこうな毒がある」

また脅しか。わたしは焦《じ》れた。外の観衆が落ち着きのない騒音をたてはじめていた。もっと早くアクバルの話を先に進めたいのだが、どうしたらいい？　わたしは皮肉抜きに尋ねた。「物知りですね。どんなふうに使うのですか？」

アクバルは射るような視線をこちらに向けた。「飲み物に入れる。サティのまえの寡婦に与えるものだ」

サティ。夫の遺体を火葬する薪の山で寡婦が焼身自殺をするヒンドゥー教の儀式である。この古めかしい慣習はとっくの昔に廃《すた》れたのではないのか？　なんの話がしたいのだ？

アクバルはわたしが混乱しているのを見て取った。そして面白がっているような顔でいった。「サティは英国の法で禁じられたから、もうやらなくなったと思っていたのか？　いっておくが、いまもやっている。しかも藩王国だけじゃない。われわれはそこからはじめたんだよ」

「なにを？」

「女たちをギアナとデメララに送ることを。なぜ燃やすのだ、玩具《がんぐ》として売れるのに？」アクバルは大きな身振りで両手を広げた。「火葬場のバラモンに金を渡すだけでよかった。トウワタの代わりに睡眠薬を与えるんだよ。親類を遠くへ移動させ、女を薪の山から引きだして、即座に火をつける。誰にも気づかれず、感謝でいっぱいの寡婦がおれの賞品というわけだ。女たちは逃げたがっているから、なんの疑問も持たずにわれわれの船に乗りこむ」

理解するにつれ、嫌悪が膨らんだ。アクバルは生贄《いけにえ》の女性を救いだし、彼女たちを売って大きな利益をあげていたのだ。

「それで、なにがあったのですか？　なぜパールシーの女たちを捕らえることに？」

アクバルは肩をすくめた。「需要と供給の問題だよ。色の白い女の需要の高さといったら！　明るい肌の女は高値で売れる。だから狩り場を広げなければならなかっただけだ」

わたしは戸惑い顔のまま尋ねた。「それで通りからさらった、と？」チュトゥキに、わたしの気丈な小さな妹にしたように。

「おまえはインド人だろう？」アクバルはいった。「アグニホトリ姓ということは、バラモンの生まれだな。最高位のカーストだ、寺院の火を守る人々の」

「ええ」今日の恰好にむさ苦しいひげとボサボサの頭では、まちがいなく現地人に見えることだろう。

「ならば、なぜ向こうに加わるのだ？　なぜ忌まわしい英国人のために戦う？」

わたしは驚いてみせた。「金のためですよ。千ルピーです」

「チッ」そんなはした金、といわんばかりにはねつけてアクバルはいった。「革命《インキラーブ》だよ！　それがわれわれの宿命だ。そのためには金が必要だ——大金が。自分たちの手にあってしかるべきものを取り戻すのだ」

わたしはゆっくりと息を吸った。これは反逆ではないか、これ以上ないほどにあからさまな。マッキンタイアはどこだ？　警視とその部下の巡査たちは聞いていなかったのか？

アクバルをしゃべらせておくために、わたしはいった。「取り戻すって……インドを？」

「なぜいけない？」歯切れのいいオックスフォードのアクセントで、アクバルはいった。「あのクソ野郎どもはわれわれが干からびるほど税金を搾《しぼ》り取る。われわれの綿花を自分たちの工場へ持っていき、百倍の値段でわれわれに売りつける。お高くとまって一緒に酒は飲まない、一緒にクリケットもしない、そんなやつらをなぜ必要とする？　仲間になれ、アグニホトリ。母国を取り戻せ！」

なんてことだ、この男は本気なのだ。アクバルはほんとうに反乱を計画していた。わずか三十年まえに、大勢のインド人がほんの小さな反逆のために恐ろしい代価を払ったというのに。マッキンタイアはどこにいる？

「どうやって？」

「この試合を投げろ。だが、すぐには負けるな。第三ラウンドだ。五百ルピー払おう」

時間を稼ぐために交渉した。有能なインド人なら金額の交渉をせずに取引を終わらせることなどありえない。わたしは首を振った。「勝った場合の賞金は千ルピーですよ」

アクバルはにやりと笑った。「そうだな、では勝ちを譲れば千だ」

一瞬たりとも本気で考えはしなかったが、計算しているふりをした。マッキンタイアはいったいどこにいる？　アクバルはわたしが躊躇するのを面白がっているようだった。

「二千だ、大尉！」アクバルは歯の隙間から絞りだすようにいった。「いますぐ決めろ！」

「断る」

ベルが鳴った。外では歓声があがっている。アクバルは薄ら笑いを浮かべ、肩を回した。

自白を聞いたというのに、アクバルを逮捕するはずのマッキンタイアがいなかった。試合がはじまる。


第二ラウンドが終わるころには息があがっていた。アクバルはわたしよりリーチが長く、獰猛《どうもう》な右をくりだし、そのうえ動きが速かった。わたしはなんとかついていった。パンチにはパンチで応じ、ときには身を引き、弱点を探しながら。しかしそれは高くつき、わたしは疲労困憊だった。

雄牛のような体つきのアクバルは強敵だった。まえに二回、一対一で戦っているが、どちらも不首尾に終わっていた。ダイアナの部屋のそばの暗いバルコニーでは、アクバルを逃がした。ヴァヒド・クルーザーの甲板で取っ組みあったときには、アクバルはわたしを押しのけて逃げた。いま、アクバルは観衆のために試合をし、パンチが当たったときにあがる歓声を楽しんでいた。

選手の紹介があり、クインズベリー・ルールが読みあげられているあいだに、観衆のなかにマッキンタイアを探した。警視の姿はどこにもなかった。だからボクシングをするはめになった。

第三ラウンドがはじまると、頭に一発食らった。痛みが閃いた。その後、ちらりとチャンスが見えた。アクバルがお気に入りのワンツーの流れに入ったときにガードがさがったのだ。わたしが右に躍りでると、アクバルは次のパンチの準備をした。わたしは隙間に跳びこみ、拳を飛ばした。バチャのために。

全体重をこめた打撃がアクバルの顎に当たった。肩が折れそうだった。アクバルの頭はうしろに跳ね、目は焦点を失ったが、倒れはしなかった。アクバルのガードが外れたので、わたしは身を投げだすようにして、与えられるかぎり最大のダメージを与えた。

時間だ。ラウンドの終わりを告げるゴングの音が雷鳴のように意識に押し入ってきた。わたしたちは引き離された。

会場のどよめきが聞こえ、サットンが腹を空《す》かしたジャッカルのように顔を輝かせているのが見えた。その笑顔が固まって警告に変わった。わたしはふり返ろうとした。

アクバルのキックが腰の窪みに当たった。わたしは床に激突した。なにかが折れたような感触があり、痙攣が体側を駆けおりた。本能が頭のなかで警告を発し、逃げろと要求し、金切り声をあげていた。わたしは両肘を引きつけ、転がってアクバルから遠ざかった。

転がったせいで、レフェリーの膝にぶつかった。レフェリーは叫び声をあげながらわたしを越えて前方に倒れこんだ。

「反則!」という叫びが起こり、会場中を満たした。アクバルがゴングを待たずに見境のない攻撃で次のラウンドをはじめたのだ。アクバルはわたしを追ってきたので、レフェリーが身を投げるようにしてアクバルに体をぶつけた。二人はもつれあって倒れ、アクバルが悪態をついた。つづく混乱のなかで、わたしはなんとか立ちあがった。

痛みを意識の隅にしまい込み、横に跳んでアクバルを誘った。軽く頭を動かすことができなくなっていたので、アクバルの恐るべき右をかわし、パンチを打った。ピルーのために。熱い痛みが肩を刺した。

アクバルがふらついた。王子として人に罰を与えることは何度もしてきたが、アクバルを打とうとする者はほとんどいなかったのだろう。しかしわたしは打った。

足の感覚がなかった。放つ打撃の一回一回が、与える以上のダメージをわたしにもたらしていた。汗が目を焼く。汗をふり払って、アクバルについていき、懐に入りこんだ。もっと食らえ！　強く殴り、次いでもう一度、パンチに体重を乗せた。チュトゥキのために。拳が当たり、わたしの歯がぐらつくほどの衝撃があった。

アクバルがすべり落ちるように膝をついた。レフェリーが大声でいった。「ワン、ツー……」

アクバルは膝をついたままポカンと口をあけていた。高まる歓声に気づいていないように見えた。

観衆の絶叫で耳が聞こえなくなった。わたしの側のコーナーで、マッキンタイアとサットンが跳びはねている。二人は妙にそっくりだった。一方は喜びで、もう一方は苦痛で顔に皺を寄せていた。よし、とわたしは思い、血を吐きだした。王子を逮捕すべきときが来た。

ふり向くと……リングが空っぽだった！　わたしがよろめくと、誰かがウエストを支えた。サットンが誇らしげに笑っていた。アクバルはどこだ？　信じられない思いで、目に流れこんでくる汗をふり払い、騒々しい群衆のなかを探した。悪魔は逃げたあとだった。

「すごいな、ジム」顔を紅潮させ、目をきらめかせて、アディがいった。「なんて試合だ」

わたしはいった。「アクバルが。逃げました」

アディは近寄ろうとして身を屈めながらいった。

「え？　聞こえないよ、ジム。やれやれ、見てるだけで痛いな」

誰かがグローブをゆるめ、引っぱって外した。ダイアナが両手でわたしの手を包んだ。細い指が震えていた。「ジム」ダイアナはわたしの目を見た。「まあ、大変！」

「すまない、大尉」マッキンタイアがいった。砂色の口ひげが逆立っている。「サットンだよ、私の頭越しに総督に話を持っていったんだ。試合を中止するには遅過ぎる、アクバルは試合後に捕まえろと。しかしアクバルは消えた」

わたしは血を吐きだした。なぜ非常線を張ってやつを捕まえないのだ？　そこで気がついた。もともとパルガールは中立だった――統治者がアクバルに便宜をはかったのだろう。

「動かないで」ドクター・ジェイムスンが視界の外から声をかけてきた。「その添え木をすぐに大尉に当てるんだ」

「アクバルがいなくなったって？　結構じゃないか」サットンがいった。「後日、再試合だ！」

アディとマッキンタイアが揃ってふり向き、サットンを睨みつけた。

「わかった、わかったよ！」サットンは退却し、手のひらをこちらに向けて降伏する真似をした。

アクバルが一財産賭けていて、それがこちらに転がりこんでくればいいのだが。こんなにボロボロになるまで戦ったのだから。またもや、アクバルはわたしの罠をすり抜けていった。

64

翌日、アディとわたしでこれまでの報酬の清算をした。アディは気前のいい雇用者で、ずいぶんとわたしに都合のよい計算をしてくれた。ようやく手もとに金ができ、交易市場のそばの賄《まかな》いつきの下宿に部屋を借りた。まだ試合後の怪我が治りきっていなかったので、スミスが来て、荷物を運ぶのを手伝ってくれた。

フラムジー家から贈られた衣類をトランクに詰めたあと、軍服をたたんだ。小さな赤い箱が転がりでてきた――勲章だ。

箱をスミスに放りながら、わたしは尋ねた。「スティーヴン、軍のお偉いさんはなぜこれをわたしにくれたんだ?」

スミスは宙からひったくるようにして箱を受けとると、ふたをポンとあけてにっこり笑った。「有功勲章だな。どこにいっちまったのかと思ってたよ――審問のときにも着けていなかっただろ」

軍服をトランクにしまっていると、額の奥に鈍い痛みが広がった。「わたしたちは生き延びた……カラチを。なぜ? わたしが覚えているのは……意味の通らない断片だけなんだ。パターン人に襲われて――そのおなじパターン人がよじれた体で地面に倒れているのを見た。どうしてそんなことに?」

スミスの顔が凍りついた。こんな態度は見たことがなかった。口をぎゅっと引き結び、拳でひげをこすりながら目を細くしている。

スミスが黙っているので不安になった。わたしはベッドに腰かけていった。「きみが馬から落ちて怪我をしたから、わたしはきみと一緒に留まった。仲間は先へ進んだ。そして罠にはまり、殺された」

スミスは驚いて口を開いた。「きみはそんなふうに記憶しているのか？」

声に妙な響きがあるのはなぜだろう？ わたしはいった。「まあ、だいたいのところは。断片をつなぎあわせるとそうなる」

スミスはゆっくり息を吸って首を横に振った。人懐こいかどうかわからない犬を見るような目つきでスミスがわたしを注視するので、居心地が悪くなった。スミスは指を小さく動かしながらうしろにもたれた。

「きみはなにか覚えているのか？」わたしは尋ねた。

「膝のせいで、少しのあいだ意識が混濁していただろう」

スミスは首を振った。「脚を折ったことは一度もないよ、ジム。落馬したのはきみだ。だからきみを荷馬と偵察兵のラム・シノーアと一緒に残して、おれたちは港を確認するために先へ進んだ。それで待ち伏せされているところに踏みこんでしまった」

喉に固まりが詰まった。「しかしわたしにも聞こえたんだ、仲間が……叫び声、銃声、悲鳴が」

「アフガン人だった——どこからともなく現れた。アフリディ人の男たちが」

震えが出て、体が揺さぶられた。ベッドの柱を握りしめ、理解しようとした。「それで、わたしは後方の連隊に警告しようとシノーアを送った。その部分は正しいのかな。だけどきみはわたしと一緒にいなかったんだね？」

「もっとあとになるまではね」

「きみが敵を撃退したのか？」

スミスはわたしを凝視した。「まったく覚えていないのか？」

「覚えていない」いや、しかし正確にはちがう。戸口のよじれた人影なら頭に浮かんだ。一緒に酒を飲み、訓練をし、笑いあった仲間たちが、土埃のなかに倒れているところ。パターン人が一人、頭から血を流しながらわたしに飛びかかってきた。わたしはナイフを握り、その手で相手に打ちかかった。

スミスはいった。「きみはおれたちのところに来たんだよ、ジム。少し時間はかかったが。そのとき残っていたのは五人だけだった。あの忌ま忌ましいパターン人を寄せつけずに三日持ちこたえた、救援を待ちながら」

わたしはスミスをまともに見ることができなかった。スミスはつづけた。「仲間が港を砲撃しはじめた——思いだしたか？　ドクター・ジェイムスンは、きみがいずれ自分で思いだすだろうといっていたが」

「思いだしたくないんだ、スミス！　教えてくれ」

「きみがやつらを撃退したんだよ。だからサットンはきみをヴィクトリア十字勲章に推《お》したんだ」

スミスの笑みに影が差した。「救援が到着する直前に、きみは撃たれた。頭部を負傷したんだ、ジム。一年以上、本来の姿じゃなかった。おれはときどき見舞いにいった。療養所でのきみは……従順で、簡単な指示に従うことはできた。ただそこに座っていた。おれのことがわからなかった。そしてある日突然〝やあ、スティーヴン〟と声をかけてきた。涼しい顔で気ままに新聞を読みながら。そんなふうにして、きみは戻ってきたんだ」

夜にズキズキ痛むことのある耳の上の傷痕と、梳かしつけても平らにならない髪の固まりに触れた。「それは一八九〇年のこと？」

スミスはわたしを見ながらうなずいた。「そう。二年まえだ」

一年以上も正気じゃなかっただって？　「スミス、まちがいないんだね？」スミスがうなずくのを見て、わたしはいった。「連隊は解散したはずだ。誰が生き残った？」

スミスは一メートルほど離れたところで足を止め、口ひげを逆立てながらいった。「まず、おれはボンベイで擲弾兵の連隊に入った。パタクとラシードはアフリカに行った。スーリーは任期が終わると家に帰った。リンゴを育てているそうだ」

ほんとうか？　わたしはにこにこ笑うスミスの顔を探った。四人の友人が生きている。心が軽くなった。いままでにない陽気な気分だった。「誰も話してくれなかった」

スミスは顔を赤くして大笑いした。「話したよ、何回も！　きみが聞いていなかっただけだ」

膝を怪我したのはわたしだった。だから隊の仲間のところに行くのに時間がかかったのだ。あのパターン人を思いだした。おそらくリーダーだったのだろう。ナイフを持ってわたしに向かってきた。無意識のうちに、彼のナイフが当たってできた脇の傷を手で押さえていた。あの血走った目、ターバンを巻いた頭、顔を流れ落ちる血。悪夢に出てくるあの男は……わたしが殺したのだ。

では、あの大混乱の夢は実際の記憶だったのか。死んだパターン人が――彼だって同国人だ――わたしの記憶に残っていたのだ。そして記憶のなかの彼はわたしが持っているもの、わたしがやったこと、わたしのありようを、すべて思いだせと主張していたのだ。どうりで、取り憑かれていたわけだ。

ベッドの柱に寄りかかって座りこんだ。順序がばらばらになった映像を、自分でページを引きちぎってしまった記憶の本を、顔をしかめながら思い浮かべた。結局、わたしは仲間のところに到達したのだ。ライフルを杖代わりに、負傷した膝を引きずって。

二日後、ボクシングジムで、わたしがサンドバッグを軽く打っているあいだ、スミスはスツールに前屈みになって座っていた。肩が痛んだが、動かしていたほうが柔軟性が保てた。

「ジム、おい！　これを読んでみろよ」スミスはにっこり笑いながらクロニクルを差しだした。バイラムの論説が表になるように折りたたんであった。

　揺れているサンドバッグをそのままにして、タオルで汗を拭き、そのタオルを首にかけると、指を二本あげてマッサージ師に合図をした。脚を椅子の上に放りだし、首を揉んでもらえるようにマッサージ師に背中を向けて、新聞を読みはじめた。

　先週手入れのあった奴隷船ヴァヒド・クルーザーは、手枷をはめられた女性九十四名と男性三十七名を乗せてギアナへ向かう予定だった。当局は今日、この船の所有者がランジプートの王子、セト・ヌール・アクバル・スレイマンであると明かした。スレイマン王子は姿をくらまし、現在行方がわからなくなっている。

　特権階級のインド人が、弱者である同国人を――よりどころのない者を、若者を、親のいない子供を、寡婦を――食い物にするなら、われわれはそうした者を指導者と呼ぶことを恥じるべきである。

「そうした者を指導者と呼ぶことを恥じる?」わたしはいった。「いやいや。ふつうのラージャや王子はそんな人間じゃない」アクバルはさぞかし気に入らないだろう。

　権力が智恵によって抑制されず、欲望が制約を受けずに女性たちの身に降りかかるなら、社会の将来は危機にさらされる。仮にもわれわれインド人が自治を求めるなら、われわれはよりよい警察の活動を支援しなければならない。富と権力によって罪を免れる者があってはならない。英国人だろうと、最下層民だろうと、教育を受けた者だろうと、読み書きのできない者であろうと、法の支配下にあることに変わりはない。

　誰の法か？　それはインド人全体を支配するわれわれの法であり、最も身分の低い貧しい労《チャプラ》働《シー》者から総督閣下その人まで、誰一人蔑《ないがし》ろにすることの許されない法である。母なるインドの胸を踏みつける支配者や統治者などいないだろうが、もしそのような者が現れれば、インドは立ちあがってその者を打ち倒すだろう。


　わたしは最後の一行を声に出して読んだ。「アクバル王子とその郎党に裁きを！　ラニであろうと、誰であろうと、アクバルをかばい立てする者があるなら、その者は恥を知り頭を垂れるがいい。」

「いい記事だろ」にやりと笑って、スミスがいった。

「大げさなじいさんだな」わたしは愛情を込めていった。アクバルとラニを直接名指しすることによって、バイラムはこれまでで最高の仕事をしていた。いずれにせよ、隠しておくほうがむずかしくなるはずだった。

　この論説はマッキンタイアのこともチクチク刺すだろう。総督や省庁の役人たちから、なぜアクバルがまだ捕まっていないのかとせっつかれることになるのだから。紙面をざっと見直して、わたしは大きく安堵のため息をついた。わたしの名前はどこにもなかった。

「試合のニュースは七面に出てる」スミスは小さく笑った。「スポーツニュースのところ。ダービーの結果のすぐ下だ」

「ふむ。想像はつく」マッサージ師が体の側面を揉むとため息が漏れた。アクバルのキックを受けた場所がまだ痛んだ。

　ドアのところに、見慣れた制服姿の背の低い従者が、見るからに居心地悪そうに立っていた。インド人は白人専用のジムに入ることはできない。グルングだった。門番《ダルワン》が手を広げてグルングの行く手を遮った。「あなたは入れません。英国人士官専用です！」

「イエス、サー《ハン・ジー》、知ってますよ！」グルングの視線が、上半身裸でお互いを打ちあう男たちのペアを探った。しばらくフラムジー邸に顔を出していなかったから、たぶんアディが伝言を持たせたのだろう。スミスに新聞を返し、わたしはドアへ向かった。

「大尉サヒブ！」グルングはわたしを見てほっとしたのか、額に手を当てた。

「万事順調かな？」わたしはダルワンを追いやり、ヒンドゥスターニー語で尋ねた。

グルングはしかめ面になっていった。「ダイアナ・メムサヒブがお話ししたいそうです。馬車でお待ちです」

ああ！　どうりで、伝言をダルワンに頼めなかったわけだ！　わたしは急いで着替えをしながら、なんの話だろうと思った。十五分後、わたしはフラムジー家の馬車に乗りこみ、ドアを閉めた。


まんなかで分かれた長いスカートを穿いて白いシャツブラウスを着たダイアナは、少々やつれて見えた。手袋はしていなかった。ダイアナはわたしの顔を探った。「調子はどう？」

「治らない傷はありませんよ」わたしはダイアナの気分を推し量ろうとしながら答えた。

ダイアナはわたしと目を合わせずに、顎やこめかみのあざを調べた。そして指でわたしの肩に軽く触れながらいった。「休まなくていいの？」

取り憑かれたようなダイアナの顔つきに不安を感じながら、わたしは尋ねた。「なにかあったのですか？」

ダイアナは唇を引き、うわべだけの笑みをつくった。

「会いたかっただけ」

その返事について考えた。ダイアナの肩はがっちり固まっていた。「もっとなにかある。そうじゃありませんか？」

ダイアナはうなずき、隠し事があるかのように顔を赤らめた。「アクバルのこと。目撃されたの。マッキンタイアの部下が競馬場でアクバルを見つけた。アクバルはハヴィルダールが大声をあげるまえに逃げた」

「どうやってそれを？」

ダイアナは笑った。矢のようにわたしに突き刺さる満開の笑みだった。「父がマッキンタイアと電話で話しているのを立ち聞きして」

「それで、わたしに伝えるためにこそこそ抜けだしてきたんですか。まったく、ダイアナ、父上が激怒しますよ」

「わたしは父の所有物じゃない。わたしは……あなたに警告しなきゃと思って。アクバルはきっとあなたのところにやってくる。あなたは彼を負かしたでしょう。それがものすごく気に入らないはず」真珠のような歯が下唇を噛んだ。「ああいう人は危険よ、ジム。フェアに戦ったりはしない」

わたしの袖を握りしめていたダイアナの手をつかんで、唇へ持っていった。

ダイアナの笑みが大きくなると、落ち着かなくなった。わたしはそんな笑みを向けてもらえる価値のある人間ではないからだ。

「ダイアナ、やめてください。そんなふうに見ないでください。わたしのことを美化しているでしょう。わたしはそんな男じゃないのに」

「そうなの？　わかった。それなら、ほんとうのあなたはどういう人？」

スミスの話が頭のなかに響いていた。いくつかはまだ記憶から抜け落ちている。パターン人に向けて発砲したことを思いだせなかったし、仲間のところに到着したときの記憶もなかった。しかし、パターン人のリーダーとのあの最後の戦いは？　わたしの手の下にあった彼の喉を、痙攣し、震える彼の体の感触を覚えていた。

このまま生きつづけ、幸せを追い求めたりしていいのだろうか？　自分の両手を見おろした。「わたしは……殺したのです……現地人を。自分の同国人を」

わたしの手を握るダイアナの指に力がこもった。「あなたには、軍服を着る身としての義務があった。軍に対して。友人たちに対して」

「友人のことだって助けられなかった、大半の友人を」そういいながら、トマス神父の顔を思いだした。神父の穏やかな顔が、いまはわたしを叱っていた。あの青い目のなかにあった悲しみ。神父はわたしの心がぼろぼろだったことに気づいていたのだろうか？　小競り合いを生き延びたことはまえにもあったし、遠くから敵を撃ったこともあった。だが、カラチはちがった。止まることのできる瞬間、止まるべき瞬間はあったのだろうか？　あのときは考えられなかった。もし力をゆるめたらパターン人が反撃してくること、もう一度相手を押さえこむだけの力は残っていないことがわかっていただけだった。正当防衛だった？　わからない。ダイアナに理解してもらえるとは思えなかったし、話すつもりもなかった。

ダイアナはわたしの両手をぎゅっと握った。「聞いて！」ダイアナの指が顎に触れ、わたしの顔を彼女のほうへ向けた。「大変なときだった。あなたはしなければならないことをした。過去は置き去りにしていい」

ダイアナの顔を探ると、そこに見えたのは混じりけのない気遣いだった。それに、意志の強さも。ダイアナはあるがままのわたしを見て、顔をそむけなかった。ダイアナの指がひどく焦れたようにわたしのコートを握りしめた。

「ジム、どうしてあなたは自分よりほかの人を優先させるの？　わたしには理解できない！」

わたしはダイアナを引き寄せた。彼女も自分から進んでそばに来た。ダイアナが近くにいると、大事なのはいまこのときだけだと思えた。わたしがやったこと、あるいはやらずにきたことがすべてかすれ、後悔が徐々に消え、激しく自分を責める気持ちが弱まった。なぜダイアナはこんなにわたしを大事に思ってくれるのだろう？　それを疑問に思うのはやめて、ただ感謝した。

少しすると、時計塔の鐘が十五分を打った。二人で話しているあいだに鳴るのは二度めだ。アディと両親はダイアナがどこにいるか知らなかった。

「家まで送りましょう」

「わかった」ダイアナはわたしの胸に向かってつぶやき、それから口を尖らした。「汗くさい」

わたしは声をたてて笑い、窓から顔を出して、グルングに馬車を出すようにいった。

家までの短い道のりを走るあいだも、ダイアナはわたしにしがみついていた。告白や愛の言葉を囁き交わす、喜びに満ちた時間だった。汗くささなどものともせず、小石を乗り越えるたびにひどく揺れる馬車のなかでできるかぎり身を寄せあった。馬車は道にあるすべての石を踏んでいるかのようだった。なんとかしてバルジョールを説得し、ダイアナとの結婚を許してもらわなければ。

などありえないのに。

「ダイアナ、どこにいたの？」フラムジー夫人が怯えたかん高い声でいった。「わたしたちが出かけているあいだに、アディが手紙を受けとったの。あの子はすぐに出ていった」

バルジョールは額に玉の汗を浮かべながら手紙をわたしのほうへ差しだした。「大尉、これを読んでもらいたい」

薄暗くなるなか、わたしは声に出して読んだ。「アグニホトリ、最後のミス・フラムジーを預かっている。時計塔に一人で来い。さもなければ女は落ちる。八時だ」

懐中時計を見ると、七時三十六分だった。アクバルは手紙にサインをしていなかった。バイラムの論説に追い詰められ、またわたしたちに攻撃を仕掛けてきたのだ。だが、計画は失敗に終わった。ダイアナはわたしと一緒で無事だったのだから。しかしアディはそれ

65

わたしたちはまもなく家に着いた。もう少し時間がかかってもよかったのに。馬車がガタガタ揺れながら止まり、ダイアナの腕がわたしの首にきつく巻きついた。くっついた顔が温かかった。ダイアナがわたしの膝から離れてまっすぐに座り、服を直すあいだ、わたしはくすくす笑っていた。

馬車を降り、ダイアナが降りるのに手を貸していると、バルジョールが慌てふためいて階段を降りてきた。

「ダイアナ！」バルジョールが轟くような声で呼んだ。「ありがたい、無事だったか！」

心配する理由などないのに。混乱しながら、わたしは思った。ダイアナにとってわたしが脅威になること

を知らなかった。

ダイアナが青白い顔でいった。「友達と劇場に行くはずだったの。だけどぎりぎりになって断った。だって……」

わたしに会いに来たからだ。もしそうしていなかったら、ダイアナはアクバルの罠に踏みこむところだった。伝言はわたし宛になっていたが、わたしは何日もフラムジー邸に来ていなかった。いまはアディが心配だった。わたしの代わりに時計塔に行ったのだ。小声で悪態をつく。アクバルを止めるまで、愛する人々が危険にさらされる可能性がいつまでも残るのだ。

「マッキンタイアに知らせましたか？」わたしはバルジョールに尋ねた。

バルジョールはうなずいた。「十分まえに帰宅してこれを見たんだ。すぐに警察に電話した」

「アディが家を出たのはいつでしょう？」

バルジョールはグルングと相談してからいった。

「三十分ほどまえだろう」

アディには、アクバルのような野獣を長く止めておくことはできないだろう。すでに殺されている可能性もあるが、わたしはそれはないと思った。アクバルは自己顕示欲が強い。観客もいないのに、なぜアディを殺す？

間に合うことを願いながら、わたしはグルングに呼びかけた。「馬に鞍をつけるんだ。一緒に来てもらいたい。ガンジューに家の警護を頼む」

わたしが出発しようとしているあいだ、バルジョールは唇を引き結んで立ったまま、拳を握ったり開いたりしていた。

ダイアナがいった。「ジム、わたしも行く。前回は弾薬を取りに行かせて、そのあいだにいなくなったでしょう。今度はそうはいかない」

バルジョールは愕然として顔をしかめた。「娘よ、気は確かか？　駄目に決まっている！」

わたしはバルジョールに同意していった。「ダイアナ、駄目だよ」

ダイアナは大声でいった。「父さん、アディの身が危ないのよ！　わたしが助けられる。ジム、子供扱いしないで！」

ダイアナにはわからないのだろうか？　彼女が来れば、わたしの意識は分散する。アディのことだけを考えなければならないのに。「ダイアナ、わたしの身になって考えてほしい。あなたを危険にさらすことはできない」

向きを変えて行こうとすると、ダイアナがわたしの腕をつかんだ。「ジム！　将軍のように考えて！　わたしは男の人とおなじように、命令どおりに動ける」

わたしがためらうのを見て、バルジョールは髪を掻きむしり、唸り声をあげた。ダイアナは口をぎゅっと引き結び、梃子《てこ》でも動かぬ様子だった。アディの危機とあっては、いずれにせよダイアナは駆けつけるだろう。わたしがいても、いなくても。だったら、少しでもわたしがコントロールできる場所にいてもらったほうがましだった。

「わかりました」わたしはため息をつき、ダイアナの安全をどうやって守ろうかと考えた。

「大尉！」バルジョールが大声で呼んだ。「さあ、これが必要になるだろう」さっと近寄ってきたバルジョールから、リボルバーを手渡された。アディのウェブリー・リボルバー、二挺のペアのうちの一方だった。弾丸が込められていた。

ありがたく受けとって、きちんとしまった。今度こそ、サドルバッグのなかに置き去りにしたりはしない。

「どういう計画なの？」厩に向かって走りながら、ダイアナが叫んだ。

計画？　そんなものはなかった。

アクバルの手紙はわたし宛だった。呼びだしたいのはわたしであって、アディではない。これは個人的な問題なのだ。ボクシングの試合に負けただけではない――バイラムの論説で、アクバルはお尋ね者になった。船は押収され、試合の結果に大金を賭けていたせいもあって、手持ちの資金が大幅に目減りしているはずだった。アクバルは名声と財産の両方を失ったのだ。隠れたままでいることもできるが、そのつもりはないのだろう。アクバルは激怒している。さらに危険になっていた。

どういう計画でいくか？　わたしはその場で考えた。「マッキンタイアが到着するまで、わたしがアクバルを止めておきます」アクバルを止め、アディや自分が殺されないようにする。

わたしたちはすばやく馬に乗った。わたしは肩越しにダイアナにいった。「マッキンタイアを待って！　ダイアナ、なにがあってもグルングと一緒にいてください」

グルングが役割を理解したのを確認すると、意を決して雌馬を先へ進めた。ダイアナとグルングはうしろからついてくるだろう。

馬を急かして舗装道路を飛ばしているあいだに、時計塔の鐘が七回鳴るのが聞こえた。

まさか。まだ八時にはならないだろう？

鐘がもう一度鳴った――海沿いの道、クイーンズ・ネックレスを駆け抜けているあいだに。それからまた八回鳴った。いったいなんだ？

アディか。生きているのだ。カリヨンの部屋に入って、必ずわたしの耳に届くような警告を発しているのだ。

広場を突き抜け、手綱をぐいと引いて、牛のつながれた荷車をよけながら高等裁判所を通り過ぎた。心臓が激しく鼓動を打っている。何時だ？　木の枝が繁り、上のほうにある塔の時計が隠れていた。塔のロビーに着くと馬から飛び降り、鼻を鳴らす雌馬を置いて、リボルバーを手に狭い螺旋階段を駆けあがった。天井が低いので前屈みになって走る。両脇の冷たい石壁が腕をこすった。

　わたしがバルコニーのドアに着いたとき、鐘は鳴っていなかった。アディはどこだ？　音はなく、狭いスペースに自分の呼吸音だけが響いた。半開きのドアからなかを覗き、なにに足を踏み入れることになるのか判断しようとした。

「姿を見せろ、大尉！」外のバルコニーからアクバルが呼んだ。足音を聞かれたのだ。

　結局のところ、選択肢などなかった。わたしは銃を構えて踏みこんだ。

　鮮やかな深紅の空を背景に、アディが欄干にまたがっているのが見えた。一方の脚は外側にさがっている。両手は体のまえでまとめて縛られていた。

　アクバルはきちんとしたスーツ姿でアディの横に立っていた。ボンド・ストリートを闊歩する紳士のように颯爽としている。

「やっとおでましか」アクバルがいった。「時間ぎりぎりだな」

　撃鉄を起こし、リボルバーを向けた。「アディを放せ」

　アクバルの笑みが大きくなった。一方の手をアディの胸に当てている。「膠着《こうちゃく》状態というわけか、ええ？　そっちにはリボルバーがある。おれにはおまえの友人がいる。女のはずだったが、かまわない。こいつで充分だ」

　アディがいった。「くそっ。ジム」アディの顎から血が滴《したた》った。苦痛に口を歪めている。〝餌〟にされるのがいやなのだ。一度はアクバルの手から逃げだしてわたしに警告を送り、罰として顔に一撃を受けたのだろう。アクバルが一押しすれば、アディは欄干を越え、妻のところへ行くことになる。アディの落下を止めるものはなにもなかった。

　何もない？　いや、持ちこたえるための道が一つあった。だが、どうやって伝えたらいい？

わたしは大声で呼びかけた。「アディ、ダイアナは無事です。彼女はわたしにしがみつき、両腕を首に回してきました」

アディが目を見ひらいた。わたしのいいたいことを理解しただろうか？　わからなかった。

「おまえ！」アクバルが激怒して唾を吐いた。「混血野郎が！　ダイアナは——パールシーの姫だぞ」

アクバルの手がアディのシャツを握っていた。顔はピクピク痙攣し、正気を失いつつあるようだった——なぜだ？　ダイアナとわたしのことなど知らないはずなのに。どうしたらアディを引き戻し、わたしと交換させられる？　わたしは撃鉄を戻し、拳銃をあげた。

「ほんとうの狙いはわたしだろう。アディを放せ」

アクバルは目をギラギラさせながら次の行動を計算した。「銃を置いて、蹴り飛ばせ」脅しを実行するかのように、アクバルはアディの胸に置いた手を押しだした。アディの転落を防いでいるのは、握られたシャツだけだった。

体が傾き、アディは膝で欄干にしがみつこうとした。アクバルに突き落とされればそれではなんの役にも立たない。

「わかった！」わたしは拳銃を掲げ、次いで身を屈めて地面に置いた。「さあ！　そっちの勝ちだ」

ところがこれはアクバルをなだめるどころか、激怒させたようだった。

「おまえは手を出すべきではなかった！　おれにはインドを取り戻すチャンスがあったのに！」アクバルは噛みつくようにいった。顔は怒りの仮面と化している。「おまえは船の邪魔もした。プリンセス・ストリートで殺しておくべきだった」

アクバルの気を逸らすために、わたしは大声でいった。「妹のチュトゥキを。なぜあの子を連れていったた？」

アクバルは歯を剝き出してにやりと笑った。「つらかったか、ええ？　だったらそこでやめておくべきだったな」怒りもあらわに口を歪めて、アクバルはつづけた。「おれは皇帝になるべき人間だった！　それがおれの運命だった！」

アクバルは手のひらを突きだし、アディの胸を押した。

二つに一つだった、ほんとうにどちらか一方しかできなかった。銃を撃つか、友人をつかむか。

「だめだ！」わたしはアディが落ちそうになるところへ駆け寄った。

だが、アディにはわたしのメッセージが通じていた。いや、もしかしたら本能のままに行動しただけかもしれない。手首のところで縛られて輪になった腕をアクバルの頭の上からかぶせ、首を捉えた。予想外のアディの体重がアクバルの体を欄干の外へ引いた。

それで時間が稼げた――手を伸ばし、アディの服を握って欄干の向こう側から引き戻す、ちょうどそれだけの時間が。腕がもつれ、アディはアクバルから離れようともがいた。

アクバルは不満の雄叫《おたけ》びをあげ、つながれた雄牛のようにわたしたちに向かってきた。怒りにまかせてつかみかかり、拳を振りまわし、手を突きだしてきてわたしの目をえぐろうとした。そのあいだに、わたしはなんとかアディの縛《いまし》めを解こうとした。ようやくアディの手が自由になった。わたしはアディをぐいと横に押しやった。だが、いまやアクバルのヘッドロックに捕まっていた。アクバルの肘が首のまわりをきつく締めている。

なす術《すべ》もなく、息を詰まらせながら、わたしは恐怖に満ちたアディの視線を捉えた。指が虚《むな》しくアクバルの鋼鉄のような腕を引っかいた。喉にものすごい圧力がかかっている。視界が薄暗くなりはじめた――もう長くはもちそうになかった。

耐えろ。立て。立てはしなかった。だから沈みこんで、全体重をアクバルの腕にかけた。アクバルはバランスを崩してまえのめりになり、締めつけを解いた。

身をよじり、喘いだ。肺が空気を求めて悲鳴をあげる。息をしろ！　燃えるような喉を押さえながらよろよろと立ちあがり、後ずさった。アクバルはわたしから目を離さなかった。

お互いに間合いを測りながら、わたしたちは円を描くように動いた。アクバルが進みでた。手にウエストのあたりから引き抜いたものを持っている。一方、わたしは喘ぎながらさがった。

敷石を踏む蹄の音が階下から聞こえた。マッキンタイアか？　ここまでずいぶん時間をかけたものだ。

アクバルの腕がカーブを描きながら伸びてきた。くそっ。ナイフを持っている。

ぎりぎりのところで身を引いた。刃がかすめて顎が切れ、ヒリヒリと痛んだ。温かい血が喉に滴った。

腰のうしろが欄干にぶつかってハッとした。もうスペースがない。

怪我をした肩にアクバルの拳が降ってきた。痛みだけがいまのわたしを突き動かしていた——見えるのはアクバルだけだった。

アクバルが笑みを浮かべた。「バラバラにしてやる」刃が切りつけてきて、間一髪のところでよけると、返す刃でべつの場所を切られそうになった。

アクバルの手首をつかみ、前腕で相手の前腕を押し返した。

最初は互角だったかもしれないが、いまやアクバルのほうが優位に立っていた。アクバルにはナイフがある。わたしの肩は、役立たずになった右腕の重みで悲鳴をあげていた。

軍にいたときには、致命的な一刺しとなりうる弾丸がヒュッと通り過ぎていく音を聞いて、これが人生最後に聞く音になるかもしれないと思ったものだった。

いまは緊張が高まるにつれ耳鳴りがした。アクバルの恐るべき巨体を押し返すには、一方の腕だけでは弱かった。

わたしの苦境を察して、アクバルは目を光らせた。ボクシングをはじめたばかりのころは、たくさん負けた。勝敗が決するのがわかる瞬間があった。結果が明らかに避けられないもの、変えることのできないものに感じられた。いままたその感触があった。どう決着がつくか見えた気がした。アクバルはわたしを殺したあと、ドアのそばにうずくまっているアディに襲いかかるだろう。

「アディ」詰まりそうな喉でいった。「行け！　逃げろ」

もうアクバルを押さえておけなかった。巨体に体を押しつけながら、疲れきって震えた。わたしはここで死ぬのだ。レディ・バチャも、この石の上で最後の戦いを挑んだとき、こんなふうに感じたのだろうか？

レディ・バチャはいかに死ぬかを自分で選んだ――それを取りあげることは誰にもできなかった。わたしもおなじだ。まだ最後の切り札があった。できれば使いたくなかった切り札が。わたしたちはすでに欄干のそばでシーソーのような状態にあった。身を乗りだし、アクバルの驚異的な力でさらに押されていた。わたしが横に体をひねれば、二人一緒に欄干を越えることになるだろう。

問題は、それをアディに見せたくないことだった。首のそばに刃があったので、顔を動かしてアディを探すことができなかった。代わりに、ドアへ向かう足音が聞こえないかと耳を澄ました。行け、アディ、逃げろ。

「チェックメイトだ」アクバルが歯の隙間から絞りだすようにいった。

「なぜこんなことを？　フラムジー家の女たちだ。なぜ二人を殺した？」わたしは叫んだ。アクバルの気を逸らそうとする最後のあがきだった。

アクバルは冷笑した。「女たち？　なぜ気にする？　ただの役立たずの女じゃないか」

刃が近づいてきて、冷たいキスのように肌に触れた。アクバルの息が顔にかかった。

聞きまちがいようのない音がした。拳銃の撃鉄を起こす音。アディ？　ドアのそばにあるはずのわたしの武器を見つけたのだろうか？

ダイアナの声が空気を切るように響いた。「彼を放しなさい」

アクバルの笑みが大きくなり、完璧な歯がすぐそばに見えた。「警告したはずだぞ、ダイアナ」

「こっちだっていったはずよ！　わたしの家族に近づかないで！」ダイアナが叫んだ。

いったはず？　知っていたのか。ダイアナはアクバルを知っていたのか！　体から力が抜け、刃が食いこんでくるのを感じた。

そばで銃声が轟き、耳が聞こえなくなった。

アクバルは驚いた顔をした。それからわたしを道連れにして倒れた。アクバルともつれあい、痛みにどっぷり浸かって、目のまえが暗くなった。いくつかの手がわたしを引っぱり、ひっくり返した。頭が板石にぶつかった。誰かの吠えるような大声が反響し、やがて消えた。

わたしは感傷に浸った。物心ついたときからずっと家族に憧《あこが》れていた。誰かを愛したかった。いまになって愛を知ったが、愛は痛かった。愛は身の内を焼き、内側から体を引き裂いて外に出ようとし、いま首に感じているズキズキする痛みよりも鋭く切りつけてきた。体のなかにあるドロドロしたものがより重く感じられ、体内を満たし、喉を詰まらせ、奥深くに流れこむだけでは済まず、外に溢れでた。わたしはダイアナだけでなく、家族全員を愛した。いつも冷静な友人のアディ。バルジョール――信頼できる協力者だった、わたしが言いつけに従わなかったときでさえ。フラムジー夫人の温かいまなざしには信頼がこめられていた。チュトゥキは、いつも一緒にいてくれた。ラザークの熱烈な笑顔。小さなパリマルとハリの体の温かい重み。甘いにおいのする乳児のバーダル。みんなまだ一緒にいた。わたしは彼らのもとを去ったわけではなかった。

薄暮の空に一握りの星が散っていた。遠くにかすかに赤と金の筋が見え、上から青いカーテンが下りつつあった。手がわたしの顔に、それから首に触れた。

ダイアナ。

ダイアナの顔に光が散った。唇が動くのが見えたが、ほとんどなにも聞こえなかった。わたしは唇の動きを追った。「ジム!」それから「アディ、息をしてるわ!」

わたしの体の上でダイアナの両手が震えた。なにかが首に押しつけられた。強い圧迫感があった。バルコニー中でたくさんの声が割れ、カタカタ鳴り、小石のように落ちて転がった。そういえば、気を失う直前になにか恐ろしいことを知ったような気がする。なんだったか? 震える息を吸いこみ、手を持ちあげてダイアナに触れ、思いだした。それはアクバルのナイフより深くわたしに切りつけ、体のなかにあるあのドロドロしたものに届いた。ドロドロは、いや、ちがう、おまえがまちがっているのだ、嘘だ、といっていた。

言葉がゆっくりと形を取って、かすれ声とともに出てきた。「アクバルを。知っていたんだね。最初からずっと」

わたしは家族の一員に、彼らの一部に、彼女の一部になりたかった。けれどもダイアナは、わたしが思っていたような人間ではなかった。

わたしはすべてを手放した。

66

　翌日、ドクター・ジェイムスンはわたしを病院に留めおき、そのあいだマッキンタイア警視がわたしを質問攻めにした。とにかく眠った。ジェイムスンがいつも持っている注射器に文句をいいながら、しゃべっている途中で眠りに落ちたりした。

　ボンベイは雨季に入り、雷鳴が低く唸ったかと思うと、次の瞬間にはとてつもない轟音が響いた。病院から出せとジェイムスンに悪態をついているあいだも、雨は屋根をたたき、窓を殴った。

「おいおい、大尉、総督が回答を求めているんだぞ」

マッキンタイアが大声でいった。

　頭がズキズキ痛み、肩は動かないようにきつく固定されていたので、なにをするにも少しずつしか進まなかった。

　そのあいだじゅうずっと、ダイアナの裏切りが身を焼いていた。ダイアナは英国でアクバルと会っていたにちがいない。アクバルはオックスフォードに通っていた――なぜいままで二人が海外で出会っていた可能性に思いいたらなかったのだろう？　なぜだ？　ダイアナは二人の関係を意図的に隠していた。暗く不吉な疑念が蛇のように頭のなかを這いまわった。

　翌朝、わたしがどうしても出ていくつもりなのを見て取ると、ジェイムスンはオーダリーの一人にわたしを下宿まで送らせた。荷物は大半がまだ箱に入ったままだったので、いくらか時間をかけて、片手で、ほとんど関心も持てないまま荷解きをした。粉炭の壜や顔用の塗料、白いチョーク、鏡、ブラシといった変装の道具は、木枠の箱に入れたままにしておいた。

　正午になると、下宿の使いの少年が食事に下りてくるようにと伝えに来た。食欲もなく、話し相手がほしい気分でもなかったので、食事を断った。四時には厨房からお茶を持ってきてくれた。窓辺でそれを飲みながら薄暗い外を眺める。雨が屋根板の上で跳ね、通りで散っていた。

わたしが雇われたとき、ダイアナは熱心に調査に協力したがった。いまになってみれば、彼女の探るような目が語っていたのはわたしへの興味ではなく、疑問だったのだ。ダイアナはわたしを信頼して彼女自身の秘密を委ねただろうか？　そうはしなかった。

ダイアナは最初からずっと、脅威の源《みなもと》がアクバルだと知っていた。二人は友人同士だったのだろうか、あるいはそれ以上の関係だったのだろうか？　舞踏会のとき、アクバルはずっとダイアナを見つめていた——恋愛感情があったのか？　ダイアナはまったくアクバルを顧みなかった。ラニに紹介されてほんの二メートル足らずのところに立っていたときでさえ、小さな会釈の一つもしなかった。二人の関係を隠すための合意があったのだろうか？

その後、ダイアナはわたしに踊ってくれといってきた。

あの甘やかな時間が想起され、思わず顔をしかめた。いまはあの魔法がわたしを焼いていた。ダイアナは舞踏会で王族に関する情報をたくさん集めてくれた。だが、ランジプートについてはすでに知っていたのだろう。彼女がわたしの手に触れたのは？　あのときは、ダンスを終わらせたくない気持ちの表れだと思った。あれも偽りだったのだろうか？　そしてあのクロークルームでは、わたしを大事に思ってるといったのに！　家に帰る馬車のなかで囁かれた言葉も、あの抱擁も、嘘だったのか。

陶器の壺のところへ行き、金属のタンブラーで水を飲んだ。飲んでも飲んでも渇きが癒えなかった。サットンから持ちかけられたボクシングの試合でアクバルをおびき出すと話したとき、ダイアナは蒼白になり、わたしを罵って部屋から飛びだしていった。あれはわたしが怪我をすることを怖れたのか、それともアクバルを心配したのか。

「こっちだっていったはずよ！　わたしの家族に近づかないで！」時計塔でアクバルのナイフがわたしの首に触れたとき、ダイアナはそう叫んだ。何年もまえの痴話喧嘩《ちわうず》だろうか？　疑念がどんどん積みあがってわたしを埋めた。

ドアにノックの音がした。邪魔されたことがありがたく、同時に調子がくるって苛立たしい思いもしながら、足を引きずって部屋を横切り、ドアを大きくあけた。

「やあ！」わたしのボロボロの状態を見ながら、マッキンタイア警視が声をかけてきた。

わたしは息を呑み、入ってくださいと手を振った。

「お祝いかね？」マッキンタイアはテーブルからタンブラーを取ってにおいを嗅いだ。そして眉をあげた。

「酒じゃないな」

わたしは短く笑い、新聞を動かして椅子を空けながらいった。「座ってください」

「調子はどうだね？」マッキンタイアは腰をおろす代わりに窓辺のわたしのそばにやってきて、首に巻かれた包帯を顎で示しながら尋ねた。

「問題ありませんよ。フラムジー家の人たちに会いましたか？」わたしは尋ねた。

マッキンタイアは鋭い目でこちらを一瞥してからうなずいた。「昨日、供述を取った。ほとんどきみの話と一致した」

わたしが知りたいのはそういうことではなかった。

「みなさん元気でしたか？」

「息子はだいぶ回復した」マッキンタイアの唇がぴくりと引きつった。「ミス・フラムジーはちょっとやつれて見えたな」

ダイアナのことを思うと胸が痛んだ。カラチのあと、ありがたくも無感覚な状態に陥っていた時期があった。その奇妙な霧のなかからどうしてわたしは引っぱりだされた？　フラムジー事件だ……アディの手紙がわたしをこちら側へ引き戻したのだ。

マッキンタイアの潤んだ灰色の目をしっかり捉え、わたしはいった。「仕事がほしいのです」

マッキンタイアはいくつか質問をし、明日の朝警察に顔を出すようにといって帰った。わたしは荷解きに戻った。しかし衣類が目につくと、フラムジー家の人々から受けたたくさんの親切が思い起こされた。ダイアナに会いたかったが、会うのが怖くもあった。夢が終わりそうで。わたしはひどい愚か者だった。

その晩の後刻、ドアにノックがあった。誰かが訪ねてくるような約束はなかったので、戸惑いながらドアをあけた。

ダイアナが、うろたえた様子で立っていた。一人でわたしの下宿に来たのだ、世間体も顧みず、破滅の危険をおかして。やつれて見えたとマッキンタイアはいっていたが、それよりはるかに痛々しかった。ダイアナには秘密があった——英国時代のことになると、彼女が話を逸らしたのを思いだした。

だが、赤い顔をして髪もボサボサのままドアのそばに立っているダイアナを見ると、そんなことは大した問題ではないように思われた。

「わたしにいなくなってほしい？」ダイアナが尋ねた。

「まさか、ダイアナ」

カラチで仲間を裏切ってしまったと話したとき、そのことで自分を責めてはいけないとダイアナはいった。わたしを信じ、過去を手放してまえへ進むように求めた。わたしを臆病者とは思わず、わたしのことなら知っているといい張った。そんなはずもないのに。

ダイアナは、後悔に歪んだ、決心のつかないような顔をしていた。

わたしは礼儀を盾にとって逃げた。「ここにいてはいけませんよ」

ダイアナは首を振った。「あなたが病院にいなかったから」溢れた涙がサテンのような頬を伝った。

ダイアナはわたしの命だ。それはあまりにも明白だった、彼女が過去になにをしたにせよ。わたしが愛情を抱いたのは、ダイアナに機知が、心づかいがあったからだ。それをいまになって、どうしたら愛することをやめられるというのだ？ 知るべきことはすべて、苦悩半分、怒り半分のダイアナの姿が語っていた。

ドアを閉め、わたしはダイアナを抱きしめた。しばらくして呼吸が落ち着くと、ダイアナがしゃべっているのが聞こえた。ダイアナはすすり泣いていた。「怖かった。あの血！ だけどやらなきゃならなかった。どうしても」

「そうだね」わたしはいった。血。アクバルの話をしているのだ。

「ジム」ダイアナはわたしの首に向けて囁いた。「これなしで、どうやって生きていけるの？」

まったくだ！ ダイアナを抱えたまま、細い体が緊張するのを感じながら、わたしは壁にもたれた。航海を終えて港に停泊している船のような気分だった。ダイアナの裏切りに——わたしにとっては裏切りに見えるものに——ひどく打ちのめされていた。

しかしダイアナも苦しんでいた。わたしには想像のつかない罪悪感や苦悩に立ち向かっているようだった。彼女の体が鳥のように脆く、と同時に軽やかに、温かく感じられた。わたしに回した腕には必死の力がこめられていた。これなしでどうやって生きていけるだろう——ダイアナはたったいま、なにが自分を苦しめているのか話したのだ。その静かな告白がわたしを溶かした。

「修復すべきもの、つくるべきものを探すんです」わたしはダイアナの髪に向かっていった。「そうしているうちに時間は過ぎる」

ダイアナはわたしを見あげ、無精ひげの生えた顎に指で触れた。「わたしの気分とおなじくらいひどい見かけ」

彼女が触れている場所に笑みを浮かべて、わたしはいった。「あなたは……すてきですよ」

ダイアナは小さく苦々しい笑い声をあげた。「嘘つき」そういって顔をしかめた。「ジム、ほんとうにごめんなさい」

「あなたはアクバルを知っていた」その言葉がわたし自身を切りつけた。「それなのに、なにもいわなかった」

ダイアナは身を引き、熱心に訴えるようにいった。

「ジム、聞いてくれるなら説明する」

わたしは息を呑み、うなずいた。

ダイアナは口もとを歪めた。「理解してもらえないかもしれない。あなたは女じゃないから。世間は男と女が挨拶をする程度の仲であることを許さないものなの。女は無垢《むく》であるか、ふしだらであるかの二つに一つ。中間はない。もしわたしがロンドンの舞踏会でアクバルと出会ったと話していたら、あなたはそこになにを読み取った？　アクバルがわたしを口説《くど》いたか、とか？　わたしがそれを助長したんじゃないか、とか？」

怖れていた話だった。わたしはダイアナの目を探った。「したんですか？」

弾けるように言葉が出てきた。「わたしは友達だと思っていたの。だけど、ジム、アクバルはわたしを脅したのよ。四年まえ、ロンドンで。わたしのまえから消えてといってやった」

「脅したって、どんなふうに？」

ダイアナはいったん唇を固く結んでからつづけた。

「わたしが彼の要求をはねつけたら、激怒して。思わせぶりな女め、後悔させてやるっていわれたのよ」

「ダイアナ、なぜそういってくれなかった?」

ダイアナは訴えるように首を振った。「こんなこと、だれが信じてくれるっていうの? それに父はどうしてもわたしにいい結婚をしてほしいと思ってる——こんなことをいったらすべてぶち壊しでしょう。どっちみち無駄だったけれど。父がお見合《カステガーリ》で相手の家系とか、財産とか、親戚関係なんかを吟味するんだけど、この人は無理っていつも思うもの。だんまりだったり、反対にしゃべり過ぎたり。ばかばかしいお世辞はいうけど、女と政治の話はしたがらなかったり。そんなの耐えられない。でも父は熱心にいい相手を見つけようとしてる。その父に、スレイマンと知り合いだったなんていって失望させることはできなかった」

「わたしには話してくれてもよかったのに」

ダイアナはつらそうな声でいった。「話せなかったのよ、ジム! わたしを見る目が変わると思ったから。あなたを失うことはできなかった。もし失うことはないと確信できていたら、いえたと思う。でも実際はこのとおり。わたしは躊躇した。話せたときには遅すぎた」

ダイアナの説明には、雑然としたところはあったけれど、真実味があった。ダイアナの不安や、彼女がシムラーへ発つまえに切羽詰まったような顔をしていた理由がいまは理解できた。あのとき、ダイアナはキスで二人を結びつけようとしたのだ。わたしは唇をダイアナの額につけた。

ダイアナが囁いた。「許してくれる?」

「ふうむ」ラベンダーと石鹸の香りに襲われ、あのドロドロしたわたし自身の切望で胸がいっぱいだというのに、許さずにいることなどできるだろうか。無言の時間が過ぎた。しかし、二人でずっとここにいることはできなかった。時間はぶっきらぼうな将校のように行動を要求し、決断を迫った。ダイアナとわたしが一緒になるために、なにができるだろう?

ダイアナが身動きしていった。「あなたはこれをつづけるの？　べつの謎を見つけて、問題を解決する仕事を？」

わたしは居心地がいいようにダイアナの体をかすかに動かしていった。「アディのために働くことで、わたしは正気でいられた。あなたは、ダイアナ、カラチのことでわたしの記憶がまちがっていると教えてくれた。わたしがやっていけるのは、あなたのおかげだ」

「ジム。わたしもそうするべきなの？　なにもなかったかのように、やっていくべき？」

ダイアナのつらそうな姿を見ると、何度も切られた場所をまた切られるような思いがした。体を離すと、ダイアナはいった。「道があるはず。二人で一緒にいるための道が。身支度をして、夕食に来てくれる？わたしは先に階下に行って、馬車で待っているから」

67

夕食のあいだ、ダイアナはロンドンでアクバルと知りあったことを両親に話し、答えづらい質問にも答えた。皿がさげられたころ、わたしは尋ねた。「アディ？　マッキンタイアから、誰がアクバルを撃ったのか訊かれました。わたしは答えませんでしたが。あなたですか？」

アディは首を横に振った。「リボルバーはドアのそばで見つけたんだけど。縛られていたせいで両手が痺れていて、狙いがつけられなかった。壁のそばに二人で団子になっていたから、危険はおかせなかったんだよ。そこにダイアナが来て、あなたが叫んだときにアクバルを撃った」

これは驚いた。「あと一秒遅かったら首を切られていましたよ」わたしは傷に触れ、ダイアナのほうを向いた。「どこで射撃を習ったの？」

ダイアナは顔を赤くした。「友達のエミリー＝ジェインに教えてって頼んだの。ライフルはとても無理だった――肩が痛くて。でも彼女のお父さんが持っていたレミントンの拳銃は撃ちやすかった」

やれやれ。上手になってよかった。「わたしがいま生きているのはそのおかげですよ。ありがとう、ダイアナ」それからアディのほうを向いて、努めて軽い調子でいった。「サー、約束どおり、新聞記事にはなりませんよ。だけど、アディ、すべてが忘れられたころ、本でも書こうかと思います」

「やめてくれ、大尉、お願いだよ！」アディはびっくりして叫んだ。それからわたしがにやにやしているのに気づくと方向を修正した。「少なくとも百年はやめてほしいね」

バルジョールが轟くような笑い声をあげ、ほかのみんなもくすくす笑った。わたしはにっこりした。これで、残るはバルジョールの説得だけだと、ダイアナの輝くばかりの笑顔を見ながら思った。

ガンジューがデザートを載せたトレーを手に入ってきて、わたしのまえにも一つ置いた。丸まったウエハースのようなものから雲みたいな白いクリームが溢れている。黒いシロップの筋が皿の上できらめいていた。そのおいしそうな一品を見ていると、スプーンで崩すのがためらわれた。

皿の上に芸術的に描かれた渦巻き模様を見つめていると、フラムジー夫人が気づいて説明した。「チョコレートを溶かしたものよ、シュークリームにかかっているのは。これはプロフィトロールというの」それから真面目な顔で、わたしの視線を捉えていった。「この一件が終わったら、あなたはどこへ行くの？」

アディが動きを止めた。わたしはダイアナを盗み見た。「まだわかりません、マーム。この事件より先のことはなにも考えていませんでしたから」

ちょうどそのとき、ジジ・バーイーがフラムジー夫人の耳になにやら囁いた。夫人は立ちあがり、口もとをちょっと拭いていった。「おやすみなさい、みなさん、わたしは小さい子供たちを寝かしつけなければならないので」わたしが立ちあがるのを見て、フラムジー夫人は自然なしぐさで手を差しだした。「大尉、この怖ろしい事件が片づいて、わたしたちはほんとうにありがたいと思っているんですよ」

わたしは感極まって、夫人の手を両手で握った。「ミセス・フラムジー、いろいろとありがとうございました」

夫人が席を立ったあとの静けさのなかで、アディとダイアナが目を見交わした。

「ジム、選択肢ならいろいろあるよ」アディが提案した。

「そうだよ、大尉!」バルジョールがいった。「プランテーションの経営はどうだね? ウーティに行ってもらうこともできる。それとも、シムラーでホテルを建てる仕事のほうがいいかな?」

「ジムにはマッキンタイア警視から仕事の申し出があったの」ダイアナがいった。「ジムはボンベイに残るのよ。それで、わたしたち——」

バルジョールはスプーンを置いた。「ダイアナ。それは軽率なおこないだと、わかっているだろう」厳しい視線がダイアナを通り越してわたしまで届いた。

「社会にはルールがあるんだ、ダイアナ。それを破れば、相応の結果が伴う。友達のコーネリアは二十四歳で独身だろう。あの子の父親がキリスト教に改宗したとき、一族の人々は彼と縁を切ったんだ。われわれだって、パールシーの友人みんなからつながりを絶たれるかもしれない。暮らしが立ちゆかなくなる可能性だってある!」

では、なにも変わっていないのだ。レディ・バチャとミス・ピルーの名誉は挽回《ばんかい》した。アクバルとカシムは裁きの場に引きだされた。アディが強請られる心配もなくなった。それでもダイアナとわたしは海一つ挟んだほど遠いところにいる。ただわたしがパールシーの生まれではないからというだけで。なにがあろうと、その一点が障害として残るのだ。

わたしは尋ねた。「サー、あなたに祝福してもらうためにはどうしたらいいのですか？」

バルジョールは下を向いて両手で額を押さえ、うめいた。「大尉、これは私だけの問題ではないのだよ。アディの将来も、孫たちの将来も懸かってくる。アディは弁護士見習いだ。仕事がもらえなくなるだろう」

アディは背筋を伸ばした。「父さん、やめて。ぼくのことはいいから。自分のことはなんとでもする」

ダイアナがいった。「父さんの意思に反したことだと、みんなに思わせることはできないの？　わたしたちを放りだせばいいのよ、表向きは。そうすれば、誰も父さんを責めたりできないんじゃない？」

バルジョールはダイアナを睨みつけた。「娘よ、私に嘘をつけといっているのか？」

顔を蒼白にしながらも、ダイアナは顎をあげていった。「そうよ！　充分な理由あってのことだもの」

バルジョールはひるんだ。口がへの字に曲がった。「大尉のことを殴ったりしなきゃならんのか？　そのうえ、おまえたちに会うたびに他人のふりをしろと？　考えてごらん、ダイアナ！　なんてことを頼むんだ」

父親にじっと見られてダイアナがたじろぐと、アディがいった。「ダイアナ、自分で選ぶんだ。許可なんて必要ない！」

その言葉に全員がショックを受けた。わたしはびっくりして目を見ひらいた。アディは完全にわたしたち、ダイアナとわたしの味方なのだ。父親に逆らってまでも。

「アディ！」バルジョールが睨みつけた。「なにをいっている？　妹が家族に、私に逆らうように仕向けるつもりか？」

引きさがるのを拒んで、アディはいった。「ダイアナ、ジムと一緒に行けばいい。誰にも止めることなんかできないんだよ」

バルジョールの表情が虚ろになり、次いで苦々しげな皺が寄った。こういう顔なら知っている——裏切られたと感じているのだ。ここにいるのは、わたしがパターン人の変装を解くところを見て、わたしの帰還を喜び、抱きしめてくれた人物だった。あの自然なしぐさの記憶が感情を揺さぶった。

「駄目だ」わたしは声を詰まらせながらいった。「駄目ですよ」

フラムジー一家を——一家全員を大事に思っていた。彼らはわたしを受けいれてくれたうえ、惜しみなくやさしさと信頼を寄せてくれたのだ。その彼らが仲たがいをするなんて——わたしのせいで！

「ジム」ダイアナが囁き声でいった。「わたしは二人のために闘いたい」

「こんなふうには駄目だ」わたしはいった。「ダイアナ、できないよ……」言葉が喉に詰まって出てこなかった。発射されるのを拒む弾丸のように。

「そう、できない、わたしたちの人生を、家族の人生の残骸の上に築くなんて」ダイアナは沈んだ声でいった。

わたしたちの人生。そういったのだ。一緒の人生。

ダイアナがバルジョールに尋ねた。「もし嘘じゃなかったら？　もしわたしがいまここから、ジムと一緒に出ていったら？」

わたしは背筋を伸ばしてダイアナを見つめた。ダイアナは家族を捨てるつもりなのか？

わたしが驚いているのを見て、ダイアナはいった。

「ジム、もしわたしがあなたと行くとして——いますぐよ、こんなふうに、持参金《パイサ》もなく――あなたはそれでもわたしを受けいれてくれる？」

わたしはそれを聞いて微笑んだ。ほんとうにその答えがわからないのだろうか？ ダイアナが笑みを返してこないので、わたしはいった。「もちろんだよ、ダイアナ。いつだっていい」

ダイアナはゆっくり息を吸いこんだ。「そう、わかった。だったら嘘にはならない。わたしたちが駆け落ちすれば、父さんの責任にはならない」

バルジョールは額を揉みながらいった。「娘よ、醜聞はどうする。スキャンダルが引き起こす母さんの心痛は」

ダイアナは身をすくめ、唇を嚙んだ。

アディが咳ばらいをしていった。「べつの解決方法を思いついたよ。問題がパールシーのあいだでのことなら、彼らの意見を変えさせればいい。バイラムがジムの名前を公表して、ジムの来し方を記事にすればいい。そうすれば、ダイアナがジムと結婚したことで父さんとの付き合いをやめるなんて、ワディア家にもプチ家にも恥ずかしくてできなくなるよ」

バルジョールは首を振った。「アディ、それでは駄目だ。これはプチ家とかタタ家とか、そういった人々だけのきまりではないんだよ。われわれ自身の親族も、純血であることに重きを置いている。彼らにとっては人種が重要なんだ。血筋が問題なんだよ」

アディは背筋を伸ばした。「でも、ジムの父親が誰かぼくたちは知らないじゃないか。もし父親がパールシーだったら？」アディはわたしのほうを向いていった。「ジム、ほんの少しでもその可能性はない？」

弁護士らしいアプローチだった。しかしそれでも駄目だった。わたしはいった。「アディ、わたしを見てください。父親が英国人であることは明らかでしょう。名前も。ジェイムズはイギリス人の名前です」

バルジョールがうなずいた。わたしたちは似ているのだと思う、安易な道を選ぶことをよしとしないところが。真実それ自体が重要なのだ。

「ジム！」ダイアナが苦悩に満ちた囁き声をあげた。そして突然立ちあがると、拳を口に当てて部屋を飛びだした。

それからしばらくして、わたしも暇乞いをした。鉛のように重い足で広い階段を降りながら問題をあれこれ考えた。ダイアナはわたしを愛してくれている。わたしがほしいと望むのはダイアナだけだった。ダイアナがいれば、わたしの将来は喜びと冒険に溢れていた。ダイアナがいなければ、人生は果てしなくつづく孤独で暗い道だった、生活のためにどんな仕事をしようと。

それでも誰かを犠牲にするつもりはなかったし、ダイアナにそれを頼む気もなかった。フラムジー一家が払う代償はあまりにも大きい。もしわたしが、伝統を捨ててくれと説得してダイアナと結婚したら、スキャンダルが一家を呑みこむだろう。ダイアナその人を害することができないのとおなじように、ダイアナの家族を傷つけることもできなかった。

フラムジー邸を出て、真っ暗な夜の闇へ通じる裏通りを歩いた。心のなかも夜とおなじように暗く、なにも見えなかった。トマス神父の言葉が体に重く感じられた。「闇を入れてはいけない」

わたしは二つの世界を旅してきた。軍隊生活と、インドの田舎。どちらも居心地よく感じられた。まるで心臓が二つあるかのようだった。フラムジー家では東洋と西洋が混じりあっており、それはわたしにも合っていた。しかしここでも居場所がなかった。自分の居場所を、これから自分でつくらねばならないのだ。

フラムジー夫人が話すときのやわらかい抑揚が耳を撫でた。母の懐中時計に指で触れ、自分の子供のころのことを思いだそうとした。母の香りをまだ覚えていた——ビャクダンのお香とジャスミンのにおい。ジャスミンの花をつなげたものを髪に飾っていたのをうっすら思いだした。しかし、家族がどういうものか知ったのは、このアディの家を見たときだった。妻の肩にかけられたバルジョールの手。アディがなにかまちがえそうになったときに鋭くチェックするダイアナの目。これこそ家族だ。だが、わたしはその一員ではなかった。

バルジョールに抱きしめられたことを思いだすと顔が曇った。寛大で、正直で、強靭な、あんな父親がいたらよかったのに。フラムジー夫人は温かく受けいれてくれた。わたしに食事をさせるときのうれしそうな顔。頬に触れた手。これらはかけがえのないものだった。一つにはわたしにとって珍しかったからだが、そ

68

この私道を歩くのは二週間ぶりだった。ダイアナのもとを去ったときの痛みを思いだしながら、夕闇のなか、砂利を踏みしめる。前方ではフラムジー邸が輝いていた。色彩と明かりでまばゆいばかりだった。

白い大理石の柱に巻きつけられたチュベローズの花《はな》綱《づな》が、広い階段にいい香りを放っていた。きょうはアディの十歳の弟が、海運業を営む一家の少女と婚約したのだ。バルジョールは帝国を広げつつあった。

ドアはわたしのために少しあいていた。ダイニングルームから響いてくる笑い声や会話に、なにか話しているらしいバルジョールの轟くような声が交じった。

立ち止まり、玄関ホールに座りこんで耳を傾けた。

れよりも、ほんとうに誠実に、惜しみなく与えられた好意だったから貴重なのだ。

お祝いの音がホールに漏れてきた。バルジョールのよく響く低い笑い。わたしの体のどこかにあるハープを爪弾《つまび》くようなダイアナの笑い声。ダイアナの奏《かな》でる音楽がわたしのなかに居場所を見つけ、そこに落ち着くと、その重みが再び確認された。わたしたちの別れは、ダイアナを壊しはしなかった。

子供の忍び笑いが空気のなかを転がるように伝わってきた。真珠のような、貴重な音の粒。わたしは立ち去るべきだった。

言葉では表現できないほど心を動かされ、玄関ホールの階段に座ったまま耳を傾けた。彼らの声を聞いていると、わたしのなかの落ち着かない部分がなだめられた。川のなかの銀色の波紋を、触れたいと思いながら眺めているときのように。ダイニングルームでは、アディの弟が質問に答えていた。彼の言葉につづいてどっと笑う声が聞こえ、わたしの口もとにも笑みが浮かんだ。

喜びはこういう瞬間につくられるのだ。一つ一つは取るに足りないものでも、積みあがって石柱になる。その石柱は変化することなく頑丈で、なにかがうまくいかないときに寄りかかれるものになる。それを守るためにわたしは自分の役割を果たしたのだから、聞いて楽しむくらいはいいのではないか。

足音がして、ブランド物の革靴が急ぎ足で近づいてくるのに気がついた。アディがデカンタを持って客間から出てきて、わたしが暗がりに座っているのを見つけると立ち止まった。

「大尉！」びっくりしたようなアディの声が、大理石の上に響いた。「なにかあったの？」

わたしは立ちあがった。「万事問題ないですよ、サー。お祝いにすっかり遅れてしまいました。帰ります」

「ジム、なにを馬鹿なことを」アディはわたしの肘をつかんで、ダイニングルームのほうへ引っぱった。わたしが尻込みすると、アディは薄明かりのなかでわたしを覗きこんだ。

「来て」デカンタをひょいとあげてみせ、アディはわたしに先だって客間へ向かった。

わたしはついていった。アディにいわなければならないことがあったのだが、どういったらいいかわからなかった。静かな客間のほうが都合がよかった。

アディは父親がいつもやるようにウイスキーを二杯注いだ。出会ったころよりも背が伸び、自信もついたように見えた。

わたしはどうだろう？　フラムジー家から気前のいい報酬をもらったおかげで手もとに資金はできたけれど、疲れきって、駆け出しの記者だったころよりはるかに年を取ったような気がした。ぼろぼろの兵士だったころのほうがまだ希望があった。角を曲がった向こうによりよいものが待っていると思えた。いまでは、わたしの目のまえの道はくねくね曲がりながら名も知らぬ険しい岩山へつづいていた。自分の感傷的な物思いに驚いて、わたしは窓のほうを向いた。アディがグラスを手渡してきて、わたしの横に並び、紫色の夕暮れを眺めた。

ちょうどいい。いま話そう、そしてアドバイスをもらおう。わたしはしゃべろうとして咳ばらいをした。

ドアがパッと開いて、明かりと音楽が入ってきた。ダイアナがエネルギーをほとばしらせながら近づいてきた。「アディ、いつまでかかってるのよ！　あら」

ダイアナは微笑んだ。夕暮れと月明かりのなかで、優雅な一枚の絵のようだった。ドアを閉め、晩餐の席の話し声を締めだして、ダイアナは踊り子の優美さで静かな室内へ進んだ。自信に満ちて、美しく、完全にくつろいで。

「ジム！　一緒に来て。まだお食事もたくさんあるから」

ダイアナはわたしを迎えようと近づいてきて、わたしたちが棒立ちになっていることに気がついた。「なんだかいかめしい感じ。夜を背景にしてそこに立っていると」

ダイアナはランプを一つつけた。アディの手が、残りのランプをつけるのを止めた。

「ミス・ダイアナ」わたしはいった。「とても……まばゆいばかりだ」

ダイアナも今度はごまかされなかった。「なにがあったの?」

「万事問題ありませんよ、ミス」

予想どおり、ダイアナが睨みつけてきた。この言葉で、二人のあいだの距離が広がった。わざとそうしたのだ。沈黙がつづき、皿がカチャカチャと鳴るかすかな音や、感嘆の声、デザートを褒める声が聞こえてきた。アディの意見を聞きたいと思っていたのだが、遅すぎた。代わりにダイアナの意見を聞くことになった。

「仕事の申し出があったのです、デュプリー探偵社から」わたしはいった。「わたしができる仕事がある、と。ボストンで」

「アメリカだね」アディがいった。「行くつもり?」

「それがいいと思うのです」わたしはダイアナに向かっていった。

「失礼するよ」アディはそういってドアに向かい、わたしたちを二人にしようとした。それからいったん立ち止まり、わたしの前腕をつかんで、ぎゅっと握った。そうやって賛同を示し、気にかけていると伝え、幸運を祈ってくれたのだ。

アディの背後でドアが閉まった。ダイアナは部屋のまんなかで微動だにせず、静かなまま立っていた。

「ダイアナ、ずっとこんなふうにしているわけにはいかないよ」

ダイアナは震える声でいった。「あなたがこうしろっていったんじゃない。娘としての義務を果たせって。わたしはそうした」

なぜこっちを見ないのだろう？　わたしはダイアナのそばへ行った。「そう、だからわたしは留まれないんだ。お父さんの土地を管理したり、ワディア家の船をつくったりしながら、きみが誰かほかの男と一緒にいるところを見ていることはできない。夕食にやってきて、きみの子供たちの〝ジムおじさん〟になることもできない。そのつもりもない」

ああ、いってしまった。ダイアナにとってはときどきわたしに会えるだけでもいいのかもしれないが、わたしにとっては全か無かなのだ。

ダイアナはすばやく息を吸いこんで、わたしの顔をちらちら見ながらいった。「今日の晩餐は最悪だった。みんないうんだもの、〝順番からいえばあなたが結婚するべきじゃないの！　もう二十一になるんでしょう？〟って」ダイアナはかん高い声を真似ていった。

ああ。ダイアナは、わたしがやっとの思いで口にしたことを受けいれるつもりがないのだろう。それ自体が答えではないか？　しかしわたしはまたもやまちがっていた。

「ジム」ダイアナは悲しそうにわたしを見た。「あなたじゃない人とは結婚できない」

わたしはダイアナの手を取っていった。「ダイアナ、行かなければならないんだ。わたしがこの地にいるかぎり、わたしたちは行き止まりだから……ここで。きみは二人のあいだに割りこんだことでお父さんを憎むようになるだろう。わたしがお父さんに抵抗しないことに苛立ちを覚えるだろう。きみは自分を責めるかもしれない。駆け落ちしなかったことで。そんなふうにはしたくないんだよ、ダイアナ。わたしは行くよ」

一瞬で、ダイアナの落ち着きが崩れた。「ボストンへ？　ジム、あなたが元気でやっているって、どうしたらわかるの？」

希望が燃えあがり、熱く血管を流れた。ボンベイに留まることで不名誉がもたらされるのだ。だが、もし二人でここを出たら？　一緒に過ごす人生がほんとうに手に入るのではないか？

「一緒に来てほしい」

言葉が口をついて出るまえから、希望がないのはわかっていた。しかしいわなければ一生後悔することになるだろう。ダイアナの指を撫で、説得して、うまくいくと信じようとした。「ボストンに来てほしい。二人で一からはじめられる。新しい友人をつくって、家庭を築くんだ。ここにあるすべてをあとにして」

ダイアナの目が大きく見ひらかれ、一瞬時間が止まった。弾丸が飛んでくるか、不発に終わったかわかるのを、わたしは待った。笑顔一つでわたしの人生の道は決まる。

しかし、代わりに出てきたのは泣き顔だった。涙が溢れると、ダイアナはぎゅっと目をつぶった。わたしはダイアナを引き寄せた。ダイアナはなんの抵抗もなくわたしの腕に包まれた。すすり泣きが小さな体を揺らすのを感じる。囁きが耳についたので、言葉を聞きとろうと身を屈めた。「心が引き裂かれそう」

二つの体に入りこむのがどんなものか、そのときわかった。ダイアナの悲しみを、自分自身のものとして感じた。ダイアナはわたしのベストに顔を埋《うず》め、しゃくりあげて、声を震わせながらいった。「両親は子供を二人失った。わたしを……また一人失うのは耐えられないと思う」

「シーッ、わかったから」やわらかく、いい香りのするダイアナの髪に触れ、親指で磁器のような頬から涙をぬぐった。「きみが持っているものを手に入れるためなら、わたしだったらなんだって手放すよ。きみを溺愛する両親。愛するきょうだい」

「ジム」ダイアナの手はわたしの襟を握り、額は首に押しつけられていた。

わたしはいった。「あの人たちを傷つけるくらいなら、いますぐ自分の腕を切り落とすよ」

「それなら、行って」ダイアナは顔を紅潮させ、断固とした口調でいった。「でも、キスさせて」

無謀なことだった。身を引くのは簡単だった。しかしこれが手に入るすべてなら、引きさがるつもりはなかった。ダイアナの両手がわたしの肩へ伸び、首に巻きついた。ダイアナは進んで目を閉じ、唇を合わせてきた。

震えが走った。この感触、温かいベルベットのような彼女の感触。ダイアナにとって初めてのキスが、もっと幸せなものならよかったのに。ダイアナの頬に向かって喘ぎを漏らした。息の震えが止まらない。こうして待っているあいだにも、最高の苦しみと最高の喜びの両方がもたらされた。落ち着きを取り戻すと、わたしからダイアナにそっとキスをして、彼女が微笑むのを感じた。こんなに甘やかなやさしさを感じるのも、こんなふうに自分が完全に誰かのものだと感じるのも初めてだった。しょっぱい涙を味わい、ラベンダーとチュベローズとデザートのにおいを吸いこんだ。

「アディを羨《うらや》ましいと思うことがあるなんて、想像もしてなかった。ほら、バチャのことがあって……」ダイアナはわたしの顎のそばで囁いた。「だけど羨ましい。一年は一緒にいられたんだから」

よくわかる。わたしたちの手に入らないものはたくさんある。顔に触れてくるダイアナの指。眠っているあいだ、わたしの胸に置かれるダイアナの腕。わたしが自分をアディやダイアナより劣ったものとして見たとき、ダイアナが激怒したのを思いだした。わたしのなかで重りが――自分にも価値があるという感覚が、堅固な感情が――動いた。ダイアナは計り知れないほど大事なものをくれた。ほんとうのわたしを取り戻してくれた。

ドアに軽いノックがあり、二人きりの時間が終わった。ダイアナは顔をあげた。気乗りのしなさそうな一つ一つの動作に心残りが見て取れた。アディが咳ばらいをして入ってきた。不安げな額に悲しみが彫りこまれていた。

「大丈夫だよ」わたしはそういってダイアナを離した。

ダイアナは涙を拭いた。わたしはため息をつくダイアナを見つめ、細かいところまで大事に記憶に残そうとした。ドレスが薄い青だったことに、いま気がついた。真珠のイヤリングが耳からさがり、真珠のネックレスが胸もとに巻きついていた。

「さよなら、愛しい人」ダイアナの耳に囁き、唇をこめかみにつけて、ダイアナのクリームのような新鮮な香りを吸いこんだ。

それからアディの肩をポンポンとたたいて、わたしは立ち去った。

69

翌日、英国郵便船《RMS》アルカディアの寝台を予約した。この英国・インド間の定期船でリヴァプールまで行き、そこからキュナード社の蒸気船ウンブリアに乗ってニューヨークへ向かう予定だった。そうしているあいだも、マッキンタイアの仕事で手いっぱいだった。矛盾した複雑な証拠、嘘で歪んだ証言、分厚い台帳に埋もれた土地記録。こうしたものが、胸の痛みからわたしの気を逸らしてくれた。

総督のために開かれる翌晩の晩餐会に出席するようにいわれていた。きちんと軍服を着て、磨きたてのブーツを履き、ボンベイの上流階級の人々が完璧に着飾っているところを控えめに観察した。黒の燕尾服を着た老齢の支持者たち、総督の評議会のメンバー、パールシーの実業家たちと、きらびやかなサリーをまとったその妻たち。

ダイアナが来ないかと期待していた。主催のスリワラ家の隣人として、フラムジー家の人々も招待されているはずだった。ダイアナは来るだろうか？　ポルトガル領ゴアから呼ばれたカルテットが、聞き慣れた英国の曲を演奏していた。

ダイアナが入ってきた。肩を出した大胆な青いサテンのドレスを着ている。アディが――黒い燕尾服を優雅に着こなしている――わたしを見つけてうなずき、ホストの一家に挨拶をしていたダイアナに耳打ちした。するとダイアナが驚くような行動に出た。空っぽのダンスフロアをまっすぐ突っ切ってわたしのところへやってきたのだ。顔を高くあげ――長い首が青いドレスに映えてまっ白に見える――落ち着き払い、控えめながら優美で、部屋中を支配しているかのようだった。

「こんにちは」ダイアナはいった。笑みが目のなかできらめいている。

「びっくりしたよ、ダイアナ」そういったあと、落ち着きを取り戻して、紳士方をダイアナに紹介した。ダイアナは握手をし、才気煥発に応じた。わたしは言葉までは聞きとれなかったが、紳士方の面白がっているような様子からそれと知れた。

ダイアナがいった。「ちょっと顔を貸してもらえない？　わたしの友達を紹介したいの」

ダイアナは返事を待たずにわたしの手を取ると、部屋の向こうへ戻りはじめた。ダイアナが一直線にダンスフロアを突っ切ってきたときにはかなり注目を浴びていたが、二人でおなじ経路を戻っているいま、またざわめきが起こっていた。

「ダイアナ、なにをしているんだい？」わたしは尋ねた。

若い人々の一団に近づきながら、ダイアナはいった。

「橋を燃やしているの。それが軍隊に橋を渡らせる唯一の方法だから」

なんのことだ？　説明を求めることもできずにいるうちに、ダイアナは紹介をはじめた。ミス・エリス、エリス大佐の娘。ミセス・プチ。メアリー・フェントン、舞台女優。ペリン・プチ、ダイアナの昔の同級生、などなど。ずっとほかの人々と一緒にいたので、橋を燃やすというさっきの妙な言葉について訊くことができなかった。聞きまちがえたのか？　ダイアナは、鉄道線路の拡張について年配の土木技師と穏やかに議論していた。

その夜はなにがなんだかわからないうちに過ぎていった。ダイアナはスミスと、もう一人べつの軍人仲間とダンスをして、曲の合間にわたしのところへ戻ってきた。スミスがもう一度踊ってくださいといいに来て、わたしに向かってウインクした。ダイアナが承諾すると、スミスは喜びを隠そうともせず、二人でさっと離れて行った。

部屋の向こうからバイラムがわたしに手招きをした。彼は小さく笑いながら、わたしをボンベイ総督とその妻に紹介した。わたしがパッと気をつけの姿勢を取ると、ハリス卿は歪んだ笑みを浮かべながら握手の手を差しだした。妻のレディ・ハリスはとてもすてきな人だった――自分が〝北部の情勢について〟彼女になにを話したかはまるで覚えていない。

少しあとで、わたしはバイラムに尋ねた。「フラムジー夫妻を見かけませんね。お二人は来ていますか？」

バイラムが首を横に振ると、ずんと気が重くなった。別れの挨拶をしたかったが、フラムジー邸に姿を見せても二人に苦痛を与えるだけだろう。まあ、たぶん、二人がここにいないのは運がよかったのだ。ダイアナがわたしに大きな注意を払っている姿はかなり目立ったので、きっと釈明しなければならなかっただろうから。しかし事態はなにも変わっていなかった。だからわたしはダイアナと一緒に過ごすすべての時間をよく目に焼きつけて、あとで愛《め》でられるように、宝物のようにしまいこんだ。

その夕べが終わるころ、アディが妹を呼びに来た。アディは握手をしながら意味ありげな目でわたしを見た。なんだ？　いったいなにを伝えようとしている？

ダイアナは控えめな態度で静かに手袋をした細い手を差しだした。

わたしは奥歯を嚙みしめながらその手を取った。ダイアナに会うのはこれが最後だ。

「では、ジム、よい船旅を」ダイアナはそういって、いなくなった。

つらかったので、ほとんど部屋から出なかった。しかしスミスのやつが一人にしておいてくれなかった。その晩もウイスキーを持ってふらりとやってきたので、二人のあいだに置いたグレンフィディックの壜を空《から》にしながら、お互いになにやらぶつぶつしゃべった。なにをしゃべったかは思いだせない。

翌日、わたしは白紙のフールスキャップノートを買ってきた。そしてページのてっぺんにこう書いた。

〝わたしは病院で三十歳になった。消毒薬として使われる石炭酸のにおいのする静かな病室で、新聞以外にはほとんど読むものもなかった〟

あまり眠れなかったので、残されたボンベイの夜を埋めるために書いた。わたしがそれを書いたのは、ダイアナの思い出が押し寄せ、ぶつかりあって、体のなかだけでは狭くて収まりきらなくなったからだった。この話を記録することで、なんとか正気のまま考えることができ、翌日に通りを歩くときにはふつうの文明人のように「おはようございます」と挨拶ができるからだった。

しかし、それでも明け方に息をするときのようなぼんやりした時間、思考がフィルターを通らない瞬間には心が無防備になり、ダイアナが触れてくるのを感じることができた。チュトゥキがくれたラーキーは、探しだして、いまは勲章に結んであった。星でいっぱいの空を見あげ、ふり向いてダイアナにこういおうとした――あれを見てごらん、なんてきれいなんだ！　シムラーの空みたいだね。そしてダイアナがいないことを思いだすのだ。

ダイアナはここにはいない。わたしがペンを取ってまた書きはじめるまでは。

九月の突風が吹きつけてくる。わたしはヴィクトリア埠頭に立っていた。弱い霧雨が降っていたが、アディもわたしもフェルト帽はかぶらず、風に飛ばされないように握っていた。SSアルカディアは埠頭の向こうにそびえ、水のなかでそっと息をしているかのように船首を上下させていた。

アディは見送りにきて、わたしを昼食に誘った。いまはわたしの手もとにも金があったので、食事代を払おうと申しでたが、アディは聞きいれなかった。

バイラムが約束の報酬を渡しにきてくれたおかげで、わたしの財布はまた満たされた。アディから未払い分の報酬をもらい、警察で働いた分の給与もあって、いまではロイズの口座にかなりの残高があった。足もとの三つのトランクは収入の一部を使った証だった。日雇い労働者《クーリー》の一団に合図をして、荷物を船内に運ばせた。

アディがそわそわしていた。今日は様子が変だった。人混みをざっと眺め、水面を見やってから、わたしに視線を戻して尋ねた。「大尉、なぜこの調査を引きうけたの？　あなたは勲章をもらった英雄だった。どうしてぼくのために働いたの？」

わたしが驚いて答えられずにいると、アディがつづけた。「あなたは病院にいて、怪我で療養中だった。それで新聞を読んだのかな？」

ほんとうのことを伝えようと決めて、わたしはいった。「頭部に怪我をしていました。スミスがいうには、わたしは、その、そこにいないも同然のありさまでした、一年くらい。読むことで時間を埋めていたのです。コナン・ドイルとか、新聞とか。クロニクルであなたの手紙を見ました。〝二人を失っても、私は生きつづけるのですから。心をこめて〟。あなたはそんなふうに手紙を締めくくっていた」

アディは戸惑い顔だった。

水が船首を打っていた。大西洋の向こうまでわたしを運んでくれるはずの大型船だ。「わたしの友人たちは死にました。戦友たちを失っても、わたしは生きつづけていた。あなたの言葉は……わたしが感じていたことと共鳴したのです」

「だから軍を去った？」

「わたしは麻痺していました……心が死んでしまったように感じていたのです、カラチのあとは。なのにあなたの手紙を読んだら事件に興味を引かれた。それで仕事を求めてクロニクルに行って――バイラムがわたしをあなたのところへ送った」

「取材のために」アディは笑みを浮かべた。

「ええ」アルカディアが三回、長く霧笛《むてき》を鳴らした。風の強い朝だった。

わたしはいった。「さようなら、サー」

握手をしようと手を伸ばし、最初に会ったときのことを思いだした――アディは心の乱れた寡夫で、わたしは駆け出しの記者だった。

「ジム」アディは差しだした手をよけて、わたしをぎゅっと抱きしめた。

わたしは声をたてて笑い、ハグを返した。手の下にアディの肩の骨を感じた。きっと大きなことをやるだろう、この痩せた青年は。真摯な態度と深い思考を武器にして。

混雑した欄干のあたりでなにかが動き、はためくのが見えた。黄色いスカーフに包まれたダイアナが、手すりの端から身を乗りだしていた。スカーフは一方の端がほどけ、九月の風に吹かれて、わたしにとっての家を示す三角旗になっていた。

見送りに来てくれたのだ。スリワラ家でのあの冷たい別れの挨拶が、心にしこりを残していた。言葉が出てこなかった。アディはわたしが喘ぐのを感じたにちがいない。ふり返って、わたしの視線の先を追った。

ダイアナは人混みのなかに引っこんでしまった。もう一度彼女に会うことはあるだろうか？　バルジョールはダイアナをワディア家の息子と結婚させるつもりだろうか？　あるいは、ダイアナはこの先ずっと独り身でいるつもりだろうか？

「彼女はいくつでしたっけ？」わたしはかれた声で尋ねた。考えがまとまらなかった。ダイアナの年齢は知っているのに、頭のなかがまっ白だった。

「二十一だよ、ジム」

自分の心がわかる程度には大人で、待てる程度には若い。

「アディ」わたしはアディの肩をつかんでいった。「手紙をください。もしダイアナが、二年経っても結婚していなかったら、わたしは戻ってきます」

アディの笑みが、湿っぽい霧雨の朝を照らした。「ジム。渡したいものがあるんだ。バチャのものだったんだけど。もらってくれる？」

わたしは当惑しながらアディの手のなかの箱を見た。指輪の箱だ。

「あなたが結婚したい女性を見つけたら、これをあげて」

アディは箱をあけ、まばゆいばかりの白いダイアモンドに囲まれたスクエアカットの青い石を見せた。家宝だ、そしてレディ・バチャのものだったのだ。アディがわたしを〝兄弟〟と呼んでくれたように感じた。わたしは震える手で、箱を持つアディの指を包みこんだ。

「アディ。わたしがこれをあげようと思う女性は、一人しかいません」

アディはにっこり笑った。「じゃあ、あげてよ」

「こんにちは、ジム」うしろからダイアナの声がした。わたしは勢いよくふり返った。ダイアナの黄色いスカーフは、雨に濡れないようにしっかり巻き直してあった。細かい霧雨が、灰色のカーテンのようにわたしたちを包みこんでいた。ダイアナは微笑んだ。「わたしのトランクはもう船の上よ」

わたしは目を見ひらいた。トランク？　船の上？　ダイアナも船旅に出るのか？

「なに？……どうして？」わたしは喘ぐようにいった。

バルジョールがフラムジー夫人と一緒に現れていった。「話しなさい。やれやれ。娘よ、彼に話すんだ」

ダイアナの目は大きく、半透明の海のようだった。

「母さんがわたしたちの話を聞いていたの――あの夜、あなたがわたしに一緒に来てくれっていったとき。わたしについてきてたのね。わたしが母さんに相談もしないでノーといったことに、ほんとうにびっくりしてた。それで、二人で一緒に父さんと話したの」

フラムジー夫人が差し迫ったような小声でいった。

「この子は惨めな顔をしていた。そんな姿を見て胸が張り裂けそうだったわ。このままあなたを行かせるなんてできなかった。わたしのためにそんなことをしてはいけませんよ」

ダイアナがいった。「ジム、わたしたちがいままでずっとなにもしなかったなんて思わないでね。父さんとバイラムがパールシーの長老たちのところへ行って事情を説明したの」

バルジョールが唸るようにいった。「バイラム、あの老いぼれめ。バイラムのアイデアだったのだよ。ダイアナがスリワラ家の晩餐で人目を集めるようなことをすれば」――バルジョールはダイアナに向けて厳しい目つきをしてみせた――「まっとうなパールシーは誰もダイアナと結婚したがらないだろう、と。それで、長老たちとも和解にいたったわけだ」

アディがいった。「父さんは謙虚だったよ。寡婦や親のいない子供のための信託基金に資金を提供することになった。それから、ほかにもいくつか条件がある」

「そうだ」バルジョールはゆっくりうなずいた。「ダイアナはなにも相続できない。そして、二人のあいだの子供たちはパールシーにはなれない」

子供たち。ダイアナの子供たち。わたしとのあいだの。息がうまく吸いこめなかった。ダイアナの顔を探ると、ほんとうのことだとわかった。しかしまだ理解できなかった――彼らはこの寛大さのために、ひどい代償を払うことにならないのだろうか？

「しかし、サー、スキャンダルが……」

「まあ、一部の人々はわれわれとの関係を絶つだろうね、もちろん。しかし、私たちはなんとかやっていける。もしほかになにもなくなっても、軍と交わした紅茶とコーヒーの契約があるからね」――バルジョールはわたしの胸を突いた――「きみがシムラーで取りつけてくれた契約だよ！」

一家は大丈夫なのだ。心臓が、錯乱したように鼓動を打った。「下の子たちは？」

フラムジー夫人が独特のやさしい笑みを浮かべた。「いつかは結婚するでしょう。何年かすれば、パールシーの人たちだって忘れるかもしれないし」

夫人の温かい同意を受けとめて、わたしはバルジョールに尋ねた。「では、あなたに祝福してもらえるのですか？」

バルジョールは黒い目を輝かせて、二重顎の上にあけっぴろげな笑みを浮かべた。

ダイアナは指をわたしの指に絡めていった。「船室を取るのがものすごく大変だったんだから！　アルカディアは満室で、もう空きがなかったの。想像できる？　サットンがあなたのお友達のグリア大将に頼んで、裏から手を回したのよ。マッキンタイア署長みずから、船主のミスター・ジェイムズ・マッケイに連絡してくれたり。それで、わたしは一等船室で船旅をすることになった」

わたしは声をたてて笑った。驚いた。フラムジー一家、バイラム、マッキンタイア、サットンとグリア。手強い一団だ——意志が固くて、容赦のない男たちだ。その彼らがわたしの味方だった。

喜びで洪水が起こりそうだった、土砂降りだ、いまわたしたちをたたいている雨とおなじように。アディが傘を取りだして両親にさしかけた。わたしはダイアナを抱きあげてくるくる回した。わたしたちのまわりに人だかりができたが、気にしなかった。

「アディ、あの指輪をください！」わたしは大声でいい、ダイアナのまえに膝をついて笑いかけ、雨を通して見あげた。

アディは指輪を手渡してきた。完璧だった。レディ・バチャも同意してくれるだろう。

「あなたはわたしのすべてです、ダイアナ。一緒に来てください、愛しい人。結婚してほしい。わたしを愛してほしい」わたしはいった。「わたしたちは長すぎるくらい待ったんですから」

エピローグ

二日後、わたしたちは船上で結婚した。船室に二人きりになり、SSアルカディアのゆったりした横揺れに身を任せながら、ダイアナがわたしの首に向かって囁いた。「ジム？　どうしてこの本を書いたの？」

　肌に触れるダイアナの顔を意識しながら、彼女の爽やかな甘い香りを吸いこんだ。顎にぶつかった巻毛を捕まえて、サテンのような髪を指で撫でた。

　ボンベイでの最後の日々、わたしはダイアナを諦《あきら》めようとしていた。しかしそれは自分の一部を諦めることであり、わたしにはどうしてもできなかった。そのあいだに書いた話のうち、いくつかの断片は残しておくべきだと思った。筆を執ることには慰めがあった。あの夜と、その後につづいたいくつもの夜のあいだ、短く貴重な時間が両開きの窓から流れでていった。わたしは記憶のために書いたのだ、自分がいなくなってもなにかしら残るように。

「ジム？」

「歴史だよ。こうしておけば、バチャとピルーのことを覚えていられるだろう。アディはなにかすばらしいものを築いて歴史に名を残すかもしれない。でも、わたしたちは？　歴史のなかではきっとまったく知られないままだ」

　ダイアナは身を起こし、面白そうにわたしを見つめた。「歴史？」

「ふむ。きっとわたしは忘れられる。きみもだよ、愛しい人。だからなにかしらあとに残したいと思ったんだ。一種の記録のようなものを。〝わたしはここにいて、自分の役割を果たした。そしてダイアナを愛した〟。そう宣言するようなものを」

「もうおしゃべりはやめて、あなた」ダイアナはそういって、混じりけのない喜びの波でわたしを運び去った。

謝辞

幼いころに読んだラドヤード・キプリングの『少年キム』は、わたしのなかに消えることのない印象を残した。広大な風景。多様なキャラクター。ノンストップのサスペンス。子供のころ、母はわたしたちにコナン・ドイルの「赤毛連盟」や「まだらの紐」を読んでくれた。わたしたちは息を詰めて、うねるような一文一文に夢中になった。本と読書が大好きなのは両親のおかげである。一九七〇年代のボンベイでは本は高価で、わたしたちにはお金があまりなかった――父が仕事を三つかけもちするようなことはざらにあった――のだからなおさらだ。テレビもなかったので、わたしたちの一家は熱心に本を読み、読んだ本について議論をした。

夫がわたしを信じてくれたことに感謝している。企業で二十年働いたあと、不満を漏らしつつ「定年退職したら小説を書く!」といったら、夫は「なぜいますぐやらないの?」と応じたのだ。一人分の定収入を捨てるのは怖ろしいことだ。母国でのおばやおじの厚意といったような、親類によるセーフティネットに頼ることのできない移民にとってはなおのこと怖い。しかし夫は執筆がわたしに与える喜びを目の当たりにしており、彼にとってはそれで充分だったのだ。息子のサイラスはすばらしい批評を書いてくれた。おかげで改稿が具体的な形になったし、古くさい比喩表現を避けることもできた。ありがとう。初期の読者のシンディ・サイモン、シンディ・サップ、クリスタル・ウィロック、クルシード・パラクは、九〇年代の大昔から「書くのをやめないで。あなたの書くものは面白い」といってくれた。ほんとうにありがとう。

執筆グループの面々、マレーネ・コッキオラ、ジェイ・ラングレー、マーク・スナイダー、トニー・アスマジヴァル、イーヴリン・ヴァン・ナイズにはとくにお礼をいいたい。マレーネはキャラクターの感情に焦点を合わせ、こう主張した。「だけど、それを聞いて彼はどう思ったの？」一方、イーヴリンは進行のペースと感情の強度を測定し、どのページでも望ましいペースと強度が保たれるように確認してくれた。ジェイは何十年もの編集経験をもとに、わたしの原稿を二回検討し、文章を引き締めてくれた。ジェイの妻のキャサリンは、読者が誤解しそうな箇所を指摘し、鍵となるセクションを書き直すのを助けてくれた。

エージェントのジル・グロジャンは、天の恵みを体現したような人で、出版上のビジネスにまつわる側面について補助してくれた。会話を重ねるたび、ビジネスについてより多くを教えられる。生まれついての冷静さと幅広い経験に裏打ちされた彼女の言葉によって、業界の標準とさまざまなプロセスについて教えてもらったおかげで、わたしも自信を持って作業を進めることができた。

アメリカ探偵作家クラブ《MWA》にも感謝している。ＭＷＡとミノタウロス・ブックスが共同で主催する未出版の作家のためのコンテストに、わたしは十三万八千語の巨編で応募した。その長さにもかかわらず、MWAの審査員はこれを出版の価値ありと判断し、MWA&ミノタウロス・クライムノベル最優秀新人賞を授与してくれた。大変ありがたく、いまも圧倒されている。

ケリーやマデリーンをはじめとするミノタウロス・ブックスのスタッフが、この本を産み落とすための助産師の役割を果たしてくれて、わたしは恵まれている。ケリー・ラグランドのペース配分に関する直感はつねに完璧に正しかった。詳細にわたるメールが来るたび、それまで見えていなかったことに目を向ける助けになった。本書の中盤を刈りこむべきだという彼女の主張のおかげで、見ちがえるような出来になった。マデリーン・ハウプト、ヘクター・ドゥジャン、ダニエル・プリーリップのプロ意識と専門知識にも感謝している。どんな本も、一人きりで書けるわけではない。優秀な同僚や友人が本書の執筆を支えてくれて、わたしは信じられないほど運がよかった。

本書で使った「秘密の手紙」のアイデアは、何十年ものあいだ温めてきたものだ。二〇〇五年にグジャラート語の翻訳者を募集して、わたしの祖先であるベジョンジ・フェルドンジ・ジャーンシーワラ——セポイの乱のあいだ英国軍の食堂で給仕係をしていた人物——が一八五八年に書いた自伝的な詩を翻訳してもらおうとした。百五十年まえのグジャラート語で書かれていたので、家族のなかに読める人間がいなかったのだ！　幸運にも、オーストラリアのミセス・マニ・バセナが応募してくれたので、原本のコピーを送った。コンピューターがなかったので、彼女は毎日一ページを公立図書館に持っていき、翻訳を電子メールで送ってきた。四カ月後、百二十三ページの全貌を知るにいたり、ようやくのことで、祖母の祖父が身の毛もよだつような残虐行為を目撃していたことがわかった。彼の説明は公式発表の史実とちがっている——一九四七年のインド独立のまえに公にするのは危険だっただろう。だからわたしの一族はこれを隠しておいたのだ。根気強くわたしの一族の秘密の歴史を解き明かしてくれたマニに感謝を捧げる。

本書には、歴史学者が異を唱える可能性のある事件が二つ含まれている。一八九〇年から一八九二年にカラチとラホールで起こったものとして書いた事件だ。ヴィクトリア十字勲章とインド人有功勲章の叙勲者の記録には、一八八〇年から一九一九年（第二次および第三次アフガン戦争）のあいだに、地方民族の人々と英国軍のインド人兵士のあいだに何回か小競り合いがあったと書かれている。一八九〇年にカラチ港がアフガン人に占領されたという記録はないが、現在はパキスタンやアフガニスタンとなっている地域で、地方民族と英国の統治者が市民のあいだに大きな混乱を引き起こしていた。一八九一年のフンザ・ナガル戦争では、統治側の英国軍がフンザ藩王国およびナガル藩王国の軍隊と戦った。現在ではパキスタンのギルギット・バルティスタン州の一部となっている地域である。敵意が募りはじめたのは、英国側がカシミール地方に道路を建設しはじめたときだった。フンザとナガルの王《ミール》たちはこれに反対していたからだ。英国軍は一八九一年のニルト地域における戦い（Jangir-e-Laye）の後にナガルを掌握し、一八九三年に英国の保護領とした。

一八九二年にアフガン地方の民族によってラホールが焼かれた記録はない——これも事実である。一八九七年九月のサラガリの戦いでは、英国統治側のインド人兵がアフガニスタンの複数民族を相手に戦った。何千人ものアフガニスタン人が、シク教徒の部隊によって支えられていたグリスタン砦と呼ばれる英国の補給拠点を包囲し、この拠点とロックハート砦と呼ばれるべつの拠点とのあいだを遮断した。防衛側のほんの一握りの兵士たちを大幅に上回る一万二千ものオラクザイ人やアフリディ人が砦を攻撃した。

イシャル・シン軍曹の率いるシク教徒の部隊は死ぬまで戦うことを選択し、歴史上最も悲劇的な最後の抵抗の一つとなった。この拠点は、彼らの死の二日後に英国軍によって奪還された。よって、本書はフィクションではあるものの、本書中の逸話の多くは史実に基づいている。

インドはわたしが子供時代を過ごした国であり、たくさんの思い出がある。本書の着想の源になってくれて、感謝している。ゾロアスター教のコミュニティのみなさん、これはあなた方のための本です。あなた方から隔てられながらもあなた方を愛している者たちがいることを知り、そういう人々の視点から自分たちを見てください。

ネヴ・マーチ

訳者あとがき

映画『バーフバリ』シリーズ大ヒットの影響などもあるのでしょうか、インド系作家の作品、およびインドを舞台とした作品の紹介が昨今ぐっと増えたように思います。インドの現状を描いたものや（九歳の少年の視点を通してスラムの暮らしが活写され、とくに女性たちの苦境が印象に残る『ブート・バザールの少年探偵』〔ハヤカワ・ミステリ文庫〕が、アメリカ探偵作家クラブ賞の最優秀長篇賞を受賞したのは記憶に新しいところです）、インド系移民の日常を描いたもの、あるいは十九世紀末から二十世紀前半にかけての激動のインドを描いた歴史ものなど、内容は多様ですが、ミステリでは歴史ものを多く見かけます。階級社会であることやさまざまな信仰が混在することに起因する人と人とのあいだのドラマ、イギリスの植民地だったことから生じる社会のねじれとそれゆえの葛藤、そしてもちろん、独立をめぐるインドとイギリスの直接の闘争など、描きがい・読みがいのあるテーマに事欠かない分野です。

本書もそうした歴史ものの一作です。ときは東インド会社の解散後、イギリスが国としてインドの統治に乗りだしたころ、舞台はおもにボンベイ（現ムンバイ）周辺と北方の辺境で、物語は主人公が病院で三十歳の誕生日を迎えたところからはじまります。主人公のジェイムズ（ジム）・アグニホトリ大尉は北方戦線からの撤退の際、敵の奇襲により大怪我を負い、軍の病院で回復に専念する身です。この撤退時の混乱から、心的外傷を負ってもいます。

入院生活で気を紛らわしてくれるのは、数少ない読み物――新聞と、刊行後間もない『四つの署名』でした（本書の作中現在は一八九二年、つまり、コナン・ドイルによるシャーロック・ホームズものの長篇第二作『四つの署名』刊行の二年後という設定です）。ジムはホームズの大ファンなのです。

あるときジムは新聞紙上で、妻と妹を亡くした男性の手紙を見つけます。彼の名前はアディ・フラムジー、少しまえにボンベイを騒がせた大事件の遺族でした。この事件では時計塔から女性二人が転落死し、殺人の容疑者が挙がったため裁判まで開かれたものの、証拠不十分により、法廷では女性二人の自殺とされてしまったのです。紙上の手紙は「自殺などありえない、もう私たちを放っておいてもらいたい、馬鹿げた噂で妻と妹の思い出を汚さないでほしい」と訴える内容で、「二人を失っても、私は生きつづけるのですから」という言葉で結ばれていました。戦友を失ってなお生きつづける自分とこの寡夫を重ね、痛く心を揺さぶられたジムは、事件の真相を知りたいと願います。二人の転落に時間差があったことから、ジムも自殺ではないと思っています。最初は新聞社に就職し、記者として事件を調べようとするのですが、取材で会いにいったアディ・フラムジーと話すうち、フラムジー家に直接雇われることになります。しかし調査はすんなりとは進まず、ジムはやがて思ってもみなかった大冒険に巻きこまれることになるのです。

怪我により退役した元軍人であるところ、肩と膝の負傷をずっと引きずっていることなどから、ホームズというよりもワトスンを連想させるジムですが、推理では遠く及ばないながらも、ことあるごとにホームズを思いだしながら自分なりに実直に調査を進めるところは美点の一つです。また、中盤以降に重みを持ってくる、ジムの前途多難なロマンスも読みどころの一つです。詳細は控えますので、あとは本文でお楽しみください。

著者ネヴ・マーチについても少々ご紹介しておきます。

自身もパールシーであるネヴ・マーチは、夫と息子たちとともに米国ニュージャージー州に暮らしています。実業界で長年アナリストとして働いたあと、二〇一五年に小説の執筆を開始。本書は二〇二〇年刊行のデビュー作で、二〇二一年アメリカ探偵作家クラブ賞（エドガー賞）最優秀新人賞の候補作となりました。著者のウェブサイトを覗くと、時計塔の写真や、本書の登場人物のモデルとなった人々の写真が見られます。

また、今夏、来たる七月には、本書の続篇 *Peril at the Exposition* が刊行される予定です。ジム・アグニホトリの新たな活躍が楽しみです。

本文中、現代においては差別的とも取れる表現がありますが、作中の時代背景に鑑み、原作に沿った翻訳をおこなっています。差別の助長を意図したものでないことをご理解ください。

HAYAKAWA POCKET MYSTERY BOOKS No. 1979

高《たか》山《やま》真《ま》由《ゆ》美《み》

1970年生，青山学院大学文学部卒，
日本大学大学院文学研究科修士課程修了，
英米文学翻訳家
訳書
『女たちが死んだ街で』アイヴィ・ポコーダ
『ローンガール・ハードボイルド』コートニー・サマーズ
『ブルーバード、ブルーバード』アッティカ・ロック
（以上早川書房刊）他多数

この本の型は、縦18.4センチ、横10.6センチのポケット・ブック判です。

〔ボンベイのシャーロック〕

2022年5月10日印刷　2022年5月15日発行

著者　ネヴ・マーチ
訳者　高山真由美
発行者　早川浩
印刷所　星野精版印刷株式会社
表紙印刷　株式会社文化カラー印刷
製本所　株式会社川島製本所

発行所　株式会社　**早川書房**
東京都千代田区神田多町2－2
電話　03-3252-3111
振替　00160-3-47799
https://www.hayakawa-online.co.jp

（乱丁・落丁本は小社制作部宛お送り下さい
送料小社負担にてお取りかえいたします）

ISBN978-4-15-001979-2 C0297
Printed and bound in Japan

ハヤカワ・ミステリ〈話題作〉

1968
寒《かん》慄《りつ》
アリー・レナルズ
国弘喜美代訳
アルプス山中のホステルに閉じ込められた男女。かつてこの地で起きたスノーボーダーの失踪事件との関係が？　緊迫のサスペンス！

1969
評決の代償
グレアム・ムーア
吉野弘人訳
十年前の誘拐殺人。その裁判の陪審員たちが、ドキュメンタリー番組収録のため集まるが……意外な展開に満ちたリーガル・ミステリ

1970
階上の妻
レイチェル・ホーキンズ
竹内要江訳
冴えないジェーンが惹かれた裕福な美男子には不審死した前妻の影が……南部ゴシック風サスペンス、現代版『ジェーン・エア』登場

1971
木曜殺人クラブ
リチャード・オスマン
羽田詩津子訳
謎解きを楽しむ老人たちの集い〈木曜殺人クラブ〉が、施設で起きた殺人事件の真相解明に乗り出す。英国で激賞されたベストセラー

1972
女たちが死んだ街で
アイヴィ・ポコーダ
高山真由美訳
未解決となった連続殺人事件から十五年後、またしても同じ手口の殺人が起こる。女たちの目線から社会の暗部を描き出すサスペンス